L'OR
DU DIABLE

JEAN-MICHEL THIBAUX

L'OR DU DIABLE

roman

Olivier Orban

Le présent ouvrage réunit deux titres
parus aux Éditions Olivier Orban :

Les Tentations de l'Abbé Saunière (1986)
L'Or du Diable (1987)

ISBN 2-266-02734-4

À Henri Noulet
et
Serge Solier, Marie de Saint-Gély, Jean Robin, Irène Merle, Franck Marie, Gérard de Sède, Otto von Hötzendorf, Jean-Luc de Cabrières, Naguib Shawwad, Louis des Rochettes, Henri Sorgue, Patrick Ressmann, Jacques Rivière, Pierre Jarnac, Richard Duval, Yolande de Chatelet, Yves Lignon, Irène Cazeneuve, Moïse Zera-A, André Malacan, Michèle et Frantz Lazès Dekramer, Claire Corbu, Véronique Assouline, Antoine Captier, Eric Woden, Sandrine Capelet, Jacques Bonomo, Guy Rachet, Pierre Boulin, Gérard Bavoux, Jean-Paul Maleck, Hélène Renard, Christian Baciotti, James Calmy, André Galaup, William Torray, Olympe de Gand, Robert Bracoli, Elie Ben-Jid, Cyril Patton, Esther Hautman, Jean-Christophe Meyer, Solange de Marenches.

1

Couiza, 1er juin 1885

PAR une matinée de printemps fraîche et ensoleillée, le prêtre avait reçu la lettre de l'évêché : Mgr Billard le mutait à Rennes-le-Château. Et le prêtre avait rassemblé ses hardes, prêché une dernière fois devant ses éleveurs de moutons, fait le tour du village de Clat et était parti sans regret. Comme toujours, les femmes cachèrent leurs visages effarouchés derrière les battoirs lorsqu'il passa la rivière, et la plus vieille chanta :

Salimonde, Salimonde
Porte la hache et la conque
Qu'ici il y a quelque chose à deux têtes.
Jeanne Rasigonde
Porte le couteau
Et aussi la conque nous ferons du sang.

Il n'avait jamais compris pourquoi il inspirait tant de peur à ces noiraudes, mi-sarrazines mi-espagnoles. Qu'avait-il apporté à ces sauvages ? Et eux, que lui avaient-ils donné ? Pendant trois ans, à leur contact, il a appris à chasser, à pêcher et à pécher. Trois ans !... Mille quatre-vingt-quinze jours à côtoyer ces mauvais chrétiens, ces sorciers, ces idiots, ces républicains chers à Ferry et à Gambetta qui préfèrent Marianne à Marie. Il serait devenu aussi stupide qu'eux si l'évêché n'avait pas pris cette sage décision; avec le temps, il aurait peut-être approuvé les initiatives de l'État laïque.

« Que le diable les emporte avec leur maudite république ! » pense-t-il en chassant les images de ses persécuteurs, les Ferry, Waldeck-rousseau, Buisson, Zévort, Sée et autres ennemis de l'Église. Le prêtre marche comme un automate dans la rue principale de Couiza, portant sans peine ses deux grands sacs de voyage rafistolés avec de la peau de mouton et des ficelles. Ceux qui le voient passer le comparent à un lutteur de foire. Les hommes devinent sa puissante musculature sous la soutane et les jeunes filles le trouvent si beau, si volontaire, ses yeux sont si noirs qu'elles se mordent la langue pour ne pas prononcer : « Étoile, belle étoile, fais-moi rêver à celui qui passe. » Mais le prêtre les ignore, il cherche son chemin entre les maisons aux couloirs et aux remises pleins d'ombres équivoques, de chuchotements et de petits rires. On l'observe, on en parle, on fait peser sur lui des soupçons, puis on le regarde disparaître dans un silence enrobé de préméditation. Ils ne savent pas qu'il va rejoindre sa nouvelle paroisse, là-haut sur la colline, sa nouvelle prison.

Le vague souvenir d'un sentier muletier qu'il empruntait autrefois lui revient en mémoire. Souvenir heureux, enfance heureuse. Il était le chef de bande et menait les têtes brûlées de Montazel à l'assaut de la montagne de Rennes où, dans la garrigue, cachés derrière les genêts et allongés sous les cytises, les enfants du village ennemi les attendaient pour la bataille. Que de coups reçus et donnés ! Que d'heures passées à mettre au point des plans d'attaque ! Que de pièges déjoués ! Il était fait pour l'armée, la gloire et les femmes. Et ses parents l'avaient dirigé vers l'Église. Soldat de Dieu enrôlé dans les troupes de Léon XIII, voilà ce qu'il est devenu à son grand désespoir. Pourtant il aime le Christ, les saints et il pleure de ne pouvoir les servir comme il le devrait. Comme il aurait dû. « Je n'ai jamais eu la vocation », se dit-il une fois de plus. Il revoit toute son adolescence, sa mère priant, les pèlerinages, les processions et cette façon qu'avaient ses proches de le désigner comme « leur salut dans l'autre monde ». Il a encore en mémoire les punitions que ses supérieurs du grand séminaire de Carcassonne lui infligeaient et les horribles nuits passées à se mortifier lorsqu'il fut nommé prêtre à Alet. Une vie de raté, les années à venir lui semblent déjà insipides.

— Hue ! Hue ! crient des rouliers qui remontent vers le pays haut pour aller chercher de la glace.

— Attention, l'abbé ! hurle l'un d'eux en faisant claquer son fouet aux oreilles du prêtre. On veut déjà aller au paradis ! s'exclame-t-il en passant près de lui.

— Ça ferait un fainéant de moins ! lâche un autre.

Les rouliers rient. Le prêtre se blottit contre le parapet du pont qui franchit l'Aude. Les chevaux harassés, puis les roues des grands chariots bâchés le frôlent, et les hommes hirsutes rient de plus belle en le voyant empêtré avec ses sacs, la soutane relevée sur ses galoches trouées couvertes de poussière.

— Sauvages ! leur jette-t-il.

Aussitôt l'un d'eux, un ventru à la bouche qui s'ouvre telle une meurtrissure saignante au milieu d'un visage carré et noirci, saute de son attelage et se rue vers lui.

— Attention, curé ! lui crache-t-il au visage. Faudrait pas qu't'oublies que nous sommes en République. T'as plus d'roi pour te protéger.

— Je n'oublie rien et tu ouvres inutilement ta gueule de communard au vent, mon fils.

— Aquel a la malvais uèlh ! (1) Je vais le lui fermer, ricana-t-il en mettant son poing sous le nez du prêtre.

Le prêtre laisse tomber ses sacs. Il ne s'est jamais senti aussi bien ni aussi calme, à l'aise dans son corps d'athlète. Sa main va à la rencontre du poing. Ses lèvres se retroussent au moment où il la resserre. Sans se départir de son calme, il exerce une forte pression sur les jointures et les phalanges de son adversaire qui pâlit et essaie de porter un coup bas avec son genou.

— Décidément tu as tous les vices, mon fils, il va falloir demander pardon et miséricorde à Notre-Seigneur.

— Plutôt crever !

— Amen.

(1) « Celui-là a le mauvais œil. »

Amen ? Que veut dire le prêtre ? L'homme des montagnes écarquille les yeux et avant qu'il ait pu pousser un cri, il se sent soulevé par le col. Le prêtre ne semble pas forcer. Tenant son fardeau humain, il bondit sur le parapet. Les camarades du roulier veulent intervenir mais le prêtre les arrête :

— Si vous faites un pas de plus, je le lâche. Il y a de grandes chances pour qu'il se brise les jambes ou le cou... Alors, mon fils, ce pardon ?

L'homme est paralysé par la peur. Il jette un regard fou en direction de ses compagnons. Ceux-ci reculent. Le prêtre le tient à bout de bras au-dessus du torrent et sourit. Il y a tant de détermination dans son regard que l'homme est sûr qu'il va mettre son projet à exécution.

— Je demande pardon à Notre-Seigneur, déglutit-il.

— J'ai changé d'avis, tu vas prier la Vierge.

— Je ne sais pas.

— Ce n'est pas plus difficile qu'un chant révolutionnaire. Je suis certain que tu as fait ton catéchisme.

— Je ne me rappelle pas !

— Mon bras s'engourdit, il te reste peu de temps avant de faire connaissance avec l'eau glacée de l'Aude, réfléchis vite !

— Je vous salue, Marie... pleine... pleine de charme...

— Pleine de grâce !

— Pleine de grâce...

Et l'homme se souvient soudain de toute la prière, puis de l'acte de contrition que le prêtre lui fait réciter trois fois, et même du De profundis qu'il doit chanter avant d'être relâché sur la terre ferme.

A cet instant, les rouliers en colère se précipitent vers eux avec l'envie manifeste de venger leur compagnon.

— Il ne faut pas, intime calmement le prêtre en mettant ses mains sur ses hanches, sans montrer le plus petit soupçon de peur. Il ne faut pas, fils de la montagne. On ne m'attaque pas impunément, Dieu est de mon côté.

Les hommes s'immobilisent. Il y a quelque chose derrière les mots qui laisse supposer qu'ils n'ont pas été prononcés en l'air. Ce prêtre est peut-être trop hardi, trop confiant en sa force, mais il leur a ôté le désir de l'affronter. Le nom de Dieu s'inscrit en lettre de feu dans leurs crânes épais. Leur compagnon les rejoint en titubant et ils se retirent en silence. Là-bas sur la route qui mène à Quillan, leurs chevaux de trait continuent seuls. Les rouliers se hâtent de les rattraper car la loi interdit de laisser les chevaux sans guide.

— Bon voyage, mes fils, et que Dieu vous protège ! leur lance le prêtre en ramassant ses bagages.

La tension retombée, il gronde contre lui-même, contre son emportement. Une fois de plus, il n'a pas suivi les commandements. Les terribles et rusés démons tentateurs sont entrés en lui. En sortant de Couiza, il se promet d'être plus attentif encore et de veiller sur son âme. Quand il retrouve le chemin muletier qui mène à Rennes-le-Château, il entame le Notre Père.

Il grimpe et prie. L'odeur des thyms et de la lavande l'accompagne tout le long de cette large draille défoncée qui se perd entre les genêts et les rochers. Quelle grandeur surnaturelle brille dans le ciel pur, quelle beauté dans le paysage fauve déchiré par les vents, les pluies et le soleil, il ne s'en souvenait plus. Au fur et à mesure qu'il monte, il est pris d'une piété enthousiaste pour cette nature sauvage qu'il redécouvre. Au huitième Notre Père, il met un terme à sa pénitence et se gorge de ce qu'il voit, entend et sent. Son Razès, son Languedoc, sa terre rouge semble vivre pour lui. Bientôt il débouche sur le Causse, toujours aussi pelé par les troupeaux. Des moutons paissent sous le pas du Loup et vers le ruisseau des Coumeilles ; le prêtre entend leurs clarines sonner et l'aboiement des chiens. Cela lui rappelle les trois années ennuyeuses qu'il vient de passer à Clat. Son front s'assombrit. Que peut-il espérer de plus ici, dans ce pays qu'il aime ? A trente-trois ans, il voudrait conquérir le monde et n'a même pas trente francs en poche, même pas de quoi se payer un voyage de trois jours à Paris.

Un dernier virage entre quelques chênes verts et le voilà en vue de sa paroisse. Toutes blanches et ocre, les maisons serrées autour du château des Hautpoul de Blanchefort apparaissent. Le village se dresse en haut de la colline, perché entre ciel et terre comme les forteresses cathares, mais son histoire est plus ancienne.

Le prêtre pense à ses premiers habitants : les Celtes, et aux Romains qui leur succédèrent, puis aux Wisigoths qui en firent leur capitale. Plus rien ne subsite de ces époques révolues. Il va prendre possession des débris d'un empire qui a disparu de la mémoire de ses descendants.

— A nous deux ! dit-il tout haut comme s'il lançait un défi au village où trois cents âmes l'attendent et le guettent.

Nul doute que les habitants ont déjà été prévenus de son arrivée. Il y a toujours des enfants qui jouent aux frontières des villages et font office de sentinelles. Le prêtre accélère son pas et gagne le sommet. Sur l'un des murs en pierres taillées qui bordent l'entrée de Rennes, une vieille femme habillée de noir le regarde venir en triturant un chapelet.

— Bonjour, mon père ! lui dit-elle d'une voix gaie quand il arrive à sa hauteur.

— Bonjour, ma fille.

— Vous êtes le nouveau, on vous attendait. On nous a dit que vous étiez un enfant du pays, un Saunière de Montazel.

— On ne vous a pas trompés. Je m'appelle Bérenger Saunière et je suis né à Montazel où mon père est régisseur du marquis de Cazemajou.

— J'en ai entendu parler. C'est une bonne chose que l'évêque vous envoie ici. Ce sera plus facile, nous n'aimons guère les étrangers. Oui ce sera facile, dit-elle en l'examinant attentivement..., surtout avec les femmes. Si vous le voulez, je viendrai en fin de journée ranger l'autel. Vous me plaisez, mon père.

Bérenger sourit et acquiesce de la tête. « Flatterie, se dit-il, la moins chère des monnaies pour l'intrigue, mais aussi la plus sûre. Il faudra compter sur cette femme. À confesser au plus tôt si je veux apprendre des choses intéressantes sur mes ouailles. »

— Je m'appelle Aglaé Dabanes.

— Alors à ce soir, Aglaé.

— Les clefs du presbytère sont chez Alexandrine Marro. Vous reconnaîtrez sa maison dans la ruelle face au château. Les volets sont peints en vert et un gros billot de bois est devant la porte. C'est là qu'elle passe son temps, les soirs d'été.

— Merci.

Bérenger s'engage dans la rue principale. Les rideaux des fenêtres s'animent de mouvements imperceptibles, des ombres se glissent furtivement dans les étables, comme à Couiza, on le soupèse, on le juge à sa démarche. C'est un examen de passage, il le sait. S'il ne plaît pas, cette nuit il aura droit à un charivari. Les jeunes se chargeront de le mettre à l'amende par la violence. Un porc oisif se met à le suivre. La chaleur, le silence entrecoupé de bêlements et de battements d'ailes, l'odeur du fumier, le sol craquelé qui dessine des réseaux compliqués, des paysans qui se terrent, la voilà sa paroisse. Sa colère revient. « Je suis un misérable, se dit-il aussitôt, voilà deux fois que je pèche par orgueil. Je suis venu ici uniquement pour rendre témoignage à la vérité et au Christ. » Et il répète dix fois cette dernière phrase comme s'il voulait l'enfoncer dans son cœur.

Assises devant un puits avec leurs poupées de chiffons dans les bras, des fillettes aux sombres chevelures observent à la dérobée cet homme en noir qui rumine une prière entre ses lèvres. Il a l'air si triste que l'une d'elles court jusqu'à lui et lui demande s'il vient pour donner les derniers sacrements à quelqu'un. « Non, mon enfant, répond-il en souriant, je suis votre nouveau curé. » Alors elle lui fait une révérence, baise le bas de sa soutane et repart vers ses camarades qui gloussent en se cachant derrière leurs poupées.

Cette intervention ravit le curé. C'est comme si la fillette avait effleuré le village silencieux d'un coup de baguette magique. Des vieux sortent de leur jardinet et le saluent. En une sorte de mouvement animal une troupe de garçons l'encercle, lui crie bienvenue et disparaît vers le château.

Ils l'acceptent. Bérenger est rasséréné. La maison aux volets verts est sur la gauche, le billot est occupé par une femme sans âge. Il pense qu'elle est plus proche de soixante-dix ans que de quarante. Cependant ses petits yeux cernés de mille rides sont vifs et durs comme ceux des rapaces. Elle lui rappelle vaguement une peinture de Bruegel, un de ces personnages au teint jaune dans un repas de noces.

— Je vous attendais, dit-elle d'une voix aiguë en se levant brusquement.

Bérenger plonge son regard dans celui de la femme. Elle ne l'a pas salué et il déteste qu'on lui manque de respect. Se sentant fouillée par le prêtre, la vieille femme a un tressaillement incrédule. Pour se donner contenance, elle essuie ses mains sur sa robe grossière, puis lance :

— Vous avez soif ?

— Non, répondit-il en continuant à la fixer.

— Vous devez être fatigué.

— Oui, Alexandrine, et j'ai hâte de me reposer.

— C'est l'Aglaé qui vous a dit mon prénom ?

— Qui voulez-vous que ce soit ? Je ne suis pas le diable !

— Dieu ait pitié de nous ! s'exclame-t-elle en se signant.

Au même moment, derrière le prêtre, le porc grogne et fait s'envoler les nombreuses poules qui ont pris possession de la rue.

— Il suffit qu'on prononce son nom pour qu'il se manifeste, dit gravement Bérenger en menaçant Alexandrine de l'index. J'espère que vous viendrez demain matin à confesse.

— Oui, mon père ! s'empresse-t-elle de dire d'un ton respectueux... Tenez, mon père, voilà les clefs. La petite est celle du presbytère, la grosse est pour la porte principale de l'église, la cuivrée permet de communiquer entre l'église et le presbytère... de l'intérieur... Bonne chance !

— Bonne chance ? Que voulez-vous dire par là, ma fille ?

— Il faut avoir du courage pour habiter là-bas. Votre prédécesseur, l'abbé Pons, y avait renoncé.

Bérenger prend le trousseau, ses sacs et s'en va par la rue qui monte vers l'église. Au fur et à mesure qu'il se rapproche de Sainte-Marie-Madeleine, il sent son cœur battre plus vite. La maison du Seigneur, sa maison, enfin il va la découvrir. Après un coude, l'église apparaît, surmontée de son clocher carré. Bérenger avait autrefois entendu dire qu'elle était âgée de mille ans. Et aujourd'hui, il veut bien le croire. Les murs sont boursouflés, craquelés. Il y a même des fissures à l'endroit où la nef s'arrondit. Quant au toit, c'est une véritable passoire ; de nombreuses tuiles ont disparu ou ont été emportées par le vent. Sa gorge se noue : à l'arrière, le presbytère ne mérite même pas le nom de grange. La bâtisse n'a plus de volets et la plupart des vitres sont brisées. Avec appréhension, il pénètre dans l'église. La vétusté et le délabrement des lieux lui causent un véritable choc. Obéissant à la folle impulsion de son sang, il jette au loin ses sacs dans la travée centrale de la nef et, d'une voix étrangère qui sort du ventre comme un hurlement, il crie :

— Seigneur, qu'ont-ils fait de Ta maison ?

Ses poings se serrent. Le silence est tel qu'il n'ose remuer les pieds de peur de faire crisser le sable et la terre qui maculent les dalles. La paille des chaises est crevée, le confessionnal est devenu le refuge des vers et des moisissures.

Jamais encore, il n'avait senti ce que peut être la révolte dans le cœur d'un prêtre. Elle dépasse en intensité ce qu'il éprouve quand on loue la République devant lui. Mais il n'y a pas que le prêtre ; l'homme aussi se sent bafoué. Après des années de misères, de telles fatigues, d'insatisfactions, au prix de tant de sacrifices, être venu là exprès pour devenir le serviteur d'un repaire de rats ! C'est la pire des punitions que pouvaient lui infliger ses supérieurs. Pourquoi ? Que lui reprochent-ils ? D'être une forte tête, royaliste, trop brillant ? Et alors ?... Que peut espérer l'Église s'il n'y a pas des hommes comme lui pour contrer les laïques appuyés par le gouvernement.

Une poignée de rongeurs s'affairent autour de la statue cassée de Sainte-Marie-Madeleine, grignotant des napperons sur lesquels sont posés des vases ébréchés, désespérément vides, comme tous les vases de l'église.

— Allez-vous-en, bêtes du diable !

Bérenger bondit en avant et ramasse une herse sans cierges. Il court vers les rats qui se sont mis sur leurs pattes de derrière en découvrant leurs dents aiguës. Il abat la herse. Les pointes brisent le vase et plongent dans les corps des deux plus gros. Bérenger relève son arme, la brandit et s'apprête à frapper, mais les autres ont disparu. Alors il la rejette et s'approche de l'autel, promenant sa main encore tremblante sur les lézardes du mur, sur les reliefs marbrés de taches et les peintures attaquées par les pluies. Il s'imprègne de ces souillures, prend possession de ce domaine qui le remplit de honte. La Vierge et saint Antoine le regardent passer de leurs yeux morts rongés par les ans ; lui croit reconnaître du sang dans les écorchures de leur peau de pierre. Par les crevasses du plafond, le soleil se déverse et tire des lignes droites de poussières scintillantes, mais pas un de ces rayons n'éclaire autre chose que des plaies. Seul le maître-autel semble avoir été épargné. Bérenger s'avance vers la table de granit qui repose sur deux étranges piliers sculptés de croix et de hiéroglyphes. La minuscule lampe brille dans le tabernacle. Il joint les mains et tombe à genoux devant la sainte réserve. Le temps est vivant ! Qu'importe le chaos, les ténèbres, la destruction, le temps est vivant. Béranger demande pardon pour son manque d'humilité...

— Je m'emporte, confesse-t-il, je condamne. Qui suis-je pour juger et haïr ?

Il sent qu'il s'empourpre de honte ; car il comprend combien a été vaine son exaltation à la vue des déprédations.

— Si mes paroles et mes actes vous ont offensé, condamnez-moi, Seigneur. Je suis votre mauvais serviteur. Je ne suis même pas digne de murmurer votre saint nom au vent du Causse... Mon Dieu, ayez pitié de moi !

2

JULES range sa longue-vue et remet en place les branches qu'il a écartées. Il se relève, a un coup d'œil pour son pantalon, enlève la poussière des genoux et recule lentement. Les dés ont été jetés dans ce Razès, les temps de la nouvelle purification sont sans doute proches cette fois par le feu. Jamais les hommes n'ont été aussi préoccupés par l'au-delà, par les forces qui régissent l'univers, par Dieu et Satan, et Jules Bois est l'un de leurs porte-drapeaux. Il est protégé par les symbolistes, lié aux occultistes, aux voyants et aux mages. Avec eux, il cherche sns trêve Satan et ses légions à travers le cauchemar, jusqu'à la rupture des sens. Cette fin de siècle est noire, épaisse de toutes les terreurs de la nuit, cette nuit que peignent Klinger, Rops, Redon et Ensor. Et Jules est noir dans son âme en mal de puissance et d'éternité.

En l'espace d'une seconde, des centaines de pensées et d'images incohérentes roulent dans son cerveau et son visage de fille s'assombrit, ses étranges yeux sombres brillent mystérieusement. Il réalise que la puissance ne lui appartient pas encore, que son avenir dépend de ce misérable prêtre qui vient de prendre possession de la paroisse.

— Notre homme ne ressortira plus de Rennes d'ici demain, dit-il soudain en se retournant vers quelqu'un. A l'heure qu'il est, il doit épousseter son confessionnal. J'espère que nous n'avons pas choisi un sot.

— Je ne crois pas que Saunière soit un sot, répond une voix sourde venant des taillis. Il y a longtemps que nous nous intéressons à lui, il a été un élève brillant mais indiscipliné, un séminariste exemplaire rêvant de s'affranchir de la volonté des pères instructeurs, et un jeune prêtre réactionnaire et violent en quête de sérénité. C'est un être plein de contradictions, d'interrogations, d'incertitudes, c'est pour ces raisons qu'il a été choisi. Nous pourrons le manipuler avec assez de facilité. Et n'oubliez pas qu'il est originaire de ce pays, solide, résistant, aussi dur que les pierres levées des Celtes. C'est assurément l'homme de la situation, croyez-moi.

— J'en doute.

— Pourquoi ?

— C'est un être trop violent, plusieurs rapports le prouvent, et nous ne pouvons miser sur quelqu'un dont les actes inconséquents pourraient profiter à nos ennemis johannistes.

— Il est trop tard pour changer nos plans ; quoi qu'il arrive nous en ferons notre esclave, car sa chair est faible.

La faiblesse de la chair, est-ce vraiment suffisant pour tenir un prêtre ? Il se méfie de ce piège vulgaire et subjectif. Le danger est grand, il est difficile de maîtriser un homme par ce biais après avoir éveillé les entités qui sommeillaient en lui. Ils peuvent en faire un démon supérieurement intelligent, doué du désir et de l'imagination qui domineront les forces qui l'ont engendré.

— Je prierai Satan afin que nous réussissions dans notre entreprise, finit par dire Jules en se signant selon le rituel des messes noires.

— Prenez garde, Bois ! Prenez garde à la colère des Cieux ! gronde la voix.

— Vous parlez comme Élie, l'abbé.

— Je déteste vos procédés, votre cynisme, votre monde d'en bas, vos alliances. Vous êtes le contraire d'Élie, que je n'aime guère. Ce Juif aurait dû rester en Russie et vous à Paris, je n'avais pas besoin de votre aide.

— Nous n'avons pas choisi de venir ici, vous le savez... Mais où est donc Élie ?

— Que cet impotent n'aille pas se blesser, maintenant !

— Ne vous inquiétez pas, l'abbé, ironise Jules. Élie

doit léviter quelque part dans l'une des nombreuses grottes qui truffent votre beau pays, à moins qu'il ne soit en train de changer du plomb en or ou du chiendent en blé.

Celui que Jules appelle l'abbé quitte son poste d'observation. Ses yeux très pâles et enfoncés dans les orbites ridées interrogent les alentours. Où est ce satané Juif ? Puis il grimace et porte les mains à son ventre.

— Vous avez encore mal ? s'étonne Jules.

— J'ai constamment mal et vos fleurs de camomille ne m'ont pas calmé.

— J'ai une autre recette, mais je doute qu'un saint homme tel que vous veuille l'appliquer. A Sadabath, la 24e maison de la Lune, il faut...

— Je ne veux rien entendre !

— À votre aise... Voilà notre ami. Peut-être pourra-t-il vous soulager.

— Je ne recevrais jamais d'aide de cet amant de Sion (1).

Harcelé par les mouches, cherchant sans cesse un équilibre sur les pierres qui roulent sous ses pieds, Élie Yesolot vient vers eux. Son énorme tête de savant aux cheveux bruns se balance mollement, sa bouche s'ouvre et pompe l'air chaud qui parvient à peine à ses poumons ravagés par une pneumonie attrapée il y a longtemps à Moscou. Son corps d'obèse est une seule et grande douleur qu'il ne peut apaiser, même avec ses talismans et ses remèdes, même en invoquant l'archange Raphaël. Il aurait dû renoncer à cette périlleuse aventure et laisser sa place à un cabaliste plus jeune que lui, mais Jules et le docteur Encausse avaient tenu à ce que ce soit lui, le vieux sage, le digne descendant du grand rabbi Siméon Bar Ya'Hai. Et il a accepté d'accompagner Jules pour jouer ce rôle d'observateur, en attendant qu'on lui confie une mission digne de son rang.

— Où étiez-vous ? tonne l'abbé.

— Dans le moulin, à l'écoute, répond Élie en montrant deux pierres blanches.

— De Satan sans doute.

(1) Les amants de Sion (Havevei Sion) furent parmi les premiers en Russie à concevoir une émigration vers la Palestine à partir de 1881.

— Non, de notre homme… de Bérenger Saunière. Il est très malheureux.

— À cinq cents mètres de lui ! Vous vous moquez de moi, monsieur Yesolot ?

— A-t-il l'air de quelqu'un qui se moque, l'abbé ? tranche Jules. Écoutez ce qu'il a à vous dire et croyez-le sur parole.

L'abbé est sur le point de se signer. Il se demande ce qu'il fait ici avec ces deux damnés. Si l'enjeu et sa soif de pouvoir n'étaient pas aussi considérables, s'il n'y avait pas l'Église de Jean, le Prieuré de Sion et Dieu sait quelle autre puissance occulte derrière cette affaire, il y a longtemps qu'il les aurait abandonnés à leur sort. Il serait retourné chez lui à l'écriture de son livre, à l'étude du celte et à la recherche du secret. Ce secret qui est là, quelque part sous leurs pieds, et qui les a rendus tous complices malgré leurs différences, leur haine réciproque, leurs croyances si éloignées…

L'abbé serre les dents. Et s'ils n'étaient pas seuls à épier le prêtre ?… Les johannistes sont peut-être proches ? Il imagine leurs ombres dans les rochers et toute la puissance de l'Église de Jean organisée en société secrète autour du pape. Tout a commencé sous le pontificat de Clément III, en 1188, quand fut coupé l'orme de Gisors à la suite d'une querelle sanglante entre Henri II d'Angleterre et Philippe II de France. D'un côté les Anglais et une foule d'évêques mystiques détenteurs de la pensée de Jean, de l'autre les Français et le pape Clément III descendant spirituel de Pierre, au milieu le Temple et le Prieuré de Sion étroitement liés mais plus pour longtemps, car le grand Maître du Temple, Gérard de Ridefort, prend parti pour le roi d'Angleterre et stigmatise les frères de Sion. Entre les deux ordres, c'est désormais la guerre, et Sion nomme son premier grand Maître : Jean de Gisors (1).

L'abbé imagine ce qu'a dû être cette lutte sourde au fil des siècles et ce qu'elle est encore aujourd'hui, alors que le Temple a physiquement disparu, définitivement remplacé par les johannistes, et que nul n'a jamais entendu parler du Prieuré de Sion. Sion, fondé en 1070

(1) Voir annexe en fin d'ouvrage.

par le moine calabrais Ursus, Sion protégé par la mère adoptive de Godefroi de Bouillon : Mathilde de Toscane, Sion qui a créé l'ordre du Temple en 1113, Sion qui veut changer le monde en réorganisant les sociétés et les races. Et ce Sion qu'il hait secrètement, il doit le servir. Comme il doit servir ce Juif russe dont il devine la puissance.

Avec le regard flottant du rêveur peu pressé de retrouver la réalité, Élie attend que l'abbé se plie à leur volonté. Il dépose les deux pierres blanches. Ce sont des fragments d'anciennes sculptures wisigothes. Élie guette leurs vibrations, ce passé qui les habite, mais l'esprit de l'abbé trop proche agit comme une force négative. Il lui faudra attendre le crépuscule et le silence pour s'approprier le secret de ces pierres.

« Cet abbé est intelligent et antisémite », se dit Élie en essayant de pénétrer dans les pensées du petit homme frêle dont les yeux pâles brûlent par instants de haine et de mépris. Je dois m'en méfier... Il feint la peur... Il ment... Il agit pour lui seul... Il pratique lui-même la magie... C'est... »

— Qu'avez-vous entendu ? demande soudain l'abbé à Élie.

— D'abord la colère, puis la peine et le dégoût...

— Et le repentir ?

— Aussi.

— Alors il restera.

— Il restera, mais ce sera très dur. A l'heure qu'il est, il vient encore de s'emporter et vide le presbytère avec violence.

Après avoir sermonné Aglaé qui, comme promis, est venue à l'église avec un balai et s'est mise immédiatement au travail, Bérenger s'est rendu au presbytère. Et là, il s'est libéré. Pour mieux voir l'intérieur du taudis et afin que tout le village l'entende, il a ouvert toutes les portes et les fenêtres, défonçant à coups de pied celles qui étaient condamnées par de gros clous et des planches.

Cela lui fait un bien immense de jeter pêle-mêle audehors les objets hétéroclites et inutilisables qui s'entassent dans ce deux-pièces lépreux. Les deux chaudrons troués volent par-dessus le chemin, la chaise bancale s'écrase, les draps troués rejoignent le ruisseau, trois piles d'almanachs de Mathieu de la Drôme et une centaine d'exemplaires de la *Semaine religieuse de Carcassonne* font la joie des enfants qui, attirés par le vacarme, sont venus aux avant-postes observer le manège de leur nouveau curé.

Voilà un rouleau de grillage pour poulailler, une douzaine d'assiettes ébréchées et la voix du prêtre qui parviennent jusqu'à eux :

— Je ne me coucherai pas au milieu des araignées et des vermines. Adieu pauvre Pons, tu t'en vas e ien demori, brave colhon (1).

Au premier étage se trouve la chambre, le lit est calé avec des briques. Il craque et s'affaisse quand Bérenger s'y allonge. Il reste ainsi, en biais sur le couvre-lit moisi, médusé par ce qu'il découvre au-dessus de lui : les rats qui se promènent sur les poutres et le bleu du ciel à travers les crevasses du toit. Il ne lui reste plus qu'à trouver pension chez une de ses ouailles. Cette pensée l'attriste et le révolte, il est si pauvre qu'il devra négocier un crédit. A peine arrivé et déjà en quête de commisération...

Sur le coup de minuit, le prêtre se réveille en sueur. Quand s'est-il endormi ? Un instant il reste à la lisière des choses, encore livré à la mêlée des fantasmes de ses rêves spirituels aussi bien que charnels. Une poignée d'étoiles clignotent dans la déchirure du toit ; Pégase, Andromède et Cassiopée ont arrêté leur course et le cherchent au fond de sa masure. Bérenger se détourne, il a peur de ces yeux qui fouillent sa conscience et l'accusent : « Quels sont ces rêves que tu gardes en toi ? Qui sont ces femmes aux boucles lourdes et sensuelles ? » Ces femmes, il y a longtemps qu'elles hantent ses nuits ; elles ont le corps pâle et plein des modèles de Manet, elles le réchauffent de leurs lèvres rouges, ces fournaises peintes par Renoir ; elles ressemblent parfois

(1) « Adieu pauvre Pons, [son prédécesseur] tu t'en vas et moi je reste, brave couillon. »

à la Rolla nue et endormie de Gervex... Elles sont toutes à l'image des tableaux défendus dont il a vu les reproductions. Ces femmes douces, attentives, savantes, frissonnantes, ces femmes qui prennent plaisir à le tourmenter, ces femmes qui l'enveloppent, le caressent et éveillent la lourdeur de son ventre, ces femmes qui l'absorbent dans leur chair et l'abandonnent pantelant sur son lit, il les appelle de tout l'élan de son cœur, de toute l'ardeur exaspérée de son corps.

Bérenger griffe les draps. Il ne veut pas faillir et résiste à cette énorme vague de désir qui monte en lui. Il ne doit pas apaiser ses sens, pas ici, si près de la maison du Seigneur. Il refuse d'obéir à ses mains tremblantes qui cherchent à le libérer. Il les joint, roule hors du lit et lutte en demandant pardon. L'éclair d'un instant, le temps d'une prière, Bérenger croit renouer avec Dieu. Une lumière irréelle jaillit de l'intérieur de son être, sur le point de révéler ce qui doit à jamais demeurer inexprimable, un espoir qui se met à brûler dans son âme, telle une flamme vive et pure ; mais le poids de sa chair étouffe ce jaillissement, le flux irrésistible de son sang le ramène au centre de cette chambre avec ce désir qui ruine l'élan de sa foi. Alors il bondit, dévale l'escalier, se rue hors du presbytère et court jusqu'à l'église.

Sa main se hasarde dans le vieux bénitier, ses yeux éperdus sautent de saint en saint jusqu'à la Vierge. Il se signe avec appréhension et marche à pas lourds vers la Mère de Dieu qui le regarde venir, la tête un peu penchée sur l'épaule, les deux mains entrouvertes. Il s'affaisse à ses pieds, bouleversé, cherchant la protection, la bonté, la compréhension de la femme qui possède tant d'expérience dans la maison.

— Pitié, murmure-t-il sans pouvoir bannir de son esprit les obsessions qui le poursuivent. Pitié... Pitié, répète-t-il jusqu'à ce qu'il sente au cœur cette lâche docilité qui le pousse à entamer la prière.

Alors il se traîne vers l'autel le front bas, se méprisant trop pour fixer la croix. Et il attend là, à genoux sur les dalles, cette punition qui ne vient pas, cette colère divine dont il ne connaît pas la puissance. Ses fautes lui paraissent si grandes, mais les voit-il telles qu'elles sont en réalité ?... Peut-être, car cette fois il ne crie plus à Dieu : « Prends-moi et jette-moi où tu voudras ! »

3

Quelques jours plus tard

BÉRENGER s'étire. Le jour se lève. Les lourds rideaux de coton épaississent la rougeur de l'aube et le roulement d'une charrette en route pour Couiza. Cependant il entend nettement le cri perçant du coq de la maison et le jappement des chiens, alors il s'arrache aux draps rêches et s'agenouille au pied du lit. Ce n'est qu'une simple caisse de chêne datant du premier Empire collée dans un coin de la chambre exiguë, mais la paillasse est fraîche et le coussin moelleux. Un lit propre et confortable, il se trouve donc le plus heureux des mortels et remercie le Seigneur. Puis il demande pardon. Pardon pour les femmes et les hommes de son village, pardon pour les républicains qui tuent l'Église, pardon pour lui-même et ses rêves. Est-ce une transformation due à sa nouvelle installation hors du presbytère ? Il est moins tourmenté par l'apparition des nymphes qui peuplent ses nuits, il accepte la douloureuse tentation de la chair avec une résignation complaisante, minimisant au fil des jours ce péché qu'il ne peut combattre.

Il se relève, rasséréné, et écoute le choc des sabots de sa logeuse qui s'affaire dans la cuisine. Alexandrine Marro qui a entendu le plancher craquer au-dessus de sa tête, puis les pas de Bérenger et le couinement de la porte de l'armoire où il range ses vêtements, sort de la réserve qu'elle s'impose tant qu'il dort. Elle entonne l'une de ses chansons interminables où, au gré des improvisations, elle énumère tour à tour les tâches de la journée et prend à témoin les défunts de sa famille sur les difficultés de la vie : le cochon qui ne veut pas grossir, le meunier qui triche sur les quantités de farine livrées au village, l'énorme lessive qui l'attend alors qu'elle n'a presque plus de cendre de bois pour blanchir son linge, le brèish (1) son voisin à la face de crapaud qui ne va pas manquer de la faire chuter au milieu des poules par la simple force de son mauvais regard et une infinité de choses que Bérenger serait incapable de comprendre.

Étrange femme, cette Alexandrine ! Lorsqu'au lendemain de sa première nuit agitée dans le presbytère inhabitable, elle l'a vu arriver et frapper à sa porte, elle s'est empressée de louer « l'unique chambre digne d'un prêtre qu'on peut trouver dans ce village de pouilleux où même les propriétaires du château n'ont pas les moyens d'acheter des plumes pour leurs coussins », ce sont ses propres paroles.

Bérenger se souvient encore de la pénible tractation qu'elle lui a imposée, comme s'ils étaient deux paysans en train de marchander sur le marché de Carcassonne.

À peine avait-il dit : Combien ? — avec l'espoir que la solidarité chrétienne jouerait en sa faveur, car la vieille maligne s'était empressée de lui confier qu'elle était une fervente pratiquante — elle avait répondu :

— Pour vous, mon père, ce sera vingt francs par mois... et trente-cinq francs si je vous nourris.

Bérenger avait cru mal entendre, mais non : c'était bien ces tarifs prohibitifs qu'avaient prononcés les lèvres sèches et fines entourées d'un noir duvet.

— Voilà deux francs pour une nuit et un repas, avait-il répliqué en lançant un cérès en argent qui roula sur la table jusqu'à la main vorace de la vieille où il disparut.

— Et pour le reste ? avait-elle demandé.

— Mes revenus m'interdisent de prendre pension chez vous. Par contre, j'accepte d'être nourri pour dix francs par mois.

— Seize !

— Onze !

(1) Sorcier.

— Quatorze !
— Treize !
— J'accepte, mon père. Quant à la chambre, allez donc voir chez le marguillier Victor Gélis, c'est le membre le plus influent du Conseil de fabrique (1). Il mettra certainement à votre disposition l'Aubépine. C'est une masure qui n'appartient à personne mais qui sera encore habitable si vous y faites quelques petits travaux.

Et la conversation s'était arrêtée là. Puis il avait rencontré le marguillier qui lui donna satisfaction dans l'heure, lui trouva un aide pour les réfections et lui ouvrit un crédit à la mairie. Cependant comme les travaux devaient durer six jours, l'aide travaillant aux champs le matin et lui à l'église, il fut obligé de prolonger son séjour chez Alexandrine, entamant son pauvre pécule de trois francs supplémentaires.

Bérenger quitte sa chambre. Il n'y dormira plus. Ce soir il couchera à l'Aubépine, puis quand le presbytère retrouvera son charme d'antan — grâce à l'aide de la mairie, il espère que ce sera rapidement —, il s'installera à nouveau tout près de sa chère église.

Une bonne odeur de cuisine chatouille ses narines quand il pénètre dans l'antre enfumé où Alexandrine règne en maîtresse absolue. Elle y dort, y reçoit ses lointains parents, y entrepose les grains et les provisions. L'hiver, c'est le lieu de rendez-vous des veuves qui se retrouvent à la veillée devant la cheminée, frissonnant toutes d'un même mouvement quand le vent furieux mugit dans le Razès. Le feu de l'âtre est le centre de tout, et les yeux et les âmes s'enfoncent dans ses flammes et s'y consument quand les histoires d'adultère se tarissent sur les lèvres qui mêlent les métaphores vides, les conjurations, les avertissements et les ricanements.

Bérenger s'assied en bout de table, là où l'attend son unique repas de la journée : une soupe de pommes de terre au lard, un morceau de saucisse grillée, deux tranches de pain, le fromage de chèvre et le verre de vin. Pendant qu'il plonge sa cuillère de fer dans la soupe

(1) Organisme chargé d'administrer les biens d'une paroisse.

épaisse où surnagent des billes grasses sans viande, il songe à un festin servi dans des plats d'or.

— Vous avez bien dormi, mon père ? lui demande soudain Alexandrine en cessant de chanter les malheurs de son coq et la méchanceté des enfants de la femme du maire, sa plus grande rivale en commérages.

Elle remplit un sac de cendres de bois pour la lessive. Elle travaille à genoux devant l'âtre, sa jupe noire relevée telle une vague qui se brise sur la saillie des os. Bérenger suit d'un œil morne ses mains osseuses et crochues qui vont et viennent sous le chaudron. Elles produisent un crissement doux en plongeant dans la cendre ; cela ressemble presque au cri lointain d'un rapace.

— Oui, finit-il par répondre, heureux de cette comparaison à laquelle il associe la vieille femme au crâne déplumé ceint d'un fichu vert bouteille noué sur la nuque.

— Vous regretterez ma chambre.

— Peut-être... Mais j'ai pu me procurer un lit convenable.

— Et le matelas ?

— Celui du presbytère fera l'affaire.

— Ce nid à punaises !

— On l'a vidé, nettoyé et rempli avec la meilleure paille du village.

— Avez-vous mis l'ail sur l'alcôve et la fleur de pivoine sous l'oreiller ?

— J'ai fait tout ce qu'il fallait pour me protéger des fantômes qui se déguisent en ânesses et vont oppresser les gens au lit.

— Et contre les femmes ?

— Les femmes ? déglutit-il.

— Oui, les femmes, pas comme moi bien sûr, mais celles faites d'une chair ayant peu servi... avec des seins gonflés et durs.

— Taisez-vous ! C'est un péché...

— Je vous mets en garde contre vous-même, mon père... Vous n'êtes pas un prêtre ordinaire, vous êtes beau, bien plus beau que tous les hommes que j'ai connus.

— Je n'ai pas à me protéger des femmes, la foi suffit à me préserver de toutes les tentations.

— Que Dieu vous entende ! Il y en a une qui vous attend à l'église.

— Une femme du village ?

— Une étrangère ! Elle n'est pas d'ici... Une jeune qui a la beauté du diable.

Bérenger se demande qui cela peut bien être. Il finit en hâte son maigre repas et prend congé d'Alexandrine qui le regarde partir d'un air étrange et soupçonneux. Lorsqu'il arrive devant l'église, une jeune fille de seize ou dix-sept ans vient à sa rencontre. Elle est vêtue d'une blouse grise et d'une jupe bleue qui descend jusque sur de grosses chaussures militaires à clous. Malgré cet accoutrement, Bérenger la trouve plutôt jolie. « Un modèle pour ce damné Renoir », pense-t-il en la détaillant comme il détaillerait une de ces œuvres colorées de taches où les femmes sont fleurs, anges et démons. Ses cheveux bruns réunis en chignon mettent en valeur un visage juvénile, plein et rond, où de beaux yeux noisette pétillent de vie. Elle a l'air de bouder, mais cela tient à la forme du menton, à la lourdeur de la lèvre inférieure qui ne détruit en rien la ravissante bouche, arc et fruit, pulpe dont l'incarnat rappelle celui des cerises sauvages qui commencent à mûrir.

— Qui es-tu, ma fille ? lui demande-t-il alors qu'elle le dévisage d'une façon effrontée en lui lançant un étrange sourire.

— Marie Denarnaud.

— Mais je ne te connais pas ?

— Je suis d'Espéraza. Deux fois par semaine, je vais chercher de l'eau de soufre à la source de la Madeleine de Rennes-les-Bains. C'est pour ma mère.

— Ce n'est pas le chemin le plus sûr que tu empruntes pour t'y rendre.

— J'en viens et j'ai fait ce détour pour vous remettre un mot de l'abbé Boudet, que voici.

D'un geste rapide, elle sort de sa blouse une lettre cachetée et la lui tend. Bérenger s'en empare et l'ouvre. L'abbé Boudet lui souhaite la bienvenue et l'invite à lui rendre visite à Rennes-les-Bains. Il est un peu surpris de la rapidité avec laquelle se manifeste ce curé, mais en même temps il se sent soulagé à l'idée de pouvoir discuter avec un confrère.

— Merci, Marie.

— Bénissez-moi, mon père, lui demande-t-elle dans un souffle en s'emparant de sa main qu'elle se met à serrer fortement.

Les doigts de la jeune fille sont chauds dans sa paume et cette chaleur se communique à tout son être. Bérenger ne fait rien pour les retirer. Alors la bouche boudeuse et pleine de Marie s'entrouvre, et cela lui fait un peu peur. Cela ressemble trop à ses rêves, aux filles floues dont il baise convulsivement les lèvres, les tempes, les joues, le cou, les seins... Marie l'examine de côté avec un petit air malicieux, pénétrée de sensations douces sous le regard de ce prêtre beau et viril, la peau chaude traversée d'un courant inconnu. Qu'attend-il pour se libérer ? Elle étreint plus fort cette grande main sûre et brune qu'elle voudrait mettre sur sa poitrine.

Et Bérenger a un désir insensé d'ouvrir les bras, de la serrer contre lui, de sentir l'odeur de ses cheveux, de sa peau. Il prend soudain conscience de la folie de ses pensées, et retire vivement sa main. Il bénit Marie instinctivement, en proie à une fureur profonde et désordonnée contre lui-même. Et comme si elle voulait l'enfoncer plus profond dans la tourmente, la jeune fille murmure sur un ton provocant :

— Est-ce que je vous plais, mon père ?

Bérenger fait un effort désespéré pour se soustraire au sortilège irrésistible que cette voix exerce sur lui. Il remue les lèvres en invoquant la protection de Dieu, mais aucun son ne sort de sa gorge nouée. Puis il chuchote, l'air honteux :

— Pars, maintenant.

— Comme vous voulez, mais je reviendrai vous voir, mon père.

Jetant son baluchon sur son dos, elle s'en va d'une démarche chaloupée vers la vallée et se retourne pour lui faire un joyeux signe de la main avant de disparaître au bout du village.

Bérenger soupire. La tentation a été grande. Osera-t-il se présenter devant le Christ avec de telles pensées charnelles ? Il se secoue et pénètre dans l'église. L'office ne peut attendre, il doit préparer sa première messe. Dans une heure il sera le porteur de la parole divine. Rien d'autre n'a d'importance.

Le lendemain à l'aube, il quitte l'Aubépine où il a emménagé la veille et emprunte le sentier qui, à travers les pâturages, descend vers Rennes-les-Bains. Il est heureux. Sa première messe a été une réussite et, à travers seize confessions, il a appris ce qu'il devait savoir sur le village : qui est le devin, qui sont considérées comme des putes, qui est le chef des jeunes, qui sont les voleurs de grains et de volailles... Tout sur le sorcier, les riches, les indigents, les non-croyants et les républicains... Ces derniers, il se chargera de les rappeler à la raison avant les prochaine élections. Il mettra un peu de Dieu dans ces cervelles pénétrées d'esprit maçonnique. Il leur remémorera les erreurs de Jules Ferry, le déficit financier, la crise de l'économie et la désastreuse politique laïque. Il les rendra responsables des guerres de Tunisie, du Tonkin et du Cambodge qui font de plus en plus de mécontents et favorisent la montée de l'extrême gauche. Que d'arguments pour contrer ces petits opportunistes de café !... Mais il n'en est pas là, les élections ont lieu en octobre.

Il va d'un pas rapide, remplissant ses poumons de parfums et d'air frais. Devant lui, le soleil embrase les contours du Cardou. « C'est Dieu qui m'envoie son or », pense-t-il en mettant une main sur son front pour faire visière. Au-delà du chemin qui contourne la Coume-Sourde, il aperçoit une silhouette qui se déplace rapidement en direction de l'Homme-Mort. Visiblement, elle ne veut pas être repérée car elle va parallèlement au sentier en empruntant tous les creux du terrain et en passant entre les taillis.

Intrigué, Bérenger se dirige vers elle, mais quand il arrive sur les lieux, elle a disparu. Il est sur le point de reprendre sa route quand il la revoit grimper au-delà du ruisseau des Hounds. Il croit reconnaître une femme. Que fait-elle ici, si loin de toute habitation et culture ? Voulant en avoir le cœur net, il se remet à la suivre. Elle l'entraîne dans la colline.

Bérenger suit le sentier bordé de roches chaudes et tourmentées. Ici la terre tire à elle le feu du ciel. Il accélère sa marche. Arrivé sur la crête, il tourne sur lui-même. Rien ne bouge à l'horizon. La femme a encore disparu. Naturellement, il finit par trouver le chemin qui le mène jusqu'à un bosquet de jeunes arbres. Là un gémissement attire son attention. Avec précaution, il s'approche de ce bruit qui se répète et s'accélère. Il s'accroupit sous les branches basses du dernier arbre et ce qu'il voit, sous d'immenses pierres — les unes dressées, les autres couchées —, lui coupe le souffle.

Sur l'une de ces pierres celtes, une jeune femme se livre à un rituel étrange. Entièrement nue, elle se frotte au menhir en forme de phallus. Elle ne fait qu'un avec lui, ses jambes écartées l'enserrent. Son sexe s'ouvre et s'écrase sur la surface rugueuse du mégalithe. Que faire ? Bérenger demeure paralysé, envahi de désir. Le corps ondule, se tord. Les bras d'une blancheur immaculée sont deux serpents qui enlacent la pierre. La noire crinière des cheveux qui descend jusqu'aux reins fouette l'air.

— Dieu de la Terre, gémit-elle, rends-moi grosse. Fais germer dans mon ventre la semence de l'homme que j'aime.

C'est la première fois qu'il assiste à ce qu'il croyait être une pratique révolue. Bérenger ferme les yeux. Comment peut-elle croire qu'elle deviendra féconde en se donnant ainsi aux forces telluriques ? Son âme de chrétien se révolte, cependant quand il rouvre les yeux il ne peut s'empêcher de ressentir ce désir qui le tenaille et de prendre un réel plaisir à ce spectacle.

La femme pousse un cri. Un spasme la secoue et elle s'écroule contre la pierre, glissant lentement sur le sol au milieu de ses vêtements épars. Alors, les muscles noués, Bérenger se retire. Il part comme un voleur sur la pointe des pieds et un lourd remords s'empare de lui. Ses yeux se brouillent de larmes piquantes. L'image de la femme nue le poursuit et il a beau invoquer les saints, elle apparaît à chaque détour du chemin. Elle le traque jusqu'au fond de la vallée encaissée de la Blanque.

La rivière glougloute joyeusement entre les mousses ; il s'y arrête, s'accroupit et puise de l'eau fraîche pour s'asperger le visage. Peu à peu l'onde douloureuse du désir s'estompe, laissant derrière elle, au creux de son ventre, un vide indéfinissable. Bérenger se laisse aller dans l'herbe haute qui le dissimule de la route. Ne plus faire un seul geste, ne pas se hasarder à bouger, à attirer l'attention des Cieux sur lui. Il sait que cette attitude est naïve mais il a besoin de se rassurer, de contempler le ciel sans ciller. Il reste longtemps ainsi et ne reprend sa marche qu'au premier chant de l'oiseau, comme s'il avait soudain conscience d'être pardonné.

Au bout de la route inondée de lumière, Rennes-les-Bains s'offre à ses yeux. Ayant repris de l'assurance, il y va d'un pas décidé. La petite station thermale est beaucoup plus animée que sa paroisse ; Bérenger croise des gens de la ville, des hommes élégants en frac, et de belles dames. Tout un monde de chapeaux fleuris, de rubans, de bottines, d'ombrelles, de dentelles, de cravates de soie et de cannes précieuses, qui se promène et lui échappe. Ici il n'est qu'un pauvre curé de campagne, un bouseux nourri de soupe à l'ail et de lard. Même ses frères d'Église, et il y en a beaucoup en cure, lui paraissent des princes avec leurs soutanes propres et repassées, leurs croix d'argent et leurs missels à la tranche dorée. Il baisse les yeux. Sa soutane est tachée. Ses godillots — comment les appeler autrement ? — ont les bouts cabossés et les semelles trouées. Seule sa croix nickelée peut faire illusion, mais il y a des regards et des sourires qui ne trompent pas. En le voyant on devine que sa fortune se limite à soixante-quinze francs par mois et que les meilleures quêtes lui rapportent un saucisson de montagne.

Le presbytère de Saint-Nazaire est un palais comparé au sien. Bérenger s'époussette du revers de la main avant de frapper. Quand la porte de chêne s'ouvre, il sursaute. Il ne s'attendait pas à rencontrer un homme aussi différent de lui, aussi peu conforme à ce que produit habituellement le terroir : des individus sains et trapus. Le prêtre qui lui fait face est petit, malingre et jaune de peau. Ses insondables yeux pâles bougent sans cesse et animent son visage chiffonné de fouine.

— Père Henri Boudet? demande-t-il d'une voix hésitante.

— Oui.

— Je suis Bérenger Saunière, le nouveau desservant de Rennes-le-Château.

— Ah ! C'est donc vous. Entrez. Votre visite me fait un immense plaisir. Entrez, je vous prie, et surtout excusez le désordre. Prenez garde où vous mettez les pieds.

L'abbé Boudet le conduit à travers un couloir encombré de pierres de toutes sortes. « Il doit être archéologue à ses heures », se dit Bérenger en enjambant les plus grosses. La bibliothèque dans laquelle il se retrouve le laisse rêveur. Deux à trois mille livres s'entassent là, il y a même des parchemins et un papyrus. Sur une grande table, une centaine de fioles remplies de liquides colorés encerclent un cube qui a l'aspect du plomb.

— Je travaille en ce moment sur la civilisation celtique et je n'ai pas le temps de faire du rangement… Mais qu'avez-vous ?

— Tous ces livres, c'est merveilleux ! souffle Bérenger.

— Il ne tient qu'à vous de me demander ceux qu'il vous plairait de lire… Mais laissez-moi vous conseiller. Tenez, celui-ci par exemple.

Et il lui tend un livre récent paru à Limoux : *Les pierres gravées du Languedoc* d'Eugène Stublein.

— Nous avons beaucoup à apprendre sur nos régions, poursuit-il d'une voix enjouée. Beaucoup, Saunière. Elles sont riches. Tant de civilisations se sont croisées ici… Je vous conseille de perfectionner votre pratique des langues anciennes. Je tiens de vos supérieurs du séminaire que le grec n'a plus de secret pour vous.

— J'ai obtenu de bonnes notes, mais cela fait quatre ans.

— Alors persévérez, apprenez d'autres langues, apprenez les symboles, lisez et comprenez.

Sur ces mots, il lui remet entre les mains *Le Château de Barbarie* de Poussereau et un ouvrage noir intitulé *Salomon*, avec au dos une phrase en hébreu dans un quadruple cercle. Bérenger qui veut montrer son savoir se met à la lire :

— *Haschamin Vehoullu Hastischi Iom.*

— Non ! s'exclame Boudet. La voix doit vibrer,

rouler, éclater. L'onde doit porter. Il faut dire *Haschamaîn Vaiekullou Haschischi Iôm,* les Cieux furent achevés le sixième jour.

L'impact des mots touche son âme, la réduit en cendres d'un seul souffle, comme le souffle d'une explosion, Bérenger les écoute gonfler et refluer en lui. Un instant encore, le silence semble prolonger l'appel de Boudet, mais ce vertige finit par disparaître. La force qu'il ne soupçonnait pas chez cet homme maladif, fait naître en Bérenger de vagues pressentiments auxquels il cherche en vain à donner une forme précise.

— Vous avez beaucoup à apprendre ! s'esclaffe Boudet... Je m'étonne que, de nos jours, on s'obstine encore à proscrire l'hébreu dans nos écoles, une langue qui loin d'être morte nous ouvre une route vers l'avenir !... Voulez-vous un café, j'en ai du très bon. C'est une de mes pénitentes bordelaises qui me l'envoie. Julie ! appelle-t-il.

— Bordelaise ?

— Elle vient à la station pour soigner son estomac. Une rentière. Vous savez, tous ceux qui viennent aux eaux et qui ne sont ni fonctionnaires, ni banquiers, ni notaires, ni diacres, ni vicaires, ni domestiques, sont rentiers... Julie !

— C'est une chance pour votre paroisse.

— La manne des villes est une nourriture providentielle que j'accepte avec grâce. Pendant la période estivale, nos troncs ne désemplissent pas... et ici on fait l'aumône avec de l'or.

— Et moi, au sommet de mon caillou, je suis condamné à recevoir les dons en nature de mes paysans. Je ne pourrai jamais faire réparer mon église.

— Qu'y pouvons-nous ? C'est l'État qui gère nos biens, ce sont les mairies qui réparent nos nefs. Vous êtes jeune, on vous nommera ailleurs, il faut espérer que ce sera dans une grande ville chrétienne. Je n'ai qu'un conseil à vous donner : « Honore ce qu'il y a de plus puissant dans le monde : c'est ce qui tire parti de tout et qui gouverne tout. »

— De même, réplique Bérenger, « honore aussi ce qu'il y a en toi de plus puissant, car c'est ce qui en toi met à profit tout le reste et dirige ta vie ». *Pensée pour moi-même,* Marc Aurèle, livre V.

— Félicitation, mon jeune ami, votre savoir m'étonne... Julie ! crie-t-il encore. Mais où est-elle donc passée ? Excusez-moi un instant, ma servante a disparu, je vais mettre de l'eau à chauffer pour le café.

Bérenger envie le confort de son confrère, sa paroisse bien close et lumineuse, à l'abri du monde, de la République, comme un petit bateau étanche où tout déborde de luxe. L'or, à la belle saison, y coule à flots. L'or passe de main en main et roule jusqu'à la bourse de Boudet qui, en échange, distribue des bénédictions et absout des péchés. « Comme il doit être facile de prospérer ici », se dit-il en songeant avec amertume à son nid d'aigle perdu dans le Razès. Jamais il ne fera jaillir les millions de sa paroisse, il ne peut même pas envisager le trafic de messes comme ses collègues de Lourdes ou de Limoux, ni tirer un gain quelconque des bigotes qui fleurissent son église : elles n'ont pas de sous et vivent chichement des produits de leurs jardins et du lait de leurs brebis. Il voudrait dépenser un argent fou et n'a pas l'ombre d'un capital net et solide. Ses parents ont juste de quoi solder leur enterrement, son frère Alfred est vicaire dans un bourg jeté au bout d'un chemin de boue bordé de vignes, et les autres — Dieu leur vienne en aide — contemplent, quand ils le peuvent, l'or du soleil. « Ce n'est pas pécher de se lancer dans la spéculation à outrance pour le bien de l'Église », lui avait dit un jour son professeur de morale, l'abbé Allou. Il avait repris ces paroles à son compte, les avait mûries dans son esprit de rêveur éveillé. Sans doute ploie-t-il déjà sous le fardeau de la misère, mais il lui semble improbable qu'il lui revienne d'en porter la charge jusqu'au bout de sa vie. Et si l'idée de l'or le séduit, le fascine, lui permet d'endurer la médiocrité de son état, c'est qu'elle contient malgré tout une parcelle métaphysique et qu'elle n'est pas simplement puissance mais un chemin qui peut mener à Dieu.

« À chacun son chemin », se dit-il en examinant la table couverte de fioles, puis l'étrange cube dont une face est poinçonnée d'une croix fléchée. La voie choisie par Boudet lui paraît bien mystérieuse. En se dressant sur la pointe des pieds pour regarder de plus près les volumes rangés sur les hauts rayons, il découvre *La Science cabalistique* de Lenain, un traité de démonologie, les entretiens du comte de Gabalis, *Le Monde des douze havioth* d'un anonyme, les *Clavicules véritables*, Agrippa, Eliphas Lévi, Potet, De Guaita... Voilà des livres bien compromettants pour un abbé, une pareille bibliothèque lui vaudrait un blâme si cela venait à la connaissance de l'évêché.

Sa main glisse sur le traité de démonologie, hésite, répugne à le prendre. Soudain un bruit de pas l'arrête dans ses investigations. Il se retourne, et demeure stupéfait : la femme nue de la colline. Elle est là, devant lui, dans son austère costume de paysanne, ses petits yeux malicieux en amande posés sur lui.

— Quelque chose ne va pas, mon père ? lui demande-t-elle d'un air étonné.

— Non... Non... Tout va très bien... Vous m'avez surpris.

— Ah, te voilà ! tempête Boudet qui arrive avec la cafetière. Où étais-tu ?

— À la rivière.

Bérenger devine la grande complicité qu'il y a entre eux. Le regard dur de Boudet ne le trompe pas ; ce n'est qu'une façade. En commençant son service, Julie lance à Boudet un sourire énigmatique et enjôleur. Bérenger se demande si elle ne l'a pas vu sur le Pla de la Coste. Rien ne le laisse supposer. Son attitude, sa façon de poser les tasses sont parfaitement correctes. De ses petits doigts vifs, elle détache des galettes rondes de leur paquet et construit une pyramide sur une assiette de porcelaine rose. Ensuite, elle choisit deux cuillères d'argent dans une boîte ouvragée, et d'un mouvement rapide les passe devant ses yeux, donnant un prix inestimable à leur propreté. Elle tourne son visage vers Bérenger, mais il évite son regard. L'idée que Julie puisse le prendre pour un vicieux provoque en lui une violente indignation. « Non, elle n'a pas pu m'apercevoir », se dit-il en gardant le silence.

Boudet sert le café, hochant la tête affirmativement quand l'arôme tiédi parvient à ses narines. Un bon café et une galette au beurre, cela suffit à son appétit timide, le reste du temps il se nourrit de bouillon, d'épinards, de poireaux, de carottes et de blanc de poulet. Il ne remarque pas le trouble de Bérenger, s'oubliant devant sa tasse, intéressé par les volutes légères qui s'en dégagent et se dissolvent dans l'air lourd et chaud de la pièce.

— Voulez-vous du sucre, mon père ?

La voix de Julie claque dans sa tête, Bérenger est tellement obsédé par la pensée d'être confondu par la jeune femme qu'il répond : « Oui... non... deux, trois ! » Boudet sort de ses contemplations et le sonde dans une muette et obstinée interrogation.

— Excusez-moi, ment Bérenger... Je n'ai pas l'habitude. Cela fait plus d'un an que j'ai été invité à boire du café, lors d'un pèlerinage à Lourdes.

— Je comprends, Saunière... Je comprends. Alors fermez les yeux et goûtez ce nectar... Vous pénétrez dans une magnifique jungle luxuriante et vous vous dites que c'est l'Afrique ou Panama. Vous observez les splendides corps de bronze des indigènes, et vous pensez voir là une image de ce qu'était l'homme d'autrefois, et de ce qu'il pourrait redevenir après le Jugement dernier. Quelle joie de ne plus être des carcasses promises à la décrépitude et au pourrissement... Oui, oublier le séjour impur de ce monde et s'élancer dans l'Éden. Et perdre enfin notre petitesse dans l'immense gloire des Cieux. Nous devrions penser à cela au lieu de nous noyer dans notre propre vanité. C'est à travers son histoire qu'on peut mesurer l'insignifiance de l'homme. Écoutez, Saunière, entendez-vous ces murmures ? C'est tout ce que nous ont laissé les civilisations disparues...

Subjugué par le verbe de Boudet, Bérenger oublie Julie qui s'est éclipsée dès les premières paroles de son maître. Boudet le visionnaire au savoir immense. Boudet qui fait revivre les Celtes, les templiers, les Romains, les Wisigoths. Boudet qui le transporte dans des mondes inconnus et défie leurs gardiens. Il pose sa tasse, ouvre des livres, montre des pierres, exhibe des talismans. Parfois ses accents plaintifs dominent le bruit des calèches qui se rendent à la station. Parfois il gronde une malédiction contre Satan, puis sa voix retentit harmonieusement pour consacrer le nom d'un saint. Cependant il s'attache à démontrer les vertus de leur terre d'exil, ce Razès où les dieux ont élu domicile et les hommes dissimulé leur secret.

Quand Boudet met un terme à son cours magistral, Bérenger est définitivement conquis. Sa terre déshéritée lui apparaît différemment.

— M'aiderez-vous à connaître le passé de notre belle région ?

— Je vous aiderai, et comme moi vous vous passionnerez pour l'étude de l'archéologie et des textes anciens. Pensez à ce que je vous ai dit : votre paroisse était le centre d'une cité plus grande que Carcassonne. Essayez d'en faire l'historique... Allez, maintenant, et que Dieu vous protège.

— Merci pour tout ce que vous m'avez appris. Je vais lire les ouvrages que vous me prêtez et je reviendrai dès que possible.

— Attention, Saunière, dit Boudet avant que l'abbé ne passe la porte... Ne vous exposez pas trop aux coups des républicains.

— J'essaierai... mais je ne vous promets rien, répond en riant Bérenger.

— Le voilà, il sort de chez Boudet, regardez-le bien, souffle Jules à Élie.

Élie écarte le rideau et suit Bérenger des yeux. L'abbé a l'air joyeux. C'est donc lui l'élu ?... Ou la victime, tout dépend du point de vue de chacun. Il est bel homme, son visage est franc, sa démarche athlétique. Élie ne voit pas le mal dans cet être.

— Il est pur et fragile, murmure le Juif...

— Mais que vois-tu d'autre ?

— Qu'il n'est pas l'homme de la situation, sa fragilité n'a d'égale que sa violence, sa pureté n'est que la projection de son âme... Trop d'instincts sauvages couvent dans ce corps-là.

— Élie, mon pauvre ami ! Mais c'est en cela qu'il est intéressant à nos yeux. Un homme qui peut être corrompu par la beauté de la femme et qui a conscience que l'or peut acheter la beauté de la femme, voilà l'idéal. Nous achèterons son âme et il achètera ses désirs. Qu'est-ce que le monde, sinon un immense marché où tout est à vendre au plus offrant ? Est-ce à vous que je vais l'apprendre, à vous, un Juif ?

Élie frémit, songeant qu'il n'y a sans doute plus rien d'impossible pour Jules qui, déjà au-dessus des lois humaines, est aussi loin dans le mal. Que veut Jules, sinon être le maître de la nuit et construire un monde d'ombre sur les débris des autres mondes ? Il regarde Bérenger qui disparaît au bout de la rue, cet homme qu'ils ont choisi pour les mener jusqu'au cœur du secret.

— Vous êtes conscient du rôle que vous allez jouer, n'est-ce pas ?

— Oui, répond Élie en pensant aux efforts prodigieux qu'il devra fournir pour contrer les johannistes et l'ambition du Prieuré.

— Il faudra que vous deveniez son ami, il faudra chasser toute idée de faute de son esprit et lui laisser entrevoir sa destinée d'homme. Et surtout vous vous attacherez à effacer les rancœurs qu'il nourrit à l'égard des républicains. Le ministère des Cultes pourrait le faire relever de ses fonctions s'il continuait ainsi à clamer son attachement à la monarchie. Et ailleurs il ne nous serait d'aucune utilité. C'est à Rennes-le-Château qu'il doit rester et ne jamais en partir.

— Je me conformerai au plan établi.

— Nous réussirons, Élie, nous réussirons. Dès demain nous repartirons à Paris pour continuer nos recherches sur les généalogies des familles d'Austrasie, puis vous reviendrez ici et, avec l'aide de qui vous savez, vous chercherez un moyen d'entrer dans l'intimité de Saunière.

4

Rennes-le-Château, 10 octobre 1885

LEUR curé va prêcher. Dans l'église Sainte-Marie-Madeleine, tous les habitants du village se tassent misérablement sur les bancs, dans la profondeur solide de l'ombre de la nef, dans les plis humides de leur manteau de pluie. Et la pluie, qui se fraie un chemin à travers les accrocs luisants du toit, frappe leurs tignasses. Ils attendent avec appréhension, les yeux au sol. Une semaine auparavant, au premier tour des élections, Béranger a fait preuve d'une violence inouïe dans son discours contre les républicains qui se sont divisés en présentant deux listes : l'une modérée, l'autre radicale, où figurent les socialistes. Il les a conjurés de voter pour la troisième liste, celle des conservateurs, et son appel semble avoir été entendu dans tout le pays car ces derniers ont obtenu cent soixante-seize sièges contre cent vingt-sept aux républicains (1). Cependant il se méfie de la « discipline républicaine », des accords passés entre les deux tours et du tapage fait autour de l'homme des radicaux; le général Boulanger. Il n'a qu'une confiance limitée envers les paysans. Toute la semaine, il s'est heurté aux troupes du maire qui faisaient de la propagande dans les champs, sur des chemins, aux pieds des calvaires, s'aventurant parfois jusque sous le porche de l'église. Il a riposté avec ses

(1) Finalement les républicains l'emporteront au second tour et totaliseront 383 sièges, contre 201 aux conservateurs.

femmes et ses vieux, portant la bonne parole dans les maisons, les basses-cours et aux fontaines. Et quand les deux groupes se croisaient devant le château, ils se jetaient des coups d'œil rapides comme pour bien apprécier ce que valait l'autre, c'est-à-dire rien.

Maintenant ils sont tous là, les bons et les mauvais, réunis avant l'ultime affrontement aux urnes. « Quelle influence ont exercée les femmes ? se demande Bérenger. Ah ! si elles pouvaient voter, comme la victoire serait facile ! » Tous baissent la tête de peur qu'il les désigne comme les suppôts de l'extrême gauche en les prenant à partie. Ils craignent que le prêtre ne remarque quelque altération dans leurs traits, une rougeur, un tic, un tiraillement qui trahirait leur choix politique.

Bérenger quitte l'autel et s'avance au milieu d'eux. Ses yeux flamboient et jugent. Sur certains il ne se fait pas d'illusion : celui-ci a été trompé par sa femme avec un colporteur royaliste, celui-là n'a pas pu faire entrer sa fille comme servante au château, cet autre, un malingre célibataire, est jaloux de lui... Il apprécie ces instants qui précèdent le sermon où le temps n'a plus de prise sur les consciences, où les corps tremblants des fidèles se résignent à la patience et à l'humilité. Il aime voir les doigts se tordre sur les chapelets, pétrir les missels ou griffer le cuir des blagues à tabac. Il sait que les pieds se recroquevillent dans les sabots, que les cœurs s'accélèrent et que les gorges se nouent. Bombant le torse, il passe entre les rangs et son regard s'appesantit sur les nuques offertes.

Les relents d'urine, les effluves d'oignons et d'ail, les senteurs des thyms, les remugles des bêtes, il pourrait tous les reconnaître les yeux fermés aux odeurs qui imprègnent leurs vêtements. Il croise le regard un peu fou de l'armier (1) ; cet homme roux le soutient moralement, c'est un légitimiste comme lui.

Les fidèles semblent mûrs pour entendre la bonne parole ; Bérenger revient vers l'autel et en gravit les marches, puis se retourne face à eux. De sa voix puissante, il leur lance en langue d'oc :

(1) L'armier du village est chargé des relations avec les âmes des morts.

— Écoutez-moi tous et comprenez-moi bien ! Il n'est rien d'extérieur à l'homme qui, pénétrant en lui, puisse le rendre impur, mais ce qui sort de l'homme, voilà ce qui rend l'homme impur. Si quelqu'un a des oreilles pour entendre, qu'il entende ! La République est sortie des plus mauvais d'entre les hommes...

République ! Le mot est lâché. Ils s'y attendaient tous, et pourtant ils ont frissonné. Le maire a esquissé un mauvais geste. Le forgeron a grogné. Aglaé et l'armier ont souri. Bérenger leur remet ça. Il les prépare une dernière fois pour le deuxième tour des élections :

— Les élections du 4 octobre ont donné de magnifiques résultats, mais la victoire n'est pas complète. Le moment est venu ; il faut employer toutes nos forces contre les adversaires. Il faut voter et bien voter. Les femmes de la paroisse doivent éclairer les électeurs peu instruits, pour les convaincre de nommer des défenseurs de la religion. Que le 18 octobre devienne pour nous une journée de délivrance. Que les républicains soient balayés. Ces gens sont des païens, ils mèneront la France au désastre...

Cette fois, c'en est trop, le maire, le forgeron et quelques paysans émules de Gambetta se lèvent et quittent l'église. Bérenger les ignore et continue d'une voix encore plus forte. Il exalte la foi, fustigeant les athées, les matérialistes et les sceptiques. Il s'en prend au ministre des Cultes, à l'État, à l'École publique, à tous les fonctionnaires en qui il voit l'adversaire.

— Les fonctionnaires républicains, voilà le diable à vaincre et qui doit plier le genou sous le pieds de la religion et des baptisés. Le signe de la croix est victorieux et avec nous...

Au-dehors, le maire prend note. Demain il enverra une lettre d'accusation au préfet de l'Aude. Le forgeron rêve de lui briser les os sur son enclume et quatre ou cinq têtes brûlées jurent de lui casser la gueule à la première occasion. La voix de Saunière qui parvient jusqu'à eux les rend fous de rage. Mais quand donc s'arrêtera-t-il ? L'un des hommes lève la tête et hume l'air en direction des nuages lourds et menaçants. Il sourit aux autres et montre le ciel tout illuminé d'éclairs à l'horizon. Le maire éclate de rire en pensant à toute l'eau qui va se déverser dans l'église, chassant comme d'habitude les fidèles.

Un coup de tonnerre fait trembler le clocher. Au sud, vers Saint-Just-et-le-Bézu, un lourd rideau d'eau est accroché aux fissures des nuages. Les hommes se serrent. Seul le forgeron reste à l'écart, offrant son front tanné par le feu au vent frais qui s'est mis à souffler. Le rideau s'étend d'est en ouest et avance rapidement vers le village. Il masque déjà le bois du Lauzet. Le voilà sur les pâturages, puis sur les champs. Son ourlet laboure le sol, le creuse en bouillonnant et transforme le proche horizon en une ligne de boue et d'écume.

Dans l'église, on prête plus d'attention aux coups répétés du tonnerre qu'à la tempête qui s'élève de la poitrine du prêtre. Aux signes avant-coureurs qui agitent les assistants, Bérenger se hâte de conclure en s'inspirant de l'Évangile selon saint Matthieu : « Nul serviteur ne peut servir deux maîtres : ou il haïra l'un et aimera l'autre, ou il s'attachera à l'un et méprisera l'autre. Vous ne pouvez servir Dieu et la République ! »

La fin de la cérémonie est bâclée. Il houspille les enfants de chœur et s'empresse de donner la communion. Soudain, alors qu'il remet la dernière hostie à Aglaé, un éclair tresse une couronne de feu autour de l'église, le fouet aveuglant cingle les statues et le maître-autel et son fracas assourdissant fait cligner toutes les paupières.

Les hommes aux visages inquiets se tournent vers saint Roch, le protecteur des troupeaux, et les femmes apeurées invoquent sainte Agathe qui éloigne les orages. Il n'en faut pas plus à Bérenger pour mettre un terme à la messe. Il les bénit et les renvoie d'un geste. Aussitôt, ils se précipitent au-dehors vers les étables, les champs et les vaines pâtures.

Ayant chassé les enfants de chœur, Bérenger se retrouve seul, désespérément seul. La foudre et la pluie s'aventurent dans la nef ; il reste imperturbable, rangeant ce qui doit être protégé : les hosties, la patène et les calices. Que peut-il faire contre les éléments ? Et si c'était la volonté de Dieu de l'accabler ainsi ?

Au-dessus de lui, la charpente gémit, grince. Autour de lui les murs se gorgent d'eau. Sous lui les fondations frémissent. L'église souffre et Bérenger souffre en secret avec elle. Deux plis amers barrent le bas de son visage. Que peut-il contre la misère qui lui colle à la peau ?... Doit-il se contenter des paroles d'espoir de Boudet ? Doit-il se nourrir de paraboles et d'énigmes ? L'abbé de Rennes-les-Bains, à qui il rend visite une fois par semaine, lui répète sans cesse que la richesse est à portée de tous. Et lorsqu'il l'interroge pour en connaître la recette, l'énigmatique petit homme lui répond : « Ne soyez pas impatient. Suivez la voie que je vous ai tracée. Aujourd'hui, chercher à vous cultiver vaut mieux pour votre âme. Demain, quand vous serez en mesure de contourner les pièges de la vie, il sera temps de vous lancer à la chasse à l'or. »

À la pensée de l'or, Bérenger se signe et baisse les yeux. Combien de temps résistera-t-il à la tentation de s'en procurer par des moyens frauduleux ? Il hausse les épaules : rien ne sert de tuer ses envies par les prières, à chaque lever de soleil elles se révèlent plus fortes, et plus fortes encore après ses entrevues avec Boudet. L'abbé lui a inoculé un poison dont il se sent incapable d'annihiler les effets.

Un dernier éclair le tire de ses songes. Il écoute la pluie qui décroît. L'orage à l'agonie meurt au nord du village. Une lumière glauque pénètre dans l'église par la porte que les fidèles, dans leur précipitation, n'ont pas refermée. Tout est fini. Encore six cierges à éteindre, et il va pouvoir rentrer chez lui.

La dernière mèche mouchée, il fléchit un genou et se signe encore une fois. Bien qu'ayant accompli son devoir, il se sent frustré, plein de ressentiment. Non seulement il officie dans les pires conditions, mais en plus ses paroissiens ne lui donnent pas satisfaction. Tous des mauvais chrétiens. Il suffit d'une petite tempête pour qu'immédiatement ils l'abandonnent.

Pas tous, cependant. En se retournant, il devine une présence dans l'ombre du confessionnal.

— Qui est là ? demande-t-il un peu surpris.

— Marie, répond doucement quelqu'un.

Marie ?... Il se raidit : Marie Denarnaud ! Une boule de joie et de crainte gonfle dans sa poitrine. La petite Marie, si jolie, si fraîche ; depuis leur première rencontre, elle n'a pas reparu. Et cette absence l'a tourmenté quelque temps, au point qu'il a failli demander de ses nouvelles à Boudet.

Une fois devant elle, il ne sait pas comment se comporter : doit-il être le prêtre ou l'homme ? Doit-il lui dire ma fille ou Marie ? Mais c'est elle qui prend les devants en lui murmurant, comme si elle avait peur de commettre un sacrilège :

— Je suis heureuse de vous revoir.

— Moi aussi, Marie, balbutie-t-il en rougissant.

En s'approchant d'elle, il s'aperçoit qu'elle est mouillée des pieds à la tête, alors il s'inquiète :

— Mais tu es trempée ! Tu vas attraper mal !

— L'orage m'a surprise sur le chemin et je n'ai pas pu m'abriter.

— Il ne faut pas que tu restes ainsi, viens avec moi. Je vais te faire un bon feu et pendant que tu sécheras tes vêtements j'irai chercher à manger.

Quelle heure est-il donc ? Bérenger n'ose pas regarder sa montre. D'ailleurs Alexandrine ne va pas tarder à le mettre à la porte. La vieille rapace s'étonne de le voir traîner devant l'âtre ; elle n'est pas habituée à ce qu'il lui fasse la conversation. Que veut-il ? Pourquoi lui parle-t-il de la pluie et du beau temps ? Qu'il s'en aille donc ! Elle lui a remis ce qu'il demandait : des œufs, des champignons secs, deux litres de vin, une livre de petit salé et un pain rond de six kilos. Avec toute cette nourriture, il a de quoi inviter trois ou quatre personnes. Elle s'approche de lui et lui jette un regard méfiant.

— Si vous restez pour me convaincre de parler à l'oncle, c'est peine perdue. Il ne votera pas ! Et si j'essaye, vous savez ce qu'il me répondra, ce vieux porc : « Peta totjorn mais non parlant pas (1). »

— Mais ce n'est pas mon but, rétorque Bérenger.

— Que voulez-vous alors ?

— Une poule...

Alexandrine est médusée. Une poule ! Il tourne comme un conspirateur depuis plus d'une demi-heure pour lui annoncer, au bout du compte, qu'il veut une

(1) « Père toujours mais ne parle pas. »

poule ! Ce doit être ces élections qui lui ont dérangé le cerveau.

— Et évidemment vous voulez que je la tue et que je la plume.

— Oui...

— Cela vous coûtera un franc de plus et je garde le foie.

— Vous mettrez la poule sur ma note avec le reste.

— Ça va prendre longtemps, vous pouvez retourner chez vous, je vous l'apporterai.

— Non ! s'exclame-t-il... Je préfère attendre ici en votre compagnie, rajoute-t-il en se forçant à sourire.

Elle acquiesce de la tête et sort chercher la volaille. Bérenger est soulagé. Il gagne du temps. Il espère que Marie pourra ainsi se sécher et se rhabiller avant qu'il arrive.

Un peu plus tard, la poule est plumée, roussie et vidée, les victuailles sont chargées dans un large panier, la porte de la maison est ouverte. Bérenger prend enfin congé d'Alexandrine, désormais figée dans une attitude irréversiblement hostile. Ne rencontrer personne. Chargé comme il est, il éveillerait les soupçons. Il jette un œil à droite et à gauche et s'en va d'un pas mesuré par les ruelles. Le village est silencieux et désert. Seule, la bande désordonnée des chiens patauge dans la mare de boue qui s'étale en croissant de lune devant le château des Hautpoul. Plus il se rapproche de Marie, plus il ralentit sa marche et complique son itinéraire. Il lève les yeux au ciel, mais il ne lui vient aucune consolation des nuages qui courent et s'effilochent.

Sa masure est là. Après avoir parcouru les derniers mètres qui le séparent de la porte d'entrée comme un octogénaire fatigué, il prend une profonde inspiration et se décide à entrer.

Le chuintement de l'eau frémissante du chaudron sur le feu est la première chose qu'il perçoit. Il s'avance avec appréhension dans la pénombre. Marie a tiré tous les volets. Soudain la voix légère de la jeune fille monte de la pièce voisine où il a installé son lit et sa table de travail. Il va l'appeler mais le prénom ne passe pas sa gorge. Il se fige : devant l'âtre, des vêtements féminins pendent sur une corde.

Bérenger recule jusqu'au seuil ; le battement sourd de son cœur cogne à ses tempes. Il a l'impression que sa tête est devenue une forge. Marie si proche et peut-être nue. Il veut partir mais il est sous l'emprise d'une force qui le contraint à rester. La voix mélodieuse de Marie l'envoûte. Sa pensée s'embrume et son regard va des jupons étendus à la porte close derrière laquelle est l'objet de son désir.

« Je ne dois pas rester ici... Saint Antoine, aide-moi ! Donne-moi la force de résister à la tentation... »

Son invocation est vide de sens. Les mots et les saints n'ont plus d'emprise sur sa conscience. Telle une statue, il demeure. Soudain, la porte de la chambre s'ouvre et Marie apparaît.

— Vous en avez mis du temps, j'ai cru que vous ne reviendriez jamais. J'ai fait votre chambre. On voit bien que vous vivez seul, elle était dans un état lamentable.

Bérenger croit avoir la berlue. Il en laisse tomber son panier. Marie est enroulée dans un drap. Suivant le regard de Bérenger, elle éclate de rire.

— C'est tout ce que j'ai trouvé pour me couvrir. Il est un peu trop grand pour moi.

Bérenger est dérouté. Il devrait se sentir offensé. Il devrait hurler, la chasser. Au lieu de quoi, il sombre dans une sorte de complaisance, hochant la tête en signe d'assentiment. La jeune fille tourne sur elle-même. Elle rit. Ses pieds nus frappent le sol. Elle découvre ses jambes.

— Je vous plais ainsi ? lui lance-t-elle.

Bérenger ne répond pas. Ses yeux se posent sur la naissance des seins. Marie n'a pas jugé bon de cacher le haut de sa poitrine. Entre les pans du drap, la chair paraît plus rose, plus fragile. Marie arrête de tourner, se met face au feu, se penche et ramène en avant sa longue chevelure qu'elle se met à caresser. Dans le mouvement, Bérenger devine un peu plus la rondeur des seins. Insensiblement il se rapproche...

Comme si de rien n'était, Marie continue à passer ses mains dans ses cheveux, les présentant au feu de l'âtre. Le prêtre est tout près d'elle. Elle le guette. Sûre d'elle. Sûre de son charme, de sa jeunesse. Elle comprend qu'il cherche à voir ses seins, leurs aréoles dressées. Elle creuse son ventre et voûte ses épaules, entrouvrant largement son vêtement de fortune. La lumière fauve des flammes court sur ses mamelons, le regard de Bérenger en effleure les bouts.

Le démon de la chair le pousse, Bérenger se soumet, accepte sa domination, dût-il être maudit jusqu'à la fin des temps.

« Qu'il en soit ainsi ! », se dit-il.

Rien ne l'empêche plus de contempler à loisir cette nuque frêle, cette chair palpitante et dorée, cette bouche boudeuse qui s'ouvre, ces lèvres pleines et humides qui l'appellent et ces yeux bruns pailletés d'or pourtant si innocents.

De son côté, Marie retient son souffle et ses mains sont retombées le long de son corps. Maintenant c'est fait. Elle sait que c'est mal, mais le mal donne tant de plaisir. Et comment résister au mal quand il prend la forme d'un si bel homme. Pourquoi lutter quand des lèvres sensuelles et chaudes vous baisent le coin des yeux et les paupières, puis se perdent dans votre cou. Elle sent son cœur prêt à éclater. Elle voudrait maintenant cette bouche sur sa bouche. A son tour elle lui donne de petits baisers sur le visage et guide sa main tâtonnante sur ses seins. Et cette main, à peine tremblante, en caresse les courbes, presse doucement les pointes.

Bérenger se sait encore trop faible et inexpérimenté pour contrôler ses gestes. Que va-t-elle penser, ressentir ? N'est-elle qu'une masse de chair enfiévrée abandonnée à des réflexes d'amour ? Il doit tout découvrir, tout apprendre et ne pas se fier à ce qu'il a lu dans les livres interdits qui circulaient au séminaire. Il lui donne un baiser léger sur les lèvres, presque pudique, mais elle le lui rend avec fougue. Leurs dents s'entrechoquent, leurs souffles se mêlent, leurs corps se cherchent. Ils se dirigent vers la chambre, vers le lit...

Enhardie, Marie libère ses seins d'un geste brusque et les lui offre. Puis elle s'attaque aux boutons de la robe de Bérenger. Ses doigts les font sauter un à un. Elle ouvre la chemise, baise le torse. Ses mains s'égarent dans la pilosité de la poitrine, ses ongles s'incrustent dans les muscles puissants, en redessinent les contours avant d'aller griffer le ventre.

Lui se tend et attend. La main de Marie se pose sur sa verge, l'emprisonne, la ploie et imprime un rythme doux. Il est pris dans un tourbillon de pensées confuses, contradictoires, mais le plaisir est là, imparable. Sa peau brûlante cherche les seins durs de Marie. Ses mains maladroites serrent les hanches et glissent sur les fesses. Il ne sait pas ! Il n'ose pas...

Son trouble ravit la jeune fille qui se délecte d'avoir pour une fois un homme à sa merci.

— Tu as déjà pris une jolie fille comme moi toute nue dans tes bras ?

Bérenger ne répond pas. Marie triomphe. Elle a envie d'employer les mots des garçons. Elle a envie qu'il se salisse avec elle. Elle a envie de luxure, de débauche, avec lui, le prêtre.

— Dis-moi que tu aimes mes seins... Dis-moi que tu aimes ma langue dans ta bouche... Dis-moi que tu aimes mon cul... Dis-moi que tu veux mon con...

— Je veux tout ce que tu veux, bredouille-t-il, vaincu.

Alors, il sent la main qui s'active, puis les cuisses fermes venir contre les siennes. Les cuisses qui se referment doucement sur sa chair dressée et la serrent comme un étau.

Soudain Marie s'empale brutalement et se déchaîne. Bérenger se laisse entraîner. Sans regret. Sans remords. Bérenger qui brûle et se libère.

— Je ne te laisserai pas un instant de répit ! lui crie-t-elle alors que leur jouissance monte.

Marie est repartie à Espéraza. Repartie... Elle lui a juré de revenir bientôt. Bérenger est haletant de détresse et d'anxiété. « Marie... Marie... » Il la désire encore. Que va-t-il leur arriver maintenant ? Il voudrait avoir le courage d'aller à l'église, de ramper et gémir devant la croix, puis se lacérer la poitrine pour extirper ce péché qui lui paraît comme le bonheur le plus vif que l'on puisse éprouver en ce monde. Cependant il reste étendu sur son lit défait, tel un captif réduit à l'impuissance. Entre les larmes de ses yeux, il la revoit nue. Il l'entend aussi. Pourtant ce n'est pas elle qui parle. C'est une voix envoûtante venue d'ailleurs : « Le plaisir est le plus grand des biens... Prends-le comme il vient. Il ne requiert ni explications ni excuses. Il se suffit à lui-même, justifie sa propre poursuite, entre en nous et nous consume. Il n'est pas péché, accepte-le car tu es fait pour en connaître les limites. »

Tentation ! Bérenger ne veut plus entendre cette voix de femme. Il cogne la paillasse avec ses poings, puis bondit hors du lit, hors de la chambre, hors de cette maison de débauche, hors du village. Il court comme un possédé sur le chemin maintenant écrasé par le soleil. Il essaie de penser au Christ, à sa bonté, à son sacrifice pour les hommes.

— O Seigneur, pourquoi le remords me semble-t-il si léger ? Pourquoi ne me punis-tu pas ?

Il monte sur un rocher et montre sa poitrine aux Cieux, mais ceux-ci sont désespérément bleus, désespérément sereins. Il y a même des oiseaux qui s'ébattent dans l'azur, et il entend leurs cris de joie. Pas la moindre menace. Pas d'anges vengeurs pour éparpiller ses chairs et précipiter son âme en enfer. Les Cieux se taisent et Bérenger ne sait pas ce qu'ils souhaitent.

Peu à peu le calme revient en lui. Alors il descend de son rocher, quitte le chemin et s'en va à travers les pâturages. Il arrive au ruisseau des Couleurs gonflé des pluies de l'orage, et cherche un gué pour le traverser. C'est alors que, sur l'autre rive, surgit René. C'est un homme large, trapu, avec des cheveux crépus et des traits grossiers. Un paysan, un grand buveur et un ami du maire.

— Salut, curé ! lance-t-il de sa voix gutturale.

— Bonjour, René.

Les deux hommes se mesurent du regard, mais René le premier baisse les yeux, renifle, s'essuie le nez avec les doigts, puis les doigts au pantalon avant de grommeler :

— Paraît qu'on n'aime pas la République ?

— C'est exact !... Comment le sais-tu ? Tu ne viens jamais à l'église écouter mes sermons.

— Ça des sermons ! Ces discours pourris que les femmes répètent à la rivière ! Vous feriez mieux de réciter vos Évangiles. Votre langue est pleine de merde.

— Mesure tes paroles, mon fils.

— Plutôt crever que d'être votre fils !

René s'empare d'une pierre et la jette sur Bérenger. Ce dernier l'évite de justesse. En cinq bonds, il passe le ruisseau. L'autre prend la fuite.

— Essaie de me rattraper ! lui crie-t-il. Essaie avant que je puisse pisser sur la croix du calvaire et la bénir au nom de la République.

A ces mots, la haine l'emporte sur la raison, Bérenger bondit. Il brisera le cou de ce sale républicain avant qu'il ne puisse ouvrir son caleçon. Sa soutane lui fait perdre du terrain. Il comprend que René va pouvoir commettre son acte sacrilège. Le désespoir l'envahit, sans pour autant l'anéantir, avivant au contraire sa détermination farouche. Il coupe à travers les ronces, saute des rochers, mais René n'est déjà plus qu'un point.

— Je t'aurai ! gronde-t-il.

Hélas, quand il arrive au calvaire, René a accompli son forfait.

— Tu vas me le payer ! crie Bérenger en s'élançant sur lui les poings en avant.

— Non, c'est vous qui allez le payer ! répond l'autre, goguenard.

A cet instant, Bérenger se sent saisi par les épaules et les aisselles. Des mains le tenaillent, le renversent et l'immobilisent. Il est tombé dans un piège. Trois hommes le maintiennent au sol. Il les reconnaît. Ils font partie de ceux qui ont quitté l'église pendant son prêche. René s'avance.

— Te voilà calmé, curé. Tu as de la chance. Si on avait des clous et un marteau, on t'aurait mis en croix comme ton Juif de maître.

— Maudit républicain !

Son cri de rébellion s'étrangle dans sa gorge car le pied de René, lancé à toute volée, s'écrase sur son visage.

— Ça, c'est de la part de la République !... Et celui-là, au nom de Gambetta !

Le pied part dans les côtes. La douleur arrache un cri à Bérenger. Les coups pleuvent sur lui mais il ne les sent plus. La fureur brille dans son regard ; elle décuple ses forces. Poussant un hurlement, il libère son bras droit, accroche une tignasse et la tire vers lui. L'homme bascule. Au passage, Bérenger lui fend l'arcade sourcilière d'un formidable coup de tête.

— Il s'échappe ! Tenez-le bon ! s'exclame René en se jetant sur Bérenger.

Le pied du prêtre le cueille au menton et le projette en arrière contre la croix du calvaire. Un deuxième homme est repoussé. Le troisième tente de l'assommer. Il frappe Bérenger sur le crâne. Le poing du prêtre part à la rencontre de son nez. On entend un craquement et un cri de douleur, l'homme porte ses mains au visage où le sang pisse, puis tombe sur le côté.

Bérenger roule sur lui-même dans la pente pour se mettre hors de portée de ses assaillants. Un genêt l'arrête ; il se redresse péniblement. Le feu roule dans sa tête, dans sa poitrine, dans son ventre. La colline lui paraît floue et les rochers dansent devant ses yeux. Ses jambes tremblent. Inutile de courir pour leur échapper. Sous le calvaire, une dizaine de mètres plus haut, les quatre brutes se regroupent.

Bérenger attend leur charge. René les excite :

— Il n'en peut plus cette ordure ! Nos femmes le trouvent beau. Eh bien ! réduisons sa belle gueule en bouillie. Toi, Brasc, va à gauche. Le Rey, à droite. Simon, avec moi. Tous sur lui et n'hésitez pas à lui ramollir les couilles.

Bérenger ramasse ses forces. Les hommes dévalent sur lui. Brasc est le plus rapide. Bérenger s'efface d'un coup de reins tout en envoyant son genou dans l'entrejambe de son attaquant. Brasc hurle un juron, se plie et emporté par son élan passe à travers le genêt puis dégringole encore de quelques mètres. Pendant ce temps le nez sanglant de Simon refait connaissance avec le poing de Bérenger. Deux hors de combat ! Le prêtre reprend sa respiration et écarte de justesse les doigts de René lancés vers ses yeux. Il sent Rey dans son dos, mais quand il se retourne il est trop tard : la grosse pierre que brandissait l'homme heurte avec violence le sommet de sa tête.

Un voile noir obscurcit sa vision, Bérenger s'affaisse sur les genoux. C'est alors qu'il entend comme dans un rêve des coups de feu.

Un goût amer dans sa bouche... Quelque chose de très fort coule dans sa gorge. Bérenger a l'impression d'avaler un acide. Son corps se déchire. Son cerveau éclate. Son sang charrie de la lave. Cependant cette sensation d'être torturé ne dure pas, au contraire elle est remplacée par un immense bien-être. Il cligne des paupières puis ouvre grand les yeux, très lucide, comme s'il ne s'était jamais évanoui. Et ce qu'il y a de plus étrange, c'est qu'il ne ressent pas de douleur. Il ne s'est jamais trouvé aussi bien dans son corps.

Penché sur son visage, un homme le regarde, les traits légèrement contractés. Bérenger voit les lignes rudes qui barrent son front et ses joues s'adoucir. « Quelle drôle de tête, songe-t-il, on dirait un revenant. »

— Vous vous sentez mieux ? demande l'homme en remettant une fiole bleue dans la poche intérieure de son veston.

— Oui... marmonne Bérenger en se redressant sur un coude. Que m'avez-vous fait boire ?

— Un élixir de ma composition, dans quelques minutes vous serez comme avant.

— Où sont-ils passés ? s'inquiète soudain Bérenger en cherchant René et ses compères.

— Ils sont retournés à leurs bauges. Le sifflement des balles à leurs oreilles a suffi à les faire détaler. Je crois être arrivé à temps, mon père.

— Et vous avez droit à toute ma gratitude, monsieur...

— Élie, Élie Yesolot pour vous servir.

— Mais que faisiez-vous par ici ?

— Des recherches archéologiques, sur les conseils d'un spécialiste de la région : l'abbé Boudet, de Rennes-les-Bains.

— Boudet ? C'est un ami à moi !...

— Alors je suis doublement heureux de vous avoir tiré de ce mauvais pas. Mais entre nous, mon père, que vous voulaient-ils ?

— Vous n'êtes pas de gauche ?

— Ni du centre ni de droite, ni communard ni royaliste. Je n'appartiens qu'à moi. La politique ne m'intéresse pas, je trouve ailleurs mes délassements intellectuels. De plus, je n'ai pas la nationalité française.

— Grand bien vous fasse. Au moins vous ne courez pas de dangers. Ces hommes en voulaient à ma carcasse parce que je fais campagne pour les conservateurs.

Cette réponse lui enlève une épine du cœur. Élie sourit. Il avait cru que c'était des hommes de main des templiers johannistes, que leur projet de se servir de Bérenger Saunière avait été découvert et qu'ils s'en prenaient à ce dernier pour faire échouer leur plan. Cependant, il se dit que ce prêtre leur fait courir de grands risques. Ils ne l'ont pas fait nommer ici pour qu'il s'attire les foudres du ministères des Cultes. Que ne peut-il s'enfermer dans son église, avec ses Évangiles, et rester tranquille ! Ils lui ont donné Marie pour calmer ses ardeurs et l'enchaîner, cela ne lui suffit donc pas !

— C'est une grande erreur de votre part ! dit sèchement Élie. Le ministère des Cultes ne va pas manquer de vous sanctionner.

— Peut-être... mais je ne regrette rien.

— Soit ! Toutefois, faites attention à vous... Vous allez venir avec moi. J'ai un bon cheval ; il nous mènera jusque chez vous où je pourrai mieux vous soigner.

Bérenger veut se récrier, mais, durant une seconde, Élie fixe sur lui ses yeux noirs comme s'il les fixait sur une proie qu'il avait l'intention d'achever. Alors Bérenger acquiesce et accepte la main que lui tend son sauveur.

Bérenger parle de lui, de ses habitudes, de ses goûts, sur ce ton plus bas, plus vrai, qui convient à la confession. Élie lui inspire confiance. Il trouve un apaisement dans l'extraordinaire immobilité de son visage large et intelligent. Il se dit dégoûté de ses charges temporelles, las de l'hypocrisie de ses fidèles ; il lui confie ses ambitions, peut-être parce que c'est un étranger, un Juif capable de comprendre les spéculations et ce besoin de transformation qui l'agitent. Il fait état de la crise continuelle de sa foi, soldant ses péchés en un vague lot où il oublie Marie. Mais lorsqu'il témoigne le désir de porter des coups fatals aux républicains, Élie a un recul et le calme d'un geste.

— Si vous faisiez preuve de jugement, vous refuseriez de vous laisser piéger dans quelque opinion que ce soit, pour ou contre, mais vous faites partie de ce petit contingent de prêtres sur lequel les conservateurs peuvent compter pour répéter comme des perroquets les préjugés arrêtés de leurs chefs...

— Je ne veux pas sacrifier l'utilité à l'apparence, je ne veux pas ressembler à ces prêtres qui tremblent devant leur conseil municipal et qui ont l'apparence des crédits que ce dernier veut bien leur accorder. Je me sens utile en combattant la République, cette chose hybride, obtenue par le croisement de cent partis différents, ce monstre sans entrailles, sans cœur, sans foi, au cerveau froid, qui dans l'aveuglement de ses pensées glacées n'est même pas capable de diriger les membres confiés à son contrôle.

— Et cette métaphore ne vous entraîne pas vers une conclusion logique ?

— Je devrais en conclure que la République est condamnée ?

— Cette république... la IIIe, certainement. Ses faiblesses tiennent principalement à la défaillance de son pouvoir exécutif, à l'instabilité ministérielle et au pouvoir excessif des députés. Vous n'avez nul besoin de la combattre. Poussés par les socialistes, les radicaux et le centre appliqueront à la lettre les paroles de Jules Ferry : « Si nous rêvons pour notre patrie à des destinées plus hautes, souscrivons tous à cette formule : la France a besoin d'un gouvernement faible. » Et je vous le dis, mon ami, il y a un grand sophisme à penser que la force d'un régime politique tient dans la faiblesse de son pouvoir exécutif. L'État laïque porte en lui ses propres germes de destruction ; cependant il ne faut pas espérer le voir périr rapidement : la France tire ses richesses de son immense empire colonial, et ces richesses, tant qu'elles ne seront pas épuisées, suffiront à assurer la permanence d'une ligne politique qui vous fait horreur.

— Et après ?

— Les masses déçues par un régime de désordre retireront leur confiance aux hommes du centre gauche et se tourneront vers les partis de droite et l'extrême gauche, seuls capables de redresser une situation politique et financière devenue catastrophique.

— Et que deviendra l'Église ?

— L'Église retrouvera sa puissance ou périra, cela

dépendra de l'homme qui prendra le pouvoir, car il ne fait aucun doute que l'exécutif sera entre les mains d'un seul homme... Il vous reste à espérer que ce chef soit chrétien... Ce ne sont que des spéculations intellectuelles liées à mon intuition, mais je les crois justes... Ne prêchez plus contre les républicains, le temps agit pour vous.

— J'essaierai de me rappeler vos paroles, vous m'avez presque convaincu... Je me demande comment un étranger tel que vous est arrivé à s'initier aux arcanes de la politique de notre pays.

— Quand on décide d'aller vivre en France, quand on veut faire du commerce sur son territoire et quand on est juif, on a tout intérêt à connaître son histoire, sa politique, la mentalité de ses habitants afin de prévenir sa propre persécution.

— Qui voudrait encore persécuter les Juifs dans notre beau pays ?

— L'antisémitisme constitue une des pièces maîtresses de l'idéologie nationale en gestation dans votre beau pays...

— Je ne vous crois pas ! Le nationalisme n'existe pas et les antisémites sont une poignée d'imbéciles qui justifient leur racisme en s'aidant d'un vocabulaire clinquant issu du darwinisme et de l'anthropologie.

— Et un jour ces imbéciles s'aideront de cordes pour nous pendre.

— Ce jour-là je vous offrirai asile et protection, ricane Bérenger... Ainsi nous serons quittes. La vie d'un Juif vaut bien celle d'un chrétien et l'amitié d'un chrétien vaut bien celle d'un Juif, donnez-moi la main, compère.

Élie lui donne la main. Bérenger la serre. Les deux hommes paraissent goûter tout particulièrement l'instant. Ni juif ni chrétien. L'oubli de soi est l'unique voie qui mène au bonheur. Ils restent immobiles devant le vin qui scelle leur amitié, appuyés sur leurs coudes, penchés l'un vers l'autre, semblant écouter leur cœur. Pourtant Élie n'oublie pas sa mission, il cache tout au fond de lui le sentiment de trahison et dit :

— Vous m'avez profondément touché, Saunière... J'essaierai de rassembler des fonds pour les réparations de votre église et je vous les ferai parvenir par l'entremise de l'une de mes relations qui vient en cure à Rennes-les-Bains.

— Je ne peux accepter !

— Un simple don, ami, un simple don qui vous sera remis par M. Guillaume.

— M. Guillaume, je n'oublierai pas.

5

Carcassonne, 10 décembre 1885

BÉRENGER attend. Quelques lampes seulement sont allumées, encore ternies par la clarté rosâtre du crépuscule qui pénètre à travers les treillis des contrevents relevés. Une plénitude emplit l'abbé, il est comme envahi par cette odeur de livres saints, qui le nourrit de toute la spiritualité dont les bibliothèques sont chargées. Le bureau de l'évêque est le centre de l'évêché, et la correspondance énorme des paroisses et de Rome afflue ici, n'absorbant pas moins de trois secrétaires aux écritures. Bérenger voit leurs doigts fugitifs décacheter des enveloppes, saisir des porte-plume et des tampons et rejeter des lettres sur un impénétrable maquis de documents. Quelquefois, l'un d'eux, tendant la main vers les hauteurs sombres de la pièce, essaie de lutter contre une crampe. Ses lèvres murmurent le nom d'un saint. Ses yeux fatigués se referment jusqu'à n'être plus que deux traits au-dessus des cernes…

« Loués soient ceux qui se sacrifient pour la Sainte Église », pense Bérenger.

Cependant il ne les envie pas, même s'il reconnaît que leur carrière est mieux assurée que la sienne. Ils sont jeunes et ambitieux, mais ne ressemblent plus à des êtres humains. Leur peau a la couleur sinistre d'un bolet livide. Leurs lèvres mêmes se sont amincies et la chaleur qu'il peut déceler sur leurs joues creuses semble provenir non d'eux-mêmes mais des deux poêles qui ronflent tout doucement sous la protection des portraits des papes Grégoire XVI et Pie IX.

Soudain le tintement d'une clochette retentit, et l'un des hommes dresse l'oreille, pose son porte-plume dans une nacelle de cuivre en forme de bénitier et se retourne vers Bérenger.

— Si vous voulez bien me suivre.

Le frisson de la veille le reprend : la lecture de cette convocation urgente à l'évêché lui avait arraché un tremblement d'appréhension. Et maintenant, il ressent la même chose. Il s'irrite surtout de ne pas avoir questionné les gribouilleurs. Que lui veut l'évêque ?

Il est introduit dans un bureau plus petit et luxueux. Mgr Billard se lève pour l'accueillir. C'est un homme mince, au visage patelin vissé sur un cou épais et dont les yeux, qui semblent de velours jaune, sont en perpétuel mouvement.

Dès leur poignée de main, Bérenger se méfie de son supérieur. Et s'il se force à adopter une attitude humble et réservée, ce n'est que par égard à la puissance et à la richesse de l'homme qui lui fait face et entame un cours sur les devoirs de l'Église et de ses serviteurs.

Bérenger l'écoute à peine, pensant à l'or qu'il doit posséder. Ici, il prend véritablement conscience de son état misérable. Tout y brille trop : le cristal des lampes, les titres dorés des livres pieux, les bronzes et les objets saints. Plus il les regarde, plus il lui semble qu'ils se multiplient en même temps que ses pensées d'amertume et d'envie. Les bagues de Billard scintillent et projettent leurs rayons bleus et rouges sur sa face, avivant ses tortures, sa convoitise.

Une lettre à la main, l'évêque parle d'une voix très basse de la montée de l'athéisme en Europe, qu'il tient pour une conséquence de la percée des idées socialistes. Il en est ainsi, jusqu'à l'instant où, avec une négligente désinvolture, il jette la lettre vers Bérenger.

— Il n'est pas de notre compétence de les affronter dans l'arène politique, dit-il d'une voix plus forte, pleine de menaces.

La lettre tourne et glisse jusqu'à lui, Bérenger n'ose pas la prendre.

— Lisez ! intime Billard.

Et Bérenger parcourt les lignes qui prononcent sa

condamnation. Les républicains se vengent.

— Je ne peux rien faire, laisse tomber l'évêque. La République a gagné et vous devez vous plier à sa loi. L'Église a mis beaucoup d'espoir en vous. Quand votre suspension de traitement se terminera, vous reprendrez votre place à Rennes-le-Château et vous vous conformerez à l'encyclique Humanum genus. Nos véritables ennemis sont les francs-maçons et notre lutte doit être sourde et secrète. L'homme ambitieux que je devine en vous doit savoir attendre.

Attendre quoi? L'évêque parle comme Boudet. Combien de temps Bérenger pourra-t-il résister à ses désirs au milieu des pierres et des moutons de Razès? Il en a assez d'entendre les bons conseils de ces sages spéculateurs. Même Marie, ces derniers mois, s'est évertuée à le contredire chaque fois qu'il évoquait la République.

— Je comprends, répond-il à l'évêque tout en baissant les yeux pour relire cette lettre maudite (1). Et son cœur se gonfle de tristesse et de haine.

Monsieur l'Évêque,

Les explications que vous m'avez fait l'honneur de me transmettre dans le but de justifier les quatre prêtres de votre diocèse qui se sont compromis pendant la période électorale ne sont pas parvenues à modifier ma manière d'apprécier les actes relevés à leur charge, actes que vous discutez, mais dont vous reconnaissez implicitement l'exactitude matérielle.

Comme, d'autre part, vous ne manifestez pas l'intention de répondre à mon désir de procéder par voie de déplacements, pour prévenir des répressions méritées, il est aujourd'hui de mon devoir de sévir dans la limite de mes attributions disciplinaires.

Les titulaires dont les noms suivent seront donc privés des indemnités attachées à leurs titres à dater du 1er décembre de la présente année,
savoir :

Messieurs Saunière, desservant de Rennes-le-Château,

(1) Lettre du 2 décembre 1885.

Tailhan, desservant de Roullens,
Jean, desservant de Bourriège,
Delmas, vicaire d'Alet.

Agréez, Monsieur l'Évêque, l'assurance de ma haute considération.

Le Ministre de l'Instruction Publique,
des Beaux-Arts et des Cultes

GOBLET

— En attendant, j'ai d'autres projets pour vous, dit l'évêque.

Une lueur d'espoir passe dans le regard de Bérenger. L'évêque fait le tour de son bureau, prend son porte-plume et signe un papier.

— Vous irez enseigner le latin au petit séminaire de Narbonne, voilà votre lettre d'introduction et ces deux cents francs qui vous permettront de tenir quelque temps.

L'évêque lui tend la lettre et une enveloppe contenant des billets neufs. Bérenger hésite à s'en emparer.

— Prenez ! Croyez-vous que quelques heures d'enseignement par semaine vont remplir votre bourse ? Narbonne est une ville, vous allez y rencontrer des personnes intéressantes, sortir, faire vos débuts dans le monde. Il faut que vous soyez présentable. Ne sous-estimez pas l'orgueil de l'Église et acceptez son argent. Un jour viendra où vous le lui rendrez au centuple. Je ne vous fais pas l'aumône, Saunière. Prenez, vous dis-je, il n'y a pas de témoin. C'est une affaire entre vous, moi... et Dieu qui nous observe.

Enfin, Bérenger se lève et se saisit de l'enveloppe.

— Mais maintenant, que suis-je maintenant ? lâche-t-il comme s'il s'adressait à lui-même.

— Un prêtre sur la voie du repentir, Saunière, tout simplement... Allez et priez, mon fils. Et que les légions du Seigneur vous protègent.

Bérenger baise la bague de l'évêque. La pierre lui paraît encore aussi lointaine qu'une étoile, pourtant il a l'impression qu'elle lui appartient déjà. Tant de protection cache quelque chose. Pour la première fois, il a l'intuition d'être en position de force. L'Église se préoccupe de son sort. Sans doute estime-t-elle en tirer plus de profits que de désagréments. « Avant tout plions-nous à ses désirs, après nous verrons », pense-t-il en prenant congé de son supérieur. Mais une fois dans la rue les doutes reviennent. Les questions et les suppositions se multiplient à l'infini. Les paroles étranges de l'évêque résonnent dans sa tête, bientôt celles de Boudet s'y mêlent. Il a besoin d'action. Il marche rapidement, monte sur les remparts, cherche des présages sur les vieilles pierres, martèle les créneaux de ses poings.

Boudet, Billard. Billard, Boudet... Ils ont un point commun mais lequel ? Le langage, leur façon de le regarder ? Il est tenaillé par un besoin impératif : découvrir le pourquoi de leur paternelle protection. Il est de plus en plus persuadé que sa nomination à Rennes-le-Château n'est pas due au simple hasard. Mais pourquoi lui ?... Est-ce parce qu'il est un enfant du pays ?... Cette raison lui paraît insuffisante... Leur choix aurait-il été motivé par ses qualités ? Ridicule ! Il a plus de défauts que de qualités.

Les défauts, ses défauts ! Bérenger rougit. Il ne peut pas y croire. La vérité lui fait mal. Pourtant elle est là, nue, mais elle n'explique toujours pas l'intérêt que lui portent les deux hommes.

Narbonne, 29 avril 1886

La nuit a tout envahi. Et le silence. La nuit l'appelle vers l'immonde pays d'en bas, Bérenger souffle la chandelle. Ses gestes sont précis et rapides. Il prend un paquet sous son lit, met ses souliers sous son bras et, retournant une image pieuse accrochée au mur, décolle une pièce d'or cachée à cet endroit. Il s'apprête dans le noir, guettant les moindres bruits qui parviennent des cellules voisines. Les séminaristes se sont tous enfermés pour prier ou réviser leurs cours. Avec précaution, il débloque le loquet, entrouvre la porte et tend l'oreille. Des soupirs, une voix mélancolique qui implore le ciel, de l'eau qui coule dans une bassine, puis le broc qu'on repose sur une table. Tout est normal.

L'appel de la nuit et du pays d'en bas se fait plus fort, Bérenger referme la porte de sa cellule et se dirige vers l'escalier. Au rez-de-chaussée, comme d'habitude, le gardien sommeille dans sa loge. Bérenger s'avance sur la pointe des pieds et ne quitte pas des yeux le visage de l'homme à moitié éclairé par une veilleuse en porcelaine. A chaque ronflement, ses lèvres charnues frémissent, ses bajoues tremblotent et ses mains jointes sur la rondeur du ventre redescendent lentement. Plongé dans un rêve heureux, il ne sent pas passer le prêtre.

Bérenger sort de la lourde et triste bâtisse. Un vent frais lui caresse le visage. Il va jusqu'au fond du jardin, là où les mauvaises herbes ne sont jamais fauchées, se débarrasse de sa soutane qu'il bourre dans un sac de toile dissimulé au pied d'un arbre et, défaisant le paquet qui était caché sous son lit, en dégage un veston et un pantalon. Une fois ses habits civils passés et ses chaussures enfilées, il se précipite vers le mur d'enceinte. Il n'a pas d'autre choix que l'escalade. En quelques mouvements souples il se retrouve sur le faîte, puis se laisse retomber de l'autre côté. Il traverse un terrain vague et emprunte un chemin qui le mène au pays d'en bas. Le pays des hommes.

Comme un fantôme, il se faufile adroitement entre les platanes d'une place, évitant les flots de lumières qui se déversent des fenêtres. On pourrait le reconnaître... La ruelle est là, sur sa gauche. Il s'y engouffre, passe sous un porche et actionne le marteau de bronze d'une porte basse. Dix rebutantes secondes passent, pendant lesquelles sa peau se hérisse, puis, par le judas qui surmonte le marteau, un œil inquisiteur et rouge le dévisage. Le judas se referme dans un claquement sec. On tire des verrous. Enfin la porte s'ouvre et de la chaleur, de la lumière, des rires et des odeurs viennent à sa rencontre.

— Bonsoir, monsieur, dit le géant qui se tient devant lui.

— Bonsoir, Antoine, répond Bérenger.

À travers la fumée, le géant lui désigne une table.

— Vos amis sont là-bas.

— Merci, Antoine.

À peine fait-il quelques pas, qu'une imposante femme

rousse en noir l'attire à elle. Ses petits yeux rapprochés et vides ne semblent même pas le voir, cependant la voix et les mains sont chaudes comme si toute la vie y était concentrée.

— Je suis heureuse de vous revoir, monsieur Jean, lui dit-elle en lui prenant les mains pour les plaquer sur sa généreuse poitrine. Nous avons une nouvelle pensionnaire... de Paris... Elle est déjà avec M. De Fignac. La blonde qui lève sa coupe. Oui, celle-là avec la gaine violette. Le banquier vous l'a réservée.

Un sentiment de honte l'envahit, puis une excitation énorme : la fille ressemble à Marie, mais en plus fragile avec un cou gracieux et des attaches très fines. Ses petits seins aux pointes roses sont hors des bonnets et un collier de perles noires roule de l'un à l'autre chaque fois qu'elle fait un mouvement.

— Jean ! Jean ! crie un homme. Venez avec nous.

Aussitôt d'autres voix l'appellent et des femmes se lèvent en ouvrant les bras vers lui. Bérenger s'écarte de la grosse femme qui s'est mise à glousser, et rejoint le groupe bruyant. Sept femmes et cinq hommes passablement excités lui serrent la main ou l'embrassent sur les joues. Celui qui l'a interpellé l'accueille et lui fait une place entre deux femmes qu'il sépare à petits coups de cravache sur les cuisses. C'est un officier à l'air incroyablement satisfait, toujours souriant, jamais ivre, avec des mains brunes et longues qui rampent sans cesse au-dessus des lisières des bas, sur les peaux laiteuses et parfumées, et qui se sert quelquefois de sa cravache pour caresser un sexe.

— Nous étions inquiets, dit l'officier. Voilà plus d'une semaine que vous avez disparu. Votre protecteur était prêt à lancer un avis de recherche.

Bérenger se tourne vers un gros personnage impassible et lointain qui fait semblant de boire du champagne. Jamais on ne l'a vu finir une coupe, ni toucher une fille. Cependant comme il jette facilement son or, personne ne se permet de plaisanter.

— Est-ce vrai monsieur De Fignac ? demande Bérenger en se penchant vers lui.

— Oui, mon cher ami, répond l'autre avec un fort accent du Midi. Et comme les autres se désintéressent déjà d'eux, il glisse sur un ton plus bas : Que s'est-il passé ?

— Je crois que le directeur du séminaire me soupçonne de sortir en civil.

— Alors il ne faut plus prendre de risque. D'autant plus que j'ai une bonne nouvelle à vous annoncer : vous allez pouvoir retourner à Rennes-le-Château dès le 1er juillet. Votre exil touche à sa fin. Des amis proches du ministre des Cultes l'ont confirmé à notre ami M. Yesolot.

Bérenger ne sait pas s'il doit se réjouir de cette nouvelle. Il regarde son étrange compagnon que lui a présenté Élie, deux mois plus tôt, dans la cathédrale Saint-Just.

Élie l'avait abordé après l'office du matin : « Me voilà, ami, j'ai reçu votre lettre, que puis-je pour vous ? » Et Bérenger lui fit part de son désir de quitter le séminaire. Le Juif promit de s'en occuper et l'entraîna vers le fond de la cathédrale où les attendait le banquier. « Voici M. De Fignac, dit-il, qui soutient les communautés juives de Bordeaux et de Toulouse ; il se fera une joie de vous faire connaître Narbonne, sa ville... Quant à nous, nous nous reverrons bientôt. »

Ils déjeunèrent tous les trois. Élie évoqua sa première rencontre avec l'abbé, puis les nombreuses visites qu'il lui avait rendues par la suite, leurs longues promenades dans le Razès, leurs petites découvertes archéologiques et leurs soirées avec l'armier qui guettait les âmes des morts et Garramauda (1). Puis Élie les quitta et De Fignac s'occupa de Bérenger.

L'abbé s'est laissé tenter par l'or du banquier. Et quand, pour la première fois depuis sa jeunesse, il a revêtu des vêtements civils pour suivre son guide dans cet établissement, où se retrouvent discrètement les bourgeois de la ville et quelques gros propriétaires terriens en mal d'aventure, il s'est cru damné à jamais. Mais les nuits passées à prier dans la chapelle où, dans le plus fort de son désespoir, il se cogne le front violemment sur l'autel, n'ont pu le détourner du péché. Une force irrésistible l'attire dans ce lieu de débauche, où on

(1) La bête noire.

le connaît sous le nom de M. Jean, artisan menuisier à Lézignan.

Le banquier prend le menton de la fille blonde et le pince entre le pouce et l'index tout en exerçant une pression latérale pour l'obliger à tourner la tête.

— Regardez, Jean, n'a-t-elle pas un beau profil? Approchez-vous d'elle... Plus près... encore plus près. Il faut qu'elle sente votre souffle sur elle.

Bérenger ne peut résister à l'ordre de son mauvais ange. Il découvre le parfum suave qui se dégage des chairs offertes. C'est une caresse qui l'enveloppe et le pénètre. C'est une odeur capricieuse et entêtante qui se mêle à celle, plus lourde, de la fumée qui les entoure. La fille reste immobile, seules ses lèvres s'ouvrent pour prononcer quelque chose en silence ou esquisser un baiser dans le vide, il ne sait pas. Il ne sait plus. Et son imagination se met à divaguer, hors de toute mesure, jusqu'à envahir sa tête de l'image de leur accouplement. Il est si près d'elle qu'il voit ses veines battre sous la blancheur de la peau. Il suit des yeux, puis de l'index leur tracé bleu, se perd dans les boucles dorées de la chevelure et frôle la porcelaine de la minuscule oreille au lobe piqué d'une perle noire. Comme dans un rêve, il retire les barrettes d'argent qui maintiennent les cheveux. Aussitôt une cascade d'or fait écran entre lui et le visage angélique.

— Maintenant tu peux la regarder sans frémir, dit De Fignac en s'écartant d'eux.

Bérenger a les yeux luisants de désir. Son sourire a quelque chose de carnassier. Il met la main dans sa poche et cherche sa pièce d'or, mais, avant qu'il ait pu la saisir, De Fignac en jette une sur la table.

— Pour vous deux !

Immédiatement une patte grasse et baguée s'abat sur la table et fait disparaître la pièce. C'est la grosse rousse en noir que nul n'a vu venir ni repartir. Déjà elle est ailleurs, prête à se jeter sur les soleils froids qui se cachent dans les bourses de ses hôtes.

Sans mot dire, la fille se lève. Ses doigts de magicienne se posent sur la joue de Bérenger. Un effleurement qu'il ressent comme une brûlure. Elle se dirige vers un escalier. Il doit faire de gros efforts pour se lever et la suivre avec pondération. Il sent le sang qui reflue à son visage. Devant lui la fille se cambre, tourne sur elle-même, se montrant. Puis elle repart d'une démarche féline. A chaque pas les globes de ses fesses, que rien ne cache, montent et descendent frottant la soie violette du corset bordé de dentelle.

Un seul et furtif instant, Bérenger pense au péché, et il se voit précipité au fond d'un gouffre, mais le désir broie sa pensée. Il monte avec elle vers une chambre rose, verte ou rouge comme le sang, son sang à qui il obéit.

6

Rennes-le-Château, 11 novembre 1888

MARIE ne voit que lui, ne se rappelle plus qu'il existe un autre homme au monde. Il y a si longtemps qu'elle ne l'a pas rejoint, depuis qu'il a emménagé dans le presbytère refait à neuf après avoir reçu une donation de trois mille francs de la Maison royale de France (1). « Bérenger ! Bérenger ! mon amour... » Dans ses nuits de solitude, c'est lui qu'elle étreint, qu'elle enlace, qu'elle couvre de baisers, qu'elle appelle de toute son ardeur juvénile. Encore et encore... Rêves accumulés.

Il est à dix pas d'elle, ses mains puissantes et carrées sur les hanches. Il domine la foule qui se presse devant une étable. À ses côtés, l'armier paraît chétif. Elle fait un pas, deux pas... Elle a l'impression que son cœur va lâcher. « Voudra-t-il encore de moi ? » Elle enlève son manteau de laine, remonte la manche gauche de sa vieille robe et dégage son bras de la chemise. Noué en lacs d'amour, un ruban rouge enserre son bras nu un peu plus bas que le coude. Elle a acheté le ruban le premier vendredi de lune, a fait un nœud en récitant le Notre Père jusqu'à *in tentationem* et a remplacé *sed libera nos a malo* par *lude-aludeiludeo*. Elle a recommencé l'opération chaque jour en augmentant d'un Pater jusqu'à neuf, faisant chaque fois un nœud. Maintenant il ne lui reste plus qu'à toucher le prêtre pour que leur amour soit total.

(1) Donation du comte de Chambord.

Bérenger fait un geste en direction de l'étable. Ses ennemis d'antan apparaissent : René, Brasc et les autres. Ils sont entourés par une bande bondissante d'enfants qui tapent des mains et répètent :

— Porto le cotel René, que farem de sang (1).

Les hommes transportent quelque chose et ce quelque chose se débat et lance des cris perçants. Marie rejoint Bérenger et l'armier, elle reste derrière eux, se penche, et dans le mouvement touche du petit doigt la main du prêtre. « C'est gagné ! » se dit-elle. Bérenger n'a rien senti. Il est trop accaparé par la scène qui se déroule. Les hommes ont déposé le porc et le maintiennent fermement devant un large récipient de terre.

— Allez, sannaire ! ordonne Bérenger.

Le sannaire — saigneur de cochon —, qui n'est autre que René, sort un coutelas effilé de sa ceinture et l'enfonce sous la tête de la bête. A cet instant, la foule frissonne. Les enfants se figent et ouvrent la bouche, béats et inquiets, curieux et pervers. Le porc hurle, tressaute et bat des pattes, essayant d'échapper à la douzaine de bras qui le retiennent prisonnier. Le sang épais s'écoule dans le récipient. Puis les convulsions de la bête cessent. Les hommes détendent leurs muscles et desserrent peu à peu leur étreinte. C'est fini. Alors René trempe son pouce dans le sang et se tourne vers Bérenger. Marie frémit. Cet homme est antipathique. Elle a horreur des lèvres pâles qui forment un trait unique au milieu de la lourdeur brutale du visage.

— Sans rancune, curé ! éructe René en traçant une croix rouge sur la main du prêtre, exactement à l'endroit où Marie l'a touché quelques minutes plus tôt.

— Que la protection de la Magdaléenne soit sur toi et ta famille, répond Bérenger en écartant les bras pour recevoir le paysan.

Il a écouté les conseils de Boudet et de l'évêque. Dès son retour au village, il a accepté de parlementer avec les républicains, puis quelques jours plus tard a bu du vin et de l'absinthe chez le forgeron, avant de les attendrir par saints interposés en demandant la clémence des Cieux pour leurs champs et leurs troupeaux.

(1) « Porte le couteau, René, nous ferons du sang. »

Les mois ont passé. Il a organisé des processions et dit des messes. Ils lui ont demandé de la pluie et ils ont eu de la pluie. Ils se sont réunis une nuit pour pourchasser le fantôme d'un sorcier mort il y a trente ans, et il les a aidés. Et quand ils se sont mis à l'appeler « mon père », alors il leur a offert du fenouil de Narbonne passé neuf fois dans le feu de la Saint-Jean. Depuis ce jour l'herbe magique est accrochée aux fenêtres de leurs maisons.

Maintenant il est leur ami. René appelle les hommes à venir lui serrer la main. Et Brasc, Simon, Sarda, Delmas et Vidal viennent tour à tour. Tout est oublié. L'Église et l'État se réconcilient ; les enfants laissent éclater leur joie et les femmes, heureuses, versent en chantant de l'eau bouillante pour racler le porc. À midi, elles prépareront les tranches de filets grillés et les haricots, et leur prêtre bénira le pain avant le repas.

Bérenger est satisfait. Il donne une tape amicale sur l'épaule de l'armier.

— Je vais préparer l'église pour la messe du soir, lance-t-il joyeusement.

C'est alors qu'il voit Marie. Il se sent un peu gêné. Il jette un œil vers ses ouailles, mais, trop occupées autour du porc, ces dernières n'ont même pas remarqué la présence de l'étrangère.

— Bonjour... j'arrive de Rennes-les-Bains...

Bérenger pense à Boudet. C'est lui qui l'envoie. On lui offre la jeune fille, l'occasion de s'abandonner au plaisir sans arrière-pensée et sans calcul. Un geste suffirait pour qu'elle soit à lui. A lui !... Dix-sept mois sans toucher une femme. Dix-sept mois pendant lesquels il a appris à redevenir courageux et patient. Dix-sept mois de prière pour purifier son corps. Et dix-sept secondes pour compromettre son âme. Il lui sourit.

— Va chez moi, murmure-t-il en passant près d'elle.

Marie se sent molle, sans consistance, comme un nuage rose emporté par le vent d'autan. « J'ai gagné !... J'ai gagné !... Il me veut encore. » Et c'est sans en avoir conscience qu'elle s'achemine vers le presbytère, qu'elle ouvre la porte, se déshabille devant la cheminée et va s'étendre au premier sur le lit. Quand la porte claque, elle ferme les yeux. Le bruit sec des souliers qu'il balance sur le plancher, celui de la soutane, un frottement... Elle écoute. C'est le froissement des pieds nus sur le sol, puis plus rien. Elle ne veut pas ouvrir les yeux. Sa poitrine se soulève, ses seins pointent sous le drap, ses cuisses se serrent, une grande chaleur envahit son ventre. Quelque chose — elle devine que c'est une main — la frôle, passe sur ses jambes par-dessus le drap et s'arrête en haut de ses cuisses juste sous son sexe. Il suffirait qu'elle descende imperceptiblement en remuant les hanches pour se caresser sur le bout des doigts.

Il ne dit rien. Il se penche, baise les paupières, la bouche, arrondit ses lèvres et les pose sur le sommet d'un sein. Marie se tend vers lui. Elle a envie de sa chaleur, de sa force, de sa vie. Elle le veut. Maintenant...

Marie est heureuse, comblée. Jamais personne ne lui a fait l'amour comme Bérenger. Ce n'est plus le même homme, il l'a entraînée pendant quatre heures dans les plaisirs les plus suaves. Que s'est-il passé depuis tout ce temps pour qu'il ait changé à ce point ? Elle avait gardé le souvenir de ses mains maladroites sur son corps, et ces mêmes mains aujourd'hui lui ont fait découvrir de nouvelles voluptés. Une autre femme ? Elle le regarde dormir mais ne décèle rien sur son beau visage sensuel.

« O mon amour, pense-t-elle, quel est ton secret ? Que te veulent-ils ? Ils m'ont menacée, ils ont voulu que je devienne ta maîtresse, pourquoi ?... Je ne te ferai pas de mal, même s'il devait m'arriver quelque chose de terrible. Il est trop tard, je t'aime... je t'aime. »

Elle l'embrasse. Et il se laisse faire. Brusquement, le rêve est chassé. On frappe à la porte. Bérenger pâlit.

— J'arrive ! hurle-t-il. Attendez !... Surtout ne bouge pas d'ici, chuchote-t-il à Marie.

La peur d'être surpris. Il se rhabille à toute vitesse, met ses cheveux en ordre, ferme la porte de la chambre et se précipite au rez-de-chaussée.

— Voilà, voilà, dit-il en ouvrant.

Il est stupéfait. L'homme qui se tient devant lui semble être sorti d'un conte de fée. Mince et grand, vêtu d'un costume élégant de cavalier, chaussé de bottes en cuir fauve, il est fait d'une substance blonde, blanche et noble, ses yeux rêveurs sont pleins de nostalgie, sa bouche délicate prononce quelques mots avec un accent fort singulier :

— Je vous salue, mon père… Vous êtes bien l'abbé Saunière ?

— Oui.

Un sourire franc éclaire le visage du visiteur, il se découvre et s'incline devant Bérenger.

— Je suis heureux de rencontrer le défenseur des rois.

— Mais qui êtes-vous ?

— Je m'appelle monsieur Guillaume. Puis-je entrer ? J'ai à vous parler de choses sérieuses.

— Je vous en prie, répond Bérenger en s'effaçant, puis soudain il s'écrie : Mais j'y suis ! Vous êtes l'ami de M. Yesolot, il m'avait parlé de vous lors de notre première rencontre.

— C'est lui qui m'envoie.

Bérenger sourit, cependant son cœur bat vite. Il ne quitte pas des yeux l'escalier qui mène à la chambre. Soudain il aperçoit les vêtements de Marie éparpillés devant la cheminée. Il se sent rougir, prend rapidement son visiteur par le bras et le guide vers une chaise orientée face à la fenêtre.

— Asseyez-vous… Voulez-vous du vin…

— Volontiers ! répond l'autre en se renversant sur le siège.

Bérenger se rue sur les cinq jupons, les attrape, les met en boule et fait de même avec la robe. Avec la vitesse irréfléchie des réflexes, il jette le tout dans un coffre, tournoie sur lui-même, accroche une bouteille et deux verres puis revient devant l'homme aux yeux rêveurs. L'étranger déboutonne lentement sa veste. De son visage au front élevé, il se dégage un air de bienveillance et de majesté. Lorqu'il écarte les pans de son vêtement pour se mettre à l'aise, une médaille agrafée sur sa chemise lance un éclair. Intrigué, Bérenger laisse son regard s'attarder sur cette médaille… Non. C'est une petite rondelle d'or protégée par une plaque de verre, le tout enchâssé dans un cercle de cuivre avec des signes gravés. Il y a le Thau, la croix swatiska, une coupe, un croissant et la lettre S.

— C'est l'AOR, dit Guillaume qui suit le regard de Bérenger... J'arrive de Paray-le-Monial (1).

AOR, le premier mot de la Genèse. Paray-le-Monial, la capitale du règne du Sacré-Cœur. Bérenger est perplexe. Que lui veut cet étranger? Lui porte-t-il un don comme l'avait laissé entendre Élie?

— Je porte le symbole d'AOR, continue Guillaume, le point feu, le générateur de lumière, le destructeur universel, mais je n'ai pas de mauvaises intentions; j'appartiens à Dieu, au règne de Jésus-Christ, dans l'Eucharistie et par l'Eucharistie.

Bérenger est à mille lieues de l'Eucharistie. Son corps porte les griffures des ongles de Marie. Sa tête est pleine des cris de Marie. Ses pensées se fondent dans le doux anéantissement qui naît après l'amour. Pourtant il répond avec un aplomb incroyable :

— Je sais que vous dites la vérité. Il m'est possible de reconnaître le bon du mauvais, car Dieu m'a donné cette grâce. Vous êtes bon, monsieur, et mon cœur et ma maison vous seront toujours ouverts. Cependant je suis curieux de savoir de quel pays vous venez. Votre nom français ne suffit pas à cacher vos origines et je ne serais pas surpris si vous me disiez être allemand.

— Autrichien.

— Autrichien! Et vous vous appelez vraiment Guillaume?

— Non... Pardonnez-moi... Je n'ai pas le droit de vous mentir plus longtemps. Je suis l'archiduc Jean Stéphane de Habsbourg, cousin de l'empereur d'Autriche-Hongrie, descendant du grand Rodolphe.

C'est comme si le ciel lui tombait sur la tête, comme si un vent puissant le renversait. Même l'image de Marie est balayée. Bérenger se sent soudain mal à l'aise. Dans cette lumière grise, où tout semble sale et vieilli, au milieu de de décor minable se tient l'un des hommes les plus puissants du monde.

L'archiduc... Le Habsbourg, ici, dans son presbytère perdu sur un lopin de glaise oublié de Dieu et des hommes. Bérenger ne peut pas y croire. Que penser?

(1) Dès 1875, des hommes guidés par le révérend père Drévon décidèrent de faire de Paray un centre d'ésotérisme chrétien.

Que faire ? Et ce prince boit son mauvais vin...

Bérenger voudrait se réveiller. Seuls les rêves du matin lui offrent à bon compte ce genre de situations. Et encore, toujours inachevées. Ce qui les lui rend faciles à supporter quand il ouvre les yeux. Mais là le rêve est réalité. Le prince est bien vivant, à portée de ses mains, et il sourit comme un homme ordinaire.

— Je suis confus de vous recevoir ainsi, balbutie Bérenger... Excellence.

— Vous êtes le dernier homme qui doit s'excuser... et surtout pas d'étiquette entre nous. Appelez-moi Stéphane et n'oubliez jamais que mon nom de famille est Guillaume, que mon père est français et ma mère autrichienne et que j'exerce la profession de voyageur de commerce.

— Comment le pourrais-je ?

— Vous le devez à votre mission.

— Quelle mission ?

— Vous le saurez en temps utile... Calmez-vous... Je ne peux pas vous dire moi-même en quoi elle consiste. Vous avez été choisi par le Prieuré de Sion auquel j'appartiens, c'est tout ce que je peux vous dévoiler.

— Je ne connais rien de ce nom-là... Quel est ce prieuré ? Où a-t-il son siège ? Dépend-il de Rome ? Est-ce que Boudet, Billard et Élie en font partie ?... Vous êtes dans leur camp, avouez !

— Je suis dans le camp de Dieu. Est-ce que cette explication vous suffit ?

— ...

— Soyez raisonnable, Saunière. Nous allons faire votre fortune mais il faut nous laisser du temps. Vous avez de quoi patienter.

De quoi patienter, que veut-il dire par là ? Bérenger comprend lorsque l'archiduc se lève et se dirige vers l'escalier qu'il se met à caresser du dos de la main, tout en levant les yeux vers le plafond.

— Je sais que c'est insuffisant, murmure-t-il en collant son oreille contre le bois. Aussi, veuillez accepter ceci.

Il tire d'une poche une petite bourse et la jette en direction de Bérenger qui l'attrape au vol. Quand il en répand le contenu sur la table, il demeure stupéfait : des pièces de cent francs or...

— Mille francs exactement, lance Stéphane en se rapprochant de lui. Un deuxième acompte qui vous fera prendre votre mal en patience. Vous vous êtes battu contre la République. Vous avez demandé de l'aide aux royalistes. Voilà ce que vous offre à nouveau la comtesse de Chambord. J'espère que vous saurez employer justement ce don de la Maison de France... Et voici encore mille francs, ajoute-t-il en lançant une deuxième bourse, don de la Maison d'Autriche. Vous pourrez changer la pierre de votre maître-autel qui, paraît-il, est en très mauvais état.

— Je saurai..., répond Bérenger. Je saurai attendre. Vous pouvez dire à vos amis de Sion qu'ils peuvent compter sur moi.

— À la bonne heure ! s'exclame Stéphane. Voilà qui est bien parlé. Acceptez ma main, mon père, et trinquons une dernière fois avant que je reprenne la route. D'autres tâches m'attendent et je ne peux m'attarder plus longtemps ici.

Bérenger serre la main, trinque et le raccompagne. Le rêve est fini mais l'or continue à briller sur la table. Il va enfin pouvoir réparer l'église. Il joue avec les pièces, les fait rouler. « Dieu protège la France » est inscrit en relief sur les tranches.

— Que Dieu nous protège ! murmure une voix dans son dos.

Marie se coule sur ses épaules et lui caresse les cheveux. Elle y met tant de tendresse qu'il abandonne ses pièces, se retourne et la renverse contre lui. Et tout en lui déposant des baisers dans le cou, il lui dit :

— Je sais que tu as été envoyée par eux pour me faire succomber. Ta peau est si douce... Je sais que tu ne me diras rien... Qu'importe !... puisque seule compte la vérité qui brille dans tes yeux en ce moment. Regarde-moi !

Les yeux sombres de la jeune fille sont humides. L'amour s'y déploie. L'amour s'y mêle à la passion. Et à l'instant où elle va dire « je t'aime », il l'arrête en écrasant ses lèvres sur les siennes.

7

Rennes-le-Château, 20 juin 1889

LES ouvriers, qui s'essuient de temps en temps le visage, ne voient que ses épaules carrées. À quatre pas d'eux, Bérenger médite devant saint Antoine. Les paroles de Boudet, qu'il a vu la veille, tournent dans sa tête : « C'est demain à la deuxième heure que vous déplacerez l'autel. Surtout n'oubliez pas, à la deuxième heure, pas avant ni après. Par le binaire, les poissons du Zodiaque chantent les louanges de Dieu, les serpents de feu s'enlacent autour du caducée et la foudre devient harmonieuse. »

Il n'a rien compris à ces mots, cependant il regarde sa montre : deux heures. C'est le moment d'y aller. Il se retourne et foudroie du regard les ouvriers qui se sont avachis sur des chaises, leurs outils entre les jambes. Rousset et Babou ne peuvent s'empêcher de frissonner. Ils ne l'ont jamais vu aussi inquiet et inquiétant. Ce curé-là est le diable ! Babou, le premier, s'accroupit et se remet à frapper le sol avec son marteau et son burin.

— Arrête ! tonne Bérenger.

— Qu'y a-t-il ? demande l'homme en déglutissant.

— Vous allez déplacer la table du maître-autel.

Les deux hommes s'exécutent, mais après quelques efforts ils parviennent tout juste à la bouger de quelques centimètres. Exténué, Babou s'écroule le premier, suivi bientôt par Rousset qui est devenu écarlate. Un morne découragement les envahit. Ils soufflent. Leurs gorges sont sèches. Ils songent déjà à l'absinthe fraîche qu'ils dégusteront ce soir.

— Qu'est-ce qui vous prend ? s'étonne Bérenger.

— Elle est trop lourde, nous n'arriverons pas à la lever sans votre aide.

— C'est de l'eau qui coule dans vos veines ! Écartez-vous.

Bien que leur prêtre passe pour avoir une force prodigieuse, ils ne peuvent s'empêcher de sourire. Que croit-il pouvoir faire à lui seul ? Il va se briser les reins, cela est sûr. Bérenger prend appui sur l'un des deux antiques piliers wisigothiques qui soutiennent l'énorme table de pierre, et pousse avec ses épaules. La table se soulève. Bérenger tend ses muscles et se redresse peu à peu sous le regard sidéré des deux ouvriers.

— Elle va tomber ! crie Babou.

— Qu'importe, mauvais chrétien, répond Bérenger en grimaçant, puisqu'on va la changer !... Si tu ne tiens pas à ce qu'elle se brise, tu n'as qu'à la retenir.

Babou se précipite et fait des efforts désespérés pour la maintenir en équilibre. Rousset vient au secours de son camarade et passe sous la table.

— Faites-la pivoter, ordonne Bérenger.

À petits pas, ployés sous la masse, les deux hommes s'écartent du pilier et la table tourne sur les épaules du prêtre qui est resté sur place. C'est alors que Bérenger, au lieu de s'avancer avec eux, redépose son fardeau sur l'extrémité du deuxième pilier.

— Que faites-vous ? crie Rousset.

— Je me repose.

Les deux compères s'épuisent sous le regard amusé du prêtre. Paralysés par la charge, ils sont incapables de faire le moindre mouvement, et tout effort pour revenir à leur point de départ est maintenant impossible.

— Quelquefois je doute que nous soyons faits à l'image de Dieu...

— Mon père ! Que dites-vous ?

— La vérité. Vous n'êtes que des faibles créatures.

— Par pitié, mon père, aidez-nous à sortir de là.

— Pas avant de m'avoir dit qui raconte que je couche avec la jeune Marie lorsqu'elle m'apporte des nouvelles de l'abbé Boudet chaque semaine.

— Nous n'y sommes pour rien... Au contraire, nous

trouvons cela normal. Vous êtes avant tout un homme.

— Je veux savoir !

Babou n'en peut plus. Le curé va les laisser là. La pierre lui meurtrit les chairs. Ses jambes tremblent. S'il lâche, la table risque de lui casser une jambe. Il préfère parler :

— C'est Alexandrine Marro.

— Je m'en doutais, s'esclaffe Bérenger. Cette vieille rapace m'en veut depuis mon arrivée au village... parce que je n'ai pas voulu loger chez elle. C'est bon, vous méritez que je vous déleste de ce fardeau à défaut de vos péchés, qui doivent pourtant être nombreux.

— Nous nous confesserons ! braillent ensemble les deux hommes.

Satisfait, Bérenger contourne le second pilier et reprend l'extrémité de la table entre ses bras. En quelques secondes la pierre est emportée au fond de l'église. Quand ils reviennent vers l'autel, Babou s'adosse contre l'un des piliers pour s'éponger le front.

— Tiens ! il est creux, s'étonne-t-il.

— Comment il est creux ? demande Bérenger en se portant à sa hauteur.

— Mais oui, il est creux. Il est même bourré de plantes sèches.

Bérenger écarte Babou et plonge sa main dans l'ouverture. Il en retire des fougères séchées et trois tubes de bois scellés à la cire. Alors son cœur se met à battre très vite : le secret de Boudet, serait-ce cela ?

Dès le lendemain, alerté par Babou et Rousset, le maire se rend chez Bérenger.

À l'étage, par la fenêtre devant laquelle il a installé sa table de travail, le prêtre voit venir cet homme épais, à l'air indécis et endormi. Le maire est un malin, il ne faut pas se fier à sa marche traînante, à ses épaules voûtées, à son regard bas et soumis qui explore les fentes du sol desséché. Il rase les murs depuis que le cabinet Goblet et le général Boulanger, ministre de la Guerre, sont tombés, renversés par la droite et les modérés, mais cette attitude cache une volonté de revanche calquée sur celles des journalistes de *La Lanterne* et de *L'Intransigeant* dont il lit régulièrement les articles. C'est lui qui pousse les jeunes conscrits à crier dans les rues du village : « Les curés, sac au dos (1) ! » Cependant, comme tous les hommes du Razès, il a un point faible : l'argent. Le froissement caractéristique des billets de banque et le tintement des pièces d'or lui font redresser l'échine et allument des feux dans ses yeux d'hypocrite.

« Il vient pour les documents, se dit Bérenger. Babou et Rousset n'ont pas pu tenir leur langue. » Il roule les manuscrits et les remet dans les tubes. Il les a étudiés en vain toute la nuit : trois mystérieuses généalogies et d'incompréhensibles textes en latin constitués d'extraits du Nouveau Testament et de lettres de l'alphabet disposées dans le plus grand désordre.

Un coup d'œil vers l'entrée de l'église confirme ses soupçons : les deux ouvriers sont sortis pour saluer le maire qui leur répond d'un signe de main et d'une grimace, dévoilant toutes ses dents gâtées.

Ne pas s'énerver, surtout, c'est la condition primordiale, l'unique chance de pouvoir conserver sa trouvaille. Prenant son temps, Bérenger attend que le maire frappe une seconde fois à sa porte avant de descendre. Au rez-de-chaussée, il inspire profondément, s'approche à pas de loup de l'entrée, et ouvre brutalement la porte. Le maire ne tressaille pas. L'espace d'un instant, son regard croise celui du prêtre, puis se remet à scruter le sol.

Bérenger décèle un sourire sous la grosse moustache rousse, mais ce n'est qu'une mauvaise impression, aussi mauvaise que le contact de la main moite qu'il serre sans chaleur.

— Bonjour, mon père, marmonne le maire.

— Bonjour, monsieur le maire... Vous venez pour la confesse ?

— Je voulais vous dire... Non... Je n'ai rien à confesser... C'est... Ce sont les travaux en cours... vous savez bien... dans le pilier.

— Les parchemins. Vous désirez les voir ?

— Oui...

— Suivez-moi.

(1) En juillet 1889, les prêtres ne seront plus exemptés de service militaire.

Les deux hommes montent dans la chambre. Bérenger présente les tubes et le maire s'en empare d'une main avide. Son index calleux s'introduit successivement dans chaque ouverture, se recourbe et en retire les manuscrits. Puis il secoue les tubes, les dirige vers la lumière de la fenêtre pour observer leur fond et les agite à nouveau comme s'il voulait faire tomber quelque chose, mais ils sont désespérément vides.

— C'est tout ? demande-t-il d'une voix pleine de dépit en désignant les manuscrits.

— Vous ne croyez tout de même pas qu'ils contenaient des pierres précieuses... Ce sont des étuis protecteurs. Ils étaient fermés à la cire pour que ces actes ne se dégradent pas.

Le maire déroule l'un des parchemins et fait la moue. Cela sent l'Église. Qu'est-ce que ça vaut ? A la tête que fait le curé, certainement pas grand-chose.

— *Deus et homo, prin... ci... pium et... finis,* lit-il péniblement sans en comprendre le sens, avant d'interroger du regard Bérenger.

— Dieu et Homme, commencement et fin, traduit Bérenger en souriant d'un air supérieur.

Le maire est vexé. Sale curé ! Pour qui se prend-il ?... « Ton latin, je me le mets au cul », pense-t-il. Il hait cette langue qui empêche les profanes comme lui de s'immiscer dans les affaires du clergé. Que Saunière n'oublie pas que son église appartient à la commune.

— Je dois les emporter, susurre-t-il.

— Pardon ?

— Il est de mon devoir de les conserver aux archives communales.

Cela fait un moment que Bérenger attendait cette déclaration. Sa parade est immédiate et efficace :

— Peut-être, mais il faut y réfléchir plus sérieusement. Ils sont très vieux. À Toulouse ou à Paris, des historiens pourraient en donner un bon prix. Mieux vaudrait les vendre. Laissez-les-moi quelque temps, je trouverai bien un moyen. Évidemment vous percevrez la moitié du produit de la vente. Qu'en dites-vous ?

— C'est entendu ! répond vivement le maire en se saisissant de la main de Bérenger pour la frapper en signe d'accord.

Maintenant sa figure n'exprime rien que la satisfaction de soi-même. Déjà des chiffres s'alignent dans sa tête : deux cents, trois cents, cinq cents, mille francs ?... Il regarde le prêtre. Un sourire. Sa spéculation est à son plus haut point : trois mille francs ? Et si Saunière le volait ?

— Je veux une copie de ces manuscrits, lâche-t-il en baissant à nouveau les yeux.

— Vous aurez des calques, je m'en occupe. Et lorsque la vente sera conclue, je ferai établir un bon signé par l'acheteur. Êtes-vous rassuré ?

— Oui.

— Alors, allons trinquer.

Bérenger l'entraîne par les épaules, réfléchissant. Il n'y a qu'un homme qui puisse lui avancer de l'argent : Élie Yesolot. Dès le départ du maire, il lui écrira.

8

Rennes-le-Château, 18 juin 1891

PARCE qu'il aime l'aube, parce qu'il aime voir se désagréger la nuit sous la poussée des incendies, le gros homme en noir est parti avant le jour. Maintenant il peine et geint sur la pente. Quelquefois il s'arrête, se repose et regarde vers l'est où les flammes errantes grossissent, se regroupent et donnent naissance au soleil. Alors il se réjouit. Nahash le tentateur et les créatures des ténèbres sont chassés.

Le gros homme salue le soleil, qui ne va pas tarder à le faire souffrir, et reprend sa lente progression. Il croise les troupeaux qui partent vers les Pyrénées sous la garde des bouviers. Il entend la borromba des béliers, les esquelhas et les clapas (1) des moutons et des brebis. Quand les bêtes surgissent et l'entourent, il découvre les talismans accrochés à leurs cous : la pierre de foudre et les médailles. Parfois il lui semble que le vent lui murmure des secrets, puis il perçoit entre les rafales un berger qui prie et crie :

— « Je me suis tourné vers les confins, j'ai vu trois ermites qui portaient des mauvaises pierres pour détruire le pays. Dites-moi, mon fils Jésus, ne pourriez-vous pas le conjurer ? »

Courbé en deux, le gros homme écoute. Les hommes ont peur. Ils auront toujours peur. Peut-être est-ce contre lui que le berger invoque Jésus ? Il tend l'oreille.

(1) Différentes sortes de cloches.

La voix s'est tue. Dans le lointain, les troupeaux de moutons fuient en coulées douces vers la vallée. Il est seul et la fatigue se fait sentir. Son corps est pesant, tout en courbes, mou. Une cuirasse de graisse enferme son cœur. De temps en temps, ses pieds heurtent une pierre. Il n'est pas fait pour la montagne. Il n'aurait pas dû monter à pied de Couiza. Combien de centaines de mètres lui reste-t-il à parcourir ? Redressant la tête il essaie d'évaluer la distance qui le sépare de sa destination. Devant lui, le chemin de terre n'est plus qu'un ruban blême qui danse et se tord, qui diminue et se perd dans la colline. Au-dessus, le ciel n'est qu'un piège blanc et bleu ou le soleil redoutable trône. Il grimpe encore pendant une demi-heure et découvre enfin le village. Rien n'a changé. Il lui paraît toujours aussi misérable, perdu au milieu de sa solitude.

L'ombre accueillante d'un chêne l'attire. Il s'y glisse et s'adosse contre le tronc. « Maintenant ! » se dit-il. Alors, il se tourne vers le village, ferme les yeux et se concentre. Des pensées confuses lui parviennent. Ce sont celles de gens simples. Bientôt il isole celles de Bérenger. Le prêtre est perturbé... Comme si son esprit se heurtait à un problème insoluble. Cependant il ne court aucun danger. Le gros homme est rassuré. Aucun ennemi n'est à Rennes. Il peut y pénétrer.

Bérenger s'est laissé glisser en arrière sur sa chaise, ses lèvres sont entrouvertes, son regard est vide. Une grande fatigue s'inscrit sur son visage. Vingt-deux heures de travail. Vingt-deux, le Mat, l'ordre de la connaissance réservée à l'élite, vingt-deux heures, ç'aurait pu être tout aussi bien vingt-deux secondes ou vingt-deux ans. C'est incroyable cette façon qu'a le temps de se contracter, de se gonfler. Une profonde amertume l'envahit, Bérenger sent qu'il va renoncer. Les nuits, les jours et les mois se sont succédé en vain. Les manuscrits ne livrent pas leur secret. Ils sont étalés devant lui, leurs coins pris sous des morceaux de tuile pour éviter qu'ils s'enroulent sur eux-mêmes. Il voudrait comprendre les signes, en savoir plus sur leur origine, aller plus loin sur le chemin de la connaissance ! Il lui faut des indices... Les demander à Boudet ? Folie ! Le vieux renard s'empresserait de confisquer les documents pour les exploiter à son profit. En parler à Billard ? Il est encore trop tôt ! L'évêque, qui a le sens de la spéculation, lui en offrirait immédiatement un bon prix, et Bérenger serait capable de ne pas résister.

« Le butin sera pour moi !... Butin, répète-t-il mentalement. Pourquoi ce mot ? Par quel cheminement ai-je pu aboutir à cela ? »

Il réfléchit longuement, reprend le quatrième acte et relit les phrases du Nouveau Testament, s'attardant sur les lettres obscures qui ont été rajoutées, sur les mots accrochés l'un à l'autre. Rien... Il ne comprend rien. Ses associations d'idées sont incohérentes, les phrases qu'il reconstruit ne délivrent pas de message.

« Butin... Butin... je deviens fou... Ce n'est même pas latin butin, mais allemand. Et il n'y a rien là-dedans qui se rapproche de ce mot, ni capture, ni prise, ni dépouille. »

Une sorte de terreur superstitieuse s'ajoute à son incompréhension. Il est sur le point d'abattre rageusement son poing sur le manuscrit quand une silhouette noire, dans la rue, attire son attention. Sur le moment il ne reconnaît pas le gros homme qui s'avance mollement vers le presbytère. Soudain, il réalise que cet inconnu harassé qui traîne ses grands pieds plats est Élie le Juif. Alors il se précipite vers la fenêtre ouverte et lance :

— Cher ami ! Enfin vous voilà.

Élie semble sortir d'un rêve. Un instant il s'arrête et oscille au rythme des battements de son cœur. Sa tête se dresse, un fourmillement noir brouille sa vision, puis il découvre Saunière souriant.

— Ah ! Saunière... J'ai cru que je n'arriverais jamais jusqu'ici... Ouvrez-moi, je meurs de soif.

— Tout de suite !

Bérenger dévale les escaliers. Déjà le Russe est entré. Ses yeux vifs et noirs explorent chaque recoin et prennent possession des objets çà et là. Les deux hommes se congratulent, puis Élie se laisse tomber sur une chaise. Ses jambes lourdes s'allongent, son corps endolori se tasse. Une dernière fois il maudit l'envers de son génie : cette graisse qui lui sera un jour fatale.

— Par quel chemin êtes-vous venu ? demande étonné Bérenger en lui servant un verre de vin.

— Par la route... et à pied... Existe-t-il un autre chemin ? répond Élie en vidant son verre d'un trait. Maintenant donnez-moi de l'eau.

— Comme vous voudrez... Il existe bien quelques sentiers de chèvre, mais à vous voir on croirait que vous avez escaladé en courant le côté le plus abrupt de la colline. Et vos bagages ?

— Ne vous préoccupez pas de mes bagages, ils arriveront en temps voulu. Cela dépendra de ce que vous avez à m'apprendre. Mais je doute que vous m'ayez fait faire ce long voyage pour rien... Ai-je tort ?

Bérenger hésite à répondre. Il soutient le regard d'Élie, sombre et si profond qu'il doit atteindre les mondes de l'au-delà. Pourtant le Russe ne lui paraît pas mauvais. Au contraire il s'en dégage quelque chose de subtil et d'inexprimable : de l'amour. « Il faut que je lui fasse confiance. »

— J'ai découvert des manuscrits dans l'église... et j'ai pensé que vous pourriez m'aider.

— Cela dépendra de ce que vous voulez que j'en fasse et de leur contenu. Rien ne presse... Calmez-vous.

— Mais je suis parfaitement calme !

— Je vois au-delà des apparences, vous souffrez profondément.

Bérenger déglutit. Élie dit vrai. Élie le perce jusqu'à l'âme. Il ne peut résister à l'envie de lui faire encore part de ses angoisses.

— Je suis malheureux... N'y voyez pas de complaisance narcissique, je ne suis pas accablé par le malheur mais contrarié, comme marqué par la malchance.

— Est-ce une intuition ?

— Non !

— Donc c'est le résultat d'un raisonnement. Expliquez-vous, donnez-moi des éléments.

Comme pour le forcer à parler, Élie lui prend le bras et le serre. Son visage se durcit, ses yeux noirs brillent intensément.

Bérenger frémit : « Pourquoi ai-je soudain peur de ce Juif ? Pourquoi Dieu l'a-t-il conçu comme un pur génie ? Il ne faut pas que je me laisse subjuguer ! »

— Ne tentez pas de vous ressaisir, continue Élie. C'est naturel d'avoir peur quand on se sent menacé. Il faut que vous appreniez à garder votre calme. Le secret du sang-froid, c'est de séparer la réalité des cauchemars, et je ne suis pas un cauchemar. N'essayez pas de deviner qui je suis. Vous y parviendrez quand vous envisagerez toutes les choses qui vous entourent dans leur essence. Vous n'êtes pas prêt à l'initiation. L'égoïsme limite vos possibilités... Parlez ! Confiez-vous à moi.

Bérenger laisse errer son regard dans la pièce. Les objets sont ourlés d'une brume rougeâtre et lumineuse. Il ne peut discerner exactement la position des aiguilles de sa montre qui n'est pourtant pas loin sur la table. L'émiettement progressif de son univers, l'ensevelissement lent de sa conscience, il ferme les yeux et écoute, par-delà le grondement de son sang, la voix du Juif : « ... Je suis votre seul ami... abandonnez-vous... parlez... »

Élie desserre peu à peu son étreinte, puis lâche le bras de Bérenger, alors que sa main gauche papillonne devant les yeux brouillés du prêtre. Ses doigts longs et souples tracent un réseau d'énergie qui semble converger vers le front de Bérenger.

Le prêtre ne lutte plus. Le froid l'a saisi et, pendant quelques instants, il tremble si violemment qu'il croit sa fin venue. Puis une chaleur filtre en lui. Le premier souvenir qui lui revient avec une diabolique précision est l'odeur des cheveux de Marie, puis le dessin de ses lèvres, puis les hanches larges où il aime se perdre...

— Tout a commencé le jour où elle est arrivée...

Bien plus tard, à l'heure de la sieste, alors que les chiens sauvages se sont tapis à l'ombre des chênes, les deux hommes partagent le vin, le pain et le fromage de brebis. Bérenger est encore sous l'emprise d'Élie et lui jette un regard désespéré et inquisiteur. Il ne peut proférer un mot, laissant le Juif à ses méditations. « Que pense-t-il de moi ? Que croit-il ? Que veut-il ? »...

Les yeux noirs d'Élie, pourtant remplis d'une bienveillance paternelle, s'abaissent sur le prêtre comme les eaux noires et reposantes d'un lac nordique.

— Oubliez vos persécutions, dit-il. Marie vous aime,

Boudet ne vous veut que du bien et Mgr Billard ne cherche qu'à vous protéger. Ne les rejetez pas. Au-delà du mal est la connaissance. Il me plaît de penser que vous vous êtes emparé de ce qu'il y a de pire dans votre imagination... Les ténèbres intérieures, voilà ce qui vous attire... Mais, manifestement, un reste de sentiment de culpabilité rôde dans un coin de votre esprit... Pourquoi donc ? Vous croyez en Dieu, n'est-ce pas suffisant ?

— Quand on est prêtre, croire en Dieu n'est pas suffisant ! Ce qui nous rend authentiquement religieux, c'est notre capacité à être réfractaires aux assauts du désir, du scepticisme, du matérialisme et du...

— Des mots !... Rien que des mots creux, Bérenger. Vous n'êtes plus au séminaire. Regardez autour de vous. Les femmes, les hommes, vous devez goûter à leur bassesse si vous voulez boire un jour le vin de la sagesse de Dieu. Aimez, souffrez et plus votre mémoire s'unira à la divinité.

Soudain Élie se fige.

Au-dehors, quittant la lisière de l'ombre, la vieille Aglaé, voûtée, les épaules agitées de sanglots, glisse à petit pas dans la lumière cruelle. La poussière soulevée par le vent tombe comme un linceul de mort sur ses vêtements noirs. Elle jette un regard inquiet vers l'église. Une présence impalpable la rend anxieuse. Sa bouche édentée marmonne une imprécation. Puis elle accélère son pas, parlant à voix haute, comme pour se rassurer et partager ses craintes avec le vent.

Sans la voir, le dos tourné à la fenêtre, Élie la suit. Aglaé est prise au piège. Dans les profondeurs de l'esprit de la paysanne, il perçoit, faibles mais jamais interrompus, les échos de la peur. Parfois l'écho grossit jusqu'à devenir un cri déchirant. D'autres fois, le nom de Jean Vie claque et se mêle à celui de la Vierge Marie. Aglaé les invoque pour sa sauvegarde.

— Qui est Jean Vie ? demande brutalement Élie à Bérenger.

— Jean Vie ?... Jean Vie, l'illuminé ?... L'ancien abbé de Rennes-les-Bains ?

— Peut-être... Laissez-moi réfléchir.

Sur ces mots, Élie noue sa pensée à celle de la vieille.

« Dieu prendra les balances pour peser les petites âmes », chante-t-elle. Des hommes et des femmes obscurs aux traits flous habitent sa mémoire. Tous morts. Elle semble les passer en revue avant de les renvoyer dans l'ombre de ses souvenirs en lambeaux. S'y ajoute tout ce qui sort de ses entrailles chaque fois que la peur s'insinue en elle. Elle se plaint, jure, maudit, mélange les prières aux incantations magiques, appelle à nouveau la Vierge et Jean Vie. Parmi les images usées qui passent dans la pauvre tête d'Aglaé, Élie voit surgir un petit homme triste en robe noire. C'est Jean Vie, le prédécesseur de Boudet. Aucun doute : l'église de Rennes-les-Bains se profile dans son dos.

— Oui. Il s'agit bien du curé de Rennes-les-Bains, conclut Élie.

— C'était un étrange prêtre ! lance Bérenger. On dit qu'il a vécu sa vie comme une torture continuelle et une peine de tous les instants. On dit aussi qu'il semblait possédé. Il parlait toujours de la déesse Letho et de ses accouchements dans les lieux obscurs. Il évoquait l'or des dieux caché dans les grottes... Vous vous rendez compte, les dieux !... Il confondait l'hyperborée et le paradis ! Sacrilège, me direz-vous. Pourtant il n'a jamais été blâmé par ses supérieurs. Jamais... Alors que moi, pour de simples élections...

— A-t-il dit la messe ici ?

— Ici ?... C'est fort possible. Il arrive à chacun d'entre nous d'officier dans les villages voisins quand nos collègues sont malades. Mais je ne peux l'affirmer : Jean Vie a quitté la région vers 1870.

— Où se rend cette femme ? demande brutalement Élie.

— Comment pouvez-vous savoir qu'une femme vient de passer ?... Vous avez le dos tourné à la fenêtre.

— Simple réflexion, j'ai vu votre regard suivre quelqu'un.

— Une femme !... Vous avez dit une femme. Élie, vous êtes un sorcier.

— Je l'ai perçue ainsi et je ne crois pas me tromper. Il faut être à l'écoute du monde et des humains qui vous entourent. Suis-je assez clair ?

— Non, votre explication ne me convainc pas.

— Vous ne comprendrez rien tant que vous réduirez le monde pour en être le centre. Dans votre village, je vous croyais à l'abri du siècle, mais il n'en est rien. Réagissez, Bérenger. Servez-vous de tous vos sens et de votre âme, ouvrez-vous à l'univers. Devenez un réceptacle où viennent se perdre la brise et le souffle des étoiles, alors vous comprendrez. De tout cela nous reparlerons. Dites-moi maintenant où se rend cette femme.

— Au cimetière.

— A cette heure, sous ce soleil ! Voilà qui est original.

— Elle n'aime pas être vue. Elle a peur qu'on la prenne pour une sorcière.

— Continuez, Bérenger, continuez... Je sens qu'il est vital que vous me parliez d'elle.

Fermant à demi les yeux, Élie part à la recherche de la femme noire et voûtée. Aglaé s'avance entre les pierres tombales mutilées, comme jetées au rebut parmi les chardons et les orties.

— Elle va tordre une tige d'églantier sur la tombe de Marie de Nègre Darles, Dame d'Hautpoul de Blanchefort, « afin de chasser les trêves (1) », dit-elle, mais je n'en crois rien : les trêves n'habitent pas les tombes, ils hantent les maisons. La vieille Aglaé nous ment, elle sait que ces esprits ne peuvent être vaincus qu'à minuit ; sa tige d'églantier ne lui sert à rien.

— Allons la rejoindre.

— Mais quand examinerez-vous les manuscrits ?

— Après !... Venez, le temps presse.

Bérenger souffle de dépit et suit le gros Juif qui passe sa main moite sur son front. Réprimant toute pensée, Élie laisse le calme du village envahir ses sens. A travers le bourdonnement des mouches, il perçoit le subtil et bizarre tintement d'une clochette.

— Vous entendez ? dit-il.

Bérenger tend l'oreille, mais seul le murmure du vent qui joue dans les charmilles lui parvient. De la tête, il fait non en direction d'Élie, mais ce dernier ne le regarde pas, faisant un gros effort pour lutter contre la chaleur sinistre qui s'amasse déjà sous ses vêtements.

— Suivez-moi, dit Bérenger.

(1) Sortes d'esprits frappeurs.

Lui est doté d'une vitalité débordante, presque juvénile. En quelques enjambées il contourne l'église et pénètre dans le cimetière. Alors qu'Élie peine, entraînant son corps pesant, son ventre en forme d'œuf sur lequel bat une besace dont il ne se sépare jamais. A chaque pas, il a l'impression que sa peau va se rompre. « Par Malchuth, pense-t-il, ai-je donc présumé de mes forces ce matin ? » Et comme il ne manque pas d'humour il demande à Ieve de lui donner la grâce et la légèreté d'un séraphin. Les Cieux sont sourds. Ils le laissent ramper sur la terre craquelée comme une vieille écuelle. À la première tombe, il s'assied et cherche l'ombre de la grande croix qui la surmonte. Alors, aux âmes qui errent encore entre les monuments et le frôlent, il dit : « Cherchez ce qui est en haut, le Ciel ne vous est pas fermé. » Soudain il tressaille. Dangereusement proche, une force maléfique sourd de la terre. Il se retourne. À une dizaine de mètres, masquée en partie par les herbes qui poussent à cet endroit avec une vigueur extraordinaire, la stature du prêtre émerge.

Bérenger fait un signe à Élie. Ce dernier ne tarde pas à le rejoindre. La force filtre sous leurs pieds. Un ennemi subtil rôde. À genoux sur la pierre usée d'une sépulture, semblable à une souche calcinée, les racines de ses mains nouées, Aglaé prie. Les deux hommes s'approchent lentement d'elle. Ils sont quelque peu surpris de voir une plaque en acier rectangulaire étinceler au soleil. Elle est posée sur la dalle de grès horizontale juste au-dessus de deux lettres gravées : PS. Deux autres détails frappent Élie : la disposition étrange de lettres grecques et latines de part et d'autre des mots REDDIS REGIS CELLIS ARCIS et, au bas de la dalle, la représentation d'un poulpe et des chiffres LIXLIXL. Quant à la dalle verticale, il n'a pas le temps de lire ce qui y est inscrit. Aglaé vient de se redresser avec une vivacité incroyable pour une femme de son âge.

— Que venez-vous faire ici ? crache-t-elle avec véhémence.

— Je rends visite à mes morts, y voyez-vous un inconvénient, ma fille ? répond Bérenger de l'air le plus naturel du monde.

— Et lui ? dit-elle en montrant Élie du doigt.

— Assez de questions, Aglaé, intime Bérenger. C'est moi au contraire qui devrais te demander ce que tu fais sur cette tombe qui n'appartient pas à ta famille ! Et d'où provient cette plaque de métal posée sur la dalle ?

Alors qu'il veut s'en emparer, la vieille crie :

— N'y touchez pas !

— Non, n'y touchez pas ! lance Élie à son tour.

Il fait un pas en avant et extirpe de sa besace une bande de tissu violette qu'il jette sur la plaque.

— Sale Juif puant ! crache la vieille.

Elle le fixe d'un regard plein de suspicion et de défi. Pour la première fois depuis qu'il est en France, Élie paraît touché par ces paroles chargées de haine. Cette femme antisémite semble avoir été intoxiquée par les discours d'Édouard Drumont (1). Élie croit entendre les harangues de ce faux catholique : « ... Les principaux signes auxquels on peut reconnaître le Juif restent donc : ce fameux nez recourbé, les yeux clignotants, les dents serrées, les oreilles saillantes, les ongles carrés au lieu d'être arrondis en amande, le torse trop long, le pied plat, les genoux ronds, la cheville extraordinairement en dehors, la main moelleuse et fondante de l'hypocrite et du traître... » Une ombre terrible traverse son regard un instant figé sur le visage parcheminé d'Aglaé. Mais ses yeux, bien vite, redeviennent doux et pénétrants, témoins veilleurs de l'amour et de la force qui sont en lui.

— « Va ! Qu'il t'advienne selon ta foi ! », lui dit-il en levant ses deux mains en signe de paix.

Et la vieille, transformée, s'incline respectueusement et repart vers le village. Bérenger est médusé. Décidément son ami est très fort, il parle comme Jésus à Capharnaüm. Complice, il s'associe à lui en citant d'autres paroles du Seigneur ce jour-là :

— Eh bien ! « Je vous dis que beaucoup viendront du levant et du couchant prendre place au festin avec Abraham, Isaac et Jacob dans le Royaume des cieux. »

Élie lui sourit, se baisse et se saisit de la plaque qu'il prend garde de ne pas mettre en contact avec sa peau, l'enveloppant dans la bande de tissu.

(1) Édouard Drumont (1844-1917) : élu député anti-juif d'Alger en 1898.

— Quel est cet objet ? demande Bérenger.
— Un talisman maléfique, il protège cette tombe.
La dalle verticale porte cette inscription, énigmatique par la disposition des mots et de quatre lettres plus petites :

CT GIT NOBLe M
ARIE DE NÈGRe
DARLES DAME
DHAUPOUL De
BLANCHEFORT
ÂGÉE DE SOIX
ANTE SEpT ANS
DÉCÉDÉE LE
XVII JANVIER
MDCLXXXI
REQUIES CATIN
PACE

— C'était une grande dame, dit Bérenger. Il faut lire Marie de Nègre Dables. Les Dables vivaient sur le plateau de Sault. Elle épousa le dernier marquis de Blanchefort.
« Nous y voilà, pense Élie. Les Blanchefort ! Les descendants spirituels du grand Maître des templiers : Bertrand de Blanchefort. »
Il palpe chaque lettre du nom de ce septième Maître de l'Ordre et se demande pourquoi le baron Henri d'Hautpoul prit soudain le titre de seigneur de Blanchefort au XVIIe siècle. Quelle vérité se cache derrière ces lettres ? L'abbé Boudet ne lui en a pas assez dit. Il lui a parlé de l'existence de cette tombe en termes sibyllins, de la protection dont elle faisait l'objet : « Sur la tombe est la deuxième clef qui intéresse notre ordre. Jean Vie, mon prédécesseur, la connaissait, il me l'a communiquée après l'avoir déchiffrée. L'Ordre a alors pris le soin de rendre cette tombe inaccessible. Nul ne peut s'en approcher sans éprouver de la répulsion, puis des nausées. Une longue exposition conduirait inévitablement à la mort. Actuellement, seule une vieille femme préparée et immunisée par Jules Bois peut s'y risquer ; elle est chargée d'activer régulière-

ment le rayonnement maléfique qui s'en dégage avec le tinoramosa (1) ».

« Faut-il croire ces fables ? », pense Élie.

Il tâte sa besace. Le tinoramosa y est bien. La bande de tissu violette, consacrée et bénite, annihile son flux néfaste. Reste la tombe. Une pierre grise sous laquelle se gonfle le vent de la nuit, posée sur les affleurements sulfureux de la fosse où veille le fantôme de la Dame... CATIN PACE.

Bérenger attend les conclusions de son ami. A le voir ainsi, avec son jeune regard de flamme nourri d'espoir et de crainte, Élie éprouve un vif remords. Le prêtre est armé pour un combat contre la matière, mais il reste sans défense devant les Forces. « Avons-nous le droit de le détruire ? se demande Élie. Malgré ses emportements ce prêtre est bon, il agit selon sa nature propre, d'un élan spontané, avec naïveté dans chacune de ses actions. Sa foi est profonde et il ne doit ses écarts qu'à son trop-plein de vitalité ; c'est Ieve qui l'a fait ainsi. Et c'est au nom de Ieve que je dois le protéger. »

Élie se concentre. Son seul problème désormais est de décider comment en faire un initié sans trahir l'Ordre. Posant son index sur les lettres PS gravées en tête de la pierre horizontale, il lance :

— C'est le monogramme de l'Ordre !

— Quel monogramme ?... Ces deux lettres ! ?...

— PS : Prieuré de Sion. Il a été et est tout-puissant. Essayez d'imaginer un ordre parallèle à l'ordre des Templiers, un ordre qui agit dans l'ombre et dont les ramifications s'étendent sur toute l'Europe. Son but est de dominer la planète entière en prenant le contrôle des institutions sociales, politiques et économiques de chaque pays. Tout cela est écrit dans son protocole (2). Heureusement qu'en son sein se regroupent quelques hommes de bonne volonté.

— Mais quel rapport avec cette tombe, ce village, ce pays sans intérêt ? s'étonne Bérenger en posant sur

(1) Talisman qui permet d'appeler les esprits belliqueux du Sagittaire.

(2) Le protocole de Sion a circulé à partir de 1894.

Élie un long regard intense, où se lit la gravité de ses pensées et son besoin de savoir.

— En 1481, à la mort du neuvième grand Maître du Prieuré de Sion, qui n'était autre que René d'Anjou, comte de Bar, de Provence, de Piémont et de Guise, il existait vingt-sept commanderies liées à l'Ordre et une arche sacrée...

— Une arche sacrée ?...

— Une arche sacrée appelée Beth-Ania — la maison d'Anne — et située à Rennes-le-Château. Et c'est cette arche que le Prieuré recherche.

— Une arche, ici ! Comment est-ce possible ? Cette histoire est incroyable. Et comment pouvez-vous connaître ces choses, vous !... Etes-vous un membre de ce Prieuré ? Élie ! Ne me mentez pas.

Bérenger secoue son ami par les épaules. Il sent combien son manque de maîtrise a fait de lui la dupe de cet homme aux immenses pouvoirs, cependant il ne lui en veut pas. Il a soif de vérité.

— Au nom du Christ ! Élie, répondez-moi.

— Sion a fait appel à mes services... Autrefois, en Russie, ma renommée était grande. Je guérissais les moujiks et les princes. En secret tous me recevaient, dans leurs isbas et leurs palais — on ne reçoit pas au grand jour un Juif, lévite, astrologue, philosophe et initié aux sciences occultes. Lors de mes nombreuses pérégrinations nocturnes, je rencontrai parfois des agents de Sion. Et il ne leur fallut pas beaucoup de temps pour me convaincre de partir avec eux en France : la grande-duchesse Élisabeth s'apprêtait à demander ma tête au tsar et je voulais découvrir cette fameuse arche dont ils me prouvèrent l'existence, documents anciens à l'appui.

— Est-ce l'Arche de la Bible ?

— Si oui, que Dieu nous vienne en aide !

Élie et Bérenger balaient longuement des yeux le cimetière. Un coup de vent fait tourbillonner les poussières, courbe les fleurs séchées qui pourrissent dans les vases et arrive sur les deux hommes. Ce n'est rien qu'une pression sur leurs visages, qu'un souffle rance mêlé d'odeurs organiques, mais cela suffit à les transporter dans un lieu inconnu où brille l'Arche.

L'Arche ! L'Arche mystérieuse. L'Arche qui contient le bâton fleuri d'Aaron, la coupe, le gomor contenant la manne, les deux tables de la Loi. Elle est là devant eux avec ses quatre sphinx qui couvrent la table d'or de leurs ailes. Aziluth, Jezirah et Briah, les trois mondes de la Cabale qui la composent, vibrent. Elle, la puissance absolue, le suprême mystère de la magie. Qui la détient, détient l'univers.

— Ne rêvons pas, lâche Élie. C'est une autre arche qu'abritent ces lieux. Et encore je doute de sa puissance... à moins qu'elle ne soit ailleurs, quelque part dans le Razès.

Bérenger s'accroupit sur la tombe et prononce dans un souffle les quatre mots qui sont inscrits sur la dalle horizontale.

— REDDIS, REGIS, CELLIS, ARCIS... Qui reste, du roi, en un lieu caché, en un lieu sûr enfermé... PS, ces deux lettres sont apposées au bas de l'un des manuscrits que j'ai découvert... O Seigneur !

L'exaspérante hallucination de l'Arche ne le quitte pas. Le pouvoir, la richesse ; la sensation d'y parvenir continue à se déployer en lui et, avec une clarté sans remords, il se voit adulé par de nombreux courtisans venant des quatre coins du monde.

— Bérenger, venez !

L'appel claque brutalement dans son crâne. Il fixe Élie d'un regard ahuri comme s'il l'apercevait pour la première fois. En un rien de temps ses désirs oniriques s'évanouissent et il comprend qu'il vient de faire outrage à son âme.

— Retournons chez moi, dit-il en se relevant après avoir fait un signe de croix.

Élie repose le parchemin.

— Qu'en pensez-vous ? demande Bérenger.

— C'est le plus énigmatique des quatre. Ce sont des textes latins extraits du Nouveau Testament, mais certaines parties sont incompréhensibles parce qu'on a volontairement tronqué les phrases ou rajouté des lettres et des mots qui n'ont aucun rapport avec l'original.

— Je suis du même avis que vous. Ce texte est codé.

Les hommes de Sion n'ont pas voulu que se perde le secret. Voilà le monogramme.

Et il désigne le PS au bas du manuscrit ; le même, exactement, avec une boucle qui entoure les deux lettres, comme sur la tombe.

— Et voilà Sion, continue-t-il en montrant un autre document signé : NO^{N}IS. Arriverez-vous à les déchiffrer ?

Élie joue avec l'idée de traduire et de s'approprier le secret, mais il n'en a pas le droit ni le pouvoir. C'est à Saunière, et à lui seul, d'accéder à la connaissance, ainsi en a décidé Sion, il doit respecter le pacte.

— J'en suis incapable, laisse-t-il tomber avec dépit. D'autres hommes vous aideront. Vous serez guidé en temps voulu. L'Ordre veille. L'Ordre est partout et il n'est pas seul à vouloir s'approprier ce qui se cache sous le sol de votre commune. D'autres organisations secrètes luttent pour détenir le pouvoir et l'immortalité. Vous savez combien tous les êtres aspirent à l'éternité, mais ils meurent un peu plus chaque jour, ils se détruisent et tuent leur prochain. Gardez-vous des johannistes qui ne tarderont pas à venir ici ; méfiez-vous aussi de ceux qui se disent vos amis ; résistez au princes des Ténèbres. Vous êtes seul maintenant, vous ! créateur de votre Ciel et de votre Enfer.

— Mais... mais ne m'aiderez-vous donc pas ! ? Vous vous dites mon ami... Vous vouliez m'initier et vous me parlez de solitude. Qui donc êtes-vous ?

— Le maître qui attendra que son disciple ait aimé et souffert. Je croyais avoir été clair à ce sujet. Il ne faut pas parler aux disciples, dès le début de leur formation, des mystères profonds et secrets ; mais on doit leur livrer ce qui concerne la correction des mœurs, la formation de la discipline et les premiers éléments de la vie religieuse et de la foi simple... surtout quand ce disciple ne connaît rien à la vie des hommes.

— Pourquoi me pousser à la tentation ? Pourquoi ?

— Parce que la Révélation est plus grande quand on a péché. Et je ne vous pousse nullement : c'est votre destinée.

Bérenger reste la bouche ouverte, la poitrine haletante comme pour se rebeller, puis il baisse les épaules et hoche la tête, l'air de dire « Après tout ! ».

— Que dois-je faire ? murmure-t-il.

— Attendre. Continuez à exercer votre ministère et à réparer votre église. Vous recevrez des dons qui vous permettront de faire face aux diverses restaurations. Ne négligez jamais votre paroisse, le succès de notre entreprise passera par les prodigalités que vous dispenserez à vos ouailles... Attendre est le meilleur moyen. Maintenant nous allons détruire le tinoramosa.

Élie retire le talisman maléfique de sa besace et le tient, toujours enveloppé dans son tissu, au-dessus de son front. L'initiation commence et Bérenger prie, entre le Ciel et l'Enfer.

9

Rennes-le-Château, 21 juin 1891

LES cantiques cessent, la messe est finie, un bref instant plus tard, Bérenger quitter l'autel et s'avance les mains jointes vers le porche. Têtes baissées, le corps brûlant d'émoi sous l'aube immaculée, les vingt-quatre enfants lui emboîtent le pas, quittant leur chaise de paille avant de défiler devant les mères émues et les pères tendus et fiers. La communion solennelle n'est pas une petite affaire, la fièvre les tient tous, des plus jeunes aux plus vieux.

Le roi du jour du cierge (1), un grand escogriffe d'une vingtaine d'années aux yeux petits et rapprochés, se tient dans la lumière terne et poudreuse de l'entrée. Il est vêtu d'un costume sombre luisant d'usure, mangé aux coudes et aux genoux, et chaussé de bottes appartenant à son père qui lui-même les avait reçues d'un oncle. Il est le chef, les bottes confirment son prestige, les autres n'ont que des sabots ou des galoches ferrées, les autres marchent à grands pas lourds, les autres lui doivent obéissance. Sur un signe de main, alors que Bérenger arrive, quatre jeunes gaillards unissent leurs efforts pour soulever le brancard supportant la statue de la Vierge, ce sont eux qui vont ouvrir la procession, précédés par les abbés Boudet et Gélis venus en renfort

(1) Ou roi des jeunes, il obtient ce titre pour un an après avoir offert à l'église un immense cierge en cire d'Allemagne (jusqu'à cinq mètres de haut) mis aux enchères au début de l'an.

avec leurs enfants de chœur. Bérenger lève un instant les yeux sur la Mère vénérée, mais dans le mouvement il aperçoit la petite Marie qui se tient sous la Vierge.

La jeune fille lui sourit tendrement, et aussitôt le péché s'enroule autour de son cœur comme une plante vénéneuse... La fête, la messe, les communiants et les pénitents qui demandent grâce à la Vierge perdent leur importance. Bérenger a encore sur la peau les traces des mains caressantes de Marie, la chaleur de ses baisers et l'odeur de son épaisse chevelure qu'elle parfume aux essences de lavande et de rose. Dans ses propres mains brûlantes brandissant le crucifix, se love le souvenir de la ferme et fraîche poitrine, et malgré lui, il les voit déployer leur science sur le corps juvénile. Il voudrait hurler son désespoir et avouer sa faute, ici, devant les fidèles. Il voudrait ne plus penser à la bienheureuse lassitude de leurs visages rassasiés d'amour, mais il continue à marcher lentement jusqu'au minuscule parvis de terre battue.

Lorsqu'il rouvre les yeux après qu'un sourd grondement a couru dans ses veines, la lumière lui fait l'effet d'un éclair. L'argent fondu du ciel coule sur les toits des maisons, sur la Vierge qui se balance mollement au-dessus des épaules des porteurs.

— C'est terminé, dit-il à voix basse. Pardon, Mère très Sainte... Pardon... Pardon... Mille fois pardon...

Seulement, si seulement il y avait une unité en lui, une unité dans la foi. Il lui manque quelque chose pour ressembler à un véritable prêtre et il a quelque chose en trop. S'il s'intégrait à l'Église... S'il pouvait croire sans faillir. Comme c'est difficile d'avouer ses fautes à la Mère de Dieu. Serait-il devenu méprisable à ses yeux après avoir joui de son estime ? Toute son attention et ses espoirs se centrent sur la statue, il se rappelle avoir dit à plusieurs reprises, lors des catéchismes à Antugnac et à Rennes : « Si, par malheur, vous veniez à perdre de vue les bons principes de votre enfance, des résolutions de votre première communion, si par malheur, entraînés par vos passions, au milieu des orages de la vie, vous veniez à perdre de vue la pratique de notre sainte religion, les commandements de Dieu et de l'Église, si vous veniez à renier et votre foi, et votre baptême et votre bonne Mère l'Église — Ah ! Je vous en conjure, respectez la bonne Vierge, aimez-la, priez-la, respectez-la, honorez-la et Elle qu'on n'invoque jamais en vain, ne permettra pas votre perte et votre damnation. »

Comme c'est lâche de réclamer sa protection. Il marche, et la foule le suit. Pourtant il n'a pas conscience d'avoir un but. Il n'y en a pas d'autre à cette fête que la fête elle-même, que ces gens qui prient haut et le bruit de leurs prières. « Pardon… Mille fois pardon… » Il se sent faible et vide, perdant conscience de sa propre identité dans un état vaguement désagréable où plus rien ne subsiste que cette statue qui oscille devant ses yeux. La statue qu'il va faire déposer sur le pilier wisigoth dans lequel il a trouvé les documents. Pourquoi a-t-il écouté Élie ? Pourquoi a-t-il fait graver sur le pilier : « Pénitence ! Pénitence ! » ? Dans son dos un Ave retentit, la fête reprend, la magie reprend son monde, avec le petit peuple des saints et des apôtres, avec Boudet qui s'est retourné pour faire chanter les enfants. Leurs regards se croisent, et celui intrigué de l'abbé semble lui faire des reproches.

— Qu'est-ce qu'il vous a pris pendant la procession ?… On aurait dit que vous étiez à cent lieues de nous. Est-ce ces fameux manuscrits qui vous préoccupent à ce point ? demande Boudet.

Bérenger cherche une réponse dans le fatras des pensées embrouillées qui le soûlent, et il lâche machinalement :

— C'est possible.

— Vous devriez me les montrer, maintenant…

— Plus tard, Henri, faisons d'abord honneur à nos hôtes.

Autour d'eux la grange de M. le Maire brille de mille feux. On y danse, on boit, on se lance des défis. Le maire a tenu à inviter les trois abbés à l'occasion de la communion de son fils, et comme il voit les choses en grand, soixante autres personnes, parents et amis s'entassent ici. Il y a même Armand, le chef des jeunes et sa bande qui chahutent tantôt entourant un homme ivre : « Tu es cocu pauvre homme ! Tu es cocu ! » ou faisant des grimaces aux vieilles qui les menacent gentiment de leurs mains, avant de choisir des cavalières pour esquisser le bal des gojats (1).

— Hé, les pères ! Vous vous amusez ?

Bérenger, Boudet et Gélis sont surpris par le ton ironique du maire. L'homme semble les narguer. Sa moustache rousse est luisante de vin. Ses mains épaisses et poilues rampent sur la table à la recherche du pichet. S'en emparant, il le porte à sa bouche en criant : « Vive la République ! »

Bérenger a un mouvement de colère vite réprimé par Boudet qui exerce une pression sur son bras.

— Du calme, Saunière, dit-il tout bas. Il ne sait pas ce qu'il raconte. Il ne se passe rien sous ce crâne vide. Il a été évangélisé par Victor Hugo ou par Michelet et pour lui nous sommes les antipatriotes, les parasites de cette humanité qui vole vers la liberté et le progrès. Que peut-il comprendre des enseignements de la franc-maçonnerie ? Il ne fera jamais la différence entre une démocratie radicale et une république socialiste.

Bérenger remue les lèvres en invoquant la protection de Dieu d'une voix imperceptible. Puis il chuchote, l'air honteux :

— Vous avez raison, il ne sait pas ce qu'il dit.

— Que complotez-vous, les pères ? lance le maire en abattant violemment le pichet sur la table.

— Nous sommes d'accord avec vous, répond en riant Boudet, la République est magnanime, elle aime les largesses. Vive la République !

— Bien parlé, l'abbé... Femmes ! du vin pour le clergé.

Aussitôt, quittant le coin qui leur est réservé, deux femmes arrivent avec des pichets. D'autres s'activent devant un âtre de fortune où fument de grosses cocottes cylindriques. Parfois elles se penchent, touillent d'une main et de l'autre trempent un morceau de pain qu'elles portent à leur bouche, répondant d'une inclinaison de tête mesurée quand l'un des convives s'impatiente.

— Ça vient, ça vient...

Et voilà les lièvres à la peau croustillante qu'on évite

(1) Danse proche de la gavotte.

de donner à Madeleine, la femme du forgeron, de peur que son enfant ne naisse avec la bouche fendue et de longues dents. Et voici les foies de volailles à l'ail, les tranches de porc accompagnées de champignons et les légumes secs baignant dans la graisse de confit. Les doigts se tendent vers les plats, plongent, se mêlent aux sauces et retirent les morceaux fumants. Les bouches sautent d'un mets à l'autre, reviennent au premier, retombent soudain sur le second avec un grand bruit de mâchoires et, finalement, s'ouvrent sur un rot.

Bérenger montre son bel appétit et engloutit tout ce qui passe à sa portée, alors que Boudet et Gélis grignotent, complimentant les jeunes filles qui les servent en déployant la grâce sinueuse de leurs tailles souples. Elles se prêtent volontiers aux désirs cachés de tous les hommes présents mais leurs visages s'empourprent, comme atteint par la contagion de la pudeur, quand Armand et sa bande beuglent des propos salaces.

— Cambrez-vous, mignonnes, qu'on voit vos beaux culs !

— Hé la Jeanne, on dit que tu les aimes aussi durs et rugueux que les pierres du Causse.

— Dites aux prêtres que vous priez saint Salvaire pour qu'il vous donne de bons « sauteurs ».

Des rires éclatent. Des hommes esquissent des gestes suggestifs et les femmes piaillent et gloussent, l'esprit troublé d'images dessinées par le vocable en liberté. Gélis rougit, imaginant un envol de belles cuisses blanches sur un tas de foin, et baisse les yeux. Mais son voisin, Saunière, inspiré et animé par l'instinct puissant qui l'habite, jauge sans détour les filles et les mères, les trouvant toutes à son goût au fur et à mesure que l'ivresse le gagne. Avant de pouvoir danser comme les autres, il lui semble qu'il devrait débarrasser sa carcasse de la soutane, envoyer promener son chapelet peut-être ! Non !... non, pour cela il doit attendre il ne sait quel événement extraordinaire qui viendra rompre la monotonie de sa vie et le rendre puissant. Après, il ne se contentera plus de regarder comme aujourd'hui les couples qui se font et se défont dans la poussière floconneuse soulevée par leurs pieds. Il pressera sa cavalière. Il la soulèvera, la portera comme un trophée sous les halos jaunâtres des lampes à pétrole et des calèhs (1).

— Vous dansez mon père ?

L'invitation lui fait l'effet d'un coup de fouet. Devant son œil ébloui, une jeune fille au visage et à la gorge couverts d'une fine sueur qui ruisselle sur sa peau légèrement dorée, l'illuminant de mille feux, le fixe de ses yeux de chat. Comme elle s'applique à récupérer du bout de la langue les gouttes qui s'accumulent sur les lèvres rouges, nourrissant en lui le désir précaire de la fellation, Bérenger se détourne. Une fois de plus le vertige du péché l'entraîne et il ne peut chasser l'émotion provoquée par cette bouche, au point qu'il l'écoute gonfler et refluer dans son cœur et sa poitrine. Il ne tente rien contre le parfum coûteux et empoisonné du vice qui le gagne. Plusieurs fois il soupire, et le panache exhalé par son souffle animal est bien le sien. Un instant, il cherche Dieu, en vain. Cependant il n'est pas seul dans son corps, il partage sa chair avec les démons, avec Asmodée et Ariton, avec Astarot et Kolofe, dans une communion intolérable et désirable. Il est sur la pente désignée par Élie. Que va-t-il devenir ?

— Alors mon père !?

La jeune fille s'est rapprochée, le frôlant de sa cuisse. Il la respire. Il imagine le flot des jupons tombant lentement sur les jambes, et tandis que ces images terribles assaillent son esprit, le maire vient au secours de la fille.

— Allons, Saunière, ne refusez pas. Marthe ne vous entraînera pas en enfer. Qu'avez-vous à perdre ?

— Il n'a pas grand-chose à perdre, lance une voix qu'il ne reconnaît pas.

Ce sous-entendu ironique le blesse. Saurait-on pour lui et Marie ? Son gosier laisse passer un incompréhensible : « Non-je-ne-peux-pas-ma-charge-m'interdit-de-danser. »

Le regard de Marthe se fait plus acéré et elle plonge ses yeux dans ceux de Bérenger. Peut-être devine-t-elle ses pensées car elle lui adresse un sourire canaille avant de tourner les talons, repartant vers la bande des jeunes

(1) Lampe à huile à trois becs.

le corps vibrant de vie, de cette vie dont il se reproche de manquer.

— Je vous prêterai mon pantalon la prochaine fois, ricane le maire.

Bérenger rougit de honte et de colère : on offre le pantalon d'un père de famille nombreuse pour communiquer la virilité à un impuissant. Et le maire, qui a huit enfants, le propose souvent aux maris stériles du village.

— Décidément, cet homme ne manque pas d'esprit, remarque Boudet.

Bérenger ne sait quoi répondre, d'autant qu'à cet instant son caractère résolument négatif le rend incapable de trouver les mots agréables à l'oreille de Dieu. « Un jour, j'écraserai la tête de ce rat roux ! » pense-t-il.

Peu à peu, le calme revient dans son esprit, troublé sans aucun doute par l'abus du vin. Il prend une pleine écuelle de légumes secs et se met à mâcher comme un automate, sans tressaillir sous l'incidence des regards féminins qui se posent parfois sur lui. Cependant la tentation si difficilement effacée resurgit quand l'un des fêtards, éméché, se dressant entre ses congénères bêtement soûls, demande qu'on joue à passa-grolha.

— Je crois que nous n'allons pas tarder à les quitter, dit Boudet aux deux abbés.

Déjà René, l'un de ceux qui s'étaient battus contre Saunière au calvaire, a été choisi et emmené au centre de la grange, alors que Marthe n'a pas hésité à s'accroupir sur une chaise en attendant que le jeu commence. René dodeline de la tête, une main triturant son gros nez blanc terni par deux verrues perchées au-dessus d'une narine, et l'autre prête à se glisser jusqu'au fruit défendu.

— Qui pose la première question ? demande le maire.

— Moi, dit l'armier.

René souffle. Les questions du confident des morts ne sont jamais faciles. Cependant cela lui est égal, puisque ce qui compte à ce jeu de passa-grolha, c'est de perdre.

L'armier pointe son index vers lui et lui dit brutalement :

— Comment appelle-t-on la boule maléfique faite de plumes régulières de la même couleur ?

— Le coquèl, répond sans hésiter René.

— Assis, l'armier ! À qui le tour ?

Catherine Estrabaud, la femme du meunier et marraine du communiant, tend son menton plein de miettes et salue l'assemblée avec les grâces d'un pélican qui s'arrache à la surface de l'eau.

— Moi je sais comment le museler ce lourdaud ! Je veux qu'il continue ce proverbe... Heu... Alors voilà :

Si tu amènes ta fille à toutes les foires,
Si tu aiguises ton couteau à tous les tas de pierres,
Si tu fais boire ton cheval à toutes les rivières...

Sa voix se brise et elle attend la suite. René fronce les sourcils. Il a déjà entendu ce proverbe. Son grand-père... Non, c'était son oncle qui le lui avait appris, il en connaissait des tas et les répétait aux veillées. Le poing sur le front il se met à réfléchir : « Foires... pierres... rivières... n'attend rien sans un bâton à la main. Non ce n'est pas ça. Pourtant... Oui 'y suis ! »

— *A la fin de l'année,* clame-t-il, *tu auras une rosse, une scie et une bougresse.*

— Bravo ! crie le maire, et à Marthe qui s'impatiente sur sa chaise il dit : Tu ne vas plus attendre longtemps, fillette, car c'est moi qui vais le faire taire ce champion... Voyons ce qu'il sait en géographie : Quelle est la capitale du Mexique ?

René reste interloqué. Sa science n'est pas si étendue. Pour l'Espagne, l'Angleterre et l'Italie il pourrait répondre. Non, il ne sait pas. Il ne l'a pas appris. Quand l'école est devenue obligatoire et laïque, il y a longtemps qu'il travaillait aux champs.

— Je l'ignore, laisse-t-il tomber, penaud.

— Mexico ! lâche triomphalement le maire qui s'est rappelé les commentaires politiques que faisait son père sur l'aventure mexicaine de Napoléon III.

— Passa-grolha ! crient les invités en frappant les tables avec leurs poings, leurs mains et leurs cuillères de bois.

— La savate ! Qui a une savate ? hurle Armand.

— Moi !

Une aïeule se déchausse et envoie sa savate à Marthe.

Bérenger se retient de respirer. Il voit comme dans un rêve la main agile de la jeune fille la saisir au vol, alors que la grange entière semble un navire de diables secoué par la tempête. Les jeunes se dépensent en efforts inouïs pour prendre les meilleures places, grimpent les uns sur les autres, s'appuient sur leurs aînés qui font cercle. Le maire joue des coudes et s'insère dans un groupe de femmes campées devant la chaise où se tient Marthe, drôlement troussée dans sa jupe bleue. La jeune fille met une main sous ses jupons et les relève. Bérenger croit voir une fine toison, à moins que ce ne soit le triangle d'ombre où se joignent les cuisses nerveuses. Les deux colonnes de chair se referment sur la savate qu'elle coince contre son sexe. Maintenant, encouragé par tous, René va devoir la récupérer. C'est l'instant que choisit Boudet pour entraîner ses deux jeunes abbés ; l'Église n'a jamais admis ces jeux licencieux...

10

Rennes-les-Bains, 30 octobre 1891

JULIE va et vient dans le petit salon du presbytère, époussetant les tranches des vieux livres et les bibelots anglais offerts à Boudet par les pieux curistes qui passent leur vie d'été entre Rennes, La Bourboule, Vichy et Baden-Baden. Un danger pour Bérenger, cette fille-fleur qui ressemble aux portraits pulpeux dessinés par Renoir. Il n'a que peu d'efforts à faire pour l'imaginer dans le nu débridé des *Baigneuses* qu'il a vu en reproduction dans les cartons confidentiels d'un marchand ambulant installé sur le marché de Couiza. Même plénitude des formes, même peau légèrement teintée de rose, il garde encore en lui cette image d'elle dans la colline quand elle s'offrait au menhir. Qui se douterait de ce qui se trame sous ce chignon dignement agencé ?

— Tu ferais mieux de t'activer à la cuisine au lieu de papillonner autour de nous !

Le ton de Boudet est sec, cassant.

En un rien de temps, Julie s'évanouit dans un froufrou de jupons qui ruine les envies de Bérenger. L'instant d'après il l'entend s'activer avec les casseroles de cuivre et les chaudrons.

— Vous serait-il possible de ne plus penser aux femmes pendant quelques heures, Saunière ?

— Mais...

— Pas d'histoire, je n'ai pas besoin de vous confesser pour savoir. Vos péchés sont diaboliquement roses et palpables.

— Je ne vous permets pas !

— Suffit, Saunière ! Je me fous complètement de connaître vos ébats d'amant romantique. C'est à Dieu de juger !... Mais, par pitié, ne fixez plus les fascinantes rondeurs de ma servante avec cette sorte de malaise confus dans le regard. Soyez naturel, nous sommes entre hommes. Maintenant, travaillons.

Bérenger ne sait plus quoi penser. L'apparence irréprochable de Boudet est donc trompeuse ? Il demeure sceptique quant à la réalité de ce qu'il vient d'entendre. Ces paroles cinglantes de cabaretier semblent difficiles à avaler, suspectes et il supporte mal que son aîné le traite en égal, comme un vulgaire noceur qui a oublié les principes de la Sainte Église.

Le front plissé, Boudet est penché sur les quatre manuscrits étalés devant lui. De temps à autre, il griffonne quelques notes d'une plume rageuse, comme si l'excitation qui est en lui gagnait sa main. Bérenger l'aide à traduire ces textes latins. À vrai dire, peu de difficulté pour ces deux hommes qui sont rompus à ce genre d'exercice. Seul le quatrième document paraît confus.

— C'est un code, conclut Boudet.

— Cela je le savais. Avez-vous une clef qui nous permettrait de l'interpréter ?

— Non. Je ne suis pas assez savant pour résoudre cette énigme. Tout ce que je peux vous dire concerne leurs origines. Le premier est une généalogie des comtes de Rhedae, descendants des rois mérovingiens, portant le sceau de Blanche de Castille, la reine de France, et contresigné par Raymond d'A. Niort qui fut le responsable chargé de négocier les conditions de reddition entre les cathares de Montségur et le royaume de France. Le second est le testament de François-Pierre d'Hautpoul, seigneur de Rennes et du Bézu. Le troisième est le testament d'Henri d'Hautpoul. Quant au quatrième, celui qui nous intéresse, il est signé du nom de Jean-Paul de Nègre de Fondargent.

— Et le mot Sion, et les lettres PS, qu'en faites-vous ? Que signifient-elles ?

Boudet coule un regard inquisiteur sur son compagnon. Les idées qui trottent dans sa tête accentuent ses présomptions : cette réplique est-elle le produit du hasard ou de la trahison d'un frère de l'Ordre... Jules Bois ?... l'archiduc Jean ?... Élie ? Il se met à sourire, mais son sourire n'a rien de léger ni de moqueur. C'est un signe d'approbation à la conclusion de ses réflexions : Saunière connaît l'existence du Prieuré de Sion. Comment lui faire avouer ! Il ne peut le forcer par l'adjuration, ni par la force, ni par la supplication et encore moins par la séduction. Reste la surprise.

— J'appartiens moi-même à l'ordre du Prieuré de Sion, lâche-t-il soudain.

Bérenger demeure interloqué. Durant une seconde, il fixe sur Boudet ses yeux bruns, comme il les fixerait sur un pécheur qui lui avouerait une faute épouvantable, puis il se met à balbutier :

— Vous aussi ! Est-ce possible ?

— Sion est la pierre avec laquelle nous bâtirons le monde. J'ai le titre de « croisé de Saint-Jean » et de commandeur de Rennes (1). Vous êtes bien le premier non-initié à connaître mon grade.

— Depuis quand un homme d'Église trahit-il ses vœux ?

— Je vous défends de me parler sur ce ton !... Vous ! Vous, le bellâtre qui se vautre avec Marie... Vous excite-t-elle toujours autant la petite Denarnaud ? Surtout lorsqu'elle revêt la soutane, je crois...

Sa voix prend soudain une extrême précision. Le son en est mince, sec et décidé avec une pointe d'ironie.

— Vous devez m'obéir, Saunière.

— Et si je vous dénonçais à l'évêché ?

— Je ne vous le conseille pas.

— Est-ce une menace ?

— Non, un simple avertissement.

— Qu'attendez-vous de moi ?

— A la bonne heure ! Vous êtes un homme de bon sens, Saunière. Vous serez largement récompensé si

(1) À cette époque, le Prieuré de Sion est dirigé par le « nautonier », les trois « princes noachites de Notre-Dame » et les neuf « croisés de Saint-Jean », ainsi que 723 membres répartis dans quatre autres grades ; en 1950, 1093 membres ; en 1956, 9841 membres ; en 1986 plus de 15000 membres.

vous vous conformez à mes ordres et aux conseils de notre bon ami Élie Yesolot. Vous devez simplement attendre. Attendre, est-ce que cela vous paraît insupportable ?

— Pourquoi attendre, puisque nous avons les documents ?

— Parce qu'il manque encore des éléments pour nous lancer dans les recherches, et qu'il faut aussi apaiser la curiosité de nos ennemis. Contentez-vous de réparer votre église. Élie vous a parlé des dons que vous recevrez ?

— Oui.

— Ils seront importants, croyez-moi... mais ils ne représenteront rien à côté de ce que vous percevrez plus tard. Rien, vous entendez !

Bérenger détourne son visage et reste silencieux pendant de longues minutes. Il se prend à songer à l'époque où il sera riche. Cependant il ne doute pas d'être la dupe de ce Prieuré de Sion, qui se sert de lui pour asseoir sa propre puissance. Il n'a pas conscience d'avoir été manipulé lors de la découverte des manuscrits, c'est lui qui avait décidé de changer le maître-autel et choisi les ouvriers. Simple hasard. Quant aux dons reçus depuis son installation, ils sont minimes, si l'on excepte l'argent versé par Billard, Guillaume et un prêt de mille quatre cents francs accordé par la mairie : six cents francs légués par l'abbé Pons et sept cents francs par une généreuse donatrice de Coursan. Il ne voit pas l'ombre de Sion dans ces opérations. Comment en être sûr ? Il n'a pas la science intuitive et déductive d'un policier, il n'est que le prêtre d'une pauvre paroisse loin du pape, et le pion isolé d'une machination dirigée par un nautonier.

— Et Marie, quel rôle joue-t-elle ? demande-t-il soudain.

— Marie n'est qu'une pauvre fille. Gardez-la auprès de vous, elle vous rendra d'immenses services. L'an prochain, vous ferez venir sa famille au presbytère afin de faire taire les mauvaises langues.

— Mais vous savez bien que c'est impossible !

— Je sais à quoi vous faites allusion... N'ayez crainte, ils ne diront rien. Ils nous sont acquis et fermeront les yeux sur votre liaison avec leur fille.

Bérenger mesure la puissance de Sion. Il pressent la force du Prieuré autour de lui et ses yeux livrés à l'angoisse cillent. Ses doigts cherchent les grains du chapelet qui est enfoui dans la poche de sa soutane, il traverse ces secondes oppressantes, comme quelqu'un qui se sent attiré dans son sommeil par un gouffre sans fond.

Boudet savoure son triomphe. Les muscles de ses mâchoires palpitent. Au silence qui se prolonge, il devine l'accélération du cœur de Saunière, l'angoisse soudaine, l'envie de fuir, la tentation de résister. Vaines réactions. Barrières dérisoires qui seront vite balayées par l'attrait de l'or et des femmes. L'abbé est déjà son instrument. D'un geste décidé il rafle les manuscrits et les cache dans une grande bible rangée dans sa bibliothèque.

— Vous devez me les laisser quelques jours, je vais en faire des copies. Retournez à votre paroisse, Saunière, et attendez mes messages... Saunière !

— Oui ?

— Maintenant vous êtes le seul être au monde avec lequel je puisse être moi-même. A bientôt, cher complice.

Dans la rue, Bérenger médite les dernières paroles de Boudet. Que cachent-elles ? Quelle mentalité de monstre se profile derrière les mots ? Boudet agit comme un homme de génie qui va commettre un crime parfait et se confesse parce qu'il ne peut supporter l'idée que personne ne louera ce génie. « Voilà son point faible », se dit Bérenger en marchant soudain d'un pas plus alerte, presque heureux. Maintenant il sait comment contrer Boudet. Le moment venu, en cas de danger, il devra le pousser dans son orgueil, cet immense orgueil aveugle qui le conduira à la défaite. Perdu dans ses réflexions, Saunière ne remarque pas les trois cavaliers qui le suivent à distance.

Rennes-les-Bains s'est vidée de sa foule. Les femmes aux gorges généreuses et les hommes aux ventres proéminents ont depuis longtemps abandonné les établissements thermaux de la petite ville. Les eaux ferrugineuses et sulfureuses ont chassé toutes les souillures, drainé les maux, repoussé l'ultime échéance de leur vie, et ils sont repartis vers la capitale pour refaire leur plein de poison. Les trois cavaliers sombres longent les bâtisses et s'enfoncent dans le bois du Breiches. Les arbres ont revêtu leur résille jaune et rousse, Bérenger a l'impression que leurs feuilles sont autant de pépites d'or. Les couleurs de l'automne s'associent à ses rêves et le grisent. Il plonge ses regards dans l'intimité des frondaisons dorées et aussitôt la lumineuse évocation d'un trésor s'épand dans son esprit. Alors il cherche à repérer les nombreuses grottes qui truffent la montagne. Au loin vers la Serre-de-Bec, en direction du château des templiers, les brumes argentées s'élèvent lentement, déchirées par les battements d'ailes lourds et vigoureux d'une bande de corbeaux. Le soleil ne va pas tarder à ressembler à un œil rouge. Bérenger accélère sa marche, ne voulant pas être surpris par la nuit. Les seuls gens qui s'aventurent la nuit dans le pays désolé du Razès sont des aventuriers, des voleurs et des braconniers. Et encore, il leur faut beaucoup de courage pour affronter les esprits de la montagne : Dahu le sauvage, Masca la sorcière et Sinagrie le monstre.

Il grimpe vers la Coume-Sourde, prenant un raccourci qui passe devant la Roche-Tremblante. C'est alors qu'il aperçoit un éclair métallique sous le grand mur de rocs déchiquetés qui le surplombe. Un voile d'inquiétude assombrit son regard et il se met à se déplacer avec de brusques sauts, passant d'un rocher à l'autre afin de gagner du temps.

« Tu te conduis comme un enfant qui a peur de Romeca (1) », se dit-il pour essayer de juguler ce minuscule point de terreur qui court dans ses entrailles. À ce moment un formidable craquement se fait entendre. Il se fige. Avec une apparente lenteur, la carapace grise d'une partie de la falaise se détache et glisse vers lui. D'énormes rocs roulent et fracassent les arbres. Rien ne semble pouvoir les arrêter. Bérenger se met à courir droit devant lui, se meurtrissant sur les ronces. Le grondement terrifiant le poursuit et s'amplifie. Brusquement, une masse de granit jaillit sur son flanc. Il fait un

(1) Vieille fée qui terrorise les enfants.

bond prodigieux pour l'éviter. Il hurle le nom de saint Antoine. La peur décuple ses forces. Une salve de douleurs aiguës traversent son crâne de part en part, d'une tempe à l'autre, alors qu'il se jette à plat ventre. Le flot de roches et de terre le frôle. Le sol tremble et semble se fendre en deux sous lui et pendant un bref instant le mugissement de l'avalanche se vrille dans sa tête, puis le bruit s'éteint aussi rapidement qu'il a commencé.

Quand il rouvre les paupières, il voit du sang suinter sur ses mains scellées dans l'argile du talus qui domine le vide. La peau éclatée des bras n'est pas l'œuvre des ronces, mais le travail des pierres coupantes. Des estafilades zèbrent ses avant-bras et le sang poisse le tissu des manches en lambeaux. Une grimace déforme le visage de Bérenger. Il n'aime pas se blesser, il se redresse péniblement et regarde vers le ciel, autour de lui, puis en direction de la crête. Le silence. Pas un cri d'oiseau. Soulevée par l'avalanche, la poussière ondoie surla terre éventrée et dérive vers le fond de la vallée où frissonnent encore les arbres et les buissons épargnés.

« Ce n'est pas naturel, pense-t-il en se remettant à progresser avec précaution le long du flanc de la colline. Je ferais mieux de passer par la Valdieu me laver à la fontaine et demander de l'aide aux habitants de la ferme. » Tout en spéculant sur le chemin à prendre, il cherche un bâton. Des brindilles et des branches jonchent le sol, aucune n'est assez solide pour remplir la fonction de gourdin. Une arme le rassurerait plus qu'une prière. Et ce sang qui coule toujours ! Il se durcit contre la fatigue qui le fait chanceler. Le sommet est tout proche. Le ruisseau de l'Homme-Mort est couvert de hautes herbes, il l'emprunte. C'est alors qu'il entend le hennissement d'un cheval. Il s'aplatit et tend l'oreille. Un bruit de pierres, il rampe promptement entre les herbes et s'empare d'un galet rond et lourd. Son estomac émet un gargouillis de peur anticipée et sa langue, malgré lui, demande de l'aide à ses saints protecteurs.

— On va te débusquer, le prêtre ! Inutile de te cacher.

La voix a ralenti à une vingtaine de mètres de lui,

droit devant. Une voix inconnue, rocailleuse, avec un accent du Nord.

— Tu as échappé à l'avalanche, mais tu n'échapperas pas à nos armes.

Un coup de feu claque, mais, contrairement à ses craintes, la balle ne siffle pas à ses oreilles. Ils ne l'ont pas repéré. Assurant son galet dans la main droite, en quelques reptations silencieuses il gagne l'endroit d'où est parti le coup de feu.

Ils sont trois au pied d'un rocher, leurs revolvers braqués vers le sol, ce qui confirme leur ignorance de sa position. Trois cavaliers livides, les traits tirés par la fatigue d'un long voyage, qui se concertent à voix basse. Le plus grand, un blond à la moustache fine, semble les commander. Il désigne un arbre rabougri au plus petit de ses compères qui s'y rend immédiatement, et ordonne à l'autre de garder les chevaux. Lui-même saute de sa monture et s'en va prendre position dans le lit du ruisseau, à la limite des herbes dans lesquelles se dissimule Bérenger.

Le prêtre se tasse dans le fond du lit. Comment quitter ce trou ? Une idée germe dans sa tête. Il pose son galet et étend la main le long de son corps à la recherche d'une pierre plus petite. L'ayant trouvée, il la projette loin derrière lui. L'effet est immédiat. Le blond se redresse, pointe son arme et s'engage entre les herbes.

Bérenger défait lentement le cordon de sa soutane. « Tu ne tueras point. » Ses yeux rougis par l'effort qu'il doit accomplir sur lui-même donnent l'impression qu'une fièvre inextinguible le dévore. Il lui faut vaincre la répulsion pour accomplir ce geste meurtrier. Il oblige son âme à boire les vins de la colère et de la haine. Entre les herbes sèches et les pierres qui bossuent la glaise craquelée du ruisseau, il discerne la silhouette hésitante de son adversaire.

Le blond chemine à pas mesurés, écartant les tiges de son arme. Il sourit, à la pensée de sa proie : un prêtre. Un homme en robe tout juste bon à sermonner les vieillards. Il parie que l'abbé a déjà les mains jointes et la nuque offerte. Du bon travail facile. Les johannistes paient bien. Demain, à Carcassonne, il réglera la question de leur prime d'une parole ou deux, d'une suggestion adroite au moment où leur commanditaire versera le montant convenu : « l'élimination d'un prêtre vaut bien une rallonge de trois mille francs-or » par exemple. Il jubile. Il pense à toutes les putes qu'il pourra s'offrir.

Bérenger se déplace petit à petit sur le côté, entamant un mouvement circulaire. Trois mètres, deux mètres, un mètre... maintenant ! Il bondit sur le dos de l'homme, le renverse en tirant de toutes ses forces sur le cordon qu'il lui a passé autour du cou. Le blond lâche son arme. Ses lèvres se referment et s'ouvrent plusieurs fois de suite, ne laissant échapper que des sons étouffés. Il manque d'air, essaie de se dégager, mais le prêtre pèse de tout son poids sur ses épaules. Le prêtre est plus puissant. Une bête sauvage toute en muscles et en nerfs qui fixe sa victime d'un regard halluciné.

Le blond émet un dernier gargouillement, se raidit, sa tête retombe sur le sol les yeux grands ouverts, presque hors de leurs orbites, et sa langue pend baignant dans la bave qui se mêle à la terre.

Bérenger s'écarte du cadavre. Son visage en sueur semble presque normal si ce n'est l'égarement de son regard. Une seule pensée l'occupe : éliminer les deux autres.

— Pierre ! Que se passe-t-il ? crie l'homme resté aux chevaux. Pierre, où es-tu ? Réponds-moi, Pierre !

Avec la conscience et les réflexes d'un félin, Bérenger écoute et se dirige par bonds souples vers cette voix que la présence suraiguë de la peur commence à déformer.

— Pierre !... Par pitié, dis quelque chose ! Pierre ! Pierre !...

Bérenger fonce entre les herbes avec l'étrange sentiment que son corps n'a plus rien d'humain. Au passage il récupère son galet, et sa main devient un terrible balancier.

L'homme voit cette forme noire surgir du ruisseau et courir vers lui. Le visage implacable du prêtre le paralyse. Il n'a pas le temps de mettre en joue cette cible qui grossit. Le galet lui fracasse le front et il vacille avant de s'effondrer aux pieds des chevaux, avec un grognement semblable à celui d'un sanglier.

Reste le troisième tueur. Bérenger a la présence

d'esprit de s'emparer du revolver de celui qu'il vient d'abattre. Il sait comment s'en servir. Ce n'est guère différent des fusils, et lui-même est bon chasseur. Cependant il ne peut tirer, l'homme détale vers le Roc-d'en-Clot.

Bérenger baisse son bras. Doucement, il se laisse tomber à genoux près du gardien des chevaux. Celui-ci respire encore. Bérenger lui tâte le front. La blessure est moins grave qu'il ne croyait. Il pousse un soupir de soulagement.

— Seigneur, merci de lui avoir conservé la vie... Je n'ai jamais voulu...

L'homme ouvre les yeux. Il porte sa main devant son visage pour se protéger et murmure : « Pitié ! »

— Ne craignez rien... Je veux vous aider... Prenez appui sur mon bras... Avez-vous de l'eau dans les gourdes qui sont accrochées aux selles des chevaux ?

— Oui, répond l'homme sur un ton peu rassuré.

Bérenger l'aide à s'asseoir contre une roche, décroche une gourde, puis la lui met entre les mains. Il voudrait racheter sa faute. Il voudrait être tout amour. Il aurait mieux fait de périr sous les rocs. Les ténèbres qui sont en lui ont voilé la lumière de Dieu, et il a tué... tué !

— Pardon, souffle-t-il.

L'autre n'en croit pas ses oreilles. Même si elles lui font comprendre qu'il ne risque plus rien, les implications de ce « pardon » sont plutôt déplaisantes. Assis tout raide, la gourde contre la poitrine, il a l'air d'un cadavre qui se réveille. Il regarde fixement ce visage plein de compassion penché au-dessus de son front, le cœur battant, peut-être à cause de la honte qui gonfle en lui, peut-être à cause de l'appréhension qui se glisse dans sa poitrine quand le prêtre lui demande :

— Qui vous a envoyés ?

— ... Je ne sais pas... Seul Pierre pourrait le dire... Il était notre chef...

— Ton Pierre n'est plus de ce monde. Tu trouveras son corps dans le ruisseau. Que Dieu ait son âme !

— ... C'est vous qui ?

— Oui, c'est moi qui l'ai tué, répond-il avec une lueur de désespoir au fond des yeux comme si son âme était désormais vouée au feu de la géhenne le jour du Jugement dernier.

Les secondes s'écoulent. L'homme se laisse gagner par le flot de bonté qui se dégage du prêtre. Il découvre en lui les instincts puissants d'une nature généreuse tournée vers les hommes, vers le prochain ; des instincts si grands qu'ils lui font atteindre les limites de ses passions, de l'amour, de la violence et de la foi. « Ce n'est pas un homme ordinaire », pense-t-il avec respect.

— Vous n'avez fait que vous défendre... mon père. Vous défendre ! Est-ce une faute aux yeux de l'Église ?... Et cette faute n'est-elle pas pardonnée puisque vous vous êtes porté à mon secours ?

— Peut-être. Dieu sera mon seul juge.

— Dieu précipitera en enfer les hommes comme moi et Pierre ! Nous avons touché de l'or pour vous supprimer ! Et nous devions encore en recevoir une fois notre forfait accompli.

— Où ?

— À Carcassonne, mais je ne peux vous dire exactement où, seul Pierre devait entrer en contact avec le commanditaire. Il ne nous a jamais dit quoi que ce soit sur leur rencontre.

— Vous en êtes sûr ? Réfléchissez... Il en va de ma vie, et de la vôtre maintenant.

— Non... Je ne sais rien... Cependant...

— Cependant ?

— Nous étions dans une maison, vous savez ces maisons réservées aux hommes... où les femmes vendent leurs charmes... Pierre était ivre... Je le revois encore avec sa coupe de champagne levée, il lança : « À la santé de l'homme à la tête de loup, notre bienfaiteur. »

— L'homme à la tête de loup ?

— Oui, tête de loup. Peut-être s'agissait-il d'un bijou ?... Ou d'un blason ?

— Vous n'avez pas l'air d'un méchant homme, dit Bérenger, vous me paraissez même assez instruit. Comment en êtes-vous arrivé là ?

— Études de médecine ratées, dettes de jeu et Paris, Paris qui détruit un homme en une saison... Ne vous inquiétez pas pour moi, mon père, ni pour celui qui gît là-bas. Je l'emporterai et nous disparaîtrons.

— Mais il faut d'abord vous soigner !

— Non... Laissez-moi à mon destin. J'ai envie d'émotions et de coups de sabre.

L'homme se redresse et se dirige à pas traînants vers le ruisseau, suivi de Bérenger.

— Le corps est ici, dit le prêtre en désignant un endroit où l'herbe est aplatie. Vous n'allez pas l'emporter avec vous mais m'aider à l'emmener jusqu'à une grotte non loin d'ici. Un gouffre s'y trouve...

Bien plus tard, Bérenger arrive à la ferme de la Valdieu. Levant maintenant les yeux vers le ciel étoilé, il éprouve une sorte de vertige passager, et pendant un moment ne peut déterminer pourquoi. Sent-il la sensation d'avoir été ramené à sa minuscule existence ? Ou, l'horreur s'étant émoussée, évaporée comme après un cauchemar, ce poignant désir de vivre qui le reprend ?... Les chiens aboient. Une lampe à pétrole danse dans la nuit. Il va falloir mentir, à présent. Il a eu un accident. Un accident stupide en grimpant vers le ruisseau de l'Homme-Mort.

11

Carcassonne, 19 janvier 1893

— VOILÀ donc les fameux parchemins !

— Oui, répond Bérenger en les remettant à Mgr Billard.

L'évêque les parcourt rapidement. Ses paupières mi-baissées dissimulent sa joie. Les documents ! Enfin ils vont pouvoir les exploiter. L'ordre a tardé à venir, mais peut-être avaient-ils de bonnes raisons là-haut d'en surseoir l'exécution. Ils ont eu du génie en faisant confiance à Saunière, l'abbé n'a rien tenté depuis sa découverte... même après la tentative d'assassinat des johannistes sur sa personne. Brave Saunière, l'ambition le dévore mais il reste docile.

— Votre ami Boudet pense qu'il faudrait les faire correctement traduire par nos spécialistes de Saint-Sulpice. Il n'a pas tort. Leur contenu peut nous révéler quelque secret... Avez-vous songé à vous en défaire contre un peu d'or ?

— Non, monseigneur.

— Vous avez bien fait, les secrets de l'Église ne doivent pas tomber aux mains de la République.

— Dieu nous en préserve !

L'évêque relève brusquement la tête. La lumière du dehors donne naissance à un nouveau visage : les yeux chassieux brillent de malignité, la bouche molle se tord en un rictus cruel.

— Comme vous y allez, mon fils ! Dieu n'a que faire de la République... C'est de l'Église qu'il s'agit, de son pouvoir temporel. C'est à nous de préserver l'édifice de Pierre... Pourquoi êtes-vous si pâle ? Je vous effraie à ce point ?

Bérenger se tait. Le spectre de Sion semble courir dans la bibliothèque. Le visage étrange de l'évêque éveille en lui le soupçon. Est-il membre du Prieuré ? « Bien sûr ! pense-t-il, comment puis-je être aussi naïf ! Par Dieu ! Billard, fais-moi grâce de ta dignité ! Dévoile-toi... Un peu de modestie, quel est ton grade dans le Prieuré : croisé de Saint-Jean ? prince noachite de Notre-Dame ?... Obéis-tu à Boudet ? » Cependant il finit par dire :

— Vous avez raison, monseigneur... nous ne devons pas nous réfugier derrière l'Éternel, c'est à nous de prêter nos bras à l'Église. Nous sommes les bâtisseurs.

— Vous voilà redevenu raisonnable, Saunière... Parlons de votre avenir, parlons de votre montée à Paris.

— À Paris !?

Bérenger se mord les lèvres mais il préfère se taire. Paris ! son rêve le plus cher, les grands boulevards, le parfum des femmes, les théâtres, les musées... Paris, où toutes les ambitions sont possibles.

— Il n'y a qu'à Paris que vous pourrez faire traduire ces manuscrits. Ne craignez rien, Saunière, vous serez introduit. J'ai tout prévu, voici deux lettres de recommandation. Vous vous présenterez avec la première chez le directeur de Saint-Sulpice, l'abbé Bieil, et avec la seconde chez le docteur Gérard Encausse, mais seulement au cas où l'abbé Bieil ne pourrait vous aider. Est-ce clair ?

— Oui, monseigneur. Cependant...

— Cependant ?

— Je n'ai même pas de quoi me payer le voyage.

— Ha ! Ha ! Saunière. Vous ai-je laissé dans le besoin jusqu'à présent ?

L'évêque contourne son bureau et ouvre l'un des tiroirs. Il en retire une enveloppe.

— Voilà cinq cents francs en billets, faites-en bon usage.

— Mais c'est beaucoup trop, monseigneur !

— Acceptez cela comme un don de l'évêché...

— Ce n'est pas tout, monseigneur.

— Quoi encore ?

— Le maire m'a octroyé une avance de mille quatre cents francs sur la vente des documents, somme qui m'a permis d'installer une pauvre famille, les Denarnaud, et de mettre en place une chaire en chêne sculpté.

— Nous savons tout cela, Saunière, Giscard de Toulouse vous a même fait un prix d'ami, neuf cent quinze francs si mes souvenirs sont exacts : sept cent cinquante pour la chaire et cent cinquante pour un bas-relief sur le porche, évidemment je vous fais grâce des quinze francs pour l'achat d'une paire d'appliques.

Bérenger est abasourdi par la précision des chiffres avancés par Billard. Comment se peut-il qu'il connaisse le montant de ces dépenses ?

— Nous nous intéressons beaucoup à vous, mon fils. Ne vous tracassez pas pour ces mille quatre cents francs. Considérez que cette somme représente la vente des manuscrits. Vous recevrez un acte de vente en bonne et due forme d'une maison d'édition parisienne. Allez, maintenant, retournez à Rennes, préparez vos bagages et priez pour moi lorsque vous serez à Saint-Sulpice.

L'évêque donne sa bague à baiser. Bérenger s'incline et effleure la pierre sombre du bout des lèvres. Au moment où il quitte la bibliothèque, la voix de Billard lui parvient :

— Et merci pour avoir fait graver mes armes sur le porche de votre église !

Dans le train qui l'emmène vers la capitale, Bérenger songe à ce qui l'attend là-bas, dans ce monde qu'il n'a fait qu'imaginer à travers les élégantes de Narbonne, de Carcassonne et de Toulouse. Sur le paysage qui défile, cette neige qui étincelle, c'est déjà les cristaux des lustres de l'hôtel Terminus ou ceux du jardin d'hiver du restaurant Champeaux. Et quand le ciel couchant prend cette teinte verdâtre qui se nuance jusqu'au rose, c'est une robe de femme qui s'offre à ses yeux, une robe de bal. Il n'écoute pas ses voisins qui racontent leur vie réelle ou imaginaire. Il n'entend pas les scieurs chanter « Chie d'sus... Chie-d'sus... Chie-d'sus ! » quand le train ralentit pour doubler un chantier de traverses. Il ne voit pas ces « renards » aux yeux rouges, rouges à force de recevoir la sciure des chênes, ni les vieux créosoteurs qui attendent la mort en crachant leurs poumons. Il est tout à la féérie de ce qu'il va bientôt découvrir à Paris... Paris !

Une secousse l'a réveillé. Une bousculade l'a projeté du compartiment de 3e classe dans le « Bévé (1) ». Il a vu courir des « gueules noires » entre les vapeurs multicolores crachées par les machines. Les cris et les bruits l'ont soûlé, et par-dessus tout, ceux de l'aboyeur qui annoncent le départ et l'arrivée des trains ; l'homme l'a aidé à dégager son sac de voyage coincé dans la portière, puis est reparti vers la queue du train en chantant les horaires des correspondances, poussant les uns et les autres vers la sortie, déployant mille astuces pour les orienter vers le buffet. Bérenger n'a pas eu le temps de le remercier. Le flot l'a emporté entre les lampistes en bleus maculés et les chefs aux casquettes ornées de feuilles de chênes. Et il s'est retrouvé sans savoir comment dans un omnibus bondé tiré par quatre chevaux.

— Où allez-vous ? lui demande le receveur.

— À Saint-Sulpice...

— Vous n'êtes pas sur la bonne ligne, descendez au prochain arrêt... et prenez celui qui va d'Austerlitz aux Invalides, il vous arrêtera sur la place de Saint-Germain-des-Prés.

Bérenger acquiesce et s'extirpe de l'omnibus quand celui-ci stoppe devant une file de Parisiens piaillant comme des mouettes sur une décharge publique. On le heurte, on l'insulte, on le malmène puis, de deux coups d'épaule et d'une poussée brutale, on le rejette sur le trottoir.

— Paysan ! crie un homme.

« Me voilà bien loti », se dit Bérenger en regardant repartir le véhicule poussif qui disparaît dans la brume froide du matin. Il reste planté là, sur la chaussée, suivant d'un œil étonné le roulement continu des voitures et des fiacres, les filles maquillées qui se précipitent vers la chaleur des cafés bondés, les promeneurs en manteaux, les vendeurs de journaux, les

(1) Ou B.V., bâtiment des voyageurs.

enfants aux yeux cernés qui mendient aux coins des porches où quelques clochards à l'humeur inaltérable lancent des obscénités aux passants.

— Appelons un fiacre, dit tout haut Bérenger, puis tout bas : Cela ne creusera pas un trou énorme dans mon budget.

Après quelques tentatives, il réussit à en avoir un et demande à être conduit au séminaire de Saint-Sulpice. Enfin il peut goûter à la ville. Il se cale au fond de la banquette, s'enroule dans la couverture et se laisse bercer par l'oscillation molle du véhicule qui l'emplit d'une torpeur délicieuse. L'apparence des choses lui paraît alors moins lourde. Peut-être parce que les boutiques s'ouvrent, avalant les ménagères en caracos, les commis au col blanc et les vendeuses aguichantes, lui laissant le temps d'entrevoir des masses de dentelles, des piles de rubans, des chapeaux bariolés, des frises de jarretières, des bas aussi légers que les brumes d'été. Il y a aussi la Seine et Notre-Dame, l'une reflétant l'autre, l'une chère à son cœur, l'autre à son âme, et le Louvre gras d'humidité vers lequel vont ses pensées. Durant quelques secondes, il fixe sur lui ses yeux bruns, comme s'il pouvait en percer les secrets anciens et faire revivre les rois. Puis, avec une égale tension, il scrute le ciel se demandant quand reviendront les princes. Mais l'euphorie de la promenade le reprend et il colle son front à la vitre étroite pour regarder passer un groupe d'ouvriers hilares. « Voilà des gens heureux », se dit-il.

Un sourire de dépit se dessine sur ses lèvres. À mesure qu'il s'enfonce dans la ville, sa condition de prêtre lui semble toujours plus empoisonnée, ancrée au fond de son être comme une tumeur. La vie, qu'il sent grouiller derrière les façades grises des maisons, jette un doute obscur sur sa foi, un de plus ! À force de tendre ses regards vers la reine des villes, l'œil musardant dans les ruelles de ses quartiers, il réveille son animalité, exacerbe ses sens et répond à la marée de ses désirs et de ses ambitions.

Devant l'entrée du séminaire, il retrouve cependant sa sérénité. Au secrétariat, un novice le prend en charge et le conduit à la direction. Le calme qui règne dans les couloirs lui est d'un grand secours, Bérenger pense à tous les jeunes hommes qui prient le Seigneur en ces lieux. N'a-t-il pas été comme eux, autrefois ? Studieux, pénétré des saintes Écritures, plein d'humilité à l'évocation de la vie des saints ? Oui, il était peut-être un jeune homme exemplaire dont les supérieurs louaient la gravité et la pondération. Derrière ces murs épais, loin des tentations, il se sent à l'abri. Et quand le novice l'introduit dans le bureau du directeur, c'est l'abbé qui se présente, le pasteur chargé de ramener les brebis égarées.

— Bonjour, mon père, abbé Saunière pour vous servir, desservant de la paroisse de Rennes-le-Château.

— Soyez le bienvenu, Saunière. Mgr Billard m'a prévenu de votre arrivée, répond l'abbé Bieil en tendant une main courte et chaleureuse à Bérenger.

— Que Dieu l'ait en sa sainte Garde ! Il m'a chargé de vous remettre cette lettre d'introduction, présageant que vous me seriez d'un grand secours lors de mon séjour dans la capitale.

— Il a bien fait de vous adresser à moi, répond Bieil en se saisissant de la lettre que lui tend Bérenger.

Il l'ouvre d'un coup sec et en parcourt rapidement les lignes. Bérenger apprécie déjà cet abbé, direct et franc. L'homme a un visage large et ouvert. Ses yeux vifs et intelligents reflètent la parfaite sincérité de sa voix pleine et généreuse.

— Asseyez-vous, dit Bieil en reposant la lettre, vous devez être fatigué après ce long voyage.

Bérenger remarque la large cicatrice qu'il porte sous son menton volontaire et saillant posé de biais sur un long cou plissé.

— C'est cette vieille entaille qui vous inquiète ? continue Bieil à qui le regard de Bérenger n'échappe pas. Je l'ai récoltée pendant la Commune, alors qu'un rouge essayait de me décapiter.

— Vous décapiter !

— C'est bien ce qui a failli m'arriver, et pis encore. J'ai vu le fond des choses. J'ai découvert mes limites. Qu'évoque-t-on lorsque la mort vous guette dans la rue ? Dieu, Dieu et encore Dieu... Mais quand elle arrive, quand vous sentez un métal froid sur votre gorge, alors vous criez : « Je renie l'Église ! Laissez-moi en vie... »

— Est-ce possible ?

— Tout est possible, Saunière. La vie se charge de nous humilier. Un jour vous connaîtrez vos faiblesses, et ce jour-là, même si votre foi est intacte, vous vous flétrirez des noms les plus infamants et vous ne trouverez pas de remède à votre mal.

Bérenger baisse les yeux. Les paroles de Bieil le troublent profondément. Bieil comprend que les mots qu'il vient de prononcer ont atteint le jeune abbé, mais il se méprend sur leur portée.

— Allons, n'y pensez plus... Je suis sûr que vous ferez un bon prêtre. Je sens bien que je vous déçois...

— Non... ce n'est pas du tout ce que vous croyez.

— N'essayez pas de vous racheter, Saunière. Mon aveu vous a tourmenté, je l'ai lu sur votre visage. Vous étiez partagé entre le mépris et la compassion que vous ressentiez à mon égard. Vous n'avez fait que réagir selon vos instincts, et votre réaction a été bonne, vous me plaisez, l'abbé. Que diriez-vous d'un peu de bordeaux pour sceller notre rencontre ? A moins que vous ne vouliez rendre grâce à votre vertu en acceptant un verre d'eau ?

Bérenger a presque envie de rire, la situation tourne à son avantage. Lui le pécheur, lui qui mérite toutes les pénitences, voilà qu'on lui offre du vin et de l'eau !

— Le vin est une de mes faiblesses... dit-il en souriant.

— Merveilleux ! clame Bieil. Chauffez-vous, l'abbé, je n'en ai pas pour longtemps, ajoute-t-il en disparaissant par une porte dérobée.

Au milieu de la pièce, un énorme poêle en faïence ronfle. Bérenger tend ses mains vers le ventre vibrant et vernissé, puis se débarrasse de sa cape sur le dossier d'un fauteuil et allonge les jambes. Peu à peu, la chaleur monte dans ses membres, il s'étire et bénit ce feu au ronflement apaisant qui est un appel caressant à la volupté et au sommeil.

Au-dehors, le temps est devenu pluvieux et venteux et il est heureux de se trouver ici, dans cette pièce haute et longue bourrée de livres anciens, d'objets pieux, d'images saintes et d'une table massive en chêne sur laquelle trônent deux candélabres soutenus par des

Nubiens hiératiques en bronze. Le calme et le luxe... à la dimension de l'immense lustre en cuivre qui diffuse une lumière dorée sous son abat-jour d'opaline ivoire. Il est loin de l'austérité de son humble presbytère. Il en oublie Bieil qui revient avec une bouteille et deux verres.

— Excusez-moi de vous avoir fait attendre, mais il fallait bien que je vous fasse préparer une chambre. Pour cette nuit, vous dormirez ici et dès demain je vous présenterai à mon neveu, l'éditeur Ané, qui vous hébergera.

— Merci mon père...

— Ne me remerciez pas, il est rare de recevoir un prêtre de bonne compagnie, surtout quand ce prêtre est possesseur de documents de la plus haute importance.

Bérenger ne cille pas, mais tout son être entre en alerte. À la seule évocation des manuscrits, il dresse ses défenses, chasse la langueur que le feu avait fait pénétrer en lui et tend ses muscles comme si Bieil allait avouer qu'il était un johanniste chargé de l'éliminer. Mais ce dernier continue sur un ton jovial :

— Enfin, c'est ce qu'écrit Mgr Billard. Pour ma part, je préfère laisser à d'autres le soin de les décrypter. Mon neveu Ané vous conseillera, il est très introduit dans les sociétés savantes de la capitale et se fera un plaisir de vous présenter des spécialistes. Cependant, aucun d'eux n'égalera mon savoir en œnologie. Que nous dit ce petit vin-là ?

Et il verse le liquide d'un rubis franc dans le cristal des verres avant de se lancer dans le délicat cérémonial d'œnologue. Enfin, il dit avec le plus grand sérieux :

— Rubis franc, fruité, très fin, en bouche saveur de petits fruits rouges, agréable, ample, riche, beau vin qui nous vient de Saint-Émilion... Mon cher, retenez ceci : il n'y a pas de secret pour ceux qui ouvrent leur âme. Il faut agir ainsi avec les vins et en toutes choses. Pensez-y tous les matins en vous réveillant, et un jour vos manuscrits vous paraîtront aussi clairs que les Évangiles.

12

Paris, 29 janvier 1893

UNE petite maison d'édition parfaite, avec toutes les odeurs de cuir, de papier et d'encre qui conviennent, et les parfums entêtants des gommes et des colles que les ouvriers étalent sur les tranches et les couvertures. Quant aux nombreux livres que les commis rangent dans les cartons d'expédition, ils réjouissent le cœur de Bérenger. Trois jours n'ont pu lui suffire pour en faire l'inventaire ; il y a les grosses bibles aux coins ouvragés, les histoires des saints, les traités de rhétorique, les Évangiles, les livres de messe, les fascicules... Tous participent à l'histoire triomphante de l'Église, des plus humbles à quatre sous aux plus luxueux réservés à l'élite des cathédrales.

Bérenger caresse les lettres d'or imprimées sur le cuir noir d'un superbe Spinoza. Le grand talent de son hôte s'épuise à travers ces merveilleux ouvrages. Ané s'est jeté corps et âme dans l'édition religieuse, avec un tel faste, une telle foi, que ses livres se vendent en Amérique du Sud et en Asie. Cependant, depuis la montée de la République et des anticléricaux, son chiffre d'affaires a diminué au point de devenir douteux. C'est ce qu'il a expliqué à Bérenger en s'accusant d'avoir spéculé sur le renouveau de la religion.

— Promenez-vous dans Paris, mon père, et entrez dans les églises, vous verrez des chaises vides, des bancs abandonnés à la poussière, des prêtres seuls dans leur confessionnal. Les chrétiens ne vont plus se recueillir dans la maison de Dieu. Bien sûr, ils assistent aux messes, mais la plupart du temps ils s'y rendent dans un mouvement d'écrasant dédain, le cœur vide et la tête pleine de plaisirs. J'ai cru en leur foi véritable, à un retour de la morale religieuse et j'ai investi en vain tout mon capital dans des tonnes de papiers qui pourrissent sous mes hangars.

Bérenger n'a pas osé se rendre dans les différentes églises de Paris ; ses pas l'ont conduit une seule fois à Saint-Sulpice. Pour son malheur. Au début, la grandeur du monument l'a surpris. Le temple opulent se dresse au sein du quartier religieux, telle une forteresse-palais au caractère sobre et grave, construite pour concentrer sur sa façade toutes les forces de l'univers. Et si la foule des fidèles ne s'y précipite pas, par contre tout ce que Paris compte de prêtres, de novices, d'oblats, de moines, de sœurs et de religieuses non cloîtrées des ordres charitables s'y retrouve. On les voit disparaître sous les portes majestueuses ou réapparaître avec une humilité grande, pour céder quelquefois à l'exaspération quand des bandes de jeunes républicains les traitent de fainéants.

Comme ses frères en robe noire, Bérenger y est entré, s'inclinant devant le bénitier pour marquer son corps d'une croix d'eau pure, avant de faire quelques pas dans l'ombre flottante de la nef gigantesque à peine éclairée par les dentelles d'une multitude de cierges. Des centaines de flammes tremblent devant les stations du chemin de croix ; que de bougies, que de prières, que de vœux. Ici des sœurs de la Charité demandent une faveur à saint Paul, leurs visages levés vers la statue comme amollis par une béatitude intérieure. Là un diacre s'agenouille, la tête baissée sur les sandales de saint Jean-Baptiste, demandant d'alléger les souffrances du monde. « Pitié pour les pauvres », « longue vie à Léon XIII notre bien-aimé pape », « protège notre communauté », « gloire au Sacré-Cœur », les requêtes pleuvent sur les saints polychromes dont les regards extatiques plongent vers la lumière des cierges ou contemplent les ténèbres de la voûte.

À son tour, Bérenger s'est avancé vers les saints anges pour se recueillir et prier, la conscience pure, le cœur léger et l'âme en paix ; mais quand ses yeux se sont posés sur le visage de l'archange saint Michel, la peur et la honte ont gonflé en lui. Comme si les regards de pierre le mettaient à nu, tournant sa foi en dérision. Ses crimes ont resurgi et il s'est détourné, poursuivi par les pensées obscures qui l'assiégeaient. Le cadavre de Pierre et le corps de Marie, il n'a pu s'en débarrasser. Se confesser ! Il aurait dû se confesser et se faire pardonner. Il a erré entre les colonnes, cherchant une aide, n'osant regarder le grand Christ blême. Il a mis les mains devant ses yeux pour chasser le fantôme de sa maîtresse qui exhibait devant lui l'évidence de sa lascivité. Et il a été vaincu. Se confesser ! Comment aurait-il pu l'envisager, y consentir ? Dévoiler le péché de chair à un inconnu, s'en remettre à Dieu et repartir dans une chasteté parfaite, il a compris que c'était devenu impossible. À quoi bon se jeter sur les dalles les bras en croix pour récuser des fautes qu'il commettra encore. Sa foi ne peut rien contre les besoins exigeants de sa nature. La vie, il veut la boire à toutes ses sources, il veut la vider avec l'âpreté possessive d'un démon. Il s'est détourné de l'autel, a refusé la Vierge, cherchant ailleurs une consolation qu'il ne pouvait trouver.

Alors les larmes se sont mises à couler sur son visage quand il a lu les paroles gravées sur le gnomon astronomique de l'église :

QUE DOIS-JE CHERCHER DANS LE CIEL. ET QUE PUIS-JE DÉSIRER SUR LA TERRE. SINON VOUS-MÊME, SEIGNEUR, VOUS ÊTES LE DIEU DE MON CŒUR ET L'HÉRITAGE QUE J'ESPÈRE POUR L'ÉTERNITÉ.

Bérenger repense à sa fuite. À la rapide étreinte du froid sur son corps brûlant quand il est sorti de Saint-Sulpice. À cette sensation de n'être plus le même, de ne plus être le prêtre mais un homme possédant la plénitude troublante de ses sens. Plus exactement un homme déguisé en prêtre, un homme sans âme qui avait cédé à la faiblesse passagère de se consacrer à Dieu.

« Je me suis trompé, pense-t-il en abandonnant une fois de plus toute idée de rachat. Dieu ne m'a pas insufflé la force nécessaire, ma vocation est ailleurs... »

— Vous voilà bien pensif ! s'exclame Bieil en le découvrant dans le dépôt.

— Je me pénètre des pensées de Spinoza, ment-il en montrant le livre.

— Méfiez-vous, Saunière, répond en riant Bieil, *le Traité de la réforme de l'entendement* a fait perdre la raison à plus d'un.

Bieil est l'homme le plus charmant du monde. Sa maison d'édition est en passe de faire faillite, ses créanciers le harcèlent jour et nuit, et il paraît heureux et sans soucis, ruminant son bonheur d'éditer des livres. Ce bonheur qui transparaît sur son visage ovale aux traits fins, dans ses yeux ronds et vifs et dans cette voix forte qu'il sait tempérer d'aménité :

— Vous honorez ma maison, vous honorez mes livres, mais je n'admets pas que vous n'honoriez pas la capitale. Que faites-vous ici à croupir dans votre ignorance de la rue, loin de l'effervescence des boulevards ?... On a besoin de vous à Paris. Je devine en vous un tempérament de missionnaire et je préférerais vous savoir au faubourg Saint-Honoré vous promenant parmi les ouvriers. Par votre seule présence en ces lieux où la République tire sa force, vous redonneriez confiance à nos pauvres curés qui n'ont pas votre prestance et rasent les murs de peur de se faire repérer par les rouges.

— Vous me prêtez des qualités que je n'ai pas.

— La paix, l'abbé, vous ne me ferez pas croire le contraire de ce que j'afffirme : vous avez la trempe d'un missionnaire !... Et vous allez sortir, ne serait-ce que quelques heures ! J'ai une bonne nouvelle à vous annoncer : mon neveu Émile Hoffet, de retour à Paris, est à votre disposition pour traduire vos manuscrits. Il m'a fait savoir qu'il vous attendra chez lui toute la journée, dans une petite chambre qu'il loue rue des Feuillantines. Vous ne trouverez pas en France de meilleur expert que lui.

— Mais pourquoi ne m'en avez-vous pas parlé avant ?

— Émile est un garçon étrange, une personnalité difficile à cerner. Il est... comment dirai-je ?...

Impénétrable. Je voulais avoir la certitude qu'il vous recevrait. C'est chose faite, voilà l'adresse exacte.

Et il lui tend un morceau de papier sur lequel est griffonné : 12 rue des Feuillantines, dernier étage, troisième porte à gauche. Cette « convocation » rend Bérenger perplexe. Il y devine, sans expliquer pourquoi, l'ombre de Sion et décide de s'y rendre immédiatement avant qu'il puisse mettre à exécution une seule des mauvaises intentions qui bouillonnent en lui.

Rues, Monsieur-le-Prince, Vaugirard, Médicis, le jardin du Luxembourg, Saint-Michel...

Bérenger a passé la frontière de son quartier. Il se mêle aux passants emmitouflés jusqu'aux oreilles qui circulent à pas hésitants sur les pavés gelés et glissants. Ils ont l'air de rôder dans le brouillard comme des voyageurs perdus, au bout d'un voyage tumultueux et épuisant, qui chercheraient leur route à la lueur des becs de gaz. Certains trouvent un chemin vers les cafés du boulevard Saint-Michel et rejoignent des hommes et des femmes qui préparent leur absinthe avec un geste de lassitude résignée ; mais à mesure que l'incendie de l'alcool vert monte en jets de flammes dans leur tête, ils sourient et s'éveillent. À travers les carreaux embués, Bérenger voit des hommes ternes qui retrouvent soudain leur science de séduction et s'approchent, l'œil avide, de leurs voisines en lissant d'une façon exquise les pointes de leur moustache. Lorsqu'ils placent leur sourire, leur regard devient velours ; puis ils s'inclinent, enlèvent leur chapeau melon en signe de respect et sans y être invités, s'assoient auprès des belles qu'ils ont choisies appétissantes et bien portantes. Sous les volants de dentelles, sous les corsages à cols hauts, sous les jupes longues et élargies à l'arrière, se tendent des chairs blanches que les corsets s'épuisent à contenir. Bérenger ferme les yeux et poursuit son chemin, laissant les filles lassées qui absorbent l'absinthe à petits coups répétés et attendent que leurs traqueurs fassent crisser les gros billets.

Malgré les piqûres du froid, il résiste à l'envie d'entrer dans un de ces lieux de perdition. Il n'est pas encore assez aguerri aux passions de la ville. Il parviendrait à peine à pousser la porte avec des attitudes chancelantes d'enfant qui va avouer une grosse faute à son père. Sensation de malaise et de plaisir aigu, il hausse les épaules et quitte le boulevard Saint-Michel que les omnibus remontent péniblement. Rue de l'Abbé-de-l'Épée, un mendiant, vêtu d'une débauche de chiffons et de feutres, lui tend son bras décharné au bout duquel s'ouvre une main contrefaite.

— La charité, mon père.

— Voilà pour toi, dit Bérenger en lui donnant une pièce de cinq centimes.

— Que Dieu vous garde!... et vous protège de l'homme à la tête de loup.

Bérenger demeure interdit. Le mendiant éclate de rire et bondit vers la rue Saint-Jacques. Quand Bérenger se décide à le poursuivre, il est trop tard, l'homme a disparu. Qui a voulu le mettre en garde? Il tâte son manteau à hauteur du cœur. L'enveloppe contenant les manuscrits est toujours là.

— Avez-vous vu un homme courir? demande-t-il à deux femmes occupées à pousser une charrette de pommes de terre.

— Non... Non... Rien vu, bougonnent-elles.

Elles plient les jarrets et s'éloignent de l'importun, tout occupées à la fiévreuse concentration de leur effort. Et leurs voix continuent, brutales et rauques, plus âpres que toutes celles qu'il a entendues en Languedoc. Il ne peut compter sur personne : ici les prêtres sont plus détestés que dans le Razès. Bérenger serre les dents et respire profondément : « Je suis trop vulnérable, se dit-il. Quand donc tout cela finira-t-il? » Et il balance son poing dans le vide comme pour abattre un ennemi invisible.

Au loin, le dôme du Val-de-Grâce pareil à une coupe renversée de métal gris se perd dans le ventre bleuâtre du ciel bas. La rue des Feuillantines est toute proche. Arrivé à l'angle des deux rues, il continue avec une feinte désinvolture en jetant un œil vers l'immeuble qu'il suppose être le numéro 12, puis, ne remarquant rien de particulier, il revient sur ses pas et s'approche du lieu de son rendez-vous.

« Sion a bien ourdi ses filets, mais j'essayerai d'être plus fin que tous ses agents... Voici l'entrée. »

Alors qu'il pousse la porte de l'immeuble, le bruit d'un attelage et le « holà » caractéristique d'un cocher qui calme ses chevaux lui font tourner la tête.

— Montez avec moi, monsieur Saunière, intime un homme jeune au visage anguleux qui se tient à la portière d'un fiacre.

— J'ai un rendez-vous, monsieur, réplique sèchement Bérenger, et je n'accepte jamais les invitations de gens que je ne connais pas !

— Je suis Émile Hoffet.

À cet instant, Bérenger a l'impression d'avoir été joué, l'adresse rue des Feuillantines n'est qu'un leurre. Il hoche la tête et monte dans le fiacre.

— C'est bon, dit-il, je vous suis. Quel nouveau piège me préparez-vous ?

Son interlocuteur ne répond pas. Bérenger n'a jamais vu un teint aussi pâle. La tête étroite a l'aspect d'un marbre blanc taillé pour mettre en valeur le regard. Aussi noirs que les cheveux, les yeux qui s'étirent le long des pommettes saillantes ont l'étrange fixité de ceux des aveugles. Et ce double triangle s'appesantit sur lui comme s'il voulait l'engloutir, Bérenger résiste et lance :

— Vous n'êtes pas bavard, hein ? Votre oncle sait-il que vous n'habitez pas rue des Feuillantines ?...

— Qu'est-ce qui vous fait croire que je n'habite pas à cet endroit ? demande Hoffet d'une voix monocorde.

— J'ai de bonnes raisons de le penser !

— Expliquez-vous.

— C'est à vous de vous justifier ! Nous n'avions pas rendez-vous dans un fiacre, que je sache ?

— Vous préfériez peut-être ma chambre glacée. Je suis arrivé hier de Lorraine où se trouve mon séminaire et je n'ai pas eu le temps de la chauffer.

— Et où me menez-vous ?

— Au Soleil d'Or, nous sommes samedi, la foule va s'y presser et nous pourrons y discuter sans nous faire remarquer.

Le Soleil d'Or ? Voilà qui est bizarre... Bérenger se demande ce que cache ce nom : un restaurant ? un salon de thé ? une bibliothèque ? Par la vitre, il remarque que le fiacre descend le boulevard Saint-Michel. Plus ils se rapprochent de la Seine, plus les promeneurs se font nombreux. En quelques secondes, Bérenger voit une société entière, résumée en un tableau, avec ses pauvres, ses bourgeois, ses soldats, ses blanchisseuses, ses vendeurs de marrons, ses comtes, ses voleurs et ses prostituées. Le boulevard s'émeut, pareil à une mer soulevée par un vent puissant. La marée des chapeaux bat sur les rives des cafés ; melons, plumes, toques, châles, képis, fleurs artificielles et hauts-de-forme tourbillonnent telles des feuilles mortes prises dans un cyclone. Soudain le fiacre s'arrête sur la place Saint-Michel.

— Que se passe-t-il ? s'inquiète Bérenger.

— Mais nous sommes arrivés !

— Comment, arrivés ! ?

— Regardez, lance Hoffet en lui désignant des lettres jaunes éclairées par des ampoules électriques.

« Soleil d'Or », dit Bérenger. En cette fin d'après-midi le café a l'air d'une basse-cour en effervescence. Maintenant il entend le long bourdonnement qui sort de cet antre enfumé, le choc des verres, les éclats de voix, les gloussements, les coups de gueule des garçons qui franchissent les obstacles avec leurs plateaux.

— Vous n'allez pas me faire entrer là-dedans ?

— Et pourquoi non ? Nous sommes en pays libre.

— Je suis habillé....

— En soutane sous le manteau, quelle importance. Ici on accepte tout le monde : républicains, royalistes, bonapartistes, papistes, syndicalistes, francs-maçons, anarchistes, allemanistes, socialistes, communistes, guesdistes, et j'en oublie. Mais seuls les poètes y sont rois.

— Vous êtes un drôle d'oblat, monsieur Hoffet (1).

— Et vous un drôle de prêtre, monsieur Saunière.

Les deux hommes éclatent de rire, cependant celui de Bérenger s'éteint rapidement car, maintenant, il doit quitter la cabine protectrice du véhicule et se mêler au

(1) Plus tard Émile Hoffet deviendra l'un des porte-parole du modernisme.

flot des passants. Il regarde au-delà du double battant de verre qui s'ouvre et se referme sans arrêt sur le continuel glapissement des bavards. Il n'a pas le temps de réfléchir aux implications de son aventure. Hoffet le pousse en avant. Hoffet le guide dans la fumée du tabac. Sur l'appui du comptoir de zinc, dans une robe d'un rouge charnel, est accoudée une femme outrageusement maquillée. Une reine empâtée qui aurait prêté son visage rond à un impressionniste.

— Salut, l'Émile ! lance-t-elle joyeusement en levant son verre de cognac vers l'oblat et l'abbé.

— Bonjour, Lili.

— Qui est ce bel homme que tu nous amènes ? demande-t-elle en souriant à Bérenger qui se sent subitement mal à l'aise.

— Un ami de province, l'abbé Bérenger Saunière.

— Ah !... en voilà un que je ferais bien tomber de sa chaire dans mon lit.

Et elle tend sa main grassouillette à Bérenger. Ce dernier s'en saisit maladroitement, la serrant comme si c'était celle d'un bandit du Razès.

— Mon père... quelle force, lui souffle-t-elle en se penchant vers lui.

— Enchanté, répond-il troublé, si bas qu'on ne relève pas dans sa voix la moindre trace de chaleur ou d'accent.

— Je peux vous garder avec moi, dit-elle en se rapprochant encore, si près que Bérenger sent son haleine lourde et chaude, cette buée d'alcool et de tabac qui passe sur les lèvres de Lili. Impatiente, elle le prend par le coude.

— Plus tard, Lili, nous descendons à *La Plume,* dit Hoffet en entraînant Bérenger qui ne sait plus quelle attitude adopter.

— Alors, revenez avec un poème pour votre Lili, ajoute la plantureuse créature en les regardant s'enfoncer dans les sous-sols par un petit escalier dissimulé derrière le comptoir.

— Merci de m'avoir tiré de ce mauvais pas, murmure-t-il à Hoffet une fois qu'ils sont hors de vue.

— Allons, allons, monsieur Saunière, vous n'allez

pas me faire croire que la vue d'une femme comme Lili vous trouble à ce point.

— Je ne suis pas habitué... Vous n'auriez pas dû me conduire ici.

— Vous vous habituerez vite, voici *La Plume*.

Bérenger s'arrête un instant pour contempler la longue salle dans laquelle ils viennent d'entrer. De la couleur, beaucoup de couleurs, des peintures représentant des femmes, des portraits et des photos, une scène avec un piano, de nombreuses tables à moitié occupées et toujours autant de fumée composent cet étrange petit théâtre — Bérenger ne lui trouve pas d'autre nom — où les hommes et les femmes discutent à voix haute, encore bien plus fort que dans le café.

— Cette table à l'écart fera parfaitement l'affaire, venez, allons nous installer, dit Hoffet en saluant les uns, en frappant sur les épaules des autres.

— Qui sont ces gens? s'étonne Bérenger qui ne comprend pas comment Hoffet peut les connaître au point d'être si familier avec eux. Un oblat si jeune avec cette canaille! Car il ne fait aucun doute dans l'esprit de Bérenger qu'il s'agit là de repris de justice, d'escrocs et de souteneurs, voire des anarchistes en train de comploter.

— Des poètes, prosateurs, chansonniers, musiciens, peintres, sculpteurs, des crève-la-faim qui attendent la fin du siècle en rêvant à un autre monde, répond Hoffet.

Bérenger en doute, mais il tait le fond de sa pensée sans se départir du regard sarcastique qu'il jette sur leurs proches voisins : trois jeunes hommes éméchés en manche de chemise et la cravate dénouée.

— Ils viennent ici tous les deuxième et quatrième samedis du mois pour participer au triomphe de *La Plume*. Vous n'avez jamais entendu parler de cette revue.

— A ma grande ignorance, non...

— *La Plume* a été fondée par Léon Deschamps il y a quatre ans. Et la revue organise ici ses soirées. Ainsi, nos artistes peuvent se produire devant un public de connaisseurs. La politique est exclue de ces réunions...

— Tout cela est bien, mais je ne comprends toujours pas ce que nous faisons ici. J'ai des documents importants à soumettre à votre sagacité et vous choisissez de les étudier dans cette caverne bruyante. Permettez-moi de douter de votre raison et de vos capacités, jeune homme.

— Sur sa lettre, mon oncle m'a ordonné de vous faire connaître Paris... Quant à vos documents, je les traduirai quoi qu'il arrive, montrez-les-moi.

Bérenger allonge sa main vers la poche intérieure de son manteau et en retire l'enveloppe contenant les manuscrits qu'il tend à Hoffet. Il surprend le léger tressaillement des fines lèvres de ce dernier quand ses doigts s'en emparent. « Il n'est pas si étranger que ça à l'affaire », se dit Bérenger en ne cessant de scruter le visage de l'oblat.

Hoffet ouvre l'enveloppe sans hâte et sort les manuscrits qu'il étudie quelques secondes tour à tour. Peu à peu son regard s'anime, une rougeur monte à ses joues.

— Je crois que vous avez mis la main sur quelque chose d'important, murmure-t-il. Je ne puis en être certain, bien entendu, mais je peux déjà vous affirmer que leurs auteurs ont ajouté des informations d'importance vitale. D'après la disposition des lettres, il faut s'attendre à un message dans une langue différente... astucieux ! Les textes sont en latin, la clef est mathématique et le résultat du décryptage sera en italien ou en français. Laissez-les-moi six jours, le temps de mettre tout ceci au propre. Je vous...

— Émile ! vieux cancrelat, où étais-tu passé ? Je meurs de soif depuis que tu es parti. Foutre Dieu ! Que vois-je, tu t'es acoquiné avec une blatte de ton espèce. D'où qu'y sort ce moine ?

Bérenger n'en croit pas ses yeux et ses oreilles. Le personnage qui se tient devant eux et les invective semble venir tout droit d'un asile psychiatrique. C'est un grand escogriffe vêtu d'une redingote noire démodée et rapiécée avec des morceaux de tissu rouge. Sous le haut-de-forme miteux, une face rouge de cochon prolongée par une longue barbe pisseuse est couverte de boutons. Et pour corser le tout, l'homme émonde sans cesse les aspérités purulentes de sa peau crasseuse avec ses gros doigts jaunes de nicotine.

— Par le cul de notre grand Sadi Carnot... ma venue n'a pas l'air de vous enchanter.

— Tu es soûl, Bibi, dit Hoffet.

— Moi soûl !

— Même tes poux ne tiennent plus sur leurs pattes.

— Mes poux ! Attention à c' que tu dis, rat de bénitier. Je me lave tous les matins en pissant à la vespasienne du café Vachette... Oui môssieur, je suis propre comme le col d'un ministre.

— Et ton poète, où est-il ?

— Verlaine ! Est-ce que je sais moi... à Broussais peut-être, ou avec son Eugénie, en Belgique, à moins qu'il ne soit chez Fasquelle en train de mendier quelques francs ! Mon génie, mon maître, mon poète, que n'es-tu là pour m'offrir le vin de l'amitié et chanter ces vers qui nous plaisent tant :

Ton corps dépravant
Sous tes habits courts,
Retroussés et lourds,
Tes seins en avant,
Tes mollets farauds,
Ton buste tentant,
Gai, comme impudent,
Ton cul ferme et gros,
Nous boutent au sang
Un feu bête et doux
Qui nous rend tout fous,
Croupe, rein et flanc (1).

reprennent en chœur les trois jeunes hommes qui se sont rapprochés pour écouter Bibi.

— Merci, mes amis, crie le clochard. Je n'en attendais pas moins de vous. Ce n'est pas comme ces deux trous du cul qui préfèrent réciter les Évangiles. Je viens avec vous, les enfants... Avez-vous des cigarettes ?

Et Bibi abandonne l'abbé et l'oblat, se remplissant les poches de cigarettes avant de harceler un groupe qui vient d'apparaître au bas de l'escalier : les poètes Adolphe Retté, Emmanuel Signoret et leurs maîtresses.

(1) « À Mademoiselle », dans *Parallèlement* de Verlaine.

— Qui est ce fou ? demande Bérenger.

— Bibi la Purée, il se dit secrétaire de Verlaine. En fait il vide ses verres, lui cire ses chaussures et porte des lettres à ses maîtresses.

— Comment connaissez-vous ces détails ? Vous m'étonnez, Hoffet.

— Paris n'a pas de secret pour moi, vous avez beaucoup à apprendre de cette ville, Saunière... Beaucoup ! Votre apprentissage ne fait que commencer. Demain nous irons à l'Opéra-Comique, j'y ai fait réserver deux places.... Qu'en dites-vous ?

— Je dis que vous n'êtes pas un professeur, mais un tentateur... Cependant j'accepte volontiers.

Ils quittent *La Plume*, passent à la hauteur de Lili qui est assaillie par une meute de galants. La belle trinque, puis repousse d'une ardeur complaisante les mains qui cherchent sa peau et courent sous sa jupe, pour en repérer l'aspect au toucher et se rassurer sur sa douceur.

— À bientôt, monsieur Bérenger ! lance-t-elle en regardant partir ce beau prêtre qu'elle ne sent pas indifférent à ses charmes, aux charmes de toutes les femmes, son instinct ne la trompe pas, elle en est sûre.

À pas lents, ils gagnent le boulevard où la grande parade de la nuit va commencer. C'est alors que Bérenger est assailli par le remords. Que fait-il au milieu de ces noctambules ? Il rougit comme s'il était pris en flagrant délit de péché. Il lui semble qu'on le montre du doigt, que des yeux accusateurs se posent sur lui ; pourtant il sait que tous ces gens courent vers le plaisir, ne se souciant pas de lui. « Croire le contraire serait faire preuve d'orgueil, se dit-il pour se rassurer. Je n'existe pas... et comment pourrais-je exister puisque je ne participe pas au jeu... » Il voudrait en connaître les règles. Tout cela est plein de détours, de retours, de pièges, de mirages, de raisonnements insaisissables, d'esprits incompréhensibles, d'indignité, de bestialité, d'intelligences artificielles tournées vers le mal qu'un lourdaud tel que lui ne peut comprendre. Son champ d'expériences se limite aux paysans du Razès, il en mesure soudain la minuscule étendue. Cet enfant en casquette qui fouine près des cochers, se réchauffant à un brasero, en sait plus que lui.

« Tant pis pour moi !.... Que Dieu me pardonne, mais je refuse de me replier sur moi-même », se dit-il avec une pensée pour Élie.

— Hé, cocher ! appelle Hoffet.

Un homme s'arrache à la chaleur des flammes et remet ses gants en grognant : « On vient... On vient, monseigneur. » Et, d'une main tâtonnante, il desserre le frein de son fiacre et s'empare du fouet avant de dévisager les deux clients. Son examen semble le satisfaire ; traînant les bottes dans la mauvaise humeur et la fatigue d'une journée d'embouteillages, il tire ses chevaux vers eux et leur demande :

— Où allez-vous ?

— Je préfère rentrer à pied, laisse alors tomber Bérenger.

— Comme vous voulez, répond Hoffet. A demain donc, chez mon oncle, je passerai vous prendre à vingt heures.

— À demain, dit Bérenger en lui serrant la main.

— Porte d'Orléans, lance Hoffet en montant dans l'habitacle, puis, amorçant un mouvement de retrait, il se retourne vers Bérenger et lui dit sur un ton grave :

— Prenez garde, Saunière, soyez prudent. Je ne tiens pas à ce que vous subissiez le sort de vos prédécesseurs.

Puis il bondit sur la banquette et referme violemment la portière, laissant le prêtre en proie à sa solitude, à ses interrogations et à ses angoisses.

Des rues silencieuses aux noms inconnus. En voulant éviter les artères bruyantes, en fuyant les tentations, Bérenger s'est perdu. Sur les hautes maisons bourgeoises qu'il longe, la pâle lumière des rares lampadaires glisse comme la flamme d'un cierge posé sur le marbre noir d'une tombe. Cependant, il s'en soucie peu ; depuis quelques minutes, après avoir longtemps ressassé les dernières paroles d'Hoffet qui l'avaient décontenancé, il reprend peu à peu confiance. Au plus profond, un autre lui-même, plus tranquille, s'éveille progressivement. C'est l'homme nouveau, l'homme-force, l'esprit qui prend possession des possibilités infinies de ce corps et de cette intelligence que Dieu lui a données. C'est l'élu d'un autre monde : un vaste monde de ténèbres.

Bruit de pas, froissements d'ombres... Il prend soudain conscience qu'il est suivi. Un coup d'œil rapide pardessus son épaule lui apprend que ce sont trois hommes de forte stature dont le plus grand semble boiter. Il pénètre dans un immeuble, enfile plusieurs couloirs et ressort dans une autre rue vide, plus sombre. Dans son dos, l'escorte est toujours là, le boiteux en tête.

Un frisson de terreur le parcourt tout entier, il se met à courir. Ses yeux fous cherchent une présence amie, de la lumière derrière une fenêtre, la vie... Des caisses vides sont rangées devant une boutique grillagée, il les renverse pour entraver la course de ses poursuivants, puis il sollicite toutes les forces de ses muscles. Son avance augmente, le boiteux a été lâché et seul l'un des deux hommes restants est encore en vue. Peu à peu l'homme perd du terrain, le battement de ses semelles sur les pavés parvient de plus en plus léger aux oreilles de Bérenger. C'est au moment où l'abbé se croit sauvé que, surgissant de l'obscurité, une silhouette se précipite à sa rencontre et le déséquilibre en étendant sa jambe devant les siennes.

Bérenger chute en avant. Il roule sur le sol et sent aussitôt un poids sur son corps : l'autre lui a sauté dessus et lui écrase le visage sur les pavés. Avant qu'il puisse se débarrasser de ce gêneur, le second poursuivant arrive et se jette aussi sur lui, un couteau à la main.

— Ne bouge plus ! intime-t-il en glissant la lame sous le menton de Bérenger. Des larmes de rage remplissent alors ses yeux. Il veut se déchaîner, exploser de violence et se libérer à grands coups de poing et de pied du poids de ses adversaires, mais, alors qu'il tend ses muscles, l'acier froid de l'arme pénètre ses chairs.

— Encore un mouvement et je t'saigne com'un poulet !... Fouill'le, Otto.

Bérenger sent une main glisser sur ses épaules, ses hanches et ses jambes. On le retourne brutalement en le saisissant par les cheveux. Une face aux traits grossiers se penche sur lui. Une haleine fétide, une mâchoire carrée, une grosse bouche de débile à demi ouverte sur des dents ébréchées, des yeux ternes qui évitent les siens, c'est tout un monde de brutalité qui s'offre à Bérenger. Otto, l'homme de main, l'homme de rien égaré dans les ornières des bas-fonds des grandes villes, le dépouille de son portefeuille, de la lettre réservée au docteur Gérard Encausse, de son chapelet et de ses médailles de Notre-Dame de Lourdes.

— A-t-il les manuscrits ?

Bérenger dresse l'oreille. Une voix inconnue. Dure et métallique. Celle d'un homme qui n'admet pas la réplique.

— C'est tout, dit Otto. Y'a plus rien sur lui.

Et Bérenger voit une longue main blanche s'emparer de la lettre. L'index porte une bague surmontée d'une pierre sombre. « Qui est-il ? » se demande-t-il en essayant de voir celui qui se tient derrière lui. Aussitôt la pression du couteau s'accentue et il s'immobilise.

— Une lettre d'introduction pour notre cher Papus. Décidément, monsieur Saunière, vous bénéficiez d'appuis puissants.

— Qui êtes-vous ? articule péniblement Bérenger.

— Mais un ami qui vous veut le plus grand bien ! En doutez-vous ?... Comme les autres, comme Sion, je tiens à nos rapports privilégiés. Où sont les manuscrits ?

— Entre les mains de Sion, répond avec opportunité Bérenger.

— Cela me semble logique... mais dans ce cas ils vous seront restitués avec les clefs qui ouvrent les portes sacrées. Nous sommes patients, nous attendrons et nous reviendrons. Compris, monsieur Saunière ?

Quelque chose de lourd passe sur la peau de son visage et s'appesantit sur sa joue comme pour l'intimer à répondre. Bérenger devine qu'il s'agit du pommeau d'une canne car le segment d'un fût d'ébène masque en partie sa vision.

— Je vois que nous avons affaire à une forte tête, continue la voix. C'est bien, monsieur Saunière, nous veillerons à la ramollir le moment venu. En attendant, vous allez rester tranquille une vingtaine de secondes, le temps de nous laisser filer. Et n'oubliez pas : un revolver sera pointé sur vous jusqu'à ce que nous disparaissions, alors pas d'héroïsme. Récitez plutôt un Notre Père, cela vous rappellera vos devoirs de prêtre.

La pression de la canne cesse. Pendant un bref instant, quand elle est soulevée, Bérenger découvre le pommeau : une tête de loup sculptée dans du bronze... L'homme à la tête de loup !

Quand il se relève, ils se sont volatilisés dans la nuit. L'air siffle dans ses narines tandis qu'il gonfle ses poumons.

— Allez au diable ! dit-il d'une voix forte avant de chanceler.

Il s'appuie au mur d'une maison. Une pensée aiguë traverse son esprit engourdi par la fatigue et le froid : « Voilà ce qu'il en coûte à ceux qui trahissent le Seigneur. Que vas-tu devenir maintenant, toi qui as choisi d'expérimenter les tourments de la vie terrestre ? »

— Je n'ai rien choisi ! crie-t-il, comme si cette pensée n'était pas la sienne.

A son désespoir se mêle un sentiment d'amertume et de colère. Il est trop vidé, trop hébété pour être à la hauteur de ses propres contradictions. Peur de Dieu, peur des hommes. Amour de Dieu, amour des hommes. Obéissance et révolte. Pardon et vengeance. Chasteté et concupiscence. Son âme refuse de passer d'une vie dans l'autre alors que son corps y est déjà, glissant vers les choses dangereuses que fait miroiter le grand Tentateur.

Il s'est remis à marcher. Où est-il ? Aux ombres environnantes s'ajoutent les volutes lourdes du brouillard qui draine son cortège de fantômes. Il jette des regards anxieux autour de lui, écoutant mourir les échos de ses pas. Soudain, il entrevoit une tête coiffée d'un bonnet d'indienne.

— Hep ! appelle-t-il avant que l'apparition ne se fonde dans la nuit.

La tête s'immobilise. Deux petits yeux suspicieux et durs courent sur lui, puis s'adoucissent lorsqu'ils devinent sa robe de prêtre dans l'effritement du brouillard.

— Vous m'avez fait peur, mon père.

C'est une femme âgée que Bérenger découvre, vêtue d'une vieille couverture qui chute des épaules aux pieds et traîne dans le ruisseau. Un sac de toile accroché à ses épaules complète son accoutrement, mais l'abbé ne voit plus rien, que les mains grises et misérables qui s'ouvrent et se referment sans cesse au-dessus d'un tas d'ordures, chipant par-ci par-là une épluchure, un os, la chevelure opaque d'un brouet figé par le froid.

— Faut bien manger, pas vrai ! dit-elle en enfouissant dans son sac ce qui semble être un trognon de pomme.

La pitié envahit le cœur de Bérenger et tout son désarroi s'efface devant cette pauvre créature.

— Je vous vois venir, curé... Pas de charité s'il vous plaît ! Chez nous on se nourrit comme ça depuis l'Empire... Passez votre chemin !

— Je me suis perdu.

— Où qu'vous allez ?

— À Saint-Sulpice.

— Là c'est Cherche-Midi. Faut prendre à main gauche sur... mille pas, mille cinq cents et vous arrivez au Vieux-Colombier, après c'est pas loin.

— Merci, merci beaucoup... je prierai pour vous.

— Il y a longtemps que j'ai oublié les prières, partez maintenant, dit-elle avec une indifférence qui montre qu'elle se soucie peu de ce qu'elle lui inspire et moins encore de ce qu'il représente.

Bérenger repart tête basse, inutile, vaincu dans la foi et l'idéalisme pour lesquels il s'est sacrifié. A cet instant, il sent que son âme bascule de l'autre côté de la vie, de sa vie de prêtre, et que le monde houleux des hommes l'accueille en son sein.

« Je n'ai rien choisi », se dit-il encore, mais son cœur se serre : il ne sert à rien de mentir à soi-même...

13

Le lendemain...

— CELA vous sied à merveille ! Marchez avec plus de souplesse, soyez moins raide...

Ce sont d'abord deux minutes de terrible gêne et d'inconfort. Bérenger a l'impression d'avoir revêtu une carapace rigide. Puis il humecte ses lèvres sèches du bout de la langue et émet un son étrange qui vient du plus profond de lui-même. Il comprend que c'est un rire. C'est donc lui dans cette glace ! Ses mains glissent, il touche cet habit de soirée qu'Ané a fait louer pour lui. Et ce rire nerveux le reprend, secoue son corps de grands frissons.

— Vous vous plaisez, n'est-ce pas ?

Ané rit à son tour, étonné par cette heureuse transformation. Qui reconnaîtrait l'abbé Saunière dans ce costume ? Son regard suit la ligne des épaules puissantes mises en valeur par la coupe de la veste pincée à la taille qui s'arrondit en queue-de-pie.

— Vous êtes l'homme le plus élégant de Paris.

— Vous croyez ? N'ai-je pas l'air ridicule accoutré ainsi ?

— Suis-je un être qui exagère dans ses propos ? Observez comme cet habit affine votre silhouette tout en laissant vivre les admirables proportions de votre corps.

Bérenger ne semble pas convaincu. Sa main droite s'enfonce dans la poche de son pantalon et il tente de se donner une contenance. Malgré la joie qui court en lui, son image l'intimide étrangement. Son reflet, l'étranger, dont les yeux sombres ont l'éclat sourd de tisons mal éteints, a quelque chose de diabolique dans l'attitude. Aurait-il changé à ce point en l'espace de vingt-quatre heures ? Ses cheveux et ses yeux lui paraissent plus noirs, son nez plus busqué, ses lèvres plus sensuelles, son teint plus brun, ses membres plus longs et déliés. Il se regarde de profil, de dos, de face, arrange le nœud blanc en soie noué sur le col relevé de sa chemise blanche, passe une main sur son visage, sur ses cheveux courts. Ses doigts cherchent en vain à redécouvrir le prêtre sous cette peau, mais le nouveau masque est solide, si solide qu'il finit par admettre :

— Vous avez raison, je crois que je vais me plaire.

— Pourquoi n'auriez-vous pas le droit d'imposer votre personnalité au public ? Le jour la robe, la nuit l'habit... Si vous ne le faisiez pas, vous finiriez par éprouver le sentiment d'être frustré, et je ne crois pas aux bienfaits de la frustration. Par grâce, finissez-en avec cette désagréable impression de trahir l'Église, un costume ne changera pas votre état. Vous avez votre conscience de prêtre, vous êtes plein de Dieu et cela suffit à vous absoudre pour le petit péché que vous allez commettre.

— Je vais commettre un péché ?

— En allant voir *Carmen*.

— Est-ce donc si licencieux ?

— On le dit...

— L'art n'est jamais licencieux ! tranche une voix qu'ils reconnaissent aussitôt.

— Émile ! s'écrie Ané, tu étais là.

— Non... mais j'arrive à temps pour désarmer votre conformisme, mon oncle. Il est des musiques assurées de survivre, comme notre foi peut survivre à toutes les révolutions, car l'expression en est profondément sentie... *Carmen* est de celles-là. *Carmen* exalte l'amour et Bizet le rend éternel. N'est-ce pas là le message du Christ ?

— Émile ! Je te prie de mesurer tes paroles.

— Excusez-moi, mon oncle, mais je dois me faire le défenseur de tous ceux qui conçoivent des choses aussi belles que *Carmen*.

— Soit, je t'excuse, mais ne mêle jamais plus le nom du Seigneur à des œuvres qui n'ont pas ma caution, ce ne ferait qu'ajouter à ma peine et à ma colère. Tu devrais plutôt tirer un voile sur cette discussion et féliciter notre ami de son élégance.

— Félicitation, Saunière, vous êtes digne du salon des Rothschild.

En dépit du ton glacé du compliment, Bérenger sourit de la façon la plus énigmatique du monde, semblant dire : « Vous ne m'impressionnez plus, Hoffet. » Et les deux hommes se mesurent du regard, l'un conscient de ses nouvelles possibilités, l'autre cédant à l'envie perverse de savoir comment ce prêtre déguisé va se perdre.

— Le changement est remarquable, dit Hoffet d'une voix adoucie ; je n'aurais jamais cru qu'il soit aussi rapide.

— C'est un état d'esprit, répond Bérenger. Je comprends vite et je m'adapte vite. Un tel mimétisme est indispensable à quiconque se fait le mentor du goût de ses pairs. Et ce soir, mes pairs ont décidé de me montrer aux Parisiens en Parisien.

— Vous avez de l'esprit, Saunière, j'espère qu'il n'est pas le fait d'une manifestation isolée de votre cerveau, car alors vos pairs seraient déçus.

— Ce dialogue sibyllin, coupe Ané, ne vous fera pas gagner du temps. Si vous ne partez pas à l'instant vous allez manquer le début du premier acte.

— Nous partons, nous partons, mon oncle. J'ai hâte de savoir si notre ami est encore retenu par certains préjugés et par une sentimentalité propre à la classe paysanne.

Cette fois Bérenger ressent l'attaque verbale comme un affront, mais il se domine, comprenant qu'Hoffet chercher à le jeter dans un état proche de l'aveuglement, comme le toréador aveugle le taureau avant de l'achever.

Pendant tout le trajet, ils ne se sont presque pas parlé et Bérenger s'est efforcé d'être indifférent au mutisme de l'oblat. En proie à des pensées embrouillées, il a tu sa rencontre avec l'homme à la tête de loup, cherchant tantôt à comprendre pourquoi Hoffet lui montrait soudain tant d'animosité, et regrettant parfois d'être avec lui en route pour l'inconnu.

Devant l'Opéra-Comique, il se sent anxieux comme un enfant qui a peur du noir. Les portes béantes s'ouvrent sur la rue encombrée de véhicules qu'un agent désespéré essaie de détourner vers les artères adjacentes, mais les cochers transis par le gel font la sourde oreille à ses doléances.

Dans le hall, les spectateurs s'agitent dans l'éblouissement des lampes électriques, vers les caisses, vers le vestiaire, vers les ouvreuses habillées de noir qui leur offrent le programme contre cinq sous. Les hauts-de-forme, les capes, les capelines et les manteaux changent de mains ; les femmes apparaissent soudain dans leurs robes de soirée aux manches bouffantes, les unes piquées de roses, les autres de perles. Bérenger s'avance d'un air gauche au milieu de ces soies, ces satins et ces velours, guidé par Hoffet qui salue quelquefois une connaissance et se fraye un chemin dans l'épanouissement des toilettes. Bientôt les deux hommes sont entraînés par toutes ces fleurs qui les serrent de leurs corolles souples et vibrantes. Bérenger prend garde de ne pas marcher sur les bouillonnements précieux qui prennent leur source au bas du dos des belles et s'écoulent jusqu'au ras du tapis rouge qui les conduit à l'orchestre. Ses yeux frôlent les cous blancs bordés de petites boucles blondes, brunes, rousses, se perdent dans les chignons plats ornés de fines plumes et de couronnes artificielles, reviennent aux dos lisses, glissent, encore, encore plus bas, et s'appesantissent discrètement sur la cassure vive de la taille, là où les hasards de la mode et le génie des couturiers ont voulu que se portent les regards, sur les croupes démesurément mises en valeur.

— Nous sommes au douzième rang, au centre, deux places de choix qui nous permettront de goûter pleinement le spectacle, explique soudain Hoffet.

— Je l'espère, répond sans réfléchir Bérenger, un peu troublé par un tout autre spectacle : une jeune femme aux cheveux blond roux, à la poitrine opulente et laiteuse, dont le beau visage volontaire se creuse d'adorables fossettes quand elle sourit à ses proches admirateurs. Elle s'échappe au bras d'un cerbère maigre et voûté vers l'avant-scène, et les hommes s'inclinent respectueusement, frissonnant tous d'un seul mouvement de leurs ailes noires de pie. Bérenger remarque les soupirs sur leurs lèvres, l'étreinte farouche de leurs yeux, le bref abandon de leur dignité...

— C'est la divine Emma Calvé, souffle Hoffet, lui-même sous le charme. Elle sera ce soir notre Carmen.

— Et l'homme qui l'accompagne est son époux ?

— C'est Ludovic Halévy, son librettiste ; Mme Calvé n'est pas mariée. À ma connaissance ses deux amants du moment sont le peintre Henri Cain et l'écrivain occultiste Jules Bois (1).

— Ces noms me sont inconnus.

— Le premier est un artiste fécond qui aime les Parisiennes et leurs franfreluches, un conférencier remarquable, un librettiste de talent, un poète plein de finesse, un collectionneur de roses converti à la religion juive ; le second est un Marseillais qui écrit des ouvrages métapsychiques, des essais, des romans, des pièces de théâtre, des articles au *Temps,* il se passionne entre autres pour la démonologie et la pensée hindoue. Êtes-vous satisfait ?

— Plutôt désorienté. À la voir... comment dirai-je ?...

— N'ayez pas peur des mots !

— Si belle, si épanouie, le regard franc et juvénile, on ne croirait pas qu'elle puisse avoir des goûts aussi... bizarres.

— On voit que vous ne la connaissez pas..., Saunière. Perdez cette naïveté ; il m'est désagréable de penser que vous avez été incapable de l'apprécier, de la percer. Cela ne va pas avec l'idée que je me fais de votre intuition. Emma Calvé possède certainement ce que Dieu, en la créant, a donné à son œuvre, mais elle est beaucoup plus qu'une belle image dénuée de signification, elle magnifie le souvenir d'Ève, la première

(1) Henri Cain nous a laissé des portraits du duc d'Orléans, des toiles comme *Viatique dans les champs, Laure triomphante...*
Jules Bois a fait publier près de 40 volumes sur l'occultisme.

femme de l'humanité, la tentatrice que nous gardons précieusement dans nos cœurs d'hommes.

Bérenger tombe dans un long silence, mâchant sourdement la réplique qui ne passe pas ses lèvres : « Vous la défendez comme si vous étiez son amant ! » Cependant il ne croit pas vraiment à la portée de celle-ci. Il y a trop de dissemblance entre cette implication et la réalité. Malgré sa suffisance et son apparente connaissance des choses de la vie, Hoffet n'a vraisemblablement jamais couché avec une femme. Ce qui n'exclut pas les désirs, même si ces derniers restent à l'état latent, étouffés par la rigueur et la contention d'un esprit élevé tourné vers les choses élevées... « Car la fuite intellectuelle est la voie la plus sûre pour échapper aux pièges de l'amour », conclut Bérenger en s'affaissant dans son fauteuil. Tout à ses réflexions, il ne s'aperçoit pas de l'insistance avec laquelle le regarde un homme grand et massif, assis trois rangs devant le leur.

Autour d'eux, la salle se remplit. Le ronflement sonore de mille conversations chuchotées s'amplifie, déchiré par le brusque appel d'un violon, troué par l'accord lancinant d'une clarinette, soutenu par les indéfinissables notes graves des violoncelles. La fosse s'agite, le chef d'orchestre se concentre et mate sa troupe d'un regard. Les lumières s'éteignent une à une et avec la pénombre les voix meurent jusqu'à ce que les trois coups retentissent.

Bérenger retient son souffle. Les premières mesures du prélude l'ont fait frissonner, mettant trop rapidement sa sensibilité à nu. Le rideau se lève sur le grouillement d'une foule qui va et vient sur une place alors que des soldats — il croit reconnaître des dragons — émettent des propos désabusés. Puis une harmonie d'une merveilleuse finesse le transporte de joie, annonçant l'entrée hésitante de Micaëla. Bérenger pénètre à son tour dans le rêve. Le chœur des gamins, le chœur des cigarières, il est avec eux, ils mettent ses sens en fête. Puis, soudain, il se pétrifie, dompté par le regard fulgurant de Carmen... Emma Calvé vient d'apparaître. Elle porte une jupe cerise, un châle vert, une chemise jaune et un peigne rouge dans les cheveux. Elle s'avance entre les soupirants empressés, et Bérenger ne voit plus qu'elle.

C'est pour lui qu'elle chante la Habanera... « L'amour est un oiseau rebelle... » La voix ensorceleuse monte, l'emporte vers un destin douloureux et pathétique... « Prends garde à toi », répète le chœur, mais il n'entend pas le chœur, il écoute Carmen... Carmen ! Carmen ! Elle emplit son cœur. Elle lui donne toutes les ivresses, toutes les espérances, et quand elle jette la fleur fatale, ce n'est pas Don José qui la reçoit mais lui, Bérenger, le pauvre prêtre du Razès.

Le premier acte s'est achevé, le laissant pantelant sur son siège. Il n'a rien compris des explications d'Hoffet. Acte II... Acte III... Acte IV. Carmen l'entraîne toujours plus loin, il est son amant, il est Escamillo le toréador, il est Don José, au comble de l'exaspération, il la poignarde. « Non », a-t-il failli crier lors du dénouement.

Soudain le rideau tombe. Ce ne sont que vivats, applaudissements. On demande Calvé, on scande son nom en piétinant les parquets. A son tour Bérenger appelle, la voix encore toute gonflée d'émotion ; il martèle du poing le siège de devant, s'enhardit, se dresse et rivalise avec son voisin qui hurle le nom de la diva.

Bérenger se fige : le rideau s'ouvre. Elle est là, remerciant tous ses admirateurs. Elle envoie des baisers, s'avance avec sa grâce rieuse jusqu'au bord de la fosse et se baisse pour ramasser les bouquets qui se sont mis à pleuvoir sur la scène. L'haleine suspendue, il la dévore des yeux.

— Partons, dit Hoffet en le tirant par le bras.

— Attendez... encore une minute.

— Je vous avais dit qu'elle n'était pas une femme comme les autres. Venez !

— Laissez-moi lui rendre hommage, répond Bérenger en applaudissant de toutes ses forces et en criant bravo !

— Vous aurez tout le temps de le faire. Nous allons chez Debussy, elle y est aussi invitée. On vous la présentera.

— Quelle est cette nouvelle folie ? Pourquoi ne m'en avez-vous rien dit ?

— Une folie bien parisienne dont je vous réservais la surprise. Ne répond-elle pas à vos vœux les plus secrets ?

Sur la place Boïeldieu, les fiacres sont pris d'assaut. Les cochers servent à la ronde toute une collection de jurons qu'ils jugent bon de ponctuer par des coups de fouet. Tout autour, des mains de mendiants battent lentement devant les visages roses des dames encapuchonnées, harcèlent les bourgeois engoncés dans leurs chauds vêtements, se disputent les pièces de cuivre jetées avec un air d'ennui et retournent à l'abri dans des guenilles fourrées de papier journal, de déchets de laine et de crasse. À la première face bleuie par le froid qu'il rencontre, Bérenger fait l'aumône, et comme d'autres surgissent de toutes parts, il vide ses poches, avec sa bonté d'âme ordinaire, comme si son salut dépendait de cette prodigalité qu'il sent soudain monter en lui.

— À ce rythme, vous finirez comme eux, ironise Hoffet qui se tient à l'écart.

— Quel genre d'oblat êtes-vous donc ? lance Bérenger sur un ton coléreux.

— Un réaliste, mon cher, un réaliste qui ne traverse pas de crise de conscience... Il me serait facile de racheter mes péchés comme vous le faites...

— Qu'insinuez-vous par là ?

— Que ce n'est pas la meilleure façon de mériter le royaume de Dieu...

— Dans notre religion, la charité est compassion et non illusion ; elle est une forme d'amour.

— Ah ! l'amour... Voilà donc la source de votre foi !

— Ne vous déplaise, Hoffet ! L'amour une fois né, comme un rayonnement, tend à se répandre en se ramifiant et se diversifiant selon les formes de relations humaines dans lesquelles il entre. C'est un courant en cascade qui tend à tout remplir et à tout inonder. C'est la voie que nous montre Jésus. C'est la voie que je m'efforce de suivre. C'est la voie que doivent suivre ces pauvres gens.

— Vous prêchez bien, Saunière, mais vous ne me ferez jamais croire que la voie, votre voie, est aussi pure que vous le dites... Regardez bien au fond de vous-même... Regardez sans honte !

— Que cherchez-vous ? Que voulez-vous de moi ?

— Rien... Rien encore... Pardonnez-moi. Cocher ! Cocher ! Par ici.

— Où allez-vous ?
— 42 rue de Londres.
— C'est bon, montez.
Ils mettent un temps infini pour traverser le boulevard des Italiens où règne une grande confusion provoquée par une chanteuse des rues qui, perchée sur une chaise de paille à l'angle de la rue de la Chaussée-d'Antin, attire une foule nombreuses de badauds. Elle chante l'amour, l'amour qui obsède tant Bérenger, l'amour qu'il voudrait justifier, l'amour qui prend souvent la forme inattendue du péché.

42 rue de Londres. Qui est ce Debussy ? se demande Bérenger en gravissant les marches qui mènent à l'appartement de l'hôte mystérieux. L'endroit est mal éclairé et poussiéreux, quelques moulures courent sur les murs pour tromper les visiteurs qui se rendent aux trois premiers étages, mais au-delà elles disparaissent, laissant la place à une peinture verdâtre, tout écaillée et boursouflée. L'immeuble a perdu son aspect bourgeois et les odeurs de graillons se mêlent à un imperceptible relent de moisi que Bérenger devine à l'état du tapis rongé par les ans et la vermine.

Toutes sortes de mauvaises impressions l'assaillent. Cette invitation de dernière minute le contrarie de plus en plus. Et l'attitude déplaisante d'Hoffet commence à l'échauffer sérieusement.

« Je suis un imbécile ! Pourquoi n'ai-je pas la force de sortir de cette situation absurde ? Je suis ! Je vais ! Je cours là où on me dit d'aller. Amen ! Je me conduis conformément au code du paysan qui débarque dans la capitale. Il me serait si facile de tordre le cou à cet oblat et de lui arracher la vérité. Laisse-moi, Hoffet ! Garde les manuscrits, je ne veux pas devenir la chose de Sion, je ne veux pas finir taciturne, riche et maudit ! »

Cependant il continue à monter, les yeux accrochés aux talons de l'oblat, et quand la sonnerie stridente commence à percer le silence de l'immeuble, semblable à un bruit de verres brisés qui réveille sa conscience, quand la porte piquée de vers s'ouvre, Bérenger oublie tous ses ressentiments ; immédiatement conquis par l'adorable créature aux yeux verts qui se tient devant eux.

— Émile ! Que je suis heureuse de te revoir !

Et elle lui applique deux baisers retentissants sur les joues. Alors, brusquement, Hoffet, oubliant les convenances, est traversé par un élan d'affection. Il prend Bérenger par l'épaule et le présente :

— Mon ami et prêtre, Bérenger Saunière... Bérenger, voici la muse de notre grand compositeur : Gabrielle Dupont.

— Appelez-moi Gaby ! dit-elle en riant, alors qu'il serre la main qu'elle lui tend... Entrez vite ! Il fait trop froid sur ce palier... Claude ! Claude ! Émile est là.

Et elle les pousse vers ce qui ressemble à un salon où se tiennent trois hommes et une femme. Tous les quatre assis sur des fauteuils d'un autre âge serrés en arc de cercle face aux flammes vives et crépitantes d'une cheminée. L'un d'eux, mince et brun, portant bouc et moustache, se lève aussitôt et accueille les nouveaux venus. Sous ses arcades sourcilières proéminentes, la fixité de son regard rêveur surprend Bérenger.

— Claude Debussy, dit-il en lui serrant chaleureusement la main.

— Bérenger Saunière...

Les présentations continuent : Pierre Louÿs, un jeune homme au visage étroit nanti d'un grand nez ; Henri Gauthier-Villars, dit Willy ; Ernest Chausson, à la barbe aussi noire qu'un morceau de charbon ; et Camille Claudel, jeune femme d'une stupéfiante beauté, mais triste et fragile.

Au fil des conversations arrosées de cognac et de rhum, Bérenger apprend que Pierre est poète et Camille, sculpteur. Camille, dont le fascinant regard bleu semble se perdre sur l'affreuse tapisserie représentant des portraits de Sadi Carnot entourés de rouges-gorges et de moineaux.

— Qu'as-tu, Camille ? demande soudain Debussy en lui prenant les mains. Est-ce cette horrible Clotho qui te tourmente à ce point ?

— Vous savez très bien d'où viennent mes tourments.

Ce tu, ce vous, cette Clotho, ses tourments... Bérenger croit assister à un drame grec. Il ne sait pas que ces deux-là se sont aimés autrefois et qu'ils s'aiment peut-être encore. Il les écoute sans comprendre. Camille devient pâle. Camille est là par hasard. Elle est venue contre sa volonté, entraînée par Willy, qui l'a arrachée à son atelier, à ses esquisses, à ce fantôme de plâtre qu'est Clotho. Elle n'avait pas revu Claude depuis leur séparation. Que de temps ! Que de tempêtes ! Il est là devant elle, toujours aussi timide mais elle ne parvient pas à se défaire de l'ombre de Rodin qui jette un voile sombre entre eux, Rodin, son immense amour. Il ne lui reste que ses mains pour traduire ses passions, ce grand déchirement de l'âme. Et c'est *La Valse*, et c'est *Clotho*, et c'est toute la tragédie de cette femme qui glisse depuis peu dans la folie.

— Voilà nos génies ! s'écrie Willy. Demain le monde entier s'extasiera sur leurs œuvres et ils pleurent sur leurs amours, tels une lingère et un menuisier.

— Le monde ! dis-tu, s'exclame Debussy. Mais le monde n'a que faire de notre génie. Le monde préfère Wagner et Rodin. Ce qui n'est pas le moindre mal, car ce sont de véritables créateurs. Que dire de son engouement pour les niaiseries lyriques de *Werther* (1) ou des faveurs qu'il réserve à Gustave Charpentier, ce musicien de brasserie qui verse sa pacotille démocratique dans nos oreilles. Le monde nous piétinera avec son conformisme. Le monde écrasera Camille parce que c'est une femme !

— Tu t'emportes Claude, constate avec calme Pierre Louÿs. La vérité est plus simple. Les hommes ne savent pas toujours reconnaître la beauté sous toutes ses formes, mais vient un jour où un seul d'entre eux s'écrie : C'est merveilleux ! Alors toute change, car la beauté se dévoile et se perpétue. Aujourd'hui le monde est multiple, obscène et bas. Demain il ne sera qu'un dans l'art et c'est à nous, poètes, écrivains, musiciens, peintres et sculpteurs, que revient le difficile privilège de préparer ce demain. Il n'y a pas de moyen terme, pas de compromis, pas de neutralité possible... Le monde n'aime pas les faibles. Qu'en pensez-vous, monsieur ?

(1) Le *Werther* de Massenet.

La question s'adresse à Bérenger, le prenant au dépourvu, cependant son esprit entraîné à la rhétorique trouve une issue :

— Le monde n'aime pas les faibles et Dieu se détourne des forts... Demain appartient à celui qui aime, voilà ce que j'en pense. Et après tout, être fort, être faible, cela fait-il vraiment une différence essentielle ? Les hommes n'ont-ils pas tous les mêmes problèmes et les mêmes émotions ? Et l'art ne naît-il pas d'une émotion ? Nous sommes tous des créateurs en puissance, mais pour certains la création est une pierre jetée dans l'eau, les cercles concentriques qu'elle provoque et le balancement d'une feuille morte sur la surface troublée, alors que pour d'autres elle est symphonie, opéra, peinture, théâtre, roman. C'est un domaine qui touche la nature profonde de l'être humain. Et là le compromis n'existe pas parce que chacun agit selon ses moyens et sa sensibilité. En ce sens vous avez raison, mais seulement en ce sens.

— Vous dites vrai, monsieur, dit Debussy en se levant. Émile m'a fait de vous des éloges et je vois qu'ils sont fondés... Venez avec moi, et vous aussi Émile. Je crois qu'il vous plaira de découvrir ce *Pelléas et Mélisande* de Maurice Maeterlinck que je mets en musique.

Debussy les conduit à son cabinet de travail, une pièce exiguë où il a pu loger son piano déménagé à grand-peine de sa chambre de la rue de Berlin. Ses parents l'en ont presque chassé, le jugeant trop improductif, malgré l'appui de son ami le prince Poniatowski qui a essayé de faire jouer ses œuvres dans les grands concerts symphoniques américains d'Anton Seidl et de Walter Damrosch, célèbres chefs d'orchestre à New York.

Il referme la porte avec précaution, coulant un œil dans le couloir, leur désigne un canapé bancal où traînent des partitions et s'installe sur son tabouret, tournant le dos à son piano sur lequel l'unique lampe couverte d'un carré de satin jette une tache orangée.

— Ce meublé n'est pas luxueux, mais c'est tout ce que je peux m'offrir en ce moment, dit-il. Monsieur Saunière, prenez le livret qui est devant vous, sur la table basse, et faites semblant de le lire.

— Pardon ? s'étonne Bérenger.

— Faites ce qu'on vous dit, intime Hoffet.

« Mieux vaut avoir l'air simple que sagace, se dit Bérenger en prenant le livret. Voyons où ils veulent en venir. »

— *Pelléas et Mélisande* que vous avez entre les mains, n'est qu'une excuse. Il fallait que je puisse m'entretenir avec vous à l'écart des oreilles indiscrètes.

— Je vous écoute, gronde Bérenger.

— Tout doux mon ami, nous ne sommes pas aussi méchants que ceux qui vous ont attaqué la nuit dernière, mais nous pouvons le devenir.

— Êtes-vous de Sion ?

— Ne prononcez jamais ce nom !

— En êtes-vous ?

— En quelque sorte.

— Je veux une réponse claire.

— Oui.

— Comment savez-vous que j'ai été agressé ?

— Nous avons un mouchard chez nos ennemis.

— Et que serait-il arrivé si vos ennemis m'avaient éliminé ?

— Cela aurait pris du temps, mais nous vous aurions fait remplacer à Rennes-le-Château par quelqu'un acquis à notre cause.

— L'évêché complote avec vous !?

— Nous avons beaucoup d'amis dans l'Église catholique et romaine.

— Que signifie « notre cause » ?

— Pour vous, elle signifie puissance et or, n'est-ce pas suffisant ?... Hoffet et d'autres ont passé leur temps à vous observer, à guetter vos réactions. Nous vous avons volontairement provoqué, mis dans des situations scabreuses, et cela depuis votre arrivée à Rennes-le-Château. Nous vous connaissons bien, Saunière, plus que vous ne pouvez l'imaginer. Acceptez de nous aider, maintenant !

— Dès maintenant ?

— Vous allez jurer sur cette bible de ne jamais trahir notre accord.

Debussy tire une bible d'une pile de livres et la lui met sous le nez. C'est une vieille bible, toute rongée aux angles, avec une croix en creux dans le cuir patiné et deux lettres dorées à demi effacées : l'*alpha* et l'*oméga*, le commencement et la fin. Deux symboles qui donnent à réfléchir. Bérenger regarde tour à tour Hoffet et Debussy. Une farouche détermination durcit leur visage.

L'ultime tentation. Bérenger pose à nouveau ses yeux sur le livre sacré. Dans les profondeurs de son âme, il perçoit, faible mais jamais interrompu, l'appel de Dieu. S'il le veut, il peut outrepasser les limites de la Loi. Il peut engendrer sa propre égrégore et l'assujettir à sa vanité. La puissance, mais quelle puissance ? Il revoit son village, sa misérable église, cette misère qui sévit saison après saison, année après année. Il se voit vieux, fatigué, démuni au terme de sa vie, avec pour seul bagage ses trois vœux d'obéissance, de chasteté et de pauvreté.

— Je jure de respecter notre accord.

— Vous ne le regretterez pas, dit Debussy. Dès qu'Hoffet vous donnera la clef de la porte, vous agirez.

— De quelle porte s'agit-il ?

— C'est à vous de la découvrir dans le Razès. Tout ce que nous savons, c'est qu'elle est protégée. Les cathares en connaissaient le secret ; elle mène au trésor des Wisigoths et à quelque chose de plus extraordinaire encore dont nous ne connaissons pas la nature.

Bérenger frémit. Les Wisigoths, les pilleurs de Rome, ils auraient ramené le trésor de guerre de l'empire à Toulouse. Ce trésor immense qui était conservé dans les temples de la Ville éternelle. Les Gaulois, les Angles, les Parthes, les Égyptiens, les Nubiens, les Juifs, tous les peuples vaincus avaient été dépossédés de leur or, de leurs reliques, de leurs objets sacrés ou magiques. Il pense à l'arche Beth-Anbia dont Élie lui a révélé l'existence.

— L'abbé Boudet vous aidera.

Ce sont les derniers mots de leur entretien. La porte s'ouvre et Gaby s'écrie :

— Mais que faites-vous ? Toujours avec *Pelléas et Mésilande* ? Venez donc au salon, nos amis viennent d'arriver.

— Nous te suivons. M. Saunière a pu parcourir le

premier acte, il pense que ce texte contient beaucoup d'humanité et de symboles.

— Alors M. Saunière mérite de faire partie de notre cercle, dit en riant la belle Gabrielle en faisant une révérence à Bérenger.

Le salon est bondé. L'aire est pleine d'une joyeuse confusion et de fumée de cigarettes ; les verres se remplissent et un foie gras, rond, brun et piqué de truffes d'un noir d'ébène, circule de main en main sur un plateau d'argent aux extrémités chargées de petits carrés de pain doré.

— Qui a eu l'heureuse idée de venir avec cette merveille ? s'écrie Debussy.

— Moi, répond une voix dont le timbre agréable tire Bérenger de ses préoccupations.

Et là, entre Camille et un inconnu, beauté recouverte de sa simple robe noire et d'un châle vert, le même qu'elle portait sur scène, se tient Emma Calvé. Est-ce une illusion ou est-ce Carmen déguisée ? Les genoux de Bérenger plient. Il cherche une place à l'écart des autres et trouve refuge sur un tabouret dissimulé sous les feuilles d'une plante grasse. Devant lui tous rient, mangent, boivent, n'ayant d'autres soucis que de passer le temps agréablement. Certains se pressent autour de la diva. Il les envie, tous et n'importe lequel, tous ceux qui plaisantent avec elle. Elle l'attire d'une attraction infinie. Et pourtant il y a entre eux une distance considérable, un mur invisible. Brusquement, elle fait couler le châle de ses épaules et apparaît, radieuse et souveraine. Son beau visage s'illumine, elle sourit à l'inconnu qui s'est saisi du châle, puis s'approche de la cheminée et se penche les mains ouvertes vers les flammes, présentant sa chair blanche et pleine à la lumière fauve et palpitante.

Bérenger voit courir un frisson sur la peau d'Emma. Un instant elle ferme les yeux et s'étire voluptueusement. Et plus il lutte, plus le pouvoir de la diva le subjugue, s'empare de ses sens, l'enivre tout en le rendant jaloux, car l'inconnu est toujours là, les yeux fixés sur la nuque de cette femme qui s'offre au feu.

— Pourquoi restez-vous à l'écart ?

La voie d'Émile lui parvient du fond d'un tunnel. Bérenger semble découvrir l'oblat et ses deux coupes de champagne.

— Tenez et buvez, continue Émile, cela vous donnera un peu de courage... Vous désirez connaître le pourquoi de l'ensorcellement de Carmen, la réponse à la promesse qu'exprime une diabolique beauté. La réponse, la voilà, devant vous. Venez avec moi, je vais vous présenter.

Bérenger considère Émile avec méfiance. Il est contrarié et un peu honteux de s'être fait prendre au piège, comme un novice qui regarde une femme à l'église et déclenche l'ironie de son père supérieur.

— Je bois à notre santé, répond-il en se saisissant de la coupe... Je n'ai jamais tenté de résister à ce qui me paraissait inévitable. C'est le secret de tout succès durable. Présentez-moi donc, puisque vous semblez être la main du destin.

Rien ne lui coûte devantage que de faire de l'esprit à ce moment, mais il ne veut pas se soumettre à l'oblat. Il le regarde dans les yeux avec assurance. L'oblat est troublé, l'esprit de dérision qui luisait dans ses prunelles a disparu. Un respect inhabituel l'envahit, et il s'abandonne au torrent de ses pensées : Bérenger serait-il différent de l'idée qu'ils s'en font ? Est-il vraiment vulnérable ? Ne sont-ils pas en train de forger l'épée qui les frappera ? Et s'il était un agent johanniste ?... Et puis, d'un coup, il secoue la tête et entraîne l'abbé par le bras.

Emma a quitté la cheminée. Toujours escortée de l'inconnu, elle s'est glissée sur le canapé entre Willy et un homme élégant qu'elle appelle « mon cher Jean ». Quand Hoffet et Bérenger se mêlent à eux, elle a un mouvement d'hésitation en tendant sa main à l'abbé.

Leurs yeux se rencontrent. L'essence de leur vie y brille brièvement ; ceux de Bérenger avec les passions inassouvies, les erreurs, les fautes et cette force animale qui se jouent si souvent des désirs de l'âme ; et ceux d'Emma, mystérieux comme la surface d'un étang au crépuscule, pleins d'une étrange émotion qui n'a pas de nom. Il s'incline et lui baise la main.

— Bérenger Saunière, pour vous servir, dit-il.

— Emma Calvé...

— Je vous ai vue chanter à l'Opéra-Comique ce soir, vous êtes merveilleuse.

— Encore un admirateur ! s'exclame le « cher Jean ». Ne vous perdez pas en éloges, monsieur, cela ne lui donnera pas une meilleure opinion d'elle-même.

— Mais, cher Jean, il vous appartient de découvrir une formule qui puisse me faire croire à mon talent, ne m'avez-vous pas écrit : « Très chère amie, vous avez été adorable de grâce, inquiétante et sensuelle. La nature s'est montrée pour vous généreuse. Vous avez tous les dons : la beauté, la voix, le mouvement de la vie. Cependant, vous avez su ombrer toutes ces lumières et vous avez chanté et joué comme peignait Goya (1) »... Je veux mieux encore.

— Vous êtes trop gourmande, ma chère, je laisse ma plume à un autre... Tenez ! à Jules, par exemple.

Tous les regards se sont tournés vers celui qu'il vient de désigner : l'inconnu que jalouse Bérenger, Jules Bois.

— Dans cette fin de siècle, dit-il, où nous traînons avec des aventures, des craintes, des ennemis, Emma nous éclaire de sa tendresse et de ses audaces. C'est à travers elle que nous devons puiser l'enthousiasme qui donne la force d'écrire, de peindre et d'aimer. Nous perdrions tout espoir si elle devait s'arrêter de chanter.

— Et moi je t'interdis d'évoquer ce jour fatal, renchérit Debussy...

Bérenger écoute ces hommes se répandre. Comme son « vous avez été merveilleuse » lui paraît fade à côté de ces déclarations. Qu'il parle ou ne parle pas ne change rien, entre gens qui se séduisent il existe un code secret qui n'a pas besoin de paroles, mais comment y accéder ? Emma semble vouloir se soustraire à ses regards brûlants. Il n'ose pas sourire, effrayé à l'idée de n'obtenir d'elle qu'une complaisance froide.

Peu à peu s'installe sur le salon un silence dénotant l'apathie des esprits, épuisés par les discussions et la fatigue. La face muette, on examine avec une profonde attention son verre vide, le feu mourant, la boule ciselée

(1) Le « cher Jean » est le célèbre critique Jean Lorrain. Extrait de sa lettre de novembre 1892.

d'une lampe, une composition symboliste d'Hodler perdue sur un mur. Après avoir consumé toute la vitalité de son regard sur Debussy, Camille, délivrée, se fraye un chemin de fuite vers la porte d'entrée et disparaît. Willy, Louÿs et quelques autres l'imitent, réglant le cérémonial des adieux par de nouvelles invitations. La troupe se faufile dans l'escalier jusqu'à la rue où Bérenger entend leurs pas et leurs voix décroître. Il est toujours face à Emma, seule maintenant sur le canapé. Jules a rejoint Debussy dans son cabinet de travail, Gabrielle et une femme âgée se font des confidences sous la plante grasse, trois hommes d'une distinction figée, un peu précieuse, parlent soudain avec animation du procès Panama, de la corruption des parlementaires et de la probable condamnation de l'ancien ministre des Travaux publics, Baïhaut.

— Vous vous rendez compte ! s'exclame l'un d'eux. Il a avoué avoir touché un chèque de trois cent soixante-quinze mille francs.

— Il n'est pas le seul à faire partie des « chéquards »... Rien que pour les journalistes, on annonce un détournement de douze millions sur les vingt-deux consacrés par Panama à sa publicité.

Ils s'emballent, évoquent la démission du ministre Ribot, la trahison de Freycinet et de Loubet, la revanche des boulangistes et l'inquiétante montée du mouvement ouvrier. Puis l'argent revient sur le tapis et ils essaient d'estimer les capitaux des barons de l'industrie...

— Vous intéressez-vous aux affaires, monsieur ? demande brusquement Emma à Bérenger.

— Seulement aux affaires de l'Église, répond-il.

— Fonctionnaire du ministère des Cultes ou responsable financier du parti de Rome ?

— Ni l'un ni l'autre, j'ai bien peur de vous décevoir... Je ne suis qu'un simple prêtre de l'Aude.

— Prêtre !... Et de l'Aude ! Quel bonheur, mon rêve ne m'a donc pas trompée.

— Quel rêve ?

— La nuit dernière j'ai rencontré un rossignol qui m'a dit que je ferais la connaissance d'un homme.

Que faria la gracia de nostre Sénher, la gracia de mon cor e de mon ama (1).

— Mais vous parlez la langue du pays ? s'étonne en bredouillant Bérenger, troublé par les paroles d'Emma.

— Je suis née dans un village de l'Aveyron, à Decazeville...

Et elle lui décrit le pays, leur pays. Elle l'emporte dans l'oustal familial, au milieu des iris, des verveines et du basilic, avec Blaise le berger, sous les rochers qu'elle affublait d'oripeaux en imaginant des histoires fantastiques. Elle lui parle comme à un ancien ami, de façon confiante et gaie, mêlant le patois au français, avec un air de franchise candide qui semble signifier qu'il n'y a en elle rien de secret. Bérenger ne peut s'empêcher d'admirer la forme de sa bouche, le mouvement de ses lèvres formant les mots, sa façon exquise d'appuyer d'un geste de la main une image.

— ... Cependant, j'ai passé une partie de ma petite enfance en Espagne où mon père, entrepreneur, conduisait le boisage des mines. Peut-être est-ce là-bas qu'est né mon engouement pour le chant, ma mère me raconte souvent ma fugue chez les gitans que j'avais suivis jusqu'à leur campement où l'on me découvrit après de longues recherches, dansant et jouant avec les bohémiens. Et cette histoire finit toujours par la même phrase : « Tu commençais à répéter *Carmen.* »

Elle reste figée quelques secondes, plongée dans ses pensées, dans le rêve bienheureux de son enfance dont le monde luxuriant vient de s'ouvrir brutalement à elle. Bérenger la regarde s'épanouir dans l'éclosion de son bonheur, et, à chacune des phrases qu'elle prononce, il cède un peu plus à sa passion. Il sent un afflux de sang lui picoter le visage et ne trouve pas une parole à dire. Il pourrait chanter les beautés de son Razès, mais comment s'y prendre ? La langue d'azur argenté et radieux du ciel de Rennes recule vertigineusement, repoussée par la lumière de cette femme.

Emma efface tout. Il est transporté à mille lieues d'ici. Les mystérieux propos des trois hommes vont bon train,

(1) « Qu'il ferait la grâce de Notre-Seigneur, la grâce de mon cœur et de mon âme. »

très loin derrière son dos, si loin qu'il les perçoit comme un bourdonnement d'insectes. Et, quand Debussy et Bois reviennent dans le salon, il ne les entend pas s'approcher de lui.

— Je vois que vous avez trouvé un confident, dit Jules d'une voix caverneuse qui frappe Emma de mutisme.

Encore lui. Bérenger dévisage cet homme au visage efféminé et taciturne. La nuit semble s'être refermée dans ses yeux allongés qui le défient. D'autorité, Jules met une main sur l'épaule d'Emma et lui dit :

— Il faut partir, ma chère, et laisser ce monsieur à ses vertus paysannes.

— Jules, je ne te permets pas d'insulter monsieur !

— Est-ce que ce pauvre garçon est votre protecteur ? demande Bérenger sur un air ironique, volontairement indélicat.

Jules demeure stupéfait. Emma est ébahie, et Debussy, avec cette clairvoyance appartenant à celui qui, dans n'importe quel débat, se tient en dehors, laisse tomber d'une voix tranquille :

— La civilité est décidément un exercice bien difficile quand Emma est entre deux hommes. L'amitié, voilà qui vaut mieux pour vous deux. Essayez donc dans cette voie et serrez-vous la main. Pour être franc, je ne puis réellement pas vous prédire un grand avenir tant que vous n'aurez pas fait la paix.

Comme les deux hommes ne semblent pas comprendre, il ajoute :

— C'est un ordre.

Jules rompt le premier et tend la main à Bérenger qui s'en saisit et en profite pour la broyer. Jules tourne alors la tête vers Emma et tous deux s'affrontent. Emma a certes bien du mal à ne pas baisser les yeux, à ne pas céder devant ce regard furibond. Cependant elle dit d'une voix claire :

— Ce dénouement me ravit, monsieur Saunière. Je suis sûre que Jules acceptera de vous inviter à notre séance de demain soir, n'est-ce pas Jules ?

— Oui... Bien sûr, grince ce dernier. Ce sera une joie pour moi de vous avoir comme participant à notre séance. Disons à vingt et une heures chez moi. M. Hoffet vous y accompagnera. Qu'en dites-vous ?

— J'accepte volontiers. A demain donc, divine, dit Bérenger en baisant la main d'Emma.

— À demain, cher « Brau ».

Lui seul comprend la signification de « Brau » ; qu'elle le compare à ce géant du pays d'oc qui vainquit Bacou, un autre géant qui commandait les bêtes féroces, le remplit de joie. Il veut bien arracher Emma à Jules, si ce dernier est Bacou.

Tandis que Debussy et Gaby raccompagnent Emma et son mentor, Bérenger cherche Émile. L'oblat a disparu. Les trois hommes dignes et passablement ivres se disputent, l'un voulant détruire la tour Eiffel, l'autre la conserver dans l'état actuel et le troisième jurant qu'il faut la reconstruire en acier selon le procédé Thomas et Gilchrist. Dans son coin, la femme glousse en lisant un petit livre dont le titre *Mademoiselle Fifi* (1) est inconnu à Bérenger.

— Vous êtes-vous bien diverti ?

La voix d'Hoffet ! L'oblat est revenu avec Debussy et Gaby. Il est en manteau et porte son chapeau à la main. Si pâle d'ordinaire, son visage est coloré comme après un effort.

— Mais où étiez-vous ? demande Bérenger.

— À la recherche d'un fiacre... Après minuit, les rues de Paris ne sont guère sûres et je tiens à vous ramener en vie chez mon oncle... Je viens d'apprendre que nous sommes conviés à une séance chez M. Bois demain soir, il faut donc nous reposer au plus vite car cela risque d'être fort éprouvant.

— Fort éprouvant, qu'entendez-vous par là ?

— Vous comprendrez mieux demain, je préfère ne rien vous dire... Prenons congés de nos amis maintenant.

Les rues scintillent sous la glace et les fenêtres fermées sont masquées de givre ; les rares passants se hâtent vers des lieux où ils trouveront confort et chaleur. Le fiacre traverse les places blanches tachées de

(1) De Maupassant.

l'ombre des vagabonds qui traînent leurs bourriches de chiffons vers les ponts et les portes cochères. Absorbés et immobiles, Bérenger et Émile ne paraissent pas voir la ville livrée à ces générations de miséreux dépourvues de tout souvenir apaisant. Ils préfèrent de beaucoup se laisser lentement glisser dans le noir de la cabine et s'abandonner à leurs pensées, non pas pour fuir la peur et la honte qui rampent autour d'eux, mais pour s'interroger. Chez l'un tout s'organise autour d'une question unique : « Dois-je m'entêter à poursuivre Emma de mes ardeurs ? » Chez l'autre, l'esprit échafaude des hypothèses, argumente, persévère dans les impasses, enregistre les erreurs et les succès quelle que soit leur intensité, sans arriver à conclure : « Qu'allons-nous devenir si Saunière ne réagit pas comme nous l'espérons ? » Sans cette réponse, il ne peut résoudre ses équations. Maintenant l'avenir du Prieuré est entre les mains d'Emma.

14

DÈS qu'il entre dans l'appartement de Jules Bois, quelque chose de froid l'envahit brusquement et cette sensation ne fait que croître lorsqu'il découvre, éclairée par un globe vert posé sur la tête d'un serpent de bronze, la femme. Fasciné, Bérenger s'avance vers elle. Des aechmea, des ficus et des sansevieria dressent leurs feuilles entre elle et lui. Une nuit verte pleine d'odeurs humides qui abrite la fille ténébreuse dont les yeux luisent dans l'ornière sombre des orbites. Elle le regarde comme si elle voulait l'attirer par la chair et s'emparer de son âme. Une tiare de phosphore irradie son front incroyablement bombé sur lequel glisse une vipère. Et c'est dans le sillon de sa poitrine que se perd la queue du reptile. Les seins gonflés aux pointes relevées, le ventre lourd et rond, les formes exagérément forcées, les creux ombrés où Bérenger imagine les sources secrètes et mystérieuses de nouveaux plaisirs défendus, sont un appel à la luxure.

— Ce dessin a été fait par Jean Delville, un ami de M. Bois, dit Émile qui s'est lui aussi approché pour examiner la créature impudique. Elle représente *L'Idole de la perversité.*

— Le serpent, le tentateur, souffle Bérenger.

— C'est Nahash, reprend Émile. C'est le serpent des incarnations, des matérialisations. Il est le mobile intérieur qui incite à la chute et l'agent externe qui en fournit les moyens. Regardez bien la femme, appelons-la Lilith la diablesse, ne vous incite-t-elle pas à plonger dans l'enfer du monde physique pour y conquérir la science du Bien et du Mal ?

Bérenger ne répond pas. Courbé sous le joug humiliant du désir, il sait très bien que la connaissance est une chute. Il se détourne et tend son chapeau au domestique qui les a introduits.

— Vous verrez d'autres œuvres symbolistes dans cette maison, continue Émile. En cette fin de siècle, les hommes s'accrochent aux symboles dressés à l'horizon de leur détresse. Ceux que vous allez rencontrer ici cherchent à se démarquer du réalisme régnant.

Bérenger suit Hoffet. Un long couloir les mène jusqu'à une salle très sombre où se tiennent une vingtaine d'hommes et de femmes. Bérenger est stupéfait par le nombre de tableaux accrochés aux murs ; la plupart le mettent mal à l'aise. Il y a là *Les Jeunes Filles et la Mort* de Puvis de Chavannes, *L'Idole* de Rops, *L'Île des morts* de Böcklin, *Œdipe et le Sphinx* de Moreau et bien d'autres encore représentant des chimères, des dieux, des têtes coupées, des corps obscènes, des fleurs et des croix, des étoiles et des triangles... Et sous l'un d'eux, longue toile où dort une jeune fille nue sur un paysage rouge, vert et bleu, un homme au visage tourmenté récite un poème de Maeterlinck :

Quand son époux l'a mise à mort
Elle a poussé trois cris d'effroi.
Au premier cri qu'elle a poussé
Elle a dit le nom de son frère :
Il se réveille et voit passer
Trois colombes aux ailes brisées.
Au second cri qu'elle a poussé
Elle a dit le nom de son père :
Ouvre sa fenêtre à l'instant
Et voit voler trois cygnes en sang.
Au dernier cri qu'elle a poussé
Elle appelle enfin son amant :
Ouvre la porte de son château
Et voit fuir au loin trois corbeaux.

Un silence pesant suit la fin du poème, puis un chœur dissonant d'approbations retentit dans l'assemblée. Bérenger discerne la voix d'Emma. Il la cherche. La jeune femme semble alanguie dans un énorme fauteuil rouge, et ses bras blancs, semblables à ceux des nymphes de l'Antiquité, se détachent sur ce fond embrasé. Tout près d'elle, tremblant au-dessus d'un guéridon, les minces flammes de feu d'un chandelier à sept branches éclairent son visage. Elle le voit. Sa bouche s'ouvre sur un appel muet et il sourit, mais se reprenant à temps, il transforme son sourire en un froncement de sourcils à l'adresse de Jules.

Le taciturne jeune homme vient vers eux.

— Enfin vous voilà, dit-il à l'adresse d'Émile sans se soucier de la présence de Bérenger. Nous n'attendions que vous pour commencer...

Puis, se retournant vers le cercle de ses invités, il demande le calme et présente Bérenger :

— Nous avons ce soir la chance d'avoir parmi nous un prêtre : l'abbé Bérenger Saunière que voici. Qu'il sache qu'en le conviant à passer par-delà le Bien et le Mal, nous ne l'invitons pas à un festin de l'esprit où se confondent licence et liberté, délivrance spirituelle et jouissance sans frein des biens temporels. Que chacun maintenant rejoigne sa place.

Emma s'est levée pour venir à sa rencontre. Des groupes se forment. Elle lui souhaite la bienvenue et l'entraîne à la suite de cinq hommes. Ils quittent la salle et s'en vont par un couloir qui s'enfonce dans cette maison immense. Bérenger se sent envahi d'une douce chaleur quand elle lui prend le bras pour lui glisser à l'oreille :

— Quoi qu'il arrive, soyez impénétrable et inaccessible à toute espèce de préjugé ou de terreur.

C'est alors que Bérenger reconnaît Élie parmi les cinq hommes qui les précèdent. Le Juif lève vers lui un regard interrogateur, en proie à une inquiétude qu'il s'efforce de dissimuler. Stupeur et joie ; Bérenger s'apprête à le prendre dans ses bras, mais une voix intérieure l'en empêche, la sagesse lui révèle que s'il le fait, il attirera sur sa tête et sur celle du Russe de grands malheurs. Les sombres yeux intelligents de son ami l'en remercient. Bérenger esquisse un léger sourire. Leurs âmes et leurs esprits s'accordent et ils s'unissent contre ce quelque chose d'étrange qui les côtoie et que Bérenger est incapable de nommer.

Bérenger sent à nouveau la main d'Emma sur son bras, ce simple contact provoque en lui une sorte d'ardeur frémissante. Elle lui désigne un siège à côté du sien parmi les sept disposés à intervalles réguliers devant une table ronde. La pièce dans laquelle ils viennent de pénétrer n'a pas de fenêtre. À l'une des extrémités, Bérenger voit une sorte de rectangle découpé dans le parquet. Une matière qui a l'aspect du sable le remplit, mais il n'en est pas sûr car, ici comme ailleurs, l'éclairage est très faible. Fichés dans des herbes noires, d'énormes cierges diffusent une lumière moribonde qui transforme les choses et les êtres en images incertaines. Face à lui, entre deux tentures pourpres, scintille une plaque de métal. Il identifie aux signes qui y sont gravés une clef cabalistique ; d'après ce que lui avait appris Boudet, il croit reconnaître la « clavicule saturnienne » réservée au temps des cérémonies secrètes. Vingt-huit lettres hébraïques et un H couché entourent un carré contenant les mots sacrés IEVE, ADNI, IAI, AEHIEH. À cet instant il mesure le danger de cette aventure, son âme est sur la voie de la perdition. Et quand les hommes se présentent, la hantise du péché capital s'abat sur lui : il y a Stanislas de Gaïta, le fondateur de l'ordre cabalistique de la Rose-Croix, Mathers le chef de la société secrète The Order of the Golden Dawn, le docteur Gérard Encausse dit Papus, Barlet le maître des spirites et Élie, l'ami qui veille sans trêve. L'ami qui semble lui rappeler le dernier conseil donné quelques mois plus tôt : « Saunière, quoi qu'on vous demande de faire, soyez doux et digne avec tout le monde ; mais, dans les rapports sociaux, ne vous laissez jamais absorber, retirez-vous des cercles où vous n'auriez pas une initiative quelconque. »

Bérenger réprime son amertume : jusqu'à présent, il n'a jamais eu l'initiative et s'est toujours laissé absorber. Piégé par l'ambition, piégé par les femmes. L'ambition n'est-elle rien d'autre qu'un escalier infini qui présente toujours une dernière et inaccessible marche ? Quant aux femmes, n'est-ce pas à la satiété qu'elles conduisent ? Au dégoût même, tant elles sont impuissantes à le satisfaire, à donner une heure de repos à son âme... Et pourtant il obéit avec naïveté à ceux qui lui désignent les marches à gravir et ne résiste pas aux femmes qui lui ouvrent leur cœur. Que fait-il ici ? Que comprend-il à l'ésotérisme, au mouvement symboliste ? À ces hommes, à Élie, à Emma ?... Leur temps n'est pas le sien, il veut tout, et tout de suite.

— ... Errer est le sort inévitable de l'homme égoïste qui se révolte contre les puissances supérieures, être noyé est le sort de la prétention d'être surhomme et être frappé par la foudre est le sort réservé à ceux qui construisent la tour de Babel. Ne l'oublions jamais.

Ce discours semble lui être réservé, Bérenger soutient le regard de celui qui le prononce : Stanislas de Gaïta. C'est un homme imposant, grand, plus grand que lui, avec de larges narines et une bouche lourde et sensitive. Ses yeux métalliques sont comme deux triangles rapprochés, posés très près du nez épais. Ses longues mains brunes frappent à plusieurs reprises contre la table, tels des oiseaux de proie rebondissant sur la surface lisse d'un lac gelé.

— ... Nous allons appeler des esprits et entrer en conversation avec eux. À travers eux, nous essaierons d'éclairer notre nuit, même si les mystères de la nuit resteront à jamais impénétrables. Écoutons les voix mystérieuses qui nous avertiront. Le vrai moyen de les entendre c'est de s'élever jusqu'à elles. Élevons-nous par l'esprit, détachons-nous de la matière, il n'y a aucun bénéfice pour nous à entrer en rapport avec la lie de la spiritualité, avec ce que les occultistes appellent des « larves » ou des « élémentals ». Notre corps va entrer en sommeil... notre corps va entrer en sommeil... notre corps va entrer en sommeil...

Inlassablement, il répète cette phrase alors qu'Élie trace le nombre 40, nombre sacré composé du cercle, image de l'infini et du 4, qui résume le ternaire par l'unité. Un parfum de soufre, de sève de laurier et de camphre envahit la pièce, projeté par une main invisible.

La voix de Gaïta, maintenant, prend des inflexions plus molles, quelque chose de subtil qui pénètre Bérenger se dégage de l'air environnant, non pas le parfum purificateur, mais des vibrations. Il s'efforce en vain de prier, espérant qu'il va lui venir des Cieux un quelconque secours pour le tirer de là. Il ne peut plus bouger d'un pouce, ses mains paraissent soudées entre celles d'Emma et de Papus.

Les paroles du mage paralysent les centres conscients de son cerveau. Le rythme lancinant résonne encore à travers sa chair, à travers ses nerfs, et il s'abandonne.

— Que les esprits viennent !

Qui a crié ? Gaïta ? Élie ? Bérenger ne tente pas d'interroger leur visage. Un autre phénomène accapare ses sens de dormeur éveillé : fleur spectrale brillant à l'extrémité de la pièce et suintant du plafond jusqu'au rectangle de sable, une lumière a fait son apparition. Étonné de sa sérénité lucide, par son sang-froid, il contemple cette source qui gagne en intensité et écoute la voix qui en jaillit. Un message qui lui est destiné :

— Maintenant ma tâche est terminée, mais la tienne t'attend, toi qui à défaut de la sagesse possèdes la force. Aimant le pouvoir, tu détiendras ici dans ce monde celui d'un prince. Tu as toujours désiré les richesses, elles t'attendent à Rennes. En vérité, tu auras tout lieu d'être satisfait, toi dont les mauvaises prières vont être exaucées par la réalisation de tous tes vices et la satisfaction de tes ambitions. Pour cela, tu renieras le Christ et tu deviendras l'esclave d'Asmodée. Ainsi s'accomplira ce qui a été écrit et tu pourras me remplacer et expier tes fautes dans le monde des âmes errantes.

— Qui es-tu ?

— Un homme qui ne voit plus la lumière.

— D'où viens-tu ?

— Du monde d'en bas.

Bérenger se montre avide de questions, ne fût-ce que pour obtenir de cette chose quelques paroles de réconfort. En cet instant d'extrême tension où l'avenir le pénètre, quand il vient à peine de voir s'offrir à lui les jouissances d'une vie nouvelle, il ne peut pas accepter la sentence.

— Je ne renierai pas le Christ !

— Tu as déjà renié les Évangiles.

— Je crois en Dieu Tout-Puissant.

— Et tu adoreras Satan.

— C'est faux !

— Tu auras l'éternité pour le crier.

La sentence tombe à nouveau, et pareille à une douleur profonde et inguérissable elle tue le plaisir qu'il commençait à goûter et il se sent arraché d'un seul coup à son avenir d'homme.

Gaïta le pénètre de son regard.

— Que s'est-il passé ? lui demande-t-il.

— J'ai eu des hallucinations, répond Bérenger en essayant de quitter la table.

— Surtout évitez de rompre le lien qui nous unit à l'autre monde, restez assis ! intime Papus.

En dépit de la pénombre qui baigne les visages — la lumière a disparu —, Bérenger intercepte l'espace d'une fraction de seconde le regard terrorisé et suppliant d'Élie. Il se tord sur lui-même et donne l'impression de lutter contre un formidable bouillonnement d'énergie l'emprisonnant sur place. Enfin, sous la douce pression des doigts d'Emma sur sa main, il se calme.

— Vous n'avez pas été victime d'hallucination, dit Gaïta. L'esprit était là, chacun de nous a reçu un message. Qu'avez-vous vu ? Qu'avez-vous entendu ?

— Cela je ne peux vous le dire !

— Vous avez tort, vous devez nous aider... S'est-il matérialisé ? Les faits de matérialisation sont rarissimes en spiritisme, les meilleurs d'entre nous n'ont jamais pu décrire complètement un phénomène.

— Maintenant, ils le pourront en partie, lance Élie.

Tous le dévisagent puis suivent son bras tendu vers le fond de la pièce. Sur le sable est écrit : « Non loin de la source du cercle est l'une des portes. »

— Par Samaël ! s'exclame Mathers. Qu'est-ce que cela signifie ?

— Je n'en ai aucune idée, murmure Gaïta. Qu'en pensez-vous, Encausse ?

— Source, cercle et portes, les trois symboles associés peuvent avoir mille significations. Pendant l'opération j'ai eu l'impression de survoler des pierres levées... d'où peut-être le mot cercle. Dans le monde celtique, le cercle a une fonction et une valeur magiques. Il symbolise une limite magique infranchissable ; quiconque le franchit doit accepter le combat singulier... L'esprit indique un endroit à l'un d'entre nous, un lieu en rapport avec une porte. Quel mystère se cache derrière celle-ci, je n'en sais rien.

Bérenger est traversé par une rapide mais angoissante sensation d'étouffement : lui sait où se trouve la source du cercle. Les paroles lui reviennent : celles de son avenir, celles de la sentence. Il ne veut pas y croire. On l'a drogué. On a profité de son inconscience pour le tromper et écrire ces mots sur le sable. Mais qui pourrait connaître le Razès à ce point ? Seul Élie qui lui rend souvent visite aurait pu entendre parler de la source... Il est impossible que son ami puisse le trahir et emploie de tels procédés. Quelle est la vérité ? Brusquement il sent un souffle glacé l'effleurer. Il a peur, une peur atroce, si horrible qu'il n'ose plus respirer ni parler.

— Je crois que M. Saunière est fatigué, dit Emma.

— Non, ce n'est rien, réplique Bérenger. Votre séance m'a profondément troublé. Je suis prêtre, ne l'oubliez pas.

— Je ne l'oublie pas, lui glisse-t-elle tout bas. Mon âme a besoin de vos soins.

Ils gardent tous les deux quelques instants le silence, tandis que Bérenger réfléchit au manque absolu de respect que trahit cet appel prononcé avec coquetterie. Des soucis lancinants recommencent à le harceler. Et par-dessus tout son état d'abbé misérable lui revient en mémoire. Il se voit dans le Razès, assis sur une grosse pierre, bénissant le bétail qui lui amènent les bouviers couverts de poussière. Il se voit au milieu des marmailles de morveux malpropres harcelés par des essaims de mouches, racontant la vraie béatitude, le signe de Jonas, le démoniaque gérasésien, la première annonce de la Passion, et bien d'autres histoires des Évangiles qu'ils confondent avec les légendes du pays d'oc. Il se voit dans les chambres obscures, recueillant les péchés que les mourants soufflent pêle-mêle avec ahan, il bénit leurs têtes mutilées posées sur la neige des draps, il bénit la file sinistre des parents, il bénit le cercueil, la terre, les fleurs, les vases, les chiens qui reniflent les tombes, la soupe aux choux qu'on lui offre après la cérémonie... Amères images dans lesquelles il s'inscrit en noir avec sa robe, en blanc dans son étole, en rouge dans sa chasuble. Où est l'or au sein de ces transparences ? Où est l'or qui lui permettrait de se plonger dans la vie avec un désir furieux, l'or qu'il mettrait au pied de toutes les Carmen du monde ?… d'Emma. Démuni de tout ce que cette femme est en droit d'espérer, il se sent perdu, roulant au hasard ses pauvres espérances d'homme de la terre habitué aux caresses réconfortantes de Marie.

Là, sous le voile protecteur de l'obscurité de la pièce, son visage s'assombrit et se met à refléter une image vraie de ses sentiments, pleine de convoitise, de rage, de passion. Dans son regard brillant, tout se confond en une même souffrance, et au lieu d'en détourner le cours par la prière il s'y attache davantage, générant en lui de nouvelles forces, tel un animal féroce dont la lutte pour la vie s'affirme de plus en plus âpre à l'approche des chasseurs.

— Je suis à votre disposition, s'entend-il dire… J'allégerai les poids qui pèsent sur votre âme quand le moment sera venu.

— Le moment est venu, dit-elle, le jugeant dans une cruelle angoisse. Je vais vous enlever à nos amis.

Il accepte cette idée brusque sans discuter. Comment pourrait-il résister à une tentation aussi poignante et impérieuse ? Cela provoque en lui un malaise et une joie physique d'une intensité stupéfiante. Il ressent cette douleur de bonheur comme une décharge électrique dans le ventre, si forte qu'il ne peut répondre.

Cependant les sages qui s'agitent autour de l'inscription cessent soudain leurs palabres quand les douze coups de minuit s'égrènent dans les profondeurs de la bâtisse. Emma se hâte alors de les rejoindre. Se tournant vers le ponant, Gaïta clame ces mots mystérieux :

— Divine Hathor ! Tu réserves ton lait aux enfants de l'esprit. Sachons renaître à la candeur du premier âge, si nous voulons entrer dans le royaume de lumière.

— Nous nous reverrons bientôt, dit Élie à Bérenger alors que tous les participants se retrouvent dans le salon principal où un certain Oscar Wilde fait le point des travaux menés par son groupe sur le grand œuvre.

— Quand ?

— Dès que vous serez en possession des clefs des parchemins, vous vous rendrez au 76 rue du Faubourg-Saint-Antoine.

— A quel étage ?

— On vous guidera.

— Élie... Que me veut-on ? J'ai l'impression de chercher ma voie à tâtons, d'être un aveugle conduit par des mains invisibles. J'ai perdu Dieu... Dieu ! Comprenez-vous ? J'obéis à des sentiments mauvais, par dessein et malveillance. J'ai peur de ce remords qui ne vient pas et qui rongera impitoyablement mon âme torturée.

— Dieu est toujours en vous. Vous le retrouverez. Aujourd'hui vous connaissez, et dans tous les sens du mot, une renaissance. Vous avez la fragilité et l'impuissance d'un nouveau-né, vous tâtonnez maladroitement sur le chemin de la vie à la recherche de l'absolu et vous croyez y parvenir par la richesse. Vous désirez connaître ce que vous ignorez, vous venez de faire un pas vers l'enseignement de Ramakrishna.

— Je ne vous suis pas...

— C'est un exemple, un simple exemple, Bérenger. L'enseignement nous dit de passer de l'autre côté de la connaissance comme de l'ignorance. Si une épine entre dans votre pied, vous prendrez une seconde épine pour l'extirper, puis vous les jetterez toutes les deux. De même, pour vous débarrasser de l'épine de l'ignorance, vous vous servirez de l'épine de la connaissance. Puis vous vous débarrasserez aussi bien de l'épine de l'ignorance que de celle de la connaissance afin de réaliser complètement l'absolu, car celui-ci est au-delà de la connaissance et de l'ignorance, au-delà du péché et de la vertu, des bonnes et des mauvaises œuvres, de la pureté et des souillures que peuvent comprendre les facultés limitées de l'homme. Vous êtes cet homme, Bérenger, et vous avancez vers l'absolu. Les frères de Sion vous croient naïf et malléable, ignorant et incapable de trouver les épines de la connaissance. Ils se trompent. Viendra le jour où vous échapperez à leurs mains invisibles.

— L'esprit qui m'est apparu tantôt m'a laissé entrevoir la sentence divine. Je serai condamné pour être ce que je suis.

— Méfiez-vous des esprits. Ils ne sont quelquefois que l'émanation de nos pensées.

— Je ne renierai pas le Christ !

— L'apôtre Pierre l'a déjà renié trois fois avant vous.

Que répondre à cela ? Bérenger a un léger sourire. La repartie d'Élie lui procure non seulement de la satisfaction, mais aussi un bien-être incommensurable, non pas qu'il ait besoin de stimulant pour poursuivre sa quête à travers le péché, mais parce que, comme la plupart des gens sombrant dans les désirs coupables et dans les affres de la faute, il apprécie les comparaisons avec les autres, et combien davantage encore quand ces autres s'appellent saint Pierre, saint Antoine ou sainte Marie-Madeleine. Dès lors, il se sent beaucoup mieux. Les tableaux symbolistes lui semblent plus accessibles. La voix chantante d'Oscar Wilde n'a plus à ses oreilles ce ton emprunté aux lanceurs d'anathèmes. Les occultistes ne lui paraissent plus aussi pâles, ni tournés vers la mort, leurs yeux ne sont plus enfoncés dans la salissure terne des cernes qu'il avait cru entrevoir sur leurs visages en pénétrant ici.

Et Emma est encore plus belle, plus désirable. Elle écoute avec sérieux l'orateur. Une fronce plisse son front blanc. Parfois elle porte une main à la moisson odorante de ses cheveux et remet en place une mèche, une boucle rebelle qui glisse sans arrêt sur son oreille et accroche le lobe serti d'un diamant.

Sans doute la tirade d'Oscar Wilde, puis celle de Mallarmé, durent plus d'une demi-heure, mais elles lui semblent courtes. Quand la frêle silhouette de Jules se dresse, Bérenger s'arrache à la contemplation d'Emma, levant les yeux vers le sataniste qui clôture la réunion. Jules s'arrange pour poser son regard dominateur sur le prêtre, qui ne manque pas de ramener ses sens hébétés à la haine. Son rival parle d'élévation, exhorte ses pairs à se dégager d'eux-mêmes, à sublimer leurs pensées pour planer au-dessus de tout, détachés de ce qui retient à la terre. Et, terminant sur ces mots, il soulève de dégoût le cœur de Bérenger : « Voyons les choses de très haut, comme par l'œil même de Dieu. »

Suivent les remerciements, les poignées de main et le sourire fugitif qui passe rapidement sur le visage de

Jules, un éclair sardonique de dents, quand il souhaite bonne nuit à Bérenger.

— Bonne nuit, monsieur, je vous renvoie à vos prières. Vous devez en avoir besoin, n'est-ce pas ?

À cet instant, Bérenger aimerait écraser son poing sur ce visage sournois, mais cette haine qu'il sent en gestation dans son cœur n'est pas assez mûre pour éclater en violence. La manifestation de sa vanité trouve alors son équilibre dans ces quelques mots qui lui brûlent la langue tant ils lui paraissent lourds de conséquence :

— C'est Mme Calvé qui a besoin de mes prières. Et je vais de ce pas la décharger de ses fautes puisque Dieu et l'Église m'ont donné cette providentielle procuration... Bonne nuit, monsieur.

Bérenger se détourne de Jules, laissant ce dernier dans un état d'expectative interminable qui le porte à jeter avec émotion des regards furieux de jalousie sur la cantatrice.

Accaparée par Hoffet et Mallarmé, Emma accueille Bérenger comme une délivrance. Jules la voit prendre le bras du prêtre et s'en aller dans le froufrou de sa robe noire. Elle l'ignore et salue dignement les hommes qui s'inclinent sur son passage. Jusqu'au dernier moment il l'enveloppe d'un regard terrible, puis il pousse un grand soupir de détresse quand elle disparaît dans le vestibule.

Le cœur de Bérenger s'est remis à battre à une cadence folle. Cependant ce n'est pas la main d'Emma sur son bras, ni son parfum voluptueux, qui en sont la cause. Il se raidit : posée contre le bac des ficus de l'entrée, la tête de loup d'une canne luit étrangement. Dans l'ombre dessinée par les feuilles, les yeux étirés de l'animal semblent le fixer, lourds de menace.

« L'envoyé des johannistes est ici », se dit-il en enfilant son manteau que lui tend un domestique. Il hésite. Des hommes arrivent. Il faut attendre devant l'entrée. Chacun cherche une phrase, un mot à dire, parle du froid, mais aucun d'eux ne s'empare de la canne. Bérenger ne la quitte pas des yeux.

— Qu'avez-vous, mon ami ? demande doucement Emma qui a revêtu sa fourrure d'hiver et enfouit ses longues mains blanches dans un manchon en zibeline.

— J'ai quelques remords. Devons-nous vraiment partir ensemble?... Est-ce raisonnable? ment-il en essayant de gagner du temps.

— Oh! Vos defendi d'anar plus lenc (1), Bérenger. Je ne veux pas rentrer seule... Je ne veux pas être seule... J'ai peur d'être seule.

— Vous avez bien une femme de chambre?

— Elle est en voyage avec ma mère dans le Midi. Sa remplaçante ne prend son service que le matin à dix heures.

Bien entendu, il n'échappe pas à Emma. Les yeux à demi fermés de la jeune femme exhalent l'engourdissement du plaisir; et il a lui-même envie de s'abandonner aux délices de la nuit.

Pas une main n'effleure la canne. La tête métallique du carnassier ouvre sa gueule oxydée, prête à mordre ce qui l'atteindrait. Bérenger cherche en vain un prétexte pour retarder son départ. Que faire? Revenir sur ses pas, avertir Hoffet, rattraper Élie qui est sorti avant les autres? Soudain il sent les ongles d'Emma sur son poignet. Emma l'entraîne. Elle le force à dévaler les escaliers. Son rire cristallin retentit dans l'immeuble. C'est à peine si leur galopade s'entend sur les tapis épais. Le parquet ne répond que par de longs grincements au vol rapide de leurs talons.

Par l'un de ces processus de pensée dont il détient inconsciemment le secret, Bérenger se fait une raison et conclut qu'il doit exister une multitude de cannes à tête de loup et de chien dans une ville comme Paris. Maintenant la course le grise. Aux rires répétés de la jeune femme, sa pensée s'égare dans des vieux souvenirs de jeunesse quand il poursuivait les filles du Razès. Emma devient sa complice. Ils offrent leurs visages à la pluie glacée qui tombe des coins du ciel noir, entre les toits ouvragés. L'air froid qu'ils aspirent à grandes goulées leur rappelle celui des causses balayés par les vents du nord. A un croisement, un fiacre roulant très vite les frôle et les jette dans les bras l'un de l'autre. Ils se serrent avec ardeur. Emma lève ses yeux luisants de passion sur Bérenger. Elle lui entoure la nuque de ses

(1) « Je vous défends d'aller plus loin. »

deux bras, abandonnant le manchon au ruisseau. Et ses lèvres s'entrouvrent pour leur premier baiser.

Depuis combien de temps sont-ils allongés côte à côte ? Sous la haute cheminée le feu a langui, les braises ont palpité puis se sont éteintes comme s'éteignent les étoiles au bout d'une éternité. Peut-être sont-ils des dieux ? Peut-être ces passés d'homme et de femme ne sont-ils que les réminiscences de leur courte vie terrestre ? Ils se sont confiés l'un à l'autre. Bérenger a retracé son univers de prêtre en quelques traits, préférant écouter Emma. Elle lui a raconté son histoire avec une tempête de mots, sa scolarité exemplaire dans les institutions de Millau, Tournemire, Saint-Affrique où, pensionnaire, elle animait de sa voix les cérémonies religieuses. Elle lui a fait part de ses peurs lors de ses débuts à Nice, au concert Cruvelli. Puis il y a eu les théâtres de la Monnaie à Bruxelles et des Italiens à Paris... *Faust, Figaro, Hérodiade, Robert le Diable.*

— ... Et maintenant, il y a toi, dit-elle en déposant un baiser sur son épaule.

Leurs mains se cherchent, glissent l'une sur l'autre puis s'attardent sous les draps froissés. Du bout des doigts, Emma esquisse doucement des courbes sur la poitrine de son amant qui lui caresse la hanche. Tous deux sont baignés d'un pur sentiment qui prend sa source dans le gonflement de leur chair.

Bérenger se dit qu'il l'aime comme un fou, mais il ne le dit pas tout haut. Il voit bien que rien n'est encore joué, on ne bâtit pas l'avenir dans les parenthèses. Et ce bonheur n'en est pas tout à fait un car l'angoisse ne l'a pas quitté, non plus que la sensation de faute, mais l'une et l'autre ont reflué en marge de sa conscience, repoussées désormais par l'espoir d'être aimé d'Emma.

« Pourquoi devrais-je croire en elle, se dit-il. Le sentiment d'être aimé, le sentiment d'être deux en un, le sentiment que l'on est créateur de son propre bonheur, le sentiment que l'on peut donner une forme immédiate à ses désirs, comme tout cela est dérisoire. Je t'aime, Emma, et je t'aime parce que je suis imprudent, inconséquent, irresponsable. Je t'aime comme le feu aime la forêt qu'il va dévaster... Mais peut-être est-ce toi le feu ? »

Ses yeux se perdent dans le voile léger qui court très haut au-dessus d'eux autour d'une barre de bronze et retombe en élargissant ses plis, emprisonnant le lit d'une corolle diaphane.

Ils se sont aimés dans cette fleur épanouie parmi les fleurs. Il y a des fleurs partout dans cette chambre : des tulipes, des glaïeuls, des roses, des bouquets qui jaillissent de vases posés sur des petites tables en bois précieux, sur des consoles de marbre, sur les commodes, tout autour de la coiffeuse où il imagine Emma se regardant des heures entières, les yeux fardés et les cheveux brossés, s'exerçant peut-être à ressembler à Carmen, à Salomé ou à Ophélie.

Elle est toutes ces femmes, et plus encore. Il couvre son visage de baisers, cette douce peau d'ivoire débarrassée de l'absurde camouflage des crèmes et des fonds de teint. Emma ferme les yeux et se cambre, offrant l'arc lisse de son cou à la bouche éperdue qui, dans un élan de passion, descend sur ses seins et remue des désirs assoupis.

Bérenger... le prêtre, son plaisir s'épanouit dans l'éclosion du péché qu'elle commet. Son corps se soulève pour la plus ardente des étreintes. Elle lui prend la tête et se donne avec fureur, comme si à cet instant elle voulait lier l'âme à la jouissance.

De proche en proche le réveil gagne la ville, de la porte d'Orléans à la porte de Clignancourt, les paysans en charrettes se rendent aux Halles. Ils s'enfoncent avec fracas dans ce Paris brumeux, pelotonné entre le Sacré-Cœur et Sainte-Geneviève, où seuls les charbonniers déjà levés se chauffent à des feux de fortune avant leur tournée. Brouhaha vague encore, toux traînant au ras du sol, bruit de caisses jetées sur les pavés, jurons étouffés, tout cela parvient au fond des cours, monte jusqu'aux combles et tire les habitants de leurs lits, dont les premières pensées sont des révoltes contre le froid. Bientôt on entend des voix empâtées, le jet des toupins versés aux égouts, l'aboiement des chiens, le battement de la canne d'un vieux qui cherche son équilibre sur les pavés glacés. Puis la rumeur croît, balaie les derniers appels des prostituées immobiles dans l'aube blafarde et secoue les boulevards. La ville sort de sa torpeur. La ville pénètre dans la chambre.

Le cri d'un vitrier, le chant d'un couvreur, le battement d'un marteau sur un toit, puis le fumet léger d'un thé mêlé aux parfums entêtants des fleurs délivrent Bérenger de son sommeil. Dans ce lit défait, seul, il est comme sur une île perdue au milieu d'un océan. Au-delà de la large fenêtre encadrée de deux statues de femmes dont les profils se détachent à contre-jour, toutes sortes de dangers le guettent. Où sont ses ennemis ? Il écoute. Le martèlement des sabots, le roulement des voitures, les coups de gueule des conducteurs et des conversations fiévreuses lui parviennent. Peut-être l'homme à la tête de loup est-il parmi eux ?... Il se redresse et ramène les draps sur son corps nu.

« Où est Emma ? »

Il n'a pas fini de s'interroger qu'un chant rythmé et pathétique traversant les boiseries sombres le soulève de bonheur. C'est elle ! Il retient son souffle ; la romance de Santuzza s'achève dans un sanglot. Puis le « Va, dit-elle, mon enfant » le transporte dans le monde de *Robert le Diable*. Avec l'air d'Alice, la voix d'Emma, devenue légère et gaie, pénètre son cœur et en chasse tout l'amertume. Il écoute cette source. Il voudrait qu'elle ne tarisse jamais. Il y a dans cette voix une force, un amour de l'absolu, une bénédiction qui peuvent lui faire surmonter toutes les épreuves, aussi grandes qu'elles soient.

Soudain Emma apparaît sur le pas de la porte, seulement vêtue d'une sorte de chemise transparente bordée de plumes. Elle est devenue Salomé. Elle sonde Bérenger d'un regard passionné, puis sa poitrine se soulève pour une nouvelle mélopée. Pas à pas elle vient vers lui et peu à peu il entre dans un état de béatitude, bercé par les images charnelles que le long cantabile remue en lui.

Tour à tour saint Jean-Baptiste et Hérode, il poursuit en songe la belle princesse juive dans les alcôves colossales du palais de Jérusalem. Il la traque dans les ténèbres, au fond de sa prison où leurs ombres finissent par s'éteindre...

Sa robe se détache et glisse, découvrant les lignes claires des épaules et des bras. Les plumes roulent les unes sur les autres, sur le corps potelé d'Emma qui fixe ses yeux brillants sur Bérenger, si bien fixés, si brillants, qu'il rejette les draps et quitte le lit pour aller à sa rencontre. Il lui arrache des hanches le léger vêtement qu'elle a arrêté dans sa chute. Alors elle le repousse d'un geste magistral, comme elle repousse ses partenaires à l'Opéra. Elle le chasse vers la couche, s'impose à lui, et bientôt ses cheveux dénoués ruissellent sur le visage et le torse de l'amant. Sa chair est le prolongement de la chair de Bérenger, l'extension de son sang, de son cœur, de son âme, de ce péché qui monte en elle comme le feu dévorant de l'enfer.

Il a poussé un cri. Emma lui a répondu. Il palpite encore en elle. Ils gardent alors tous les deux le silence pendant un laps de temps qui semble interminable à Bérenger. Ont-ils donc déjà trop parlé et trop en vain ?... Il couvre les tempes mouillées de sa maîtresse de légers baisers, pensant aux mots indispensables qu'ils se sont dits, puis ses yeux se posent sur un objet brillant qui, d'emblée, monopolise son attention : une croix russe montée sur une chaîne d'argent étalée sur le chevet d'Emma. Il tente de s'en saisir mais Emma retient sa main.

— N'y touche pas... Cet objet m'est cher et sacré.

Elle a commencé sa phrase sur un ton sévère, mais l'achève d'un ton rêveur. Elle ne tient pas tellement à en dire plus, Bérenger le sent.

Quelle est cette croix ? A qui a-t-elle appartenu ? Il éprouve une pointe de jalousie. Il s'écarte de sa maîtresse, lui en voulant un peu de garder le secret sur cet objet qui jette entre eux un voile, un obstacle.

— Qu'as-tu ? lui demande-t-elle en se blottissant contre lui.

— Rien...

— Pense tout ce que tu veux, mais ne doute pas de mes sentiments à ton égard... Je t'aime, Bérenger, je t'ai aimé dès que je t'ai vu.

D'une prise délicate mais ferme, elle le force à la regarder. Bérenger a l'impression que son cœur va éclater de bonheur, pourtant il se demande encore s'il doit la croire, leur liaison a été si rapide ! Une chose l'étonne, et elle n'a pas fini de l'étonner, c'est comment elle a eu l'audace de son entreprise ! C'est elle qui a fait les premiers pas, elle qui l'a entraîné, elle maintenant qui dit l'aimer. Est-ce le langage qu'elle tient à tous les hommes qui trouvent grâce à ses yeux, ou est-ce un langage qu'on lui a dit de tenir ? Il plonge ses yeux dans les siens, mais n'y découvre aucune trace d'artifice.

— Il est des élans venus du cœur qui ne trompent pas, dit-il, tu as aimé et tu aimes encore celui qui t'a donné cette croix.

— Serais-tu jaloux ?

— Oui.

— Tu me flattes, mais je déteste les jaloux.

— Pardonne-moi, Emma, répondit-il en se mettant à lui caresser les cheveux... Pardonne-moi. Tout cela est si nouveau, si étrange, si loin des réalités que je connais. Depuis que j'ai quitté mon village, je vais comme dans un rêve, d'étonnement en étonnement, et je ne veux pas que ce rêve finisse. Tu es si différente des autres femmes, du moins des femmes que je connais... Là-bas, dans le Razès, nous vivons à une autre époque ; mais ici les temps ont bien changé et les femmes aussi. Il faut me comprendre et m'apprendre à respecter les règles de votre univers.

— Mais les règles n'ont jamais changé, dit-elle en souriant. Les femmes ont toujours choisi leurs élus et elles ne font qu'adapter leurs désirs aux époques. Il se trouve que je ne suis pas à Alger derrière le grillage serré d'un moucharabieh, mais à Paris ; à Paris où les femmes sont reines et libres... Libres d'aimer et de souffrir. Libres d'avoir une croix russe à leur chevet. Libres d'avoir de tendres souvenirs... Cette croix m'a été offerte par l'homme avec qui j'aurais voulu faire ma vie.

— Que s'est-il passé ?

— Une différence.

— Un différend ?

— Non, une différence. Henri était juif, et, dès lors,

notre union ne put être scellée. Je suis la « goye » la plus célèbre de mon temps, mais je ne pourrai jamais épouser un Juif, même s'il est le plus misérable de son peuple.

— Et cet Henri, qu'est-il devenu ?

— Henri Cain est l'une des étoiles de la capitale. Il compose et peint. Il mène un grand train de vie dans sa maison de la rue Blanche, mais nous ne nous voyons plus. C'est ainsi. Les couples se font et se défont. Les souvenirs restent. Voilà le secret de la croix.

Sa voix se brise. Et le temps d'un instant éphémère, ces journées de bonheur et cet amour d'antan se mêlent presque à se confondre avec le présent. Alors des larmes de tristesse et de joie coulent le long de son beau visage et ses lèvres cherchent les lèvres de Bérenger.

— Embrasse-moi... Promets-moi de ne jamais me quitter... Jure-le... Je viendrai te voir après chacune de mes tournées. Je te rejoindrai à Rennes-le-Château. Jure !

— Je le jure...

15

ENFIN Émile Hoffet l'a convoqué. Bérenger suit l'homme âgé qui est venu le chercher chez Emma, où il a élu domicile. La cantatrice a tenu à ce qu'il reste auprès d'elle jusqu'à la fin de son séjour. Il a accepté. Avec la complicité d'Émile, il a menti à son hôte Ané ; l'éditeur a regretté le départ de son invité, mais il le fallait puisque ce dernier partait pour cinq ou six jours au séminaire d'Issy-les-Moulineaux avec son neveu…

L'homme âgé marche à dix pas. Bérenger voit son dos serré dans une vieille redingote qui brille d'usure. Depuis plus de deux heures, ils tournent dans Paris, empruntent des passages, traversent des immeubles et se perdent dans les édifices publics qui ne semblent pas avoir de secret pour le guide. Il en possède les clefs, quelquefois une porte dérobée s'ouvre sur une ruelle, un escalier tortueux les mène dans une église, une ombre leur murmure :

— Vous pouvez y aller.

« Sans doute essaient-ils de déjouer les filatures », se dit Bérenger en pensant à l'homme à la canne. Les johannistes n'ont pas cessé de l'épier, il en est persuadé.

Soudain le guide se retourne et fait un signe. Son doigt, tel un crochet, se tend vers Bérenger puis désigne une porte massive. Comme il demeure immobile, le prêtre le dépasse et se dirige vers l'endroit indiqué. L'immeuble en pierres de taille est sinistre, ses volets sont clos, son toit disparaît dans une buée blanchâtre où pourrit la lumière du soleil. Soudain des corneilles arrivent en poussant le brouillard de leurs ailes cendrées. Elles craillent en s'abattant sur les pavés semés de mie de pain qu'un ami des oiseaux a laissée pour d'autres espèces, mais elles reprennent leur vol quand passe Bérenger. Et tout redevient silencieux.

Il n'est pas rassuré. La rue est vide. Le guide a disparu. Où peut-il être ? avant de mettre un pied sur le perron, Bérenger regarde autour de lui, à la recherche de quelqu'un. Rien ne bouge. Il lève les yeux sur la porte. Un marteau de bronze en forme de poing fait une tache verte sur le bois sombre patiné par les ans. Il l'actionne une fois... deux fois. On lui ouvre.

Tout d'abord il ne distingue que les deux gants d'un blanc immaculé qui se saisissent de son chapeau. Puis quand ses yeux s'habituent à la pénombre des lieux, il découvre le vrai visage de l'inconnu et a un recul : c'est un monstre déguisé en domestique. Sa face est boursouflée et purulente. De longues et sinueuses lignes violettes tracent un réseau compliqué autour de la bouche sans lèvres qui s'ouvre comme une plaie sur des dents puissantes. Par endroits, la peau se détache. Surtout sur le nez qui n'est plus qu'un appendice rongé jusqu'aux cartilages. Le regard est effrayant. Un œil est blanc, plat et sans paupière, l'autre est sain et d'un beau vert émeraude.

Bérenger frissonne... La lèpre ? Le borgne le détaille et le passe en revue, agissant comme un fonctionnaire du protocole impérial autrichien.

— Veuillez me suivre, dit-il enfin.

Bérenger lui emboîte le pas. Le borgne l'entraîne vers les profondeurs de cette maison sans meubles, sans feu, aux murs décrépis, aux portes grinçantes. Tout est trop sombre, trop noir. Les grandes pièces humides et poussiéreuses paraissent abandonnées depuis des années. Cependant elles sont toutes éclairées à l'électricité. Des ampoules nues pendent au bout de fils torsadés et diffusent une pâle lumière jaunâtre. Et les deux hommes franchissent ces nappes dormantes, tout juste des clartés, le premier très raide, presque sur la pointe de ses chaussures vernies, le second aux aguets, prêt à bondir vers les fenêtres qu'il discerne dans le noir.

La peur tourne dans son ventre, Bérenger ne quitte pas des yeux la carcasse massive de l'étrange serviteur.

Tout doucement l'idée d'être tombé dans un piège tendu par les johannistes s'est imposée à lui. Brusquement il a envie de fuir, mais il est trop tard. Le géant s'est effacé pour le laisser passer.

Il prend son inspiration et franchit la porte basse et cintrée au fronton de laquelle est gravé un symbole ressemblant à une pieuvre. La salle est ronde. Du moins il l'imagine ainsi car il n'en distingue que la courbe du fond, éclairée par des bougies fichées sur des candélabres sur pied.

Bérenger pousse un soupir. Au centre d'une longue table se tient Émile. L'oblat n'est pas seul. D'autres hommes sont à ses côtés. Tous ont les yeux fixés sur lui. Tous ont l'air sévère, les sourcils froncés, la lèvre inférieure tendue et impérative.

« Me voilà donc devant un tribunal », se dit Bérenger en se campant devant Émile qui ne fait aucun geste pour l'accueillir mais clame :

— Bienvenue parmi les frères de Sion. Asseyez-vous, monsieur Saunière, et écoutez ce que nous avons à vous dire.

Le frère qui se tient à gauche d'Hoffet se met à parler.

— Vous nous avez ramené des documents qui sont les copies de manuscrits plus anciens. Nous y avons trouvé les clefs d'une énigme qui remonte à la nuit des temps. Cependant, il vous appartient de la résoudre.

— Pourquoi moi ?

— Parce que tout a commencé à Rennes-le-Château. Parce que vous avez été choisi. Parce que nous ne pouvons pas faire confiance aux républicains de votre paroisse.

— C'est donc une affaire politique ?

— En un sens oui, mais cela ne vous regarde pas.

— Croyez-vous que je vais œuvrer pour une cause sans nom, pour un idéal sans visage ?

— Nous en sommes persuadés.

— Bonsoir, messieurs les conspirateurs.

Bérenger quitte son siège et s'en va, mais il ne peut sortir : le borgne surgit soudain de l'ombre et l'empoigne par les épaules.

— Nous n'en avons pas fini avec vous, monsieur Saunière.

— Que me voulez-vous ?

— Nous voulons une part de ce que vous allez découvrir... Il faut nous aider à contrôler la planète, les institutions sociales, politiques et économiques du monde occidental (1).

— Ha ! Ha !... vous déraisonnez... Vous me parlez de la planète alors que je n'arrive pas à contrôler ma paroisse.

— Peut-être que cette avance de cent mille francs facilitera votre tâche ?

L'homme pose une petite mallette sur la table, l'ouvre et en verse le contenu. Un flot de gros billets de banque se répand devant Bérenger médusé. Tant d'argent, est-ce possible ?

— Si vous le voulez, ils sont à vous.

Il y a un élément nouveau dans l'affaire qui n'échappe pas à sa conscience en alerte. Ils ont besoin de lui. Ils sont prêts à toutes les concessions pour le faire fléchir. L'argent est à portée de ses mains, il pense à Emma. Avec cette fortune, il pourrait définitivement la conquérir ! Les frères attendent, s'impatientent. Leurs mâchoires se crispent, leurs mains se referment, leurs regards se durcissent. Il ressent à cet instant que le silence leur est devenu trop lourd à supporter. Aussi grommelle-t-il avec un laconisme voulu :

— Puisse Dieu me pardonner de céder à la tentation.

Et d'un ample mouvement de bras il entasse les billets, avant de les remettre par poignées dans la mallette.

— Je suis heureux que vous ayez enfin accepté, dit Hoffet en posant sa main sur la sienne avant qu'il puisse refermer la précieuse valise.

Ce contact trouble le prêtre. L'oblat exerce une forte pression sur ses doigts. Le sentiment de la gravité de ce geste devient pour lui une source d'angoisse. « Nous avons maintenant un contrat avec vous, monsieur Saunière, semble dire Émile, respectez-en les clauses. »

— Soyez prudent, Saunière, murmure l'oblat. La chance peut se retourner contre vous. Mesurez vos dépenses. Nous avons ouvert deux comptes en banque

(1) Voir les protocoles des Sages de Sion, Berstein (H.), *The Truth about « The Procotols »*, New York, 1935.

à votre nom, l'un à Toulouse, l'autre à Zurich et deux autres sous votre nom d'emprunt.

— Mais je n'ai pas de nom d'emprunt !

— Dorénavant vous en avez un, réplique l'homme qui a déjà parlé, vous vous appelez Pierre Moreau et vos deux comptes à ce nom sont à New York et à Bruxelles. Tous les papiers, en règle, ont été envoyés chez l'abbé Boudet, en qui vous trouverez un précieux auxiliaire. Nous vous recommandons d'acheter à la première occasion les trois tableaux suivants : le portrait anonyme du pape Célestin V, saint Antoine par David Teniers et *Les Bergers d'Arcadie* de Nicolas Poussin. Vous les trouverez en reproduction au Louvre.

— Mais à quoi cela va-t-il me servir ?

— Ils font partie des clefs, enchaîne Hoffet. Les clefs que j'ai mises à jour dans les parchemins.

Bérenger retient son souffle. Il va enfin connaître le secret des manuscrits. Émile fait un geste vers l'un des frères. Aussitôt on lui apporte les documents et une feuille de papier à lettre bourrée de graphismes et d'annotations. Émile lui tend cette dernière.

— Les trois clefs sont entourées de rouge.

Bérenger lit, relit, réfléchit, ne comprend pas. Aurait-il fait tout ce chemin pour se trouver face à d'autres énigmes ? Une main sur le front il se penche une nouvelle fois sur les trois phrases étranges (1) :

BERGÈRE PAS DE TENTATION QUE POUSSIN TENIERS GARDENT LA CLEF PAX DCLXXXI PAR LA CROIX ET CE CHEVAL DE DIEU J'ACHÈVE CE DAEMON DE GARDIEN A MIDI POMMES BLEUES

A DAGOBERT II ROI ET A SION EST CE TRÉSOR ET IL EST LA MORT

XXXV BERGER NE TENTE PAS LA REINE DE LA CRÈTE SANS LE SEL ET LA CROIX LE DÉMON DU BAL IL Y A TENDU L'ARC

(1) Les deux premières sont couramment admises, la troisième est un décryptage de l'auteur avec l'aide des spécialistes du chiffre du ministère de la Défense nationale.

Il relève la tête, pris d'une profonde stupéfaction, et interroge Émile du regard. Il dit dans un filet de voix, comme se parlant à lui-même :

— Voilà des clefs qui ressemblent fort à des verrous.

— Vous trouverez les significations de ces clefs, Saunière, nous en sommes certains. Il va de soi qu'en tant qu'allié officiel de l'Ordre, vous avez droit, naturellement, aux déploiements très efficaces de nos frères soldats... On ne peut courir le risque de vous voir enlevé ou abattu par nos adversaires.

— Heureux de vous l'entendre dire... Vos amis johannistes ont déjà tenté... comment dirai-je ?... de m'intimider.

— Nous savons tout cela, Saunière, et nous avons déjà pris quelques mesures préventives. Suivez-nous, dit Hoffet.

Quittant la salle, ils refont le chemin en sens inverse mais, au lieu de se diriger vers la porte principale, ils empruntent un escalier en colimaçon qui s'ouvre au ras du plancher de l'une des pièces du rez-de-chaussée. La descente commence. Bérenger se retrouve dans le noir, hésitant, car en s'enfonçant il a vu l'ombre vague d'un homme se glisser derrière lui. Ce doit être le borgne, et l'idée qu'il est là, dans la nuit, lui cause une frayeur incontrôlable. Une veilleuse accrochée à une barre rouillée le rassérène. L'escalier se termine ici, sous ce pâle rayon, dans un entassement de meubles vermoulus qu'il faut enjamber pour rejoindre un sol de terre battue légèrement incurvé.

Revenant vers lui, Hoffet lui fait signe de venir à ses côtés.

— Cette partie de l'immeuble date du Moyen Âge, dit l'oblat. Elle communique avec les souterrains qui truffent les sous-sols de la capitale. C'est ici que nous gardons nos prisonniers. Regardez !

Se saisissant de la veilleuse, il la brandit au-dessus d'une fosse couverte d'un épais grillage cadenassé. Bérenger cherche à distinguer ce qu'il y a à l'intérieur. Bientôt il y voit des formes. Il y a là quatre hommes entassés sur trois mètres carrés, les pieds enfoncés dans la boue de leurs propres déjections.

— Qui est là ? grogne une voix.

— Pauvres créatures, murmure Bérenger.

— Peut-être, réplique Hoffet, mais je les préfère ici, sous mes pieds. Trois d'entre elles vous ont attaqué, la quatrième est responsable de la torture de José.

— Qui est José ?

— Le serviteur au visage rongé par l'acide versé par les bons soins de Langlade, surnommé le roi Arthur par la pègre... Tu m'entends, Langlade !

— Crève !

Bérenger cherche à reconnaître ceux qui l'ont agressé. Soudain, il s'exclame :

— C'est lui !...

— Qui lui ?

— L'un des hommes qui m'avait tendu un piège dans le Razès... Je l'avais laissé repartir en toute liberté. Et toi... oui, toi, te souviens-tu de moi ? Je suis l'abbé Saunière, l'abbé de Rennes-le-Château à qui tu t'étais confié.

L'homme lève son visage émacié et cligne des yeux. Il paraît trop vidé, trop engourdi, hébété, pour être en mesure de répondre. Mais tout en ouvrant la bouche d'où s'échappent des filets de bave, il lance des coups d'œil anxieux vers cette lumière. A travers la grille, il voit les deux faces, d'Hoffet et de Saunière. L'abbé ?... L'abbé qu'il aurait mieux fait de tuer est là et le nargue ! Dressant le poing, il le montre aux visiteurs, puis tournant sur lui-même il se réfugie contre ses compagnons, sentant monter en lui toutes les terreurs et les humiliations que lui a fait connaître le bourreau de Sion : José le borgne. Il ne veut plus avoir affaire à ce sadique qui se venge à sa manière en les marquant au plus profond de leur chair ; et pendant toute cette longue observation, il est totalement perdu, désorienté et appréhende l'instant où on l'obligera à sortir. Cependant rien de tel n'arrive. L'homme qui s'est déjà adressé à plusieurs reprises à Bérenger s'est approché de la fosse. Il a une moue de dégoût, puis appelle José.

— Venez, dit Hoffet à Bérenger, il ne faut pas rester ici.

— Pourquoi ? Que va-t-il leur arriver ? J'exige une réponse.

— Vous êtes têtu, mon père...

Bérenger remarque la gêne d'Hoffet, le tressaillement de ses narines et le battement rapide des paupières. Derrière lui, José hisse une énorme bonbonne. Que prépare-t-il ? Bérenger l'observe quand il verse le liquide de la bonbonne dans la fosse.

— Que faites-vous ? crie Bérenger.

José hausse les épaules, écartant la question. Bérenger avance la main, le saisit par le bras et le tire vers lui, le cœur battant. L'horrible visage lui fait face. Comment communiquer avec un homme totalement étranger à toute émotion ?

— Vous n'avez pas à intervenir, dit l'un des frères.

Dans la fosse, les prisonniers se lamentent. Bérenger prend appui sur la grille et tente de briser le cadenas, se tailladant la peau des doigts sur la rouille.

— Non, crie-t-il quand José craque une allumette et la jette dans la fosse.

À son cri répondent les hurlements des quatre hommes que les flammes dévorent. Le feu gagne en hauteur et en intensité. Bientôt on n'entend plus que son grondement, alors que, glissant comme des spectres, les frères rejoignent l'escalier et s'assemblent sur les premières marches pour contempler ce brasier au bord duquel le prêtre s'est mis à prier.

Le surlendemain, au matin, comme il somnole dans le fiacre qui l'emmène rue du Faubourg-Saint-Antoine, la vision le traverse, la vision terrible de ce trou illuminé par les quatre torches humaines. Quelques secondes, un désagréable frisson lui glace la moelle épinière. Il est devenu le complice des frères de Sion. Il s'est servi de leur argent pour offrir une bague à Emma. Il s'est rendu au Louvre, s'est procuré les trois reproductions. Sa réaction a été spontanée. Contre sa foi, ses actes coïncident avec les diverses phases de ce qui constitue maintenant une série d'événements logiques. Ce qu'il n'a pas prévu, c'est l'effet que l'argent a produit sur son esprit... L'argent, la puissance, son visage s'éclaire de haine. La puissance, c'est devenu physique, comme une drogue que le malade réclame pour calmer son mal. « Comment lutter ? » se dit-il. Il est bien tenté de croire à sa libération par la prière, le jeûne et les pénitences, mais sans guère de succès. Il ne croit plus à rien. Il s'étonne de voir à quel point il a pu devenir cynique en l'espace de deux jours.

À ce point de réflexion, un cavalier chevauchant sur l'autre rive de la Seine attire son attention. Ce cheval blanc avec des taches noires sur la croupe, où l'a-t-il déjà vu ? Des images se succèdent : la Madeleine, le Bois de Boulogne, Saint-Sulpice, Montparnasse. Partout où ses pas l'ont mené, ce cavalier mystérieux l'a accompagné, il en est maintenant sûr !... Est-ce l'homme à la tête de loup ? À cette distance il est difficile de se faire une idée du physique du cavalier emmitouflé jusqu'aux oreilles dans une sorte de manteau à poils, comme en portent les dignitaires russes à la chasse du tsar.

Le cavalier, sa monture et leurs ombres se détachent sur le mur du Louvre qui accroche les rayons obliques du soleil levant. Pendant un moment il semble que l'inconnu regarde le fiacre, mais quand ce dernier quitte la rive gauche et emprunte le Pont-Neuf, il cravache son cheval et disparaît dans la rue de l'Arbre-Sec.

Peu après le fiacre s'arrête devant le 76 de la rue du Faubourg-Saint-Antoine. Parquées symétriquement entre les portes des ateliers d'ébénisterie, des milliers de planches attendent d'être façonnées par les artistes. Bérenger est frappé par l'odeur du bois, les exhalaisons des colles et des vernis. Tout autour de lui, des apprentis déchargent des tombereaux remplis de pièces de chêne, de hêtre et de noyer à peine équarries, alors que d'autres chargent des meubles enveloppés de draps sur des haquets.

Bérenger pénètre au 76 qui se révèle être un immense antre où s'entassent toutes sortes de mobiliers. En un regard il découvre en reproductions le génie de quatre siècles d'ébénisterie. Du fauteuil royal en bois d'ébène orné d'ivoire au buffet Napoléon III surchargé de rocaille, ici tout le savoir-faire des artisans a été mis en œuvre pour satisfaire une clientèle dont le but principal est la durée du meuble, seul élément capable de lui apporter la sécurité. On vient ici pour acheter des chambres néo-gothiques et des salons Louis XVI, sans authenticité, mais d'un aspect cossu et rassurant.

Alors qu'émerveillé, Bérenger admire une douzaine de cabinets Sheraton en bois satiné et marqueté, un enfant bondissant par-dessus un lit-nacelle le rejoint.

— On vous attend, monsieur, dit-il de sa voix fluette.

Bérenger reste interloqué, les yeux rivés sur le visage angélique de ce messager qui doit aller sur ses quatre ans.

— Tu es sûr qu'il s'agit de moi ? demande-t-il.

L'enfant sourit dans une sorte de fierté mêlée de confusion et hoche la tête en signe d'acquiescement. Sa petite main cherche celle de Bérenger, trouve un index et un médium et s'y attache avec détermination.

Bérenger se laisse conduire. Derrière le lit à nacelle, une ouverture pratiquée dans la maçonnerie sert de communication entre le dépôt et un atelier. Dans ce dernier endroit où la sciure, plus légère et plus impalpable que des flocons de neige, se dépose sur les êtres et les choses, des ouvriers se livrent à leur fiévreuse occupation. Armés de rabots, de riflards, de gorgets et de varlopes, ils forment le bois, créent de folles végétations, donnent vie aux guéridons, aux dessertes, chiffonniers, semainiers, barbières, travailleuses, jardinières...

Bérenger et l'enfant foulent le sol jonché de copeaux. Nul ne leur prête attention. Tous sont bien trop préoccupés par les lignes et les courbes que leurs mains calleuses façonnent. Là un artiste animé par l'esprit romantique cisèle une chaise cathédrale ; ici un nostalgique du premier Empire sculpte un animal mythique.

— Où est M. Yesolot ? demande Bérenger.

L'enfant se retourne et met un doigt sur la bouche.

— Chut !...

Ils quittent l'atelier par une porte dérobée, pénètrent dans une galerie pleine de restes vénérables, de fauteuils de récupération et de parcelles d'armoires ; puis, par deux couloirs compliqués, trois escaliers et une passerelle, arrivent devant une minuscule porte.

L'enfant frappe plusieurs fois à l'huis selon un code compliqué qui échappe à Bérenger. Une vieille femme leur ouvre et s'efface pour les laisser entrer. Alors, Bérenger demeure interdit. Il n'ose plus faire un pas. Entassés dans un réduit, une quinzaine d'hommes, de femmes et d'enfants le regardent de leurs grands yeux inquiets. « Qui sont-ils ? » se demande le prêtre. À leur apparence, on dirait des mendiants, cependant il voit bien que ces gens sont faits pour vivre du labeur de leurs mains et non pas de la charité publique. Malgré leurs vêtements usés et rapiécés, ils sont propres et dignes.

— Mon ami ! enfin, vous êtes venu !

Bérenger redresse la tête. Élie est devant lui. Ils s'étreignent. Alors autour d'eux les conversations reprennent à voix basse, les vieillards retournent au poêle chauffé au rouge, les enfants replongent le museau dans leur écuelle et les autres se remettent à couper, tailler et coudre des pièces de tissus.

— Mais qui sont ces malheureux ? demande Bérenger à Élie.

— Des compatriotes russes... Des Juifs russes qui fuient les répressions exercées par la police impériale. Suivez-moi.

Dans le fond du réduit, dissimulée par une tenture, une cuisine exiguë fait office de bureau et de toilettes. Les deux hommes s'asseyent sur des escabeaux et partagent le vin.

— Ce sont des immigrés clandestins, nous les intégrerons petit à petit à la société française, et peut-être pourront-ils enfin marcher dans les rues d'une ville en regardant à droite et à gauche, en riant... Dieu nous garde du racisme.

— Dieu nous en garde ! Notre nation est la plus respectable de toutes ; ici ils ne risquent plus rien.

— Comme je voudrais vous croire, Bérenger... Savez-vous ce qu'on leur fait lire quand ils parlent le français ?

— Non...

— Ceci, afin de leur rappeler qu'ils ne sont en sécurité nulle part.

Bérenger suit du regard le doigt tendu d'Élie. Son visage pâlit... Il a honte de ce qu'il lit sur cette affiche électorale collée au mur.

ÉLECTIONS LÉGISLATIVES
DU 22 SEPTEMBRE 1889

Gai ! Gai ! serrons nos rangs, Espérance de la France
Gai ! Gai ! serrons nos rangs, en avant Gaulois de France

Ad. WILLETTE CANDIDAT ANTISÉMITE
IXe Arrondt. 2e Circonscription

ÉLECTEURS

Les Juifs ne sont grands que parce que nous sommes à genoux !...

LEVONS-NOUS

Ils sont cinquante mille à bénéficier seuls du travail acharné et sans espérance de trente millions de Français devenus leurs esclaves tremblants. Il n'est pas question de religion. Le Juif est d'une race différente et ennemie de la nôtre.

LE JUDAÏSME VOILÀ L'ENNEMI !

En me présentant, je vous donne l'occasion de protester avec moi contre la tyrannie juive. Faites-le donc, quand ça ne serait que pour l'honneur !

A. Willette, Directeur du Pierrot.

— Vous comprenez pourquoi nous avons peur ?

— Je comprends, souffle Bérenger. Je ne voulais pas y croire. Je ne pensais pas que c'était important à ce point. Dans le Razès nous menons une vie plaisante, chaleureuse, industrieuse, amicale, et les Juifs y ont élu domicile depuis une éternité.

— Je sais tout cela. Il y a longtemps que les tribus de mon peuple ont débarqué sur les côtes méditerranéennes ; peut-être débarqueront-elles un jour sur les plages d'Israël... Mais revenons à nos pionniers. Ils quittèrent la Palestine en 70 de notre ère, après le pillage de Jérusalem par les légions de Titus. Rome leur avait tout pris, même les objets sacrés du Temple : les trompettes d'argent, l'Arche d'alliance, la Table d'or du pain et le Menorah, notre chandelier à sept branches. Des tonnes d'or et de pierres précieuses s'entassèrent désormais dans les temples de la Ville éternelle et y furent conservés pendant quatre siècles. Pendant cette période les Juifs de l'exil, installés à Toulouse, à Carcassonne et à Narbonne, acquirent la confiance des magistrats et des consuls qui se succédèrent à la tête de ces villes. Puis ils s'allièrent avec les nouveaux envahisseurs venus du nord, les Wisigoths. L'un d'eux, rabbi Halevy, devint même l'un des conseillers de leur roi Alaric. Il participa avec ce dernier au pillage de Rome en 410 et retrouva le trésor d'Israël. Ce trésor fut d'abord emmené à Carcassonne, mais, devant les menaces de nouvelles invasions venues du nord, Halevy persuada Alaric d'en cacher la majeure partie. Ce qui fut fait. Dans le jeune royaume wisigoth, il existait une région privilégiée, connue pour ses innombrables grottes qui étaient autant de caches possibles, caches qui avaient servi autrefois aux Celtes et servirent plus tard aux cathares et aux templiers. Cette région, la vôtre, le Razès, avait pour centre stratégique une colline surplombant le carrefour de deux larges voies romaines, c'est là qu'en 412 Halevy et les lieutenants d'Alaric bâtirent Rhedae et dissimulèrent le trésor. Halevy avait des ordres : tous ceux qui connaissaient le secret furent exécutés. Et bientôt il fut le seul avec Alaric à détenir les clefs d'une immense fortune. Le lieu avait été protégé, d'innombrables pièges naturels et magiques — on dit qu'Halevy confia la garde de l'Arche, des tables et de la Menorah au terrible Asmodée, le démon boiteux asservi au roi Salomon — en interdisaient l'accès. Pour y parvenir, il fallait faire preuve de courage et posséder certains talismans. Mais ni Halevy ni Alaric n'y retournèrent, la mort survint au moment où ils s'y attendaient le moins ; cependant ils purent transmettre le secret de Rhedae. Et ainsi fut fait pendant des générations. En 601, à la mort du roi Reccared, qui s'était converti au christianisme, le secret passa à l'Église. Plus le temps s'écoulait et plus l'énigme s'épaississait. En 711, avec l'invasion des Arabes, elle devint une légende... que les initiés continuaient à se transmettre de génération en génération. Rhedae était devenue une puissante ville fortifiée, flanquée de deux citadelles et entourée de deux remparts. D'abord capitale de la Septimanie, elle devint comté. Trente-cinq mille habitants s'y entassaient quand le roi d'Aragon l'attaqua en 1170, rasant une partie de ses fortifications ; il n'y en avait plus que cinq mille quand Simon de Montfort la prit à son tour en 1212, trois mille après le passage des routiers en 1360, plus que mille après celui de la peste en 1361, et aucun quand, en 1362, le comte de Trastamarre pulvérisa ce qui restait de la citadelle. Rhedae avait vécu, un misérable village naquit et prit le nom de Rennes-le-Château. Comment avait pu se transmettre le secret ? Je l'ignore, mais, en 1781, la Dame d'Hautpoul de Blanchefort en était la détentrice.

— La tombe ! s'écrie Bérenger qui jusqu'à cet instant avait bu les paroles d'Élie, fasciné par les horizons que son ami lui ouvrait.

— Oui, la tombe protégée... Le reste de l'histoire, vous la connaissez... Votre nomination à Rennes-le-Château, la découverte des documents, Sion... Tous veulent la puissance. Avec ce trésor, les frères pourraient dominer le monde.

— Mais vous, Élie, que voulez-vous ?

— L'Arche, les tables et la Menorah... J'ai été désigné par mon peuple pour les récupérer et les emmener en lieu sûr.

— Si je parviens à découvrir la cache, vous les aurez, j'en fais le serment !

— Dieu vous entende et vous protège, Bérenger. Halevy était un grand cabaliste, une partie du secret est parvenue jusqu'à moi de rabbi en rabbi et je sais ce que vous risquez.

— Je ne risque plus grand-chose, sauf ma vie.

— Votre âme aussi.

— Je l'ai déjà perdue en m'associant aux crimes de Sion.

— Vous avez simplement perdu la source de la grâce illuminatrice et révélatrice. Vous êtes pris dans les courants de Sion, assujetti à une force engendrée par un puissant et maléfique torrent spirituel, mais ce torrent tout-puissant qu'il soit n'a qu'une existence éphémère dont la durée dépend entièrement du fanatisme de ses créateurs. Vous leur échapperez... Le danger est ailleurs, en vous.

Élie frappe la poitrine de Bérenger :

— Que se passera-t-il le jour où vous asservirez Asmodée ? Que se passera-t-il vraiment ?

Élie ferme les yeux. Le souvenir de ses études avec les maîtres de la Cabale est encore vivace. Il a peur. Son front s'assombrit. De tous les démons qui existent, Asmodée est le plus perfide. Asmodée était au début de tout et sera à la fin de tout. Raner, Ethan, Abutès et cinquante autres esprits-servants aux pouvoirs prodigieux ne sont que ses pâles reflets. Asmodée, Asmodée... Élie se souvient de lui. Jamais plus il ne l'oubliera, car souvent la nuit ses rêves sont troublés par l'image des rayons qui surgissent du corps verdâtre de celui que les maîtres appelaient « le Diable boiteux ».

D'une main malhabile, il se saisit d'un paquet soigneusement ficelé et le remet à Bérenger.

— Voilà pour vous. Ce sont des talismans. Si au hasard de vos recherches vous vous trouvez en présence d'une lumière verte, disposez-les sur le sol autour de vous... Ainsi il ne vous arrivera rien... Mais prenez garde, mon ami, prenez garde à Asmodée, prenez garde aux tables, à l'Arche et au chandelier, prenez garde aux pièges.

— Je suivrai vos conseils, Élie, et je vous écrirai dès mes premières découvertes.

— Soyez béni... Partez maintenant, Raphaël va vous reconduire.

Ils se disent adieu et s'étreignent. L'enfant est là. L'enfant regarde Bérenger. L'enfant semble mettre tous ses espoirs en lui, l'étranger. L'enfant est la source de la grâce.

Bérenger sourit et lui redonne la main. Désormais il pensera à cet enfant d'Israël.

16

Rennes-le-Château

QUEL bonheur de retrouver son pays... de pouvoir courir de torrent en torrent, de broussaille en broussaille, d'entendre le rire sauvage du vent dans les ravins, de bénir les femmes aux larges robes noires qui vont à Couiza le long des étroits sentiers serpentant entre les roches nues posées au-dessus de la terre aride et rouge comme des trophées suspendus.

Quelle joie de se prosterner devant l'autel de son église, de réciter une prière fervente, passionnée, avec les fidèles recueillis, de se frapper la poitrine pour en extirper les fautes, d'appeler à soi les saints qui rayonnent de loin dans leurs niches.

Quel plaisir de se glisser auprès de Marie dans les draps rêches et propres, parfumés à la lavande, de retenir son haleine entre chaque baiser et de souffler la chandelle avant l'amour.

Cependant les jours passent, et le bonheur, la joie et le plaisir s'émoussent, bientôt remplacés par l'angoisse des recherches, la peur d'exercer sa charge en état de péché mortel et le souvenir d'Emma.

Bérenger se prend la tête entre les mains : « Que faire ? » Ses yeux se posent tour à tour sur *Les Bergers d'Arcadie, La Tentation de saint Antoine* et le portrait du pape Célestin V. Il a accroché les trois reproductions dans le presbytère, sur le mur qui fait face à sa table de travail.

« Me voilà bien avancé !... Je ne sais même pas en

quoi elles peuvent servir mes recherches... O Seigneur ! pourquoi ai-je accepté ? »

— Vous me paraissez bien soucieux.

Bérenger sursaute. Boudet !... L'abbé de Rennes-les-Bains est entré sans frapper. De sa paume, il se met à lisser ses cheveux d'un mouvement nerveux, puis se dresse pour le saluer.

— Je... Je ne savais pas que vous deviez venir...

— On m'envoie.

— Qui ?

— Vous le faites exprès ?

— Je n'étais pas prêt à vous recevoir. Il fallait me laisser le temps de résoudre certaines énigmes... Après tout, je n'ai pas à me justifier à vos yeux ! Pourquoi ne vous ferais-je pas un peu attendre ?

Boudet se détourne de lui et examine attentivement les reproductions. Quand il le regarde à nouveau, ses lèvres minces sont détendues et amusées, mais ses yeux se sont amenuisés dans des rides d'une défiance sardonique.

— Paris ne vous a guère réussi, dit-il... Cent mille francs auront donc suffi à vous rendre insolent. A moins que ce ne soit une certaine cantatrice ?

— Je ne vous permets pas ! crie Bérenger en le prenant par le col.

— Allons, Saunière, lâchez-moi, nous ne sommes pas des lutteurs de foire mais des prêtres.

— Je voudrais vous tuer !

— Laissez cela aux johannistes, il y en a cinq qui sont arrivés hier à Limoux.

— Que dites-vous ?

— Cinq johannistes, vous avez bien entendu.

Bérenger le relâche et l'inquiétude creuse une ride profonde en travers de son front.

— Qu'allons-nous faire ? laisse-t-il tomber.

— Chaque chose en son temps. Procédons par ordre. D'abord les comptes.

— Quels comptes ?

— J'ai les dossiers établis à votre nom et à celui de Pierre Moreau. Avec les quatre-vingt-cinq mille sept cent trente francs restants nous allons alimenter vos comptes en banque de New York et de Bruxelles. C'est bien quatre-vingt-cinq mille sept cent trente francs, je ne me trompe pas, n'est-ce pas?... Nous avons une bague de treize mille cinq cents francs offerte à Emma Calvé, une chaîne en or et une médaille pour Marie Denarnaud, le tout d'une valeur de quatre cent vingt francs, les trois reproductions, deux chemises, cinq livres d'histoire et un ciboire pour trois cent cinquante francs. Cela nous fait un total de quatorze mille deux cent soixante-dix francs que j'ôte des cent mille... quatre-vingt-cinq mille sept cent trente.

Bérenger est médusé. Comment a-t-il pu être renseigné à ce point?

— Nous connaissons tout l'emploi du temps de votre séjour dans la capitale, continue Boudet. Si je puis me le permettre... vous avez le sens de la largesse. Nous allons y mettre un frein.

— Et si je ne veux pas?

— Vous préférez peut-être que l'évêché enquête ou que nous laissions les cinq johannistes parvenir jusqu'ici?... Mais non, bien sûr... Où en étions-nous? Oui... sur les quatre-vingt-cinq mille huit cent trente francs, nous allons en retirer quatre-vingt mille qui seront déposés au nom de Pierre Moreau qui est votre nom d'emprunt, vous ne l'avez pas oublié?

— Je n'oublie jamais rien, gronde Bérenger.

— Deux mille francs seront versés à la mairie...

— Pourquoi?

— Pour faire taire le conseil municipal. Vous direz au maire que cette somme représente celle de la vente des manuscrits. Quant aux trois mille huit cent trente francs restants, vous les emploierez pour la rénovation de votre église. À ce sujet nous vous donnerons une liste d'artisans et d'entrepreneurs que vous ferez travailler. Vous connaissez déjà le menuisier, Mathieu Mestre; gardez-le, il nous est acquis. Parmi ceux que vous devrez privilégier figurent les ateliers de décorations Georges Castex, l'ébéniste Oscar Vila et l'entrepreneur Élie Bot. Leurs factures seront largement inférieures aux sommes que vous leur verserez.

— Quel avantage vais-je tirer de ce vol?

— Une sécurité... Tout autour de vous les gens s'interrogeront sur les origines de votre fortune... Certains ne tarderont pas à vous accuser de prévarications, de trafic de messes, de vol, que sais-je encore ?... Et l'Église, alertée, vous intentera un procès. Alors vous devrez vous justifier, le montant des factures ne devra pas être supérieur au total des salaires que la famille Denarnaud vous aura reversé en partie (1), aux dons divers que nous nous chargerons de vous faire parvenir et à vos revenus personnels.

— Quelle fortune ?... Ces trois mille huit cent trente francs !

— Plusieurs millions, Saunière. Ce que vous allez découvrir est inestimable. Sion, par mon intermédiaire, se chargera de reconvertir cette découverte en argent liquide, et vous percevrez un pourcentage qui vous permettra de vivre comme un maharajah. Ai-je été clair ?

— Oui... Mais ce sont les clefs des manuscrits et les reproductions qui le sont moins.

Bérenger prend une bible dans l'un des rayons de la bibliothèque et l'ouvre. Une feuille est glissée entre les pages jaunes enluminées. Il la retire, la déplie et de deux doigts la tient à la hauteur des yeux de Boudet. Le visage chafouin du vieil abbé se plisse davantage. Ses yeux gris disparaissent sous les cils, ses pupilles s'étrécissent jusqu'à devenir deux têtes d'épingles. Il lit et relit les trois phrases codes remises à Bérenger par Hoffet. Comme Bérenger, il ne comprend pas la relation qu'il peut y avoir entre ces phrases et les reproductions. Quel est le lien qui les unit aux *Bergers d'Arcadie*, à saint Antoine, au pape Célestin V ? « A Dagobert II roi et à Sion est ce trésor et il est la mort », murmure-t-il.

— L'avertissement est clair ! dit Bérenger.

— Les deux autres phrases sont hermétiques... A midi pommes bleues... Le démon du bal y a tendu l'arc... Poussin, Teniers, voilà une étrange association de peintres... Bergère, berger pour *Les Bergers d'Arcadie*, tentation, tente pour *Saint Antoine*, la clef est dans ses deux tableaux.

(1) Depuis 1892, la famille de Marie s'est installée dans les dépendances rénovées du presbytère. La mère travaille à l'église. Le père et le frère sont ouvriers à Espéraza. Et les salaires sont mis en commun avec l'argent de Bérenger.

Boudet se tourne vers les reproductions. Les bergers d'Arcadie, quatre personnages, examinent une tombe sur laquelle est inscrit « *Et in Arcadia ego* » : je suis aussi en Arcadie. Cela n'a rien d'exceptionnel puisque, pour les bergers grecs de l'Antiquité, la mort est présente même dans leur paradis d'Arcadie. Boudet hoche la tête. Sur l'autre image, dans une grotte, saint Antoine est plongé dans la lecture d'un livre alors que tout autour de lui des démons essaient de l'en détourner... Une grotte ? Il se pencha sur le portrait de Célestin V, ce pape qui ne régna que cinq mois avant de finir sa vie comme ermite dans... une grotte.

— Je vais vous dresser la liste de toutes les cavernes et grottes de la région, conclut-il un peu dépité de n'avoir rien d'autre à proposer.

— Un enfant serait parvenu à la même conclusion, persifle Bérenger. Il me faudra bien une vingtaine d'années pour explorer minutieusement celles qui nous sont connues. Trouvez autre chose, Boudet, et prévenez-moi... Je vous salue !

Bérenger cache sa feuille dans la bible, et la bible dans la bibliothèque. Il quitte Boudet qui n'en finit pas d'examiner *Les Bergers d'Arcadie,* ce paysage déjà vu. Quelque part est le trésor, mais où ? Enfoui dans un invisible souterrain, ou éparpillé au hasard des invasions par des gardiens affolés ? Très proche, peut-être ? Sous ce presbytère, autour de ce village ? Et brusquement Boudet a une illumination ! Le tombeau, les bergers, le paysage... Il faut qu'il vérifie, bien que cela lui semble incroyable. Il sourit et d'une voix de basse, mordante de méchanceté, gronde :

— Nous aurons bientôt une proposition à vous faire, monsieur Saunière !

Quand il rejoint son chariot bâché, la neige s'est mise à tomber, recouvrant d'une fine pellicule blanche sa vieille jument.

— Tu prendras ta retraite sous peu, lui dit-il en flattant sa croupe.

Bérenger a fait le tour du village, s'est arrêté un moment chez l'endevinaire qui lui a exposé ses théories immorales sur les femmes, puis a rejoint Marie. La jeune fille s'affaire à la cuisine, préparant la soupe, tirant le vin, vidant une poule à la pointe d'un couteau.

— J'ai tout entendu, marmonne soudain Marie en baissant les yeux.

— Tu écoutes aux portes, maintenant? s'étonne Bérenger.

— Quand il vient... Seulement quand c'est lui... Il vous veut du mal. Je voudrais tant vous protéger!

— Tu ne crois pas que tu inverses les rôles?

— Si vous m'aimiez comme je vous aime, vous comprendriez.

— Mais je t'aime!

— Comme l'autre?

— Quelle autre?

— Celle à qui vous avez offert une bague de treize mille cinq cents francs! crie-t-elle.

Elle fait le geste d'arracher de son cou le collier qu'il lui a rapporté de Paris, cette misérable preuve d'amour à quatre cent vingt francs, mais, parce qu'elle sent le regard brûlant de son amant, sa détermination s'effrite. Cependant elle a encore la force d'ajouter :

— Je ne suis pas une imbécile, vous avez. Je sais mon calcul, surtout les divisions et je vois bien au résultat que je vaux à peu près trente-deux fois moins que la Parisienne.

Puis les larmes coulent le long de ses joues. A l'instant le plus dur de son épreuve, elle pleure. Elle réalise soudain qu'il existe une raison susceptible de les séparer, une femme vraisemblablement riche et belle. Que peut-elle contre une telle rivale, avec ses sabots, ses bas de laine, ses robes rapiécées, ses mains abîmées de paysanne, son manque de culture?... Elle se tord les doigts, essaie de les cacher sous le grossier tablier maculé de taches, mais Bérenger s'en empare et les porte à ses lèvres.

— Tu es mon égale, dit-il. Plus encore, tu es la première femme que j'ai aimée. Tu es la première dans cette maison. Tu es mon héritière... En revenant de Paris, j'ai pris mes dispositions auprès d'un notaire pour que tout te revienne à ma mort.

— C'est vrai? s'écrie-t-elle... Vraiment vrai!

— Les papiers sont dans un livre, *Le Parménide* de Platon. Veux-tu que j'aille les chercher ?

Bérenger lui embrasse le dos des mains, puis les poignets, là où le delta des veines s'égare sous les monts de Vénus et de la Lune.

Marie, sans répondre, s'abandonne et pose sa joue sur ses cheveux, cherchant éperdument à noyer dans les sensations du corps sa joie fragile et l'interrogation insupportable que ce dialogue vient de faire lever dans son esprit : « ... Oui, il m'aime, mais m'aime-t-il autant que l'autre ? »

— Tu ne veux plus rien me dire ? lui demande-t-il.

— Se cal levar (1), ma mère ne va pas tarder à arriver. Je ne voudrais pas qu'elle nous surprenne ainsi...

— Tu sais...

— Ne parlez plus.

— Tu as raison pour Boudet, mais il n'est pas le plus dangereux. D'autres hommes vont peut-être venir ici. Ceux-là portent en eux la mort.

— Ils sont déjà venus.

— Que dis-tu ?

— Des étrangers sont venus au village pendant votre absence et se sont rendus sur la tombe que vous m'avez chargé de surveiller.

— Celle de Blanchefort ?

— Oui.

— Pourquoi ne m'en avoir rien dit ?

— Je ne voulais plus entendre vos folies, celles de Boudet, de votre ami le Juif. Je pensais que votre voyage à Paris se solderait par un échec et qu'avec le temps, tout rentrerait dans l'ordre. Voilà pourquoi je vous ai caché la vérité... J'ai peur, Bérenger.

— Cette nuit, j'irai dans la tombe.

— Moi aussi !

— Tu n'y penses pas !

— Depuis le jour où mes lèvres se sont posées sur vos lèvres, j'ai juré de vous suivre partout où vous iriez... même en enfer.

(1) « Il faut se lever. »

Marie se signe. Bérenger s'avance entre les immobiles formes blanches des tombes, puis il lui fait un geste comme pour lui dire d'attendre. Cependant elle n'a pas envie de rester seule. Ainsi qu'en un mauvais rêve, une sorte de brouillard grimpe le long des flancs de la colline. Peu à peu les maisons, le château en ruine et l'église semblent se recroqueviller, le cimetière est gommé, seuls quelques rameaux de croix et un ange aux ailes brisées flottent à quelques mètres de la jeune femme.

Serrant les dents, Marie glisse de tombe en tombe. Elle lutte contre une palpitation douloureuse qui ne disparaîtra pas. Que ne lui a-t-on pas raconté sur les morts lorsqu'elle était enfant !... A-t-elle assez récité de neuvaines ?... Elle a l'impression que les défunts entendent ses pas crisser sur la neige, qu'ils s'apprêtent à se rendre en procession au village parce qu'elle les a réveillés. Il ne faut surtout pas qu'elle les surprenne, car elle serait condamnée à mourir dans l'année.

— Je ne vous veux pas de mal, dit-elle tout bas. Je suis Marie, Marie Denarnaud... Je suis bonne avec vous. Rappelez-vous les châtaignes bouillies que j'ai placées sous l'édredon la nuit qui précède votre fête. S'il vous plaît, n'apparaissez pas !

Cependant, quand elle parvient auprès de Bérenger, elle n'est guère plus rassurée. A l'idée que son amant va profaner la sépulture de la Dame d'Hautpoul de Blanchefort, ses dents se mettent à claquer. L'âme de la morte va sûrement se venger de l'outrage fait à sa mémoire.

— Que fais-tu ici ? s'exclame Bérenger. Je t'avais dit de rester près de l'entrée du cimetière.

— Pardonnez-moi, je ne pouvais pas demeurer seule.

— Tu as bien fait, répond-il en radoucissant sa voix... Tu vas tenir la lampe.

Craquant une allumette, Bérenger enflamme la mèche de la lampe à pétrole qu'il a tenu à emmener avec lui malgré les réticences de la jeune fille. Elle s'en empare d'une main tremblante et la tient au-dessus du sac dans lequel il a fourré ses outils.

— Tu trembles, constate-t-il, moi aussi. Maintenant tu sais vraiment ce que c'est que s'adonner à la peur.

Mais tu verras, tu en voudras toujours davantage. Plus on en a, plus on en veut, et plus frénétiquement.

— Taisez-vous, je vous en supplie, qu'on en finisse.

Il se tait et place le tranchant du burin dans l'épaisseur du mortier qui scelle la dalle funéraire au caveau. Le marteau s'abat, faisant retentir une note aiguë. Marie ferme les yeux : « Les morts... il va réveiller les morts ! »

— La lampe ! grogne Bérenger après le quatrième coup. Je ne vois plus rien.

Elle la dirige à nouveau vers la dalle ; dans sa frayeur elle s'était reculée derrière Bérenger. Le prêtre reprend son travail. À chaque coup, une bonne portion du mortier saute. En peu de temps la dalle est libérée. Alors Bérenger exerce une pression latérale sur l'un des coins de la pierre. Un raclement se fait entendre. Il sourit. Quand il le veut, il est infatigable. Servi par sa force physique exceptionnelle, il a raison de l'inertie de la dalle en bandant tous ses muscles.

Le bruit s'enfle, effroyable pour Marie qui balbutie maintenant le Notre Père en jetant des regards affolés sur le trou béant qui vient de s'ouvrir.

— La lampe !

À ces mots, son bras s'avance et elle découvre le cercueil déposé dans le fond. Une grande croix de métal sertie sur le couvercle réfléchit une partie de la lumière qu'elle reçoit de la lampe. De crainte d'être empoisonnée par les lourds effluves qui se dégagent de l'endroit, Marie se bouche le nez avec le coin de son châle. Elle voit avec stupeur Bérenger prendre appui sur les rebords du caveau et se laisser glisser à l'intérieur.

Lorsque ses pieds touchent le cercueil, sa poitrine se serre, au point qu'il se sent étouffer. « Il faut que tu ailles jusqu'au bout de ton abomination », se dit-il avec hargne. Il s'accroupit sur le couvercle, en palpe les contours, cherche une inscription. Rien... Ses mains plongent sous le cercueil posé sur un socle en maçonnerie ; il est lisse, aussi lisse que les quatre murs du caveau. La descendante des templiers garde bien le secret. Il ne lui reste donc qu'à ouvrir le cercueil !

— Passe-moi le burin et le marteau, demande-t-il à sa compagne.

Marie fait non de la tête, puis obéit, comprenant qu'il ne reculera devant aucun obstacle pour parvenir à ses fins.

— Vous allez nous perdre, murmure-t-elle en lui donnant les outils.

— Surtout tais-toi ! Tu ne fais qu'ajouter à ma peur et ma douleur.

Elle se réfugie à contrecœur dans le silence, dans la vive appréhension que l'âme de la morte ne se déchaîne contre eux. Bérenger enfonce le burin dans la fente du couvercle, frappe du marteau, recommence jusqu'au moment où, sentant qu'il vient à bout de la résistance des clous, il marque un temps d'arrêt. La peur... La peur qui lui déchire le ventre et l'empêche de faire le dernier geste. Dans le fatras de ses pensées et de ses souvenirs, l'image d'Élie et de l'enfant Raphaël est la seule qui peut lui donner la force de continuer. Il s'y accroche, et bientôt son esprit incline à considérer cette épreuve comme une cruelle expérience qu'il traversera sans y laisser son âme. Prenant son inspiration, il insère ses doigts sous le couvercle qu'il est parvenu à décoller du fond de quelques centimètres, et le soulève de toutes ses forces. Un grand craquement !...

La morte le regarde de ses immenses yeux vides. Il y a longtemps que les chairs du visage se sont dispersées, laissant les os à nu sur la longue chevelure blanche. Vaincue par les ans et la pourriture, sa robe de marquise teintée de rouge et d'or a l'apparence d'un sac jeté sur le squelette. Bérenger reprend courage et l'examine avec soin. Le chapelet est enroulé sur les ossements des mains, l'anneau de mariage pend entre les grains nacrés, les boucles d'oreilles reposent sur les cheveux, un collier a glissé entre les côtes. Il le retire délicatement de sa prison et, très surpris, découvre que le pendentif n'est autre qu'une très vieille pièce de bronze. Il a l'intuition qu'il vient de trouver ce qu'il cherchait. Il arrache le collier, referme le couvercle du cercueil et remonte auprès de Marie.

— Ne perdons pas de temps ! souffle-t-il en remettant en place la dalle.

Puis il se livre à un étrange manège, effaçant en quelques coups de burin toutes les inscriptions de la tombe.

— Pourquoi faites-vous cela ? demande Marie.

— Elle attire trop de curieux, je la rends anonyme.

Son travail terminé, il s'éponge le front. Il n'éprouve pas de regrets. Pourquoi des regrets, des remords ?... Tout s'est passé à merveille, il n'a pas été précipité dans un abîme sans fond, aucune malédiction ne s'est abattue sur lui, aucun fantôme n'est apparu... et il possède une nouvelle clef, du moins il le croit.

— Rentrons, maintenant, dit-il à Bérenger qui n'en finit plus de trembler de froid et d'épouvante.

Dans le brouillard épais, ils se mettent en quête du chemin de sortie. C'est alors qu'un tintement retentit quelque part devant eux. Bérenger s'immobilise et retient Marie par le bras.

— Tu as entendu ?

— Oui.

Marie semble tellement terrorisée que si un mort apparaissait au-dessus d'une tombe, il croit qu'il ne pourrait pas l'effrayer plus. Elle est pétrifiée et se mord les lèvres pour ne pas crier.

— Te sens-tu capable de courir quand je te le dirai ?

— Oui... Je crois.

— Nous allons longer le mur jusqu'à l'entrée, viens.

Ils rejoignent le mur et s'avancent avec précaution. Après quelques mètres, Bérenger butte sur les brocs vides disposés en ligne et tend son regard vers ce qu'il imagine être le portail. Il décèle tout à coup un mouvement dans la nappe de brouillard et se jette en arrière. Quand il se retourne pour avertir Marie, la jeune fille est juste derrière lui, deux pelles à la main.

— Elles peuvent nous servir.

— Tu as raison, dit-il en se saisissant de l'une d'elles... Il y a quelqu'un devant le portail. Je ne sais pas qui il est, ni ce qu'il fait ici, il vaut mieux être armé. Es-tu prête ?

Marie lui adresse un regard troublé, puis hoche la tête. Elle assure la pelle entre ses mains, serrant le manche avec détermination. Elle peut imaginer ce qu'éprouve un soldat avant une bataille. Cependant elle n'a aucune conception claire de ce qui va se passer. Quand Bérenger bondit, elle le suit, se détendant comme un ressort. Ils courent...

Une ombre émerge devant eux, balance sur toute la largeur de l'entrée ses bras déployés et crie : « Arrêtez ! » La pelle de Bérenger décrit un cercle et la fauche. Aussitôt une nouvelle ombre la remplace mais rencontre le tranchant de l'autre outil que Marie abat dans une sorte de réflexe.

Ils ont le champ libre et foncent vers l'église, impuissants à maîtriser la panique qui les fouaille et les précipite contre la porte du presbytère. Une secousse terrible les fait passer comme des balles par-dessus le perron et tomber sur le blutoir et sa bassine de cuivre.

D'un bond, Bérenger est sur la porte restée grande ouverte et la referme, la verrouillant de l'intérieur. Toute sa force s'est évanouie et il a les jambes en flanelle. S'accrochant à la manivelle du blutoir, Marie se redresse péniblement. Les longues amandes de ses yeux roulent sans but et se perdent à travers les carreaux de la minuscule fenêtre dont le volet unique n'est jamais fermé.

— C'est trop étroit pour le corps d'un homme, chuchote Bérenger qui s'est rapproché de la jeune fille et la prend dans ses bras.

Tous deux plongent leurs regards dans la grande mélancolie du paysage où le brouillard recule et s'épand, puis disparaît enfin comme absorbé par les ténèbres de la vallée. Maintenant la neige retient captive la lueur d'un mince croissant de lune et ils peuvent voir l'homme. Malgré l'épaisseur de la vitre, ils entendent le cliquetis glacial de ses éperons.

— Mon Dieu, protégez-nous ! dit Marie en se détournant.

— On ne risque rien, réplique Bérenger.

Pourtant, l'espace d'un instant, il lève la main droite et fait le geste de se signer car l'homme sans manteau, tête nue, tient une canne surmontée d'une tête. Est-ce une tête de loup ?... Il ne peut le jurer.

L'homme regarde dans la direction de la fenêtre, agite sa canne puis reprend sa marche lente avant de disparaître au coin de l'église. Bérenger ne bouge pas, mais son cœur bat bruyamment, une tempête fait rage en lui, convulsivement contenue par le raidissement de son corps et celui de Marie qui se fait lourde entre ses bras.

— Il est parti, balbutie-elle.

— Oui, je pense qu'il ne reviendra plus.

Et comme pour appuyer ces mots, ils perçoivent soudain des bruits de sabots. Quelque part vers le château des Blanchefort, des chevaux s'éloignent sur la route qui descend sur Couiza.

— C'est fini, dit-il.

Alors elle l'embrasse avec fureur. Sa cuisse pèse sur son ventre. Ses ongles le griffent. Puis elle se jette en arrière, et avec une voix méconnaissable lui dit : « Viens ! prends-moi ! »

17

BÉRENGER reste longtemps accoudé devant son bol de lait chaud. La vapeur interpose un voile tremblant entre Marie et sa vision. À la voir, elle ressemble à un médium à l'instant qui précède la révélation. Elle attend, les mains croisées sur la table, le regard fixe, avec quelque chose d'égaré dans l'expression de son visage ; elle attend qu'il lui dise la vérité, elle attend qu'on vienne frapper à leur porte, elle attend elle ne sait quoi… Les morts, les hommes malveillants, les gendarmes…

— Qui étaient ces hommes ?

Elle lui pose la question de manière si pressante qu'il se sent gagné par le découragement. Comment pourrait-il répondre à ce qu'il ne cerne pas lui-même ? Lui dire : « Ce sont les johannistes » implique tant d'explications qu'il ne peut que laisser tomber :

— Des ennemis de Boudet…

— Maudit soit-il ! J'irai mettre des pointes dans sa maison !

— Tais-toi ! Tu ne sais plus ce que tu dis ; laisse les envoûtements aux sorciers et prie pour la sauvegarde de ton âme.

Marie soupire et se lève pour ôter la miche de pain, les couteaux et les bols que ses parents ont laissés. Elle se demande comment ils n'ont rien entendu. Surtout sa mère, qui passe ses nuits à réciter le rosaire dans une méditation silencieuse à peine troublée par les Ave et les amen qu'elle prononce à voix haute. L'éloignement des deux pièces que sa famille a aménagées dans le jardin du presbytère n'explique pas cette passivité. Malgré le bruit, ils n'ont pas bougé. Elle leur en veut d'être aussi complaisants et lâches, d'avoir vraisemblablement cru à une dispute entre elle et Bérenger. D'un geste rageur, elle balance les miettes du petit déjeuner au feu, puis se saisit d'une sorte de long écouvillon pour détruire les vieilles toiles d'araignées qui flottent dans l'air chaud au creux des poutres.

Cependant quand les coups résonnent à la porte d'entrée, elle les ressent comme des coups de poignard dans l'estomac et se fige, un pied sur la paille d'une chaise et l'écouvillon tendu vers un coin noirâtre.

— Entrez ! crie Bérenger

La porte s'ouvre et le maire apparaît dans l'encadrement, la barbe givrée et l'œil larmoyant.

— Bonjour, marmonne-t-il.

— Bonjour, répond Bérenger. Que me vaut l'honneur d'une visite si matinale ?

— Une diablerie... m'sieur le curé.

— Que dites-vous? s'étonne Bérenger en se dressant.

— Las fantaumas, ils sont venus cette nuit.

— Les fantômes... cette nuit... où ?

— Au cimetière ! La vieille Alexandrine, alertée par des bruits, les a vus repartir sur d'immenses chevaux aux yeux rouges.

— Elle aura fait un cauchemar.

— Et moi je vous dis que non ! crache le maire en s'agrippant à la soutane du prêtre... Ils ont effacé les marques de la tombe de la Dame d'Hautpoul de Blanchefort. Pour ça, c'est sûr ! Babou l'a vu aussi de ses yeux ! Y'a plus rien. Je crois même qu'ils l'ont ouverte pour le sabbat ! Je vous le jure, allez-y voir vous-même...

— Calmez-vous...

— Ces putasses de fantaumas ont ensorcelé le village !

— Calmez-vous ! J'irai exorciser la tombe dès cet après-midi, puis nous dirons une messe à la mémoire de la morte. Il est inutile de s'affoler parce que quelques jeunes de Couiza ont voulu s'amuser à nos dépens.

— Des jeunes ! Faire ça en plein hiver ! Vous perdez la tête curé ?

— Non, c'est vous qui la perdez avec toutes ces histoires horribles que vous vous racontez au coin du feu. Les fantômes, les trêves, Dragas et Sarramauca n'existent que dans votre imagination.

— Et moi je dis que ces bordilles de fantômes reviendront nous étouffer dans nos lits si vous n'intervenez pas !

— Tout sera fait dans quelques heures, ils ne réapparaîtront plus.

— C'est bon, je m'en vais de ce pas le dire à mes administrés.

Le maire s'engonce dans sa grosse veste doublée de mouton, salue de la main et repart vers le froid. En sortant, il se met à regarder furtivement dans tous les sens et cherche à découvrir les mauvais présages inscrits dans le ciel ou dans la neige, mais rien dans la vérité affligeante du paysage ne vient alimenter ses superstitions. De dépit il hausse les épaules et se dirige vers la maison de l'endevinaire, sûr de trouver en ce dernier un complice qui appuiera ses propos.

— La République tremble, ricane Bérenger.

— Vous devriez prier au lieu de vous moquer, dit Marie.

— Pardon... Tu as raison. Je ne devrais pas me comporter ainsi. Je dois remplir ma mission et...

Il cesse de parler. Sa mission ? Quelle mission ? Celle de Sion ou celle de l'Église ? Comment concilier les deux ? Sion s'attend à ce qu'il enterre son passé regrettable de prêtre et devienne sa créature ; l'Église commande qu'il redevienne pur... Il regarde Marie, elle ne peut rien pour lui. À cet instant il aspire à rencontrer quelqu'un capable de tenir le rôle de directeur de conscience. Élie est loin... Et tandis qu'il pense à son ami, l'idée lui traverse l'esprit que le trésor n'existe pas.

— Ils sont tous devenus mythomanes... tu comprends, Marie ? Non évidemment, tu ne comprends pas... Si tenaces sont les préjugés et les idées préconçues des hommes qu'ils s'attendent toujours à découvrir des choses extraordinaires. Et moi je suis comme eux... Un naïf qu'on mystifie avec une reine et des pommes bleues... Que veux-tu, j'ai une faim terrible de vie.

— Ne vous tourmentez plus, dit-elle en venant contre lui.

Et en lui touchant le front, elle sent qu'une fièvre le brûle. Pourquoi se complique-t-il tant la vie ? Elle est là pour le servir, pour l'aimer... Tout pourrait être si simple s'il renonçait à ses folies. Elle voudrait n'avoir d'autre occupation que de manger assise auprès de lui, dormir à ses côtés, prier pour leur amour.

— Vous êtes fiévreux... Voilà ce qu'il en coûte à ceux qui sortent la nuit sans se couvrir. Vous vous êtes épuisé sur cette tombe pour rien.

— Pour rien, dis-tu ?... Mais non ! Où l'ai-je mise.

Bérenger cherche dans les poches de sa soutane. Son front s'obscurcit.

— Mais où l'ai-je donc mise ? s'inquiète-t-il.

— C'est cela que vous cherchez ? demande Marie en lui montrant le collier et le médaillon qu'elle vient d'extirper de son corsage.

— Oui... Où l'as-tu trouvée ?

— Sous le blutoir, en balayant ce matin.

Il prend le bijou et l'examine. Le collier n'offre aucun intérêt. Par contre le médaillon est remarquable. Il date de l'époque romaine. Sur l'une des faces le profil d'un personnage couronné de laurier porte les lettres : IOVIVS MAXIMINUS NOBCAES (1). Sur l'autre, alors qu'il s'attend à découvrir des dieux ou des symboles antiques, il y a un triangle rectangle aux sommets marqués de lettres. En grattant l'oxyde, il peut lire sur l'angle aigu : ARCADIA, sur l'angle droit : AD LAPIDEM CUREBAT OLIM REGINA — vers la pierre autrefois courait la reine — et sur le dernier : une croix, le signe astrologique du soleil et *samech*, la quinzième lettre de l'alphabet hébreu.

Arcadia, le tableau de Pousson ! Bérenger ressent une exaltation comme jamais il n'en a ressentie auparavant. Une exaltation folle qui envahit son cœur comme la passion, et sur la fureur de laquelle il se sent enlevé, transporté, projeté. Devant la joie soudaine qui illumine le visage de son amant, Marie se rapproche encore

(1) Médaillon de bronze de Maximinus II, César de 305 à 308 après Jésus-Christ.

et se laisse choir sur ses genoux.

— Donne-moi un baiser, fait-il.

— Mais que se passe-t-il ? dit-elle en laissant perler un petit rire.

— Un baiser, rien qu'un, simplement pour voir si je ne rêve pas !

— C'est entendu, rien qu'un ! répond-elle en lui plaquant un baiser sonore sur les lèvres.

— Quel charmant spectacle ! s'exclame quelqu'un d'une voix cynique. Tous deux sursautent. Devant la porte d'entrée se tient Boudet, un sourire sardonique en coin, jubilant de satisfaction de les avoir surpris ainsi.

— Encore vous ! tonne Bérenger en se séparant de Marie qui, confuse, s'enfuit hors de la cuisine.

— Oui, encore moi, cela vous étonne-t-il ?

— Venant de vous, rien ne m'étonne. Qu'avez-vous à me dire ?

— Que nous avons pu nous emparer des deux hommes que vous avez blessés la nuit dernière.

— Vous y étiez ?

— Moi !... non, bien sûr.

— Les frères de Sion alors ?

— En quelque sorte.

— Pourquoi ne sont-ils pas intervenus au cimetière ?

— Nous vous protégerons quand vous ferez preuve de bonne volonté. Les frères — appelons-les ainsi — ont attendu vos agresseurs sous le Sarrat-de-la-Roque et les ont cueillis. Leur chef s'est échappé...

— C'est lui qu'il fallait arrêter !

— Tôt ou tard, il tombera entre nos mains. Ses complices ont parlé ; nous savons où il s'est rendu... mais peu importe, dans l'immédiat il me paraît plus intéressant de connaître ce que vous avez découvert dans la tombe de la Dame.

— Comment savez-vous que j'y suis descendu ?

— Les prisonniers ont parlé.

Bérenger coule un œil vers le médaillon. Cela n'échappe pas à Boudet qui abat immédiatement sa main sur l'objet. Par sa dureté, cette main sèche étalée sur la table, sans faiblesse dans son aspect, ressemble à la serre d'un rapace. Avant qu'elle puisse se renfermer, Bérenger l'immobilise. Ses doigts en épousent les contours et les maintiennent fermement. Il pense que le temps est venu de mettre un terme à la domination du vieil abbé.

— Je veux cette médaille, grimace Boudet.

— Taisez-vous ! J'ai blessé deux hommes cette nuit et je peux en faire autant avec vous... Les hommes comme vous souhaitent, quand ils disent « je veux », qu'on s'empresse de répondre oui sans tergiversations. Les hommes comme moi désirent donner sans contrainte. Nous sommes sur le même navire, Boudet, mais il n'y a pas de capitaine, il n'y a même pas âme qui vive sur le pont, ni à la poupe, ni à la proue. Nous sommes seuls, désespérément seuls. Et si nous voulons parvenir à l'île qui se profile à l'horizon, il faut que nous manœuvrions ensemble, d'égal à égal. Il y a longtemps que je voulais vous dire cela, mon estimé collaborateur. Vous n'essayez plus de libérer votre main de mon étreinte ? c'est donc que nous commençons à nous comprendre. Quand je la relâcherai, nous nous comprendrons parfaitement. Mais je vois à votre air pincé que ce moment n'est pas arrivé.

— Vous parlez pour ne rien dire, Saunière.

— Il est des cas où il devient nécessaire de préciser sa pensée. Cela peut mener dans l'avenir à une véritable association. Vous et moi avons beaucoup de points communs, bien que vous vous croyiez infiniment supérieur, immensément différent. J'ai Marie, vous avez Julie. Je me passionne pour l'hébreu et vous pour le celte. Vous aimez l'or et j'ai des désirs d'orpailleur. Et nous sommes damnés tous les deux ! Boudet, Saunière, deux variations sur le même thème, deux prêtres qui sont partis d'un point opposé pour arriver au même endroit...

— C'est bon, Saunière, vous avez gagné, j'accepte de collaborer étroitement avec vous.

Bérenger le sonde sans complaisance, une expression maussace et féroce assombrit ses traits, et la menace tapie dans son regard alarme Boudet.

— Je suis... prêt... à accepter vos conditions, bredouille ce dernier.

— Voilà qui est parfait, dit Bérenger en le relâchant. Égal à égal, c'est tout ce que je souhaite. Vous n'entrerez plus chez moi comme on entre dans une étable, vous respecterez Marie, vous direz à vos frères de retourner chez eux.

— Mais, et votre protection ?

— Je n'ai nul besoin d'être protégé !... Vous ne régenterez plus mon train de vie. Vous ne me donnerez aucun ordre... Maintenant, vous pouvez examiner le médaillon et me faire part de vos conclusions.

La main hésitante de Boudet se referme enfin sur le bronze. Il ne se presse pas pour la rouvrir devant ses yeux, mais son esprit frémit d'une curiosité inassouvie, et il la colle soudain sous son nez quand ses doigts se déplient.

— Ah ! s'écrie-t-il quand il découvre le triangle.

— Alors ? demande Bérenger sans masquer le vif intérêt qu'il porte à ce « ah ! » de saisissement.

— La Dame, par ce dessin, nous donne les moyens de découvrir l'une des portes. AD LAPIDEM CUREBAT OLIM REGINA. Je connais cette pierre où courait la reine, la phrase latine est gravée sur l'une de ses faces.

— Vous connaissez cette pierre ?

— Avez-vous une carte ?

— Oui, une carte d'état-major, je vais aller la chercher.

Quand Bérenger revient, Boudet, un papier froissé étalé sur la table, se livre à des caculs. Plein d'une fiévreuse appétence, il casse à plusieurs reprises la mine de son crayon. Il a redessiné le triangle rectangle et aligne des chiffres au sommet des angles.

— Nous pourrons le vérifier à l'aide d'un rapporteur, mais les deux autres angles font 35 et 55 degrés. Rappelez-vous, Saunière, rappelez-vous la troisième clef d'Hoffet.

— XXXV BERGER NE TENTE PAS LA REINE DE LA CRÈTE...

— 35 berger, c'est cet angle ! s'excite Boudet en posant son doigt sur la pointe du triangle au-dessus de laquelle est inscrit ARCADIA. Si nous trouvons l'Arcadie, nous sommes en mesure de déterminer l'endroit où s'ouvre la porte menant au trésor.

— Et comment ?

— Passez-moi la carte !

Boudet s'empare fébrilement de la carte, la déplie, puis ses yeux courent de Rennes-les-Bains à la Source de la Madeleine. Au-dessus de la source s'étend le Serbaïrou.

— La pierre est à peu près ici, dit-il. Elle ressemble à un dolmen ; c'est vers elle que courait la reine. Sur le médaillon elle est figurée par le sommet d'un angle de 90 degrés, l'Arcadie par un angle de 35 degrés, l'endroit où est caché le trésor ne peut être qu'ici sous le troisième angle marqué de la croix du sacré, du soleil de l'or et de la lettre du serpent : *samech*. Comme je viens de le dire, si nous trouvons l'Arcadie sur cette carte, sachant déjà où est la pierre, il nous suffit de les relier d'un trait et nous aurons ainsi matérialisé l'un des côtés du triangle. Connaissant les angles de base de ce côté, la construction de la figure devient un jeu d'enfant.

— Reste à trouver l'Arcadie, laisse tomber Bérenger avec dépit.

— Moi j'y suis allée !

C'est Marie qui vient de parler, Marie qui est revenue à la cuisine pour éplucher des pommes de terre, Marie, qu'ils n'ont pas vue dans leur aveuglement. Les deux hommes restent interloqués. Elle, en Arcadie ? Elle, l'humble servante qu'ils voient à cet instant, accroupie devant l'âtre, occupée à trier des patates ? Elle est appuyée sur son avant-bras au rebord d'une énorme bassine remplie d'eau et étale à ses pieds les tubercules. Et bien que l'habitude de choisir les meilleurs pour la soupe rende les mouvements de sa main précis, cette main tremble un peu. Marie sent sur elle le regard des deux hommes, et le poids de l'émotion qu'il lui procure.

— Explique-toi, demande Bérenger d'une voix émue, sachant par intuition que la jeune fille dit vrai.

— Nous ferions mieux de tirer un voile sur cette affabulation, dit Boudet.

Un court silence se fait. Marie se met à le regarder, l'air songeur, comme si elle cherchait à décrypter sa vrai nature. Non décidément, elle ne l'aime pas. Il y a quelque chose de faux dans son visage. Elle ne peut pas imaginer qu'il soit prêtre et interprète la parole divine.

— Parle et finissons-en ! intime Boudet.

Le songe se fait plus intense chez Marie, son cœur

sensible vit l'instant comme une peur ou quelque chose y ressemblant.

— Je vous interdis d'avoir ce ton avec elle, gronde Bérenger. Excusez-vous !

Boudet est sourd peut-être, car il continue à la toiser de haut jusqu'au moment où, heurté par le poing de Bérenger lancé sur sa poitrine, il s'avoue vaincu et dit :

— Excusez-moi, mademoiselle Marie ; je ne voulais pas être rude. Où est l'Arcadie ?

Boudet maîtrisé... Elle sait pourtant que ce n'est qu'une apparence. Elle sait que ce qu'il vient de dire sous la contrainte de Bérenger diffère essentiellement de ce qu'il dira demain s'il la rencontre seule, mais cela lui est égal, elle est heureuse de le voir ainsi.

— Il y a longtemps... dit-elle... très longtemps que j'ai vu la tombe qui est reproduite sur le tableau que vous avez rapporté de Paris, mon père...

Elle se presse les tempes, là où le flux de ses souvenirs commence à se concrétiser en une suite d'images floues. Elle se revoit tenant la main de son père, elle devait avoir dix ans, peut-être onze. Ils marchaient sur un chemin, sa mère était devant avec son frère et d'autres personnes accompagnées d'enfants. À cette heure du jour, le ciel avait cet éclat ocre et chaud d'arrière-saison que renforçaient les feuillages roux de la forêt. Sous tous ces feux, la rivière s'enflammait et il fallait sauter sur les pierres qui émergeaient de l'eau pour rejoindre l'autre rive où pourrissaient des buissons sur leurs racines bourbeuses...

— ... Une fois par mois, nous allions déjeuner au bord de la Rialsesse à la sortie du village de Serres, où habitait ma tante... Mais ce jour-là, après le repas, elle décida de nous mener en excursion. Et je vis votre tombe d'Arcadie, exactement la même que celle peinte par M. Poussin.

— Par Jésus ! s'exclame Boudet, elle dit vrai ! Comment n'y ai-je pas pensé avant ? À un kilomètre à l'est du village de Serres, en un lieu isolé appelé les Pontils, se dresse une tombe récente...

— Récente ? s'étonne Bérenger. Quel rapport alors avec celle qu'aurait peinte Poussin au début du XVIIe siècle ?

— Elle a été édifiée à la demande de la famille Galibert en 1881, sur l'emplacement d'une tombe beaucoup plus ancienne qui avait été détruite en 1870. En fait elle n'en est que la réplique, comme elle est la réplique de la tombe des *Bergers d'Arcadie* de Poussin... et une parfaite réplique ! Je l'ai vue il y a trois ans lors d'une de mes longues promenades. Vite, la carte !

Encore une fois, ils se penchent sur la carte. De son crayon, Boudet entoure la pierre du Serbaïrou, puis la tombe des Pontils. Il relie les deux points d'un trait, élève une perpendiculaire, ouvre approximativement un angle de 35 degrés et matérialise ainsi le triangle sur la carte.

— La porte est à peu près ici ! rugit-il sur un ton de triomphe.

Et d'un mouvement bref des doigts, il dessine un cercle autour du sommet de la Pique.

Marie, de son côté, reste interloquée, les yeux rivés sur la Pique qui s'avance vers la Coume-Sourde, telle une corne. Mais Bérenger sourit, goguenard, l'air de se ficher de la démonstration de Boudet. Il voit bien que la surface déterminée par le cercle fait au moins trente hectares.

— Vous ne semblez pas convaincu, constate Boudet qui a repris son air calculateur et secret, défiant Bérenger de ses yeux vifs et rusés. Ses sens si exercés à trouver la vérité sont en alerte. Son regard se met à rôder, cherchant et disposant des points de repère invisibles sur le visage de Bérenger, son ouïe enregistre l'ironie des soupirs.

— C'est le territoire à explorer qui vous rend si sarcastique ?... C'est bien cela... n'est-ce pas, Saunière ? dit-il enfin.

— Vous êtes perspicace... mais il faudrait l'être beaucoup plus pour déceler la cache dans les épais buissons où les ronces se mêlent aux branches des chênes verts du bois du Lauzet. Autour de la Pique les mauvaises herbes collent aux rochers comme le lierre colle aux murs. Les bêtes blessées vont y mourir à l'abri des chasseurs, et quand on essaye de les suivre, il ne faut jamais revenir en arrière mais se battre à chaque pas contre les épines. On y éprouve une sensation de temps qui s'étire, sans coupure, à l'infini.

— C'est pour cette raison que nos ancêtres l'ont choisi pour dissimuler le trésor. Essayez, Saunière !... Pensez à votre fortune.

— J'essaierai.

18

De temps en temps, il jette un regard circulaire pour se persuader que personne ne le suit. Non ! personne ne le suit. Il marche dans le ruisseau des Boudou et le fer de ses godasses fait un bruit dur, sonore. Sans doute n'y a-t-il que les corbeaux pour l'entendre. Il s'arrête et les observe sur le mont pelé du Soula. Au beau milieu des rochers gris tachés de vert, les oiseaux nichent par dizaines, comme de minuscules lettres noires sur le fronton d'un temple. Il tire la carte et la boussole de sa besace et s'oriente.

Voilà quatre jours qu'il fouille le sud-est de la Pique, prenant garde à ne pas rencontrer les paysans de la Valdieu. Depuis quatre jour, il sonde chaque buisson, se fend les ongles en retournant des pierres de deux cents livres, pénètre dans des failles, se fraie des chemins jusqu'à d'anciennes tanières... Il n'a rien négligé, il est vrai, pour parfaire ses recherches, allant jusqu'à faire des marques tous les trois mètres, puis tous les mètres.

Le ruisseau gelé le mène droit à l'est, vers le soleil qui s'arrache à l'horizon brumeux, à cette heure où toutes les plantes se recroquevillent de froid. Il se décide à le quitter. La route est encore longue. Devant lui, la crête mord le ciel, avec ses milliers d'arbres perchés au-dessus de l'abîme, ses rocs tapis dans les touffes sournoises des halliers et les trous sinistres de ses grottes.

À l'entrée du chemin qui contourne le bois, il trace une croix sur le tronc d'un chêne et pense à la croix, au soleil et à la lettre du serpent gravés sur le médaillon.

Quand donc les découvrira-t-il ?... Il a longtemps réfléchi sur la signification du serpent Samech encore appelé Nahash par les hébreux. Nahash qui, il le sait, désigne aussi le cuivre, ce métal qui donne une flamme verte quand il brûle sous l'effet de l'oxygène. Alors il s'est souvenu des paroles d'Élie : « Voilà pour vous. Ce sont les talismans. Si au hasard de vos recherches vous vous trouvez en présence d'une lumière verte, disposez-les sur le sol autour de vous. »

Les talismans sont dans la besace, quatre plaques de métal sombre décorées de croix lunées et de séries de *iod* et de *lamed* (1). Cependant comme il doute de leur efficacité, il y a joint un crucifix, une fiole d'eau bénite et un coutelas. Le bois est noir, silencieux. Il y jette un regard inquisiteur, puis accélère son pas. Bientôt il arrive à la Pique d'où il domine le paysage. La Maurine, Jendous, Coume-Sourde, la Valdieu s'éveillent et leurs habitants revêtus de peaux et de laine s'en vont à l'étable ou à la bergerie répéter les gestes du passé. Un instant il songe avec délice au vin chaud servi dans les gobelets en fer-blanc par les femmes, au chaudron de soupe qui fume dans l'âtre, aux bébés qui braillent dans leurs bucs accrochés au mur et à qui les vieux chantent nèn-nèn, dodo bébé... Il songe à tout cela, à ces hommes, à cette terre salvatrice d'où il tire sa force. Il se secoue et reprend le chemin. Aujourd'hui, il veut explorer le versant nord-est de la Pique. Avec l'intention évidente de gagner au plus vite le pied de la montagne, il dévale la pente traversée d'éboulis et de coulées de sable. Mais son pied butte sur l'extrémité d'une pierre et il fait une chute, dégringolant au milieu des gravats jusqu'à un rocher plat dont il perçoit l'éclat vibrant avant de le percuter du front... Il perd connaissance.

« Où suis-je ? » dit-il en ouvrant les yeux sur la protubérance blanche du rocher. Doucement il remue ses membres tout en se massant le front où le sang a séché. Puis il se souvient de sa culbute et regarde fixement la crête, le cœur battant, peut-être à cause de

(1) Lettres hébraïques. En cabale, elles symbolisent la fortune et la mort violente.

la hauteur, peut-être à cause de ce qu'il aperçoit dans la lumière crue du soleil. Sous le chemin, dix mètres en contrebas, cinq petits rochers de forme ronde ont un aspect familier. Ils sont bleus. Bleus !... Bleus et ronds !... A MIDI POMMES BLEUES. Il croit rêver. Il boit un coup de vin à sa gourde. Il se redresse et commence à grimper, récupérant sa besace qui est restée accrochée à un arbuste mort. Cependant plus il se rapproche, plus les rochers perdent leur couleur. C'est un effet de lumière. Il redescend de quelques mètres : ils sont bleus. Sa montre marque midi douze minutes. L'expérience a la couleur, la véracité et la beauté maléfique du message d'Hoffet.

— J'y suis ! Ce n'est pas le fruit d'une hallucination.

Il rejoint les rochers et les examine sous tous les angles. Soudain, alors qu'il prend la précaution de se tenir aux racines pour ne plus tomber, son regard est attiré par une cavité bordée de cytises. En quelques reptations, il peut y glisser la tête. Se saisissant d'un caillou, il le lance dans le noir et l'entend rebondir plusieurs fois au loin. Il renouvelle l'opération et écoute, perdu dans une extase. Il a des désirs infinis d'or, des sensations de puissance ; un besoin intense de revanche sur la vie le traverse, et il fouille dans sa besace à la recherche de sa lampe à pétrole. « Maintenant ! » se dit-il. Sa joie est de courte durée : la lampe et brisée. « Je reviendrai cette nuit avec Marie », pense-t-il. Il est sûr qu'elle ne refusera pas de l'accompagner. En dépit des énormes risques qu'elle présente, l'entreprise promet un profit démesuré. Pourtant, il le sait, Marie n'aspire pas à devenir riche. Il s'assied et tente de se recueillir. Marie doit prier pour lui en ce moment. Cet or le rend inhumain. « Je ne vaux pas mieux que ceux de Sion », murmure-t-il. Il essaie de penser à elle, de se rappeler sa tendresse, l'élévation de ses sentiments, de se pénétrer de son amour. Ce sont là les choses auxquelles il essaie de s'accrocher, mais il n'y parvient pas. Tout ce qui hante son esprit est quelque part sous la terre. Alors il se met à genoux et récite la contrition, mais il ne peut l'achever car les mots lui paraissent vides de sens, car sa foi ne résiste plus à la tentation tumultueuse qui l'envahit tout entier. L'or... l'or de

Salomon balaie ses préjugés. Lorsqu'il se relève, son choix est fait : ce soir, il affrontera Asmodée.

Maintenant le décompte des minutes qui le séparent de la nuit a valeur d'éternité. Il repart vers Rennes-le-Château à contrecœur, comme s'il avait peur qu'on ne lui vole ou qu'on ne lui déplace son trou. Et il se surprend à s'interroger sur les repères de ce lieu immuable depuis des siècles.

— Cette nuit le monde m'appartiendra ! lance-t-il en se retournant une dernière fois en direction de la Pique.

— Nous y sommes ! souffle-t-il à Marie en reconnaissant les cinq rochers qui luisent faiblement sous le ciel étoilé.

Marie a peur. Elle envie la témérité de Bérenger. Devant elle, sur le sol friable, il s'est accroupi pour fixer une corde. Il n'a pas changé. C'est toujours la même précision, la même aisance de mouvement, d'action et de pensée. Elle jette un coup d'œil vers l'endroit d'où ils sont venus, vers les ruines de Capia, mais elle ne voit rien d'autre que les arbres et de sombres rochers chaotiques. Dans un dernier effort, la tête vague et obscurcie par le danger auquel elle commence à se résigner, elle s'avance vers son amant et reste debout au bord du trou, les yeux fixes. Elle allume la lampe quand il le lui demande. Elle l'aide et s'écorche les mains quand il faut élargir le passage. Et quand il esquisse un sourire de contentement, elle se met à pleurer. Le même sentiment de découragement qui la prend souvent l'accable ici, devant lui qui, afin de satisfaire ses ambitions personnelles, refuse le bonheur simple qu'elle espérait lui donner.

— Ce n'est pas le moment de pleurnicher ! éructe-t-il, tout entier pris par sa passion. Je vais descendre ; quand je te le dirai, tu me passeras la lampe.

Tenant fermement la corde, il se laisse glisser jambes en avant dans la cavité. La pente est raide mais il pourrait progresser sans la corde. Par prudence, il ne le fait pas.

— La lampe, demande-t-il.

Marie la lui tend à travers l'ouverture, il s'en saisit et

la pointe derrière lui. Au-dessus de l'ovale de la lumière orangée, le boyau semble continuer en s'élargissant.

— J'y vais !

— Sois prudent mon amour…

Elle lui a dit la chose la plus simple, avec toute sa sensibilité. Elle lui a communiqué son sentiment de la façon la plus directe, la plus immédiatement perceptible. Cependant il ne l'a pas entendue, ou il n'a pas voulu l'entendre. Elle le voit disparaître sur le plan incliné. La voûte marbrée accroche encore pendant quelques secondes des reflets cuivrés sur ses saillies, puis elle s'assombrit et vire au noir. Marie porte une main à sa bouche. « Que Dieu te garde », murmura-t-elle.

Le bout de la corde… Il vient donc de couvrir une trentaine de mètres. Bérenger le lâche et se redresse : la déclive est moins prononcée et il peut se tenir debout. Il parcourt encore quelques mètres, arrive sur un plan horizontal et marque un temps d'arrêt. À cet endroit le conduit quadruple de volume et les rayons de sa lampe effleurent à peine cette nef taillée en une succession de berceaux. Se baissant, il prend une poignée de terre et la compare à celle de la pente qu'il vient de descendre ; elles ne sont pas de même nature, et la frontière délimitée par les deux variétés est trop nette pour être naturelle. On a comblé cette caverne artificiellement. Plus loin, un filet d'eau limpide coule sans bruit, frémissant à peine sur les galets blancs qui émergent à sa surface. Il le suit, le cœur battant. Bientôt sa main se saisit du crucifix et il se mord les lèvres en passant dans une salle plus petite. C'est la porte ! C'est du moins ce qu'il suppose inconsciemment dans son état de fièvre, de peur et d'excitation. À cinq pas de lui, gisent deux squelettes, les os fichés dans la boue du ruisseau, d'étranges lambeaux de couleurs éparpillés autour d'eux, peut-être les restes de leurs vêtements. Il reconnaît un casque, une épée, un poignard, un torque. Il s'abandonne un long moment à les contempler, avant de reprendre ses esprits. Quoique fortement impressionné, il garde son immobilité et son silence, s'aidant simplement du crucifix serré dans sa main. Il tire sa force de la croix ; il continue, tendu, prêt à l'action. L'air siffle dans ses narines tandis qu'il gonfle ses poumons en pénétrant dans une caverne toute en longueur où s'entassent une vingtaine de cadavres... A leurs habits mieux conservés, à la forme de leurs armes, aux dessins barbares de leurs bijoux de bronze, il en déduit que ce sont des Wisigoths. Par quoi ont-il été terrassés ? Son imagination voit se dessiner un monde de cauchemar, fait de créatures insensées et innommables, de forces magiques. Un instant, sa panique est telle qu'il songe à rebrousser chemin. Alors il fixe la croix, intensément, de manière à entretenir son courage, puis il porte le regard vers l'extrémité de la caverne où s'ouvre la gueule noire d'un autre conduit. Il se sent emporté par le besoin impérieux de s'y engouffrer. Passé ce nouvel orifice, il tremble si violemment de joie qu'il ne sait pas si son cœur va résister. Là, à ses pieds, des barres d'or renvoient le feu à sa lampe. Quand il s'en approche, elles resplendissent. Il en prend une entre ses doigts, la plus petite, elle pèse au moins quatre kilos. Il en dénombre une centaine, dont les plus grosses doivent friser les quarante kilos. Son cerveau lui semble réduit à l'état de brume lumineuse quand il remplit sa besace. Ainsi chargé, il jette un coup d'œil vers le fond de la galerie qui fait un coude. Non !... Il n'ira pas plus loin aujourd'hui. Il va immédiatement remonter à la surface et faire partager son bonheur à Marie.

Quand il retrouve la jeune fille et lui montre sa découverte, elle tombe dans ses bras et se met à pleurer, mais il ne sait pas si c'est de joie ou de tristesse.

Le lendemain, une fois les parents de Marie partis au travail à Espéraza, ils se sont enfermés dans le presbytère et ont attendu Boudet, à qui a été envoyé un berger porteur d'une lettre.

Trois heures plus tard, l'abbé de Rennes-les-Bains frappe à leur porte. Marie lui ouvre. Il a des crispations dans le visage.

— Alors ? dit-il.

— Il vous attend dans son bureau.

Ne prenant même pas la peine d'enlever son manteau à grands plis, il se dirige vers l'autre pièce, emmenant avec lui l'haleine glacée du dehors. Il veut s'introduire chez Saunière, mais le bouton de la porte du bureau tourne en vain.

— C'est moi qui ai la clef, dit Marie.

— C'est donc si important ?

Marie ne répond pas. Déjà la clef est dans la serrure et tourne, libérant le battant qui jette une note grinçante quand Boudet le repousse.

Bérenger est debout, les mains posées à plat sur la table. Et entre ses mains, il y a l'or. Quatre barres d'or pur qui n'ont pas le froid scintillement des étoiles de l'hiver, mais le chaud rayonnement de l'astre du jour.

Étranglé par une émotion soudaine, Boudet n'arrive plus à prononcer un mot. Le rêve qui hante Sion depuis des siècles, vient de prendre tout à coup l'apparence de la réalité.

Comme pour l'assommer davantage, Bérenger lui lance :

— Seize kilos, Boudet ! Et il y en a encore cent fois plus sous la Pique.

Boudet regarde fixement l'or avec convoitise. Au moment où sa main ne peut s'empêcher de le palper, il voudrait pouvoir feindre une aversion profonde pour ce métal, mais toute résistance est vaine.

— Vous pouvez les prendre, continue Bérenger, ils sont à vous. Vous n'aurez qu'à reverser la part qui me revient en argent liquide sur mes comptes. Ce sont bien les termes de notre accord, n'est-ce pas ?

Boudet n'aime pas le ton supérieur de Bérenger. A cet instant, la force du ressentiment rompt le magnétisme que les lingots exercent sur lui, et il regarde méchamment Marie, avant d'affronter le regard noir de Saunière.

— Comment comptez-vous récupérer le reste ? finit-il par demander d'un air agressif.

— J'ai mon idée... mais il va de soi que je ne peux l'entreposer ici.

— Que proposez-vous, alors ?

— Connaissez-vous les ruines de Capia ?

— Oui.

— À quelques mètres en contrebas, il y a le ruisseau de Fagoustre et une pierre en forme de cœur. Elle est creuse dans sa partie inférieure, j'y déposerai mes trouvailles tous les après-midi à trois heures. À vous de les faire prendre par les frères.

— Entendu, Saunière, nous procéderons ainsi. Cependant une chose m'étonne…

— Quelle chose ?

— Que vous n'ayez trouvé que des lingots.

— Je n'ai pas poursuivi mes recherches au-delà de cette galerie.

— Poursuivez-les, mais poursuivez-les donc !

— Quand j'aurai épuisé ma première découverte.

— Mais il ne vous coûte rien d'essayer et de nous informer.

— Le coût d'une vie vous semble peu élevé… Qui nous dit qu'il n'y a pas de pièges dans ce souterrain ?

— Sornettes de conteur, vos pièges !

— Rappelez-vous, Boudet : À DAGOBERT II ROI ET À SION EST CE TRÉSOR ET IL EST LA MORT. Pourquoi n'y allez-vous pas vous-même ?

— Je suis trop vieux.

— Et les frères ?

— Un seul doit connaître le lieu où se trouve le trésor. Nous n'avons confiance qu'en un seul homme, et cet homme c'est vous !

— Et Marie ?

— Marie tiendra sa langue, elle vous aime trop pour risquer de vous perdre.

— Vous m'écœurez, Boudet. Emportez votre or et disparaissez.

— Nous nous reverrons quand vous aurez vidé la galerie, gronde Boudet en ramenant les lingots vers un sac que Marie vient de déposer à l'une des extrémités de la table.

Boudet rassemble les lingots. Son visage semble s'être pétrifié pour l'éternité dans une frise de vénérables rides, de plis et de sillons tortueux. Ses doigts, par gestes fébriles et désordonnés, jouent nerveusement avec l'ouverture du sac fermée par des lanières de cuir, et il traverse quelques secondes oppressantes malgré leur brièveté. Puis il charge le sac sur ses épaules et quitte le presbytère sans un mot.

Pendant un long moment, on n'entend aucun bruit dans la maison, sauf les ronflements et les sifflements du bois dans la cheminée. Puis Marie reprend sa brosse et son chiffon, plus lente, plus pensive qu'auparavant. Bérenger part à l'église, l'air méditant.

Tous deux sont enfermés dans la même angoisse. Leur conscience est plongée dans la nuit et en proie à une telle aridité qu'ils ne goûtent plus aux choses spirituelles.

Qu'y-a-t-il au-delà de l'or de la montagne ?

19

MARIE et Bérenger s'étreignent devant l'entrée du souterrain et se regardent longuement en silence. Il n'y a plus d'or dans la galerie, il va falloir aller plus loin. Le dernier lingot, le plus lourd, a été déposé la veille dans la pierre de Fagoustre.

En les voyant partir tous les jours à une heure de l'après-midi, les habitants de Rennes se sont posé des questions. Où va leur prêtre muni d'une hotte ? Que cache Marie dans cette besace ? C'est Alexandrine qui leur a fourni la réponse :

— Ils rapportent des pierres blanches, ils ont l'intention de décorer le jardin du presbytère et les abords de l'église... Venez avec moi, je sais où ils vident leur hotte.

Et tous sont allés contempler le tas de pierres blanches entreposées sous le poulailler du curé, riants ou inquiets devant sa lubie. Puis les vieux se sont gratté la tête en murmurant dans leur barbe : « Paure Bérenger, a l'autan que s'ivèrna, tu t'en vas a travers de camps contrafait la mess' sur le trauc del cuol de Marie (1). »

Cependant ces mauvaises paroles n'atteignent pas Marie et Bérenger. Là-haut dans leur montagne, ils se séparent, incapables d'assagir leur esprit angoissé. En pénétrant dans le conduit, Bérenger a l'impression d'entrer dans un rêve violent. Il descend, passe le ruisseau, les morts, arrive dans la galerie. Le silence des

(1) « Pauvre Bérenger, à l'autan d'hiver, tu t'en vas à travers champs ridiculiser la messe sur le trou du cul de Marie. »

lieux est total. Pourtant, est-ce son imagination ? il sent un frémissement d'éveil dans le monde minéral qui l'emprisonne.

Avec précaution, il passe un coude, puis un autre. Ses doigts se tendent vers la roche. Un artiste y a dessiné une clavicule hexagonale, d'un caractère éminemment ésotérique qui est révélé par le nombre des lettres inscrites, cent huit très exactement. Il se demande s'il y a un rapport avec le nombre 108 de la « tétractys » avec lequel Platon a construit sa cosmogonie. Parmi toutes ces lettres hébraïques, il ne trouve pas la quinzième : *Samech.* La lettre du serpent n'a pas été employée. Pourquoi ?

Le piège n'est pas loin, il est logique de le supposer. Mais pourquoi n'a-t-on pas piégé la galerie des lingots ? Par psychologie, pense-t-il. Une ruse, pour que les voleurs éventuels se précipitent plus en avant sans prendre garde, forts de l'impunité de leur premier sacrilège.

Un autre coude... Bérenger s'arrête, perplexe. Il a peur. Malgré la fraîcheur de l'endroit, sa chemise alourdie par la sueur lui tire les épaules en avant. De quelle nature est le danger ?... mécanique ? bien que n'étant pas constructeurs et mathématiciens, les Wisigoths ont pu se faire aider par les Juifs et les Romains... Magique ? Il n'y croit guère, cependant il a emporté avec lui les quatre talismans d'Élie et sa panoplie d'objets chrétiens. Il s'éponge le front, rassemble ses forces et n'écoute plus que son courage.

Le coude est franchi. Immédiatement après s'élève un escalier de vingt-deux marches. Vingt-deux ! Il croit comprendre. En les examinant de près, il découvre sur les trois premières : *aleph, beth* et *ghimel* gravées successivement sur les parties verticales. Les trois premières lettres de l'alphabet hébreu. Vingt-deux marches, vingt-deux lettres... Le danger est là ! Il sait qu'il doit éviter la quinzième, mais cela lui paraît trop simple. Il fait un effort de mémoire prodigieux et essaie de se souvenir de la correspondance des lettres et de leurs symboles en Cabale. Élie lui avait dévoilé une partie de sa science. Il se souvient d'un tableau que lui avait montré son ami dans un vieux livre. Une image se forme, devient claire... Ce n'était pas un livre mais un manuscrit écrit de la main d'un ancêtre de Yesolot. Il le revoit ; Élie le lui avait traduit en français. Bérenger se sent obligé de parler à haute voix pour ne pas omettre de détails :

— UN, *aleph,* on m'appelle Ehieh le divin, je suis la VOLONTÉ.

Et il pose un pied sur la VOLONTÉ.

— DEUX, *beth,* on m'appelle Bachour le choisi, je suis la SCIENCE

— TROIS, *ghimel,* on m'appelle Gadol le grand, je suis l'ACTION

— QUATRE, *daleth,* on m'appelle Dagoul le notoire, je suis la RÉALISATION

— CINQ, *hé,* on m'appelle Hadom le magnifique, je suis l'INSPIRATION

— SIX, *vau,* on m'appelle Vesio la splendeur, je suis l'ÉPREUVE...

Et son pied évite l'ÉPREUVE pour se poser immédiatement sur la marche supérieure qui n'est autre que la VICTOIRE. Il continue ainsi, les muscles noués, sautant les neuvième, douzième, quinzième, seizième, dix-neuvième et vingt et unième marches qui représentent la PRUDENCE, la MORT VIOLENTE, la FATALITÉ, la RUINE, la DÉCEPTION et l'EXPIATION pour arriver enfin sur la dernière :

— VINGT-DEUX, *tau,* on m'appelle Techinah la faveur, je suis la RÉCOMPENSE.

La RÉCOMPENSE... rien ne lui est arrivé. Il ignore si cette précaution lui a été utile, mais il la renouvellera à chaque passage. Alors il découvre la statue. Il est saisi d'horreur. Elle correspond si bien à l'idée que s'en fait l'imagination populaire qu'il se protège avec la croix. C'est le démon. C'est Asmodée (1), un être de cauchemar, pas tout à fait monstre, pas tout à fait homme, taillé dans une espèce de marbre noir. La lampe qui bouge dans la main tremblante de Bérenger anime son visage d'une vie secrète et terrible. Il semble prêt à hurler avec sa bouche grande ouverte aux lèvres retrous-

(1) Bérenger en a fait modeler une reproduction assez réaliste que nous pouvons voir aujourd'hui à l'église de Rennes-le-Château.

sées. Ses yeux exorbités fixent Bérenger, ses mains déformées aux ongles longs sont convulsées, ses jambes, hors des normes anthropomorphes, ont l'apparence de troncs noueux. Cependant l'une est plus courte que l'autre, et son pied, à peine ébauché, repose sur un cube. La plus sûre façon de vaincre sa peur, c'est de le toucher sans crainte ; c'est ce que fait Bérenger après avoir rangé sa croix. D'une main malhabile il effleure le bras du démon. Ce n'est qu'une vulgaire statue dont il ne peut dater l'origine... une vulgaire et inoffensive statue. Toutefois, et sans tomber dans le délire, il reste difficile de nier l'existence de cette présence mal définie, mal acceptée, génératrice d'un malaise certain. Il la quitte prestement et fouille à nouveau la nuit avec sa lampe.

C'est une immense caverne, il n'en aperçoit ni le fond, ni la voûte, ni les contours. Alors, la tête baissée, les yeux attachés au sol inégal et crevassé, il s'avance prudemment. Les reflets pâlement cuivrés de la lumière courent devant lui et gagnent enfin un coffre aux poignées écarlates.

Il s'y attendait un peu mais ne peut s'empêcher de tressaillir. Au fur et à mesure qu'il se rapproche de sa trouvaille, d'autres coffres apparaissent, émergeant de la longue nuit dans laquelle ils avaient été plongés.

Le reste du trésor, enfin !... Soudain il s'immobilise. Un énorme chandelier luit faiblement à la limite du halo : le Menorah. Il a une pensée pour Élie. L'objet sacré repose sur un long bard aux pieds ouvragés.

« Et l'Arche, et les tables ? » se dit-il sans oser aller regarder le chandelier d'un peu plus près. Superstitieux, effrayé par la légende, il s'en détourne et s'en prend aux fermetures du coffre le plus proche. Il n'a aucun mal à les faire sauter avec son coutelas. Il rabat le couvercle et s'émerveille à la vue des bijoux qu'il découvre, des colliers, des fibules, des bagues, des bracelets, des anneaux, des agrafes... Il plonge ses mains dans ce scintillement et les ramène à lui, toutes chargées d'or, d'argent et de pierres précieuses.

— C'est pour toi, dit-il à Marie en lui montrant la bague sertie d'une magnifique émeraude. Mais quand il essaie de la lui mettre à l'annulaire, la jeune fille retire vivement sa main.

— Non ! Je ne veux pas ! Ça porte malheur.

Elle remet le bijou danss la hotte, obéissant à ses instincts de paysanne. Comment pourrait-elle porter le fruit d'un pillage ? La mine sombre, elle semble poursuivre la solution de quelque redoutable problème de conscience.

— Tu as tort, dit-il. Cette pierre est bien supérieure par sa qualité à celles qui se vendent de nos jours dans les grandes villes.

— Alors donnez-la à l'autre ! Que ferai-je d'une pierre pareille ? Je ne suis pas une princesse mais une femme du Razès. Les gens d'ici se demanderaient où je l'ai volée... Regarde mes mains, Bérenger, regarde-les bien, elles connaissent la terre, les racines, les arbres ; elles se sont durcies au contact du feu, de l'eau glacée... mes doigts rigides ne retiennent plus les larmes que je verse pour toi, sur nous... J'ai si peur de te perdre.

Les gouttes qui filtrent entre ses cils trahissent son abandon. Il la laisse pleurer en silence. Tout ce qu'il ressent d'important, de profond, il ne peut l'exprimer maintenant. Pas ici, pas sous la Pique, pas sous ce ciel lourd et bas traversé seulement de temps à autre par quelques corbeaux qui s'empressent de disparaître derrière la ligne grise des montagnes. Alors il rôde d'un pas incertain, cherchant et disposant des pierres blanches sur la couche supérieure des bijoux. Dans son coin, Marie ne voit plus rien, n'entend plus rien, et pleure toujours, la tête brouillée, le cœur en peine...

Mais quand donc tout cela finira-t-il ?

Et jour après jour ils sont revenus. Et jour après jour ils sont repartis, la hotte pleine. Bérenger ne s'aventure pas dans l'immense caverne ; le chandelier est devenue une borne infranchissable. Il a écrit à Élie, mais son ami ne lui a pas répondu. Que faire de ce Menorah ?...

— Aujourd'hui, je vais explorer la partie située derrière le chandelier, dit-il soudain à Marie alors qu'ils arrivent devant le trou.

— Mais vous m'aviez juré de ne plus continuer les recherches une fois les coffres vidés, balbutia-t-elle sur un ton désespéré...

— C'est plus fort que moi... Je veux savoir.

— Nous aussi !

Marie pousse un cri. Deux hommes viennent de surgir devant eux, revolvers à la main. Ils sont vêtus comme des chasseurs.

— Toi la pute, tu vas fermer ta gueule ! ordonne le plus gros des deux en lui plantant le canon de son arme sur la tempe.

Marie pâlit. L'homme, un chauve au visage glabre et triangulaire, paraît déterminé à appuyer sur la détente.

Bérenger veut intervenir, mais l'autre comparse pose une main sur son épaule et l'en empêche.

— À votre place je n'essaierais pas, mon père, dit-il avec un léger accent allemand. Assurez la sécurité de votre compagne et montrez-nous le chemin du trésor.

— Qui êtes-vous ?

L'homme, très blond, très rose et très longiligne, tressaille sous l'incidence du regard noir et furibond. Le prêtre le brave avec un dédain extrême.

— Avance !

— Des johannistes...

— Avance ou mon ami Thomas brise le nez de ta petite pute.

Bérenger se glisse dans le trou, suivi immédiatement par le blond. Peu après, alors qu'ils ont atteint le fond du conduit, ils sont rejoints par Thomas et sa prisonnière qui serre les dents contre la douleur, car il la pousse en lui tordant les cheveux de la nuque.

— Va avec ton curé ! ordonne l'homme en la projetant dans les bras de Bérenger d'un vigoureux coup de genou dans les reins. Elle se blottit contre lui et sanglote.

Bérenger essaie de se soustraire aux regards des deux hommes qui inspectent les lieux, puis, y étant parvenu, il murmure à l'oreille de Marie :

— Quand nous arriverons à l'escalier, nous nous mettrons à courir. Surtout pose exactement tes pieds sur les marches où j'aurai posé les miens.

— Oui... souffle-t-elle, un peu rassérénée par l'assurance de son amant.

— Alors, les amoureux, et ce trésor, où est-il ?

— Un peu plus loin, répond Bérenger.

— Marchez tous les deux devant ! Prends la lampe, curé.

Bérenger prend la lampe et la tête du cortège. Quelques secondes plus tard, comme il l'espérait, les deux hommes s'attardent sur les deux premiers cadavres.

— Il n'y a rien d'intéressant ici, dit Bérenger... Les prochains le sont plus, ils portent encore des bijoux.

Quand ils pénètrent dans la salle où s'entassent les Wisigoths, les deux hommes s'accroupissent et examinent les restes. Bérenger en profite pour s'éloigner lentement d'eux en entraînant Marie. Parvenu à l'endroit où est dessinée la clavicule, il souffle :

— Viens !

Ils se mettent à courir. Le blond leur intime l'ordre de s'arrêter. Ils ne l'écoutent pas et se précipitent vers l'escalier.

— Attention aux marches ! crie Bérenger en posant son pied sur la VOLONTÉ. Dans une sorte d'état second, Marie calque sa course sur celle du prêtre et parvient en haut sans dommage. Déjà leurs poursuivants grimpent. Bérenger pense à se mettre — bien que l'idée lui paraisse stupide — sous la protection du chandelier. Soudain il entend un cri étouffé, puis un juron suivi d'un hurlement. Quand il se retourne, il aperçoit les deux hommes écrasés par une dalle qui a surgi de l'une des deux parois latérales et reprend lentement sa place dans son logement. Les deux corps s'affaissent et glissent au bas des marches.

— C'est fini maintenant, dit-il à Marie en lui cachant le visage contre sa poitrine.

C'est alors qu'il remarque quelque chose d'anormal. La lumière est différente. Il observe sa lampe, celle-ci diffuse la même clarté jaune orangé. Cependant le phénomène prend de l'ampleur, un flux verdâtre se mêle aux reflets cuivrés. Il se raidit et a une grimace de frayeur en décelant l'origine de cette nouvelle source lumineuse ; la statue d'Asmodée. Une auréole verte la ceint et s'étend. Les talismans d'Élie sont restés à l'extérieur. Il pense avec émotion que ce rayon marque la fin de sa vie d'homme, et que tout sera simple désormais, mais il y a Marie, Marie qu'il a entraînée dans cette folle aventure. Elle ne doit pas périr par sa faute. Il la soulève et l'emporte. Il l'emporte comme un fou au-delà des pièges de l'escalier, au-delà des galeries qui s'effondrent les unes après les autres, murant la salle au chandelier et ensevelissant les cadavres et le ruisseau...

Le silence, le froid font se blottir l'un contre l'autre les deux rescapés qui ont encore la force de porter leur amour.

— Je t'aime, lui souffle-t-elle.

Bérenger sourit à Marie sans mot dire. Il répond à son regard qui l'implore ardemment de fuir loin de la Pique, et il l'entraîne par le chemin. Maintenant ils sont riches, maintenant ils vont vivre.

20

Janvier 1894, Toulouse

SIX mois ont passé. Une grande partie du trésor est en lieu sûr. Tout s'est parfaitement déroulé selon les plans du Prieuré. Mais Bérenger n'est plus le même homme. En lui quelque chose s'est brisé, même Marie s'en est aperçue.

« L'argent te monte à la tête », lui a-t-elle dit plusieurs fois sur un ton de reproche avant d'ajouter : « Abandonne ta part, n'écoute plus Boudet »... Et il y a quelques jours : « Ne va pas à Toulouse, tu deviendras comme eux, si tu as encore un peu d'amour pour moi, reste ici... »

Un vent glacial le pousse. Tous les trois ou quatre pas, il s'arrête, lève la tête, comme pour écouter ce souffle sur les pierres ou scruter les bords des maisons. Depuis le matin, l'angoisse l'étreint, si vive qu'il est prêt à s'accrocher au moindre signe. L'or du diable lui fait douter de Dieu. Et son doute est le désespoir de sa pensée... Il s'accroche à ses désirs d'homme et alimente son esprit à la lumière de l'or qu'il a trouvé.

« Je suis riche... Bientôt je pourrai bâtir le Temple avec l'argent que me reversera le Prieuré... Bientôt nous serons ensemble, Emma. »

La cantatrice Emma Calvé, sa maîtresse, est en Amérique. Elle reviendra à la fin avril. Elle lui a écrit qu'elle devait encore chanter *Carmen* à Chicago, à Boston, à Albany et à Brooklyn.

Quatre coups clairs sonnent au clocher de l'église.

Emma se retranche aussitôt pour l'en abstraire. L'avertissement semble tomber du ciel sombre en lambeaux et non pas de la flèche.

— Saunière !

Bérenger se retourne. En l'espace d'une seule seconde des centaines de pensées et d'images incohérentes roulent dans son cerveau, puis c'est la peur. L'homme est appuyé sur une canne à tête de loup. Il ne l'a pas entendu arriver. D'où sort-il ? Bérenger envisage une action rapide et brève, et une part de ses ennuis serait terminée.

L'inconnu n'a pas changé. Toujours la même assurance. Trop sûr de lui. Il est grand, fort, sans âge. Ses yeux gris ne le quittent pas, avec ce regard à la fois dur et froid. Les secondes passent et avec elles la détermination de Bérenger.

— Vous ! finit-il par dire d'une voix peu assurée. Que me voulez-vous encore ?

Il regarde autour de lui. Nul ne peut lui venir en aide. Deux mendiants grelottent devant le porche de l'église Saint-Sernin, leurs sébiles désespérément vides. Une vieille en équilibre sur deux bâtons noueux lutte avec la glace qui recouvre les pavés, marchant à petits pas, les yeux baissés. Toulouse s'engourdit avant la tombée du jour, sourde aux petits drames de ses rues. Les gens d'ici s'enferment quand souffle la bise.

— Hé oui, il n'y a pas grand-chose, constate à son tour l'homme à la tête de loup. Ce vent-là n'est guère du goût des Toulousains, ils préfèrent entendre le grincement mélancolique des grillons. Ne craignez rien, Saunière, je ne vous ferai aucun mal.

— Je ne vous crains pas. Vous devriez le savoir.

— Bien sûr.

— Qui êtes-vous ? Que cherchez-vous ? L'or ? Il n'est plus en ma possession. Les Frères l'ont emporté.

— Si l'on excepte celui que vous avez caché, cela est vrai, mais je vous fais grâce de ces quelques kilogrammes. Vous êtes riche, l'abbé. Je sais que vous venez d'ouvrir pas plus tard que ce matin un compte en banque qui va être approvisionné par le Prieuré de Sion, ainsi que ceux de Paris, de Perpignan, de Budapest et de New York. Bravo pour l'Amérique, il est vrai que vous y avez en ce moment une ambassadrice de charme en la personne de Mme Calvé, et un financier de premier ordre avec la présence de M. Élie Yesolot. Votre amie va chanter pour Prurim Association, la fondation des Charités juives, et votre rabbin s'occupe de faire fructifier l'or du roi Salomon. Je sais encore que vous avez découvert une infime partie du trésor. C'est pour cela que je suis ici.

Élie... Son ami Élie est donc toujours vivant! L'inconnu sait beaucoup de choses. Bérenger s'était autrefois promis de lui briser le cou. Peut-être tout alors deviendrait-il facile? Peut-être signerait-il son propre arrêt de mort? Il ferme une seconde les yeux... Tout cela n'est que spéculation, la volonté de voir se dramatiser, d'une manière artificielle et qui n'existe que dans les contes, une réalité assez simple. Cet homme est son double; il travaille pour le camp opposé et diffère sans cesse un véritable affrontement qui ne viendra jamais, du moins tant que le grand secret de Rennes ne sera pas révélé. Maintenant il est contraint à une immobilité déconcertante, posé telle une pierre du Razès dans cette rue déserte. Il fixe la tête de loup de la canne; il se souvient des années passées, de cette lutte contre l'Église de Jean aux côtés des frères du Prieuré de Sion. Les Habsbourg contre Léon XIII.

Bérenger a eu le temps de mesurer l'enjeu, et il a choisi de se battre contre ce pape qui préfère la République à la Monarchie pour sauvegarder le Concordat et le budget des cultes menacés par les radicaux. Léon veut le pouvoir. En se déclarant adversaire du royaume d'Italie, de l'Allemagne protestante et de l'Autriche-Hongrie, il divise les chrétiens. Bérenger ne se pliera jamais à l'encyclique du *Rerum novarum,* il ne deviendra pas l'adepte du catholicisme social prôné par Léon XIII. Il ne cédera pas aux pressions de l'inconnu.

— Vous n'aurez rien!

— Je ne vous lâcherai pas, Saunière... Jamais! L'Église qui guide mon bras est plus puissante que les Habsbourg dont vous faites le jeu.

Bérenger fait un pas et il brise ce carcan, cette force

qui le paralyse. En remarquant la ride profonde qui barre soudain le front du prêtre, l'inconnu devine ses intentions.

— N'avancez plus !

Bérenger écarte les bras, prêt à bondir, mais l'homme tire sur la tête de loup de la canne et dégage une longue lame qu'il dirige sur la gorge du prêtre.

— Vous êtes stupide, l'abbé. Vous ne vivrez pas longtemps.

— Qu'attendez-vous pour en finir ?

— Devrai-je tuer la poule aux œufs d'or ?... Vous me méprisez ? Je reconnais que la formule que je viens d'employer manque d'élégance. Excusez-moi, c'était grossier et inutile. Préférez-vous que je vous dise que les prêtres conservateurs méritent toute notre considération et que nous devons être tolérants envers l'opinion des autres, car la tolérance est la plus grande des vertus ?... Non, cela ne vous plaît pas ? Je le regrette. Adieu, monsieur l'abbé, je travaillerai mon texte en vue de notre prochaine rencontre.

L'homme recule. Un fiacre où deux ombres se tiennent assises se détache au bout de la rue. Ses roues grincent. Ses chevaux noirs nerveux le tirent sans peine sur la chaussée mal empierrée. Des bêtes peu dociles qui tressaillent sous le fouet. Le digne équipage de l'homme à la tête de loup. Ce dernier le rejoint, et son rire fuse, suivant de très près le coup de fouet donné par le cocher.

Le véhicule frôle Bérenger puis disparaît.

Alors le prêtre s'en va pesamment vers Saint-Sernin, comme si tout le poids du monde était sur ses épaules. Il veut prier. Il entre dans l'église et ses paupières se ferment irrésistiblement quand il entame le Pater. En un temps insaisissable, il rêve et condense ses désirs. L'or... l'argent. Il est riche. Immensément riche. Nul ne lui ravira ses biens. Pourtant la richesse ne lui suffit déjà plus ; il pense à une puissance autre, à celle qui est encore cachée sous la montagne.

« Je m'en emparerai. »

En quittant l'église, il se sent de nouveau presque heureux, s'étonnant même de la promptitude avec laquelle s'est estompée son angoisse après ses prières.

Demain il retournera à Rennes-le-Château et sa vie reprendra aux côtés de Marie, mais elle sera différente.

L'ombre des grands rochers s'empare de lui. Puis, c'est les Estous, le bois. Arrivé à l'orée, Bérenger a comme un éblouissement. Le soleil frappe le Razès. Le pays est lourd de neige.

Le prêtre peine sur le chemin. Par instants il reprend son souffle et s'exerce à reconnaître les montagnes : la Pique, la Serre-Calmette, le Bézu, le roc de la Dent, le Casteillas tout proche et allumé de reflets cristallins. Quand il se décidera à entamer de nouvelles recherches, vers où devra-t-il diriger ses pas ? Vers quelle grotte profonde, quel ruisseau souterrain ? Des corbeaux croassent des réponses obscures et volent vers la Pique. Non, il n'ira plus sous la Pique par les galeries des Jendous ; tout s'est effondré. Le Menorah est inaccessible par ce côté. Boudet lui a parlé de onze autres « portes » qui mènent à des caches. Peut-être dit-il vrai. Depuis plus de quatre ans, il travaille sans relâche sur les documents trouvés dans le pilier wisigoth, en essayant de s'inspirer des tableaux rapportés du Louvre.

Au fur et à mesure qu'il monte vers Rennes-le-Château, ses pieds s'enfoncent davantage dans la neige. Il transpire, peste, se redresse et peste à nouveau contre la tempête qui se prépare. Il vient de voir jaillir au-dessus du village l'écume blanche des nuages. L'instant d'après il sourit. Le ciel sur Rennes, la terre sauvage du Razès, cette œuvre est l'expression la plus tangible de la volonté de Dieu. Lorsque les gens de la ville lui parlent de pèlerinage à Rome, à Lourdes, à Saint-Jacques, où ils vont s'émerveiller devant de riches églises abritant des saints polychromes et des vierges dorées, il s'en étonne toujours. Si c'est la beauté, la preuve du divin et le sens de la foi qu'ils recherchent, qu'ils viennent ici, qu'ils aillent sur le bord du ruisseau des Couleurs ou au sommet du Bézu, qu'ils comprennent et qu'ils s'agenouillent. Comme cet homme près d'un buisson.

— Bonjour, dit Bérenger.

— Ah ! fait l'homme en se redressant brusquement.

C'est un vieux paysan à moustaches, au béret enfoncé jusqu'aux yeux, qui répond au nom de Gavignaud et fait partie du nouveau conseil municipal. Malgré le froid, il porte simplement une grosse chemise de toile descendant très bas sur le pantalon de velours.

— Alors, Gavignaud, on ne reconnaît plus son curé ?

— Vous m'avez fait peur... Que faites-vous par ici ?

— J'arrive de Toulouse. Tu priais ? ironise Bérenger en regardant la besace de l'homme, puis en essayant de deviner ce qu'il tient derrière son dos.

— Non... non...

— Dommage.

— Juste quelques grives, dit Gavignaud en montrant ce qu'il cachait derrière son dos : un oiseau, la tête prise dans un piège.

— Couillon ! Pourquoi poses-tu tes pièges sur le bord du chemin ?

— C'est un bon coin... Dites, vous ne direz rien, hein ? Vous en voulez quatre ? C'est une bonne journée, je vais en prendre beaucoup d'autres si on me laisse travailler. Depuis l'aube il passe trop de monde par ici, et pourtant, *barba de Dius* ! (parole de Dieu), ce n'est pas le chemin le plus court pour se rendre à Couiza.

— Que veux-tu dire ?

— Qu'il y a plus de rôdeurs sur le Razès de nos jours qu'au marché de Limoux. Il y a eu d'abord le *pelharot* de Couiza, vous savez, le ramasseur de chiffon qui crie « *Pelharot, pel de lebre, pel de lapin* » (1). Je crois qu'il braconnait aussi... Ouais, un rusé ce gitan-là.

— Tu as dit : trop de monde. Qui sont les autres ?

— Oh ! les autres... Est-ce que je sais moi ? des *torts* (des boiteux) de la ville, des vilaines figures. Allez savoir ce qu'ils faisaient si près de notre village... Depuis votre arrivée à Rennes, il y a beaucoup d'étrangers qui viennent par ici.

Gavignaud lance un regard plein de suspicion à Bérenger, puis lui met quatre grives sur la poitrine.

— Prenez, mon père.

Bérenger garde un visage impassible, mais s'empare des oiseaux. Il continue son chemin et entend l'homme qui lui crie :

— À la Saint-Vincent, tout dégèle ou tout se fend,

(1) « Chiffonnier, peau de lièvre, peau de lapin. »

l'hiver reprend ou rompt ses dents. Priez Vincent, mon père, pour que l'hiver quitte votre âme.

Bérenger coupe brusquement à travers champs. Une impatience féroce le pousse vers le village. Des hommes sont venus ici pendant qu'il était à Toulouse ; Marie a été en danger... La dernière recommandation de Gavignaud l'a mis hors de lui... La neige n'est plus un obstacle, il grimpe sans effort. Il rencontre Alexandrine Marro qui ramasse du bois mort ; elle lui fait signe de venir. Il a une moue qui, étirant et plissant ses lèvres, transforme sa bouche en un arc d'exaspération.

— Plus tard ! dit-il.

Elle le rattrape.

— Vous êtes bien pressé, mon père. Y aurait-il un mourant ?

— Non.

— Alors c'est l'amour qui...

— Tais-toi, vieille sorcière !

— Toujours aussi violent, hein ?

— Et toi, toujours la langue bien pendue... Qu'as-tu appris pendant mon absence ?

— Vous m'achèterez deux poules ?

— Oui... oui, alors ?

— Votre Marie s'est disputée avec sa mère... Le forgeron a découvert un *coquel* (1) de plumes dans sa remise, il croit que sa femme veut l'envoûter. Le prix de la farine a augmenté.

— C'est tout ?

— Oui.

— Il n'est pas venu d'étrangers au village ?

— Non, qui viendrait se perdre dans ce trou ?... et en plein hiver.

— Merci Alexandrine, je t'enverrai Marie pour les poules.

— Bonne journée, mon père, bénissez-moi.

Il la bénit et elle retourne à son fagot. Bérenger est rassuré. Si Alexandrine n'a rien vu, c'est qu'il ne s'est rien passé. Peu après il arrive au village. À la vue des maisons serrées autour de l'église et du château, il est pris d'un désir ardent et d'une immense nostalgie. Au

(1) Boule de plumes employée en sorcellerie.

bout du monde, il pénètre dans un lieu sacré dont il est le gardien. Ses yeux courent d'un toit à l'autre, des tours du château au clocher de son église. À cet instant, il cache au fond de lui un sentiment d'accomplissement grandiose, un sentiment de puissance terrible, presque élémentaire.

Marie prépare une soupe au lard. Le vin est au chaud. Le pain doré repose sur la grande table polie avec deux assiettes et deux verres. Elle l'attend. Toutes les demi-heures, elle pousse un profond soupir de délivrance en pensant qu'il n'est pas loin. Tout lui semble bon pour rogner ces longues minutes ; elle coud, racle les cendres de bois pour la lessive, alimente le feu, jette un œil dans la grande cocotte cylindrique en fonte, nettoie les porte-cierges et l'encensoir, repasse plutôt deux fois qu'une les surplis, la soutane, les étoles, la chasuble. Quand il franchit le seuil de la maison, elle se précipite vers lui.

— Toi, enfin..., dit-elle en se jetant dans ses bras.

Elle l'embrasse sur la joue, recule, va prendre la cruche de vin et remplit un verre.

— Bois... tu es gelé. Je suis heureuse que tu sois revenu si vite.

Elle joint ses mains et sourit. Le moindre mouvement lui donne une vie, un charme si intenses que Bérenger ne peut y résister. Il vient près d'elle, pose son verre, la soulève et la fait tourner.

— Mais oui, mon oiseau, je suis là et je n'ai pas l'intention de repartir de sitôt. J'ai les papiers de la banque. Bientôt nous aurons de l'argent et nous pourrons enfin mener la vie que tu désires. Tu t'achèteras des robes, des bijoux, nous construirons une maison...

— Cet argent, je n'en veux pas... Je n'en veux pas ! Tu entends !

Elle le repousse et s'accroupit près de l'âtre. Bérenger hoche la tête d'un air amusé. Cette façon de se rebeller, certes entachée d'un peu de colère, paraît somme toute inoffensive. Ce n'est pas la première fois qu'elle lui fait une scène pareille. Aucun doute qu'avec quelques billets de cent francs, elle changera d'avis.

— Ils sont revenus, dit-elle soudain en le regardant droit dans les yeux.

— Qui ?

Il la rejoint, se baisse et la prend par les épaules.

— Qui, Marie ? Parle, je t'en prie.

— Je ne sais pas, mais ils ont fouillé le cimetière avant le lever du soleil. J'ai entendu des chiens aboyer et je suis sortie. J'avais peur qu'ils pénètrent dans votre petite maison.

Bérenger pâlit : la maison, c'est un édicule qu'il vient d'aménager à l'entrée du cimetière et dans lequel se trouvent ses livres, une table minuscule qui lui sert de bureau, une vingtaine de kilos d'or et quelques bijoux barbares cachés sous le sol, dans une citerne d'eau.

Il se redresse et sort d'un pas rapide, suivi par Marie. Contournant l'église, ils se rendent à l'entrée du cimetière. La porte de la maisonnette est close. Bérenger empoigne le bouton de cuivre et tire avec force pour s'assurer de la fermeture.

— Ça va, dit-il en prenant la clef qu'il porte toujours sur lui.

À l'intérieur, tout est en ordre. Les dix douzaines de livres sont rangées dans la bibliothèque en bois blanc. Sur la table, traînent un ouvrage prêté par Boudet : *L'Heptaméron,* du papier à lettres, un crayon et une facture de Dalbiès établie à son nom.

Il soupire. C'est ici qu'il passe le plus clair de son temps, afin d'éviter la famille de Marie — ses pensionnaires hospitalisés comme il les appelle —, surtout la mère qui voit d'un très mauvais œil la liaison de sa fille avec un prêtre.

— Ils n'ont pas pénétré ici, dit-il.

Les paroles de l'inconnu de Toulouse lui reviennent en mémoire. Il s'accroupit et soulève la dalle masquant le trou de la citerne. L'or et les bijoux subtilisés au trésor reposent dans les eaux noires. Il a tenu à garder cette petite fortune au cas où les frères du Prieuré de Sion ne respecteraient pas leurs engagements. La grosse corde reliée au sac est accrochée à un piton, il s'en empare et exerce une pression : le poids est conséquent, le magot est toujours là. Ce n'est pas cet or que cherchent les johannistes, mais autre chose, il en est persuadé. La dalle à nouveau en place, il essuie les traces d'eau sur le sol. « Ils vont revenir, il faut que je trouve une autre cache pour cet or, on ne sait jamais. »

Quand tout cela finira-t-il ? Il lui est impossible de dire pendant combien de temps il devra se battre contre ces fantômes.

Marie est blême. Elle mord son poing. Cet or la fait frémir. Elle croyait cette histoire terminée. L'apparition de ces êtres malfaisants ébrèche son bonheur tout neuf. Les derniers mois passés auprès de Bérenger ont été merveilleux, malgré les reproches de sa mère. Elle a travaillé à la manufacture de chapeaux ; il s'est occupé de sa paroisse. Elle l'a aidé à embellir l'église et ils se sont fait quelques amis parmi les villageois en participant à des veillées. Ils ont aussi passé beaucoup de temps à aménager la grotte artificielle que Bérenger a façonnée sur la place du calvaire avec l'aide du père et du frère de Marie. Une vie simple et facile. Elle se met à balbutier :

— Dieu le sait, je m'étais attendue à une vie heureuse. Voilà des mois que je prie pour te retrouver tel que tu étais autrefois. J'ai été jusqu'à Lourdes. J'ai passé des heures allongée dans notre église. Ce n'était pas pour mon plaisir. Tu ne t'en es jamais aperçu ou tu as fait semblant de ne pas t'en apercevoir, par orgueil. Bérenger, je t'aime ; je te donnerais ma vie. Oh oui, Dieu le sait ! puisque je pèche à tes côtés. Partons, demande à ton évêque la charge d'une nouvelle paroisse.

— Tais-toi, lui dit-il avec une sorte de rage. Tu ne sais pas ce que tu dis. Il n'y a pas un seul endroit au monde où nous serions en sécurité.

Peinée, Marie baisse les yeux. Elle ne veut pas le perdre. Le bonheur de l'avoir près d'elle, ce point de feu tremblotant, lui apparaît comme une dernière espérance. Bérenger est redevenu cet aventurier qu'elle ne comprend pas. Ses obsessions vont le reprendre, elle le sent. Quand il est ainsi, elle n'a jamais une seule fois l'impression qu'il pense à elle. En la possédant, il a une expression à la fois sauvage et têtue. Un regard absent, parti à la poursuite d'un rêve ou d'un cauchemar, elle ne sait pas. Et il y a cette femme qui écrit d'Amérique, la Parisienne, cette chanteuse qui empoisonne le cœur de son maître. Elle est allée requérir les services du *brèish* (sorcier). Ce vieux voleur lui a pris deux francs. Suivant ses conseils, elle a fait preuve d'ingéniosité en réussissant à couper les cheveux et les ongles, en récupérant du sang et de la salive de Bérenger avant de lier le tout dans une étoffe rouge qu'elle a enfermée dans le corps d'un moineau avec ses propres parcelles corporelles. Tout cela pour rien. « Il faudrait s'attaquer à la chanteuse », lui a dit le brèish, mais cela, elle ne le veut pas ; on ne gagne pas le cœur de celui qu'on aime en propageant le mal. Elle ne sait quoi faire, quoi penser. Cette nuit, il s'acharnera à lui faire l'amour des heures durant. Quel visage aura-t-il à l'esprit en la caressant : celui d'Emma ? Elle se consolera en essayant d'imaginer quel être elle a pu devenir pour lui ; ça lui donnera la sensation d'être déguisée. Une larme roule sur sa joue. Elle sent qu'elle s'enfonce dans un malheur dont elle ne pourra jamais sortir, et toutes sortes de dangers restent suspendus au-dessus d'elle, comme des rapaces prêts à fondre sur leur victime à la moindre occasion.

— Ne t'en fais pas, dit-il. Je vais informer Boudet et ses amis ; ils nous tireront des griffes de ces drôles. Viens m'embrasser, pauvrette, j'ai été trop méchant envers toi.

Il rit, mais ce n'est qu'une apparence. Elle le devine. Elle s'approche lentement de lui avec l'obsession de pénétrer les coins d'ombre de ses pensées, là où il est pleinement lui-même. Elle sait que ce qu'il se permet de dire tout haut diffère totalement de ce qu'il dit en toute franchise à Boudet, et diffère encore plus de ce que, en son âme et conscience, il considère comme la vérité.

— Je t'aime, murmure-t-elle.

Bérenger replie sa main sur sa soutane et tel un prestidigitateur fait apparaître une bague. Sertie d'or, une émeraude capte la lumière dans ses profondeurs et l'y garde enfermée.

— C'est pour toi, Marie.

— Pour… pour moi ?

— Prends-la. C'est la pierre de Vénus et de Raphaël. J'espère qu'elle te portera chance.

— Qu'elle nous portera chance, ajoute-t-elle en l'embrassant.

21

VOILÀ ce qu'il voit tout au long de la messe : des visages craintifs et anxieux. Et après, la foule qu'il retrouve toujours quand l'hiver ou les intempéries frappent durement la terre : les paysans qui l'attendent devant le porche avec la ferme intention de lui demander d'intervenir auprès des saints.

— Mon père, préparons une grande fête en l'honneur de saint Blaise et de saint Roch.

— Promenons la Vierge.

— Organisons une procession autour de la commune. Ils le pressent, l'attrapent par les manches, lancent des regards suppliants et se signent. Il les engage à se confesser. Cela les aidera beaucoup, dit-il ; mais ce n'est pas ce qu'ils attendent de lui. Au milieu de leurs faces creusées de plis durs comme les sillons de leurs champs, leurs yeux gravés quémandent les faveurs du Ciel.

— Pouvons-nous marchander avec Dieu ? leur demande-t-il.

— Cela se fait depuis des siècles, répond une femme.

— Nous irons chercher le curé de Couiza, s'il le faut, gronde un homme.

— Du calme, du calme mes enfants. Vos granges sont pleines. Vos bêtes ne souffrent pas. Vous ne manquez de rien. Le Seigneur vous comblera, s'il vous en juge dignes. Et je crois savoir que l'endevinaire et le brèish vous ont promis un beau printemps. Que voulez-vous de plus ?

— Nous nous confesserons, dit la femme.

— Oui, nous le ferons, reprennent en chœur les

fidèles massés autour de lui.

Le temps des élections de 1885 est loin. Ces mauvaises graines de républicains l'ont définitivement accepté dans leur communauté. Parmi eux, il se sent de plus en plus sûr de lui, et même complice. C'est là une situation nouvelle qu'il compte exploiter à fond quand il aura l'argent du Prieuré. Chose presque inexplicable, les conseillers municipaux assistent maintenant aux messes et écoutent ses prêches avec une évidente attention mais, derrière cette façade, ce n'est pas de la ferveur que lit Bérenger mais bien la mise en branle du mécanisme et des rouages d'une réfutation logique et politique. Léon XIII est un pape à leur mesure, un bon pape selon leurs critères. Cependant ils se méfient de ses lieutenants qui veulent faire figurer sur le blanc du drapeau tricolore l'emblème du Sacré-Cœur. Et leur curé, il y a peu de temps encore, a repris à son actif un article du journal *La Croix* — un torchon à leurs yeux — en lançant du haut de sa chaire : « Attaquons les lois de malheur et poussons tous les catholiques, royalistes, bonapartistes, républicains, à unir leurs efforts pour essayer loyalement d'établir en France une république chrétienne. » Ils n'ont pas porté plainte ; malgré tout, ils aiment ce prêtre qui sait donner des coups, plaire aux femmes, chasser et embellir leur village.

Le maire lui serre la main. Bérenger fixe au 2 février une messe spéciale lors de la purification de la Vierge Marie et de la présentation de Jésus au Temple. Que tous soient présents ; ils prieront pour leurs âmes et le retour du beau temps. Rassérénés, ils regagnent leurs maisons par petits groupes. C'est alors que la carriole de Boudet apparaît devant le château des Hautpoul. Bérenger va au-devant d'elle. Sur le siège, Boudet est enveloppé de deux manteaux. Un cache-nez et un chapeau de feutre masquent une partie de son visage blanc aux traits tirés. Il a froid, claque des dents, tient maladroitement les rênes entre ses gants de laine.

— Vous n'êtes pas raisonnable, lui dit Bérenger en lui tendant les mains pour l'aider à descendre.

— Je ne l'ai jamais été. Voilà des années que je cours à travers la région quel que soit le temps pour faire avancer mes recherches, et ce n'est pas aujourd'hui que je vais renoncer, au contraire. Surtout quand vous m'appelez à l'aide. Vite, Saunière ! Allons chez vous et offrez-moi un peu de ce vin chaud au miel que Marie a le don de rendre si délicieux en y ajoutant des herbes.

Boudet se frappe les flancs. Son pas manque d'assurance. Bérenger a un sentiment d'inquiétude, une appréhension en le voyant claudiquer. Il est malade mais s'accroche à la vie.

— Ne me regardez pas comme mon médecin, Saunière. Je tiendrai encore le coup longtemps. Vivre ici, c'est s'emplir les poumons d'un air divin. Allez, tête de mule, avancez !

Bérenger s'exécute. L'abbé de Rennes-les-Bains l'étonnera toujours. Il croyait que c'était un homme de débauche, il s'est trompé. Entre sa servante et lui, point de péché de chair. La gueuse se faisait trousser par des curistes en mal d'exotisme. Il l'a renvoyée. Sa sœur s'occupe maintenant de sa maison. Boudet est d'une rigueur qui procède de l'instinct et non de la volonté, en ce qu'elle ne réfrène pas le désir : il est chaste parce que sa sensualité trouve à s'assouvir de tout, des vieilles pierres, de parchemins, d'histoire, de langues anciennes et de mystères. Parce que jouir de la vie, c'est aussi participer à l'œuvre de Sion, à la quête de la puissance spirituelle. C'est suivre une voie parsemée d'embûches.

Le vin lui chauffe le sang. Une rougeur envahit sa face ridée. Un deuxième verre ressuscite l'éclair de son regard. Marie lui en sert un troisième et quitte la cuisine.

— *Encora milhor* (encore meilleur), dit-il en trinquant avec Bérenger.

— Alors, que savez-vous sur les hommes qui sont venus ici ?

Sous l'effet d'une ivresse passagère, Boudet promène un regard indécis sur les mains de Bérenger tendues vers lui où un destin exceptionnel se hâte dans les lignes profondes et courtes. S'accoudant sur la table, Boudet se rapproche de Saunière et baisse la voix :

— Ce que je sais, c'est qu'ils sont aussi venus à Rennes-les-Bains et au Bézu. Maintenant, ils sont à Carcassonne chez un certain Ferrant, docteur de son état.

— Boudet... Vous m'avez promis protection et appui. Que font vos amis de Paris ?

— Ils cherchent à mettre hors d'état de nuire celui qui les mène sur le territoire français.

— Il était à Toulouse et vous n'en avez rien su. Il m'a menacé alors que mes protecteurs se prélassaient dans les salons de la capitale.

— L'homme à la tête de loup, comme vous l'appelez, n'est qu'un exécutant. Celui qui dirige les johannistes est d'une autre envergure. C'est un envoyé de Léon XIII.

— Maudit soit ce pape !

Bérenger s'affaisse sur sa chaise. Le silence, le froid, malgré le feu qui crépite dans l'âtre, l'obscurité, le poids du secret, les menaces du Saint-Siège, font se rapprocher les deux hommes. Deux prêtres un peu perdus qui n'ont pas la force de porter à cet instant leur âme plus avant dans cette aventure, et ne savent où la poser, ni dans leur église, ni devant les croix des calvaires.

— Ils cherchent les mêmes choses que nous, Saunière... C'est compliqué. Vos documents légitiment — je schématise — la tête de l'Europe et de la Chrétienté, les Habsbourg. Folie à laquelle je donne, hélas, mon adhésion. Imaginez un Saint Empire constitutionnel européen effaçant de droit la souveraineté du pape. Quelle force, n'est-ce pas ? Toutefois il faut se méfier des mythes. Pourquoi les Habsbourg et pas les Bourbons, par exemple ? Je n'ai pas le droit de vous le dire, du moins tant que je n'aurai pas la preuve que le premier empereur Rodolphe, élu en 1273, est un descendant de Dagobert II et de la princesse Mecthilde de Saxe. Retenez simplement que la devise des Habsbourg est AEIOU, *Austria est imperare orbi Universo* (« Le destin de l'autriche est de commander à l'Univers »). L'affaire se complique encore plus parce que tous ces gens veulent s'approprier le trésor symbolique caché sous nos montagnes, ces objets sacrés qui donnent à leurs possesseurs des pouvoirs surnaturels.

— Sur ce dernier point je vous suis. J'ai senti cette force immense. Je la sens encore. C'est comme si elle était entrée en moi. Quelquefois, la nuit, j'ai l'impression de basculer dans un autre univers... Une lueur verte... Oh ! Boudet, vous comprendriez, si vous étiez descendu dans les souterrains avec moi. Qu'avez-vous appris à ce sujet depuis notre dernière séance de travail ?

— J'ai repris mes recherches étymologiques, historiques et archéologiques, mais je me heurte à un mur. Ceux qui ont caché le trésor en différents endroits savaient ce qu'ils faisaient. Ils ont voulu qu'il soit accessible aux seuls initiés. Il me faudrait l'appui de MM. Hoffet et Yesolot. Il faut trouver l'Arche, ou je ne sais quoi, avant les envoyés du pape. Brouillez les pistes, Saunière. Effacez tous les indices existants à Rennes-le-Château. Changez de place les tombes de votre cimetière. Et surtout ne dépensez pas d'argent dans l'année qui vient.

— Les tombes... je ne m'y risquerai plus.

— Il le faut.

— Vous me demandez de commettre une fois de plus un sacrilège.

— Déplacez-les, je vous en conjure.

— Du Diable si je le fais !

— Par ce Diable, vous le ferez !... Que me faites-vous jurer ? Mon Dieu, sommes-nous à ce point damnés ?

Boudet se prend la tête entre les mains. Bérenger l'observe. En peu de temps, l'abbé de Rennes-les-Bains a vieilli. Il y a un an, il n'aurait pas eu cette attitude. Penserait-il à sauver son âme ? Attendrait-il des consolations qu'il est en son pouvoir de prodiguer aux autres ? Un problème de conscience se pose à Bérenger : « Dois-je lui venir en aide ?... Hier encore je le haïssais, il a tant fait de mal à Marie. »

Il cherche à dédramatiser la situation :

— Boudet, allons, ressaisissez-vous. Le Diable n'est que l'incarnation d'un rêve infantile. Ce Mal que nous recherchons confusément à travers l'Univers pour mieux le combattre n'est souvent que le fruit de notre imagination.

— Pas de duplicité avec moi, dit sourdement Boudet. Vous parlez bien Saunière, mais vous avez aussi peur que moi... Je le sais. Sinon, expliquez-moi pourquoi vous ne voulez pas déplacer les tombes ?

— Je n'ai pas peur !

— Alors priez pour votre âme, car ce n'est pas l'Esprit qui vous conduit au désert, mais le Tentateur. Qui croyez-vous être, Jésus ?

Étranges mots dans la bouche de Boudet. Cependant, Bérenger comprend l'allusion au passage des Évangiles : « Le diable l'emmène sur une très haute montagne, lui montre tous les royaumes du monde avec leur gloire et lui dit : " Tout cela, je te le donnerai, si tu tombes à mes pieds et m'adores. " »

Est-ce que Boudet lui tend un piège ? Est-ce lui le tentateur ? Il le regarde et découvre qu'à cet instant ce n'est qu'un vieillard tremblant. Et ce vieillard le fixe intensément avec une sorte de reproche dans le regard.

Bérenger se sent mal à l'aise. Boudet a vu juste. Il est près à se jeter au pied de l'entité qui lui donnera les royaumes.

— Dieu me pardonne, finit-il par dire. Oui, j'ai peur, mais je manque d'humilité pour l'avouer.

— C'est l'une des raisons, votre manque d'humilité, qui a dicté notre choix. Vous êtes le seul qui puissiez mener à bien notre entreprise. Je voudrais vous ressembler, manquer de conscience et foncer sur le danger. Vous êtes une force, Saunière. Employez-vous à défendre la cause du Prieuré et nous ferons de vous un homme envié.

Le ton de Boudet s'est fait dur. En quelques secondes, il est redevenu le chef redouté, la voix du Prieuré. Bérenger comprend qu'il vient d'être manœuvré. Une fois de plus. Le vieil abbé se dresse, rajuste ses manteaux et tend la main à son complice.

— Si vous avez besoin d'un conseil, ou de confession, vous savez où me trouver. Parfois cela peut faire du bien de dire ce qu'on a sur le cœur. Et je doute que vous ayez envie de confier certaines choses aux abbés Gélis et Rivière. À bientôt, Saunière. Que Dieu vous ait en sa sainte garde.

— Au revoir, mon père.

Bérenger l'accompagne jusqu'à la carriole, puis va à l'église. Il s'agenouille devant sainte Marie-Madeleine et sa gorge se serre. Ses yeux se ferment quand, un moment plus tard, il se prosterne devant l'autel. Il prie, les mains jointes sur le tabernacle. Ce qu'il demande, il ne le sait même pas ; il a seulement soif de réconfort et d'apaisement, pensant que Dieu et les saints vont l'aider. Récitant tout bas, il se tord les mains à en faire craquer les phalanges. Quelle aide ? Il est seul. Il n'ouvre pas son âme. Le monde de Dieu lui est indifférent. Être un surhomme et roi de cette terre au prix de l'adoration de l'idéal du monde du Serpent, voilà à quoi il veut parvenir.

« Pardon... Pardon... Pardon... »

Son front heurte trois fois le marbre de l'autel et par trois fois il renonce à être un bon berger. Quand il ressort de l'église, son plan est arrêté. Dès ce soir, il déplacera la tombe de la Dame d'Hautpoul.

Recommencer. Côtoyer les morts. Marie a peur. Nuit après nuit, elle suit Bérenger au cimetière, la tête basse, la bouche pleine d'un latin qu'elle ne comprend pas mais qui lui procure assez de force pour continuer : *Agnus Dei, Christus immolatus pro salute mundi, miserere corporis et animae meae. Agnus Dei per quem salvantur cuncti fideles* (1)... Les morts la guettent quand elle glisse furtivement entre les tombes avec les croix que Bérenger enlève des sépultures. Elle trébuche, s'immobilise, serre les dents, puis reprend sa marche et ses oraisons. C'est à minuit que son cœur bat le plus fort. À minuit, quand les morts sortent de leurs cercueils. Elle les sent, ils cheminent dans les allées et la frôlent. Qu'ils soient couverts de marbre, oubliés dans la terre, ensevelis depuis des siècles, tous sont là en procession muette. Leurs yeux éteints cherchent à reconnaître les profanateurs.

— Bérenger...

— Qu'as-tu encore ?

— J'ai cru voir une lueur.

— Ce n'est rien.

— Ne t'obstine plus. Nous avons dévasté presque toutes les tombes qui étaient autour de celle de la Dame.

(1) Christ, Agneau de Dieu, immolé pour le salut du monde, ayez pitié de mon âme et de mon corps. Agneau de Dieu, par lequel tous les fidèles sont sauvés...

Elle détourne le regard. Bérenger extirpe un crâne de la terre et le range au milieu d'autres ossements jetés en vrac au fond d'une brouette. Une fois pleine, il ira la vider dans le nouvel ossuaire. Il se signe, fouille la parcelle où il a creusé et, ne trouvant rien d'intéressant, reprend son travail ailleurs.

— Nous devons effacer toute trace du passé, dit-il en attaquant au burin l'inscription d'une vieille tombe.

Aucune piste, aucun indice ne doivent servir de clef aux éventuels chercheurs. Avant de marteler la pierre, il regarde la configuration des lettres gravées sur cette tombe anonyme qui l'a souvent intrigué. Le nom du défunt a été effacé par les ans. Une date, 1666 ou 1668, indique l'année de la mort de l'inconnu ; la date de naissance qui la précède est illisible. En revanche, la phrase qui suit a résisté au temps, les lettres sont profondes, comme si on avait voulu que le message résiste au temps :

UBERIBVS FECONDVS AQVIS VBI CONDITVS ANTRO
MARTIVS ANGVIS ERAT CRISTIS PRAEE + SIGNIS ET AVRO

« Abondamment pourvue d'eaux fécondes, là, caché par l'antre,
Était le serpent de Mars, remarquable à l'or de ses aigrettes »,
traduit-il avant de frapper de son fer le
C de FECONDVS.

Les mois ont passé. Ils vont de moins en moins au cimetière. Les habitants, alertés par les fossoyeurs, se sont inquiétés des agissements de Saunière et de Marie. Certains ont protesté ouvertement, le menaçant de demander au maire d'intervenir auprès du préfet de l'Aude. L'entretien du cimetière appartient à la commune, et non à la paroisse. Bérenger s'est justifié : « Le cimetière a besoin d'être nettoyé, trop de vieilles tombes abandonnées l'encombrent, il faut libérer le terrain pour enterrer nos morts. »

En vérité, Bérenger a d'autres soucis : Emma Calvé est à Paris, ses tournées en Amérique puis en Angleterre l'ont consacrée comme étant la plus grande des divas. Elle triomphe ; il craint qu'elle ne l'oublie. Obéissant à Boudet, il n'a pas entamé l'argent de ses comptes en banque. Chaque mois, une nouvelle somme vient s'ajouter aux quelques milliers de francs déjà versés par les financiers du Prieuré de Sion.

L'argent ! Il en possède plus qu'il n'en faut pour mener une vie brillante. Au fond, il rêve de retourner à Paris. Ici, il n'est rien. La nuit, des ondes le traversent, tantôt lointaines, tantôt plus fortes, et tous ces échos épars sont autant d'appels que lui lance Emma.

Bérenger boit son café dans un silence profond, non pas de ce silence qui s'installe de lui-même ou celui du repos après la fatigue, mais un silence résolument silencieux, enrobé de préméditation. Marie l'observe à la dérobée. Il va lui dire des choses graves ; elle le devine, elle devine les mots qu'il rumine, elle devine ce qui pèse sur son cœur depuis trois jours. La dernière lettre de la chanteuse l'a rendu anxieux, crispé. Elle lui ressert du café, lui coupe une tranche de pain, ouvre un pot de confiture de fraises qu'elle a elle-même confectionnée au printemps. Il adore ses confitures et la complimente toujours quand ils entament un nouveau pot. Elle attend, mais il boit et mastique sans prononcer un mot. Elle ne désespère pas qu'il lui témoigne quelque affection par le biais d'un mot gentil, ou d'un regard tendre. Que faire ? Que penser ? Les minutes passent. Ses mains se tordent sur son tablier. Soudain il la fixe étrangement et dit :

— Je vais m'absenter pour quelque temps.

Cela lui fait l'effet d'une gifle. Visiblement vidée, la mine défaite, Marie se laisse choir sur la première chaise qu'elle trouve à proximité. « Pars donc puisque tu le veux », se dit-elle. Ses lèvres se pincent de dépit et elle sent le goût amer de la honte et de la jalousie courir dans sa salive... Il va la rejoindre. Se balançant légèrement d'avant en arrière sur sa chaise, elle se répète en pensée les mêmes petites phrases, comme une vieille femme débite ses prières : « Je voudrais être morte, je voudrais être morte. » Sans doute, Bérenger croit — elle en est persuadée — que la lassitude du quotidien l'a submergée, et a tué en elle ses sentiments profonds. Il n'en est rien. L'idée de la mort la quitte et revient, plus forte. Cessant de se balancer, elle cherche à occuper ses mains, piquant d'un doigt tremblant les miettes de pain éparses, jouant maladroitement avec une cuillère. Sa terreur d'exister, en se propageant mystérieusement à travers ses yeux, se matérialise au point de rendre toute communication impossible. Pourtant, elle a envie de parler, de se libérer, de hurler. Elle veut briser la gangue. Et lui, pourquoi ne dit-il plus rien ? Se sent-il coupable au point d'avoir perdu la langue ?

Ils se regardent. Ils sont dotés de l'éphémère pouvoir de constater leur présence réciproque sans échanger la moindre parole, le moindre signe. Soudain, elle prend le pot de confiture et l'envoie contre le mur.

— Marie ! s'écrie Bérenger.

— Il n'y a pas de Marie ! Il n'y a que la pauvre bête que tu mènes par le licou.

— Il n'y a pas de quoi en faire un drame : je vais monter à Paris pour assurer notre sécurité.

— Fais-moi grâce de tes mensonges, j'ai assez de douleur.

— C'est la vérité.

— Tu t'en vas rejoindre ta pute de l'opéra. Voilà la vérité. J'ai vu le timbre sur la dernière lettre, il était français ; elle n'est plus à l'étranger, elle est ici... Et maintenant, t'as envie de la saillir comme un animal que t'es !

— Assez ! Je t'interdis de parler ainsi. Oublies-tu que je suis un prêtre ?

— Ha ! Ha ! Le beau prêtre que voilà. Il n'est pas bon de lui confier son âme, à ce cochon-là.

— Va cirer mes chaussures de ville.

— *Que badinas ?* (Tu plaisantes ?)

— Jusqu'à nouvel ordre, tu es toujours ma servante, alors exécute mes ordres.

— Te servir ?... *Qu'es pro per èstre damnada* (C'est assez pour être damnée).

— Mes chaussures, c'est la dernière fois que je te le répète.

— C'est ce qu'on va voir !

Elle bondit hors de la cuisine, monte jusqu'à la petite chambre et en revient avec les chaussures.

— Tu vas voir ce que je vais en faire de tes souliers de séducteur.

— Viens ici !

Bérenger la frappe au poignet au moment où elle soulève le couvercle du lourd récipient dans lequel bout la lessive. Et il voit avec stupeur disparaître la paire précieuse dans les bouillonnements laiteux.

— Tu vas me le payer !

Ils luttent. Elle le mord et retrouve subitement le plus pur argot des ruelles de Toulouse où, pourtant, elle n'a jamais mis les pieds. Elle l'insulte. Il la malmène. Elle riposte. Il lui déchire sa chemise, libère les seins, remonte la jupe, les jupons, et enfonce ses doigts dans son sexe. Elle pousse un cri et tombe à la renverse, le recevant sur elle. Il la prend ainsi et la possède longtemps, lui arrachant des plaintes qui ne sont plus celles du désespoir.

22

Paris, le 4 octobre 1894

JULES ouvre la porte, passe la tête dans l'embrasure et dit avec son intonation habituelle :

— Tu es seule ?

— Oui, répond Emma.

Il y a des sous-entendus qu'elle exècre dans ce « tu es seule ? ». Elle vient de terminer ses vocalises ; il le sait bien. Pourquoi changerait-elle ses habitudes ? Jules se laisse choir sur un pouf, le visage grave et préoccupé. Elle comprend qu'il n'est pas venu si tôt pour lui conter fleurette, sinon cet état d'anxiété n'aurait aucune raison d'être. Tout en buvant son eau minérale à petites gorgées, elle le regarde fixement, et toute la colère contenue depuis tant de jours passe dans ses yeux comme une flamme. Qu'a-t-il donc à la surveiller ? N'est-elle pas libre de mener sa vie comme bon lui semble ? Sont-ils mariés ? Et même s'ils l'étaient, qu'est-ce que cela changerait ?

— Je ne veux pas que tu rencontres à nouveau ce prêtre, finit-il par lâcher en se levant d'un bond pour venir près d'elle, menaçant.

— Nous avons besoin de lui, tu le sais.

— Il était convenu entre nous que tu mettes un terme à cette aventure, une fois son contrat rempli avec le Prieuré.

— Tu l'as entendu comme moi de la bouche de

Claude (1) : il n'a exécuté qu'en partie son contrat. Je continuerai donc à le recevoir en toute amitié, que cela te plaise ou non.

— Attention, Emma, dit-il en levant la main.

— Des menaces, cher ami ?

— Tu n'es qu'une garce.

— On ne se refait pas, mon cher. Maintenant je te prierai de retourner dans ton zoo spirite. Bérenger ne va pas tarder à arriver et je ne voudrais pas qu'il te rencontre.

Sous le coup de l'affront, la colère l'envahit mais il parvient à se ressaisir. Pâle, il s'incline devant elle et lui baise la main, puis quitte l'appartement en suffoquant. Emma est une chienne. Et ce prêtre, quel démon le pousse vers le péché ? Ce couple l'écœure, mais il ne peut le détruire. Souvent, il rêve de tuer Saunière, qui le fascine et qu'une force transfigure et porte vers les nues, car cet homme est malgré lui l'ambassadeur d'un autre monde.

« Un jour tu me le paieras, curé du Diable. »

Le curé est à quelques rues de là, mais il n'est pas ce Diable auquel pense Jules. Malgré ses habits de ville, sa canne et ses gants, il n'a rien de mauvais, rien d'un noceur taré, d'un coureur de vérole, d'un dépravé en quête d'aventures faciles. La vigueur tranquille des derniers chants d'oiseaux, la bonhomie des passants, les rires des enfants, tout est harmonie. Il est heureux. Son cœur bat fort dans sa poitrine. Emma ! Le goût qu'il a d'elle le rend plus beau et plus audacieux. Il n'a pas hésité une seule seconde à se débarrasser de sa soutane chez son ami l'éditeur Ané. Paris lui appartient. Il ne craint personne. Ni l'envoyé du pape et la clique des johannistes. Ni la colère de Dieu. L'immeuble où habite sa maîtresse est devant lui. Il s'y engouffre, déjà noyé en esprit dans l'ombre chaude de la chambre, lourde de senteurs puissantes. Il sonne à la porte. C'est elle qui ouvre.

— Toi, enfin..., dit-elle en le recevant dans ses bras.

(1) Claude Debussy (cf. *id.*, Les tentations de l'abbé Saunière, 1986).

— Emma !

— Ne dis rien, serre-moi fort.

Bérenger la soulève, l'emporte à travers les pièces encore pleines de malles de voyage qu'elle n'a pas eu le temps de déballer. Il la dévisage avec une admiration et une passion sans borne ; Emma en a des désirs infinis de bonheur, des frissons brusques qui la traversent. Elle cherche les traces de la déférence et de la timidité qu'il affichait quelques mois plus tôt, lors de leur première rencontre. Plus rien ne trahit le conflit de son désir et de ses manières réservées de prêtre de campagne. Aujourd'hui, elle découvre une force souriante, habituée à être obéie, et trouve cela stimulant.

— Comment ai-je pu attendre aussi longtemps ? balbutie-t-elle en se pelotonnant sur son épaule.

Emma pense en souriant à Jules, qui voulait qu'elle renonce alors qu'elle a envie d'aller jusqu'au bout de sa passion, même si cela doit lui coûter tout ce qu'elle possède.

Bérenger la couche sur le lit. Son corps s'étend de tout son long sur elle, pèse de tout son poids ; et il ne la quitte toujours pas du regard, s'attardant sur sa bouche entrouverte. Elle ferme un instant les yeux. Un désir très fort monte, très vite. Qu'attend-il pour bouger, pour l'embrasser, pour la déshabiller ?... Sa bouche s'ouvre un peu plus et elle passe sa langue entre ses dents. Aussitôt les lèvres de Bérenger prennent possession des siennes, les écrasent.

Emma gémit. Hier sur la scène de l'opéra, dans la *Navarraise,* elle a tué un homme pour l'amour d'un autre ; elle pourrait réellement le faire pour Bérenger. Il la retourne, dénude les épaules, froisse la robe. Elle se sent sombrer peu à peu, lutte contre son abandon, sa soumission, puis se creuse, se cambre, se déhanche. Sa robe glisse et s'envole. Elle se mord les lèvres : les mains la délestent de son jupon, du corset. Nue...

Emma est sur le ventre. Ses cuisses se serrent. Elle devine qu'il recule pour mieux la voir, statue aux chairs épanouies et laiteuses. Avec lenteur elle se retourne. Il lui dit quelques mots doux en occitan et la regarde bien droit dans les yeux, mais elle ne détourne pas la tête. A cet instant, son envie est d'être vue ainsi, d'être impudique ; elle y prend plaisir sans rougir. Et dans un défi, elle écarte ses longues jambes et se caresse.

Bérenger retient son souffle... L'illusion peut casser comme un verre qu'on brise... Quand elle se cambre et resserre ses cuisses, il la rejoint. S'il pouvait être le premier, une seule fois...

Bérenger vient d'assister à la représentation de la *Navarraise.* Emma en Anita. Amoureuse, elle assassine le chef carliste afin de toucher une prime qui lui permettra de se constituer une dot. Une fois riche, elle peut épouser l'homme qu'elle aime, mais ce dernier est blessé, et, croyant qu'elle a trahi, meurt en la maudissant. Cette histoire l'a remué. Il y a vu un avertissement du ciel : l'or qui devait rendre heureuse Anita a précipité cette dernière dans la folie.

Assis dans la loge de la cantatrice, il écoute le public qui vocifère et la rappelle. Il a eu raison de ne pas rester dans la salle dès que le rideau est tombé. A ce moment, s'il s'était levé en même temps que les autres spectateurs, il aurait jeté rageusement son bouquet de fleurs sur la scène, et elle se serait baissée pour le ramasser en lui souriant et en envoyant des baisers comme elle le fait à d'autres chaque soir.

La jalousie le ronge.

Un cigare éteint et à moitié entamé est posé sur un cendrier. Un admirateur l'a oublié là, hypnotisé par la beauté d'Emma. Bérenger le prend, puis l'écrase avec nervosité, une nervosité grandissante. Il tend l'oreille. A nouveau les vivats obsédants parviennent jusqu'à lui. Le public la rappelle, encore et encore. Quand la laisseront-ils partir ? Il lit les billets de la veille accrochés au miroir :

« Une heure du matin — je ne trouve qu'un mot, ma chère amie, pour exprimer ma pensée, vous êtes admirable. Je vous adresse aussi tous les compliments de mes collaborateurs de l'orchestre. Votre dévoué et affectionné J. Danbé. »

« Quel charme dans la passion ! Quelle vigueur ! Quel grand art, en un mot ! Ce n'était plus un auteur, c'était un spectateur qui vous applaudissait. Et je vous envoie, chère mademoiselle et amie, avec tous mes bravos les plus chauds, l'expression de ma toute dévouée reconnaissance. J. Claretie. »

« Ce triomphe est notre triomphe, si tu devais me quitter, porte-moi au cœur le même coup de couteau. J'aurais au moins la sensation d'avoir une mort à la mesure de l'amour que je te voue. Ton âme. J. Bois. »

Ce dernier billet lui contracte la gorge. Il n'est pas loin de penser que ces mois passés dans le Razès n'ont fait naître en lui qu'un seul sentiment solide et durable : la peur de la perdre. Il y a sur une cuvette de porcelaine une serviette de toilette dont Emma s'est servie. Il la prend, y enfouit son visage et reste longtemps ainsi... Là-bas on crie encore.

L'armée des admirateurs occupe les deux côtés des coulisses. Emma digère son triomphe et s'abandonne peu à peu aux sourires, aux frôlements, aux mains. On la congratule, on la presse. Des hommes s'inclinent ; à leurs bras, des femmes s'amollissent et montrent leurs poitrines opulentes, rivalisant avec espoir avec la cantatrice. Certains n'osent pas l'approcher, et leurs lèvres murmurent : « Vous êtes la plus grande, la plus belle, la plus désirable... » Emma accepte leurs prières et se laisse porter aux nues. Encore quelques pas et elle sera enfin à l'abri dans sa loge.

« Emma ! Tu es la reine de nos nuits », s'écrie un homme.

Au nom d'Emma, Bérenger se ressaisit et remet en place la serviette. La porte s'ouvre. La diva repousse ses courtisans et referme aussitôt. Cependant ils veulent encore la voir, reviennent à la charge et forcent plusieurs fois l'entrée de la loge. Cela ne semble devoir jamais finir.

— Plus tard... plus tard... merci... Je n'y manquerai pas... Toutes ces fleurs !... Je suis comblée... Merci... »

Enfin elle parvient à endiguer le flot et reste le dos à la porte, attendant les yeux clos que la rumeur s'éloigne. Peu à peu, le calme revient. Tout en reprenant son souffle, elle passe une main sur son front moite puis la tend à Bérenger.

— Viens m'embrasser, lui dit-elle alors qu'il se tient le buste raide et immobile, comme s'il ne voulait pas froisser son habit de soirée.

Il va vers elle et la prend dans ses bras, mais sent entre elle et lui un voile, un obstacle. Il n'a pas conscience d'avoir un but. Il n'y en avait pas d'autre à ce voyage à Paris qu'Emma, que les sentiments qui l'ont emporté et la peur de ces sentiments. Il ne veut pas croire qu'il porte l'empreinte d'une prédestination différente de celle d'Emma et résiste à l'idée que leurs routes sont faites pour se croiser et non pour se fondre en un chemin unique. Cependant, il y a cette force impalpable entre eux...

Maintenant Emma s'étire tel un félin ; le baiser pris, elle n'éprouve désormais rien d'autre qu'une lassitude grandissante. Sa journée a été rude. Elle enlève sans hâte son costume de scène.

— Je voudrais être loin d'ici, dit-elle en le regardant dans le miroir. Loin, tu comprends ?... dans un endroit inaccessible aux hommes. Connais-tu un endroit pareil ?

Bérenger a envie de la prendre par la main et de la conduire au-delà de la ville, vers le sud, au cœur de la colline envoûtée, près d'Asmodée.

— Peut-être existe-t-il, répond-il en réprimant un frisson.

— Moi, je l'ai trouvé : il a l'apparence d'un château.

— Alors nous ne parlons pas de la même chose.

— Quelle chose ? s'étonne-t-elle en cessant un instant de lisser son abondante chevelure.

— N'y pense plus. Mon imagination travaille trop. Parle-moi plutôt de ton château.

— Il s'agit d'un château du XIe siècle, perché comme un nid d'aigle à quelques kilomètres de Millau. Une merveille. J'ai eu le coup de foudre dès que je l'ai vu. Il est dans un triste état, mais j'en ferai l'un des plus beaux fleurons du pays d'Oc si mes contrats me procurent beaucoup d'argent.

Bérenger pose sur elle un long regard intense où se lit la gravité de ses pensées. Rien ne peut plus désormais le faire renoncer à participer au rêve de sa maîtresse. Il s'avance et pose ses mains sur les épaules dénudées d'Emma.

— Qu'à cela ne tienne, je peux t'aider.

— M'aider ?

— Oui.

Emma l'observe avec circonspection. Elle pose sa brosse à cheveux et sa main vient sur celle de Bérenger. Il la lui prend et la serre. De longues secondes passent pendant lesquelles il pense à l'or caché dans la citerne. Cet or qu'il garde au cas ou Sion ne respecterait pas les accords, il le lui offre :

— J'ai de l'or en quantité suffisante.

— De l'or ? Mais...

— Ne dis rien. Je sais : tu appartiens au Prieuré de Sion. Je vous l'ai dérobé ; en quelque sorte un acompte sur les fonds que les frères trésoriers doivent me verser.

Emma tressaille et son sang tisse soudain une trame serrée sur ses joues. Elle ne sait pas quoi répondre et son silence est un aveu.

— Je l'ai fait pour toi, ajoute-t-il.

La colère monte en elle. Ce fou qu'elle aime ! Heureusement qu'elle est là pour le sauver :

— Tu t'es mis en danger. S'ils l'apprenaient, ils ne te le pardonneraient pas. Qu'avais-tu besoin de garder cet or ? Sais-tu qu'il appartient à une dynastie ?

Souffrant réellement, par la faute de Bérenger, Emma est devenue grave. Sa voix est dure et émue.

— Ton honnêteté t'habilitait à devenir le plus proche des proches de celui qui nous guide... Je ne parle pas de Claude mais de quelqu'un d'autre. Tu remets tout en question. Il faut te débarrasser de cet or et je ne vois qu'une seule solution : le donner à Élie.

— Élie... Yesolot ?

— Oui.

— Mais où est-il ? Pourquoi n'est-il plus venu à Rennes ?

— Il a beaucoup voyagé. Il était avec moi en Amérique. Il faut que tu le rejoignes immédiatement.

— Au faubourg Saint-Antoine ?

— Non. Il est au manoir du Prieuré, avec Barlet, le maître des spirites. C'est sur la route du Havre, à quelques lieues de Villequier.

23

ROUEN, Caudebec, Villequier. Le train, la diligence, la marche. Bérenger s'habitue peu à peu à ce paysage en lambeaux, semblable à un rêve fugitif. Il va d'un pas rapide sur la large route de boue où errent des brumes. Pas d'horizon. Pas de soleil. Pas d'ombre. Les points de repère ont disparu. La Seine est quelque part sur sa gauche. Dans son dos, Villequier a été effacé par l'érosion froide d'une pluie fine qu'il ne sent pas. Il passe devant une ferme abandonnée puis, quittant la route, arrive à la grille par un chemin pavé qui se creuse entre deux rangées d'arbres. Le manoir du Prieuré. On n'en voit que le toit noir d'une tour piquée sur la cime d'un orme. Un chien aboie. Quelqu'un le rappelle : « Kalos » ou « Talos » ? Il y a un silence, puis des pas lourds font crisser le gravier. Un homme assez gros apparaît. Vêtu comme les paysans du coin et coiffé d'un vieux chapeau plat, il marche sans se presser, un long bâton noueux à la main, et s'immobilise à quatre pas de la grille. Le regard méfiant, il lance :

— Que voulez-vous ?

— Rendre visite à M. Yesolot.

— Y'a personne de ce nom-là ici.

— Et M. Barlet ?

— Ouais...

— Je suis un ami.

— Ça, faut voir.

L'homme se gratte le nez et semble réfléchir. Ce gaillard à l'accent du Midi n'est pas à son goût. Un voleur de femmes... pour sûr !

— Allez dire à M. Barlet que M. Bérenger Saunière arrive de Paris avec un message de Mme Emma Calvé.

Le visage de l'homme se transforme. Il sourit.

— Mme Calvé ?... C'est elle qui vous envoie ?

Bérenger acquiesce.

— ... Fallait le dire, nom de Dieu !

Comme par miracle, la grille s'ouvre et Bérenger, guidé par le farouche gardien, apparemment fervent admirateur de la diva, arrive devant le manoir. Étrange bâtisse. Quelles choses peuvent s'y trouver ? Il sent l'ensemble des mystérieux étages, des passages dérobés, des chambres secrètes et des cabinets de magie. Ainsi, après tant de mois et de tribulations dans les ténèbres, après avoir affronté Asmodée, il va retrouver l'ami par qui tout a commencé et par qui — il en a le pressentiment — tout va recommencer. De nouvelles ténèbres. « Élie », pense-t-il très fort au moment où il franchit la porte, sombre, étroite, basse, presque une poterne. L'homme s'écarte et l'invite à continuer seul.

Bérenger n'hésite pas. Mi-réminiscence, mi-imagination, l'idée lui vient du lieu où il se trouve, de sa configuration. Il gravit une dizaine de marches, traverse un corridor et parvient à une double porte de chêne dont l'un des battants est entrebâillé. Il le pousse. Aussitôt l'inquiétude se peint sur son visage. C'est une immense salle où il fait très sombre. Tous les volets sont fermés, du moins il suppose qu'ils le sont derrière les lourdes tentures de velours qui occultent tout un mur. La lumière du jour est remplacée par celle, fragile, de quelques cierges.

Bérenger s'avance prudemment vers ce qui semble être une énorme table entièrement sculptée, avec des têtes de fauves aux quatres coins. Tout autour de lui courent des reflets fugitifs. Quelque chose de menaçant filtre de l'ombre. Un sentiment d'angoisse l'envahit quand ses yeux s'habituent à la pénombre.

Au-delà des flammes vacillantes des cierges, une troupe muette l'observe. Revêtus d'acier, de cuir et de plomb, des chevaliers de cire, figés sous des voûtes, semblent écouter le battement lent d'une pendule armoriée à côté de laquelle veille un géant en armure. Peu rassuré, Bérenger s'en approche et l'examine. À travers les fentes du casque de fer, une barbute pointue, son visage blême de mannequin luit faiblement. Sur son torse de métal est gravée la croix svastika. Entre les solerets est plantée la grande épée, longue lame aux quillons recourbés qu'il tient à pleines mains.

Bérenger a l'impression que les yeux de verre se sont mis à briller. Il frappe du poing la cuirasse comme pour rompre le charme, puis recule vers la grande table. Mais le chevalier garde son immobilité et observe ses compagnons en songeant à des choses d'autrefois. Toutes ces broignes, ces hauberts, ces gambisons, ces surcots, ces brigandines, ces chassières, ces haches, ces lances et ces massues lui rappellent des guerres qui n'en finissent pas.

Ce ne sont que des mannequins de cire et cependant Bérenger est de plus en plus inquiet. Où sont Élie et Barlet ? Il lui semble que ces chevaliers, quoique confinés dans l'ombre et figés pour l'éternité, vont soudain s'animer et le pourchasser. Il cherche un appui, longe la table, remarque les cartes de tarot qui sont étalées en bout : cinq aux faces visibles. Il y a là le Bateleur, le Diable, l'Impératrice, l'Empereur et la Tour foudroyée.

Devant ces figures, il éprouve un terrible sentiment d'éloignement et d'arrachement au monde réel. Physiquement, elles sont proches de lui. Il les touche. Les cartes sont tellement chaudes sous ses doigts qu'elles paraissent vivantes et, malgré la peur, il éprouve une certaine répulsion à se priver de leur vue. Pourquoi des images incompréhensibles affluent-elles si facilement quand il les fixe ? Il n'a pas le temps d'en comprendre le sens ; une voix rompt la fascination qu'elles exercent sur lui :

— Je vous souhaite la bienvenue au manoir, mon père.

Venant du fond de la salle, Barlet s'avance vers lui. Son regard fiévreux et un peu fou se pose sur les cartes du tarot, puis d'un geste rapide, il retourne le Diable et la Tour foudroyée.

— Il ne sert à rien de laisser ces deux-là propager leurs mauvaises ondes, dit-il en tendant sa main à Bérenger.

— Mes respects, monsieur Barlet.

La main de Barlet est glacée. Le spirite sort vraisemblablement d'une séance.

— Cet endroit vous plaît ? Ne vous sentez-vous pas aux portes d'un autre monde ? Ces chevaliers étaient du goût de Victor Hugo, notre vénéré maître regretté, j'espère qu'ils sont aussi du vôtre. Ah ! Hugo... Écoutez, écoutez sa voix, Saunière. Écoutez-le parler de ces soldats :

Pour en voir de pareils dans l'ombre, il faut qu'on dorme ;
Il sont comme engloutis sous la housse difforme ;
Les cavaliers sont froids, calmes, graves, armés,
Effroyables ; les poings lugubrement fermés ;
Si l'enfer tout à coup ouvrait ces mains fantômes,
On verrait quelque lettre affreuse dans leurs paumes.

— *La Légende des siècles, Eviradnus,* ajoute Bérenger.

— Bravo ! s'exclame Barlet.

Puis il prend l'abbé par le bras et le conduit à travers le manoir.

— Nous vous attendions, ajoute-t-il.

— Vous m'attendiez ?

— Mme Calvé avait reçu des consignes vous concernant.

Bérenger rougit : Emma l'a dupé. L'espace d'un instant, il a envie de quitter le manoir sur-le-champ et, par cette fuite, de reprendre sa liberté. Il voudrait partir de toute la vitesse de ses jambes à travers la pluie et le brouillard, et courir ainsi pendant des jours vers le sud, sautant les ruisseaux, crevant les haies avant de s'effondrer au pied de sa colline. Non... ils le retrouveraient toujours, et peut-être veut-il qu'il en soit ainsi. Il ne pourrait pas vivre en simple prêtre méditant sur le destin des paysans du Razès, ni partager éternellement ses heures entre les prières réglementaires et les caresses à Marie.

— Je suis venu voir M. Yesolot, dit-il enfin.

— Il n'est pas seul. Une vieille connaissance est revenue avec lui d'Amérique.

— Une vieille connaissance ?

— Quelqu'un qui vous tient en haute estime.

Bérenger se demande qui cela peut bien être. Il se laisse guider jusqu'à l'extrémité de l'aile ouest. Dans une chambre ronde bourrée de livres et de manuscrits, Élie se tient derrière un pupitre, écrivant une lettre. Un inconnu à la longue barbe noire est à ses côtés. Quand la porte s'ouvre, le Juif relève la tête, un sourire éclaire aussitôt son visage. Il n'a pas vieilli. C'est toujours le même homme rond dont les yeux noirs vous percent jusqu'à l'âme. Ses mains grassouillettes battent l'air en signe de joie ; une goutte d'encre s'étale sur la lettre, une autre s'écrase sur la veste de l'inconnu. Élie ne s'en tient pas là : il bouscule l'inconnu, renverse un tabouret, fait chavirer trois piles de livres et tombe dans les bras de Bérenger.

— Mon ami !

— Élie, enfin.

— Comme je suis heureux que vous soyez là... Vous vous connaissez je crois, dit Élie en conduisant Bérenger à l'inconnu.

L'homme tend la main à Bérenger, sans se départir de son attitude figée, presque militaire. Cette voix, cet accent, ces yeux... Malgré le temps, malgré la maigreur du visage mangé par l'immense barbe, Bérenger le reconnaît : Jean de Habsbourg.

— Monsieur l'archiduc !

— Non... Aujourd'hui il n'y a plus devant vous qu'un monsieur Fred Otten, explorateur de son état, répond-il avec une évidente tristesse.

— Fred Otten... mais... et vos titres ?

— J'y ai renoncé. Ils se sont envolés le jour du drame de Mayerling. Aux yeux de la noblesse autrichienne, je ne suis plus rien. Mieux, tous me croient disparu au large du cap Horn avec mon voilier la *Santa Margherita*. En vérité, le bateau a sombré à quelques encablures du cap Buen Tiempo, non loin du détroit de Magellan et, avec l'aide de trois de mes marins, j'ai pu regagner la côte en canot. Depuis je suis installé à San Isidro d'où je compte repartir pour explorer la Terre de Feu. Mes seuls contacts sont les frères du Prieuré et deux des membres de ma famille. Vous devez vous demander ce que je fais ici ? Quel est encore mon rôle ?

— Mais je n'ai jamais vu quel était votre rôle, réplique Bérenger.

Habsbourg jette un regard d'interrogation à Élie. Ce dernier cligne les paupières en signe d'assentiment et dit :

— Vous pouvez parler, Jean. Saunière a toute notre confiance. Il l'a prouvé. Il a aidé la dynastie et il se sacrifiera encore pour elle quand nous le lui demanderons.

— Bien, dit Habsbourg en éclaircissant sa voix. Tout d'abord je voudrais que vous me pardonniez de vous avoir menti lorsque je suis venu vous trouver à Rennes.

— Vous pardonner ?

— Je ne suis pas Jean-Stéphane de Habsbourg. C'est sur ses conseils que je me suis fait passer pour lui. À cette époque, il m'était difficile de quitter l'Autriche car mes rapports avec l'empereur étaient plutôt orageux.

— Qui que vous soyez, je vous pardonne, dit Bérenger avec précipitation, curieux de connaître l'identité de ce troublant personnage.

— Mon vrai nom est Jean-Népomucène-Salvador de Habsbourg. Je suis le fils de Léopold II et de Marguerite des Deux-Siciles. Mon père appartenait à Sion. En secret, il a œuvré toute sa vie pour qu'un Habsbourg soit un jour à la tête de l'Europe et j'ai essayé de continuer ce qu'il avait entrepris. J'ai lutté contre la cour, contre l'étiquette, contre les lois, contre l'empereur, contre le pape et la Prusse. Et j'ai été exilé à Linz sur les ordres de François-Joseph. Habsbourg... Ce nom aurait dû se détacher en lettres d'or sur le fronton des églises ; à sa seule évocation, le pape devrait plier un genou. Au lieu de cela, ce nom est porteur de drames et s'éteint dans la grisaille de Vienne où les Prussiens ont déjà élu domicile... J'ai voulu changer la destinée de l'empire en essayant de m'emparer du trône de Bulgarie. De ce pays, j'aurais pu faire obstacle à Bismarck, aujourd'hui à Guillaume II et aux Russes. L'empereur François-Joseph a déjoué mes plans et m'a destitué de mes commandements. Voilà ce que j'ai récolté en essayant d'unifier les Européens autour du nom sacré des Habsbourg. Je me suis retiré au château d'Orth, œuvrant pour le Prieuré et Rodolphe, jusqu'au jour où ce dernier a été assassiné à Mayerling. Alors, par dégoût, j'ai renoncé à tous mes titres et pris le nom de Jean Orth avant de devenir Fred Otten en Amérique du Sud. La suite, vous la connaissez, et je suis ici à la demande des frères du Prieuré afin de sauver ce qui reste de la dynastie des Habsbourg. Nous devons étendre et consolider le pouvoir du futur empereur : le petit Charles. Ce ne sera pas chose facile, il est encore trop jeune et peu préparé à cette destinée. La mort de son cousin Rodolphe, le mariage morganatique de son oncle François-Ferdinand, dont les enfants sont de ce fait écartés de la vocation héréditaire, en ont soudainement fait le successeur désigné à la triple couronne. Prions pour que François-Joseph vive encore longtemps, afin que cet enfant devienne un homme et résiste à l'Allemagne et à l'Église. Le Prieuré doit protéger Charles et jeter les bases d'un nouvel ordre social en Europe. L'or que vous nous avez procuré est en lieu sûr, il servira notre cause ; les documents que vous avez mis à jour prouvent que les Mérovingiens ont eu une descendance ; reste à démontrer que les Habsbourg sont ces descendants, afin de légitimer leur pouvoir sur toutes les nations avec l'appui des catholiques. Si oui, nous sommes au-dessus du pape. Cherchez encore, Saunière. Allez jusqu'au cœur du secret, jusqu'à l'Arche d'Alliance. Alors le monde changera. Quant à moi, je vais repartir en Amérique du Sud. Jean-Stéphane me remplacera... Il a des qualités que je n'ai plus... C'est tout ce que j'avais à vous dire, Saunière.

Jean-Salvador claque des talons et incline la tête, dans une attitude protocolaire. Malgré le temps, ce qu'il parvient le plus difficilement à effacer de sa vie, ce sont ses comportements et ses habitudes d'archiduc. Et, quand il ferme les yeux, il a l'impression d'être encore en uniforme de général aux buffleteries croisées sur son thorax, où sont accrochées des médailles qu'il n'a pas méritées, mais qui font partie des accessoires indispensables liés au nom des Habsbourg.

— Venez avec moi, dit Élie à Bérenger. Je vais vous conduire à votre chambre.

Les deux hommes quittent la pièce, laissant l'archiduc déchu et le maître des spirites dans un étrange et pathétique tête-à-tête.

Assis sur un lit, perdu au milieu d'une grande chambre nue, décorée simplement de deux dessins à la plume d'Aubrey Beardsley, représentant des sorcières, Bérenger écoute Élie. Son ami lui raconte les péripéties de ses voyages et lui fait part des accords passés avec la très puissante Fondation des charités juives : Prurim Association.

— Tout le peuple d'Israël est à vos côtés, dit-il. Votre quête est la nôtre. Retrouvez les objets sacrés du Temple et vous partagerez le pouvoir avec nous et les Habsbourg.

Puis il avoue sa peur de l'Allemagne, de Guillaume II et de ses collaborateurs auxquels l'empereur veut imposer sa volonté : von Caprivi, Bülow et von Tirpitz. Enfin, il parle des dangers qui guettent les frères de Sion depuis que l'évêque de Montpellier, monseigneur de Cabrières, mandaté par le pape Léon XIII, enquête sur leurs agissements.

— ... D'après les renseignements que nous a fournis monseigneur Billard, monseigneur de Cabrières est un royaliste très attaché aux traditions, mais ce n'est qu'une façade. Il est en vérité chargé de nouer des alliances avec les républicains pour renforcer en France l'autorité du pape. Nous pensons qu'il est à la tête des johannistes et qu'à ce titre il va mettre tout en œuvre pour récupérer l'or de Rennes.

Une bouffée de détresse envahit Bérenger. L'or caché dans la citerne lui revient à l'esprit. Il secoue la tête comme pour se défaire de cette pensée et Élie le prend par l'épaule avec affection.

— Quelle folie, dit Élie.

— Pardon ?

— D'avoir gardé de l'or.

— Vous le saviez ?

— Je l'ai su dès que je vous ai vu. J'ai l'étrange pouvoir de lire dans le cœur des gens. L'or vous fascine. Il dégage pour vous des qualités... comment dirai-je ?... oui : charnelles. Le posséder vous exalte, et cette possession monte toujours plus haut dans votre cœur, implacable, remplaçant Dieu même et les sentiments que vous portez aux êtres qui vous sont chers. Vous deviez en prendre une partie, c'était inévitable.

— Non… non ! Je ne suis pas aussi noir que vous l'imaginez. Quelque chose a changé en moi depuis cette découverte, c'est vrai. Et c'est vous, les hommes du Prieuré, qui avez détruit une partie de mon être en me guidant vers cet antre. J'ai l'impression que mon âme est restée sous la terre, prisonnière de ce démon de pierre qui garde le trésor. Pourtant, je conçois toujours l'homme fort, fier, pur, sage et sans peur. Je vois en l'homme le chevalier et c'est en chevalier que je participe à cette aventure. Mon exaltation lave ma conscience de tous péchés, elle me permet de rechercher la vérité, de réaliser mes plus hautes ambitions, de ne pas connaître la honte et d'être capable de regarder le soleil en face. Peut-être que, dans cet aveuglement, je suis en train de me damner… Peut-être, mais je ne regrette rien. J'ai pris de l'or et je n'en veux plus. Je voudrais que vous m'aidiez à le déplacer afin d'en faire don à Mme Calvé.

— Ce sera fait, dit Élie. Ce secret restera entre nous trois. Cet or profitera à notre amie, qui en a grand besoin en ce moment. Quant à nous, nous irons arracher votre âme à Asmodée. Reposez-vous maintenant ; demain nous partirons à l'aube pour Rennes-le-Château.

24

14 juillet 1895, Rennes-les-Bains

ÉLIE se risque à redresser la tête pour tenter de distinguer l'ennemi. Une brise tiède balaie un instant le rideau des buissons et lui permet d'apercevoir les hommes qui s'efforcent de dégager l'entrée d'une grotte.

— Baissez-vous ! intime Boudet.

Élie retombe le nez dans les thyms, aux côtés de Bérenger. Il est à bout de force, les jambes molles de fatigue. Boudet et Saunière l'ont fait monter jusqu'au roc d'en Clots, deux cents mètres au-dessus de Rennes-les-Bains, le tirant, le poussant, le premier pestant et le second l'encourageant. Avaient-ils besoin de suivre ces quatre aventuriers déguisés en curistes ? Ils ne découvriront rien à cet endroit. Il le sait. Aucune onde ne se dégage du trou qu'ils ont entrepris d'explorer.

— Que font-ils ? chuchote Bérenger en passant sa gourde à Élie.

— Ils jouent aux chercheurs d'or. Ils croient sentir en eux le sang de leurs ancêtres et leurs ancêtres n'étaient pas mineurs. Ce sont des Marseillais.

— Comment savez-vous cela ?

— Avec quelques pièces glissées aux cochers de fiacre en station auprès de l'hôtel thermal. Eux restent immobiles sur leur siège et en apprennent beaucoup plus que nous plantés au bord d'un précipice. Vous m'avez entraîné dans la montagne à la suite de ces hommes avant que je puisse vous en parler. Voilà trois mois que je réside à l'hôtel et plus de neuf que je parcours la région ; j'ai eu le temps d'engager quelques informateurs.

— Qu'avez-vous appris encore ?

— Que l'un d'eux a déjeuné à deux reprises dans une auberge sur la route de Couiza avec un individu qui appartient vraisemblablement à l'Église bien qu'étant vêtu en civil.

— Qu'est-ce qui vous fait dire cela ?

— Il a la fâcheuse manie de distribuer des « merci mon fils, allez en paix » ou des « je prierai pour vous » aux serveurs des auberges et aux employés des hôtels dans lesquels il s'arrête. De plus, il a ses entrées à l'évêché de Carcassonne. Cela vous suffit-il ?

— Oui...

Boudet rampe vers eux, un doigt sur la bouche. Là-bas, les autres abandonnent leurs recherches, jurant de leurs voix chantantes ; mais comment pourraient-ils exprimer autrement leur désarroi devant la faillite de leurs fouilles ?

— Putain de Bonne Mère ! On nous a fait manger de la terre pour rien.

— Peuchère ! Ton informateur aura trop bu l'eau salée du coin. A moi, elle me fait plus d'effet que le vin... Retournons à l'hôtel.

Bérenger aperçoit l'un des hommes armé d'un revolver. Il étudie sa silhouette gracile, ses vêtements de qualité, son visage mince et presque féminin. Il est sûr de l'avoir déjà vu à Paris. Un second homme apparaît, une pierre à la main. Il la lance avec rage sur un rocher. Quelques éclats voltigent à gauche et à droite de la cachette de Bérenger et de ses amis.

— Saleté de pays ! crie l'homme en donnant une tape amicale à son compagnon, avant de se baisser pour s'emparer d'une autre pierre.

Encore un lancer. Le projectile rebondit vers la cachette. Instinctivement, Bérenger s'aplatit.

— Nous devrions en faire parler un, murmure-t-il à Boudet. Le plus jeune, celui-là ne m'est pas inconnu.

— Inutile, répond l'abbé. Ce n'est qu'un homme de main à la solde des johannistes. Nous en verrons d'autres, envoyés par monseigneur de Cabrières et l'homme à la tête de loup. L'ère des rapaces commence. Il va en venir de tous les coins de l'Europe. J'ai peur que nous ne soyons pas de taille à leur résister longtemps. Si, par hasard, ils parviennent à découvrir quelque chose, je crains fort pour nos vies.

— Vous devriez laisser quelques indices à vos successeurs, dit Élie.

— Pourquoi pas sur nos tombes ? grince Bérenger.

— J'ai ma petite idée, répond Boudet.

— Décidément, vous pensez à tout, ironise Bérenger.

— Il faut bien que l'un de nous deux pense... Les indices apparaîtront dans notre église lorsque vous la ferez rénover. Nous les disséminerons sur les murs, les statues et les peintures.

— Pour cela, il faudrait que je puisse disposer de l'argent que le Prieuré a déposé sur mes comptes.

— Vous allez pouvoir le faire, mais avec prudence, car il faudra justifier vos dépenses.

— Attention ! avertit Élie.

Les quatre hommes passent près d'eux, continuant à jouer contre leur indicateur, contre la chaleur, contre les femmes du coin, contre la cohue interlope de tous les petits fonctionnaires suspects et des vieux rentiers qui font trempette dans les fontaines de la station thermale. Halètements maintenant, ahans, arrêt sur la pente raide et glissante. Nouvelle progression. Les mercenaires de l'évêque de Montpellier s'éloignent. Un bruit de pierres qui roulent les précède, bientôt remplacé par celui, lointain, d'une cloche. C'est un appel qui, par son rythme codé et rapide, dit à tous de venir à l'aide.

— Vous entendez, dit Boudet en demeurant perplexe.

— Mais... C'est la cloche de mon église ! s'exclame Bérenger.

— Elle crie au feu, ajoute Élie en montrant un point au-delà d'une colline.

Un panache de fumée salit le ciel bleu. Il est bien dans la direction du village de Rennes-le-Château.

— Par tous les saints ! s'écrie Bérenger. Il faut que j'y aille.

Et il bondit hors de sa cachette et court vers la Pique.

Un vent de panique souffle encore dans le village. Bérenger y croise des gens affolés. Il a un regard et un soupir pour l'église épargnée, puis considère avec un haussement d'épaules les décombres fumants de ce qui devait être une grange. Le feu a frappé le bien d'un républicain le jour de la fête nationale, il en éprouve du contentement.

L'apercevant, Rosalie Pichou quitte le tourbillon des jupes, le rejoint, se signe et attend de recevoir sa bénédiction avant de lui jeter avec un air de reproche :

— Vous en avez mis du temps pour arriver... Où étiez-vous ? Le rouges ont dit que... non, je n'ose pas vous le répéter... Enfin, si vous ne vous fâchez pas...

— Parle.

— Que vous préférez éteindre le feu...

— Quel feu ?

— Celui que... que les femmes ont au... Je peux pas le dire, mon père.

— Ça va, j'ai compris, dit Bérenger en serrant les poings. Que s'est-il passé ?

— Le feu a pris près de l'église avant de gagner la grange. On s'y est tous mis pour le combattre avec l'aide des pompiers de Couiza. Moi, je me suis tenue près de l'église avec Anne, Rose, Catherine et Claudine. Nous avons veillé à ce que le feu ne l'approche pas.

— Merci, répond Bérenger en repartant.

— Mon père... Ne courez pas. Tout est fini maintenant.

Tout est fini mais le calme n'est pas revenu. Les chiens aboient et montrent les crocs. Sur leurs cannes, les vieux vont et viennent dans la poussière en distribuant des conseils et des réprimandes. La ronde des enfants autour de l'équipage des pompiers les exaspère. Des femmes font encore la chaîne en se passant des récipients plein d'eau. Parmi elles, Marie. Il la reconnaît aussitôt. Sa robe dessine nettement les plénitudes fermes de sa chair qu'accentuent encore les efforts de hanches et d'épaules qu'elle fait en pivotant avec son seau.

— Marie ! appelle Bérenger.

Elle tourne la tête et lui adresse un sourire crispé. Son doigt se tend et lui montre discrètement le bout de la chaîne. Alors, Bérenger sent un instant son cœur comme un morceau de plomb.

— Mon Dieu ! souffle-t-il.

Ils se servent de l'eau de la citerne de sa bibliothèque. L'or n'y est plus depuis longtemps, mais il y avait laissé un sac contenant des bijoux wisigoths et romains. Il se précipite vers le cimetière, bousculant la ligne des femmes et parvient devant la porte défoncée de sa bibliothèque. Son bureau a été repoussé contre le poêle, des livres jonchent le sol, quelques-uns trempent dans une large flaque d'eau étalée devant le trou de la citerne. Là, assis sur le bord, un seau vide entre les jambes, Sarda et Vidal échangent un mauvais regard en le voyant entrer.

— Que faites-vous ? hurle-t-il.

— Rien, curé. Y'a plus d'eau.

— Alors pourquoi restez-vous ici ?

— On reprend notre souffle. On est crevés.

— Sortez immédiatement !

— Tout doux, curé. Vous êtes un sacré imbécile. Si nous n'avions pas éteint le feu, à l'heure qu'il est, il n'y aurait plus de village et votre église se serait envolée en fumée. Et votre Marie est une garce, elle a refusé de nous donner la clef de cette remise. C'est là que vous vous enfermez avec elle… Pas vrai ?

Bérenger devient pâle de fureur. Sa colère monte. Il cherche à se venger et ne sait comment s'y prendre. « Les bijoux… pense-t-il. Ils ne les ont pas trouvés. » Il fait un pas vers Sarda et l'empoigne par le col de la chemise, le soulevant jusqu'à lui, repoussant Vidal contre le mur d'un coup de pied.

— Je ne permets pas qu'on m'insulte, dit-il à l'homme qui essaie vainement de se libérer de cette poigne de fer.

— Laissez-moi, gargouille Sarda.

Bérenger le tire vers la porte et le projette au-dehors.

— Ça va, curé, dit Sarda en se massant le cou. Nous réglerons cette affaire en séance de conseil municipal (1)... Viens, Vidal, ne reste pas avec ce fou.

Les deux hommes quittent le réduit et rejoignent les villageois. En quelques minutes, après le départ des pompiers, Rennes retrouve son calme estival. Seuls, les chiens continuent d'aboyer en humant du côté des cendres. Quand il est sûr de ne plus être importuné, Bérenger s'agenouille au-dessus de la citerne et cherche la ficelle reliée au sac de bijoux. Rien. Il allume une lampe à pétrole, se penche, éclaire l'intérieur du trou. Tout a disparu.

— Il est sous ton lit.

Bérenger sursaute. Marie est devant lui. Les cheveux défaits sur ses épaules, les traits tirés, toute rouge d'avoir fourni un gros effort sous le soleil, elle a ce regard lourd de reproches qu'il connaît si bien.

— Quand le feu s'est déclaré, poursuit-elle, je suis immédiatement venue récupérer les bijoux. Je t'avais dit que cet or nous porterait malheur.

Toujours la même rengaine, il ne supporte plus qu'elle lui fasse ce genre d'admonestation.

— Tais-toi. Il ne nous est rien arrivé de fâcheux. Et ces bijoux t'appartiennent, je te l'ai déjà dit, ils n'ont rien de sacré, rien de magique. À l'heure qu'il est, ceux que nous avons remis aux frères de Sion ont dû être revendus, refondus et refaçonnés à la mode du jour. Des dizaines de femmes portent cet or sans s'interroger sur son origine, sans éprouver le moindre malaise. Je voudrais que tu comprennes cela une fois pour toutes : le malheur n'existe que dans ta tête.

Après un instant de silence, et avec une touche de cet accent qu'elle prend souvent pour le provoquer, elle lance :

— Va donc prier, tu en as besoin.

Bérenger se raidit. Que lui dit-elle ? Prier ? De quel droit le rappelle-t-elle si durement à l'ordre ? Incrédule, il ramasse ses livres, les étale sur son bureau et la dévisage avant de sortir de la maisonnette. Marie a la bouche crispée, mais ses yeux sont pleins de larmes et

(1) Décision du conseil municipal au 20 juillet 1895 contre l'abbé Saunière, à qui on ordonnera de réintégrer le presbytère afin de libérer la citerne, le local servant désormais aux usagers du cimetière.

d'une telle intensité que Bérenger a la certitude qu'elle va éclater en sanglots. Cependant, elle se retient et lui emboîte le pas.

Silencieux, ils regagnent le presbytère. Arrivés dans la cuisine, Bérenger s'assied près de la fenêtre et Marie ranime les braises dans la cheminée pour mettre la soupe à cuire. Puis elle vient vers lui, s'empare d'une chaise de paille et d'un couffin et se tient humblement assise à son côté en se mettant à repriser une vieille chemise. Son regard a retrouvé toute sa douceur, comme si elle voulait se rendre accessible à la compassion, à la tendresse, à l'amour, à cet homme perdu dans un rêve sans fin. Comprendra-t-il une seule fois que le bonheur est à portée de main, qu'elle est ce bonheur ? Elle l'aime. Et cet amour sans retour est une souffrance de toutes les heures, de toutes les minutes.

— Je vais à l'église, lui dit-il soudain.

La mine renfrognée, il sort. Cependant, il ne se rend pas directement à l'église. Pendant quelques heures, il essaie d'oublier la faim de son âme, et marche ébloui jusqu'à ce que le soleil déploie sur le Razès l'éventail presque sinistre des couleurs du couchant.

Quand il se décide enfin à revenir à Rennes, la nuit tombe. L'église l'attire. Il y pénètre. L'étroite nef est toute sombre, mais des femmes rôdent dans le silence, là-bas, vers le maître-autel, comme des fantômes devant la lampe du tabernacle. Il se signe et entame dans l'ombre la prière. Attiré par une force mystérieuse, il s'avance en frissonnant vers le point de feu tremblotant que veillent les femmes, et mêle sa voix à leurs murmures et aux frôlements de leurs doigts sur les chapelets.

Marie a raison : il faut prier, prier, encore prier. Pourtant, il éprouve toujours au moment de recommencer sa prière une résistance intérieure qu'il ne peut s'expliquer. Et quand il se relève, il lui semble reconnaître, parmi les sculptures, le visage effrayant d'Asmodée dont les yeux perçants fixent sur lui un regard qui est à la fois celui d'un démon et d'un protecteur.

Dans la petite maison du prêtre Gélis de Coustaussa, il y a une fenêtre taillée dans la pierre par laquelle le soleil entre à flots, une table, une commode, des chaises en paille et une bonne odeur de cire. Gélis a un visage doux, encadré de cheveux mi-longs, mais ses yeux sont graves. Il parle longuement avec Bérenger, l'engageant à se confesser pour soulager son âme.

Bérenger ne peut pas, ne veut pas :

— C'est une chose trop amère de se confesser, surtout à un ami. Inutile d'insister, Gélis. Pour mes péchés, Dieu me frappera... Il ne peut y avoir de pardon.

— Mais pourquoi es-tu venu alors ? Regarde-toi, on dirait un voleur qui cherche à fuir la justice.

— Je ne sais pas... J'avais besoin de rencontrer quelqu'un en dehors du monde dans lequel je vis.

Il cherche ce qu'il doit dire, mais ne trouve rien. Il ne parvient même pas à démêler ce qui se passe en lui ; tout ce qu'il éprouve, c'est un réconfort de se sentir là, près d'un abbé qui a la vraie foi. Que peut-il espérer des autres : de Boudet, d'Emma et d'Élie, des initiés de Sion. Il se demande si, parmi eux, il s'en trouve un seul qui a assez d'imagination pour ne pas ignorer que le moindre regard porté sur Asmodée vous damne à jamais, et comment on fait pour en rompre le charme. Élie peut-être ? Mais le Juif — il s'en doute — ne viendra à son secours qu'au jour dernier, quand il parviendra au cœur de la colline. Après une minute de silence, Gélis lui dit avec une voix pleine de commisération :

— Si un homme a cent brebis, et qu'une d'elles s'égare, ne laisse-t-il pas dans la montagne les quatre-vingt-dix-neuf autres, pour aller chercher celle qui s'est égarée ?... Tu n'as pas à avoir peur, Bérenger, quelle que soit ta faute. La miséricorde de Dieu est illimitée. Elle agira encore au-delà de la séparation de l'âme de ton corps. Je crois plus à l'amour de Dieu qu'à sa justice.

— Tu es trop bon. Tu ne peux même pas concevoir l'immensité de mes fautes... Ami, pardonne-moi le mal que je vais te faire : ces fautes, je ne les regrette pas, au contraire.

— Bérenger !

— Bon sang ! Qu'est-ce qui m'arrive ? J'ai envie de

pleurer et de rire à la fois, d'aimer et de haïr, d'appartenir à Dieu et à Satan.

— Calme-toi.

Gélis lui passe un bras autour des épaules. Et, devant ce geste d'amitié et de tendresse, le premier qu'il voit de la part de son vieux compagnon d'Église, Bérenger se mord les lèvres et retient son émotion. Ils restent longtemps ainsi, sans rien dire, les yeux perdus sur les toits bruns et rouges de Coustaussa, à l'écoute des oiseaux, d'un chant de jeune fille qui rêve de mariage :

Cinta la nòvia, cintator
Cinta-la, serà ton aunor.

(« Ceins la mariée, porteur de ceinture,
Ceins-la, ce sera ton honneur. »)

L'honneur chanté. L'honneur gravé dans le cœur des femmes et des hommes de ce pays. L'honneur partout. Bérenger se souvient des paroles de son père : « Quoi qu'il t'arrive dans ta vie, ne perd jamais ton honneur. » Son honneur, il l'a vendu à Sion...

Soudain, il se met à parler : il raconte à Gélis sa formidable et terrible aventure.

Bérenger s'est tu. Gélis porte les mains à son front. Toutes ces révélations agglutinées dans sa tête, tous ces péchés pesant sur son cœur et l'apparente insouciance de son ami le privent d'air et l'oppressent abominablement. « Mon Dieu... mon Dieu, sauvez-le », pense-t-il en portant un regard suppliant vers les cieux. Toutes les mauvaises âmes réunies de sa paroisse ne pèseraient pas lourd face à celle, toute noire, du curé de Rennes-le-Château.

— As-tu encore la foi ? lui demande-t-il d'une voix cassée.

— Oui.

— Alors quitte ton village, change de vie, de pays, deviens missionnaire. C'est par la foi qu'Abraham, lors de sa vocation, obéit et partit pour un lieu qu'il devait recevoir en héritage, et qu'il partit sans savoir où il allait.

— Je ne suis pas Abraham et j'ai déjà reçu en héritage l'église Sainte-Marie-Madeleine.

— Fuis cet endroit, Bérenger. Essaie de voir et de penser clair. Tu ne peux servir deux maîtres à la fois, surtout quand l'un de ces maîtres appartient au royaume des Ténèbres.

— Je ne peux pas.

— Par le Christ, si !

— Non !

Ce non lui vient des entrailles. Il se redresse brusquement en frappant la table du poing. Il ne veut pas de la pitié et des exhortations d'un prêtre. Il dévisage Gélis et éprouve tout à coup le sentiment bizarre que l'abbé ne se trouve pas dans la même pièce que lui, qu'il n'appartient pas à son univers, qu'il ne doit pas réciter les mêmes prières et ne voit pas les mêmes saints, le même Christ. Il pense s'être trompé :

— J'étais venu chercher l'aide d'un ami et non les conseils d'un prêtre. J'ai besoin de partager mon secret avec quelqu'un n'appartenant pas à Sion et capable d'en démêler les fils.

— Mais que puis-je faire ? s'écrie Gélis. Je ne suis pas un policier. J'ai pour mission de sauver les âmes et tu refuses de libérer la tienne du péché mortel.

— À quoi bon vouloir sauver quelqu'un qui ne resterait pas vingt-quatre heures pur ?

Gélis baisse la tête et joint ses mains.

— Pardonnez-lui, Seigneur, murmure-t-il, et pardonnez-moi de ne pas savoir lui montrer le chemin qui conduit à votre Lumière... Pardonnez-moi de vous offenser, car je vais l'aider.

— Merci...

— Ne me remercie pas, je garde simplement l'espoir de te ramener à Lui. C'est pour cette raison que je vais t'assister dans cette sale tâche. Que veux-tu de moi ?

— Que tu sois le dépositaire du secret ; je te donnerai les copies des documents que j'ai trouvés et je te tiendrai informé de toutes mes entreprises afin que tu me remplaces le jour venu, quand ils auront ma peau.

25

Septembre 1896, Toulouse

ÉLIE Bot, de son état entrepreneur en maçonnerie, est un être taciturne, secret et pragmatique. C'est pour ces raisons qu'il a été choisi par l'abbé de Rennes-le-Château. Pas très grand, la figure ronde, les pommettes saillantes et une moustache retombant de chaque côté de la bouche, il ressemble à un Tartare égaré loin de ses steppes. Il ne parle presque jamais, ne croit en rien, n'est pas superstitieux, et il y a longtemps que les rêves l'ont abandonné, comme si son imagination s'était en grande partie tarie sans qu'il s'en aperçût, sans qu'il en souffrît. Les chimères ne volent pas dans un monde qu'il voudrait rebâtir à la truelle en se servant du fil à plomb et du niveau. Il aime les grandes constructions érigées à partir du nombre d'or ou du triangle de Pythagore. Né sous une autre étoile, et à une autre époque, il aurait pu construire la pyramide de Khéops ou le Parthénon. Peut-être que Saunière lui donnera une chance de réaliser quelque chose de grand ? Il l'espère. Il a signé un contrat qui va le lier pour quelques années avec le prêtre. Ils feront une bonne équipe ensemble. Il pense, et c'est cela qui plaît à Bérenger, qu'un édifice est comme un être humain, qu'il doit suivre sa propre vérité, son propre thème, être prêt à remplir son propre but. Quand il a frappé la main de Bérenger, il lui a dit : « A nous deux, nous donnerons une nouvelle âme à ce village (1). »

Bot termine sa pomme, replie son couteau et quitte le banc. Les pigeons groupés sur la place tournent la tête pour suivre sa lente déambulation le long du Capitole. C'est le dernier jour qu'il passe à Toulouse en compagnie de Saunière, Yesolot et de l'architecte Caminade. On lui a montré des plans, des croquis. Saunière l'a emmené à la manufacture de Giscard père et fils et, là, une commande de statues a été passée. Quand le prêtre a demandé de reproduire un diable sous un bénitier, Giscard a retiré ses lorgnons dorés et l'a regardé d'un air ahuri. Cependant Saunière n'avait pas l'intention de plaisanter. Tirant un carnet de sa soutane, il lui a soumis une ébauche horrible, une sorte de monstre aux yeux exorbités.

— C'est une reproduction de ce que je veux, a-t-il dit fermement.

— Une reproduction ? s'est étonné Giscard. Mais de quoi ?

— D'Asmodée le démon. Ne discutez pas, monsieur. Il fait partie de ma commande au même titre que saint Roch ou sainte Germaine. Je vous en paierai un bon prix.

— Les prix sont les prix. Il vous en coûtera pour l'ensemble... approximativement 3 000 francs.

— C'est raisonnable. Quand pouvez-vous me livrer le tout ?

— A la fin de l'hiver.

Bot hausse les épaules : le curé a des goûts bizarres. Cela ne le concerne pas. Il marche dans les rues et admire la ville. Elle est si complète. Il est rare, dans ce monde, de rencontrer la perfection. Les villes qu'il connaît — il en connaît si peu — sont souvent faites de monuments et d'immeubles qui ne vont pas ensemble. Mais pas Toulouse.

Yesolot a loué une maison à la Dalbade, au bord de la Garonne, pour la durée de leur séjour. Ce matin, Bot en est parti à sept heures pour se gorger une dernière fois des beautés de la cité. En costume noir — il l'a acheté la

(1) Élie Bot était limonadier (entre autres) à Luc-sur-Aude. Bérenger l'hébergea pendant de nombreuses années.

veille avec l'acompte versé par Saunière —, les yeux grisés de son propre éclat tout neuf, il promène sa silhouette trapue en évitant de salir ses chaussures miroitantes. Dix heures sonnent à une horloge. Il en vérifie l'exactitude à sa montre d'argent et se dirige vers le fleuve, empruntant des ruelles désertes.

« Faut rentrer », se dit-il en allongeant le pas, car ils doivent repartir pour Limoux par le train de treize heures huit minutes.

Il s'enfonce dans un quartier pauvre où les quelques rares passants qu'il croise le détaillent avec des regards d'animaux méfiants. Un homme en guenilles, les yeux anormalement plissés, l'aborde. Sa tignasse emmêlée, retombant sur son front, a tout l'air d'une crinière.

— La charité...

Bot lève la main pour l'écarter, mais ne rencontre que le vide. Le mendiant bondit sur le côté et siffle. Bot accélère le pas. A cet instant une main s'abat sur son épaule.

— Pas si vite !

— Que...

La main se fait pesante, puis le retourne brutalement. Il distingue à peine le poing qui s'écrase sur sa bouche et, au loin, Bérenger Saunière qui court vers lui en criant quelque chose. Alors tout va très vite ; le mendiant va à la rencontre de l'abbé. Quelque chose de très dur frappe Bot à la nuque et il sombre dans le noir.

Le noir ou la nuit. Bot s'accorde quelques instants pour clarifier son esprit. C'est difficile. Il grimace. Son visage endolori lui rappelle le poing... Le poing et, au loin, Bérenger.

Il bouge un bras, puis l'autre, fait de même avec les jambes. Où est-il ? Est-ce réellement la nuit ? Il ne comprend pas. Il se sent incapable de penser, comme si on lui avait enlevé son cerveau. Il a juste assez de lucidité pour se rendre compte du vide qui s'est fait dans sa tête après le coup.

Il attend. Les minutes s'écoulent dans le silence le plus absolu. Peu à peu, il retrouve ses forces. Il se demande qui a pu l'emmener ici. Le prêtre l'avait averti : « Vous serez bien payé mais il y a du danger à travailler pour moi. Acceptez-vous ? » Il avait accepté, donné sa parole. Il aurait dû demander plus d'explications sur la nature de ce danger.

« Où suis-je ? » se répète-t-il encore en palpant le sol. Il se met à quatre pattes et, le cœur battant, entame une progression hésitante. Au bout de deux ou trois mètres il se cogne à un mur, en suit le contour et parvient à une porte. Elle est en bois, tout ce qu'il y a de plus classique, avec une poignée ouvragée. Sous ses doigts la peinture s'écaille. Il exerce quelques pressions sur la poignée. La porte est fermée de l'extérieur. Il colle son œil sur le trou de la serrure, mais l'autre extrémité paraît bouchée.

« Mon couteau »... Dans la poche du pantalon. Il y est toujours : on ne le lui a pas enlevé. Cela lui redonne courage. Une fois la lame dépliée, il s'attaque au bois tendre. Les minutes passent. La pointe aiguisée s'enfonce peu à peu. Soudain elle passe de l'autre côté avec un craquement. C'est alors que la porte s'ouvre violemment et que quelqu'un de fort l'empoigne par les épaules après lui avoir arraché le couteau.

Bot se sent soulevé du sol. On le balance à l'autre bout d'une pièce où des meubles s'entassent les uns sur les autres.

— Que se passe-t-il ici ? entend-il alors qu'il se redresse en prenant appui sur les tiroirs d'une commode défoncée.

— Il a fait le malin, répond une voix avec un fort accent marseillais.

Tournant la tête, Bot découvre l'homme qui vient de parler. Grand, les épaules carrées, le gaillard le fixe de ses petits yeux porcins en jonglant avec un couteau. Il est rejoint par un jeune homme à l'allure frêle qui tient un revolver.

— Que me voulez-vous ? demande Bot. Pourquoi ai-je été enfermé ici ?

— Ce n'est pas à nous de répondre à vos questions, dit le jeune homme. Venez avec moi et n'essayez pas de vous enfuir. Je serais obligé de me servir de mon arme.

Bot soupire et obéit. Encadré par les deux hommes, il quitte cet endroit sans fenêtre donnant sur un escalier de chêne aux marches bringuebalantes et grinçantes.

Odeur de moisi. Une odeur de plus en plus envahissante au fur et à mesure qu'ils descendent. Arrivés sur le fond de ce qui semble être un vieux château abandonné, entièrement construit en bois, peut-être une vaste remise ou un ancien hangar compartimenté, ils traversent une suite de pièces sinistres. Des vieux meubles, des chandeliers tordus, tassés au pied des murs décrépis, coiffés de toiles d'araignées et de moisissures, paraissent pourtant se conformer à on ne sait quelles règles qui en déterminent l'arrangement par époques et par styles.

Quelque part devant eux, des voix s'élèvent, retombent, avec ce même accent du Sud-Est. Une voix nouvelle, dure et neutre, se mêle aux autres. Le gaillard pousse Bot vers un rectangle de lumière.

Bot reprend son équilibre sur une terrasse dominant la Garonne. D'un regard circulaire il compte quatre hommes. Il y a une époque où il se serait lancé à l'eau en se frayant un passage au milieu d'eux. Cette époque est révolue. Un petit coup sec retentit : un étrange individu vêtu avec élégance frappe le sol avec une canne surmontée d'une tête de loup. Tous se taisent.

— Soyez le bienvenu, monsieur Bot.

Le bienvenu ? Cet homme plaisante ! Il le dévisage avec colère. L'homme le regarde avec bienveillance, cherchant à se composer un visage plein de modestie et de gentillesse.

— Qui êtes-vous ? demande sèchement Bot.

— Mon nom a peu d'importance.

— Que me voulez-vous ? hurle Bot en se jetant sur lui.

L'homme l'évite et démasque l'épée de sa canne. La pointe frôle le cou de Bot. « J'aurais pu me sauver », pense ce dernier... Mais il ne l'a pas fait. Il affronte le regard devenu maintenant sombre et froid.

— Je suis désolé de vous avoir conduit de force ici, mais il le fallait. Ne bougez pas. Ne soyez pas aussi nerveux, ce n'est pas dans votre nature. Je vous observe depuis quelques semaines. Vous êtes courageux et discret. C'est pour ces raisons, et d'autres, que Saunière et Boudet ont conclu un accord avec vous. Ils ont beaucoup d'argent, n'est-ce pas ?... Ce qui n'est pas pour vous déplaire. Vous n'êtes pas homme à laisser passer les aubaines. On dit que vous êtes un bon entrepreneur. Que vous ont-ils proposé ? Que devez-vous construire ?

— Cela ne vous regarde pas.

— Allons, cher ami, faites un effort.

L'homme pique la chair de Bot, puis dirige l'extrémité de son arme sur un œil, à quelques centimètres. Bot se tortille et recule.

— Je vous offre le double de ce qu'ils vous donnent.

— Je respecte toujours mes engagements, déglutit Bot en se tassant contre le parapet de la terrasse.

C'en est trop pour le gaillard qui s'avance en lançant sa grosse patte sur le col de Bot :

— Laissez-le-moi. Il parlera... Je vais lui casser les doigts un à un.

Soudain, on entend une cavalcade, des cris. Le gaillard est projeté dans les airs, le jeune homme frêle s'abat sur le sol, l'homme à la tête de loup a reçu un coup sur la nuque.

— Bérenger ! s'écrie Bot.

— Vous savez nager ?

— Oui.

— Alors sautez !

Bérenger assomme un homme qui essaie de s'interposer entre la Garonne et l'entrepreneur. Un second se ramasse dans la position du lutteur, les mains en avant, les doigts de l'une sur le poignet de l'autre. L'homme à la tête de loup revient aussi à la charge avec le gaillard fou de rage. Bérenger n'hésite plus. Bot est à l'eau, il le rejoint et le rattrape.

— Nous vous retrouverons ! entend-il dans son dos.

Peu après, ils rejoignent la berge où les attend Élie.

— Bravo ! dit Élie en les aidant à monter.

Bot est furibond.

— Qu'est-ce que ça veut dire ? demande-t-il en regardant autour de lui.

Ils sont à l'extérieur de Toulouse, dans un petit bois qui borde un champ de vignes. En amont, sur l'autre rive, une vieille et immense bâtisse est à moitié cachée par des arbres. C'est de là qu'ils se sont échappés.

— Nous savions qu'ils tenteraient quelque chose contre nous, dit Élie.

— Qui « ils » ?

— Des gens mal intentionnés qui cherchent à nuire à nos intérêts. Depuis que nous sommes arrivés à Toulouse, ils ne nous ont pas lâchés d'un pouce. Ils vous ont suivi quand vous vous promeniez seul.

— Ne me dites pas que j'ai servi d'appât ?

— Il fallait bien tester votre loyalisme.

— Foutre ! Que le Diable vous emporte, tous les deux !

— Vous vous êtes engagé à nous servir, oui ou non ?

— Oui, mais pas au prix de ma vie.

— Il est trop tard pour reculer maintenant : nos ennemis sont maintenant les vôtres. Vous ne le regretterez pas...

Bot en doute. Il les regarde tour à tour, les sonde avec appréhension, mais finit par acquiescer, comme on ne peut s'empêcher de toucher une plaie du doigt.

— Parfait, dit Élie. Ne restons pas ici, un fiacre nous attend au bout du champ. Gardez-vous des refroidissements, il serait fâcheux que la Garonne ait raison de vous alors que vous venez d'échapper aux johannistes.

Quelques mois plus tard à Rennes-le-Château

L'église Sainte-Madeleine est cernée par des charrettes, des tombereaux, des échafaudages et des tas de briques, de sable et de moellons. La nef résonne du bruit des marteaux, des burins et des limes. Dans ce chantier qui gonfle son cœur de joie, Bérenger butte à chaque pas, car il ne regarde pas où il met les pieds, tournant son regard dans tous les sens comme s'il voulait saisir à chaque instant l'avancement des travaux.

Les ouvriers de Castex chantent, gueulent, s'appellent, se moquent de l'apprenti aux savates traînantes, qui va d'échelle en échelle en portant la gourde de vin, du plâtre ou des briques. Bérenger lui adresse un sourire amical puis s'abandonne à la rêverie en contemplant le travail accompli : les cinq fenêtres ont été percées, les arceaux de la voûte ont été surélevés, la double cloison de briques est presque terminée... et là, sur les côtés, les piliers crasseux ont reçu une belle couche blanche de plâtre. Son rêve se concrétise peu à peu. Son église retrouve sa splendeur des temps passés. Il sent un frisson à fleur de peau en pensant au prix payé pour y parvenir mais, l'instant d'après, il se réconforte en se disant qu'il reconstruit pour la gloire de Dieu, et que, s'il devait mourir dans le péché, Dieu lui-même prendrait son âme dans ses mains pour le consoler, en souvenir de ce que lui-même a souffert sur la croix. De telles pensées, il les doit à Gélis, qu'il voit régulièrement, mais à qui il refuse toujours de se confesser.

Il aperçoit Marie sur le seuil de l'église, dans le soleil. Elle met un bonheur de plus, une plénitude solide et confiante, au milieu de ce chantier de joie. Elle lui fait un petit signe de main, puis disparaît dans un envol de jupons. Bot entre à son tour. Il tient des plans et une sacoche, l'air important.

— Castex fait du bon travail, dit-il en abordant Saunière.

— Avez-vous vu l'abbé Boudet ?

— J'en viens.

— Et alors ?

— Voici les dernières modifications qu'il désire apporter à la décoration.

Bot ouvre la sacoche, en sort une liasse de papiers et en retire un qu'il soumet à l'examen de l'abbé. C'est un brouillon de la grande fresque : *Venez à moi...* Des personnages entourent le Christ. Ils représentent les affligés et les malades réunis sur la montagne sacrée afin d'être guéris par Jésus.

— Quelle est cette montagne sur la gauche ? Ce n'est plus la Pique, s'étonne Bérenger.

— Non, il l'a remplacée par le paysage des Roulers. Sur la droite du dessin, il veut qu'il y ait une ressemblance avec le dé du Serbairou. Quant au sac de pénitence, il l'a légèrement descendu au pied de la montagne.

Maladroitement esquissé, le sac est posé sous un buisson fleuri, il est aussi beaucoup plus gros que celui qu'ils avaient dessiné à l'origine. Bérenger constate que d'autres détails ont été modifiés par le curé de Rennes-les-Bains. Il ne comprend plus le message. Boudet a une idée en tête, mais laquelle ?

— C'est bon, dit Bérenger. Je vais écrire à Giscard pour qu'il procède aux modifications.

Bot s'assied sur un banc et observe les ouvriers. Bérenger reprend son rêve. Le soleil, voilé ce midi, enveloppe d'une lumière tendre et orangée le maître-autel. À chaque coup de burin, de la poudre se répand à terre, aussitôt emportée par les courants d'air. À chaque instant l'église se transforme. Et peu à peu l'âme de Sion grandit dans ce corps nouveau.

— Le message sera inscrit dans l'église, dit Bérenger en étalant les croquis. Voici les statues et les reliefs du chemin de croix, la grande fresque... Boudet y a apporté tant de modifications qu'il est devenu impossible de déterminer l'endroit où j'ai fait ma découverte.

Gélis se penche légèrement en avant, les bras croisés, comme un élève studieux qui ne veut rien perdre des discours du maître. Bérenger tente d'expliquer le choix du curé de Rennes-les-Bains, lui montre des détails, revient en arrière, compare tel personnage à tel autre, mais ne parvient pas à trouver un fil conducteur. Boudet ne lui a pas donné d'explications. L'une des entrées menant dans les souterrains se trouverait sous les Roulers. Peut-être...

Les heures ont passé. Accrochée à une corde tressée, la lampe au verre ciselé se balance comme si le vent de la nuit pénétrait dans la pièce, éveillant sur la surface cirée de la table de fugitifs et angoissants reflets. Gélis a ressorti les manuscrits trouvés par Saunière dans le pilier wisigoth. Depuis qu'il en a la garde, il ne dort plus, passe ses nuits à les traduire et spécule pendant des journées, comme autrefois Bérenger. Cependant, à la différence de ce dernier, il ne pense pas à l'or.

— Je pense avoir trouvé quelque chose sur le petit manuscrit de la parabole des épis de blé et du sabbat, dit-il gravement.

— Mais nous en connaissons déjà le secret.

— Il y en a un autre, et je crois que Boudet le sait.

Il pose l'index au-dessus du texte sur le curieux idéogramme formé de trois signes :

puis il traduit le texte latin où apparaissent quelquefois des lettres grecques :

« *Il arriva, un jour de sabbat appelé second-premier, que Jésus traversait des champs de blé. Ses disciples arrachaient des épis et en mangeaient, après les avoir froissés dans leurs mains. Quelques Pharisiens leur dirent : pourquoi faites-vous ce qu'il n'est pas permis de faire pendant le sabbat? Jésus leur répondit : n'avez-vous pas lu ce que fit David lorsqu'il eut faim, lui et ceux qui étaient avec lui ; comment il entra dans la Maison de Dieu, prit les " pains de proposition ", en mangea, et en donna à ceux qui étaient avec lui, bien qu'il ne soit permis qu'aux Sacrificateurs de les manger? Et il leur dit : le Fils de l'Homme est maître même du sabbat.* »

Bérenger a entendu des centaines de fois ce texte d'où ont été tirées les phrases codées menant à l'une des portes du trésor. Quand Gélis termine sa lecture, l'abbé de Rennes ouvre les mains en signe d'incompréhension :

— Et alors, que pourrait-il nous apprendre de plus?
— Ceci.
Et il retourne le manuscrit.
— Regarde bien l'idéogramme.
— Oui, je l'ai déjà fait. Dans ce sens, deux des signes deviennent l'alpha et l'oméga.
— Cela suggère qu'il faut lire le texte à l'envers.
— J'ai essayé, je n'ai abouti à rien.
— Deux mots mal tracés auraient dû attirer ton attention, ici en fin de texte et là, en bout de ligne, qui deviennent à l'envers et en grec *olène* et *théké* signifiant avant-bras et coffre (1).

(1) Ils sont reproduits en position normale tels qu'ils sont tracés sur le petit manuscrit.

— En effet, constate Bérenger.

— Tu remarques la position de ces étranges points accompagnant certaines lettres. Je me suis demandé s'ils étaient dus à un écart de plume, ou s'ils faisaient partie d'un nouveau code. Il y a aussi ces petites croix et d'autres points disséminés un peu partout. J'ai eu l'idée de les relier les uns aux autres après avoir prolongé les côtés du triangle de l'idéogramme. Voilà ce que j'ai obtenu, conclut-il en déroulant une grande feuille transparente que, jusqu'à cet instant, il gardait précieusement à côté de lui.

Une figure compliquée s'étale sous les yeux de Bérenger. En haut et à gauche, il retrouve en effet l'idéogramme. Un R le surmonte.

— Ce R, que signifie-t-il ?

— Ce R, que j'ai ajouté, est la première lettre de Rennes-le-Château. L'idéogramme n'est rien d'autre que ton village. Vois.

Gélis déroule une carte d'état-major et pose sur elle la feuille transparente. Bérenger demeure interloqué. Les différents points d'intersection des lignes correspondent à des endroits bien précis sur la carte : la fontaine des Quatre-Ritous, le château des templiers du Bézu, le sommet de la Pique, la Valdieu, le dé du Serbairou, les Roulers, les ruines des Gavignauds et le Sarrat rouge.

— C'est extraordinaire, dit Bérenger d'une voix sourde.

— Je ne sais pas ce qu'il faut en penser, mais je te le répète, je suis certain que Boudet a eu la même idée que moi.

Bérenger redresse brusquement la tête.

— Tu as entendu ?

— Quoi donc ?

— Il y a quelqu'un chez toi.

— Tu sais bien que je vis seul.

Bérenger se lève et va jusqu'à la porte sur la pointe des pieds. Il l'ouvre brutalement, traverse la petite cuisine, pousse le battant de la porte d'entrée et tend l'oreille. Quelqu'un s'éloigne rapidement dans la rue.

— Je n'ai pas rêvé, dit-il avec mauvaise humeur en retournant auprès de son ami.

— Ne sois pas inquiet. Les jeunes préparent une mascarade. Tous les soirs, ils circulent d'une maison à l'autre avant de se réunir dans une grange à l'autre bout du village.

— Je n'en suis pas si sûr. Méfie-toi, Gélis. Cache les documents. N'ouvre à personne dès que la nuit tombe. Verrouille ta porte d'entrée. La mort me guette ; elle peut aussi te guetter.

Gélis sourit. La mort, il la connaît bien. Il ne la redoute pas. C'est la plus fidèle compagne de sa vie de prêtre, car ici on sonne souvent le glas depuis que les jeunes s'expatrient dans les villes. Elle viendra toujours assez tôt, mais qu'elle lui laisse encore le temps de voir le Razès resplendir dans le matin.

— La mort ne me fait pas peur, dit-il. J'ai l'âme légère. Il n'en est pas de même pour toi, mauvais chrétien.

— Non, Gélis, tu n'entendras pas ma confession, répond Bérenger en lui donnant l'accolade.

— Prends garde à toi.

— Toi aussi.

Bérenger quitte le presbytère et s'enfonce dans la nuit. Au-dessus des collines d'où montent les feux des bergers s'épanouissent les constellations. La fraîcheur de l'air lui rappelle que l'hiver vient de finir. Une nouvelle vie commence. Il s'emplit les yeux de cette image d'espace et marche vers l'orient, vers Rennes où brille une étoile.

26

QUELLE heure peut-il être ? Bérenger a perdu la notion du temps mais il sait que l'aube est proche et que les feux du matin ne vont plus tarder à brûler dans les cheminées.

Dans l'église presque entièrement rénovée, il attend l'arrivée de la grande fresque. Il n'est pas seul : Boudet et Gélis, venus passer la nuit à Rennes, continuent, entre deux prières, une conversation tendue entamée la veille sur le Diable, le serpent de la Genèse et le mobile intérieur qui incite à la chute. Le Diable préoccupe Gélis. Le Diable est dans l'église, il soutient le bénitier et les quatre anges. Asmodée ; chaque fois qu'il le regarde, il a l'impression qu'il va bondir dans l'allée centrale et venir lui arracher le cœur. Cette terrible peur d'être pris au piège d'une force supérieure, il l'a éprouvée dès qu'il est entré dans l'église. Il serait heureux de quitter les lieux, oh oui ! Profitant du silence inopiné de Boudet, il s'excuse et sort.

La lune flotte encore à l'horizon, blanche. Elle déverse sur le village une clarté illusoire et mystérieuse qui, à la fois, semble l'éclairer et l'obscurcir. Gélis la contemple, conscient du pouvoir hypnotique qu'elle exerce sur les hommes mais pas sur lui.

– Albochan, Allothaim, poissons d'Horus, Sartin, ventre du bélier, c'est une bonne lune, mon père.

Gélis sursaute et serre le crucifix qu'il porte autour du cou.

— Allons, mon père, vous ne me reconnaissez pas ?

— Ah, c'est vous, monsieur Yesolot, pourquoi

n'êtes-vous pas venu avec nous dans l'église ?

— Pardonnez-moi, mais je préfère tirer mon enseignement des astres.

— Et que disent-ils ces astres ?

— Rien de bon pour vous... Rien de bon. Et vous ne pourrez pas inverser le cours de votre destin.

— Je n'en crois rien, vous êtes comme Saunière : susperstitieux et naïf. Laissez-moi ; je ne veux rien avoir à faire avec vous...

— Comme il vous plaira, je vous aurai prévenu. Adieu, mon père.

Élie s'éloigne d'une démarche lente vers le presbytère. Bientôt il n'est plus qu'une ombre parmi les ombres. Gélis est soulagé. Cependant il s'en veut de l'avoir chassé ainsi. Tout est la faute de ce maudit Diable. Deviendrait-il superstitieux et naïf lui aussi ?

— Tu es un imbécile, dit-il tout haut en souriant.

Puis il revient auprès de ses compagnons agenouillés. Essayant d'oublier Asmodée, il contemple les nouvelles statues faiblement éclairées. Elles sont rassurantes. Il les connaît toutes ; d'autres églises de la région ont été fournies par la manufacture Giscard : la Vierge au doux regard, saint Roch, saint Joseph, saint Antoine de Padoue, sainte Marie-Madeleine, sainte Germaine et saint Antoine l'Hermite. Peu à peu leurs couleurs vives apparaissent. Rouges, bleues, vertes et jaunes, elles éclatent dans l'aube naissante. Elles sont faites pour nourrir les rêves spirituels des fidèles.

Neuf heures du matin, les saints resplendissent. Leurs yeux brillants regardent à travers les trois prêtres qui prient comme à travers une vitre. Une bande de soleil descend à vue d'œil le long du mur où s'appuie la chaire et les panneaux en terre cuite du chemin de croix.

Un enfant de sept ou huit ans entre précipitamment, pose un genou à terre, se signe maladroitement en évitant de regarder le bénitier et avale le fils et le Saint-Esprit, puis s'approche des curés. Se grattant la tête, il hésite à les déranger. Bérenger se recueille, les deux autres paraissent dormir, le menton planté entre pouce et index.

— M'sieur le curé ?

Bérenger délaisse l'image du Christ en croix et

reporte son regard sur le visage rouge de l'enfant.

— Que veux-tu, Félix ?

— Y'a un énorme chariot sur la route.

— Avec une énorme caisse ?

— Oui.

— La fresque arrive, mes amis, lance Bérenger aux deux abbés qui relèvent péniblement leurs tête, puis détachent leurs genoux meurtris de la planche avant de saisir le sens de la joie soudaine de Saunière.

— La fresque... ah oui, on y va, répond Boudet en acceptant la main de l'enfant venu l'aider.

Dix minutes plus tard, les trois prêtres accompagnés d'une cinquantaine de personnes prévenues par les gamins se pressent à l'entrée du village. Tiré par deux bœufs, le chariot grimpe difficilement vers eux. Les enfants demeurent bouche bée, contemplant immobiles la haute caisse solidement arrimée aux montants avec de grosses cordes. Le conducteur fouette les bêtes. Son aide surveille le chargement qui oscille dangereusement quand les roues du véhicule s'enfoncent dans les creux du chemin. Félix abandonne la main de Boudet et court vers l'équipage, aussitôt suivi par toute une marmaille hurlante. La bande fête le conducteur, son aide et les bœufs et revient vers les prêtres en faisant d'excessives démonstrations de respect, avant de demander, par l'intermédiaire de son chef, un grand gringalet de onze ans :

— C'est quoi, mon père ?

— Un secret.

— Ah ! font les enfants.

A ce moment le chariot parvient à l'entrée de Rennes. Bérenger fronce les sourcils. La trajectoire du véhicule est mauvaise. Il risque de heuter le vieux portique wisigoth (1).

— Attention ! crie-t-il au conducteur harassé qui bat les bêtes écumantes.

Les habitants retiennent leur souffle. Les enfants se mordent les lèvres. Le chariot heurte le portique. L'homme au fouet étouffe un juron et tente une manœuvre désespérée en essayant de faire reculer les

(1) Aujourd'hui disparu.

bœufs. L'une des roues glisse sur le bas-côté. Le chargement s'incline. C'est la catastrophe. Le chariot, les bœufs et la caisse basculent dans le vide. Le conducteur dégoise à grand bruit une tirade obscène et porte les mains à sa tête. La foule crie en voyant les bœufs rouler dans la pente. Leurs mugissements sont couverts par les craquements du bois et le roulement des pierres. La caisse éclate.

Désespéré, Bérenger esquisse un mouvement vers elle.

— La fresque est perdue !

Cet accident engendre la rage, une colère montante, dévorante. Il foudroie du regard le conducteur et se décide à descendre vers le chariot qui s'est immobilisé contre une roche. Malgré son âge, Boudet le devance. Devant l'état des bœufs, le curé de Rennes-les-Bains hoche négativement la tête :

— Il va falloir les abattre.

Puis il parvient à la caisse éventrée qui a vomi sa paille et jette un œil sur son contenu.

— Dieu soit loué ! La Fresque est intacte.

— Intacte ! s'exclame Bérenger en s'approchant à son tour.

— Constate toi-même.

Bérenger arrache des planches, enlève la paille de la partie inférieure et l'examine de près. Pas la moindre éraflure. Est-ce vraiment dû à la protection divine ? Pourquoi a-t-elle été épargnée ? Pourquoi le mal a-t-il dévié sa course, alors qu'il a frappé ces pauvres bêtes ? Bérenger a un regard de pitié pour les bœufs. Gélis est près d'eux. Des spasmes les agitent. Leurs pattes sont brisées. Les plaies de leurs flancs sont déjà assaillies par les mouches.

— Elles souffrent, dit Gélis en cherchant de l'aide du regard.

— Je m'en occupe, répond Zacharie, l'un des fidèles villageois de Bérenger. Que quelqu'un aille chez le forgeron et me ramène une masse.

— Que voulez-vous faire ? s'inquiète Gélis.

— Un bon coup sur la tête et elles ne souffriront plus... C'est bien cela que vous voulez ?

— Oui, mais...

— Il n'y a pas d'autre solution, tranche Zacharie.

— Et qui va me dédommager ? se lamente le conducteur qui erre parmi les débris de son chariot avec son aide.

— Moi ! lance Bérenger.

Quelque chose apparaît dans sa main, qu'il vient de retirer de l'intérieur de sa soutane déboutonnée à hauteur de poitrine. C'est un petit livre... Non... Les yeux avides des villageois ne quittent plus cette main. Oui... Ils ne se trompent pas. C'est... une liasse de billets... Et des gros. Ceux qu'on voit circuler à la foire de Carcassonne.

Bérenger en compte quelques-uns au conducteur, qui n'en revient pas.

— C'est trop, mon père.

— C'était de bonnes bêtes.

— Merci, que Dieu vous bénisse.

— Allez, vous autres, s'écrie Bérenger en se tournant vers ses ouailles. Ne faites pas ces têtes-là. Vous n'avez jamais vu de billets de banque (1) ?

Les bœufs n'attirent plus leur pitié, semble-t-il. Ils entendent bien l'ordre de leur abbé, mais restent pétrifiés. Cinq cents, mille francs ? D'où sort cet argent ? Ce sont des économies ? Impossible. Même avec l'aide de la famille Dénarnaud, il ne parviendrait pas à réunir une telle somme. Et la mairie n'a rien prêté. On aurait dû se douter de quelque chose. Toutes ces rénovations, vous pensez !... Mille francs, deux mille ? Il a bien deux années de son salaire entre les mains.

Les paysans comptent vite et jugent encore plus vite. Leur curé est riche, il commerce avec le Diable. C'est la première conclusion qui leur vient à l'esprit. Tous ont vu le bénitier, cette horreur qu'ils évoquent à mi-voix, pendant les veillées.

— Il y a du Diable là-dessous, murmure une femme à sa voisine.

— Moi, je ne dors plus depuis qu'il est arrivé à l'église. Tu as vu ses yeux, on dirait qu'il veut te sucer le sang quand tu trempes la main dans le bénitier.

(1) C'est vraisemblablement après cet épisode qu'on commença à parler de sa mystérieuse fortune.

— Mon Dieu, tais-toi, tu me donnes la chair de poule. Ah ! voilà Jean, il porte la masse. Zacharie va tuer les bêtes.

— Au moins, elles... iront au Paradis.

Zacharie empoigne la masse et, l'ayant levée haut, l'abat sur le front des bœufs. Les os craquent. Tous les spectateurs sont graves. Seuls les enfants, après un froncement de sourcils et un regard hébété, souhaitent par-dessus tout ce que souhaitent tous les enfants quand les événements ne suivent plus leur cours, que cela continue. Ils observent Bérenger à la dérobée. L'abbé discute avec les hommes. Ils vont remonter la fresque. Après, ce sera l'affaire des ouvriers qui la fixeront au-dessus du confessionnal. Six volontaires, Gélis et Bérenger unissent leurs efforts. Une demi-heure plus tard, la fresque : *Venez tous à moi, vous tous qui souffrez et qui êtes accablés et je vous soulagerai,* est au pied de son socle.

— Quand elle sera intallée, tout sera prêt pour la visite de monseigneur Billard, dit Bérenger en s'épongeant le front.

— Quand comptes-tu lui demander de venir ? s'enquiert Boudet.

— À la Pentecôte.

— Alors, d'ici là, prie pour qu'il trouve cette église à son goût et ne découvre pas le message que nous avons laissé sur les murs.

— Il me reste encore assez de temps pour l'embellir un peu plus.

— Non ! C'est assez. Officiellement, tu n'as plus d'argent. Tu ne l'as que trop montré. Qui croira que tu as reçu des centaines de petits dons de toute l'Europe ?

— J'ai plus de deux mille lettres. Yesolot se propose de faire paraître une annonce dans d'autres grands journaux demandant de venir en aide à notre petite paroisse en échange de quelques messes.

— D'autres l'ont fait avant toi et ils ont été accusés de trafic de messes.

— Je le sais, mais il n'existe aucun autre moyen pour justifier cet argent.

— Un conseil, ne dépense plus. Attends que les esprits se calment. Regarde les hommes, là-bas. Je suis sûr qu'ils parlent de tes billets. Attention, Bérenger, tu ne respectes pas nos accords. Il serait fâcheux que Sion te fasse remplacer.

En disant cela, Boudet a un sourire vague qui montre un peu ses dents abîmées. Et, comme Gélis vient vers eux, il dit encore :

— Je ne sais pas combien t'ont rapporté ces messes. Certainement beaucoup. Cela prouve une fois de plus que les étrangers sont plus généreux que nos paroissiens. Et toi, Gélis, quand diras-tu des messes pour les Autrichiens, les Allemands et les Belges ?

— Jamais, j'ai pour seule ambition de sauver les âmes de Coustaussa.

— Voilà qui est clair, au moins. À chacun ses ambitions.

Gélis et Bérenger échangent un regard complice, puis s'en vont une fois de plus prier sous la croix, loin des yeux perspicaces de Boudet, loin des yeux d'Asmodée dont le double vivant rôde dans les souterrains de la colline.

Dimanche de la Pentecôte 1897

Bérenger est comblé : tout le petit monde du Razès afflue à l'église. Ils arrivent de très loin. Même ceux des fermes perdues à la limite de la commune sont sur les chemins. Certains ne viennent jamais à la messe du dimanche, mais il les revoit toujours aux grandes fêtes car ils sont ainsi : d'une nature étrangère à la méditation et d'une curiosité tendue seulement vers les offices les plus colorés.

Posté en sentinelle, près du portique wisigoth — il attend l'évêque —, Bérenger les voit gravir lentement les derniers mètres qui mènent au village. Dans leur costume de cérémonie, ressorti pour la circonstance, ils avancent en bon ordre et en famille : les vieux au centre, les jeunes à l'arrière et les enfants sur les côtés. On leur a dit qu'il y avait un Diable dans l'église, aussi portent-ils la médaille de saint Benoît prescrite par l'endevinaire. Elle permet de détourner le mauvais sort. Et, à défaut de l'avoir sur eux, ils récitent la « petite parole de Dieu » enseignée par leurs ancêtres, Bérenger le devine aux mouvements rapides de leurs lèvres. Il ne peut rien contre cette prière de protection comme il ne peut rien contre l'endevinaire et le brèish (1). Peut-être ont-ils raison, car cette prière dit en autre :

... Là-bas, là-bas, il y a deux
passerelles
L'une est large, l'autre
étroite.
Les élus y passeront
Et les damnés ne pourront
pas.

Ils passent sous le portique. D'autres les remplacent et rencontrent les habitants du village, tantes, oncles, cousins, cousines, mesurant au plus juste leurs mots d'affection avant de pénétrer dans l'église pour être délivrés de leurs doutes. Mais non, le Diable est là. Ceux d'ici n'ont pas menti. Devant lui, leur courage s'écroule bêtement. Le « Au nom du Père » a peine à sortir de leur gorge quand ils trempent avec crainte les doigts dans le bénitier. Alors ce sont d'étranges et terribles images qui leur viennent en tête, avec des flammes qui s'enlacent, des cornes, des crocs, des dards, des griffes et des pinces. Le monde noir et redouté des démons apparaît ; et leurs âmes pitoyablement précipitées y brûlent.

— Sainte mère de Dieu ! s'exclame une vieille femme qui n'avait jamais vu le nouveau bénitier, si fort que les quelques fidèles déjà rassemblés se retournent. Parmi eux, Marie. Devant la peur communicative de la vieille femme, qui vient s'agenouiller près d'elle et réciter « la petite parole de Dieu » à toute vitesse, elle l'imite en se signant une dizaine de fois. Les derniers vers, elle les prononce avec toute la ferveur dont elle est capable, une larme au bord des yeux, et le cœur qui bat vite et fort :

(1) Le devin et le sorcier.

Qui saura la parole de
Dieu
Trois fois par jour la dira,
Qui la sait et ne l'enseigne,
Qui l'entend dire et ne l'apprend
Le jour du Jugement
Souffrira un grand
tourment.
Mon Dieu faites-moi la
Grâce de bien vivre et
de bien mourir.

Rassurée, elle se laisse bercer par les chuchotements, immobile et amollie comme sa vieille voisine maintenant hypnotisée par les bronzes de l'autel, astiqués dévotement par la mère de Marie, comme les enfants de chœur abêtis à force d'attendre sous les clartés dansantes des cierges, comme sainte Germaine, sur sa gauche, à l'air placide et qui serait tout à fait belle si elle souriait vraiment.

Soudain, elle prête l'oreille. Monseigneur Billard arrive. Au-dehors, un enfant l'a crié. Les chuchotis et les susurrements cessent. La vieille sort de sa léthargie, se tord le cou en direction de la porte d'entrée. Les enfants de chœur s'époussettent et s'inquiètent. Poussés par la curiosité, les gens du fond ressortent et se mêlent à ceux qui ont préféré attendre l'évêque devant le porche.

Bérenger et Billard se retrouvent. Ils se regardent longuement en silence, avec une joie fiévreuse, tous deux heureux d'être encore sains et saufs après ces longues années d'aventures hasardeuses. L'évêque murmure :

— Nous gagnerons.

Ses doigts raidis accentuent leur pression sur le bras de l'abbé. Il remue les lèvres comme pour ajouter quelque chose, mais la proximité de son secrétaire l'en empêche. Bérenger croit distinguer comme un éclair de peur dans ses yeux cernés et inquiétants de lucidité.

Le petit parvis s'emplit bientôt d'une foule bruyante qui fait à Monseigneur une fête impatiente : l'évêque porte des réponses à leurs craintes, à leurs espoirs.

— On va voir la gueule qu'il va faire devant le

Diable, dit Sarda à l'escadron des républicains tassés contre le mur du fond et le confessionnal, entre le bénitier et les fonts baptismaux.

Accueilli par un chant à la gloire de Dieu, Billard franchit le seuil de l'église et s'arrête devant le bénitier. Trop longtemps. Hésitant dans ses gestes. Ce n'est pas l'ensemble des quatre anges qui attire son regard, mais Asmodée le gardien du Temple. Par le Christ ! Quelle différence avec la vague description que lui en a faite son secrétaire venu à Rennes-le-Château pour préparer sa visite. Il irradie tant de férocité de ce visage monstrueux qu'il songe un instant à demander à Saunière de le faire détruire sur-le-champ. Mais les enfants de chœur arrivent et le détournent du bénitier. Dans le sillage de leurs aubes blanches, il glisse vers l'autel, soulevant un murmure d'admiration sur son passage. Et, dans l'assemblée, des soupirs ardents se font entendre quand il donne sa bénédiction avant de s'asseoir sur le fauteuil de cérémonie.

Une ivresse envahit Marie. Sa voix monte avec les autres. Tel un incendie qui grandit, le chant fait trembler les voûtes de la nef. Bérenger triomphe. Il se rappelle le toit crevé, le sol défoncé, les corps souples et gras de rats bondissant entre les vieilles statues. Douze ans ont passé. Il a réussi.

Maintenant il dit la messe en grand apparat et commande aux fidèles de se mettre à genoux, debout, à genoux, debout... Dans son coin, monseigneur Billard, blanc de cheveux sous la mitre, le regard humide, prie avec ferveur, en communion avec son protégé. Bérenger se sent heureux, se signe, fait une génuflexion, respire à pleins poumons l'encens, se relève, se penche sur la Bible, cite Luc, caresse du regard les saints, le chemin de croix, la fresque et déverse les paroles d'usage sur les têtes inclinées, sans forcer, avec juste ce qu'il faut d'ostentation pour savourer sa puissance. Quand sa voix s'élève à nouveau et devient tranchante, c'est du haut de la chaire qu'elle part :

— Il n'est pas dans la vie chrétienne de circonstance plus touchante, pour le pasteur d'une paroisse et pour le troupeau confié à ses soins, que la visite de leur évêque...

Les têtes acquiescent lentement, se tournent vers l'évêque qui sourit, puis reviennent vers Bérenger. L'abbé s'enflamme, loue la grandeur de Billard avant de pointer son doigt vers le groupe des républicains :

— ... J'ai vu des malheureux égarés par des conseils perfides s'acharner contre tout ce que j'avais entrepris pour la gloire de Dieu et les embellissements de son temple. Dans ces jours d'aveuglement, tous les moyens ont été bons, même la violence. Heureusement le ciel veillait et cette même providence a déjoué leurs funestes projets...

Sarda a un mauvais geste de la main et semble vaciller sous l'effet du regard de Saunière. L'abbé le transperce des yeux jusqu'à l'occiput.

— Maudit prêtre, grince-t-il, on la connaît ta providence, c'est le Diable.

— Chut, fait Zacharie assis au dernier rang, en se retournant vers Sarda, le poing tendu.

Sarda se tasse contre le confessionnal, derrière Vidal et essaie de ne plus écouter le discours maintenant lénifiant de son ennemi.

— Comme je les pardonne du fond de mon cœur... le vrai chemin... la douce confiance... la paix... source de consolation...

Et c'est la description des acquisitions et des transformations de l'église, l'éloge des paroissiens, puis une attaque en direction des parents inconsidérés qui jettent leurs enfants dans des usines... « véritables foyers d'immoralité et d'irréligion où ne tardent pas à sombrer, avec les bons sentiments qui les animaient, les douces espérances qu'avait fondées sur eux leur pasteur »... Ce qui fait sourire bon nombre des amis de Sarda qui cherchent à repérer la douce espérance de Saunière : Marie.

Enfin il conclut, achevant sa phrase d'un geste large, après avoir adressé à Marie un regard qui semble demander : alors comment ai-je été ?

Marie est fière, rouge de confusion. Pour un peu elle se lèverait et irait déposer un baiser retentissant sur la joue de Bérenger. Sa voisine tourne vers elle sa face ridée de sorcière, avec dans les yeux une lueur de malice, et prononce :

— Tu as de la chance, ma fille.

— Madame... je ne comprends pas.

— Ne rougis pas, petite sotte. Je sais bien que tu l'aimes, ton curé. Il y en a plus d'une qui voudrait être à ta place.

La messe est finie. Bérenger reçoit les félicitations des uns, les regards haineux et jaloux des autres. Il est immobile près du porche, la taille cambrée, les bras croisés. Les chants et la réponse de monseigneur Billard à son discours bourdonnent encore à ses oreilles, et il fait des efforts afin de prolonger l'illusion de cette fête.

Libéré des fidèles qui lui marquent leur respect, des enfants qui baisent sa robe, l'évêque vient à ses côtés. Il le regarde longuement, puis examine à nouveau Asmodée. Il voudrait savoir ce qui les unit. Est-ce que l'abbé aurait vendu son âme au démon après l'avoir vendue à Sion ?

— Vous avez pris de l'assurance depuis notre dernière rencontre, et ce n'est pas pour nous déplaire.

— Monseigneur est trop bon.

— Et son abbé trop ambitieux.

— Ce que j'ai entrepris, je l'ai fait pour la gloire du Christ.

— Et ceci ? dit Billard en pointant son doigt vers le bénétier.

— C'est le mal vaincu par le bien. L'inscription « Par ce signe tu vaincras » l'indique bien. Et les quatre anges sont là pour écraser le Diable.

— Et les griffons sur le socle, ils sont à juste titre les gardiens des trésors, le niez-vous ? Ainsi que cet Asmodée ?

— Non.

— Il me semble que vous voulez clairement indiquer l'existence d'un trésor à d'éventuels curieux.

— Vous vous trompez. L'abbé Boudet et M. Yesolot qui nous rejoindront cet après-midi pourront confirmer le contraire. Leur faites-vous confiance ?

— Évidemment, ils dépendent directement du Grand Maître et... Taisons-nous. Mon nouveau secrétaire arrive. Je n'ai pas confiance en lui. Je le soupçonne d'être une créature de monseigneur de Cabrières, notre ennemi mortel.

Encore lui. Bérenger pense à l'homme à la tête de loup, aux johannistes, au pape, à tous ces chiens enragés qui ne vont pas tarder à réapparaître. Il les vaincra, même s'il doit pour cela s'associer avec le Diable sous la colline.

27

Coustaussa, le 1er novembre 1897.

C'EST un homme de petite taille, la cinquantaine, les cheveux blancs, le visage rouge, congestionné sans doute par la gnôle qu'il avale de temps en temps à la gourde. Ses yeux d'un bleu très clair n'ont pas quitté l'église du village de tout l'après-midi. Personne n'est venu le relever. Il peste, boit un coup, se passe la langue sur les lèvres et reprend sa surveillance aux jumelles.

Des femmes, toujours des femmes. Des grandes, des grosses, des maigres, des jeunes, beaucoup de vieilles, à croire qu'il n'y a pas d'hommes dans ce trou, à part ce prêtre. Elles vont et viennent dans les rues, partageant leurs destinations entre l'église et le cimetière, un bouquet ou un pot de fleurs sur les bras.

Ses compagnons arrivent du Castel Negre, il les entend, les attend, mais aucun d'eux ne vient le remplacer. Alors il se remet à observer placidement les femelles vêtues de noir à travers ses jumelles. Toutes ces donzelles en deuil piétinant autour des tombes lui donnent le cafard. À nouveau, Gélis apparaît sur le pas de la porte de l'église, bénissant une paire de vieilles en fichu de laine et sabots, sèches comme des plants de vigne oubliés au milieu d'un champ après l'arrachage.

— C'est ça, dit-il d'une voix vulgaire. Bénis-les, elles n'attendent que ça. Tu les fais sacrément jouir, ces vieilles putes de bénitier.

— Que se passe-t-il ? demande quelqu'un dans son dos.

— Non, ce n'est rien, bredouille l'homme en baissant ses jumelles alors qu'une canne sculptée se pose sur son épaule droite.

Il entrevoit la tête de loup, à peine, mais cela suffit à glacer son sang dans ses veines.

— Je n'aime guère entendre ce genre de réflexion, continue celui qui tient la canne.

— C'était pour... plaisanter.

— On ne plaisante pas avec les choses de l'Église. Si tu es encore en vie, c'est parce que Dieu est magnanime, mais moi je ne le suis pas. La prochaine fois, je te ferai couper la langue. Compris ?

— Oui, monsieur.

Là-bas, Gélis pénètre dans l'église. La Toussaint est une fête fatigante. Il s'assied sur une chaise de paille et porte une main à son front. Il ne se sent pas bien et pense à ce cauchemar qu'il fait chaque nuit. Comment expliquer ces images qui reviennent à intervalles réguliers pendant son sommeil ? Depuis plus de trois semaines, il est harcelé par cette obsession effrayante. Dès qu'il ferme les yeux, il est emporté avec un sentiment de peur vers un monde de violence et de mort. Il ne connaît pas les protagonistes ni le décor mais ces derniers lui en veulent terriblement, le menacent et le poursuivent.

Peut-être aurait-il dû en parler à Yesolot lors de leur dernière rencontre à Arques ?... Gélis reste assis là pendant plus d'une heure. Les documents sont source de tous ses ennuis nerveux. Il cherche à apaiser son esprit et regarde la nef s'assombrir et les saints s'effacer les uns après les autres, jusqu'à ce que des fidèles les éclairent avec de petits cierges. Il se sent usé. Bientôt soixante et onze ans. Voilà près de quarante ans qu'il vit ici, entraînant sur le chemin de la rédemption les âmes de ce village chéri.

— Vous n'allez pas chez vous ce soir, mon père ? lui demande une femme.

— Oui... bien sûr...

— Je vous apporte de la soupe chaude.

— Merci, Madeleine.

— À tout de suite, mon père.

Le prêtre ne paraît pas entendre les derniers mots.

Sa méfiance revient. Depuis la fin de l'été, et à force d'entendre les recommandations de Bérenger, il a la tête pleine d'hommes guettant aux abords du village, de johannistes se glissant la nuit jusqu'à l'église. Quittant son siège, il prépare l'autel pour la nuit, prie et se rend chez lui.

La soupe chaude est apportée, le vin tiré, le pain coupé. Il prie encore et remercie le Seigneur. Au-dehors la nuit tombe et jette précipitamment les habitants craintifs au coin de leur feu, car les morts, comme chaque année à minuit, vont sortir de leurs tombes et aller en procession autour du village.

Une à une, les lumières piquent la masse noire de Coustaussa. Le petit homme aux jumelles quitte son tertre. Sa gourde de gnôle est vide. Il la balance dans un buisson, passe la main sur sa bouche sèche et avance en grognant, ses bottes noires se frayant méthodiquement un passage à travers l'abondante végétation. Le rocher sous lequel l'attendent ses comparses est figé au milieu des brumes. Tout est silencieux. Il tressaille quand l'homme à la canne se plante soudain devant lui. Ce dernier, l'air ailleurs, lui demande si tout mouvement a cessé dans le village ; il répond que oui, que le prêtre est chez lui, qu'il n'y a pas de chien à proximité de sa maison.

Ils attendent encore une heure, puis l'homme à la canne intime :

— C'est le moment, suivez-moi.

Ils sont cinq. Arrivés près des premières maisons serrées les unes contre les autres, ils écoutent longuement les bruits familiers qui leur parviennent faiblement : un enfant qui pleure, une femme qui endort un bébé en chantant, des rires gras, une dispute, le miaulement d'un chat... puis se faufilent dans une ruelle étranglée.

L'ombre imposante de l'église se dresse devant eux ; l'homme à la canne fait un signe de tête au plus grand de la bande. Le gaillard désigné fixe l'église de ses yeux minuscules, anormalement écartés par rapport au nez, sort un couteau de sa ceinture, passe la lame devant son visage comme pour lancer un défi à un adversaire invisible et part d'une foulée souple en direction du clocher.

Gélis erre dans la cuisine, en proie à une étrange sensation d'attente, de manque. Aurait-il oublié d'accomplir quelque chose d'important à l'église, se demande-t-il en se remémorant les gestes rituels devant le tabernacle. Non... Que se passe-t-il? La pièce lui paraît glacée. L'humidité de l'automne a pénétré par la fenêtre qu'il a laissée ouverte par distraction. L'hiver approche. Il devrait prendre sa retraite et se retirer à Carcassonne, ou à Narbonne, ou retourner dans son village natal, à Villesèque où il eut une enfance heureuse. Mais ce n'est pas facile de quitter le Razès. Il y a trop de choses en suspens et la région détient certaines clefs du mystère qu'il a envie de découvrir.

« Non, pas ce soir », se dit-il avec détermination en pensant aux documents qui le tiennent éveillé jusqu'à des heures impossibles, lui vidant le crâne et le préparant au cauchemar habituel.

Les quatre hommes ont rejoint leur complice envoyé en éclaireur. Ce dernier pointe toujours son couteau à hauteur du visage, prêt à s'en servir contre un éventuel gêneur.

— Alors? demande l'homme à la canne.

— Il est chez lui.

— Allons-y.

Les hommes ont une seconde d'hésitation. L'idée d'aller fouiner chez un prêtre ne les séduit guère.

— Vous avez peur, constate le chef en frappant de la paume la tête de loup de sa canne.

— Non, répondent deux d'entre eux.

Leurs yeux sont plus rétrécis que d'habitude. Ils mentent. Ce sont de drôles de compagnons qu'il a engagés et pourtant leur passé est lourd; ils sont capables du pire. Esquissant un sourire méprisant, il prend la tête du groupe et pénètre dans la cour de la maison.

Gélis est de plus en plus mal à l'aise, en butte à des interrogations qui l'obsèdent. Il cherche un secours dans la prière. Il pense au Christ. Il pense à Bérenger qu'il n'aurait pas dû écouter, à ses fautes, à sa faute, à ce besoin de découvrir une vérité qui, il le pressent, le conduira tout droit en enfer. Et lui, maintenant, par amour de Dieu, pourra-t-il remonter le cours du temps, revenir en arrière et effacer de sa mémoire ses rencontres avec Saunière ? Pourra-t-il feindre de croire que ce qui a été fait ne l'a pas été ? Il faudrait... Il faudrait commencer par brûler tous les papiers que lui a confiés le prêtre de Rennes-le-Château, puis partir quelques jours dans les Pyrénées. Après un séjour dans la cabane de l'un de ses amis berger, perdue au fond d'une vallée inhabitée, refusant de voir un seul de ces visages qui portent les traces du péché, il retrouverait assez de forces pour oublier cette histoire et reviendrait à la vraie foi.

Ses pensées s'interrompent brusquement. Un bruit insolite attire son attention. Un grattement à l'extérieur. Il se rapproche de la fenêtre et jette un œil à travers le carreau. Des ombres se profilent dans la rue. L'air atterré, il fait quelques pas en arrière. Et, pendant un instant terrible, il sent ses entrailles se contracter.

— Les documents, dit-il à haute voix en se précipitant dans l'autre pièce.

Le sac de voyage. Vite, prendre la clef dans le tiroir de la commode. Il n'a pas le temps de les récupérer pour les jeter au feu de la cheminée. La porte du fond s'ouvre et un homme apparaît. Dès qu'il l'aperçoit, Gélis recule de quelques pas, s'éloignant du sac, et reste le dos au mur, plus pâle qu'un mort.

L'inconnu tient une canne bizarre, avec une tête de loup sculptée en guise de pommeau. Les yeux de l'animal jettent des reflets rouges comme s'ils étaient animés d'une vie intérieure. Gélis reconnaît alors cet objet, Bérenger le lui a décrit lors de l'une de ses nombreuses mises en garde.

L'homme à la tête de loup.

Il demeure saisi, comme frappé d'un coup, et reste sans souffle, sans voix, s'enfonçant dans sa pensée, n'entendant même pas ce que lui dit l'intrus :

— Bonsoir, mon père. Vous vous attendiez à notre visite, n'est-ce pas ?... Vous ne répondez pas ?... Votre silence est un aveu. Il est donc inutile de perdre notre temps : donnez-nous les documents que votre ami Saunière a eu l'heureuse idée de vous confier... Alors, prêtre, vous avez perdu votre langue ?... Où sont-ils ?

Gélis est paralysé. D'autres hommes aux mines patibulaires entrent chez lui, jetant des regards un peu partout. Des fauves. L'un d'eux, le plus laid, la tête vissée dans les épaules, le nez cassé, tient un couteau et pousse un grognement de dégoût en reniflant le reste de la soupe sur la table.

— Que fait-on de lui ? demande-t-il à son supérieur en pointant son couteau vers Gélis.

— Rien pour l'instant. Donnons-lui trente secondes pour réfléchir.

S'il s'était sauvé par une fenêtre quand il les a vus dans la rue, tout aurait été facile. Il se serait enfui et barricadé chez son voisin qui possède des fusils de chasse. Mais il ne l'a pas fait. Il se dit, en faisant un effort pour affronter les yeux morts de l'homme à la tête de loup, qu'il y a peut-être finalement une solution :

— J'ai de l'argent : sept cents francs en or et en billets. Prenez-les et laissez-moi en paix.

— Vous entendez, vous autres, ironise le chef. Monsieur le curé nous propose sept cents francs en or et en billets. Voilà qui couronnerait nos efforts.

Les autres ricanent. Celui qui joue avec le couteau bondit sur Gélis et lui met la lame sur le cou.

— Je crois que tu te trompes de magot, pépé. Nous, ce qu'on veut, c'est des papiers, de simples papiers... Quelque chose qui nous mettrait sur la piste d'un certain trésor. Tu vois ce que je veux dire ?

— Non.

— Tu es têtu, bonhomme.

— Les trente secondes sont écoulées, tranche le chef en tapotant l'épaule de l'homme au couteau avec sa canne. Fouillez cette maison.

— Moi, je commence par le sac, dit le petit homme, qui a passé la journée à surveiller le village avec ses jumelles.

— Non ! crie Gélis en s'interposant entre lui et la minuscule table sur laquelle est déposé le sac de voyage.

— Aurons-nous la chance de trouver si vite ce que

nous cherchons ? susurre l'homme à la canne. Ouvrez-le.

— Il est fermé à clef, rage le petit homme.

Courageux, Gélis tente de le repousser ; ses deux mains agrippent les bords de la veste et, les yeux écarquillés par l'effort, il parvient à le soulever. Peine perdue. On le tire sans ménagement. Son adversaire se libère. On le traîne vers la cuisine. Vaincu, il ne se débat plus.

« J'ai perdu... Pardonne-moi, Bérenger... On nous a trahis... »

Un visage s'impose à lui : celui de son neveu (1). Toujours en quête d'argent, cette mauvaise graine a dû le vendre. Il n'a plus le temps d'y penser. L'homme au couteau le tient par les bras. Un autre, très jeune, les traits efféminés, s'empare de l'un des chenets de la cheminée et l'abat violemment sur son front.

Gélis ne crie pas. La mort est instantanée. Il s'effondre dans les bras de l'homme au couteau.

— Attention au sang.

— Il est mort, son cœur ne bat plus.

— J'ai les documents.

— Partons.

— Un instant. Je n'ai pas tout à fait fini, dit l'homme à la tête de loup en allumant une cigarette.

Il tire quelques bouffées et jette le mégot dans la cheminée, puis, extirpant de sa poche un carnet de papier à cigarettes de marque Tzar et un crayon, il griffonne sur l'une des feuilles : « Viva Angelina », avant de la déposer près du cadavre.

— Ceci est un indice pour notre ami Saunière.

— On y va, s'inquiète l'un des hommes.

— Une dernière chose, encore. Aidez-moi à le transporter au centre de la pièce.

Deux hommes se précipitent sur Gélis, l'enlèvent délicatement et le déplacent vers l'endroit indiqué. Alors, l'homme à la tête de loup murmure une courte prière et ramène les mains de l'abbé sur la poitrine, les croisant sur le cœur, selon un rite qui échappe totalement à l'entendement des brutes qui s'impatientent.

(1) Le neveu fut reconnu innocent. En effet, ce soir-là, il était à Luc-sur-Aude.

— Maintenant, nous pouvons partir, dit l'homme à la tête de loup.

Ils quittent le presbytère et disparaissent dans le noir, faisant glisser sans bruit les semelles de leurs bottes sur le sol. Leur guide serre sa canne et les documents. Désormais, rien ne peut l'arrêter. Investi d'une mission capitale qui met en jeu non seulement sa vie et son avenir propre, mais aussi ceux de son Église, du pape et de l'humanité, il est tendu tout entier vers l'unique but de son existence : retrouver l'Arche d'Alliance.

Bérenger mesure l'hypocrisie de ces spectateurs venus des quatre coins du pays. Ils sont là pour jouir du scandale qui s'est abattu sur Coustaussa. Serrant de près le juge d'instruction, Raymond Jean, et les journalistes du *Midi libre* et de Paris, ils ont été jusqu'au cimetière avec l'espoir d'en apprendre un peu plus sur le meurtre de l'abbé Gélis.

Le vicaire général, monseigneur Cantegril, se penche sur le cercueil en bois blanc et murmure des paroles sur les « pauvres d'esprit », « le péché », « le pardon », puis compare le père Gélis à Simon Pierre lançant ses filets dans les eaux profondes du lac de Gennésareth.

Les enfants pleurent. Les femmes pleurent. Le conseil municipal pleure. Tous se signent avec une ferveur étrange quand le vicaire général bénit la bière. Premier de la ligne noire des prêtres venus accompagner leur ami, Bérenger bénit à son tour la caisse. Boudet, Tisseyre, d'Arques, Calvet, de Couiza, Gabelle, de Luc-sur-Aude, et d'autres l'imitent. Insensibles, les fossoyeurs attendent un signe du vicaire général. Ce dernier hoche la tête. Ils descendent le cercueil dans la fosse. Les cordes crissent. La foule s'agite, fait un pas en avant et commente à voix basse :

— Pauvre curé.

— Bah, il était vieux, il a fait son temps.

— Tout de même, se faire assassiner à son âge, un prêtre, vous vous rendez compte.

— C'est un horrible sacrilège.

— Il paraît que le juge a fait arrêter le neveu.

— Bougre ! Ça m'étonne pas. C'est lui, pour sûr.

— Couvert de dettes comme il était, il sera venu

voler son oncle.

— J'espère qu'ils lui couperont la tête.

— On dit que notre bon curé avait le crâne fracassé.

— Oui, une horreur... Du sang partout.

— Son fantôme reviendra. On dit qu'ils reviennent toujours pour se venger sur les vivants.

On dit. On dit, on dit... La rumeur s'amplifie. Le prêtre aurait été torturé avec un tisonnier, il a eu les yeux arrachés... Bérenger entend des bribes de phrases. Il voudrait être ailleurs. Loin de cette foule en mal de sensations sordides. On devrait en jeter quelques-uns dans la fosse. Cependant, il reste de marbre, pensant au corps de son ami qui va devenir putrescence, incohérence et poussière.

— Gélis, pardonne-moi, murmure-t-il.

Il se sent responsable. Un homme est mort par sa faute, tué à sa place. Dans un défi, il voudrait hurler à Dieu que lui est là, vivant, planté au pied des montagnes, qu'il faut le frapper, le détruire et détruire tous les hommes attirés par la colline envoûtée.

« Pourquoi suis-je encore vivant ? »

Des files d'hommes et de femmes passent devant le trou. Certains de ceux qui le connaissent s'enhardissent à lui parler lorsqu'ils arrivent à sa hauteur. Il leur répond poliment, toujours grave, sans détourner son regard de Rennes-le-Château perché sur la bosse bleue de la colline maudite.

À son tour, le juge se campe devant la fosse et considère le cercueil d'un œil morne, avant d'observer les visages des participants. Une trace de malaise sur la figure d'un berger, un signe de peur sur celle du limonadier, un tressaillement sur les lèvres du menuisier, le meunier cligne des yeux, tout un groupe de bouviers baisse la tête, tous se figent... Vraiment ils se figent, aussi mal à l'aise que des meurtriers attendant d'être appréhendés. Allez savoir, avec les juges. Ça soupçonne tout le monde, ces hommes-là.

Le juge virevolte et s'approche des prêtres. Son visage rond a quelque chose de patelin. Ses yeux perçants étudient la physionomie de chaque abbé. Ils s'arrête devant Boudet et dit sur un ton déplacé :

— Quels gens ! Vous ne vous imaginez pas, mon

père, le mal que j'ai avec ces paysans. Tous plus méfiants les uns que les autres, et agressifs avec ça, je pourrai en inculper le quart pour outrage à magistrat... Mon enquête s'avère d'ores et déjà difficile.

— Vous avez le neveu.

— J'ai le neveu, comme vous dites, mais je préférerais tenir les véritables assassins et connaître le mobile.

— Il n'y a pas de mobile ?

— L'argent est resté en place. Seul un sac de voyage a été fracturé. Je me demande ce qu'il pouvait bien contenir.

Le juge se tait, regarde la fosse, les gens qui défilent, Boudet, Saunière. Un pli barre son front, une veine bleue palpite sur sa tempe.

— Vous étiez amis, je crois ? dit-il soudain à Bérenger.

— On ne pouvait que l'être. C'était l'homme le plus doux qui soit, toujours prêt à rendre service, toujours souriant, ne vivant que pour sa mission de pasteur. Il me rendait souvent visite, m'apportait sa grande expérience, me conseillait.

— C'était votre confesseur ?

— Non...

— Je suis son confesseur, intervint Boudet.

— Ah bon, continuez, je vous prie.

— Oh ! vous savez, je n'ai pas grand-chose à dire... Nous vivions en parfaite harmonie avec lui. Quand je dis nous, je parle des autres prêtres du doyenné de Couiza. C'est vrai, je perds un être cher, un véritable ami, quelqu'un qui m'a apporté beaucoup de soutien moral dans ce pays peuplé de mauvais chrétiens.

Bérenger se signe. Le juge le délaisse. Les fossoyeurs crachent dans leurs mains, se saisissent des pelles et commencent à verser de la terre sur le cercueil. Clignant des yeux, un bras levé dans un geste d'impuissance, le juge hausse les épaules.

— Eh bien, nous ne connaîtrons jamais son secret... Autre chose encore : avez-vous une idée de ce que peut signifier : « Viva Angelina » ?

— Non, pas la moindre.

— C'est bien ce que je pensais ; cela n'a rien de

très chrétien mais sonne plutôt révolutionnaire. À bientôt, mon père.

— Au revoir, monsieur le juge. Que Dieu vous protège.

Boudet a un regard aigu en direction du juge qui s'éloigne.

— Il se doute de quelque chose...

— Je vengerai Gélis ! gronde Saunière.

— Tu es fou ! C'est à Sion d'intervenir avec ses hommes de main.

— Je le vengerai, affirme encore Bérenger d'une voix sourde.

28

Les jours gris, froids, humides, deviennent de plus en plus pesants. Ils se suivent, semblables les uns aux autres, à peine plus clairs que les nuits qui les séparent, à peine moins tristes que celui de l'enterrement de l'abbé de Coustaussa. Bérenger dit ses messes, rend visite à Boudet et Yesolot, passe des journées avec Bot, chasse le gibier avec la rage au ventre. Son désir acharné de vengeance est poussé à bout par l'inertie de Sion et la prudence des invisibles johannistes. Il est prêt à tout braver, à tout oser à la moindre apparition des uns et des autres. En attendant, il ronge son frein, trouvant une maigre consolation dans les bras de Marie et dans la lecture des lettres d'Emma. La cantatrice s'est rendue à Londres, à Bayreuth. En ce moment, elle remporte un immense succès en interprétant Sapho à Paris. La nuit, il lui arrive de parcourir inlassablement les lignes de cette écriture penchée et généreuse mais, nulle part, il ne trouve un véritable apaisement, comme si les mots l'entraînaient encore plus loin d'Emma, l'isolant au milieu du Razès enneigé.

Attendre. Mais qui ? Mais quoi ?... Une prière, parfois, fait merveille, donne de l'espoir, fouette le courage. Elle soutient le croyant dans la tourmente... Mais il prie mal. Il lui est difficile, dans le trouble où il est, de donner à ses prières une couleur d'amour.

La journée est entamée. Que faire ? Il observe Marie et sa mère qui tressent du chanvre, le feu dans la cheminée, les sacs de haricots et de pois écossés, les conserves empilées sur les étagères, les pommes de terre dans leurs cageots, les morues, le maïs, les jambons, les bouteilles de vin et de pétrole, les bonbonnes d'huile, les bûches, les fagots... Tout a été prévu pour résister au long siège de l'hiver. L'*ostal* déborde de provisions. On ne sortira plus.

— J'en ai assez, dit-il soudain aux deux femmes.

Elles le regardent, l'air étonné et inquiet. Marie profère à voix basse une menace qu'elle n'ose pas crier devant sa mère. Alors que Bérenger, de son côté, surveille les lèvres de sa maîtresse pour saisir au vol les premiers mots amers qui sortiront comme l'écho lointain d'une dispute. Il ne comprend pas ce qu'elle murmure. L'occasion d'une querelle lui est refusée.

— J'en ai assez d'être enfermé, continue-t-il en arrachant un chiffon qui colmate une ouverture près de la porte d'entrée.

Aussitôt, la mère de Marie abandonne son ouvrage, vient près de lui, s'accroupit, s'empare du chiffon et le remet en place en grommelant :

— *Col barrar les troucs al lop-garon* (1).

— Encore votre loup-garou ! Mais quand donc cesserez-vous de croire à ces sottises, aux sorcières, aux vampires, aux fantômes et à Garramauda, la bête noire.

— Quand vous enlèverez le Diable de l'église. C'est lui qui attire toutes ces mauvaises choses au village.

— En avez-vous vu ?

— Oui.

— Et où ?

— Ça ne vous regarde pas.

— Vieille folle.

— Bérenger ! s'écrie Marie.

Son beau visage tendu prend un air égaré. Affolée par ce qu'elle vient d'entendre, elle se précipite vers sa mère et l'embrasse sur la tempe, la prenant dans ses bras.

— Ce n'est rien, maman. Il ne pense pas ce qu'il dit... Ne pleure pas, maman. Tu sais, il n'est plus le même depuis la mort du bon Gélis... Allez, viens t'asseoir.

Dans un accès d'amertume et de honte, Bérenger sort en claquant la porte. Un froid aigu lui pique le visage. L'air glacé saisit sa gorge. Le ciel balayé par l'autan

(1) Il faut fermer les trous au loup-Garou.

semble rempli de cristaux brillants. Où aller ? Il fait le tour des étables et des granges où les hommes taillent des manches de fourches, coudent des cannes, réparent des râteaux ou affûtent des outils en buvant et en discutant. Chez Zacharie, il finit par accepter un verre d'eau-de-vie, mais le cœur n'y est pas. Il a envie d'espace, de nouveaux horizons, d'actions, d'aventures.

— Qu'avez-vous, mon père ? lui demande Zacharie en le dévisageant comme s'il cherchait à lire dans ses pensées.

— Ce que j'ai ?

— Oui… Vous n'êtes pas dans votre état normal depuis quelque temps.

— Je vais très bien, répond sèchement Bérenger.

Zacharie hoche la tête et reprend son travail. Ses mains calleuses courent sur la semelle du soulier qu'il répare. Il retire les *guinhassons* (1) rouillés et les range dans une boîte.

— Allègres, que Dieu nous rende allègres, finit-il par dire à l'abbé en lui remplissant un second verre.

— C'est ton alcool qui va me rendre allègre.

— C'est pareil, sourit Zacharie en poussant la bonbonne d'eau-de-vie entre eux.

Le visage en feu, les jambes molles, Bérenger s'éloigne du village. Devant lui, avec ses buissons, ses arbres et ses rochers, le chemin tangue dangereusement entre les parois et les ravins. Zacharie a eu la main lourde. Combien de verres lui a-t-il versés ? Dix, plus ?… Il titube, se retient à une branche et se met à ânonner en patois cette supplique qu'habituellement il trouve stupide :

— « … Que Dieu lui donne beaucoup de bien, et pas du tout de mal. Et que Dieu donne des femmes qui enfantent, des chèvres qui chevrettent, des brebis qui agnellent, des vaches qui vêlent, des juments qui poulinent, des chattes qui chatonnent, des rates qui ratonnent, et pas du tout de mal, mais beaucoup de bien. »

Et il continue ainsi, dirigeant inconsciemment ses pas

(1) Clous à soulier.

vers Rennes-les-Bains, insensible au froid qui attaque déjà ses pieds et ses mains.

— Que raconte-t-il ?
— Heu... Je crois qu'il dit : des vaches qui ratonnent, des rates qui vêlent...
— Vous en êtes sûr ?
Boudet tend l'oreille sur les lèvres de Bérenger.
— Oui... des femmes qui poulinent, des chattes qui enfantent.
— Bérenger, mon ami.
A son tour Élie se penche sur l'abbé de Rennes-le-Château. Allongé dans le lit de Boudet, Bérenger divague. Deux chasseurs l'ont retrouvé étendu dans la neige au-dessous du roc d'en Barou. Ils l'ont ramené ici. Boudet se mord la langue. Il a peur de se retrouver seul face à la colline envoûtée. Il ne se sent pas la force de continuer sans l'aide de Saunière. Cette peur rédhibitoire se voit sur son visage inquiet couvert d'une fine pellicule de sueur.
— Va-t-il s'en sortir ?
— Bien sûr, il est solide, sourit Élie.
— Je vais faire prévenir le médecin.
— N'en faites rien, je m'en occupe.
Tempérant d'un geste l'impatience de Bourdet, Élie quitte le chevet de Bérenger, s'absente quelques instants de la chambre, puis réapparaît avec une mallette de cuir à la main.
— J'ai ce qu'il faut pour le remettre rapidement sur pied, dit-il, en tirant une fiole de cette sorte de trousse de secours remplie — Boudet a le temps d'entrevoir le contenu avant qu'Élie la referme — de bouteilles et d'objets étranges.
— Bois, murmure-t-il doucement à Bérenger en approchant le goulot du petit récipient de ses lèvres.
— Je bois... Zacharie... Je bois... à la santé de tes bêtes.
Élie verse le contenu de la fiole. Au bout de quelques minutes, il sent le corps de l'abbé se détendre sous ses doigts. La fièvre tombe aussitôt avec une rapidité inouïe. Touchant le front de Saunière, Boudet s'en réjouit et s'en inquiète :

— À la bonne heure... mais que lui avez-vous fait avaler ?
— Un remède de ma composition.
— C'est un fait, mais qu'est-ce que c'est ?
— Pour le fabriquer, il faut allier aux qualités du savant celles du juste. Je crains que vous ne soyez pas en mesure d'en comprendre la formule.

Boudet a déjà entendu cette phrase, mais en hébreu, lors d'une séance d'initiation à Sion, sur les manipulations du Yetsirah en kabbale : le Kho'khàm, les qualités du savant et le Tsaddiq, le juste. Ce Juif le fascine. Il ne l'aime pas, mais tout son être est conquis par son pouvoir. À cet instant, il admet sa suprématie sur ce monde et sur les autres.

Le silence est retombé. Chacun d'eux est plongé dans ses pensées. Cependant, l'esprit d'Élie est ce qu'il a été depuis l'arrivée de Saunière : un nid peuplé de toutes sortes de sentiments opposés où la jalousie et la haine côtoient la pitié et la tendresse, où Dieu et le Diable se livrent une guerre sans merci. C'est celui de son ami dont il a pris possession afin de le soulager.

Un jour blafard s'insinue graduellement dans la chambre. Maintenant, Bérenger distingue la cuvette et le broc posés sur le guéridon au bout du lit. Il les fixe longuement comme pour s'accrocher à leur réalité. Très vite, il reconnaît l'endroit : la chambre sobre de Boudet avec, sur deux des murs, des centaines de livres. Il frissonne et repense à sa marche folle dans la neige, du moins à sa sortie vacillante du village, quand sa conscience était encore assez claire. Comment est-il arrivé jusqu'ici ? Se redressant difficilement sur un coude, il tente de sortir du lit, mais retombe aussitôt, terrassée par son effort. Quand il rouvre les yeux, Élie est là, une main dans la sienne.
— Ce n'est pas sérieux, mon ami.
— Que m'est-il arrivé ?
— On t'a retrouvé inconscient dans la montagne. Tu étais ivre mort et congestionné par le froid. Prend ceci et tu retrouveras presque instantanément tes forces.

Élie lui tend une nouvelle fiole biscornue, pleine d'un liquide verdâtre et épais ; Bérenger n'hésite pas à la porter à ses lèvres. Un horrible goût de fraises et de coquillages pourris lui remplit la bouche. Tandis qu'il grimace en avalant l'élixir, il sent une boule de chaleur gonfler dans sa poitrine et se répandre dans son corps, dans ses membres, jusqu'au bout de ses doigts gourds. Le miracle se produit. Il se redresse, entend quelque part, non loin de là, le ronronnement familier d'un grand nombre de voix : des gens qui prient en commun à l'église. Une messe.

— Mais quelle heure est-il ?

— L'heure de la grand-messe du dimanche, tu as dormi trente heures.

— Quoi ?

— Ne t'inquiète pas, nous avons envoyé quelqu'un prévenir Marie. Officiellement, tu passes trois jours chez Boudet...

— Peste soit de l'alcool !...

— On ne boit pas sans raison ; je sais bien que tu voudrais être ailleurs. Tu n'as pas changé : j'ai sondé ton esprit pendant que tu divaguais... Non, tu n'as rien perdu de ta force, de ta volonté de vaincre, de ton désir de réussir, de ton envie de te mesurer à des entités supérieures.

Bérenger attrape le bras d'Élie et le serre très fort.

— Puisque tu as vu, tu sais ce que j'attends de toi.

— Oui.

Ce oui, c'est une sorte d'adhésion immédiate de tout son être qui le fait se saisir de l'occasion que lui offre Saunière : une guerre sans merci jusqu'au jour de la découverte de l'Arche, une guerre contre les envoyés du pape... et contre les frères du Prieuré.

Un peu plus tard, alors que Boudet a été appelé au chevet d'un mourant, installés dans la salle de travail de ce dernier, encombrée comme d'habitude de vieilles pierres et de manuscrits, Élie et Bérenger sont déterminés à porter leur première attaque.

— Par qui allons-nous commencer ? demande Élie d'une voix basse, bien qu'il connaisse déjà la réponse.

— Par l'homme à la tête de loup.

Alors, Élie replie sa main sur sa poitrine et, tel un prestidigitateur, fait apparaître une pierre hexagonale rouge gravée de signes hébreux sur deux de ses côtés.

Elle capte la lumière du jour et l'y garde enfermée. Elle capte aussi le regard de Bérenger et l'attire vers son centre. Le joyau est chargé d'électricité. Au plus profond, au-delà des reflets de feu, vibre une étoile, un soleil d'or ; et Bérenger songe au symbole de l'infini, à l'énergie première, au règne, à la gloire, à la connaissance. Puis les rayons de cet astre minuscule envahissent la pièce et se condensent pour former une succession d'images : une ville, la mer, un visage dur aux yeux froids.

— C'est lui ! s'écrie Bérenger.

— La pierre d'Hevel l'a retrouvé… Il est à Marseille. Maintenant nous allons pouvoir venger Gélis.

— Quand partons-nous ?

— Il faut me laisser le temps de joindre ceux de mon peuple qui vivent là-bas. Nous aurons besoin d'appuis. Quand cela sera fait, nous partirons.

29

4 août 1898, Marseille

DEHORS, il fait soleil et le marché bat son plein. Du haut de la maison des Cauwenbergh-Soussan, où ils ont trouvé refuge, accoudé à la fenêtre de sa chambre, Bérenger écoute pendant un court instant l'appel des marchands qui emplissent la rue comme un torrent. Qu'est-ce qui les fait donc autant crier ? A les entendre, on croirait qu'ils veulent ameuter toute la population des Accoules et de Saint-Laurent.

Sa précieuse mallette en bandoulière, Élie vient le chercher et ils rejoignent la rue, partant à la dérive avec la foule bigarrée. Le quartier, planté d'étals colorés, de planches, de toiles et de carrioles, se découpe en ombres brutales et en rectangles de clarté aveuglante. C'est l'heure des coups de gueule répétés, des jurons, des grandes rigolades, de l'anisette glacée, de l'absinthe aussi verte que l'eau des calanques, des filles cuivrées qui se rendent on ne sait où avec leurs paniers d'osier sous le bras et des rubans dans leurs cheveux.

Les renseignements pris auprès de ses amis, Élie a pu repérer les lieux que fréquentent certains johannistes. Étrangement, la pierre d'Hevel ne lui est d'aucun secours depuis qu'ils sont arrivés à Marseille. Forts de ses renseignements et cherchant à provoquer une réaction chez leurs ennemis, Bérenger et Élie se rendent chaque jour aux mêmes endroits : à l'abbaye Saint-Victor, à la place de Lenche et sur le port.

— Où va-t-on ? demande Bérenger.

— Sur le port.

— Aurons-nous enfin la chance de notre côté ?

— C'est aujourd'hui que tout va se jouer, j'en ai eu la vision ; soyons prudents.

— Je ne resterai pas éternellement prudent, répond Bérenger sur un ton de mauvaise humeur.

Bérenger serre les lèvres. Douloureusement, il mesure l'impuissance qui l'empêche de discerner ce que voit si bien son ami. Élie marche déjà dans leur proche avenir. Et, bien qu'il se défende d'en connaître exactement le déroulement, sa science les conduit infailliblement vers l'ennemi. Finie, la chasse aux ombres. Finie, l'attente. On les guette. On cherche un moyen de les attirer dans un piège. Peut-être est-ce cet homme qui semble les suivre depuis quelques minutes ? Bérenger interroge Élie du regard, mais ce dernier n'a apparemment rien remarqué. Il a chaud. Il peine. Le soleil l'aveugle et ses mouvements, ses pas sont lents mais déterminés, exprimant la conscience qu'il a du monde qui l'entoure. La cacophonie des esprits de la ville lui parvient. La vie, la lutte éternelle et sauvage. Chacun se battant pour son espace vital. La ville dans toute son horreur et sa magnificence, carnivore et généreuse, secrète et ouverte, avec ses truands et ses artisans, ses putes et ses soldats, ses mendiants et ses notables, avec ses milliers d'âmes qui dansent une ronde frénétique autour de la Bonne Mère. Il lui est impossible de savoir qui est ami et qui est ennemi. Trop de sentiments contradictoires déferlent des maisons environnantes.

Les deux compères s'enfoncent dans des ruelles étroites et sales où des femmes dénudées les couvent avec des clignements d'yeux, leur parlant bas pour leur dire les choses les plus simples de l'amour, puis très haut pour les insulter quand ils s'éloignent sans même les avoir regardées.

Le port. Jour après jour, Bérenger le redécouvre avec un même étonnement. Le bassin plat et huileux couvert d'une multitude de barques colorées, de bateaux de toutes tailles, d'épaves, les quais animés où les pêcheurs recousent leurs filets, où les enfants pouilleux harcèlent les femmes en ombrelles, l'odeur du poisson et, pardessus tout, celle des égouts qui monte à la bouche et donne envie de vomir. Élie entraîne Bérenger vers le port de commerce. Peu à peu, la foule se fait moins dense, les promeneurs disparaissent, les enfants abandonnent ce nouveau territoire aux marins et aux mouettes.

Élie s'arrête brusquement.

— Attention !

— Qu'y a-t-il ?

— On nous observe.

— Qui ? Où ?

Bérenger regarde autour de lui, fait le tour d'une barque tirée au sec et revient vers son ami, l'air désabusé. Ce dernier lève les yeux vers lui, ses yeux qui sont des flaques de feu noir dans la pâleur translucide de son gros visage rond.

— Élie, réponds-moi, où ?

— Là-bas, murmure-t-il en lui montrant une baraque de planches flanquée d'une montagne de tonneaux à deux cents mètres d'eux.

En vain, Bérenger tente d'apercevoir quelqu'un. Il n'y a personne. Cependant, au fur et à mesure qu'il se rapproche, il croit distinguer une ombre derrière la vitre crasseuse de l'unique ouverture de la baraque. Il plisse les yeux.

— Je le vois ! s'écrie-t-il soudain en se mettant à courir.

— Bérenger, reviens !

Bérenger ne prête pas attention à l'appel d'Élie et court, le visage dur, mesurant le temps et la distance. Il peut atteindre la baraque avant même que celui qui se trouve à l'intérieur réalise le danger. Il peut le surprendre. Il doit essayer.

Il bondit par-dessus un tonneau et fait le tour de la bicoque sur le fronton de laquelle est peint en grosses lettres noires : *Dépôt n° 3*. La porte est ouverte. Un vieillard est assis sur une caisse. Ses mains tremblantes épluchent un oignon. Devant lui, quatre tomates trempent dans une casserole cabossée pleine d'eau. Tout autour, il y a des rames, des gouvernails, des ancres, des grappins, des cordes...

— Il est parti, dit le vieillard en croquant un morceau d'oignon... Il m'a dit de te dire : « Viva Angelina. »

— Qui « il » ? demande Bérenger en secouant l'ancêtre à la peau aussi craquelée qu'une terre sans eau.

— Bonne mère, arrête !... Est-ce que je sais, moi ? Il est venu ici, il m'a donné dix francs, il est reparti... Moi, je vis ici, je garde le matériel, je pêche, je dors, un point, c'est tout.

Bérenger le relâche. Ce vieux débris ne peut pas lui apporter d'aide. Que faire ? Il tourne sur lui-même et cherche un indice, puis se dirige vers le fenestron où se tenait l'espion. À cet instant le vieux se redresse sans bruit. Sa bouche mince se fend en un sourire cruel. En une seconde il perd tout le caractère trompeur du bon vieux du Midi. Un cliquetis accompagne ses mouvements, il démasque de ses guenilles un croc de fer rattaché à une courte chaîne.

— Il était comment ? demande Bérenger sans se retourner, cherchant Élie sur le quai.

— Comme les jeunes d'aujourd'hui, un peu fada, avec des bagues aux doigts, répond le vieillard en faisant osciller sans bruit la chaîne et le croc.

Ce sifflement ? Bérenger a l'intuition soudaine du danger qui le menace. Son corps tout entier se crispe avant la détente. Il se jette sur le côté au moment où le vieillard porte son attaque. Le croc brise le carreau du fenestron.

— Je vais t'arracher la tête, curé.

— Diable, tu me connais donc ?

— T'as beau être en civil, on sait qui tu es.

Bérenger évite une nouvelle charge et saute au milieu de l'espace réduit en s'emparant d'un aviron. C'est alors qu'une voix assourdissante, irréelle, comme surgie du néant se fait entendre.

« Aq-Mebasim », croit comprendre Bérenger, et il voit le vieillard porter une main à son cœur, puis s'effondrer.

— C'est fini.

— Élie... cette voix... Est-ce toi ?

— C'est moi et ce n'est pas moi, répond Élie en cachant un objet rectangulaire dans sa mallette...

— Partons, il n'était pas seul. L'autre n'est pas loin. Il faut le retrouver.

Ils sortent du dépôt et referment la porte. Tout est

calme. Personne n'a été attiré par la voix.

— Par là, indique Élie de l'index.

Évoquant à la fois un chantier et un cimetière, un amoncellement de coques barre l'horizon. Ils le pénètrent, se faufilant entre des étraves et des étambots. Des barques, des barges, des canots, des voiliers, les uns vermoulus et crevés, les autres poncés et rafistolés, attendent la mort ou la mer. Nulle trace de leur homme. Élie fait non de la tête. Ils continuent. Sous une immense carène noire posée dans un bassin de radoub, des calfats préparent l'étoupe et le goudron. Bérenger et Élie s'attardent quelques minutes au-dessus d'eux.

— Il est tout près, murmure soudain Élie..

— Mais comment fais-tu, je ne vois rien ?

— Je capte son esprit... Il m'est impossible de t'expliquer comment j'y parviens. C'est un don que nous possédons tous ; il suffit de le développper. Cela demande quelquefois du temps... Oui, il est là.

Ils attendent encore. Midi, un coup de sifflet retentit ; en quelques secondes, les calfats disparaissent sous les étançons et gagnent une autre partie du chantier.

— Allons-y ! dit Élie.

Ils empruntent une passerelle de planches et montent sur le navire. C'est un voilier à vapeur. Son pont est ouvert en plusieurs endroits et des échelles s'enfoncent dans les trous béants où pendent des filins, des cordes et des poulies.

— Plus bas... il est plus bas, souffle Élie, en touchant Bérenger d'une main glacée.

— Attends-moi ici.

Bérenger empoigne les montants d'une échelle et se laisse glisser dans les profondeurs du navire. Il a l'impression d'être noyé dans cette ombre chaude, lourde de senteurs puissantes ; mais il préfère cela au contact du soleil qui lui brûle la peau et en fait une cible de choix. Élie le suit.

— Tu es têtu, soupire Bérenger.

— Je n'ai pas envie que tu meures de façon indécente au fond d'une cale avec des rats pour seuls compagnons. Sans moi, tout ce que tu peux faire, c'est te défendre à coups de boules d'étoupe. À chacun ses armes, il est armé d'un revolver, tu as tes poings et j'ai la maîtrise de la magie.

Bérenger ne l'écoute pas. Toute son attention est attirée par les abysses de la nef. Pendant une ou deux minutes, il ne distingue rien, puis ses yeux s'habituent aux ténèbres. La salle des machines est devant eux. Sur les tuyauteries des chaudières, des rats les observent de leurs yeux noirs et brillants.

— Laisse-moi faire, dit Élie d'une voix bizarre.

— Tu n'y penses pas !

— Tais-toi et détends-toi, continue Élie en posant ses mains sur le front et les tempes de son ami.

C'est étrange. Il se passe quelque chose. Des picotements courent sur son visage. Bérenger sent qu'une transformation s'opère en lui... C'est comme si... non, il ne peut pas se l'expliquer. Il vit une expérience sensorielle extraordinaire : il voit, il entend, respire des choses toutes nouvelles pour lui, tandis que d'autres, auxquelles il est habitué, prennent des proportions gigantesques.

— Alors ? dit Élie.

— Tu me dotes de pouvoirs fabuleux.

— L'ennui, c'est que tu ne peux les conserver que tant que je pose les mains sur toi. En fait, tu perçois ce que je perçois, tu ressens ce que je ressens. Le vois-tu ?

— Oui, il est derrière la chaudière à une trentaine de mètres.

— C'est exact. Et cela est suffisant pour opérer.

Sur ces mots, il relâche le crâne de Bérenger et fouille dans sa mallette. Il en retire l'objet carré déjà employé dans la baraque.

Autour de Bérenger, la nuit redevient la nuit, inexorable, et l'impuissance le gagne, le clouant sur place. Cependant il est assez près d'Élie pour découvrir l'objet que ce dernier tient à hauteur des yeux.

— Non Élie, je le veux vivant.

— Tu l'auras vivant. Attention...

C'est alors que Bérenger l'entend. Élie, avec ses pouvoirs, a perçu le bruit avant lui, il l'a même anticipé, s'abritant derrière une poutre. Un coup de feu claque. La balle siffle à leurs oreilles et se perd dans les entrailles du navire, Bérenger cherche une arme. Un seul regard d'Élie lui fait comprendre que c'est inutile.

Presque aussitôt, un grondement lointain, à peine audible, semble résonner devant eux, à peu près à l'endroit où se tient le tireur.

— Que se passe-t-il ? s'inquiète Bérenger.

En proie à une concentration exceptionnelle, Élie ne répond pas. Bérenger sent ses cheveux se dresser sur sa tête. La « chose » vient d'apparaître devant une chaudière ; il ne sait pas ce que cela peut être, mais elle lui fait peur. C'est elle qui gronde. Ses sabots martèlent le sol d'acier au milieu des étincelles. Elle occupe tout l'espace, énorme, écailleuse et noire. Elle fouille l'ombre de ses yeux rouges et boursouflés et trouve le tireur recroquevillé dans un coin, le revolver inutile au bout de sa main tremblante.

Il crie...

Qu'est-il arrivé ? La chose a soudainement disparu, avalée par la nuit et on a entendu comme une herse qui retombait. Bérenger n'ose pas bouger.

— Qu'est-ce que c'était ? balbutie-t-il.

— L'une des nombreuses apparences de Dalep, l'Esprit-Servant d'Amaymon (1). Viens, nous n'avons plus rien à craindre.

Le grondement bourdonne encore à ses oreilles, et Bérenger fait des efforts pour suivre Élie. Le tireur est à quelques pas d'eux, se traînant sur le sol, les bras repliés sur la tête. Hébété, il se laisse soulever par Bérenger sans regimber.

— Que lui est-il arrivé ?

— La peur...

Élie ferme un instant les yeux. Autrefois, pendant son initiation, il avait entendu bien des mises en garde et nombre de sermons sur les apparitions de Dalep, et les kabbalistes tiennent généralement pour acquis que le faible esprit d'un homme ne lui permet jamais de soutenir l'horreur assez longtemps sans devenir fou. Élie a vu sombrer de cette manière plus d'un homme courageux.

— Il s'en tirera, ajoute-t-il. Dalep est resté très peu de temps dans notre monde.

(1) Amaymon, divinité infernale, ministre de Bélial.

L'homme semble soudain les apercevoir. Sa bouche se desserre :

— Sauvez-moi… Sauvez-moi… bégaie-t-il.

Bérenger le reconnaît. C'est le jeune homme de Toulouse. L'un de ceux qui détenaient Bot.

— Nous allons te sauver, mais il faut que tu nous conduises à ton maître.

— Sauvez-moi… Sauvez-moi… Il va revenir.

— Emportons-le.

Deux heures plus tard, ils quittent Marseille en fiacre. Le jeune homme est avec eux ; il n'a pas retrouvé toute sa raison. Docile — Élie lui a administré l'une de ses potions miracles —, il leur a indiqué le repaire de la bande, le nombre des résidents, les habitudes de chacun et du maître. La maison de Corvetti — c'est le nom qu'il a employé — se trouve au bord de la mer, à la Madrague de Montredon.

— Sauvez-moi… dit-il soudain… Il va revenir et m'emporter… Je n'ai pas voulu tuer le prêtre.

— Que dis-tu ? rugit Bérenger en le prenant par le col.

— Ce n'est pas moi… Sauvez-moi…

— Le prêtre Gélis de Coustaussa ?

— Oui… Je ne voulais pas… C'est Corvetti… Sauvez-moi…

— Élie voit la terreur dans les yeux du prisonnier et sent la main de Bérenger se crisper de colère. Il n'a pas le temps d'intervenir, la lèvre supérieure du jeune homme terrorisé s'ouvre de bout en bout. Le poing de l'abbé est parti comme un ressort.

— À quoi bon le frapper ? dit Élie en retenant Bérenger.

— Il le fallait… Seigneur, aide-moi !

Ces yeux rouges, ce poing qui se referme, ce feu dans sa poitrine, ce cœur fou, tout ce qu'il y a en lui de violence se ligue, tout ajoute à sa colère douloureuse, au souvenir de Gélis, lâchement assassiné par ces chiens. Et il sent, de seconde en seconde, son désir de vengeance prendre le dessus.

— C'est ici, entendent-ils.

Le fiacre s'arrête. Ils descendent. L'immense maison

est posée sur un champ de vigne en pente face à la mer. Ils en sont loin ; plus près du bourg accroché sur les rochers.

— Je vous couvre, dit le cocher, homme de confiance des Cauwenbergh-Soussan, en prenant un fusil sous son siège.

— Ce sera inutile, dit Élie qui part de son pas lent sur le chemin mal empierré.

— Avance, toi, intime Bérenger en poussant le jeune homme.

Ce dernier s'exécute. Ils n'ont pas eu besoin de l'attacher. Il a l'air d'un automate qui répète sans cesse : « Sauvez-moi, il va revenir », sauf lorsqu'on l'interroge.

— Peut-on passer par-derrière sans être vu ?

— Oui... Toutes les fenêtres... donnent... au sud, à l'est et à l'ouest... Au nord une petite porte s'ouvre directement sur les cuisines... mais personne ne l'emploie.

Élie prend les devants, quitte le chemin au bout de quelques centaines de mètres et s'enfonce entre les massifs de genêts qui bordent le champ de vignes. A leur passage, les cigales cessent de chanter, alors ils s'immobilisent et retiennent leur souffle. Le silence est un danger trop grand quand il se prolonge. Ils éprouvent une singulière crainte à rester ainsi à attendre que les stridulations reprennent. Bientôt, un mâle émet un craquement, puis un bruit strident, et aussitôt la colonie l'imite. Élie fait un signe à Bérenger et ils repartent, laissant la maison sur leur gauche.

Comme le leur a dit le prisonnier, une unique et petite porte grise donne sur l'arrière. La bâtisse paraît inoccupée. Le soleil perçant les nuages de chaleur étale sur elle une nappe de lumière éblouissante. Tout s'engourdit. Tout dort. Bérenger est inquiet : le prisonnier, que vont-ils en faire ? il est dangereux de s'approcher ainsi du repaire avec cet illuminé aux réactions imprévisibles.

— Baissez-vous ! ordonne Élie.

La porte, ils la croyaient condamnée, oubliée, inutilisée. Et elle s'ouvre. Apparaît alors un homme aux cheveux blancs, pas très grand, visiblement aux aguets, car il met sa main en visière pour regarder au loin.

— Jean... balbutie le jeune homme. Jean... crie-t-il en se démasquant. Jean ! Sauve-moi... Il va revenir.

Le dénommé Jean a un mouvement de recul en apercevant son complice, puis se jette à l'intérieur de la maison quand Bérenger essaie de retenir le fuyard. Jean est le plus peureux de la bande, mais il sait se servir d'un fusil de chasse, et tire même très bien le sanglier. Quand il réapparaît avec quatre comparses, son premier coup de fusil est pour le jeune homme.

— Traître, voilà pour toi, crache-t-il en envoyant une deuxième décharge de chevrotines dans le ventre de celui qu'il vient de blesser à la poitrine. Les autres ne sont pas loin, crie-t-il à ses compagnons en rechargeant son arme... Il y a l'abbé de Rennes-le-Château, je l'ai reconnu. Le gros Juif est avec lui.

— Il est pour moi, lance le gaillard qui s'est déjà fait rosser par Saunière à Toulouse.

— Trouve-le vite, je m'occupe du youpin avec ça... Vous autres, restez là, dit celui qui aime jouer du couteau.

La lame brille au bout de son poing. Torse nu, il s'avance pesamment à travers la garrigue, rejetant en arrière sa casquette de marinier. Caché derrière un buisson, Élie le laisse venir. Ses lèvres remuent. Ses yeux fouillent le ciel. Ses doigts se mêlent plusieurs fois pour former des figures compliquées. Puis il a un sourire triste quand l'homme au couteau se met à l'invectiver :

— Hé, le Juif, montre-toi. Tu t'en tireras pas comme ce salaud de Dreyfus. Allez, fumier ! Sors de ton trou, je vais te faire une belle circoncision.

Élie regarde à nouveau le ciel. Soudain des ombres émergent d'un nuage, décrivent un cercle en silence, leurs larges ailes déployées, et piquent vers le sol. De gros oiseaux de mer ? L'homme au couteau les remarque au moment où ils arrivent sur lui, projectiles de chair et de plumes avec de longs becs pointus. Pétrifié, il ne tente même pas de lever son couteau. Son cri se répercute de coteau en rocher.

Telle une épée, le bec d'un volatile s'enfonce au-dessus de son nombril. D'un coup de main, il l'arrache et se remet à hurler quand les autres s'en prennent à ses yeux. Les becs frappent, vite, vite, jusqu'à ce que le dernier petit morceau de chair se teinte de sang.

L'homme tombe, râle et perd connaissance. Cependant les oiseaux s'acharnent. Tout en enlevant frénétiquement les nerfs et les muscles de leur victime, leurs yeux à la fois durs et inquiets ne quittent pas Élie comme s'ils craignaient qu'il ne leur dispute chaque becquée.

Au bout de quelques minutes, tout retombe dans le calme. Les oiseaux s'éparpillent en planant vers la mer. Élie cherche et retrouve Bérenger. L'abbé a terrassé son adversaire. La lutte s'est terminée sur une haute crête rocheuse, blanche, lissée par le vent et courbée comme une vague. Ils ont roulé, se sont étreint la gorge jusqu'à ce que Bérenger se libère d'une formidable poussée des genoux sur la poitrine de son adversaire.

— Il est mort, dit Bérenger.

Élie considère le corps de l'homme, quinze mètres plus bas, écrasé sur les rochers.

— Est-ce pour cela que j'ai été choisi ? continue Bérenger avec dépit.

— Ne te tourmente pas ; la lutte est juste, le mal est de leur côté. Battons-nous, Bérenger, battons-nous jusqu'à notre dernier souffle. Nous devons disperser ceux qui ont dans le cœur des pensées orgueilleuses ; nous le devons, car c'est la loi éternelle de la Tour de Babel.

— J'ai le sentiment qu'on n'y arrivera pas, dit Bérenger.

— Pourquoi ?

— Tout va trop vite, je n'aime pas ça du tout. Nous nous trouvons maintenant sur leur territoire. Il est trop tard pour revenir en arrière... Je pense que c'est par la volonté de notre ennemi que nous sommes arrivés jusqu'ici. Réponds-moi, Élie : le sens-tu comme tu sens les autres ? Le vois-tu avec sa canne ? Est-il dans la maison ?

— Non... je ne perçois pas sa présence.

Inquiet, Bérenger ne sait plus quoi dire ni quoi faire, mais Élie, lui, ne semble pas bouleversé car il se dirige vers la maison.

— C'est bon, rumine Bérenger, je te suis.

Son inquiétude ne fait que croître lorsque la porte principale de la maison s'ouvre doucement sur le vide. Élie marche droit sur elle. Bérenger se contraint au calme. Chaque pas les rapproche davantage du danger, mais lequel ? Personne n'apparaît sur le seuil.

Bérenger prend une profonde inspiration et devance son ami. Il se demande pourquoi les hommes ne surgissent pas avec des armes à la main. « Ai-je rêvé, il en restait trois ? Où sont-ils ? » se dit-il en pénétrant dans la maison.

— Il n'y a plus personne, laisse tomber Élie sur un ton de découragement... Je ne comprends pas... Cependant...

— Cependant ?

— C'est difficile à expliquer. Il y a comme un brouillard, une opacité, une densité qui paralyse mes pouvoirs.

Au moment où il franchit à son tour le seuil, il sent une force passive. Une sorte de mur mou travaille à lui bloquer le passage. Élie concentre son esprit et, trois ou quatre secondes après, cette sensation d'obstacle disparaît.

— Bérenger, n'avance plus, intime-t-il.

Bérenger obéit. Le couloir est sombre. Les murs sont lisses et rouges. Des plantes jaunies et mourantes s'affaissent dans de grands bacs où la terre a tourné en croûte immonde. Des relents de décomposition lui parviennent. Et autre chose. Il le devine et l'appréhende.

« C'est difficile pour toi, je le sais, tu as été élevé dans la foi et la tradition. Comme tes semblables, tu crois en Dieu et au Diable, mais tu rejettes les manifestations irrationnelles. Tu es en train d'apprendre. Souviens-toi de ce que je te disais autrefois : si tu réduis le monde pour en être le centre, il ne te reste rien. La raison limite l'expression. Renonces-y ou tu seras leur victime. Le monde s'étend au-delà des limites visibles fixées par les hommes. Et le danger vient de cet au-delà. »

Est-ce la voix d'Élie ?

— Ils ne m'arrêteront pas aussi facilement, clame Bérenger à haute voix dans une attitude de défi.

Avancer... Percer, traverser cette maison... qui risque tout bonnement de devenir leur tombe. Non ! Qui oserait affronter Élie ? Qui a jamais osé sans périr ? Tous ceux-là cachés ici, damnés, soumis à une Église secrète, qui se réveillent démons pour obéir encore et toujours à la Loi.

Suivi d'Émile, il parcourt plusieurs pièces richement agencées, mais meublées bizarrement d'antiquités égyptiennes et chinoises. Une sueur collante s'est mise à couler dans leur cou, dans leur dos, sur leur poitrine.

Ils grimpent.

À chaque étage, ils marquent une pause. Élie ne perçoit plus rien. L'endroit est peut-être protégé par un puissant talisman. Pourtant, dès qu'ils parviennent au troisième et dernier étage, des mauvaises sensations les poursuivent, molles, inlassables, gluantes. Les quelques chambres visitées paraissent délaissées depuis longtemps. Lentement ils explorent l'étage. Ils n'ont pas besoin de se hâter, rien ne presse, tout n'est qu'un rêve.

— Ils se sont enfuis, dit Bérenger.

— Non... je ne crois pas... Ah... je ne sais pas.

— Qu'as-tu ? Sers-toi de tes pouvoirs ! Emploie les merveilles que tu transportes dans ta mallette !

— Je ne peux pas... C'est inutile. Quelque chose m'en empêche.

Élie sent bien la mallette sur sa hanche. De là sur son bras, la chaleur des objets magiques monte, se répand et lui chauffe le corps. Il n'essaie même pas de contrer les forces de la maison.

Une dernière porte barre le couloir, Bérenger la pousse. La première chose qu'il aperçoit est une glace immense. Elle couvre le mur qui lui fait face. Et, en grosses lettres bâtons, sur celle-ci, l'énigmatique : « Viva Angelina ». Il s'arrête, comme flottant, comme prêt à repartir en courant.

— Ceci nous est adressé, dit-il alors qu'Élie, dans une ultime tentative, essaie de déterminer d'où va venir l'attaque.

À ce moment la porte se referme sur eux.

— Par le Christ ! jure Bérenger.

Il se précipite sur elle et tente de l'enfoncer d'un

coup d'épaule, puis recule, recommence, s'épuise sur le bois bardé de fer.

— Les fenêtres ! s'exclame Élie.

Les deux fenêtres sont occultées par des volets qui s'ouvrent vers l'intérieur. Élie en rabat un, peste, court vers la seconde fenêtre et tire un autre battant. Ce qu'il découvre pour la deuxième fois l'accable : des barreaux épais empêchent toute fuite de ce côté.

— Nous nous sommes laissé piéger, constate Bérenger en s'arc-boutant sur l'une des fenêtres, toutes ses forces rassemblées pour tordre un barreau.

— Essayons d'enfoncer la porte avec cela, lance Élie en renversant une colonne de marbre supportant une tête de pharaon.

La colonne calée entre leurs bras, ils frappent trois, quatre, dix fois la porte, les dents serrées, sans mot dire. L'obstacle craque mais ne se fend pas. Ils se reposent quelques secondes, puis recommencent. La colonne se brise peu à peu sur les fers entrelacés dans le bois. Le premier, Élie abandonne et se laisse tomber dans un fauteuil. Son souffle est court, une grimace tend ses lèvres. Cela lui donne un sourire pathétique. Quand Bérenger abandonne à son tour et le rejoint, d'une inclinaison de tête, il désigne le parquet à ses pieds. Bérenger ne comprend pas.

— Qu'y a-t-il ? demande-t-il en frappant gentiment l'épaule de son ami. Élie est apathique. Aucune force ne vit dans ses yeux, ce ne sont plus que de vieux petits miroirs ternis où Bérenger distingue sa propre et minuscule image.

Même signe de tête vers le sol.

Bérenger comprend quand la fumée commence à filtrer à travers les jointures du parquet.

— Le feu... Non !

Son cri de révolte résonne dans toute la maison, court sur les vignes, puis se perd au milieu du chant des cigales. D'un bond formidable, d'un bond de fauve, il saute sur la colonne, la soulève et essaie d'ébranler l'un des murs.

Le feu tout proche vrombit. Il chante haut et fort, sifflant et criant quelquefois comme les âmes damnées en enfer, des voix lugubres qui se perdent dans les crépitements. La fumée est de plus en plus dense. Les larmes aux yeux, Bérenger redouble d'efforts. Le plâtre jaillit, tombe en plaques et, à la place où il a disparu, une succession de craquelures apparaît sur une surface rougeâtre.

Les briques !

Dans un rugissement de triomphe, l'épaule traversée par la douleur du coup, il enfonce la colonne dans la masse. Un trou se forme. « Han, han », fait-il en l'agrandissant avec son bélier improvisé.

— On va s'en sortir...

— Oui, répond Élie.

Élie sort de sa léthargie. À quatre pattes, il déblaie les briques. Rarement, il a soumis son corps à de telles épreuves physiques. Sa chair est meurtrie. Son cœur bat comme une boule de métal sur un gong et sape le peu de force en réserve dans sa vieille carcasse.

— Le feu a pris derrière, gémit-il.

Quelque chose vacille dans le regard de Bérenger, qui est pareil à celui d'une bête enragée. Il se baisse, engage sa tête dans le trou et regarde de l'autre côté. Rassuré — le feu n'est pas encore violent —, il fait tomber des briques avec ses poings.

— On peut y aller.

Il introduit son corps dans l'ouverture, passe dans l'autre pièce, puis aide Élie à le rejoindre. Les flammes lèchent le mur opposé. Des chaises et un lit s'embrasent.

— Ne perdons pas de temps, dit Bérenger en entraînant Élie hors de la chambre.

Le large couloir ressemble à une gueule tapissée de flammes. Bérenger fait voler en éclats des squelettes de meubles aux bras ardents, des cadres et des panneaux dévorés par le brasier, tout un décor fragile de la dynastie Tang où se convulsent des démons ignés. Et, au-delà de l'effondrement qu'il a provoqué, il devine la forme de l'escalier à moitié détruit. Il s'approche. Des langues brûlantes s'élancent vers ses membres, des étincelles retombent sur son visage, de fugitives lueurs de phosphore jaillissent de cet enfer. Des couches incandescentes, il voit naître un tourbillon furieux. Les combles et le toit forés de trous avivent le feu et provoquent une tempête qui menace de les emporter.

— Par ici, crie Élie en s'engouffrant dans une chambre encore épargnée.

Tous deux courent vers la fenêtre. Élie l'ouvre : il n'y a pas de barreaux. La cime d'un figuier. L'arbre étend ses branches contre la façade, mais les branches maîtresses sont un peu plus bas et à trois mètres du mur.

— On saute dans le figuier, dit Bérenger en grimpant sur le rebord de la fenêtre.

— Je ne pourrais pas le faire, réplique Élie d'une voix angoissée.

— Tu y arriveras. Imite-moi, et tout se passera bien.

Bérenger se jette sur l'arbre. Les premières branches se cassent mais il parvient à s'accrocher à une grosse qui plie mais ne rompt pas. Il descend de quelques mètres et s'assied sur une fourche épaisse capable de supporter le poids de trois hommes.

— À toi !

— Je ne peux pas.

— Je t'ai suivi dans tes mondes. Suis-moi dans celui-ci... Courage...

— ...

— Saute, fais vite, le feu se rapproche de toi.

— ...

— Mais saute donc ! Rappelle-toi tes propres paroles : sois Beth, sois celui qui est au-dessus de toutes les afflictions et de toutes les craintes ; sois Hé, et tu ne pourras être ni surpris par l'infortune, ni accablé par les désastres, ni vaincu par tes ennemis.

En entendant ces paroles, Élie ferme les yeux, hésite un instant, puis se laisse tomber. Il troue les feuillages, ne fait rien pour se retenir aux branches. Bérenger plonge ses deux mains dans le feuillage, deux mains larges, sûres, les doigts aussi solides que des outils d'acier. Élie sent soudain ces deux tenailles se refermer sur son bras droit. Pendant un instant, il croit que son membre va se séparer du corps. Une douleur aiguë lui traverse l'aisselle et la poitrine. Il est près de la syncope. L'apaisement suit la douleur ; il se balance mollement au-dessus du sol. Sa tête ballotte. Ses yeux s'ouvrent : ils sont pleins d'étonnement, puis de reconnaissance. « Ça va ? entend-il. »

— On ne peut mieux.

— Je ne tiendrai pas longtemps.

— Tu peux me lâcher, je suis à un mètre cinquante du sol.

— À la bonne heure ! s'exclame Bérenger en ouvrant ses mains.

Élie ferme à nouveau les yeux, touche la terre et s'écroule. Bérenger se laisse choir à ses côtés.

— Pas trop de mal ?

— Non, gémit Élie.

Il se remet debout péniblement, se palpe et réalise qu'il est réellement entier. Le grondement du feu lui rappelle qu'il vient d'échapper à une mort atroce. Poussé par Bérenger, il s'éloigne à reculons de la fournaise. La maison se dissout, mangée par la fumée et les flammes. Des cendres tourbillonnent furieusement dans la lumière. Il voit couler de minces rigoles de plomb fondu qui se figent aux flancs des pierres et, sur ces pierres, encore visibles mais déformés, des signes, le nombre mystique et lunaire, le symbole du dragon et d'autres lettres en grec et en araméen. Il comprend alors pourquoi son pouvoir était inefficace : le lieu était protégé.

— Je te dois la vie, murmure-t-il.

— Nous sommes quittes et notre amitié en sort renforcée. S'il t'était arrivé malheur, je ne me le serais pas pardonné, car c'est moi qui t'ai entraîné ici.

— C'est faux, je voulais aussi en finir avec les johannistes, avec ce loup lancé à nos trousses par le pape... Il nous a possédés. Il est fort, Bérenger... Très fort. En nous attirant ici, il savait qu'il me réduirait à l'impuissance. J'aurais dû m'en douter quand je ne ressentais plus rien. J'ai été naïf et présomptueux.

— Et maintenant, comment réagis-tu ?

— J'ai retrouvé tous mes pouvoirs. Ce Corvetti et sa bande sont déjà loin. Nous ne risquons plus rien... Attention, des gens viennent par ici, ils sont attirés par le feu.

Les deux amis se mettent à couvert dans les massifs de genêts et observent le groupe de villageois qui court à travers le champ de vignes. Puis, par le même chemin qu'à l'aller, ils rejoignent le fiacre caché dans une pinède.

— Seigneur ! souffle Bérenger en se signant.

Le conducteur gît entre les pattes des chevaux, un poignard dans le cœur. Et, avec son sang, quelqu'un a écrit sur la portière du véhicule : « Viva Angelina. »

30

Trois jours plus tard,
au château de Cabrières, près de Millau

IL la regarde, et elle aussi le regarde. Main dans la main, ils marchent le long d'une crête plantée sur le Causse comme une île, dans le lit ocre et blanc d'un torrent asséché, au milieu des jaillissements du soleil à travers les feuillages d'un bois. Les voilà courant dans un champ abandonné. L'herbe, haute, d'un jaune doré, comme trempée dans de l'or, est pleine d'insectes qui sautent à chacun de leurs pas.

Emma l'entraîne. Bérenger se laisse conduire. Ils sont poussés par le vent chaud du Sud ; et ce vent, charriant une dentelle de nuages, emporte le rire d'Emma qui se perd dans les collines. Les bêlements d'un troupeau leur parviennent. Son troupeau :

— Regarde Bérenger, mes moutons... Il y en a deux cents.

Au loin, les bêtes se séparent en plusieurs vagues. Les chiens les ramènent. Le berger siffle et le troupeau reprend son ascension, tintant de toutes ses petites cloches, sonnant toujours, lançant dans les airs sa lamentation pacifique.

— Il me semble que j'ai toujours vécu ici, dit-elle en posant sa tête sur l'épaule de Bérenger.

— Tu es une fille d'Oc, cette terre est ta chair.

— Et ton sang est mon sang... Cette terre est la nôtre. Reste avec moi. Ici nous serons heureux...

— Comment peux-tu croire que nous le serons : tu

me connais si peu.

— Nul besoin du proverbe pour nous deux.

— Quel proverbe ?

— Pour se connaître bien comme il faut, il faut avoir mangé ensemble un sac de sel.

— Juste ciel, voilà un proverbe que nos têtes folles devraient méditer.

— Pfft...

— Te rends-tu compte : une cantatrice et un prêtre, nous serions des parias. Ce qui est possible à Paris ne l'est pas en province.

D'une main, Emma balaie l'air devant elle, rejetant toutes les réticences de son amant. Elle parle longtemps. Elle souhaite un fils ; il sera fort et brun ; elle l'appellera Bérenger. Et cette idée d'avoir pour enfant un mâle est comme un défi à la loi des hommes, à l'Église, une revanche sur ses médecins qui lui ont dit qu'elle ne pourrait jamais en avoir.

— Il sera libre, il aimera, il portera nos espoirs, nos passions, notre avenir... Oh ! Bérenger, fais-moi l'amour ici...

Emma a l'immobilité d'un gisant de pierre, les yeux au ciel, heureuse et rêveuse. Bérenger étend la main et caresse ses cheveux qu'il se met à peigner lentement de ses doigts.

Vivre ensemble. Cette idée paraît tellement inaccessible et lointaine. Dans peu de temps, Emma recevra sa cour d'admirateurs. Ce soir, ils seront là pour la première fête au château de Cabrières, et elle ne se souciera plus de lui. Il dépose un baiser sur son front et se redresse, jetant son regard vers l'horizon.

L'obscurité gagne la vallée. Il contemple les nuages pourpres roulant sur les sommets et en oublie un instant les baisers, les promesses, le bonheur. Quelque part, dans les profondeurs, un chien hurle. Bérenger sent l'appel, l'appel de la colline envoûtée. Sa vie est là-bas. Plus forts que l'amour qu'il porte à Emma, le secret l'attire, un désir de puissance absolue lui ronge le cœur. Il en est troublé, presque effrayé et il se perd un long moment à poursuivre d'obscurs roulements de pensées.

— Ah, vous êtes là.

Bois vient d'apparaître, lui, le rival, le regard noir, importun et ironique comme d'habitude. Lui, à qui Bérenger casserait volontiers quelques côtes. L'abbé lui rend le même regard. D'un seul coup, les sombres pensées peuplant sa tête s'envolent et rien ne subsiste en lui que le sentiment de jalousie.

— Décidément, vous apparaissez toujours au moment où on ne le désire pas.

— Dieu ! je ne sais que répondre, mon père. Vous aurais-je troublé dans la confession de notre amie ?

— C'en est trop !

Sa main prend Bois à l'épaule, dure, le pouce enfoncé dans la chair. Elle le fait pivoter. De l'autre, il lui empoigne le bras, le tord. Jules Bois pousse un cri.

— Suffit, vous deux.

Emma les sépare.

— Est-ce ainsi que se comportent mes amis ?... Se battre devant moi comme de vulgaires bouviers. C'est ta faute, Jules. Tu n'avais qu'à rester à Paris. Ici j'ai besoin d'un homme. Un vrai homme ! Tu comprends...

Un enfant à qui sa mère donne une fessée en public n'aurait pas été plus humilié, plus assommé que ne l'est Jules. Il recule lentement, la tête basse, trébuchant sur les pierres qui affleurent. Sous le regard peu complaisant d'Emma, il semble entièrement mériter son infortune. Enfin, il se détourne et s'éloigne à grands pas vers le château.

— Tu as été plus dure avec lui que je ne l'aurais jamais été, murmure Bérenger.

— Dure avec Jules ?... On voit bien que tu ne connais pas la passion qu'il me porte, sa soumission est totale. Il se tuerait si je le lui demandais.

Un peu gêné, un peu inquiet, Bérenger s'empare de la main d'Emma, mesurant soudain qu'il est vain de jouer les matamores devant une telle femme, pétrie de ruses, d'astuces et de volonté sous des airs enfantins et doux. Elle est capable de prendre n'importe quel homme à ses pièges.

— Rentrons, dit-elle soudain. Mes invités ne vont pas tarder à arriver et je ne voudrais pas qu'ils soient accueillis par ce pleurnicheur de Jules.

Perdus sur les flancs noirs de la colline, les Cadets de Gascogne (1) avancent en file indienne. Conduits par leur président, Georges Leygues, ils s'extasient devant les deux lointaines tours du château illuminées de nombreuses lanternes. Malgré la fatigue — ils ont passé la journée à explorer les bords du Tarn et les grottes de Dargilan —, les Cadets chantent et rient, pensant à toutes les bonnes choses qui les attendent sur ce nid d'aigle. Plus que quelques centaines de mètres, et ils seront au bout de leur peine.

Vingt-deux heures. Là-haut, Emma s'inquiète. Quelqu'un les a-t-il vus ? Ses paysans partis en éclaireurs sont revenus bredouilles. Elle se penche sur le muret de la terrasse, sonde en vain les ténèbres, souffle d'impatience, revient vers l'immense table chargée de victuailles dressée en plein air, prend Bérenger et Élie par le bras, les entraîne vers le muret et leur fait partager son anxiété :

— Il leur est arrivé quelque chose... un accident peut-être ?

— Non, ils sont tout près, répond Élie.

— Ah, je veux bien le croire.

Et elle reporte son regard vers ce qui devrait être la vallée de la Lumensonnesque, petite rivière où elle aime se baigner. Comme elle se penche à nouveau, les cloches sonnent. C'est le signal tant attendu. Ils arrivent. Alors, elle court au pont-levis, où des serviteurs ont allumé des feux de Bengale.

— J'en veux un, dit-elle. Donnez-m'en un !

— Mais c'est dangereux, mademoiselle.

— *Dona-me-un o te fiqui un pic sul nic !* dit-elle en riant.

« Donne-m'en un ou je te fiche un coup sur le nez » : quand la maîtresse parle ainsi, il est inutile de discuter. L'homme s'exécute.

— Il a raison, dit à son tour Bérenger, venu accueillir les visiteurs avec d'autres invités, c'est dangereux.

— C'est toi qui veux le coup ? s'esclaffe-t-elle en allumant elle-même la mèche du feu de Bengale.

(1) Association regroupant à l'époque des artistes, des journalistes et des hommes politiques.

Aussitôt une lueur rouge l'enveloppe. Elle rit plus fort. Elle court à la rencontre des Cadets. Ces derniers demeurent stupéfaits devant cette apparition. Leur reine. La reine de la nuit tout auréolée de rouge. Telle une étoile filante, elle vient vers eux, s'incline avec grâce devant Georges Leygues avant de pousser un petit cri.

— Votre main ! s'exclame Leygues.

— Non, ce n'est rien, dit-elle en se reprenant.

Pourtant sa main a brûlé ; elle est noire. Emma se force à sourire.

— Vite, il faut la soigner, s'écrie une femme.

— Ce n'est rien, dit-elle encore, vaillante et forte, ne nous occupons que de nos pauvres amis (1).

On veut la transporter. Elle refuse toute aide, passe seule et en tête le pont-levis et tombe dans les bras de Bérenger.

— Emma... Emma, ta main. Élie !

Élie accourt. Un rapide examen le rassure. Ce n'est pas grave. Il l'emmène dans sa chambre, applique un onguent sur les plaies et la bande.

— Dans quelques minutes vous ne souffrirez plus.

— Cela m'est égal...

— Vos brûlures ne sont pas profondes, la peau se reformera et votre main retrouvera toute sa finesse.

— Vous ne comprenez pas, je ne me soucie pas de ma main... Élie, êtes-vous toujours mon ami ?

— Oui, Emma.

— Protégez Bérenger. Protégez-le, j'ai peur pour lui.

— J'ai lié ma vie à la sienne. Lier : comprenez-vous le sens que j'attribue à ce verbe ?

— Oui.

— Alors, oubliez vos craintes et rejoignez vos amis. Cette nuit nous boirons en l'honneur des Cadets et nous chanterons votre beauté. Cette nuit est la vôtre et nul ne viendra la troubler.

Ils boivent du champagne, chantent, écoutent Mounet-Sully terminer le salut aux Cadets écrit par le poète François Fabié :

(1) Paroles d'Emma notées par le journaliste Henry Lapauze qui était présent à ce moment-là.

… Jadis de ces plateaux nus où le vautour plane,
De ces rocs, gardiens menaçants et jaloux,
Quelque pâtre sauvage à votre caravane
Eût sans doute lancé des cris et des cailloux.
Aujourd'hui, le chanteur des pâtres et des bêtes,
Le Cadet rouergat prisonnier loin de vous,
Vous offre dans ces vers un écho de vos fêtes
Et met sur vos lauriers une branche de houx.

En bout de table, Bérenger s'ennuie. Pour lui, la fête existe à peine plus que pour les serviteurs qui passent entre les convives. Il a beau examiner ces faces rayonnantes et réjouies, écouter ces beaux parleurs à l'intelligence pétillante, avoir pour voisine une poétesse dont les yeux cachent mal une sensualité effrénée, il n'arrive pas à participer, à se fondre dans le groupe. Il fait jouer le champagne dans sa coupe et promène sa fourchette dans son assiette vide.

— Tu n'as pas faim ?

C'est Emma ; elle le frôle, considère l'assiette vide, ne s'en inquiète pas outre mesure et repart vers ses amis. Elle rit avec Leygues, avec Jules Bois… Bérenger se sent délaissé. Plus que jamais, il veut retourner à Rennes-le-Château.

Quand il retrouve Élie, il lui dit :

— Nous partons demain.

— Non, après-demain, à la première heure du jour.

— Pourquoi ?

— Parce que j'ai loué un fiacre, nous rentrerons par la route.

— Mais il nous faudra au moins trois jours pour rejoindre le village. Il n'en est pas question. Nous prendrons le train à Rodez.

— Non, par la route, il le faut… Ils nous suivront.

— Qui ?

— Qui ?

— Ceux qui nous suivent depuis tant d'années.

Quand Emma paraît, son cœur se serre.

Il voudrait retarder ce moment qu'il a désiré, ce moment qui va peiner la femme qu'il aime. Elle lui a encore demandé de rester, de vivre à ses côtés. Il va lui annoncer son départ.

Emma marche sur le chemin de ronde couvert, vient vers lui, souriante. Le constraste entre l'ombre et la lumière éclatante du soleil quand elle passe devant les créneaux fait d'elle la plus merveilleuse des apparitions. Elle caresse le visage de Bérenger. Sa joue à peine échauffée par l'ascension se pose sur sa main.

— Je suis heureuse... Toi et moi à Cabrières. Ici nous pourrons vivre en paix. J'ai déjà oublié les villes toutes clignotantes de lumières et de frissons, le public qui ondoie ainsi qu'une moisson quand le rideau se lève, les violons et le piano qui accompagnent ma voix...

— Tu ne seras plus ma Carmen ?

— Pour toi, si... Rien que pour toi.

— Non, Emma, tu ne pourras jamais te passer du public, du triomphe, de la gloire, des têtes couronnées qui te traitent d'égal à égal.

— Je m'en passerai... Ici, rien n'a plus d'importance. Partout où je suis allée, jusque dans les plaines du Colorado, j'ai eu l'insupportable nostalgie du pays natal. Au milieu de mes plus grands succès, je me suis toujours rappelé ce coin de terre d'où je partais naguère, inconnue et pauvre, pour des destinées imprévues. J'adore mon Aveyron et, dans mon Aveyron, mon Cabrières : tu le vois, aussi loin que tes yeux peuvent regarder, c'est la désolation d'un cirque de montagnes que personne n'habite que moi. Eh bien ! aucun décor, aucun paysage, aucun palais, rien au monde ne m'est plus cher que Cabrières, couronné par le Causse aride et désolé, où mes moutons tondent de la largeur de leur langue l'herbe brûlée et rare qui pousse entre les pierres (1).

— Tu ne resteras pas indéfiniment au sommet de ces tours à épier les augures d'oiseaux. Et quand les corbeaux fuyant le Causse bâtiront des cercles lointains, tu t'envoleras comme eux... Non, Emma, je ne veux pas connaître ce moment... Je préfère repartir vers ma terre. Le Razès a aussi ses charmes et...

(1) Propres paroles d'Emma, voir Henry Lapauze, dans *Emma Calvé* de Claude Girard.

— Ainsi, tu veux continuer à chercher ce maudit trésor ?

Bérenger est surpris par le ton amer avec lequel elle a dit cela. Il la regarde longuement. Elle a un air absent, mais il y a quelque chose de pitoyable dans le regard de ses yeux rêveurs.

— Comprends-moi, Emma. Nous ne sommes pas faits pour ce bonheur que tu imagines. Ici et n'importe où dans le monde, il y aura toujours un Prieuré ou une Église qui troublera notre paix. Il faut que j'aille jusqu'au bout de ma quête... Après peut-être...

— Après ? mais il n'y aura pas d'après. Ils te tueront comme ils ont tué Gélis.

— Mais...

— Il ne peut y avoir de mais... Pars, puisque tu le désires... Pars, puisque tu préfères l'or du Diable.

— Emma...

— Pars vite... Je t'aime trop... Pars vite avant que je me mette à pleurer. Je ne veux pas que tu gardes de moi une image triste.

En disant cela, elle le repousse et s'enfuit vers l'une des deux tours du château, l'abandonnant sur le chemin de ronde. Plus bas, un oiseau noir quitte une archère. Bérenger le suit, jusqu'à ce qu'il ne soit plus qu'un point minuscule sur la chaîne basse des collines pointues, aux flancs entaillés et ravinés, avec des masses de roches dénudées, comme des dents gâtées.

Millau, Saint-Affrique, Belmont, bientôt Lacaune. Une route interminable, avec des cols, des ponts, des abîmes. Élie attend on ne sait quel événement extraordinaire qui viendra rompre la monotonie du voyage. À vrai dire, Bérenger ne doute pas de la proximité de cet événement car, à chaque détour du chemin, quand le cocher fait ralentir les bêtes, il met la tête à la fenêtre et observe les profondeurs de la forêt qui paraissent receler en leur sein quelque terrible surprise.

Au col de Sié, deux hommes à cheval se tiennent parfaitement immobiles quand le fiacre passe près d'eux en bringuebalant, les roues mordant bruyamment les pierres. Bérenger garde les yeux avidement fixés sur eux. Et la vision de ces faces couturées de cicatrices est, somme toute, bien menaçante. Leurs regards insolents semblent dire : « Tu n'iras pas loin, il n'y a personne pour te protéger dans ces montagnes. »

— Je crois que nous allons avoir de la visite, dit Bérenger à Élie.

— Ce ne sont que des chiens de garde. Le gros de la troupe nous attend plus loin.

— La troupe ?

— Oui, ils sont nombreux.

— Tu le savais et tu n'as rien fait pour éviter ce traquenard ?

— Il n'y a aucun danger. L'homme qui les accompagne ne peut prendre le risque de se compromettre directement dans un assassinat. Tout cela est une démonstration de force destinée à nous impressionner.

Soudain, il y a sur le chemin un moutonnement de poussière et de nuages qui non seulement annonce l'arrivée d'une chevauchée, mais donne aussi une envie de fuite précipitée à Bérenger.

— Voici la horde, plaisante Élie.

— L'homme à la canne, dit Bérenger en rentrant la tête dans l'habitacle.

— Du calme, il ne tentera rien. C'est bien ce que j'avais « vu » : l'évêque est avec lui.

En effet, au milieu du groupe des cavaliers mené par l'homme à la tête de loup qui se fait appeler Corvetti, une voiture aux lignes élégantes tirée par quatre chevaux gris grimpe à la rencontre du fiacre.

— Halte ! intime une voix.

— Arrêtez-vous, dit Élie au cocher.

— Comme vous voudrez, monsieur.

Corvetti vient à leur hauteur, muet, une main sur les rênes, l'autre serrée sur la canne, les yeux si durs qu'il fait peur à voir. Bérenger ronge son frein, prêt à bondir. Les voilà isolés dans cette montagne perdue, à la merci de ce monstre et de ses quinze cavaliers.

— Vous êtes bien hardi, Saunière, dit enfin Corvetti d'une voix rauque.

— Messieurs, si vous voulez bien me suivre, dit quelqu'un à l'autre fenêtre du fiacre.

C'est un jeune abbé. Il déploie sa longue carcasse pour les inviter d'un geste du bras à descendre, un sourire à la fois contrit et encourageant flotte sur son visage de fille.

— Monseigneur veut vous entretenir d'un sujet fort important.

Ils le suivent jusqu'à la voiture. Bérenger tâche de prendre un air naturel quand l'abbé ouvre la portière et leur montre la banquette vide face à un homme de petite taille, osseux, sec comme une branche morte, les yeux noirs, les regardant avec l'ombre d'un sourire.

Bérenger ne se plie pas aux formalités d'usage. Monseigneur attend une soumission de la part de ce curé. Monseigneur attendra longtemps. Bérenger est conscient de l'affront qu'il fait à son supérieur, cependant ce dernier ne semble pas s'en offusquer. Il sourit plus franchement. Bérenger demeure perplexe. Monseigneur de Cabrières, évêque de Montpellier, est loin de ressembler à l'idée qu'il s'en faisait.

— Je vous salue, messieurs, prenez place... Vous devez être fatigués : ces fêtes au château de Mlle Calvé... Vos aventures marseillaises. Tout cela doit être bien éprouvant... J'ai appris que vous avez failli périr dans un regrettable accident. Un feu, je crois. C'est une saison propice pour ce genre d'accident.

— Un genre dangereux. À vrai dire une regrettable tentative d'assassinat, corrige avec ironie Bérenger.

— Comme vous y allez, monsieur Saunière, répond sur le même ton l'évêque. Une tentative d'assassinat? Mais qui vous veut du mal? Ce cher Corvetti? Il a quelquefois des emportements contre les amis des Habsbourg, cela est vrai... et justifié. Je ne comprends pas comment des hommes tels que vous ont pu se lier à la Maison d'Autriche. N'y a-t-il pas d'autres Maisons dans ce monde?... Venez Corvetti, venez nous rejoindre.

L'homme à la tête de loup pousse son cheval vers la voiture et grimpe auprès de l'évêque. Bérenger, face à cet homme haï, doit maîtriser son cœur en débandade. Ses mâchoires se contractent. L'assassin de Gélis est là, devant lui, serein, fort de l'immunité que lui confère la proximité d'un des chefs aimés de la Sainte Église.

Bérenger cache sa répulsion. Désormais, il lui faut livrer un nouveau combat, infiniment plus subtil et dangereux que ceux entamés jusqu'à cette heure. Pour la première fois, il réalise vraiment que ses adversaires sont envoyés par Rome.

— Nos amis ont quelques petits reproches à vous faire, continue l'évêque, cependant je préfère ne pas les entendre. Nous sommes entre gens de bonne compagnie, n'est-ce pas? Où en étais-je?... mais oui, comment pourrai-je les oublier : ces chers Habsbourg, ces pauvres Habsbourg, ces dégénérés. Si je croyais qu'il faille détruire l'Europe, je mettrais leur intelligence bâtarde au service d'une guerre. Elle serait plus efficace que les germes au service des grandes pestes du passé.

— Les Habsbourg seront les garants de nos libertés dans une Europe unie, réplique Bérenger.

— Ces médiocres ne pensent qu'à perpétuer l'usage des beaux uniformes et des valses. Les peuples n'ont jamais compté pour eux qu'en quantité, comme leurs voisins les Allemands et les Russes. Avec eux, l'homme est perdu. Son règne est fini... Et vous vous êtes associés avec ces princes absurdes, acharnés à souffrir, à gémir, à se suicider. Qu'est-ce que vous comptez devenir sous la protection de ces malades? Hein? Dites-le-moi?... Des animaux stupides, avec un regard humble, affamé, la tête basse, remuant la queue et acceptant les coups? Vous avez mieux à faire.

— Nous engager à vos côtés, je suppose? enchaîne Bérenger.

— Quelle perspicacité! Sion a eu du flair en vous choisissant, Saunière. Cependant... les frères ont mal évalué vos appétits et ceux de monsieur Yesolot... Je vous trouve bien silencieux, mon fils, dit l'évêque en observant Élie. N'ai-je pas raison? Vous songez à vous approprier une chose qui n'est pas humaine. Vous songez à découvrir les desseins de l'Être Suprême, conçus dans le sein immense de l'immuable éternité? Vous voulez, vous, mortels misérables, en votre existence qui passe si vite, être les égaux de Dieu.

— Ce que nous voulons, c'est la liberté d'agir comme bon nous semble, répond calmement Élie. Vous avez vous-même cette liberté; vous avez les documents, vous pouvez aller et venir dans le Razès. Laissez-nous. Nous ne voulons pas de votre esprit de fraternité, ni de votre esprit de tendresse et de compassion, qui vous fait sentir nos maux quand vos intérêts sont en jeu... Le secret appartiendra aux meilleurs d'entre nous. Adieu, monseigneur.

— Je prêterai à cette course au trésor toute l'attention nécessaire. Le jour venu, vous me trouverez sur votre route. Et il n'y aura qu'un gagnant.

Élie acquiesce. Il déploie devant lui ses longues mains et les laisse retomber sur ses genoux, comme s'il était désolé par la réponse de l'évêque.

— Non, monseigneur, on ne gagne pas à cette course-là. Par expérience, je sais que le dénouement prendra la forme d'un désastre qui échappe à votre entendement. Je suis différent de vous, monseigneur, différent par ma nature et mes croyances. Comme Job, je harasse Dieu, j'exige qu'il s'explique, je suis juif... et vous êtes chrétien. Vous êtes un héros de tragédie et je suis un gardien. Ni l'un ni l'autre, nous ne sommes faits pour gagner.

— Et notre ami, grince l'évêque en pointant son doigt vers Bérenger.

— Notre ami a sa propre destinée.

Étrange conversation. Étrange conclusion. L'humeur d'Élie est contrariée quand il parle de Dieu, comme s'il égrenait ses souvenirs avec un usage obstrué du passé, d'un passé immémorial, à croire qu'il fait référence à une vie antérieure mal vécue. Corvetti, plus pâle et plus terrifiant que jamais, ouvre la portière. L'entretien est terminé.

Au-dehors, les silhouettes grises des cavaliers, rendues uniformément ternes par la poussière du voyage et la lumière trop blanche de cet après-midi d'août, se redressent et écoutent les ordres jetés en anglais et en français par leur chef.

« Notre ami a sa propre destinée. » Quelle destinée ? reprend-il mentalement en s'asseyant sur le siège du fiacre. Élie ne lui dira rien. Bérenger est condamné à ressasser le vide de cet avenir. Dénués de sens dans sa tête, les mots roulés comme des galets par le ressac se désagrègent. Ni héros, ni gardien, et pas de mots pour sa destinée.

Un bruit contre la portière. La tête de loup sur la vitre à demi baissée. Le long regard de défi de Corvetti. Et ces paroles :

— Nous nous reverrons sous la colline.

31

Rennes-le-Château, le 7 juin 1903

QUAND Marie se rend au puits, son premier regard est pour Bérenger. Quand elle va à l'église, elle fait de même. Il en est ainsi de tous ses premiers regards. Elle guette les transformations qui s'opèrent en lui. Porté par ses ambitions, il prend chaque jour un peu plus des airs de grand seigneur. Et elle se raccroche au souvenir du Bérenger qu'elle a connu au tout début, cherchant autour d'elle ce qui peut l'aviver davantage ; elle va jusqu'à fêter l'anniversaire de leur rencontre, ou celui de leur installation au presbytère, ce qu'il accepte volontiers, mais pour combien de temps ?

La silhouette de Bérenger se profile dans la lumière du soleil. Les mains sur les hanches, la tête haute, il reste ainsi des heures devant l'accomplissement de ses œuvres. Et Marie, quand elle l'aperçoit, laisse errer ses pensées : « Il fait construire ce domaine comme preuve de sa victoire... pour avoir toujours devant lui le village, ce rocher où c'est enfin lui qui commande... *Qu'es pro per èstre damnada*... damnée oui, une maison de riche bâtie avec l'or du Malin. »

Pourtant elle en est la propriétaire. Depuis quelques années, Bérenger achète au nom de Marie les parcelles de terrain situées autour du presbytère. C'est elle qui, sous la dictée de son amant, rédige d'une main maladroite les ordres d'achat. C'est elle qui signe les actes.

Propriétaire d'une chose qu'elle n'a pas voulue. Les travaux ont commencé en mai 1901. De nombreux ouvriers sont logés sur place au frais de Bérenger. Tout est supervisé par Élie Bot et l'architecte Tiburce Caminade, de Limoux. La maison Béthanie est terminée mais l'intérieur n'est pas encore aménagé. Elle se dresse, belle et blanche au sommet de la colline, à la grande colère de Boudet qui a vu dans cette construction un défi lancé au Prieuré de Sion.

— Tu n'as pas respecté nos accords, lui a-t-il lancé quand il a su, mais bien tard, que les travaux avaient commencé.

— J'ai de l'argent, je le dépense, a répliqué Bérenger.

— Et que répondras-tu à l'évêché lorsqu'il te demandera des comptes ?

— C'est mon affaire.

— Tu dois accomplir les tâches que nous t'assignons. Tu dois reprendre les recherches.

— Je les accomplirai quand je le déciderai. Le clan de monseigneur de Cabrières, établi à Bugarach, Campagne et Quillan, cherche ; tu n'as qu'à t'adresser à lui… Soyons sérieux, Boudet : Corvetti me fait surveiller de près. Tu veux que je le mène à la cache et qu'il me supprime ? Encore faudrait-il que je la connaisse, cette cache. Et toi, que fais-tu de ton côté ? As-tu avancé dans tes recherches ?

— J'avance, certes.

— Hé bien, quand tu seras près du but, fais-moi signe. En attendant, mes constructions seront menées à terme avec la bénédiction de monseigneur Billard et la protection de Yesolot.

La protection d'Élie lui est acquise. Son ami s'est installé dans une maison isolée au bord de l'Aude. De là, et toujours au nom de Sion et des Habsbourg, il tient en respect Corvetti et ses johannistes qui, depuis la rencontre sur la route de Millau à Carcassonne, restent étrangement discrets. Quant à la bénédiction de monseigneur Billard, Bérenger ne l'a plus. L'an dernier, le brave et complaisant Billard a été remplacé par monseigneur de Beauséjour. « Un danger pour nos affaires », a dit Élie. En effet le nouvel évêque est un ennemi déclaré de Sion. Allié et protégé par de Cabrières, mandaté par Léon XIII, il suit de très près l'ascension du curé de

Rennes-le-Château, attendant son heure pour intervenir directement.

Bérenger s'en soucie peu. En fait, il s'intéresse surtout aux difficultés rencontrées par les maçons, les carriers, les transporteurs, les menuisiers et les terrassiers. Après l'avoir fait agrandir, il doit sans cesse faire réparer la route qu'empruntent les nombreux chariots qui font la navette entre le village, la gare de Couiza et la carrière.

Un chariot vient d'arriver. On le vide de ses caisses. Bérenger en examine le contenu : des carreaux et des portes. Bientôt il pourra habiter la maison. Il se frotte les mains et fait le tour du chantier. Au-dessous d'une toile dressée dans le futur jardin exotique, à l'abri de l'ardeur du soleil, Caminade et Bot sont en grande discussion. Bérenger se joint à eux et s'assied devant la maquette réalisée par l'architecte.

La tour Magdala. Il l'examine pour la centième fois, passant ses mains sur les minuscules créneaux, l'échauguette et les fenêtres gothiques. Elle est telle qu'il la voulue. Magdala, Magdal, poisson de Génésareth, le lieu élevé et admirable d'où il pourra dominer la colline envoûtée. Élie Yesolot a travaillé des nuits entières sur le projet. Il en a fait une construction d'or, à l'égal du temple d'or de Salomon, ou de Saint-Sulpice à Paris. Et Caminade et Bot s'en sont émerveillés tout haut lorsqu'ils ont étudié les plans remis par Saunière, le premier lançant quelques paroles appropriées sur les amateurs éclairés s'initiant à la beauté du style grec et égyptien.

Délaissant la maquette, Bérenger demande aux deux hommes quand elle sera terminée.

— C'est l'affaire de quelques mois, répond Bot.

— Nous avons une bonne équipe, enchaîne Caminade en faisant un geste vers la tour en construction sur laquelle les maçons ajustent les moellons.

— Et les primes que vous leur distribuez les encouragent grandement à travailler de tout leur cœur, renchérit Bot.

— Elle sera belle, dit Bérenger d'un air rêveur.

— Alors, me direz-vous enfin pourquoi vous l'avez voulue ainsi ? demande Caminade.

— Non.

L'architecte soupire. Ils se remettent à parler de Béthanie. Bot étale les plans de la maison sur la grande table de travail et tous trois se penchent afin de les étudier. Bérenger a voulu que certaines modifications soient effectuées. Caminade explique, développe ses idées, suivant du bout de son crayon les fines lignes noires des dessins géométriques. Il n'évoque plus le nombre d'or et donne simplement son avis sur les penderies, les escaliers, les portes, les cheminées. À plusieurs reprises, il demande à Bérenger si les appartements qu'il prévoit lui conviennent.

— C'est tout à fait ce que je veux.

— Et là, la double cloison ?

— Oui... Qu'en pensez-vous, monsieur Bot ?

Bot, tout en buvant du vin, indique son opinion, prend parfois le crayon, trace un cercle léger sur le plan, cite des exemples, décrit les maisons bourgeoises et les châteaux des environs, semble apporter avec lui, dans son esprit, dans ses manières, dans sa réserve même, une sorte d'expérience de compagnon du tour de France.

Et quand le soir vient, qu'un calme rouge et souverain envahit l'horizon, que les ouvriers fatigués déposent leurs outils, les paysans revenant des champs s'extasient devant Béthanie et Magdala.

En ces instants, ils sentent bien que leur prêtre fait inscrire dans les pierres de ces bâtisses quelque chose de fuyant, une clef, la solution d'une énigme qui montre son ombre et se dérobe, mais ils n'en comprennent pas le sens. Argent de Dieu ou argent du Diable ? Argent qui leur profite. La seule vérité qu'ils ne perdent pas de vue est qu'il leur faut prier longuement le Seigneur de leur en distribuer aussi. Et prier Saunière par la même occasion, qui a retrouvé la considération générale de toutes les familles de Rennes.

Béni soit l'abbé. Il a fait agrandir la route à ses frais. Maintenant il envisage de bâtir une immense citerne qui profitera à toute la communauté.

N'a-t-il pas déjà aidé les plus pauvres ?... Si, si, on l'a vu chez Untel pourvoir aux besoins des enfants, arrivant avec de grands paniers pleins de victuailles et des vêtements neufs. C'est le meilleur homme de la région. Le conseil municipal, Sarda en tête, loue les prodigalités du curé enfin préoccupé par tout autre chose que la politique. Il n'a plus lancé d'anathème du haut de sa chaire, même quand les quatre mille francs-maçons ont défilé devant le monument de Dalou (1), ou quand le couvent de 1901 a décidé la constitution de comités républicains chargés d'organiser la propagande en faveur des candidats ministériels aux élections de 1902. Les laïcs, qui crient haut et fort que « le christianisme est l'ennemi de toute vie, de tout progrès », et organisent des manifestations contre les croix dans les cimetières, ou font gras le vendredi saint pour affirmer la liberté de conscience comme ils mangent la tête de veau à l'anniversaire de la mort de Louis XVI, ne sont plus les bêtes noires de ses prêches... Certains disent qu'il subit l'influence de cet étranger qui vient souvent lui rendre visite, un Juif, paraît-il.

Ce soir-là

Avec précaution, Élie descend jusqu'à un gros rocher planté sur la pente et s'y réfugie temporairement. De même que Bérenger, autrefois, avait senti une répugnance à l'approche du gardien de la colline, il éprouve aussi cette sensation.

Seul. Il est seul. Pris par ses projets matériels, son ami Saunière n'est pas en état de tenter l'aventure. Il ne lui a rien dit. La Puissance Éternelle lui a ouvert les yeux et montré le chemin du sanctuaire. Élie doit être le premier à y parvenir.

Il le veut. Pour son peuple. Pour Israël. Il sera l'Élu.

La nouvelle lune se balance mollement au-dessus du Bordos. L'herbe argentée scintille. Plus bas, un carré clair indique qu'il y a à cet endroit un entassement de pierres blanches, des ruines. Il quitte le rocher, glisse sur quelques dizaines de mètres et parvient sur un plat où il se met à étudier le sol.

Son esprit pénètre la terre. Quatre entrées obturées, à

(1) « Le triomphe de la République. »

cinquante mètres les unes des autres, lui envoient leurs mauvvaises ondes. Là, un mage chrétien tiendrait l'offrande du Sacré-Cœur, un alchimiste sortirait le symbole de la « pierre sanguine » et le « safran magistral » associés au nombre 4, un sorcier appellerait Primost pour accomplir sa volonté et être soumis à tout ce qu'il lui commanderait sans avoir le pouvoir de lui nuire tant au corps qu'à l'âme, l'ancien maître Élia Levitia (1) se serait façonné un Brûlant (2) pour combattre le gardien... Et tous auraient péri. Asmodée ne peut être vaincu aussi facilement.

Élie prononce les mots sacrés. Le sol bouge sous ses pieds. Il suffoque dans la poussière qui s'élève, perd l'équilibre, roule sur lui-même en étendant largement les bras et les jambes afin d'accroître la force de son invocation. La terre se soulève. Une langue de boue submerge les rochers. Désespérément, il arrache une tige brillante de sa ceinture et l'enfonce dans le sol. La tige tient bon, il s'y agrippe en hurlant ces étranges mots en hébreu qui sont autant de fréquences ouvrant les portes des autres mondes.

En dessous de lui, les entrailles de la colline bouillonnent sous le déluge de terre et de pierres. La tige est brûlante mais il l'empoigne sans faillir. Il reste ainsi quelques secondes et, soudain, le phénomène cesse. La poussière se dissipe et, au bout d'un long moment, alors que la lune éclaire à nouveau le Bordos, Élie lève la tête et regarde devant lui.

L'une des entrées. Il a réussi. Il se dresse, les jambes tremblantes. La gueule noire du souterrain l'effraie un peu. Pourtant il se sent fort, solide, en pleine possession de ses pouvoirs. Il y a si longtemps qu'il attendait ce moment.

Si longtemps. Il s'avance. Un air lourd et vicié l'enveloppe dans la nuit. Un homme normal n'aurait pas l'ouïe assez fine pour entendre les rouages

(1) Grammairien et kabbaliste, 1489-1549.
(2) Serpent destructeur envoyé par Yahvé.

énormes des machines qui commencent à tourner au sein des profondeurs. Lui, si.

— Yahvé... Yahvé. C'est par Ta lumière que je verrai la lumière. Aide-moi.

Élie sent à nouveau la force mauvaise sourdre de l'antre. Il cherche un appui en récitant les mentrams puisés dans les psaumes de David et dans les proverbes de Salomon. Son pas se fait hésitant. La descente se révèle difficile. Peu à peu, il perd ses pouvoirs, ses souvenirs, son identité. Et il ne peut même pas rebrousser chemin. Car une main puissante le conduit.

— Je ne serai pas l'Élu, balbutie-t-il... Bérenger... c'est toi qu'Il avait choisi... Je...

Déjà en pleine perdition, il voit des formes noires autour de lui, armées de griffes, et il croit — mais peut-être est-ce une illusion — reconnaître le Diable boiteux parmi elles.

— Je deviens fou.

Ils dansent et ricanent... Et il ricane avec eux quand Asmodée l'entraîne... Puis il hurle :

— Bérenger ! À moi !

— Ah ! crie Bérenger en battant des bras sur son lit.

Ce hurlement, ce cauchemar... Bérenger se réveille en sueur. Il a vu. Il les a vus.

— Élie, Élie ! Seigneur !

Il tend le regard en direction de la fenêtre avec une anxiété doublée d'une impatience violente qui lui font oublier jusqu'à lui-même.

— Que se passe-t-il ? Tu es malade ?

La tête de Marie apparaît au-dessus du plancher. Tenant une lampe à huile à hauteur du visage, immobilisée dans l'escalier qui mène à la chambre de son amant, une main nouée sur le drap dont elle s'est couverte, elle le dévisage avec inquiétude. Il y a un moment de silence, puis Bérenger quitte son lit et s'avance vers elle.

— Ne reste pas dans l'escalier, lui dit-il en tendant une main pour l'attirer à lui.

— Qu'as-tu ?

— Il est arrivé quelque chose à Élie.

— À Bot ?

— Non, à Yesolot.

— Ah, celui-là... mais quand ? Où ?

— Maintenant, dans la montagne.

— Tu dois avoir de la fièvre... Ton front est brûlant, dit-elle en le touchant.

— La paix ! crie-t-il en reculant. Je l'ai vu... près du Bordos.

— Je vais te préparer une tisane.

— Prépare la lampe, la grosse, je vais aller à sa recherche.

— C'est de la folie. Tu n'es pas dans ton état normal... Tout ça, c'est à cause de ta maison et de ta tour. Tu restes des journées entières sous le soleil à les regarder se construire.

— Fais ce que je te dis !

— Comme tu voudras, mais n'attends aucune aide de ma part si tu reviens avec une congestion.

À quoi bon le raisonner, quoi qu'elle dise il fera ce qu'il a décidé de faire. Marie redescend à la cuisine.

« C'est ces constructions qui lui font perdre la raison, je n'irai jamais habiter là-bas. »

Il la rejoint, déjà habillé. Elle lui remet la grosse lampe à pétrole.

— Je reviendrai avant le jour, dit-il en lui déposant un baiser sur le front.

Elle le regarde s'enfoncer dans la nuit. Un instant, elle veut le rejoindre, puis elle se laisse choir contre le mur, le cœur déchiré et l'esprit en détresse, adressant des reproches aux étoiles, à toutes ces lumières du ciel, si proches qu'elles semblent dégoutter dans son âme.

Bérenger fait le tour du Bordos, fouille les ruines, appelle, écoute. Rien ne bouge, nul ne lui répond. Où se trouve Élie ? Et comment se fait-il qu'il n'entende pas la voix intérieure de son ami ? Il est là, il en est sûr, quelque part au-dessous. Soudain, il sent son pied s'enfoncer. La terre est molle, comme retournée par le soc d'une charrue. Un léger malaise le prend. Avec précaution, il allume sa lampe et examine la surface du terrain. Sur une centaine de mètres carrés, le sol s'est effondré. Hersé et houé par un géant, se dit-il.

Aucune trace d'Élie.

— Élie ! appelle-t-il.

Renvoyé par l'écho, son appel traverse les collines puis se perd. Il éprouve alors un vague pressentiment de fin du monde. Seul sur une terre dévastée. Il se rappelle la force immense de son ami et, pendant un long moment, il voit le sombre nuage de l'autre monde déferler sur le Razès. Sans Élie, comment combattre ? S'accroupissant, il plonge une main dans cette terre chaude, humide, sentant la pourriture et la mort.

Une demi-heure passe. Il a éteint la lampe et attend un miracle.

« Élie... je sais que tu es là... pourquoi es-tu venu seul ?... Pourquoi ne m'avoir rien dit ? »

Il tressaille. Une pierre roule. Une autre s'écrase dans les ruines. Il entend aussi avec horreur quelque chose qui vient du bois. Un chien, se dit-il. Ou peut-être une chèvre égarée... Il se ment. C'est plus gros. Un homme, ou deux ? Ou autre chose venu le détruire ? Il l'entend à nouveau, plus près, dans l'obscurité.

Ne pas perdre une seconde : il rampe vers les buissons. Une fois à l'abri, il s'aplatit au sol et garde les doigts sur une pierre aiguë providentiellement posée à quelques centimètres de son visage. Juste devant lui, une seule fois, il perçoit une inspiration, puis saisit les paroles chuchotées avec colère : « Il n'est plus là, fichons le camp d'ici. »

On l'a suivi. On le surveille donc toujours. Bérenger attend un moment et sort de sa cachette, retournant à l'endroit où à disparu Élie. Il guette des signes, gratte encore la terre avec sa main. Rien. Le silence angoissant. Rien jusqu'à ce qu'une onde le traverse. Pendant un court instant, il aperçoit la boule qui luit d'une lumière verdâtre et sent la puissance de la chose, son odeur âcre et musquée. Et, là, son cœur cesse presque de battre quand il voit arriver la silhouette difforme du boiteux. Asmodée.

— Non !

Rien. Il n'y a rien. Juste de la terre dans sa main, un rayon de lune et le vent de la nuit qui court sur la colline.

Marie a pris le gros livre sur l'étagère, l'a ouvert et en a retiré l'enveloppe. Elle soupire : le testament. Un simple papier déjà jauni. Elle le tourne et le retourne dans ses mains tremblantes. Elle, la servante, elle deviendra un jour la plus riche du village. Elle se trouve soudain confrontée à cette évidence qu'elle n'arrive pas à admettre : elle est la véritable propriétaire de Béthanie, de Magdala et de bien d'autres choses à venir. Elle ne veut pas y réfléchir. Y penser, c'est perdre Bérenger.

« Je vais le détruire, au moins là-haut dans le Ciel, Ils verront bien que je ne veux pas de l'or du Diable. »

Elle pense ce « là-haut », ce « Ciel » et ce « Ils » avec un respect immense. En ce moment, Ils doivent la voir. Elle imagine Dieu, la Vierge, les anges et les saints réunis dans un palais de pierres précieuses, avec des lumières éblouissantes qui ruissellent sur les petites âmes blanches des repentis. Être l'une de ces âmes. Hélas, elle ne le mérite pas. La tentation de la chair est trop forte en elle. Elle se signe. Elle déplie le testament et en lit très lentement le contenu. Bérenger lui a appris à lire et à écrire. Il lui a expliqué les mots difficiles contenus dans ce document.

« *Je soussigné Bérenger Saunière, prêtre, curé de la paroisse de Rennes-le-Château, déclare faire mon testament de la manière suivante :*

En raison des soins qui m'ont été prodigués pendant de longues années par ma servante, Mlle Marie Denarnaud, et de son dévouement ; en raison du peu de confiance que j'ai en mes parents ; en raison du peu de crédit que mes supérieurs ont accordé à mon travail accompli ici-bas ;

Je nomme et institue pour ma légataire universelle et générale Mlle Marie Denarnaud, ma servante susnommée, propriétaire à Rennes-le-Château et entendant expressément qu'elle recueille mon entière succession.

Fait à Rennes-le-Château, le 16 mars 1892 (1).

— Bérenger, reviens vite ! dit-elle à haute voix.

Marie a peur. Elle aurait dû partir avec lui. Elle est très attentive aux rumeurs de la nuit. Est-ce lui ? Elle est suspendue à ce bruit de pas qui se rapproche.

— Bérenger, sourit-elle quand il ouvre enfin la porte.

(1) D'autres testaments ont été rédigés en 1906, 1907, 1909.

Elle le sent tendu, oppressé, pourchassé, aux aguets comme autrefois quand il revenait de la Pique avec son lourd panier sur les épaules.

— Alors ?

— Rien... Les autres étaient là, eux.

— Quels autres ?

— Ceux qui n'ont jamais cessé d'être à nos trousses.

— Les hommes du Loup ?

— Oui.

— Que Dieu nous protège ! s'écrie-t-elle en joignant les mains.

Bérenger se laisse tomber sur une chaise et porte à ses lèvres la bouteille de vin rouge qu'elle a ouverte en l'attendant. Quand il la redépose sur la table, son regard tombe sur l'enveloppe du testament.

— Tu pensais que je ne reviendrais pas ?

— Pourquoi dis-tu cela ?

— Chaque fois que tu ouvres mon testament, tu dois t'en offrir des jolies choses, en rêve. Ma mort te libérerait, hein ?

— Oh ! Pourquoi es-tu méchant avec moi ? Je ne serai donc jamais rien qu'une profiteuse ou une servante dans ta tête. Je voulais le détruire, ton sale testament. Tiens, reprends-le, il me brûle les mains.

— Tais-toi, petite sotte, lui dit-il en prenant sa main qu'elle a déposée sur l'enveloppe.

Marie est fâchée. Bérenger lui serre la main et la sent toute chaude et frémissante, comme un oiseau captif qui veut s'échapper. Elle lève les yeux en se ressaisissant et, tandis qu'ils croisent ceux de Bérenger, où plutôt s'y perdent, les battements de son cœur redoublent sans merci. Il lui sourit tristement, il a encore cette peur au fond des pupilles, cette peur rapportée de la colline.

« Il a besoin de moi », se dit-elle.

C'est alors que toutes ses résolutions s'évanouissent et que la détermination qu'elle a accumulée se disperse.

— C'est bon, dit-elle, je serai ton héritière.

— Je t'aime, Marie.

Ce « je t'aime », si rare dans sa bouche, la fait fondre de bonheur. Elle ferme les yeux en posant sa tête sur sa poitrine. Les rumeurs de la nuit sont loin, ils ne les entendent plus.

32

Rennes-le-Château, le 14 mars 1908

CET après-midi-là, Boudet arrive discrètement au village, traverse le nouveau jardin de l'abbé Saunière et monte sur le chemin de ronde.

« Fou, il est fou », se dit-il en jetant un œil sur le domaine en cours de finition. Il aperçoit Marie près du bassin.

— Où est-il ?

Marie le regarde avec étonnement, se demandant comment il a atterri ici sans se faire remarquer.

— Tu es devenue muette ? Où est-il ?

— Dans la tour.

— J'y vais. Et toi, reste où tu es. Ce que j'ai à lui dire ne te regarde pas.

Il franchit rapidement les quelques mètres qui le séparent de la tour Magdala transformée en bibliothèque, ouvre et referme violemment la porte et se plante devant son collègue les mains sur les hanches.

— Bonjour, mon père, dit innocemment Saunière qui s'attendait à le voir arriver avec cet air-là.

Aussi ne s'inquiète-t-il pas quand Boudet lance :

— Tu nous as mis dans de beaux draps !

— Dois-je en conclure que monseigneur Cantegril est venu vous rendre visite ?

— Pas d'ironie avec moi, réplique Boudet en tendant son index sous le nez de Bérenger. Cantegril cherche à nous coincer, j'y vois la main de monseigneur de

Beauséjour et, derrière eux, le tout-puissant évêque des gueux de Cabrières (1).

Le vicaire général Cantegril a fait trois brèves apparitions dans le Razès : deux à Rennes-le-Château et la dernière à Rennes-les-Bains. « C'est une enquête à titre privé », a-t-il répondu aux deux abbés, mais eux savent bien que la machine de Rome s'est mise en marche officiellement.

— Le vicaire général m'a écouté avec attention, dit calmement Bérenger. J'ai justifié mes dépenses et nous avons bu ensemble ce bon rhum que je fais venir de la Martinique.

— Ce bon rhum de la Martinique que tu fais venir par tonneaux entiers ! Tout le monde sait cela, Saunière. Et le champagne, et les meilleurs bordeaux, et les cognacs, et tous ces livres... Il y en a pour combien ici ?... Trois mille, quatre mille, dix mille francs ? Et qu'est-ce que c'est que ce jardin, cette grande serre que j'ai aperçue, cette orangerie, ces palmiers, ces oies, ces oiseaux exotiques ? Où vas-tu t'arrêter, comptes-tu rivaliser avec Louis XIV ?

— Depuis la mort de Gélis, je n'y ai guère réfléchi.

— Tu n'y as guère réfléchi ?

— Non.

— Tu n'es donc pas absolument sûr de pouvoir t'arrêter ?

— Pourquoi me demandes-tu cela avec tant d'intérêt ?

— Parce que nous avons les pouvoirs de faire pression sur les banques où tes comptes sont ouverts. D'autre part, les Habsbourg peuvent cesser leurs paiements sur décision du Prieuré.

— Je m'en passerai, je peux...

Boudet, qui tremble d'énervement, l'interrompt :

— Sion t'interdit de continuer !

Et il marche de long en large, s'animant toujours, exaspéré :

— C'est infâme de nous avoir trahi. Tu es une canaille, un misérable et quelquefois je souhaite que tu rejoignes ce Yesolot qui a fui comme un lâche quand les johannistes ont commencé à investir le Razès.

(1) D'autres testaments ont été rédigés en 1906, 1907, 1909.

— Élie n'était pas un lâche ! Il a disparu dans les souterrains.

— Ça, c'est toi qui le dit ! Quels souterrains ? Ceux de la Pique sont définitivement bouchés sur des centaines de mètres... Au bordos ? mais il n'y a aucune entrée là-bas. Je m'y suis rendu plusieurs fois après ton rêve insensé.

— Ce que j'ai vu ne peut être mis en doute.

— Je te laisse à tes élucubrations, je reviendrai lorsque tu seras devenu plus raisonnable.

Boudet claque la porte.

Une fois libéré de la présence ennuyeuse de Boudet, Bérenger ressent un soulagement immense. Un calme brusque entre dans son corps jusque-là tendu, et il ferme la porte à clef de l'intérieur pour ne pas être à nouveau importuné. Sa pensée va à Élie quand il empoigne la mallette de son ami dissimulée dans le meuble de l'une des bibliothèques. C'est l'une des rares choses qu'il a pu récupérer dans la maison d'Élie après sa disparition, le reste ayant été emporté par les deux domestiques qui vivaient avec lui.

Bérenger joue avec l'idée de se mesurer lui-même aux forces qu'elle contient, mais ses craintes l'emportent, il ne se sent pas prêt. Il n'a pas encore assez profité de sa nouvelle puissance. Il veut vivre sa gloire terrestre et il ne croit pas au Saint-Esprit qui dit que les puissants seront tourmentés puissamment. Aussi range-t-il la mallette.

« Je m'en servirai quand viendra le jour », se dit-il en fermant les yeux très fort pour ne pas revivre l'expérience cauchemardesque qu'il avait vécue sous la Pique. Il va à la fenêtre, appuie son front sur la vitre et contemple sa terre. Le Razès. La lumière est partout mais c'est une lumière d'hiver, fleur spectrale et assoupie, brillant au-dessus des rochers et des ruisseaux glacés, suintant du ciel jusqu'à la terre, trouant l'horizon barbouillé où se dressent des arches fantomatiques.

On frappe à la porte de la tour. Rêveur, il ne bouge pas. On insiste.

— Bérenger, le repas est prêt.

Marie, toujours Marie. Un soupir accompagne l'exacerbation de sa pensée. Il déverrouille sèchement la serrure. Elle entre. Elle sourit, lui prend la main et le force à quitter Magdala.

Il la regarde. L'aime-t-il vraiment ? Sa présence lui est agréable le temps d'une étreinte, mais elle devient très vite pesante, souvent insupportable avec ses peurs, ses superstitions paysannes et ses obsessions. Cependant, il ne peut s'en passer. Sans elle, il en serait réduit à reluquer les filles pendant les moissons. Sans elle, il serait un vieil abbé tourmenté. Il a cinquante-cinq ans, et elle entretient en lui un ultime feu de jeunesse.

— Marie...

Il l'attire contre lui et caresse son visage un peu lourd mais rayonnant de santé sous son teint mat. Elle a un regard qui met ses sens et sa décence à l'épreuve, des yeux profonds, étirés, noirs, brillants jusqu'à en paraître fiévreux. Il la touche, il la respire, il sent à travers la robe ses cuisses et ses seins dont le seul contact suscite un désir immédiat.

— Marie...

Elle se frotte un peu à lui. Ses lèvres s'ouvrent. Peut-être qu'un jour ce péché grandira en elle comme sa peur du Diable, bête et inexplicable, grandit sans cesse au fil des ans. Pour l'instant, qu'importe. C'est un si bon péché ! Elle s'abandonne aux mains qui pèsent sur ses hanches. Son amant se fait lourd et dur sur son ventre. Lourd... si lourd.

— Bérenger ?

— Je...

Son visage est empreint de souffrance. Il porte la main à son cœur, grimace, chancelle.

— Bérenger, réponds-moi... je t'en supplie.

— Ça va mieux, dit-il au bout de quelques secondes, retrouvant peu à peu son esprit et ses forces.

Cette chaleur dans sa poitrine, cette douleur : un coup de lame chauffée à blanc. C'est la première fois qu'il subit une attaque. Il ne comprend pas et Marie ne comprend pas.

— Que t'est-il arrivé !

— Je ne sais pas... Peut-être ai-je trop mangé ce midi. J'ai ressenti une violente douleur dans la poitrine, comme si on voulait percer mon cœur avec un couteau.

— Tu restes trop longtemps dans ta tour mal chauffée... Tu as attrapé froid. Veux-tu que je fasse venir le médecin ou le guérisseur ?

— Non, c'est inutile, je me sens tout à fait bien maintenant. Rentrons.

Trois semaines plus tard, alors qu'une brise de printemps promène un parfum de fleurs et de feuilles sur le pays, Bérenger a retrouvé toute sa fougue. Est-ce la venue de sa saison préférée ? Est-ce la joie de donner une fête à Béthanie ? Est-ce celle d'être avec Emma arrivée la veille ? Il chante, mange, boit. Oubliée la douleur. Oublié ce déchirement au cœur. Le mal ne fait plus partie de sa vie. Il l'a rejeté, expulsé de sa mémoire.

Seule, Marie passe des nuits blanches, à se ronger les ongles et les sangs depuis qu'elle a décrit le malaise de l'abbé au guérisseur et au brèish.

« Mal de cœur violent, mal de mort », lui ont-ils expliqué. L'un lui a vendu de la passiflore sous forme de teinture à prendre avec de l'eau. L'autre lui a échangé de la semence d'anis vert contre du vin. Et la voilà avec sa tasse, hésitant un peu devant ce beau monde réuni autour et dans la maison Béthanie. Bérenger acceptera-t-il de prendre son médicament devant ses invités ?

Un comte, un juge, deux députés, un sous-préfet, un colonel et beaucoup d'autres dont elle ne connaît pas les titres se pressent devant le buffet installé dans le jardin. Il y a même des étrangers réunis dans le salon. L'un d'eux se fait appeler monsieur Guillaume, elle a déjà entendu ce nom-là. Il est arrivé il y a trois jours et passe de longs moments en compagnie de Bérenger dans la tour Magdala, ou en promenade. En sa présence, Bérenger est comme subjugué. Quand il lui parle, c'est avec la plus grande déférence. Marie n'en est pas absolument sûre, mais il lui semble qu'à deux reprises il l'a appelé altesse.

Guillaume est dans la maison. Elle le rencontre, grand, élégant, pâle, regardant les êtres et les choses sans les voir, comme si le regrd, délaissant le réel, s'enfonçait davantage dans l'au-delà. Qui est-il ? Il paraît honnête et bon. Elle l'aime bien. Si seulement il détenait la réponse à la folie qui agite les hommes sur cette colline. S'il était là pour mettre un terme à cette guerre secrète. S'il était ce chef dont elle imagine l'existence, elle n'hésiterait pas à lui parler, à lui demander la grâce de Bérenger qu'elle sent en danger, mais tous ces « si » l'acculent à la réserve. Elle se contente de l'observer à la dérobée.

Boudet est à ses côtés, énigmatique lui aussi. Toujours à l'affût de l'invisible, il prononce des mots qu'elle a du mal à comprendre :

— Peut-être que quelque chose de plus grand que la douleur est en train de naître dans le Razès. Et peut-être pas. Mais nous ne sommes pas ici pour en mesurer les effets, nous devons utiliser cette force pour donner forme à un savoir que, jusqu'ici, les hommes n'ont pu maîtriser. Avec le temps, ce que nous n'avons pas su comprendre d'emblée se révélera progressivement à nos esprits, qui s'initieront par eux-mêmes au grand mystère de la vie universelle caché sous la colline.

Marie hausse les épaules et repart à la recherche de Bérenger. Que peut-il y avoir de plus grand que la douleur ? se dit-elle en passant dans une autre pièce. Le temps d'un souffle, elle échafaude un rêve violent, peuplé de monstres féroces qui la déchirent de leurs crocs, mais ce rêve ne la satisfait pas, il ne parvient pas à dépasser l'idée qu'elle se fait de la douleur.

Soudain mêlée à un groupe de femmes perlées, emplumées et lamées à la mode du moment, elle se sent auscultée des pieds à la tête. En quelques battements de paupières, elle est jaugée et jugée.

Jaune, bilieuse, une grande femme ossue, moitié jument moitié harpie, porte la première attaque :

— C'est drôle, ici les prêtres ont des goûts marqués pour les filles de ferme jeunes et un peu bêtasses.

— Sauvages et arrogantes, dit sa voisine.

— Et ayant du tempérament, glousse à nouveau la jument en découvrant ses longues dents gâtées. Si vous voyez ce que je veux dire...

Un rire de femmes honnêtes fuse autour de Marie qui rougit, puis se rengorge. Dans sa robe neuve achetée à Limoux, elle mesure ses enjambées et redresse la tête, pour bien montrer sa beauté et ses bijoux, ceux que lui a offerts Bérenger. Elle est mieux que ces garces, se persuade-t-elle, qui ne connaîtront jamais le plaisir décuplé par le péché. Ce plaisir qui vous fait user de tous les talents amoureux afin de procurer à un prêtre l'assouvissement le plus parfait.

« Regardez-moi bien, pense-t-elle avec une sorte de défi au fond des yeux. Je suis agréable à prendre, à caresser. Je vous vaux toutes réunies, je vaux les grandes courtisanes d'autrefois, je suis aussi obligeante et commode que la meilleure des maîtresses, plus inattendue que les putes de vos villes. Vous ne donnerez jamais à vos hommes ce que je donne au mien. »

— Elle est mignonne mais naïve, chuchote une femme, assez fort cependant pour qu'elle entende. Une paysanne ne remplacera jamais une diva.

La diva. Sa seule rivale. Marie foudroie les commères du regard et avale une salive épaisse comme du sable. Aux champs, elle aurait giflé ces saletés ; elle les aurait traînées dans les sillons par le chignon, elle les aurait... Elle quitte précipitamment les lieux. Une fois au premier étage, loin des invités, elle s'adosse contre le mur, le front en sueur, et écoute son cœur battre de colère dans le silence. À la seule évocation du nom de Calvé, la tasse tremble dans ses mains.

Jusqu'à ce jour, elle a accepté la cantatrice comme on accepte une maladie incurable. La douleur est simplement plus forte quand Emma vient à Béthanie. La situation de Marie devient alors intenable. Elle n'a de choix qu'entre deux possibilités : pleurer en cachette, comme elle le fait depuis hier soir, et continuer à supporter les plaisanteries de l'entourage sans montrer son chagrin, ou bien affronter ouvertement Emma.

« Bérenger, où es-tu ? »

Elle a un doute. Ses yeux vont jusqu'à une porte. Elle s'en approche, frôle des doigts la poignée nickelée, recule, revient. Le temps est suspendu au-dessus de ce seuil infranchissable, une pointe de temps aiguë plantée dans son cœur. La tentation de s'en aller lui vient et la quitte.

« Il est encore avec elle... »

L'immobilité. La paralysie. Que faire ? Elle ne va pas rester là indéfiniment à ressasser des choses pathétiques avec tant de faiblesse et de résignation. Avant même de tenter un geste, elle se sent frappée par une émotion qui frise le chagrin.

« Que je suis sotte ! »

Et comme son cœur, devenu tout à coup tumultueux, bondit dans sa poitrine, elle ouvre brutalement la porte. Ses yeux s'agrandissent. Sa main va à sa bouche ; on croirait, à les voir aussi crispés sur les lèvres, que les doigts veulent taire un cri.

— Marie ! Que veux-tu ? demande sévèrement Bérenger.

Il a détaché sa bouche de la poitrine dénudée d'Emma et levé sur Marie un regard surpris. Des plis marquent son front.

— Alors, ma fille, dit Emma en s'étirant sur le lit défait, déposez votre tasse et laissez-nous.

— C'est le remède, balbutie-t-elle.

— Le remède ! s'écrie Emma, mais c'est du champagne que nous voulons. Allez en chercher.

Marie ressent alors l'infirmité de sa condition ; elle envie la beauté de sa rivale. Elle reste ainsi, rougissante, le souffle court, les yeux humides, comme rivée au plancher par la honte soudaine.

Et Bérenger qui la regarde maintenant avec pitié. Elle se souvient bêtement de deux vers appris autrefois avec d'autres jeunes filles :

Faut-il que je l'aime si fort
Quand son regard me fait goûter la mort ?

Elle se mord la lèvre. Pourquoi faudrait-il qu'elle se comporte en coupable ? Ce n'est pas elle, l'intruse, c'est l'autre, la chanteuse... Reprenant courage, elle cloue du regard Emma et dit :

— *Onte i a de femna i a lo diable !*

— Quoi ? s'écrie Emma, qui a compris. Que veut-elle dire par là : où il y a une femme, il y a le Diable. C'est moi, le Diable. C'est toi le Diable, Bérenger ? Et qui est-elle cette servante pour me parler ainsi ? Ta concubine... Bien sûr, que je suis bête. Je me doutais bien qu'à un homme comme toi il fallait une femme en permanence. C'est donc elle... Bravo, elle n'est pas mal. Enfin, ici, on ne peut pas en demander trop.

Marie a envie de la tuer, la tuer... Arriver à avoir raison d'elle une seule fois et la voir disparaître. Elle ne voudrait plus vivre sa vie comme une torture continuelle et une peine de tous les instants. Elle essaie de réagir mais ne peut que lâcher la tasse qui se brise et s'enfuir.

— Marie !

Bérenger l'a appelée. Elle a mal d'entendre sa voix. Elle se précipite dans les escaliers, bouscule les femmes et deux magistrats. Elle court maintenant dans l'obscurité au risque de se casser les membres sur les planches et les pierres éparpillées autour de Béthanie. Elle va devant elle, droit vers la colline de la Pique, pressée par un impérieux besoin de fuir, de ne plus voir personne, de quitter le village. Quand elle atteint la garrigue, elle se laisse tomber au sol et se griffe volontairement le visage sur les pierres sèches. Ce qu'elle redoutait est arrivé. Plus la peine de s'accrocher aux illusions, aux faux espoirs. Bérenger ne lui pardonnera jamais ce scandale.

Monsieur Guillaume prolonge son séjour à Rennes-le-Château. On le voit avec Saunière et Boudet descendre vers le Labadous, se rendre à la fontaine des Quatre-Ritous, pique-niquer aux Gavignauds et au Bézu. Aujourd'hui, ils vont à la Roche tremblante. Les deux abbés conduisent le prince. Au loin, quelqu'un les suit, mais ce n'est peut-être qu'un berger intrigué par leur présence. Les gens d'ici comprennent mal que l'attachement des abbés à cet étranger vient pour une large part du mystère qui l'enveloppe et les fascine.

Habsbourg écoute Boudet. Le prêtre lui décrit les lieux, le met en garde. Saunière ne dit rien. Lui sait. Le sol qu'ils foulent de leurs bottes, la terre où, à leurs pieds, sans aucun bruit, vient mourir le vent du Sud, recèle un danger qu'il ne peut leur faire partager. En suivant ses compagnons, il rêve. Une exclamation de Boudet le ramène à la réalité.

— C'est ici ! dit l'abbé de Rennes-les-Bains en martelant le sol du talon. A deux cent cinquante-trois mètres en dessous.

— Il y aurait une galerie ? demande Jean de Habsbourg.

— Des galeries. La première partait sous la Pique. La seconde passe ici, mais je n'ai pas pu en déterminer l'entrée. Il y en a dix autres encore qui, toutes, se rejoignent quelque part sous le ruisseau des Boudous. C'est comme une grande étoile dont le centre émet une force, jetant le sang de l'Arche dans les douze branches. N'est-ce pas Saunière ?

— Je n'en sais rien... Je ne sais plus. Peut-on parler de sang, de vie, quand c'est la mort et la souffrance qui nous guettent dans ces boyaux ? J'ai eu peur sous la terre. J'ai encore peur.

— Pourtant il faudra bien que vous y redescendiez un jour, avance le prince en posant une main paternelle sur l'épaule de l'abbé.

— Je sais... Je le ferai. Ce jour-là, je serai bien plus sombre que de coutume et mon âme plus noire, plus pesante. J'irai à la recherche d'Élie. J'irai brûler mes espoirs à cette Arche qui vous tient tant à cœur et je vous la ramènerai. Je dois y parvenir... Oui, je le dois.

— Votre pathétisme est à la mesure de ce pays ; je vous regarde et je vois au fond de vos yeux l'épouvante, cette ancienne épouvante qui vous a un jour mordu l'âme. Mais n'ayez crainte, le père Boudet n'a pas encore trouvé le moyen de pénétrer sous la colline. Nous lui enverrons bientôt des géologues et des émules de M. Yesolot, qui vivent à Vienne, sans oublier notre savant Émile Hoffet. Tous viendront prêter main-forte aux recherches. D'ici-là, vivez pleinement. Vivre de ses rentes est un avantage, et une supériorité, vous avez pu vous en rendre compte. Ce siècle sera celui des rentiers. Reposez-vous. Vous ne devez pas peiner pour gagner votre vie. L'argent que nous vous versons, c'est la latitude que nous vous offrons pour vous cultiver, entretenir des rapports d'amitié avec les grands de ce monde, embellir votre paroisse, c'est même le privilège de pouvoir sans contrainte accomplir l'œuvre de Sion.

L'œuvre de Sion : participer à l'unification de l'Europe à travers le Prieuré et les Habsbourg ? Bérenger y pense depuis longtemps, mais demeure sceptique. Il lui paraît déjà impossible de réaliser une unité en France. La droite, les radicaux, les socialistes, tous subissent des crises idéologiques. La dernière en date étant celle du radicalisme ; et il ne peut en être autrement, car tous veulent s'appuyer sur les classes moyennes hétérogènes, qui ne peuvent guère soutenir l'ordre républicain établi sans une idéologie commune. Le peuple se lasse et les ministères passent : Briand, Manis, Caillaux, Poincaré et encore Briand... Comment faire accepter l'idée d'une République impériale européenne aux Français divisés, alors qu'ils se désintéressent de leur Empire colonial qui couvre près de onze millions de kilomètres carrés et attire à peine 8,8 pour cent des capitaux.

« Il est encore trop tôt, se dit-il. Nous voulons devancer l'histoire, bâtir une nation européenne, alors que la conscience collective cherche toujours sa voie entre Dunkerque et Bastia, le néo-nationalisme et le socialisme. »

— Ne vous ai-je pas assez rapporté d'or ? demande-t-il soudain.

— L'or de Salomon est une chose, l'héritage spirituel du Temple en est une autre. Il nous faut le second. Lui seul peut asseoir notre puissance.

— Et le peuple juif, qu'en faites-vous ? N'est-il pas le véritable héritier ?

— Et qui vous dit que les Habsbourg n'appartiennent pas à ce peuple et à tous les autres ? Nous sommes détenteurs d'un droit divin. Nous sommes porteurs du sang divin. Pour obtenir la reconnaissance des peuples, il nous faut encore plus. Il faut donner aux hommes le sentiment et la preuve que nous sommes des êtres supérieurs et bons. Quand nous serons en possession de l'objet sacré, il faudra que nous restions humbles... je l'espère. À cette condition, nous garderons la maîtrise des quatre éléments. Quoi qu'il advienne, j'ai besoin de vous, Saunière, vous êtes le seul à pouvoir tromper la vigilance des autorités sur votre paroisse.

Le discours du prince laisse Bérenger perplexe. Il saisit très bien ce que dit Jean de Habsbourg, mais il pressent aussi que ce n'est pas seulement le prince qui parle au nom de sa famille. Il comprend que c'est un homme qui l'appelle à l'aide de toutes ses forces. L'Autriche sombre. Le monde sombre. Malgré Sion.

Et ce prince réclame un héritage immense, avec toutes ses faiblesses d'homme, un héritage qu'il voudrait garder, avec la maîtrise des quatre éléments.

« Un homme pareil n'existe pas », se dit Bérenger en songeant aux enseignements d'Élie.

Il regarde le prince droit dans les yeux, le sondant jusqu'à l'âme, cherchant l'homme intègre, vainqueur dans les épreuves, qui tient en échec les quatre tentations. Il lui semble entendre Élie maintenant :

« L'homme qui parviendra au cœur du secret sera le maître des quatre éléments. Il dominera le feu, l'air, l'eau et la terre. Son cœur sera chaleureux, large, tendre et fidèle. Il sera porteur des quatre vertus de l'Église : la prudence, la tempérance, la force et la justice, des quatre vertus de Platon : la sagesse, le courage, la continence et la probité, et des quatre qualités de Sankaracharya : le discernement, la sérénité, les six joyaux de la juste conduite et le désir de la délivrance. Enfin il agira toujours au nom des quatre lettres sacrées de IEVE. »

Ce n'est pas cet homme-là qui est en face de lui ; Bérenger en est sûr. Il a envie de lui dire qu'il est un prince fait de chair, de la chair des imbéciles qui se dévouent à une cause.

— Tu ne régneras jamais ! hurle à cet instant une voix.

Interdits, les trois hommes lèvent la tête. Incrédules, ils cherchent celui qui vient de lancer cette sentence.

— Tu n'auras jamais le pouvoir, Habsbourg !

Cette fois, ils le repèrent.

— Là ! s'exclame Boudet en tendant un doigt vers une ligne d'arbres rabougris.

— Lui ! rugit Bérenger.

— Corvetti, murmure Jean.

— Cette fois, il ne m'échappera pas, dit Bérenger en s'élancant sur la pente qui le sépare des arbres.

Ça grimpe dur. Quand il arrive sur les lieux, tout essoufflé, l'homme à la tête de loup a disparu. Il fouille les buissons puis agrandit le cercle de ses recherches. À un endroit, il remarque que l'herbe est couchée, à un autre qu'une branche est cassée. Son ennemi a pris la direction de la Pique. Il se remet à courir, s'arrête, porte la main à son cœur. Il a la gorge sèche, les mains tremblantes, la tête en feu. La ligne des montagnes danse devant ses yeux ; il titube sous le soleil et voit tout à travers un voile de fièvre qui le consume.

« J'ai présumé de mes forces... Je n'aurais pas dû quitter les autres. »

Il sursaute, s'apercevant qu'il est demeuré inconscient quelques secondes, les nerfs tendus, car il a conscience d'un danger proche. Brusquement une pierre roule, tout près. Il se tourne dans la direction du bruit, les oreilles attentives, les yeux mi-clos, pour saisir le moindre mouvement dans les buissons.

« Mon cœur... J'ai mal... »

Un second heurt, cette fois plus proche, puis quelque chose, une ombre, un déplacement d'air, un sifflement qui d'instinct lui fait baisser la tête et sauter de côté. Dans son élan, il trébuche et tombe sur le dos.

— Toujours aussi vif, mon père, à ce que je vois.

Bérenger découvre l'homme tenant la canne-épée. C'est la lame de cette dernière qui a sifflé et siffle encore, étincelle et se plante à deux doigts de son cou. Toujours allongé, il reprend son souffle. Son cœur lui laisse un peu de répit. Le malaise passe.

— Quand comprendrez-vous que j'aurais pu vous tuer des dizaines de fois ? continue l'homme à la tête de loup. Devrais-je vous accorder un nouveau sursis à chacune de nos rencontres ?

— Alors faites-le, Corvetti, car à votre place je n'hésiterais pas.

— Je n'ai pas l'intention de vous supprimer.

— Et à Marseille ?

— C'était une erreur... Les temps ont changé.

— Je sais ! Pie X n'est pas Léon XIII. Le nouveau pape ne vous appuie plus aussi ouvertement. En vous servant de l'Église de Jean, vous avez fait le jeu des républicains en Europe afin d'asseoir le pouvoir de l'Église de Pierre. Ce temps est fini, Corvetti. Pie X ne vous suivra pas dans cette voie. Par le *Vehementer nos,* n'a-t-il pas dit qu'il condamnait « la Séparation comme profondément injurieuse vis-à-vis de Dieu qu'elle renie officiellement en posant le principe que la République ne reconnaît aucun culte »?... Et peut-être même, délaissant la France, s'ouvrira-t-il aux Habsbourg ?

— Ha ! ha ! Comme vous refaites bien l'histoire, Saunière. On voit que vous ne connaissez pas les hommes.

Bérenger ouvre de grands yeux. L'autre se penche vers lui et ajoute tout bas, près de l'oreille, comme on confie un secret dangereux :

— Pie X a été convaincu par monseigneur de Cabrières. Pie X, comme Léon XIII autrefois, craint de perdre son trône au profit des Autrichiens. Il tremble à l'idée de voir un jour un Habsbourg empereur et pape à la tête du monde.

Corvetti se redresse mais garde un genou à terre. Ils s'observent. Bérenger est à nouveau en pleine possession de ses moyens, de ses forces, de son agressivité. L'homme à la tête de loup parle toujours, prêt à frapper avec sa canne-épée.

Ils se haïssent plus que jamais. Pourtant le secret de la colline les rend solidaires. Mais solidaires de quoi ?

— ... Venez avec nous, Saunière, nous sommes prêts à vous accueillir. Comment pourrais-je vous convaincre ? Notre combat est juste. Vous voulez le bien de l'Homme, mais le vouloir avec les Habsbourg, c'est déjà lui mettre des chaînes...

Corvetti poursuit. Poursuit des idées, poursuit des mots, poursuit Saunière. Qu'espère-t-il ? Il est trop tard pour revenir en arrière, pour de nouvelles alliances. Trop tard pour se faire pardonner. Jamais Bérenger ne rejoindra le clan des assassins de Gélis.

— Assez, Corvetti !

L'homme se raidit pendant une fraction de seconde. Bérenger lui envoie son poing sur le nez, le repousse, le désarme et le couche sous lui. Alors ses mains serrent le cou. Et serrent encore. Le regard de Corvetti se couvre déjà d'un voile rouge. Ce sang maudit qui sourd sous les doigts de Bérenger.

— Pense à Dieu ! dit Bérenger.

Corvetti se tord, rampe, entraîne l'abbé vers l'abîme.

— Tu... crèveras... avec moi..., crache-t-il.

Il ne reste plus au-dessus de leurs têtes que le ravin,

une pente presque à pic couverte d'une végétation rabougrie, grêlée et fissurée par les forces des éléments qui cherchent constamment à précipiter les sommets du Razès dans les vallées.

— Non, répond Bérenger en cessant de l'étrangler.

Il le soulève par les revers du veston, le hisse, fait une vingtaine de pas, chancelle, puis s'abat avec son fardeau. Le ciel et les rochers tourbillonnent tandis qu'il combat la nausée due à l'épuisement et que le rugissement de son sang se confond avec les râles de Corvetti. Ce dernier avale l'air, tousse, ne fait rien pour s'enfuir, trop épuisé par la lutte.

Le cœur. Une petite douleur. Bérenger a un frisson. Non, pas maintenant, se dit-il. La douleur cesse aussitôt. Il soupire et porte à nouveau une main sur la gorge de son adversaire qui, ayant retrouvé ses esprits, tente de se relever. Plus frêle, plus vieux, Corvetti n'a aucune chance de résister à Saunière.

— Finissez-en avec moi, gargouille-t-il, mais vous porterez ce péché jusqu'à la fin des temps.

— Quel péché ? Scélérat ! Je venge le Seigneur. Tu t'es condamné pour le meurtre de Gélis. Qu'as-tu à dire pour ta défense ? Donne-moi une seule bonne raison pour que je ne t'envoie pas immédiatement en enfer ? Vite !

— Non... C'est inutile... J'ai fait mon temps.

— Qui es-tu donc ? Et qui est cette Angelina au nom de laquelle tu signes tes méfaits ?

— Tue-moi, prêtre... tue-moi.

— Qui est-elle ? Je veux savoir.

— Angelina...

— Parle...

— Angelina était le prénom de ma fille et de ma femme.

— Et alors ?

— Elles ont été violées, puis éventrées à coups de sabre par les soldats autrichiens... En Vénétie... chez nous... il y a plus de quarante ans... ma petite fille... morte à cinq ans... Tue-moi.

Une lueur d'épouvante passe dans le regard sombre de Bérenger. Sa main abandonne le cou de l'homme. Il se redresse, regarde le ciel, serre les poings.

« C'est donc cela qui le pousse à se battre contre les Habsbourg... »

— Filez, lui dit-il, et ne reparaissez plus jamais devant moi car, à notre prochaine rencontre, je ne vous épargnerai pas.

— Ce sera donc moi qui vous tuerai, répond Corvetti d'une voix sourde avant de disparaître.

Le temps a passé. Le temps est mort quand Bérenger quitte les lieux, découragé, dégoûté. Il ne sait même plus où il est. Peu lui importe d'aller vers le nord ou vers le sud. En passant près d'une mare, il aperçoit son reflet et hésite avant de se reconnaître. Un homme aux traits tirés, prématurément vieilli, voilà ce qu'il est devenu. Que dira Marie en le voyant ainsi, ébouriffé, la soutane maculée et déchirée, des grands cernes sous les yeux ?

Il lui racontera qu'il a eu une attaque.

Par hasard, il arrive à la Roche tremblante. Boudet et Jean ont disparu. Allons, allons, il n'a pas trop à se plaindre. Il ne s'attendait pas à les retrouver. Ils ont dû partir à sa recherche... ou l'abandonner à son sort. Il essaie de s'émouvoir, mais n'y réussit pas. Une force contre laquelle il est impuissant semble s'ingénier à projeter sur lui quelque chose d'irrésistiblement comique. Il pense à sa « vie de rentier », à cette vie sans contrainte décrite par Jean de Habsbourg.

« Quelle vie vais-je avoir désormais ? »

Il se voit mal riant jusqu'au jour dernier, d'un rire sonore et libertin au milieu de femmes élégantes montrant dans des moments d'égarement leurs chevilles, leurs genoux ou la naissance d'un sein. Il a été le premier de la lignée à vaincre la pauvreté qui tissait fatalement l'avenir des Saunière, telle une muraille noire contre laquelle ses ancêtres s'étaient brisés. À quoi cela lui a-t-il servi ? Cette richesse, en profite-t-il réellement, en toute conscience, avec joie, alors que son cœur menace de s'arrêter à tout moment, alors que mille ennemis le guettent ? Même son amour pour Emma s'est émoussé. Et elle-même, depuis leur séparation à Millau, s'est mariée en janvier 1903, avec ce détestable Jules Bois, rompant, il est vrai, en avril de la même année, après une violente dispute. Puis il y a eu Higgins, le millionnaire. De çet aventurier qu'on dit aveugle, il ne sait pratiquement rien. Ni des voyages en Orient où Emma s'était liée d'amitié avec un sage indien, le nwami Vinekawanda, de la classe guerrière des kshatrias. Ce dernier est mort et elle l'invoque pour se protéger. À Béthanie, avant de partir, elle l'a appelé afin de venir en aide à son amant.

« Emma… Emma », pense-t-il.

Un corps épanoui entre ses bras, c'est tout ce qu'il garde d'elle après chacune de leurs rencontres. Emma s'efface. Le jour s'efface. Les collines s'assombrissent. C'est l'heure douce qui précède la nuit. Et l'image de Marie saisit Bérenger. Elle doit l'attendre. Il l'imagine devant la maison. Quand elle le verra, le sang de la joie affluera à son visage, ce visage qui ne sait rien dissimuler, et elle lui donnera le reflet d'un bonheur enfantin. Elle est la dernière île, le dernier espoir, la dernière paix qu'il ne mérite pas.

33

Rennes-le-Château, janvier 1909

LA maladie, Arnaud la connaît bien. C'est la plus fidèle compagne de sa vie de guérisseur. Il en a soigné de toutes sortes, s'associant parfois avec des sorciers, mais jamais avec des médecins. Partout où on l'appelle, il est accueilli comme Jésus. Il voyage beaucoup, surtout l'hiver, traînant ses souliers cloutés de Couiza à Antugna, de Puivert à Revel, d'Arques à Misègre. Et le voilà à Rennes-le-Château, allant chez les Rougé, les Maury, les Mérie, les Péchou, croisant sur le seuil de la maison des Blanc son ennemi mortel, le médecin de Couiza :

— Salut docteur, on vient tuer mes clients ?

— Encore toi, bonhomme... Je vais te dénoncer à la police !

— Ça, vous ne le ferez pas. Je connais des sorts contre lesquels vos remèdes ne peuvent rien.

— Que le Diable t'emporte !

— Qu'il vous protège.

Arnaud pénètre chez les Blanc. Le père a la goutte. Il lui enrobe le pied dans un cataplasme de miel tiède et lui fait avaler une décoction de racines de chiendent. Le fils a une forte fièvre. Pour lui, ce sera une infusion de bourrache, de camomille et de sauge, puis un massage du cou et de la poitrine avec une mixture qui chauffe la peau. On le remercie, on le paye ; il jette les piécettes dans son grand sac de toile, au milieu des boîtes contenant les écorces, les racines, les feuilles, les pelures, les baumes et les crèmes, puis repart et emporte avec lui les bonnes odeurs de plantes où dominent celles de la lavande, du romarin et du fenouil. Les femmes l'accompagnent et tendent les mains, guettant des signes d'espoir sur sa face enflée au nez crochu. Une gueule de gargouille qui leur dit :

— Tout ira bien. Vous avez vu le médecin, vous m'avez reçu. Il vous reste à aller parler au Très-Haut maintenant.

— Oui, oui, nous allons prier, s'empresse de répondre la plus âgée.

Et les voilà aussitôt qui se rendent à l'église : la mère, la belle-sœur, la grand-mère et les trois petites. La première est en tête, la seconde entraîne les petites et la troisième claudique sur sa canne en raclant ses sabots sur le sol gelé. Leurs robes sombres se soulèvent dans le vent d'antan comme des corolles noires. Elles crispent leurs mains glacées sur leurs châles et leurs vestes de grosse laine.

— J'ai oublié le chapelet, bégaie la grand-mère.

— Ça ne fait rien, avance, répond la mère.

— Faut tremper la main dans le Diable ? demande l'aînée des gamines.

— Oui. Tais-toi. Pense à Jésus. Et le Diable restera tranquille, réplique la belle-sœur.

Le village est désert mais elles entendent le couinement d'un chien et le battement du marteau du forgeron. À mesure qu'elles approchent de l'église, les trois adultes n'arrêtent pas d'ajouter et de soustraire ce qu'il faut demander au Seigneur. Ce n'est pas très difficile. N'importe quel fidèle, s'il en a la patience et si son âme est légère, peut attirer la bonté de Dieu sur les siens... et les récoltes... et la vache qui attend le veau... et le cousin qui a promis d'envoyer de l'argent... et... La porte de l'église est grande ouverte. Elles s'y engouffrent et prennent d'assaut le bénitier sans regarder Asmodée. Cependant le Diable, dont l'affreux visage est à la hauteur de ceux des fillettes, fait pleurer les deux plus petites.

— Suffit, vous deux, rouspète la mère en les tirant par les cheveux... Ça commence bien, il va falloir qu'on demande pardon à Jésus.

En montant vers l'autel, elles font de courtes haltes et

se signent devant les saints et les saintes serrés dans leurs robes colorées. Enfin, elles s'agenouillent au premier rang.

— Je prie pour les hommes, dit la mère, et vous, vous priez pour le reste.

Le travail ainsi réparti, elles se concentrent sur les mots, mais à peine entament-elles le Pater, que la grand-mère les interrompt :

— Vous avez entendu ?

— Non, répondent les deux autres... Quoi ?

— Et vous, petites ?

— ...

La vieille femme tend l'oreille. Elle y voit mal mais l'ouïe est bonne. Quelque chose se déplace dans l'église. Cela vient du fond, près de la porte d'entrée, près du Diable. Elle se déplie péniblement, arrache ses genoux de la planche et quitte sa place.

— Où vas-tu, mémé ?

— *Aval, aval* (1).

— Reviens ici !

— Y'a un chien dans l'église, il faut le faire sortir.

— Mais non, c'est le vent...

— Moi je peux pas prier avec la porte ouverte, je vais la fermer.

— Reviens, je te dis.

La grand-mère n'écoute pas sa fille. Le bruit se répète. L'animal gratte le sol ou le bénitier.

— Sale bête, peste la vieille femme en menaçant l'ombre de sa canne.

C'est alors qu'un être horrible bondit sur elle et la renverse. Elle pousse un cri, le monstre lui répond en lançant un hurlement strident, puis saute sur le confessionnal.

Allongée sur les dalles, la vieille claque des dents. Médusées, les deux femmes et les petites voient la bête vêtue de rouge faire des cabrioles, enlacer des saints, renverser des cierges puis disparaître par la porte d'entrée. Reprenant ses esprits, la vieille crie :

— *Le Diable es arribat ! Le Diable es arribat !*

Et les autres se précipitent vers elle, la soulèvent par

(1) « Là-bas, là-bas. »

les aisselles, l'emportent et joignent leurs voix à la sienne en sortant de l'église :

— Le Diable est arrivé ! Le Diable est arrivé !

Le Diable déboule dans le jardin du presbytère, grimpe sur l'un des palmiers que Saunière vient de faire planter et se laisse retomber près de l'entrée de la maison Béthanie. Là, poussant encore un hurlement, il se met à frapper la porte de ses pieds et de ses mains poilues.

— Ah ! te voilà, toi... dit Marie en ouvrant la porte.

La bête se rue dans le couloir, fonce vers l'escalier, se détend, agrippe le lustre, se balance et atterrit sur le palier après avoir exécuté une courbe gracieuse dans les airs.

— Méla, viens ici ! appelle Marie qui le poursuit... Nous voilà bien avec un singe, maintenant.

Le singe est la dernière acquisition de Bérenger. Il a acheté aussi un chien qu'il a surnommé Pomponnet. Drôles de noms pour des animaux, mais peut-être est-ce en hommage à Pomponnius Méla qui situa les trésors de Pyrene au sud de Carcassonne.

Méla rencontre Pomponnet. Et tous deux partent vers la chambre de l'abbé, le premier s'accrochant en criant à la queue du second. Leur arrivée bruyante ne trouble pas le guérisseur.

Penché sur Bérenger, Arnaud montre les dents dans un sourire de compassion. Il examine le visage de l'abbé, lui touche le cou et la poitrine.

— L'intérieur de la carcasse est usé, dit-il.

— Il faut qu'elle tienne encore quelque temps.

— Ça, y faut voir, et ça dépend plus de vous que de moi.

Bérenger sait bien que la seule façon de survivre après une période de débauche forcenée consisterait à devenir un ascète intransigeant. C'est ce que voudraient les deux médecins qui lui rendent visite régulièrement. Il ne peut satisfaire à cette exigence. Surtout maintenant. Au moment où il vient d'apprendre que l'évêché veut le faire remplacer à Rennes par l'abbé Marty. La décision a été prise début janvier par l'évêque de Carcassonne, monseigneur de Beauséjour.

— Vous devriez vous contenir, dit Arnaud.

— Me contenir ?

— Vivre au calme, ne penser à rien, ne pas vous énerver.

— Impossible, j'ai les nerfs à vif… On veut me faire curé de Coustouge ! On veut me déplacer pour je ne sais quel motif. Je n'en dors plus.

— Y a beaucoup de gens qui reluquent vos biens. Si vous partez à Coustouge, il y a fort à parier que l'évêque enverra ses trésoriers faire l'inventaire de ce que vous possédez.

— Ça, c'est une autre histoire car je n'ai pas l'intention de partir !

— Calmez-vous, je vais vous préparer un remède.

— Ils veulent la guerre, ils l'auront ! Je suis le maître ici…

Bérenger repousse Arnaud, quitte son lit et se met à marcher de long en large. Méla saute dans ses bras et Pomponnet le suit en reniflant le sol. Il envoie promener la tinette qui encombre son chemin. Il lui semble qu'il doit se débarrasser de beaucoup d'autres choses encore ; même la cheminée et son tranquille feu l'agace… Crever le matelas, crever le plafond et le toit de Béthanie, crever le ciel et les cieux, crever l'évêque de Carcassonne et celui de Montpellier.

Arnaud considère le torse nu de l'abbé avec quelque amusement et aussi, semble-t-il, de l'admiration. Il contemple les lignes prononcées des pectoraux, les bras, longs et musclés, durs comme des bûches, les épaules larges et puissantes. Malgré l'âge, c'est un corps agréable à regarder, un corps athlétique qui n'a pas beaucoup changé depuis l'époque, il y aura vingt-cinq ans, où son possesseur était un bagarreur respecté dans la région… Reste le cœur, la machine à vie.

— La pompe tiendra bien dix ans, conclut Arnaud.

— Dix ans… C'est plus qu'il n'en faut pour terminer ce que j'ai commencé.

Soudain il rit. Il pense à la tête qu'a dû faire l'évêque en apprenant que Marie Dénarnaud était la propriétaire du domaine.

Un prêtre qui résiste à l'Église entame une lutte inutile, commet un crime et pèche par orgueil. Il est ce prêtre et il en est fier. Il gagnera et découvrira l'Arche.

Devant lui, tout fléchira et reculera, ceux qui viennent de Rome, ceux qui descendent de Mérovée ou des prophètes. Il sera un héros qui touchera presque Dieu…

Bérenger a organisé sa défense. La lettre que monseigneur de Beauséjour a trouvée le 29 janvier 1909 sur son bureau l'informe que, à son grand regret, l'abbé Saunière n'a pas cru devoir se conformer aux ordres de l'évêché. Elle contient cette phrase sans équivoque :

« … Je vous le déclare, monseigneur, avec toute la fermeté d'un fils respectueux, monseigneur, je ne m'en irai jamais… »

Officiellement il démissionne le 1er février 1909, après avoir rallié à lui la communauté de Rennes-le-Château et son conseil municipal. Désormais, c'est à la tête de tous les habitants du village qu'il va mener le combat. Et comme il a loué le presbytère pour cinq ans à compter du 1er janvier 1907, son successeur ne pourra pas s'installer à Rennes.

Bérenger se promène dans le secrétariat de l'évêché et médite une entrée en matière de circonstance. Il va et vient, sortant parfois dans le couloir, sans prendre conscience du flot des clercs et des abbés, venus, certains par ennui, par envie, par haine, d'autres par solidarité, la plupart par curiosité pour apercevoir le prêtre portant un nom à scandale. Ils le redoutent tous. Malgré ses déplacements incessants d'une pièce à l'autre, il a toujours ce calme, cette tranquille assurance que donne à un homme la certitude d'être le plus fort.

Il y a longtemps qu'on le fait attendre. Il se demande s'il n'a pas fait une erreur en se rendant à la convocation de monseigneur de Beauséjour (1). Il jette un regard furtif sur sa montre. Midi. Le soleil est déjà haut. Les cloches de l'évêché commencent à retentir, aussitôt imitées par celles des églises. Leurs appels proches tombent dans la salle comme si elles se balançaient tout contre le plafond, à la place des lustres de cuivre. Elles le transportent jusqu'au village, jusque dans son église maintenant délaissée.

(1) Mars 1909.

Pendant ces semaines laborieuses, il s'est préparé à l'action comme l'aurait fait un général avant une bataille. Il n'a jamais été aussi proche de Dieu. Alors que les services religieux étaient donnés par deux de ses collègues intérimaires, il a prié avec le même soin, la même conscience professionnelle, répétant avec plus de cœur les gestes sacrés dans une petite chapelle aménagée sous une serre contre la maison Béthanie. Il veut jouer le jeu, ne manquer en rien à ses devoirs de prêtre malgré sa démission. Il habite à nouveau le presbytère, délaissant sa grande maison. Là, il reçoit les appuis des curés de la région et ceux des notables, continuant à accueillir tous ceux qui lui témoignent de la sympathie, et ils sont nombreux.

Seul Boudet l'évite. Lors de leur dernière entrevue, celui-ci a annoncé que le Prieuré était, compte tenu des circonstances, dans l'obligation de diminuer fortement le montant des allocations versées aux banques.

« Ne comprends-tu pas, avait-il ajouté, tout ce que nous t'épargnons en faisant échouer certains de tes rêves. Tu as trop montré ta richesse. Tous ces évêques qui s'acharnent contre toi... ils ne te laisseront aucun répit si tu continues à bâtir. Et nous avons encore besoin de toi, Saunière. D'un Saunière libre de toute contrainte. »

Bérenger s'impatiente, s'assied, tapote du bout des ongles le bois de la table derrière laquelle se tient un secrétaire. Le gratte-papier lui jette un regard torve, puis reprend son travail, laissant suinter sa plume sur sa feuille à chaque majuscule qu'il veut épaisse et gothique. Une voix, au loin, lit des psaumes. Bérenger essaie d'en saisir les paroles, mais son attention est ailleurs. Son regard quitte le secrétaire pour se visser sur la lourde porte ouvragée qui le sépare de Monseigneur.

Midi trente. Une clochette tinte. Le scribouillard quitte son siège et se précipite, l'échine basse, vers le bureau de l'évêque, glissant sans bruit sur le parterre.

« Ça va être mon tour » se dit Bérenger en jetant un coup d'œil inquiet sur le Christ en croix qui semble se pencher vers lui avec une expression de pitié douloureuse.

— Mon père, si vous voulez me suivre.

Le secrétaire blafard lui montre le chemin. Autrefois, monseigneur Billard l'accueillait chaleureusement. Aujourd'hui monseigneur de Beauséjour le regarde venir d'un œil glacé.

L'évêque a une grosse tête. Sa large bouche lippue est surmontée d'un nez épais. Ses yeux s'affaissent un peu, comme attirés vers le bas par les lourdes poches dont la complexion tend plutôt vers le bistre.

Bérenger sent immédiatement l'ennemi dur et implacable. Avec lui, impossible de composer. L'évêque de Carcassonne est le digne serviteur de l'évêque de Montpellier. Comme lui, il semble tout percevoir, tout maîtriser, c'est le genre d'homme qu'on peut charger de tous les fardeaux du monde.

— Asseyez-vous.

— Merci, monseigneur.

— Ainsi, voilà donc ce fils respectueux qui ne veut pas obéir ? dit-il en montrant la lettre écrite en janvier par Saunière.

— Mais qui veut continuer à servir Dieu, ajoute Bérenger.

— Hum... vous l'avez servi d'une drôle de façon.

— Je l'ai servi selon mon tempérament.

Beauséjour ne peut s'empêcher de répliquer en ricanant méchamment :

— Quel homme digne et pieux au-dehors, vicieux et immoral au-dedans ! Je commence vraiment à croire ce qu'on m'a raconté sur vous.

— Et qu'est-ce qu'on vous a raconté, monseigneur ?

— Vous êtes parfait dans votre rôle d'innocent condamné par vos pairs. C'est bien... Continuez ainsi, nul ne doit connaître la vérité.

— Je ne comprends pas, monseigneur, vous ne répondez pas à ma question.

— Comme vous voudrez ! Je me suis laissé dire que vous êtes la coqueluche de ces dames et que vous aimez bien ce qui se boit.

— Je confesse beaucoup de femmes, il est vrai. Et mon vin de messe est d'excellente qualité.

— Suffit, Saunière ! Vous menez une vie scandaleuse. Et ce scandale éclabousse tout l'évêché. Vous êtes un impudent dévoyé, une honte pour l'Église. Vous n'auriez jamais dû entrer dans les ordres.

— Et c'est pour ces raisons que vous voulez que j'exerce à Coustouge, une promotion en quelque sorte. C'est un village bien plus grand que Rennes-le-Château et beaucoup de prêtres voudraient y être nommés. En fait, si je transformais Béthanie en maison close, j'aurais des chances de décrocher une paroisse à Couiza ou à Limoux.

— D'où tenez-vous cet aplomb ? gronde l'évêque.

— Je le tiens des ennemis du Christ ; je le tiens depuis la mort de Gélis, depuis que vos amis et Corvetti se sont battus sur le Razès tels des charognards.

— Taisez-vous !

— Que je me taise, monseigneur ?... Mais, pour cela, il faudrait me fracasser le crâne avec un chandelier... Appelez votre secrétaire, il est maigrichon mais il peut le faire.

— Parlez plus bas, il pourrait vous entendre.

— Soit, mais alors ne me demandez plus de quitter mon village.

— Saunière, vous savez bien que je ne peux pas revenir en arrière. Ce qui est arrivé à l'abbé Gélis était horrible. Innommable ! Mais je ne vois pas, ni ne comprends pourquoi, vous vous obstinez à rester alors que vos amis de Sion vous abandonnent. Vous voulez rester, c'est votre droit d'homme, mais parce que vous êtes encore prêtre, nous vous ferons payer cher cette attitude.

— Essayez donc.

— Quittez immédiatement l'évêché, Saunière, et préparez bien votre défense car, à partir de cet instant, le vicaire général va vous poursuivre officiellement au nom de la Sainte et Indivisible Trinité que vous avez offensée. Adieu.

— Adieu, monseigneur.

Le temps a passé. Des jours, des mois, tous identiques se sont écoulés dans l'ennui et l'attente. Là-haut, dans sa forteresse, Bérenger s'est demandé une multitude de fois par quels moyens, dans les années à venir, rembourser les derniers travaux et comment entretenir le domaine. Et il a cherché, imaginé des expédients comme de vendre des meubles, ou de transformer Béthanie en hôtel. La source de ses revenus occultes s'est tarie. Sion a décidé de l'oublier. Les Habsbourg l'oublient. Boudet l'oublie. Parfois, dans sa détresse et sa solitude au sommet de sa colline, il lui semble que son être, montant vers les cieux, va s'anéantir dans les nuages accumulés par la main de Dieu.

Il a attendu, fait le mort, n'a pas répondu aux convocations des enquêteurs de l'évêché. Les lettres de requête du promoteur de l'Officialité et les citations à comparaître de l'Official du diocèse se sont entassées sur le bureau de la tour Magdala. Pour sa défense, il a simplement répondu par écrit que ses revenus proviennent essentiellement de donateurs anonymes dont il lui est impossible de révéler les identités. Et, comme les pressions se sont faites plus fortes, il a essayé de fabriquer de toutes pièces l'actif de ses revenus qu'il a envoyé à ses juges (1).

1.	Économies de trente ans de ministère . . .	15 000
2.	Famille hospitalisée gagnant 300 francs par mois a apporté en vingt ans (les Dénarnaud)	52 000
3.	Mme de X. par son frère	25 000
4.	Deux familles de la paroisse de Coursan .	1 500
5.	Mme Lieusère	400
6.	Pères chartreux	400
7.	Mgr Billard	200
8.	La comtesse de Chambord	3 000
9.	Mme Labatut	500
10.	Quêtes dans la paroisse	300
11.	Revenus de la fabrique	500
12.	Dons du Père	800
13.	Patrimoine	1 800
14.	M. de C.	20 000
15.	Tronc, une moyenne de 100 francs par an pendant quinze ans	18 000
16.	Loterie faite dans la paroisse.	1 000
17.	Par l'intermédiaire du frère	30 000

(1) Voir Pierre Jarnac, *Histoire du trésor de Rennes-le-Château.*

18. Cartes postales (60 francs par mois pendant cinq ans)	3 600
19. Vieux timbres	3 000
20. Bandes et copies de lettres	1 000
21. Vente de vins, 1908 et 1909.	1 600
22. Vieux meubles, faïences, étoffes	3 000
23. Caisse de retraite	800
24. Deux anonymes.	1 000
25. Travail personnel pendant cinq ans à trois francs par jour	3 750
26. Transports volontaires et gratuits.	4 000
	193 150 [2]

Bien sûr, il a établi aussi un compte des dépenses :

« Monsieur le Vicaire Général,

« Désireux de répondre le plus exactement possible aux diverses questions que vous me proposez, j'ai pris quelques jours afin de me rendre compte des sommes consacrées aux différents travaux que j'ai fait exécuter.

« 1°	Achat des terrains (je crois devoir vous rappeler qu'ils ne sont pas acquis en mon nom)	1 550
« 2°	Restauration de l'église	16 200
	Calvaire	11 200
« 3°	Construction de la villa Béthanie	90 000
	Tour Magdala	40 000
	Terrasse et jardins	19 050
	Aménagements intérieurs	5 000
	Ameublements	10 000
		193 000 »

Maintes fois il a refait mentalement les comptes et a comparé ce qu'il a réellement dépensé ces dernières années : au moins 800 000 francs-or, soit quatre fois plus que les sommes qu'il a voulu justifier. Et, chaque fois, il a senti son cœur se serrer. Que pouvait-il faire ? Il n'a pas eu d'autres solutions que celles de se cloîtrer dans la tour et de se dire malade afin de ne pas se rendre à

(1) A peu près 5 300 000 francs 1987.

Carcassonne. Le docteur Roché, de Couiza, qui a pris part à sa cause, a signé à cet effet des certificats de complaisance.

Ce qui a conduit le tribunal de l'Officialité à l'accuser le 27 mai 1910 de trafic de messes, dépenses exagérées et non justifiées, et désobéissance à l'évêque.

Et cet acte d'accusation aboutira à la sentence du 5 décembre 1911.

C'est la dernière lettre, la plus dure, celle qu'il croyait ne jamais recevoir malgré le pessimisme de ses avocats. Il la lit, la relit, les feuilles tremblent dans ses mains. Il cite la sentence à Marie :

« ... Attendu que le prêtre Bérenger Saunière a eu la prétention de rendre des comptes et que la commission nommée par Mgr l'Évêque pour les recevoir a pu constater qu'on ne trouve pas que les 200 000 francs environ qu'il avait réunis aient été dépensés puisqu'il ne jutifie que pour 36 000 francs environ de dépenses, que si le prêtre Bérenger Saunière a pu dépenser utilement une partie des fonds perçus à l'église et au calvaire, il a dépensé le reste à des constructions très coûteuses sans aucune utilité ni aucun rapport avec le but qu'il disait poursuivre ;

« Attendu que, des dires du prêtre Bérenger Saunière et du procès verbal de la commission, il résulte que les constructions qui représenteraient les sommes dépensées ne sont pas même sa propriété puisqu'elles ont été édifiées sur un terrain qu'il a affirmé ne pas lui appartenir ;

« Attendu qu'en cela il a compromis pour toujours la destination des sommes qu'il avait sollicitées et reçues ;

« Attendu que de tout ce qui précède il ressort que le prêtre Bérenger Saunière est coupable de dilapidation et de détournement des fonds dont il était le dépositaire ;

« De l'avis de MM. les assesseurs de l'Officialité

« Le Saint Nom de Dieu invoqué,

« Condamnons le prêtre Bérenger Saunière à une suspense *a divinis* d'une durée de toris mois à partir du jour de la notification de la présente sentence, laquelle suspense d'ailleurs continuera jusqu'à ce qu'il ait opéré entre les mains de qui de droit et selon les formes canoniques la restitution des biens par lui détournés.

« Cette sentence étant portée par contumace est sans appel. Fait et jugé à Carcassonne au siège de l'Officialité, le 5 décembre 1911. »

Cette suspense d'exercer son métier de prêtre risque de se prolonger fort longtemps, peut-être même à vie ; il en est conscient. Il retient son chagrin. Ce procès l'a affecté beaucoup plus profondément qu'il n'avait cru d'abord. Surtout en cet instant où, le visage tourné vers le ciel, son corps brûlant gisant sur le fauteuil, il sent dans son sang l'étrange alchimie des angoisses accumulées à l'œuvre. Ça se développe et ça le ronge de l'intérieur.

— Tu es tranquille maintenant, dit Marie.

— Pas encore, il existe une possibilité de faire appel... à Rome ; et nous devons régler nos problèmes d'argent.

— Tu m'as parlé d'une hypothèque sur la propriété... Faisons les papiers.

— Attendons encore un peu (1). Je vais me lancer dans de nouvelles recherches.

— Non, surtout pas !

— Il faut saisir cette chance... Et puis, c'est ma seule raison de vivre. J'y laisserai sans doute mon âme, mais je la sauverai peut-être aussi.

— Ta seule raison de vivre, s'il en reste une, ce devrait être nous.

— Marie... Marie, pourquoi t'obstines-tu à placer notre pauvre aventure au-dessus de tout ? Toi et moi, mais pour quel avenir ? Moi qui suis déchu, moi qui n'ai pas belle réputation, moi qui t'ai trahie des dizaines de fois, moi qui ne pense qu'à moi. Tu es trop loyale, trop honnête, je ne te mérite pas. Et ce serait faire preuve de lâcheté de ma part que de rester auprès de toi au moment où je risque de devenir impotent.

— Tais-toi... Tais-toi.

(1) L'acte sera passé le 14 février 1913. Le Crédit foncier accordera 6 000 F qui seront rapidement dépensés.

— Tu pourrais trouver un mari. Avoir des enfants, peut-être. À quarante ans, il n'est pas trop tard.

— Mais !... c'est toi que j'aime et que j'aimerai jusqu'à mon dernier souffle. Dieu m'en est témoin et Il me punira de t'avoir séduit puis gardé si longtemps. Oui, je préfère être damnée que de renoncer à toi... Rappelle-toi ce que tu me disais autrefois, c'était... c'était, je crois, dans le Cantique des Cantiques.

— Je m'en souviens :

> « *Mets-moi comme un sceau sur ton cœur*
> *Comme un anneau sur ton bras ;*
> *Car l'amour est fort comme la mort...*
> *Ses flèches sont des flèches de feu,*
> *Une flamme de l'Éternel.* »

— Oh oui, continue.

Et il continue. L'amour immense de Marie le réconforte, le transporte, lui redonne des forces qu'il n'avait plus. Quand il se tait, il ferme les yeux et respire profondément pendant plusieurs minutes. Ses muscles se détendent. Ses angoisses disparaissent ; et l'apaisement d'un émerveillement alangui pénètre tout son être.

Il a l'esprit vide. Il embrasse Marie sur le front et sort de la tour Magdala. Sur le chemin de ronde, sa marche est lente. Son regard isole des coins d'ombre dans le paysage. Il s'arrête et écoute.

« Seigneur, pense-t-il, m'accorderez-vous le pouvoir de parvenir jusqu'à l'Arche ? » Et encore : « Seigneur, suis-je celui que vous avez choisi ? »

Au-dessus de sa tête, le ciel pèse avec une réalité qu'il n'a encore jamais éprouvée. Il est si proche, si palpable. Pur, dense, il semble prolonger ce paradis décrit dans la Bible. Ses bleus se mêlent aux couleurs des montagnes, et cela paraît si beau à Bérenger qu'il pense, ébloui, que le plaisir ne finira jamais. Même en fermant les yeux.

Figé sur le rempart, les paupières scellées sur ce rêve heureux et interminable, il se laisse porter par des sensations nouvelles. Dans un bien-être extrême, il plonge au-dedans de lui-même, considérant un espace où voguent des silhouettes vaporeuses. Étrange endroit.

Étranges murmures. Ses yeux mordent des brumes, des ombres. Puis, tout se précise. Il est à l'extrémité d'une galerie faiblement éclairée et bordée de statues anciennes veinées de lignes verdâtres. À l'autre bout, dans un halo de lumière, resplendit l'Arche.

« Mon Dieu », se dit-il.

Il ressent comme un appel et se voit aller vers elle. Elle l'attire irrésistiblement. Il n'a pas peur. Il la connaît depuis toujours. C'est elle qu'il désire plus que tout au monde, avec ses sphinx aux têtes retournées aux quatre coins du propitiatoire, qu'ils couvrent de leurs ailes arrondies en voûte, ombrageant ainsi la couronne de la table d'or. Il tend les mains vers elle... Apparaissent alors deux êtres qui s'affrontent dans un terrible corps à corps, l'un gigantesque et hideux, l'autre n'étant qu'un homme. Ce dernier tombe à genoux et essaie de protéger sa tête. Le géant s'acharne brutalement sur lui à grands coups de griffes répétés. Bérenger a le temps d'apercevoir le visage défait et sanglant de la victime : Élie. Élie qui tend un bras vers lui et l'appelle au secours.

Une plainte monte et s'enroule dans la gorge de Bérenger. L'être gigantesque se tourne vers lui, dardant ses yeux exorbités. C'est le Diable boiteux, le gardien de l'Arche, Asmodée.

Bérenger lutte pour se réveiller mais, malgré ses efforts, ses yeux ne peuvent s'ouvrir. Il tente de tourner la tête, de lever son bras, de détacher ses mains des pierres du rempart que, bizarrement, il sent toujours sous ses doigts. Il veut bouger pour essayer d'une manière ou d'une autre d'échapper à ce cauchemar trop réel, mais une voix murmure tout au fond de lui-même de n'en rien faire et d'accepter la vision jusqu'au bout :

« Ne te hasarde pas à bouger. Ne romps pas le charme. Écoute, vois et retiens... Ton salut en dépendra un jour. À la neuvième heure, Dieu impose à l'homme sa Loi. »

Est-ce la voix d'Élie ? Le démon disparaît, l'Arche s'efface. Bérenger ouvre les yeux. Réfléchissant un instant, il se rappelle la gueule aux dents acérées dirigée vers lui, un hiéroglyphe sur le front bosselé, deux cornes, en arrière-plan l'Arche avec à ses pieds le corps agonisant de son ami, tout autour des objets dorés...

— Il fait si bon, aujourd'hui.

Bérenger sursaute. Marie l'a pris par la taille.

— Il y a longtemps que tu es là ? lui demande-t-il.

— Mais, rit-elle, je suis sortie de la tour quelques secondes après toi, le temps de ranger un peu la bibliothèque. Qu'as-tu, tu ne te sens pas bien ?

Il se détache d'elle, la regarde avec perplexité. Souriante, un peu inquiète, elle s'adosse, les mains derrière le dos, contre le muret du chemin de ronde. Bérenger savoure sa présence. Elle est redevenue la Marie d'autrefois, avec cette grâce affectueuse et spontanée dont la complète absence de détours semble miraculeuse. C'est elle qui l'a arraché à la vision de cauchemar. C'est toujours elle qui l'arrachera par amour.

— Je te dois tellement, murmure-t-il.

— Que racontes-tu ?

— Tellement d'amour, ajoute-t-il en lui prenant une main pour la porter à ses lèvres.

Une joie enivrante étourdit Marie, mais une joie entachée d'une ombre de détresse qui la poursuit comme le souffle de l'autan succède aux bonnes saisons. Car elle ne cesse de penser aux années à venir pendant lesquelles elle ne sait combien de fois Bérenger ira affronter les forces de la colline, s'enfonçant un peu plus chaque fois dans sa folie.

Et comme il observe à nouveau l'horizon, elle se demande en tendant le regard dans la même direction ce qui peut le pousser ainsi vers ce trésor maudit. Posséder de l'or ? Est-ce vraiment son seul désir ? Vaincre le démon ? Est-ce là son acte de foi ? Au seuil de la vieillesse, au seuil de l'immobilité, au moment où tout est joué, quand la dernière carte vient de s'abattre avec la sentence de l'Officialité, que veut-il encore prouver ?

Malgré ses efforts, le visage que Bérenger ressuscite se dérobe et reste perdu dans un brouillard, un peu vaporeux, une blancheur sans trait, prisonnier du monde inconnu.

— Élie ! Élie ! Élie ! crie-t-il trois fois au vent qui souffle d'est en ouest.

Plusieurs fois, le cauchemar est revenu et plusieurs fois, pendant des mois, il a entendu la voix de son ami.

Est-ce ainsi que cela s'est passé pour Élie sous la colline ? C'est fort possible. Son cœur lui dit que oui.

Saison après saison, il cherche, fouille, se perd dans les bois, reste assis à même la boue, à même la neige, à respirer l'air humide ou glacé, chargé des mystères du Razès, et à noter l'apparition des étoiles, une par une, dans le ciel noircissant, espérant un signe, un doigt de feu qui lui montrerait un point sur la terre. Une seule fois, il a vu une boule lumineuse tourner autour des constellations de l'aigle, du dragon et des gémeaux avant de tomber brutalement sur le col du Bordos. Et il s'y est rendu. Là-bas, il n'y avait rien.

Depuis, il s'y rend tous les trois ou quatre jours.

— Élie ! Élie ! Élie ! crie-t-il encore.

Attente. À la neuvième heure de la nuit, pendant quelques secondes — le phénomène se répète toujours de façon identique —, il est pris d'un vertige, oscillant sur ses jambes cotonneuses, comme si le sol se mettait à tanguer, et entend un grondement souterrain. Son sang bat fort à ses tempes, il respire avec difficulté, par à-coups irréguliers. La chose, comment la définir ?, vient vers lui. Il la sent. Il la perçoit. Il est prêt et serre les dents... en vain. Tout cesse subitement. Il cherche, écoute, désespéré. Seuls, les arbres noirs font un long bruit de feuilles qui tressaillent. La chose est déjà loin.

« J'ai encore échoué, se dit-il en tombant sur les genoux. Je ne suis pas prêt... mais quand ? »

— Quand ? demande-t-il au vent.

La terre glacée le tient. La bise le mord. Le voilà muet, lui qui rugissait tant, il y a à peine deux ans. Lassé de ses échecs répétés, il retourne vers l'obscure et lugubre Béthanie aujourd'hui désertée. Une heure plus tard, il retrouve la façade grise, la ménagerie abandonnée, vidée de ses bêtes mortes, trempée d'une abondante pluie fine et drue qui transforme la terre en mélasse. Son pauvre jardin a disparu. Délaissé, il s'est refait au gré des convulsions de la terre, libérant toute une faune rampante et abjecte, épineuse et gluante. Quelques mois ont suffi à le transformer en cloaque. La pluie surtout, comme en ce moment. Les ruisseaux coulent du chemin de ronde et roulent leurs eaux sales entre les racines et les massifs morts.

Le cœur serré, Bérenger étouffe un sanglot en frappant du poing le tronc d'un palmier aux branches affaissées et desséchées, pareilles à de grandes ailes sombres, au pied duquel sont enterrés Méla et Pomponnet.

« J'ai tout perdu », pense-t-il en reculant jusqu'au presbytère qui achève de moisir dans le fond du jardin. Et c'est toute une vision qui le frappe, un retour en arrière : l'image de son arrivée ici, en 1885, avec sa colère de trouver une maison en ruine qui l'obligea à prendre pension chez Alexandrine. Tout est à refaire, et il a soixante ans.

34

Millau, le 10 ou le 11 octobre 1913

RÊVEUSE, Emma contemple les montagnes. Des nuages s'amoncellent au couchant, du côté de Saint-Beauzely, et roulent à vive allure leurs volutes sombres contre le soleil déjà à moitié prisonnier de l'horizon. Plus près, des oiseaux fuient de buisson en buisson, d'arbre en arbre, chassés par l'orage qui se prépare sur les hauteurs. Il y a même un homme en cape sur le chemin de Millau. Pressé, lui aussi, par la proximité de la tempête, il dirige ses pas vers le château.

Emma, le regard oisif, le suit, cherchant à lui donner un nom, un prénom. Qui est-il ? Un voyageur en panne d'automobile sur la route principale ? Un habitant d'Aguessac ? Quel message porte-il à Cabrières ? Est-ce Gaspari ? Elle espère que non. Des plis profonds rident sa bouche amère. Elle l'observe attentivement. Non, ce n'est pas lui : quand il est seul, Gaspari ne se déplace pas autrement que tête baissée comme un chien qui suit une femelle en chaleur. L'inconnu qui arrive paraît fier et marche tel un soldat pendant un défilé du 14 Juillet. Elle soupire. Pourquoi a-t-il fallu qu'elle se marie (1) ? Eugénie-Galiléo Gaspari est certes le plus bel homme de la terre, vraisemblablement le meilleur ténor, et il a quinze ans de moins qu'elle ; cependant, comme elle regrette ! Gaspari la trompe avec des dizaines de femmes et se couvre de dettes, allant jusqu'à voler ses

(1) Le 4 février 1911.

bijoux pour rembourser ses créanciers. Mais qui est donc celui qui vient ? Deux cents mètres avant le pont-levis, elle le reconnaît et pousse un cri de surprise :

— Bérenger !

Un froid brusque l'envahit, elle ramène des deux mains le col du peignoir sur son cou. Il a l'air d'un revenant qui flotte dans l'humidité du soir. Au loin, un éclair frappe la courbe d'une montagne. Un présage ? Affolée, elle quitte son observatoire, dévale les marches et cherche une glace afin de procéder à quelques retouches dans sa chevelure.

En bas, Bérenger s'est arrêté dans la cour, un peu étonné par l'apparition bruyante d'une vingtaine de belles et grandes jeunes filles à l'accent anglo-saxon :

— Bonjour, monsieur.

— Venez-vous de Paris ?

— Êtes-vous de l'Opéra ?

— C'est vous que notre maîtresse attend pour la préparation de Gemma (1) ?

— Allons, allons, mesdemoiselles, un peu de tenue !

— N'importunez plus ce monsieur !

Les deux voix qui mettent un terme aux gazouillis des jeunes effrontées sont celles des Miss Edna Haseltine et Wilametta Boyers, toutes deux artistes et chanteuses chargées de la discipline de cette troupe. Elles aident aussi Emma pendant les cours. La diva a créé au château de Cabrières une « école de chant et de déclamation lyrique » dont toutes les pensionnaires sont américaines. Elle les a choisies pendant l'un de ses séjours sur le nouveau continent.

Quand Emma apparaît sur le pas de la porte intérieure du château, avec sa longue chevelure défaite roulant en cascade sur ses hanches, l'une des jeunes filles, toute en taches de rousseur et le nez mutin, s'avance vers elle et l'accueille sur le poème d'Édouard Noël :

Un soir, il m'en souvient, vous êtes apparue...
Comme moi, tout Paris en eut la vision.
Vous sembliez un astre arraché de la nue
Dont l'éclat s'imposait à l'admiration.

(1) *Gemma* sera chanté par Emma Calvé en novembre 1913 à Nice.

— Mademoiselle Higgins, vous êtes incorrigible, intervient l'une des assistantes d'Emma. Que va penser ce monsieur de notre école ?

La demoiselle rougit, fait une révérence à Emma et au visiteur, puis retourne auprès de ses camarades.

— Ce que j'en pense ! dit Bérenger, mais le plus grand bien…

C'est alors qu'il continue de sa belle voix grave ce que la jeune fille avaït si bien entamé :

Ah ! Que vous étiez belle, ô Calvé ! L'inconnue,
Se dégageant du rêve où dort la fiction,
Apparaissant superbe, et dans votre âme émue
Jetait des mots d'amour et d'adoration.

Vous étiez seulement belle alors… Mais votre âme
Brûlait déjà du feu de la divine flamme,
Vibrant d'accents secrets qui devaient vivre un jour.

À la Beauté depuis unissant le Génie
Vous êtes devenue, ardente d'harmonie,
La fée au chant brûlant de trendresse et d'amour.

— Bravo ! Bravo !…

Les jeunes filles l'applaudissent puis s'éparpillent, chassées par les deux miss.

— Dois-je te féliciter aussi ? demande Emma sur un ton irrité à Bérenger quand toutes ont disparu à l'intérieur du château.

— Allons, Emma, il n'y a pas de mal à chanter ta beauté.

— Tu n'as pas changé, dit-elle en le prenant par le bras.

— Oh, si !

— Non… Le même feu brûle toujours dans ton regard.

— C'est le feu d'une fièvre maligne que j'ai contractée il y a longtemps sous la terre. Ne te méprends pas sur mon regard… Je viens en ami.

— Alors, mon ami, sourit-elle, nous dirons à mes

Américaines que tu es le cousin qui tombe du ciel, mais elles sentiront immédiatement que je ne dis pas la vérité. Elles n'ont pas seulement du talent, de l'intelligence et de la beauté, mais aussi une sensibilité qui fera d'elles plus tard des artistes... Viens avec moi, je vais te faire visiter Cabrières. Il y a eu beaucoup de changement depuis ta dernière visite... C'était quand ?

— Je ne sais plus : dix ans... peut-être plus ?

— Ah ?...

Emma laisse un sourire forcer sa bouche et elle fouille en elle-même, dans la pénombre de ce passé que l'oubli a presque effacé. De la mêlée des souvenirs se détache, avec quelque clarté, l'image d'elle tenant à la main un feu de Bengale.

— C'est vrai, souffle-t-elle, il y a bien longtemps. Qu'à cela ne tienne, tu es là maintenant. Viens.

Elle lui montre la grande salle à manger voûtée, meublée Louis XIII, avec, sur un coffre, une étrange et ancienne statue de saint François d'Assise, la Chambre Henri IV, le salon galerie, le petit salon, les chambres « Jasmin », « Colibri » et « Coucou », la galerie du grand salon et encore des chambres, « Rossignol », « Lilas », « Cigales » et « Aigles ».

— Toutes ces chambres sont celles de mes élèves.

Bérenger ne fait aucun commentaire, mais s'essuie le front une ou deux fois. Ce luxe l'étourdit ; il y a en meubles et objets d'art de quoi racheter la maison Béthanie, de quoi vivre jusqu'à la fin de ses jours. Il regarde Emma, non sans plaisir, mais avec un peu d'envie dans les yeux. Il y a une éternité qu'il a renoncé à oser lui tenir la main un peu plus longtemps qu'il n'est nécessaire. Pourtant il la lui tient depuis cinq bonnes minutes. Soudain, alors qu'ils retournent vers la salle à manger, dans la cage d'escalier résonnent les voix des jeunes filles, leurs rires, les ordres et les réprimandes des miss.

— Attention, elles arrivent, dit Emma, remontons.

Et elle l'entraîne plus haut dans l'une des sombres tours d'angle qui les rend à la nuit. Bérenger discerne de moins en moins clairement les limites du corps d'Emma, les contours de son visage, la couleur de ses cheveux. Il respire juste une odeur, un parfum de fleurs blanches.

— Où m'emmènes-tu ?

— Au ciel, nous y voilà, répond-elle en repoussant la porte.

Sous le toit de la tour, est aménagée une chambre minuscule avec un lit à une place, une chaise de paille et une petite table. Sans hésiter, elle le pousse vers le lit, puis referme les doigts sur les boutons de la chemise qu'elle fait sauter un à un, et ensuite, hardiment, glisse la main en dessous. Ses ongles errent entre les poils, s'arrêtent sous la ligne des pectoraux, griffent, cherchant à éveiller des frissons.

— Je t'en prie, dit-il, pas ça... Je ne suis pas venu pour ça... Je ne veux plus renouer avec les passions... Je suis malade.

Emma recule, dépitée, frustrée :

— Oh, nous voilà bien !

Elle a pris en parlant un petit air indifférent, mais un tremblement sur ses lèvres ne trompe pas Bérenger.

— Pardonne-moi, Emma... Comprends-moi... Regarde-moi bien : je suis vieux. Jouer à l'amour pour le seul attrait du fruit défendu n'est plus de mon âge. Je ne supporterai pas la comparaison avec ton jeune mari.

— Laisse-le où il est, celui-là ! Je comprends mieux tes réticences que tu ne le crois. Ne dis pas le contraire : c'est parce que j'ai plus de cinquante ans que je ne t'intéresse plus : avoue ?... Tu avais gardé l'image d'une belle femme et tu as retrouvé une vieille dame.

— Non, tu es toujours aussi belle, Emma.

— Pfft ! Tu parles comme Eugénio. Vous dites tous la même chose par respect pour la cantatrice.

Elle a un étouffement et se met à pleurer éperdument, avec des sanglots et des spasmes, puis ses larmes, soudain, se tarissent, comme séchées par un vent brûlant et, redevenue étonnamment calme, elle demande :

— Alors, pourquoi es-tu ici ?

— Je suis ruiné, en danger. Je voudrais que tu intercèdes en ma faveur auprès du Grand Maître de Sion.

— Sion ? Mon pauvre ami... Sion n'a qu'un seul but

à atteindre en ce moment : se sauver. Tu n'es plus rien sur l'échiquier des enjeux, Bérenger. Plus rien, comprends-tu ?

Bérenger devient rouge. Il n'est pas près d'admettre que son monde touche à sa fin, et encore moins que c'est une fatalité. Sion ne veut plus entendre parler de lui, c'est dur à avaler pour un homme à qui, pendant des années, on a fait prendre conscience de ses hautes destinées.

— Mais c'est impossible ! Je suis libre maintenant, libre d'aller et de venir sur le territoire de Rennes, libre vis-à-vis de mes charges, je peux mieux servir le Prieuré qu'auparavant.

— Te rends-tu compte de ce que tu dis ? Tu es libre, mais pour combien de temps ? Sais-tu ce qui s'est passé ces derniers temps autour de toi ? As-tu vu le monde bouger ? Les nations se préparent à la guerre, oui à la guerre ! J'ai assez d'amis bien placés dans différents gouvernements pour le savoir. Partout en France on crie à l'Alsace-Lorraine. Tout est mis en œuvre pour développer le nationalisme anti-allemand. La guerre des Balkans, qui vient de se terminer, est une petite répétition de la Grande Guerre qui va embraser la Terre. Sion voit son projet d'unification de l'Europe s'envoler. Par le Christ ! Bérenger, ouvre les yeux. Les Habsbourg perdent de jour en jour leur puissance ; ils n'ont que faire d'un petit abbé perdu quelque part dans le sud de la France.

Bérenger se laisse tomber sur le lit et met sa tête entre ses mains. Emma dit vrai. Il en prend brusquement conscience. L'Europe est sur un volcan. Tout ce qu'il a lu distraitement dans les journaux ces derniers mois lui revient en mémoire. La Triple Alliance. Les négociations entre l'empereur Guillaume II, son chef d'état-major général, le comte Georg Waldersee, le chef d'état-major autrichien, le comte Franz Conrad von Hotzendorf et le général italien Alberte Pallio inquiètent les Français, les Anglais et les Russes. La Grande-Bretagne et la Russie ont, du coup, passé un accord pour bloquer la flotte allemande dans la mer Baltique en cas d'ouverture des hostilités. Les Français viennent de décider l'introduction du service militaire de trois ans.

En Angleterre on construit des cuirassés sous l'impulsion de Churchill. En Allemagne on fait de même sous les ordres de l'amiral von Tirpitz. En Autriche-Hongrie, on veut plus de canons. La Russie a pour objectif de quadrupler ses effectifs d'armée de terre. Tous les chefs d'État font de la surenchère. Et là-bas, à Vienne, le plus vieux des monarques, François-Joseph de Habsbourg, qui n'appartient plus à son époque, attend avec indifférence la fin du monde. Il ne sort jamais de son cabinet de travail, sauf pour se rendre dans sa chambre à coucher en donnant continuellement des coups de brosse à ses cheveux et à ses favoris argentés. Jean a raconté tout cela à Bérenger, avec une émotion et une rage contenues, lors de sa dernière visite à Béthanie en 1910. Jean et ses cousins, qui ont trop attendu la mort de l'ancêtre, si longtemps qu'ils en sont venus à croire les bruits du palais : « François-Joseph est mort, mais il y a une école secrète à Vienne où l'on entraîne des hommes à jouer son rôle lors des cérémonies publiques. »

— Tu as raison, finit par dire Bérenger en levant un regard triste sur Emma. Vu sous cet angle, le fait de chercher le trésor du roi Salomon devient un acte insignifiant qui n'intéresse plus personne. Les grands de ce monde préfèrent les guerres, les charniers, la misère. C'est une question de perspective et de relativité. Ils sont infirmes. Le sens de l'ouïe, chez les insectes, ne leur permet pas de percevoir le bruit du tonnerre. Eux ne percevront jamais l'immensité de l'univers ; ils sont faits pour ramper.

— Toujours aussi orgueilleux, je te reconnais bien là… Allez, descendons maintenant, puisque le ciel n'est pas fait pour des vieux comme nous.

Plus tard, ils dînent tous ensemble : les jeunes filles, les miss, Emma et Bérenger. À la fin du repas, chacune essaie sa voix, tente d'atteindre le *sol* des aigus et, au-delà, le *la,* sous l'œil amusé et maternel de la cantatrice. Elles font toutes des efforts, arrondissent leurs bras pour mieux doser la puissance de leur chant, gonflent au maximum leurs poitrines encore trop maigres et froncent les sourcils quand leur voix grimpe les gammes. Quand la dernière s'essouffle sur « Ô nuit d'amour », l'air de Lalla-Rouck, Emma frappe sans vigueur dans ses mains :

— Ouf ! Quel labeur. Il me semble que vous avez trop mangé, mes petites. Mes oreilles sont maintenant pleines de cris de chardonnerets qui n'obéissent pas à l'oiseleur. Voyons si je peux faire mieux.

Quittant son siège et glissant majestueusement vers le centre de la pièce, elle se lance dans une interprétation libre, montrant l'extraordinaire étendue de sa voix.

Bérenger en a le souffle coupé. C'est une voix du ciel, irréelle, un vrai soprane accordé sur l'onde cristalline la plus pure. Emma dépasse le *sol,* le *la.* Et c'est d'autant plus incroyable, surnaturel, presque humainement impossible que ce son sans faille et absolu paraît ne pas sortir de sa bouche à peine ouverte. Son beau visage reste serein. L'arc de ses sourcils, comme dessiné à la plume, ne se courbe pas en signe d'effort au-dessus des yeux immenses et brillants.

Emma prend les cœurs des convives pour en faire des feux follets. Dans la nuit de Cabrières, elle entraîne Bérenger et les jeunes filles vers des pays de rêve. Sa voix éclaire si fort leurs esprits qu'ils peuvent voir la couleur de la terre et des pierres, la fougue des torrents et le déferlement des vagues, tous les oiseaux d'un pays noir et toutes les fées d'un pays bleu. Au bout du voyage, les jeunes filles pleurent d'émotion, les miss tordent les doigts de leurs mains jointes et Bérenger ferme les yeux, comme pour prolonger une sensation divine.

Le chant a cessé. Personne ne remue. Pas un bruit, nul applaudissement ni cri d'admiration, pas même un soupir après les pleurs. Toute l'assemblée paraît engourdie et sous le charme.

Emma a un frisson de plaisir. Tant d'admiration dans les regards la porte aux nues. Quoi de plus salvateur en ce monde que la reconnaissance de son talent ? À cet instant, ils lui donnent tant qu'elle est persuadée qu'ils laissent quelque chose d'eux en elle : le meilleur.

— Mes amis, mes amis, clame-t-elle. Revenez à Cabrières... Qu'on apporte du champagne, ce sera une exception, mesdemoiselles. Gardez-en le goût en mémoire car je ne vous autoriserai pas souvent à en boire.

— Pourquoi ? c'est si bon, s'écrie l'une d'elles.

— Il devrait faire partie de notre régime, renchérit une autre.

— Vous nous dites toujours que c'est la boisson de la fête.

— Abusez des fêtes, mes petites, réplique en souriant Emma, et vous n'arriverez jamais à chanter en poitrine jusqu'au *fa* naturel. Quant à toi, mon cousin, je t'autorise le cognac.

Le cousin Saunière boit, triste, puis quand toutes les élèves gagnent leurs chambres, il boit encore et encore, seul malgré Emma qui lui parle. Il voudrait qu'elle chante une dernière fois pour lui, qu'elle soit sa Carmen, qu'elle lui dédie « L'amour est un oiseau rebelle », mais il n'ose pas le lui demander. Alors il remplit son verre, le vide, le remplit encore, détaché du monde environnant. C'est la seule chose qu'il puisse faire puisqu'on ne lui permet pas de vivre avec ses souvenirs.

— Mon pauvre Bérenger, dit Emma au bout d'un moment, tu ne m'écoutes même pas. Veux-tu que je t'aide ? As-tu besoin d'argent ?

— Non, je n'ai plus besoin de rien. Je suis au bout du chemin. Nous ne nous reverrons plus, Emma, bien que cela me coûte. Demain matin je repartirai à Rennes et j'attendrai la fin. J'apprendrai à mépriser les palais que j'ai rêvé de posséder. J'apprendrai, assis devant la fenêtre, dans ma tour, immobile, inoccupé, attendant que mon cœur se brise.

— Hum... Quelque chose me dit que tu changeras d'avis... Oui, tu ne resteras pas assis comme un vieux qui guette la mort. Il y a toujours ce feu terrible en toi, je le sens. Tu le contiens mais il te dévore. Élie ne s'est pas trompé en s'alliant avec toi, il savait que la passion du Bélier emporterait tout, renverserait tout, que tu irais jusqu'au bout, et tu iras jusqu'au bout sans Sion, sans Debussy, sans Hoffet, sans Boudet, sans les Habsbourg.

Élie, l'ami regretté. Maintenant ils pensent à lui, qui n'est plus là. Tous deux se rappellent son pas hésitant, ses yeux perpétuellement en mouvement, son extraordinaire voix qui ouvrait les portes des mondes. Ils le retrouveront un jour. Ce sera la première rencontre de leur nouvelle vie.

35

1914

EMMA avait raison. Il y a eu des phrases lancées depuis le début de l'année : « La France remplira toutes ses obligations... », a déclaré le ministre Viviani en envisageant la guerre ; « C'est le moment ou jamais, il faut en finir avec les Serbes », a écrit Guillaume II. Et beaucoup d'autres encore ont essayé des mots : Poincaré, von Bethmann-Hollweg, Nicolas II, Churchill. Puis les mots ont glissé et ont été repris par les maréchaux et les généraux qui faisaient astiquer leurs bottes depuis le début du siècle en vue de la grande explication : Maunory, French, Franchet, Foch, Langle, Sarrail, von Kluck, von Bullow, von Hausen, von Kronprinz... jusqu'à ce jour du 28 juin 1914 où l'archiduc François-Ferdinand, héritier du trône austro-hongrois, a été assassiné d'une balle à la tempe par un lycéen de dix-neuf ans, Gavrilo Princip. À partir de cet instant, les mots n'ont plus suffi et, peu de temps après, la parole a été donnée aux mortiers de 420 et aux canons de 75.

La guerre, c'est si loin au nord, et si inimaginable sous le soleil du Midi, que, lorsque le regard va dans la direction du front, personne ne pense à la mort, du moins pas encore en cette fin d'été. Pas même Bérenger. Son imagination semble s'être arrêtée sur la marmite de la cheminée, sur la réserve de bois, sur le placard à provisions, sur les étagères, sur les tonneaux, sur son estomac. Comment remplir tout ça ? Et comment remplir d'abord sa bourse ? Un franc par-ci, dix sous par-là, un kilo de raisins, une livre de tomates, une poignée de carottes, il compte et marchande, secondé efficacement par Marie dans ses démarches auprès des paysans. Pusillanime et désœuvré, il erre dans le domaine, traqué par les souvenirs, craignant les étrangers, les bruits, le vent, les nuages, son ombre. Depuis la déclaration de la guerre, le 3 août 1914, le village s'est endormi. Beaucoup de familles ont vu partir leurs hommes, et partout où il y a des vides, partout où ils manquent, les femmes, les vieux et les enfants deviennent silencieux toutes les fois que leurs yeux rencontrent ces vides. Plus les mois passent et plus ils se demandent s'ils vont revenir un jour, s'ils ne vont pas être ensevelis dans leur tranchée. Avec le temps, ils pressentent l'horreur et se remettent à prier avec ferveur. Et Bérenger passe devant leurs fenêtres, silencieux lui aussi. Ils l'appellent de toute la force de leurs pensées.

« Venez avec nous, mon père... Venez sauver nos maris et nos fils. »

Lui continue son chemin, incapable et triste. Il les devine derrière les carreaux, avec leurs chapelets, leurs médailles bénites, leurs images saintes et leurs croix, mais il ne peut pas aller vers eux. Comment pourrait-il les aider à demander grâce au Seigneur alors qu'il n'est plus leur prêtre ? Combien de fois par jour tournent-ils autour de lui respectueusement avec l'espoir qu'il les bénisse ? Il préfère ne pas y penser et reste dans sa nuit, mais sa nuit n'est pas heureuse comme dans le Cantique de l'Âme : « Dans cette heureuse nuit, je me tenais dans le secret, personne ne me voyait et je n'apercevais rien pour me guider que la lumière qui brûlait dans mon cœur. » Sa nuit est une épreuve, une fatalité contre laquelle il ne peut lutter.

En cette fin d'été, il rencontre Zacharie. Le paysan vient de casser du bois. La sueur a tracé des rigoles claires dans la crasse de ses joues et il tient encore la hache dans ses énormes mains relâchées.

— Bonjour, mon père. Alors vous viendrez pour la récolte des pommes de terre ?

— Oui, mon bon Zacharie.

— Vous bénirez nos labours ? demande encore Zacharie avec un peu d'imploration dans la voix.

Bien qu'au plus profond de lui-même il connaisse déjà la réponse ; une réponse qui lui fait froid dans le dos :

— Combien de fois devrai-je te dire non ? Mes bénédictions ne pourraient pas arrêter la main du Diable sur vos récoltes. Je n'ai plus de pouvoirs.

— C'est faux ! Tout le monde le dit ici : l'évêché vous a retiré le droit de dire la messe mais pas celui de venir en aide aux pauvres gens, vous serez toujours notre prêtre, quoi qu'il arrive.

— Sans la messe, un prêtre n'est rien.

— Vous la ferez dans nos champs et vous les bénirez comme autrefois.

— Tu es têtu, Zacharie, tiens ! Tu les béniras toi-même. Voilà ma croix d'argent, je n'en ai plus besoin, dit Bérenger agacé en laissant tomber sa main devant lui comme on dépose une mise sur une table de jeu.

La main s'ouvre. La croix glisse sur une bûche du tas de bois.

— Gardez-la, elle est à vous ! répond Zacharie affolé... Elle vous protège. Moi, j'ai ma hache, mon fusil, mon couteau et mes prières.

— Me protéger de quoi ?

— De ceux qui vous tourmentent, des sorciers qui rôdent la nuit autour du village.

— Personne ne rôde, Zacharie. Je suis le seul responsable de mes tourments.

— Les rôdeurs, y'en a partout, et pas des gens d'ici, croyez-moi. Quand je braconne la nuit, ça me rend malade rien que de voir leur groin luire sous la lune. Pas plus tard qu'hier, y'en avait un qui était dans le bois du Lauzet. Un démon, mon père... Oui, un démon tout habillé de noir avec des yeux allongés qui brillaient dans la nuit. Il m'a fait une peur terrible. J'aurais pu lancer mon couteau pour voir s'il était bien de ce monde mais ma main tremblait. Alors je me suis caché sous des ronces et j'ai retenu ma respiration. Je suis sûr qu'il me voyait malgré l'épaisseur des branches et les ténèbres. Je ne me trompais pas. Il est passé près de moi et soudain — c'est la vérité mon père, je le jure ! — il a dégainé une sorte d'épée et s'est fendu. La lame a percé une souche près de mon visage et est restée plantée, vibrante. Y'avait une grosse tête de chien sur la poignée. C'est la dernière chose que j'ai vue avant de partir en courant. Ah, mon père, j'entends encore son rire me poursuivre dans la nuit.

« Corvetti ! se dit Bérenger. Il est revenu. »

D'une main, il tente de maîtriser son cœur qui s'emballe dans sa poitrine. De l'autre, il reprend la croix. Pendant un certain temps, il est à peine conscient de la présence de Zacharie. Il revoit le visage de son ennemi, de tous ses ennemis. Eux n'ont pas renoncé à la puissance des dieux, la guerre des hommes ne les concerne pas, mais une autre guerre qui a débuté il y a des millions d'années, au commencement des temps.

« Sans Élie, je ne pourrai pas lutter contre eux. »

Quand sa respiration est plus calme, et après avoir repris contenance, il lève les yeux sur Zacharie. L'homme est dans la même attitude, près de son tas de bois, les mains sur la hache. Ses lèvres sont détendues et amusées :

— Faudra s'occuper d'eux, hein ?... avec la croix, l'eau bénite et tout le reste.

— Peut-être, répond Bérenger en se détournant.

— Hé ! pour les pommes de terre, c'est d'accord ?

— Entendu.

— Il y en aura cent kilos pour vous.

— Merci.

Bérenger repart vers son domaine, vers la tour Magdala où il passe la majeure partie de son temps. Une seule chose reste. Un atout. Une arme dont il ne sait pas se servir, du moins il le croit. Il pénètre dans la bibliothèque, repousse des livres poussiéreux posés devant l'un des meubles. Ses doigts cherchent la clef. Elle a disparu, à moins que ce ne soit lui qui l'ait égarée volontairement. Il exerce des pressions sur les portes, ne peut les ouvrir. Alors il emploie la force, le poing. Ses phalanges écrasent le bois, le fendent et font sauter la serrure.

« Elle est toujours là, Dieu soit loué ! » se dit-il en repoussant les battants démolis.

La mallette d'Élie. Il ne l'a pas touchée depuis des années. Il la prend avec délicatesse, la pose sur son bureau et attend quelques secondes avant de l'ouvrir pour examiner ce qu'elle contient.

C'est la première fois qu'il ose poser son regard sur cet héritage. Des plaques de métal luisent, ce ne sont pas des plaques ordinaires : gravés sur leurs surfaces polies, des noms et des emblèmes sont comme des ombres vacillantes dans la lumière du jour qui décline. Il reconnaît des clavicules, des clefs kabbalistiques, les soixante-douze forces cosmiques, le pentacle de Mars contre le choc en retour, et celui de Saturne, pentacle de la nuit contre les esprits qui gardent les trésors. D'autres objets s'entassent ; il les découvre : des figures mystérieuses, des bijoux magiques, des manuscrits, des fioles. Et des croix : grecques, latines, gammées, ovalisées, doublées, boutonnées, lunées... qui attendent l'initié et l'aideront à retrouver son chemin dans les labyrinthes.

Plus ses mains s'enfoncent dans la mallette et plus il se sent assailli par des sensations contraires. Des forces s'ébauchent, se frayent un chemin hasardé entre les objets, des voix roulent des débris d'histoires inachevées, des passages de rituels, des évocations, des anathèmes.

Bérenger perd son sang-froid ; il n'a plus l'habitude. Il referme la mallette d'un coup sec et se jette en arrière.

« Mon Dieu ! Suis-je donc devenu si faible ? »

C'est alors qu'il se souvient des paroles d'Élie, et c'est comme une voix intérieure qui lui montre un chemin :

« Si tu veux commander à la nature, il faut t'être fait supérieur à la nature par la résistance aux entraînements. Si ton esprit est parfaitement libre de tout préjugé, de toute superstition et de toute incrédulité, tu commanderas aux esprits. Si tu n'obéis pas aux forces fatales, les forces fatales t'obéiront. Si tu es sage comme Salomon, tu feras les œuvres de Salomon. Il faut que tu saches pour oser. Il faut que tu oses pour vouloir. Il faut que tu veuilles pour avoir la Puissance. Et pour régner, il faut que tu te taises. »

— Mon pauvre Élie, dit-il à haute voix. Tu as bien mal placé ta confiance. Je ne suis plus rien, je ne vaux plus rien, je ne règne même pas sur mon esprit, je suis une bête malade. Pour redevenir un homme, simplement un homme, il faudrait que je prenne mon courage à deux mains et que je cherche du travail pour subvenir à mes besoins d'homme.

— Alors, fais-le !

— Qui est là ? lance Bérenger en se retournant vivement vers la porte d'entrée de la tour... Toi ! Gazel, mon ami.

— Oui, moi, je me demandais ce que tu devenais, je n'avais plus de tes nouvelles, il fallait bien que je monte te voir.

— Je t'en remercie, mais je n'en vaux vraiment pas la peine.

— Et alors ?

— Alors quoi, ce que je deviens ?... mais rien, une trace sur laquelle tout l'évêché met le pied, une salissure déjà à moitié absorbée par cette terre.

Sur ces paroles, Bérenger frappe le sol du pied.

— Ne parle pas ainsi, tu me navres. Tous les curés de la région pèsent en ta faveur du côté de l'absolution et de l'indulgence. Il faudra bien que monseigneur de Beauséjour t'autorise à nouveau à exercer ton ministère à Rennes.

Bérenger sourit à son ami. L'abbé Gazel, curé de Floure, a toujours pris sa défense. Il est bon, franc, loyal et donne chaque fois un peu d'argent à Marie lors de ses visites... mais il ne connaît pas la vérité.

— C'est bien la seule chose qu'il ne fera pas, réplique Bérenger, et mes amis devront l'accepter et se soumettre, j'en ai bien peur.

— Réagis ! Réagis ! Puise tes forces dans la foi ! Tu n'es pas seul, il y a Dieu. Adore sa divinité d'un cœur et d'une âme simples, révère ses œuvres, rends les actions de grâces à sa volonté, qui est la seule plénitude du Bien, et tu redeviendras toi-même. Et si cela te paraît hardi, difficile, adresse-toi à la Vierge.

— Bon sang ! Qu'avez-vous tous à vouloir mon bien, je ne le mérite pas. La foi, je l'ai perdue, Gazel... Perdue, comprends-tu ? Envolée ! effacée ! dissoute ! Il n'y a rien dans mon corps fatigué. Il n'y a que mon ventre, mes tripes, toute cette machine qu'il faut nourrir. Oui, voilà ma mission, ma seule préoccupation : me nourrir, trouver de l'argent pour survivre quelques jours et recommencer encore et toujours.

— Hé bien, tu n'as qu'à te rendre à Lourdes et vendre des médailles saintes aux blessés du front. Beaucoup d'entre nous le font en ces temps difficiles. Peut-être pourras-tu ainsi te rapprocher de l'Esprit.

— J'y réfléchirai.

Bérenger y a réfléchi mais n'est pas parti...

Il continue à mendier son pain quotidien aux alentours, à vendre quelques bibelots, des livres, un meuble ou deux. Aller à Lourdes, pourquoi ? On dit que la ville est devenue un gigantesque hôpital et qu'on y respire l'odeur de la mort. Il n'a pas envie d'aller voir la mort. La vraie, irréparable, définitive. Celle qui précipite les humains vers l'éternité des peines ou le salut éternel. Il ne veut pas regarder en face des mourants, il en a trop vu, dans sa vie de prêtre, de ces faces livides en proie à une peur panique. Trop...

— Nous n'avons plus d'huile.

La voix de Marie a retenti comme un coup de gong dans son crâne plein de pensées anxieuses. Bérenger se met à regarder les étagères pour la centième fois, à la recherche d'une bouteille remplie.

— Tu as entendu ce que je viens de dire ? maugrée Marie.

Pas de réponse. Le regard de Bérenger erre toujours. Boîtes vides. Paniers vides. Sacs vides. Sauf ceux de pommes de terre.

— On pourra pas faire d'omelette, continue Marie. Il n'y a plus d'œufs non plus. On est bons pour la soupe, ajoute-t-elle sur un ton désespéré. À moins que je vende mes bijoux.

— Non !

Les patates qu'elle a réunies en petit tas au milieu de la table roulent sous la main brutale de Bérenger qui s'abat.

— Y faudra bien en arriver là.

— Jamais !

Marie reprend son épluchage, en baissant les épaules. À nouveau le silence. Cet épouvantable silence et cette misère qui remplissent de tristesse la maison.

Bientôt, l'odeur des oignons cuisant dans la marmite les enfonce un peu plus dans la détresse. La même odeur tous les jours depuis des mois. Si tenace qu'elle a fini par imprégner les murs, leurs vêtements, leurs cheveux, leur peau. L'odeur des pauvres.

À midi, Bérenger avale doucement la soupe où surnagent les morceaux de pain sec qu'il casse. Le liquide épais et fumant n'a plus de goût dans sa bouche. Il avale et se tait, avare même dans ses gestes. Malgré son apparente mollesse, son renoncement de principe, sa pensée en ébullition poursuit son voyage nocturne à travers les ténèbres du passé et l'obscurité de l'avenir.

Plus tard, il boit du vin aigre dans le jardin avec ceux de la montagne, des pâtres et des bergers qui racontent des histoires de revenants, de bêtes noires, de Paparaunha (1)... Des solitaires comme lui. Il leur ressemble, mais la loi des apparences est telle qu'ils ne voient et n'admirent, tout en trinquant avec lui, qu'un homme intelligent et bon, qui veut redevenir leur curé.

— À votre santé, mon père.

— À la vôtre !

— À mademoiselle Marie.

Marie est maussade. Elle n'aime pas la compagnie des bergers. Elle grogne que Bérenger devrait les chasser ou en profiter pour se faire donner un mouton. Elle passe au milieu d'eux, ayant l'œil sur leurs mains, non pas qu'elle craigne qu'ils ne la pelotent, mais qu'ils ne tracent des mauvais signes sur les pierres. Ces gens-là sont un peu sorciers. D'un faux sourire, elle leur répond ; comme elle rit trop haut de leurs plaisanteries, ouvrant grandes ses mâchoires. Truqué aussi le rire de Bérenger. Quand sa bouche se fend sur l'éclat brutal et menaçant de ses deux rangées de dents anormalement saines et larges, avec des canines pointues et inquiétantes, c'est pour laisser passer un ricanement sardonique.

Tout est falsifié. Leur vie est une imposture. Marie en prend chaque jour un peu plus conscience. Bérenger joue un rôle qui n'est pas le sien. Sauvage s'entourant de sauvages, il essaie d'échapper aux curieux en se retranchant dans le mystère. Traqué et coincé au sommet de la colline, il s'enlise de plus en plus, attendant peut-être la venue de ses ennemis cachés.

(1) Moine fantôme anthropophage.

« Cela ne peut continuer ainsi, se dit Marie... Ô mon Dieu, faites quelque chose pour le sortir de là. »

Le soir vient. La nuit tombe. Les bergers repartent. Bérenger et Marie soupent silencieusement en regardant mourir le feu dans la cheminée. Les heures passent. Bérenger s'endort sur sa chaise, la tête posée sur la table et enfouie sous ses bras. Marie, excédée, se jette sur son lit, grinçant des dents de rage et de désespoir. Elle appelle encore Dieu à son secours.

Soudain, alors que les douze coups de minuit ont été égrenés par la pendule, elle entend s'ouvrir la porte de la cuisine, puis les murmures et les chuchotements de plusieurs voix qui se confondent, un bruit de coffre qui se referme et enfin l'appel de Bérenger.

— Marie !

— Oui, dit-elle en apparaissant sur le seuil de sa chambrette.

Il y a là, devant la porte grande ouverte, deux hommes qu'elle ne connaît pas, des paysans, assurément. Ils portent des vêtements de velours tachés et des bérets.

— Boudet se meurt. Je pars à Axat. Va vite chercher l'huile sainte, sors mes habits de cérémonie, tu les mettras dans le grand sac de voyage avec mon missel.

Marie est interloquée : Boudet va mourir ! Chose qui lui semble inexplicable, cette nouvelle l'apaise. Elle y voit un signe de Dieu.

— Marie ?

— J'y vais ! J'y vais, répond-elle en courant pour exécuter les ordres de Bérenger.

Une fois le bagage prêt, Bérenger installé sur la charrette des visiteurs et la charrette avalée par la nuit, Marie reste sur le pas de la porte, dans une sorte d'engourdissement de tous ses sens et un bien-être qui paralysent son esprit. Puis elle se rend à l'église, se jette au pied de la croix et arrache des prières de sa poitrine emplie d'un espoir qui grandit jusqu'à l'étouffer.

Axat, le 29 mars 1915

La charrette avance lentement sur la route tortueuse. Ils vont sortir du défilé de Pierre-Lys. L'Aude, qui n'est pas loin et qu'ils entendent à peine, mêlée aux roulements des roues et perdue profondément dans la nuit, dit tout bas : « Dépêchez-vous, dépêchez-vous, la vie du vieil homme s'écoule vite. »

Ils ne peuvent aller vite. L'un des hommes va à pied et éclaire le chemin avec sa lanterne, l'autre guide les deux chevaux de labour. Ils soupirent quand les montagnes se referment derrière eux puis reprennent leur conversation après l'embranchement qui mène à Axat.

— Il a toujours regretté sa paroisse ; même qu'il disait : « J'ai laissé mon âme là-bas », dit le premier.

— Nous, on le consolait comme on pouvait, mais je crois qu'il préférait ses livres à notre présence, ajoute le second.

— Il usait ses yeux jour et nuit. Ça, on peut le dire ! Il avait même des livres pas chrétiens ; vous savez, des livres qu'on lit à l'envers en commençant par la fin, écrits comme qui dirait avec des chiures de mouches.

— Je crois qu'il aurait voulu que ses amis lui rendent visite de temps en temps. Vous étiez amis ?

— Dans le temps, répond sourdement Bérenger.

— Pourtant, c'est vous qu'il a demandé.

— Il a dit : « C'est Saunière qu'il me faut. »

— Nous, on savait pas qui vous étiez.

— Alors, il nous a rappelé votre histoire avec l'évêché.

— Et on s'est souvenus de tous ces articles dans *La Semaine religieuse de Carcassonne.*

— Et de tous les racontars.

— Des millions !

— Ai-je l'air d'un millionnaire ? demande Bérenger.

— Non ! répondent les deux compères.

— Bon, alors tout est dit. Récitez le Pater en silence jusqu'à ce que nous soyons arrivés.

Six Pater suffisent pour couvrir les derniers mille mètres qui les séparent de la maison familiale des Boudet, dans laquelle le prêtre de Rennes-les-Bains s'est retiré lorsque est arrivée l'heure de sa retraite.

La porte s'ouvre. Des femmes sortent pour les accueillir. Aussitôt, elles entourent Saunière, le pressent et le poussent à l'intérieur de la maison. L'abbé s'abandonne à elles. La salle commune. Dix femmes entassées près de la cheminée avec des enfants en bas âge sur les genoux ou sur les bras. Des hommes taciturnes, les coudes sur la table au milieu d'une débandade de bouteilles, de verres, de pains et de fromages. La famille. En voyant le curé, l'une des femmes s'ébroue, se signe et chuchote quelque chose à l'oreille de sa voisine qui, à son tour, le transmet à une autre. Aussitôt le mot passé à toutes, sur un signe de la plus vieille, elle se lèvent et s'activent dans la salle, puis dans la maison, voilant les miroirs, retournant les chaudrons, les casseroles et tous les objets creux luisants. Elles vident les récipients et cachent la vaisselle.

Bérenger soupire. Par superstition, ils ont peur que l'âme de Boudet, quittant le corps, ne s'arrête à sa propre image reflétée ou ne se noie dans les liquides.

— Par ici, mon père, dit l'une d'elles.

Elle le guide. Ils montent à l'étage. Une odeur de médicaments le frappe quand il entre dans la chambre du mourant. Un instant, il demeure immobile devant le lit éclairé par des bougies et cerné par des aïeules qui égrènent interminablement des chapelets, au bout desquels pendent des croix de cire. Leurs murmures mouillés se font plus forts à la vue de Bérenger. Quelqu'un apporte son bagage. Il revêt ses habits de cérémonie et dit :

— Laissez-nous.

Au son de sa voix, un bruit de jupes et de sabots se fait autour du lit : les femmes se signent, laissent échapper des sanglots puis vident la chambre.

Bérenger s'avance. Boudet ouvre les yeux. Il ressemble à une poupée de chiffons jaunie par les ans et mangée par les mites. Mille plis se sont ajoutés aux mille autres qui tourmentaient déjà son visage lorsqu'il était encore à Rennes-les-Bains. Un peu de bave coule le long de son menton, ses yeux brillent, puis se ternissent et brillent à nouveau, comme si se succédaient à tout instant un vent du désert et la bise du pôle. Il les referme. Puis il les rouvre encore.

— Te voilà enfin, dit-il d'une voix étrangement forte pour son état.

— Me voilà...

— J'avais peur que tu ne tardes. Dans quelques heures, quelques minutes peut-être, je ne saurai plus où en est mon esprit, où en est ma mémoire.

Le souvenir des années passées lui revient en mémoire et ses yeux prennent une expression de pitié pour lui-même et pour Bérenger, qui a passé tout ce temps à ses côtés, partageant avec lui les secrets et les péchés. Il remue les lèvres en invoquant la protection de Dieu d'une voix imperceptible. Puis, comme il remarque que Bérenger le regarde avec compassion, il reprend sur un ton très fort, presque agressif :

— À quoi sert de pleurer sur son passé, hein Saunière ? Ce qui est fait est fait. Vouloir être aimé un peu au moment de sa mort, c'est vouloir en pure perte stimuler une vaine complaisance et je ne veux pas de pitié.

Bérenger voit les mains osseuses et tavelées de Boudet s'accrocher au drap. Les yeux clairs du vieil homme deviennent froids, secs, durs et rapides, des billes d'acier qui fouillent l'ombre de la chambre.

— Elles sont toutes parties ? demande-t-il.

— Oui, je peux t'entendre en confession.

— La confession attendra, ce que j'ai à te dire est bien plus important que le salut de mon âme.

Le silence immédiat. Bérenger est stupéfait. Il se penche vers la blancheur des draps, vers ce regard implacable, essaie d'y déceler une lueur de folie... mais il n'y a rien d'autre que de la détermination dans ces yeux-là. Boudet est sérieux.

— Est-ce raisonnable de parler ainsi ?

Bérenger pose la question avec une curiosité anxieuse, sentant que l'abbé va lui faire des révélations extraordinaires qui vont le mettre en péril.

— C'est bien, Saunière, tu es un bon élève. Tu comprends vite. Viens, approche-toi encore et écoute.

Bérenger vient tout contre son visage, sent sa chaleur malsaine de moribond, l'haleine fétide qui se dégage de l'intérieur du corps. Son oreille effleure les lèvres grises qui bossuent le bas de cette face maintenant tendue.

— ... C'était au printemps 1912, chuchote Boudet, j'étudiais pour la millième fois les manuscrits à la lueur de ma lampe, refaisant mes calculs sur un cahier, quand soudain je compris. Ces douze portes secrètes que j'avais essayé vainement de déterminer sur les cartes, elles étaient là sous mes yeux, marquées par des lettres. Et l'une d'elles surtout, facile d'accès, sous la Roche tremblante, comme je le pensais quelques années plus tôt mais sans véritablement y croire... Oui, Saunière : à quelques dizaines de mètres en contrebas, presque visible à l'œil de l'initié. Je voulus en avoir le cœur net et je m'y rendis dès le lendemain. Je n'aurais jamais dû. Jamais, Saunière ! Il est des endroits inaccessibles aux mortels sauf si ces mortels sont choisis et préparés. C'était toi qui devais y aller, toi et pas un autre ! Élie y a laissé sa vie ; j'y ai laissé mon âme. Avant de te dévoiler le secret de l'accès, promets-moi de renouer avec Dieu.

— Mais...

— Promets-le-moi, sinon tu te damneras et tu nous damneras tous.

— Je te le promets.

— Sur la Croix ?

— Sur la Croix.

— Alors retiens bien ce que je vais te dire...

30 mars 1915

Tout est fini. La pendule a été arrêtée. Un crêpe noir a été accroché à une poutre. Un homme est monté sur le toit pour enlever une tuile afin que l'âme de Boudet s'envole. Les pleureuses répandent leurs flots de larmes et leurs criaillements.

Bérenger se sent flotter au milieu des préparatifs mortuaires. Nul ne fait plus attention à lui. Acculé dans un coin d'ombre, il suit vaguement ce remue-ménage séculaire un peu sordide. S'il n'avait pas ce secret dans le crâne, la réalité lui ferait mal.

Après les révélations, il a confessé puis assisté le mourant en récitant les prières des agonisants, appuyé par les femmes revenues en force dans la chambre. Quand Boudet a rendu l'âme, d'autres les ont remplacées. Plus expérimentées, elles ont lavé et habillé le corps. Maintenant Boudet repose sur le lit dans ses habits de prêtre, un chapelet entre les mains, une croix d'or sur le cœur et son livre de messe à ses pieds. Unique lumière dans la pièce aux volets fermés, le cierge de la Chandeleur jette un rayon pâle sur son visage cireux où miroitent parfois des gouttes d'eau bénite. Longtemps, des ombres en deuil apparaissent à son chevet, puis se noient, repoussées par d'autres, tandis que des mains fébriles se saisissent de la branche de laurier qui trempe dans l'eau bénite pour asperger le cadavre.

Deux heures s'écoulent. L'odeur du mort se mêle aux haleines, aux remugles, aux relents de sueur exhalés apr les corps entassés dans l'espace exigu. Et il en vient du monde ! Tout Axat se presse dans la maison des Boudet depuis que la porte béante les invite à venir rendre un dernier hommage au défunt.

Comme on le regarde un peu bizarrement — il reste un étranger à leurs yeux —, Bérenger se sent obligé de partir. Laissant au curé du village le soin des funérailles, il échappe à l'étouffement de la maison, quitte Axat et file sur les bords de l'Aude. Là, agenouillé, il prend sa croix d'argent entre les mains et en étreint fortement les branches ; la tenant devant lui comme un bouclier.

« Par ce signe tu vaincras. »

Boudet lui a révélé l'existence de la Porte, l'existence de la Force, l'existence de ce Mal qu'il ne peut terrasser sans l'appui de Dieu.

« Tu dois renouer avec Dieu. »

Il prie longtemps. Une machine. Il sait que ce n'est pas en quelques heures qu'il réussira à vaincre cette inertie qui est en lui. Cependant, tout s'accomplira. Quand il sera prêt, il ira sous la colline.

Octobre 1915, Lourdes

C'est une ville assaillie, cernée et encombrée comme une vaste gare au bout du monde pendant une débâcle. Des milliers de personnes y chantent des hymnes à la gloire des cieux, des centaines de voitures et de chevaux bloquent les rues, des trains y déversent des régiments d'infirmières et de blessés, de prêtres et d'éclopés, de fidèles et d'aveugles, des sœurs surtout qui lèvent sur les rails le bas de leurs robes noires avec une élégance toute naturelle et de la grâce, malgré l'impassibilité de leurs visages blancs et enfantins, impassibilité qui demeure jusque dans leurs sourires.

Bérenger quitte son compartiment et suit la foule des voyageurs. En marchant dans l'air vif, il retrouve vie mais déchante vite. Coincé par les pèlerins, il piétine, écrase les papiers gras qui fourmillent par terre, mêlés à des pansements et à des restes de repas. Pris dans la masse, il se laisse conduire hors de la gare.

Dans la rue, une division tout entière est présente. Des soldats, la plupart amputés, les autres aveugles après les offensives allemandes aux gaz, sont en attente d'être transportés sur des civières. C'est une immense mer kaki, grise et bleue, tachée de bandes blanches, pleine de gémissements, d'appels et de prières. Bérenger en a la gorge serrée. Il est venu vendre des médailles aux blessés, il n'en aura jamais assez, comme il sent qu'il n'aura pas le courage d'agir à moins qu'il ne renoue avec Dieu. Il doute...

« Seigneur, ayez pitié de moi », pense-t-il en levant les yeux au ciel, trop bleu, bleu pâle et transparent, qui s'étend au-dessus des toits de tuiles et des montagnes.

Il n'avance plus, bloqué par cette marée qui obéit à de mystérieuses clochettes qui tintent dans le lointain. Des mains rongées par des feux et des moignons suintants se tendent vers lui.

— Bénissez-moi, mon père.

— Priez pour moi, mon père.

— Je veux voir... Il y a un prêtre ? Où est-il ?

— Pitié.

Les larmes aux yeux, Bérenger éprouve une honte,

une peur, une rage impuissante, de l'affliction. Il est paralysé devant ces moribonds et ces moitiés d'hommes qui attendent de lui réconfort et miracle.

— Ne nous abandonnez pas, mon père.

— Je ne vous abandonne pas, mes fils, finit-il par dire d'une voix cassée par l'émotion en posant sa main sur le front d'un soldat qui n'a plus de jambes.

Pris soudain de frénésie, il distribue des gestes d'apaisement, des paroles d'Évangile, des bénédictions. C'est, en même temps, une sensation de chute dans l'horreur et d'élévation de l'âme. Tel un saint, il avance dans les groupes. Une foi folle s'élargit en lui, gagne son cœur et emporte toutes ses réticences. Perdu, le regard illuminé, il traverse une place réservée aux trépanés, est emporté par un torrent d'invalides béquillant fiévreusement vers le lieu saint. Et, épuisé, comme il sent que son enthousiasme s'effrite, il se met à prier à haute voix au milieu de ce troupeau de bêtes égarées aux voix pathétiques. A chaque seconde, porté par les chants et la vision de ces hommes finis, il se rouvre à Dieu.

— Où sommes-nous ? bégaie un aveugle.

— On arrive, on arrive, mon petit, répond une femme qui doit être sa mère et qui le tire vers l'avant par le ceinturon.

— La grotte, maman, la grotte, c'est bien elle ?... Maman, tu crois que j'y verrai à nouveau ?

— Ça ira, ne te tourmente pas. N'est-ce pas que ça ira, mon père ?

Et elle saisit la main de Bérenger, quêtant un acquiescement. Pris au dépourvu, il se sent brutalement ramené sur terre et doute à nouveau. Il donne en réponse à ce « ça ira » tout le poids de la vérité, car il ne croit pas à cet instant que ce garçon retrouvera la vue sur ce monde :

— Écoute les paroles de Job, ma fille : « Quand je n'aurai plus de chair, je verrai Dieu. Je le verrai et il me sera favorable ; mes yeux le verront, et non ceux d'un autre, mon âme languit au-dedans de moi. » Que l'âme de ton fils se languisse de Dieu, et il verra.

— Et la Vierge, mon père, on dit qu'elle fait des miracles !

— Si un miracle doit se produire, alors tous ici repartiront guéris.

En disant cela, il montre les centaines d'estropiés autour d'eux. Une boule d'angoisse monte dans sa gorge ; et il lit dans les yeux de la femme une anxiété visible, une attente mystique aux longues prières qu'elle a dû prodiguer à la Vierge pendant des jours et des nuits.

— Que votre vœu soit exaucé, dit le garçon en cherchant à toucher la soutane de Bérenger.

Saunière remarque la décoration qu'il porte sur le revers de sa vareuse.

— Il l'a gagnée sur le front de l'Ouest, dit fièrement la mère, qui a suivi le regard du prêtre.

— Tais-toi, maman ! Ils me l'ont donnée, ces salopards du commandement... Ils veulent avoir bonne conscience... Oui, mon père ; ils distribuent des médailles comme certains d'entre vous distribuent des indulgences. Ils étouffent nos plaintes et leurs remords sous des pluies de décorations, même quand on n'a jamais tiré un coup de fusil.

— Henri ! tonne la mère.

— Maman, je t'en prie, laisse-moi parler... J'étais même pas dans les tranchées, mais à l'arrière, en réserve avec ma compagnie. On a vu les autres tomber comme des mouches quand les Boches ont balancé les gaz. Y'en a qui parvenaient à s'enfuir, mais comme ils avaient respiré ces foutues vapeurs jaunes, ils crevaient dans nos bras en quelques minutes. Chiennerie de guerre ! J'ai gardé la vision de leurs visages noircis et pleins du sang qu'ils recrachaient... J'aurais dû partir, m'éloigner, mais il y avait ces putains d'officiers qui nous ordonnaient de contre-attaquer et nous menaçaient du peloton d'exécution. Alors on est tous sortis de nos trous et on a couru vers les gaz qui se diluaient. Le soir, ceux qui n'avaient pas été hachés par les mitrailleuses étaient aveugles. Et moi j'étais parmi eux, essayant de trouver mon chemin en tâtant les barbelés, la boue et les cadavres. Voilà l'histoire d'un héros, mon père.

— Mon petit, mon petit, calme-toi, dit la mère en l'embrassant, en touchant avec tendresse le bandeau qui masque le regard mort de son fils.

Bérenger sent que son émotion prend le dessus. Il se retient de parler, de peur que les accents de sa voix ne le trahissent ou qu'il ne se laisse aller aux larmes, auxquelles il a décidé de ne pas céder tant qu'il se trouvera au milieu de ces désespérés. Il n'en a pas le droit, car ils attendent de lui, comme de tous les représentants de l'Église, des certitudes, une force dans le réconfort, Dieu à travers la compassion. Alors, il s'éloigne de ce couple et fuit vers l'épicentre de la douleur.

Les ondes de cette foule sans cesse grossie se heurtent aux bords de la grande esplanade de la grotte. Pardessus les flots de têtes, les enfants juchés sur les épaules de leurs parents ouvrent de grands yeux sur la statue de la Vierge, blanche et couronnée, Immaculée Conception regardant cette mer du haut de sa niche creusée dans le roc. Bérenger l'aperçoit à son tour. C'est une merveilleuse statue, que celle qui rayonne en ce moment sur Lourdes.

Tous lèvent leurs croix, leurs chapelets, leurs mains vers elle et l'implorent. Ils associent parfois les noms de leurs saints favoris ou ceux des personnes qu'ils aiment. Ils renoncent aux péchés, ne pensent pas, laissent leur cerveau en friche. À toute vitesse, ils récitent les prières, de peur d'avoir des mauvaises pensées.

Bérenger prie avec eux mais toutes sortes de sentiments accessoires l'occupent. Il pense aux révélations de Boudet, à l'Arche, à l'homme à la tête de loup, à Marie, à Emma, à Élie... Pourtant il est venu ici pour renouer avec Dieu, avec la Vierge. Il le veut, il a envie de communier, de recevoir le corps du Christ en toute quiétude car il lui semble que cela le guérira d'un coup.

Que les Cieux lui viennent en aide, et plus jamais la tourmente de l'incertitude ne viendra soulever sa poitrine. Il tombe à genoux, se frappe le cœur et attend.

Il attend jour après jour. En paroles et en actes à la fois. Dans la prière, le jeûne, dans l'invocation de Dieu, debout, assis, à genoux, allongé les bras en croix sur le sol. L'habitude est venue. Les blessés font partie de son univers. Il les soulage ; et puisqu'ils le lui demandent, il leur vend, un peu à contrecœur, des médailles bénites.

Cet argent gagné, il le doit à Marie qui l'attend au village, réduite à la misère par sa faute.

Le dixième jour, alors qu'il déambule entre les civières et qu'il sent la pitié l'envahir au fur et à mesure que ses yeux se gorgent de ces faces pitoyables et de ces corps jetés au rebut de l'humanité, il remarque le manège d'un homme aperçu la veille. Ce dernier avance quand il avance, s'arrête quand il s'arrête, change de cap quand il revient en arrière. C'est un petit Latin à moustaches dans le genre turc, costume sombre et chapeau melon noir, les cheveux un peu longs dans le cou et les lèvres rouges comme de la viande de bœuf fraîchement coupée.

« Il me suit, c'est sûr », se dit Bérenger en quittant l'esplanade pour se diriger vers la basilique.

« Je vais bien voir de quoi il retourne. »

Bérenger accélère son pas, se faufile entre trois lignes de sœurs et s'éclipse à l'intérieur de l'édifice avec un groupe de prêtres catalans. Surpris et inquiet, le petit homme enjambe des civières, bouscule les sœurs et se précipite à la suite de Saunière. Il pénètre dans la basilique, joue des coudes, se dresse sur la pointe des pieds pour apercevoir la forte stature du curé de Rennes. En vain. Ce dernier a disparu, happé par les fidèles qui se ruent en torrent vers le fond. Il se frappe la cuisse et murmure une obscénité en rebroussant chemin. C'est alors qu'il se sent tiré par les épaules.

— Que Diable !

— Pas de Diable, ici ! dit Saunière en lui mettant la main sur la bouche pendant que, de l'autre, il le bloque dans un confessionnal.

— Tu me suivais, hein ?

— Non, bafouille l'homme entre les doigts de Bérenger légèrement relâchés.

— Tu me suivais, je te dis, répète Bérenger en lui broyant l'épaule.

— Ce n'est pas vrai. Je ne vous connais pas. Je suis malade. Je viens ici afin d'être guéri.

Perplexe, Bérenger cherche sur son visage les traces d'une maladie terrible, des stigmates, des bubons, des cloaques. Il ne voit rien d'autre que deux joues pleines, un nez rond, des moustaches parfumées et deux yeux rétrécis, réduits à deux fentes opaques. Des yeux de menteur.

— Tu mens, bonhomme, je vais te tuer.

— Au...

La main de Bérenger serre à nouveau fortement sa bouche et étouffe le « secours ! ».

— Au prochain cri, je te brise aussitôt les vertèbres, dit-il en retirant doucement sa main.

— Vous... n'oseriez pas...

— Ai-je l'air de quelqu'un qui ne dit pas la vérité ? répond Bérenger en posant ses doigts sur la nuque de l'homme.

— Je... Non... Je suis sûr que non.

Leurs têtes sont proches. Bérenger sent la mauvaise haleine du Latin.

— Écoute bien ce que je vais te dire.

— Oui, oui.

— Tu le répéteras à ton maître.

— Je répéterai tout ce que vous voudrez.

— Dans quarante jours, à l'endroit appelé : « Fauteuil du Diable », je l'attendrai. Qu'il vienne avec ou sans sa bande de voyous. Ce jour-là, mes os blanchiront peut-être sous la montagne, mais les siens aussi. Allez, va, maintenant. Va le retrouver, vermine !

Tel un ressort, le petit homme bondit hors du confessionnal et sort de la basilique. Bérenger esquisse un sourire. Pour la première fois depuis des années, il se sent parfaitement bien dans sa peau. Il se remet en chasse ; et il ne lui faut pas longtemps pour retrouver le nabot qui quitte les lieux saints comme s'il avait Satan à ses trousses. Il remonte une rue, arrive devant un hôtel et pénètre à l'arrière d'une automobile, une Torpedo blanche où il y a déjà un occupant.

« La commission est faite, se dit Bérenger en se dissimulant derrière un platane. Maintenant il faut prier, j'ai quarante jours pour m'aguerrir. »

Quarante jours. Après il descendra dans les ténèbres en ravalant ses prières et ses imprécations. Et il saura enfin s'il est porté par l'Amour de Dieu ou poussé par la main du Diable.

36

25 octobre 1915, Rennes-les-Bains

ENTENDANT une branche craquer derrière son dos, Bérenger regarde par-dessus son épaule, à temps pour voir deux hommes s'enfoncer sous les houssaies.

« Ils sont fidèles », se dit-il en reprenant sa marche.

Qu'ils préfèrent progresser à couvert, cela lui paraît stupide. Ils auront passé toute leur vie à se cacher, ils continuent.

Bien qu'il soit presque midi, l'air est sombre, bizarrement dense, semblable à un jour d'hiver en Angleterre. Bérenger a laissé Rennes-les-Bains derrière lui. Déserte, la route suit la Blanque, calquant ses courbes sur celles de la rivière. Les montagnes entrelacent leurs sommets à la brume. Parfois, tel un œil orangé, dans ce ciel qui suggère la violence, le soleil flamboie. Une lumière rousse frappe les arbres et les rochers, et des têtes plongent ou se retirent dans des trous d'ombre. Ces mouvements n'échappent pas à Bérenger qui reste sur ses gardes et cherche à prendre un peu d'avance en accélérant son pas.

« Ils ne sont rien, je ne dois pas éprouver de crainte. »

Il ralentit. Les laissser venir, se rapprocher. Faire semblant de se reposer. Repartir vers l'avant, en suivant la rivière claire, indolente, mystérieuse au milieu des gorges. Voici le « Fauteuil du Diable », ce rocher posé au bord de la Blanque, qui attire bien des curieux et les disciples des forces noires. Il s'y arrête, pose la mallette d'Élie et rive son œil sur un gros chien sauvage au pelage sombre qui vient d'apparaître entre les arbres sur l'autre rive.

Bérenger ne s'est pas arrêté de prier depuis son départ de Rennes. Il s'est signé en arrivant au Fauteuil du Diable. Peut-être est-ce cela qui a fait saillir des ténèbres ce dogue puissant. Un avertissement d'en bas, de cet ailleurs qu'il sent tout proche.

Le premier signe annonciateur de l'arrivée de ses ennemis se fait entendre : un caillou roule sur la pente. Puis il perçoit le froissement imperceptible des feuilles écartées par des bras. Ils sont là. L'homme à la tête de loup, ses acolytes, ses créatures. Pas très loin devant lui. Il se redresse et leur fait face. Toutes les paires d'yeux sont suspendues à son visage, même celle du chien, rougeoyante et porteuse d'un défi.

Comme un appel venu du fond de l'enfer, le hurlement du chien retentit soudain dans la vallée. Bérenger le regarde avec épouvante. Cet animal n'appartient pas à ce monde, il en est maintenant persuadé. Il hurle encore et bondit dans la rivière avant de passer tout près de Corvetti et de sa bande. À cet instant, Bérenger jouit de la peur qu'il lit sur tous les visages. Mais peut-être n'est-ce pas de la peur qui court sur celui du chef car, rapide et téméraire, ce dernier se sert de l'épée de sa canne pour frapper la bête. Il manque son but. La lame fait un bruit sinistre contre un rocher. Le chien est déjà loin, filant à toute vitesse vers la Roche tremblante et leur montrant le chemin.

— Es-tu prêt, l'abbé ? crie Corvetti.

— Je le suis !

— Alors conduis-nous à l'endroit et finissons-en.

— Il faudra que tu viennes seul.

— Je n'ai pas d'ordre à recevoir de toi, et j'ai besoin de bras pour transporter ce que nous allons trouver.

— Comme tu voudras, dit Saunière en reprenant sa mallette qu'il ajuste avec une corde sur un petit havresac qu'il porte sur le dos. Cela fait, il bondit d'un rocher à l'autre jusque sur la route où il se met à courir.

— Il va nous échapper ! beugle Corvetti. Poursuivez-le !

Ses hommes se lancent aux trousses de Saunière, mais le prêtre est déjà dans la colline.

Bérenger s'enfonce dans les taillis, puis disparaît.

Appels. Cris d'encouragement. Dans un instant, Bérenger le devine, la meute va surgir au bout du chemin sur lequel il progresse avec prudence. Une seule fois, il revoit le chien, plus haut, sur un escarpement. Derrière lui quelqu'un s'exclame : « Le voilà ! par ici ! »

Il ne se retourne pas. De toute la vélocité de ses jambes, il repart vers le sommet. De broussaille en broussaille, toujours plus haut, malmenant son cœur, il entraîne ses poursuivants. Plus de chemin. Juste une amorce de sentier abandonné. C'est ici qu'il décide de ne pas suivre la voie facile que lui a indiquée Boudet. Il reconnaît le vieil arbre verruqueux sur le tronc duquel est gravé un cercle brisé. Il n'est pas loin de l'entrée. La course va devenir dangereuse. Il le veut ainsi. La moindre maladresse et ce sera la chute vertigineuse. La troupe qui braille dans son dos va être mise à rude épreuve.

La route du précipice. Prenant son élan, il saute sur un surplomb et commence à grimper. Un bouquet de végétation et une fente dans la roche lui offrent des prises. Il empoigne l'un et glisse deux doigts dans l'autre. En s'y accrochant, il se penche en arrière et regarde au-dessus de lui. La falaise de pierres rouges et grises est désagrégée, érodée, fissurée de telle sorte qu'un homme agile a la possibilité de l'escalader jusqu'au sommet perdu dans une poix de nuages blancs. Il n'ira pas si haut. Sa destination est quelque part à une trentaine de mètres, masquée par une épaisse végétation qui a envahi un vaste entablement. L'ancien chemin qu'il n'a pas voulu prendre y aboutit. Il se demande comment Boudet a pu le repérer. Taillé dans les roches, effacé par des éboulis et des ronces, il est parfaitement invisible.

— Il est à moi !

Bérenger tourne les yeux. Il voit celui qui vient de crier : un jeune homme au sourire triomphant qui escalade avec sûreté. D'autres arrivent, suivis de Corvetti.

— Je le veux vivant ! ordonne-t-il sans prendre le risque de grimper.

Bérenger pousse sur ses cuisses, se dresse sur la pointe ferrée de ses souliers. Ses doigts effleurent des racines, la rondeur d'une pierre perchée sur une saillie. Il se tend, tire sur son bras, s'empare de la pierre et la projette sur le jeune homme tout proche maintenant. Le projectile le frappe au front. Il pousse un cri aigu et lâche prise. Pendant quelques instants, ses comparses le voient tomber et rebondir sur les arêtes rocheuses, avant de se briser le cou sur un tronc d'arbre. Les hommes marquent un temps d'arrêt et se concertent du regard jusqu'à ce qu'une menace de leur chef les fasse se coller à la paroi. Ils se remettent à la gravir lentement.

Pendant ce temps, Bérenger s'est rétabli sur la saillie. Il se donne un peu de répit et se repose, la poitrine haletante, conscient jusqu'au malaise de ses limites physiques. L'âge pèse sur ses muscles. Il en a trop fait, trop vite.

« Je dois y aller ! »

L'entrée est très proche. Il le sent dans sa tête, dans sa chair. C'est une vibration qui sourd du ventre de la montagne et menace. Il progresse encore de deux mètres, de trois, de quatre, s'arrête, repositionne la mallette et le sac sur son dos, recommence à grimper et parvient enfin sur l'ancien chemin où il s'écroule, la face contre terre. Aveuglé, noyé, les oreilles sonnantes, la gorge en feu, le corps laminé par les efforts qu'il vient de fournir, il demande grâce au Seigneur. Puis il essaie de se souvenir des paroles de Boudet : « Tu verras la pierre frappée du daïmon du soleil. »

— Le daïmon du soleil... balbutie-t-il en se relevant péniblement.

Titubant, il examine les pierres du chemin. Au bout d'une trentaine de mètres, la sente débouche sur le vaste entablement. Il le parcourt. Rien. Au-delà il n'y a que la roche abrupte et polie. Désespéré, il revient en arrière.

Les autres sont presque là. Il les entend. Il cherche fébrilement. Pourtant, il est à proximité. Sa tête résonne de bruits étranges. Soudain, il pousse un cri de joie : une touffe écartée lui dévoile le daïmon inscrit dans la pierre, une sphère de laquelle part une ligne horizontale qui se brise et se redresse pour former un angle à quarante-cinq degrés avant de se séparer en deux cornes minuscules. Il longe la paroi envahie par les buissons. Un sillon d'ombre. Une ouverture... assez large pour qu'un homme puisse s'y introduire. Il pâlit. Venant de l'intérieur du conduit, le hurlement du chien lui parvient. Il hésite. L'apparition de l'un de ses poursuivants dont la grimace fend les traits le pousse en avant.

De la poussière... Il s'enfonce jusqu'aux chevilles. Avec des gestes brusques, il sort la lampe de son sac, l'allume et prend à peine le temps d'examiner l'endroit. Ce n'est vraisemblablement pas par là que les Wisigoths ont acheminé leur trésor vers le centre de la colline. La galerie paraît naturelle. En pente douce, elle l'emmène insensiblement vers les profondeurs. Cette poussière qui l'intrigue n'est pas répandue au-delà d'une cinquantaine de mètres. Ses pieds frappent bientôt un sol lisse, parfois rompu par une marche... taillée ? Il fronce les sourcils. Sa lampe devient inutile. C'est étrange. Les parois et la voûte sont luminescentes. Il n'avait rien remarqué de semblable sous la Pique...

— Saunière, tu ne m'échapperas pas !

Bérenger sursaute : la voix de Corvetti se répercute en échos dans le boyau. Il doit être à l'entrée.

Bérenger se met à courir. Avec régularité d'abord. Mais au fur et à mesure qu'il descend et que la galerie s'agrandit après en avoir rejoint une autre, quelque chose en lui commence à se défaire. Des zébrures rouges défilent devant ses yeux et son sang tambourine de plus en plus rapidement à ses oreilles, comme s'il se mettait à bouillir. Haletant, ralentissant sa course, puis boitillant, il aspire l'air épais avec un bruit rauque et beaucoup de difficulté.

— De l'air... de l'air... râle-t-il.

Et aussitôt après il s'effondre sur les genoux.

La bande est arrivée devant l'entrée. Aidé par deux gaillards et des cordes, l'homme à la tête de loup est parvenu jusqu'à elle. Puis, s'y introduisant le premier, il a crié ce : « Saunière, tu ne m'échapperas pas ! » Maintenant ils pénètrent tous dans le conduit, allument des lampes et sortent leurs armes.

— Surtout ne tirez pas sur lui, dit Corvetti en prenant la tête de la colonne.

La peur passe sur le visage des hommes. Il y a quelque chose dans cet antre, quelque chose qui leur dit : « Restez où vous êtes, n'allez pas plus loin ! » Ils s'ébranlent malgré eux. Si étroitement restent-ils dans le sillage de leur chef qu'ils maintiennent sans peine leurs regards sur une cicatrice qui traverse sa nuque. Ils ont encore confiance en lui et il leur inspire une peur plus grande que cet endroit.

À peine ont-ils couvert une trentaine de mètres, qu'un bruit de cavalcade venant du bout de la nuit inquiète deux d'entre eux.

— Qu'est-ce que c'est ? dit l'un.

— Quoi ? Qu'y a-t-il ? demande Corvetti en se retournant pour les foudroyer du regard.

— Vous n'entendez pas ? dit le deuxième.

— Non.

Les autres les regardent, incrédules. Les deux hommes reculent, effrayés.

— Qu'avez-vous ? gronde Corvetti.

— Allez-vous-en ! Allez-vous-en ! se mettent à crier les deux hommes en portant un bras devant les yeux.

Paniqués, ils quittent la colonne et courent vers la sortie. Pendant un instant, ils n'entendent plus Corvetti qui leur dit de revenir, mais les souffles puissants de ces choses effrayantes sur leurs talons. Ils se sentent happés par des mains, tombent, tirent avec leurs revolvers, hurlent quand leurs ventres se déchirent. Avant de crever, ils ne voient plus de « ces choses » que leurs mèches de cheveux rouges lovées sur leur chair ouverte.

— Avancez, vous autres ! ordonne Corvetti. Vite ! Vite !

— Maître, vous avez vu !

— Tais-toi !

— Il n'y avait rien, et pourtant ils se sont fait dévorer.

— C'est une hallucination. Avancez !

— Quittons cet endroit... Maître, par pitié ! continue l'homme dont les yeux hagards fouillent les coins d'ombre.

— Avance !

— Non... je...

Ses mots s'étranglent dans sa gorge. La canne-épée lui traverse la poitrine. Il tombe et son sang se répand dans la poussière.

— Y en a-t-il d'autres qui veulent repartir ?

Les cinq derniers sont frappés de stupeur. Impossible d'échapper à l'emprise de l'homme à la tête de loup. Ils pourraient se servir de leurs armes et en finir avec lui, mais une force les en empêche.

— Suivez-moi, dit calmement Corvetti en reprenant sa progression.

Ils s'exécutent. Sauf un. Le dernier qui reste sans bouger. Il est si immobile qu'on pourrait le croire changé en statue. Ses yeux fixes ne quittent pas Corvetti et ses compagnons qui s'éloignent. Un coude dans la galerie les fait disparaître. Ils n'ont pas remarqué son absence. Une chance ! « Ouf... je vais pouvoir sortir de ce trou ensorcelé », se dit-il en faisant un pas en arrière.

Il a un sourire qui tombe aussitôt. Une mauvaise impression le traverse. Avant même qu'il réalise d'où vient le danger, son regard trébuche sur le sol en mouvement. La poussière se soulève. Des méandres se creusent. Des langues s'enroulent à ses chevilles, sur ses jambes.

Partir ! Fuir ! Bondir ! S'arracher à ce contact et à cette douceur. Il devient blanc, esquisse un mouvement vers l'avant, mais n'arrive pas à décoller ses pieds. Une vague odeur acide s'exhale de la poussière qui glisse sur son visage. Sous ses semelles, il sent craquer le sol. Un bruit de coquille d'œuf. À moins que ce ne soient ses os ! Il hurle quand l'étau se referme sur son crâne... Puis sa carcasse cliquetante passée au laminoir s'immobilise un instant avant de s'effondrer.

Les autres ne l'ont pas entendu. Tout s'est passé à leur insu, comme à une distance très grande. Eux arrivent à l'endroit où ils peuvent éteindre leurs lampes.

« Et si je mourais avant d'avoir accompli mon œuvre ? »

Bérenger souffre, sombre, glisse dans le néant et divague en essayant de s'accrocher à la vie : « ... Je suis à cette époque ce que Salomon fut en son temps... Le chaos... Après moi, le chaos... l'extinction de l'humanité... Je suis le sauveur du monde... » Malgré la douleur, il rit : sauveur du monde ! Bérenger Saunière, figure mythique. Tout cela a l'air d'une fanfaronnade grotesque. Il frappe le sol de ses poings.

« Que se passe-t-il ? Est-ce mon cœur qui me joue des tours, ou un sort qui me terrasse ?... La mallette... Vite, le Pentacle de Mars. »

Les yeux brouillés par les larmes, il cherche la plaque de métal portant en son centre le symbole de « l'Épreuve et de la Vierge », la lettre hébraïque *vau* entourée de *lamed,* de *hé* et d'*aleph.* Elle est là. Elle luit. Il s'en saisit et prononce les mots sacrés. En quelques secondes, il retrouve ses forces et se redresse, tendant le pentacle devant lui.

« Seigneur, donnez-moi le courage d'affronter vos ennemis. »

De la force, il lui en faut. Asmodée l'attend. Il sait qu'il sera là, dans le fin fond des entrailles du Razès. Et il faudra se mesurer à lui et le repousser. Le renvoyer d'où il vient, car nul être humain ne peut abattre le Gardien du Temple. Il ne sait pas s'il en sera capable, mais il lui faut essayer.

Cinq cents ou mille mètres plus loin — il n'a plus la notion des distances —, une lourde porte de bois lui barre la route. Il essaie de l'ouvrir, mais elle est verrouillée de l'intérieur. Alors, il lui donne un coup de pied avec toute la force dont il est capable.

Elle tombe avec fracas.

Corvetti est seul. Ses hommes ont tous été anéantis par les pièges laissés par les sorciers et les magiciens d'autrefois. C'est ce qu'il pense. Qu'il soit encore en vie ne l'étonne pas. Il croit à son étoile, à son destin, à la protection divine dont il bénéficie par ses liaisons avec l'Église de Jean, avec les papes, avec le cardinal de Cabrières, qui lui a remis une hostie consacrée par Pie X avant qu'il parte en mission. Cette hostie, il la porte sur lui, juste sur le cœur. Elle est la garante de sa réussite.

« L'Arche est pour moi, se dit-il... Pour moi seul ! »

C'est comme dans ses visions : le couloir, les statues des anciens dieux alignées de part et d'autre du chemin par les barbares, les squelettes de ces derniers éparpillés un peu partout, comme autrefois sous la Pique, figés et cassés dans leurs vêtements pourris, leurs armes rouillées et dérisoires dans leurs phalanges blanches.

Bérenger ne fait pas un pas de plus. Maintenant, il doit attendre la neuvième heure.

Et c'est la première heure : dans l'unité, les démons chantent les louanges de Dieu, ils perdent leur malice et leur colère (1).

« Bérenger Saunière, enfin ! » À la vue de l'abbé, Corvetti ne pousse pas de cri de triomphe, mais comme un gloussement suivi d'un sourire joyeux. Il dégaine sa lame. C'est le moment qu'il attendait depuis trente ans. À la place des yeux, il a deux trous rouge sombre, des fentes cruelles. Arrivé à la hauteur de Bérenger, il se ramasse sur ses jambes afin de le trouer d'une détente brusque.

— Je savais bien que je finirais par t'avoir, rugit-il.

Mais devant le regard de Bérenger, il fait un pas en arrière. L'abbé a l'air tellement formidable et invincible qu'un doute s'empare de lui.

— Qu'attends-tu ici ? glapit-il en faisant osciller sa lame.

— L'heure.

— Ah ! Ah ! Tu as peur, voilà la vérité.

— J'ai peur.

— Alors reste à trembler dans ton coin, je te préfère ainsi que mort. Quand je reviendrai, tu te prosterneras à mes pieds, car maintenant je vais m'emparer de la Puissance.

— Tu n'aimes plus la vie ?

— Si ! Plus que tu ne le crois...

Corvetti s'esclaffe et s'aventure dans le large couloir, plutôt une salle tout en longueur, jetant des regards de défi à tous les dieux de pierre qui l'observent de leurs yeux froids : Mercure, Mithra, Zervan, Dagon, Jupiter, Saturne, Isis, Sobek, Morrigan, Bâal-Belit... et beaucoup d'autres encore ramenés de Rome qui les avait soumis à ses lois, comme elle avait soumis les peuples qui les adoraient.

(1) *Le Nuctémeron,* haute magie assyrienne.

Bérenger le voit partir. Il devine le danger ; il imagine que, de derrière ces dieux, peuvent apparaître des êtres abominables contre lesquels l'homme à la tête de loup ne pourra rien. Lui-même ne peut rien. Pas encore. Il est dépourvu, annihilé. Oui, c'est la peur, la peur méritée, l'ultime épreuve qu'il doit subir en silence. Soudain, il tressaille. Quelque chose se faufile au ras du sol. Corvetti n'a rien vu.

Le dogue.

— Attention ! crie Bérenger à son ennemi.

Ce dernier pointe sa canne-épée. Le dogue bondit, telle une flèche silencieuse, et d'un coup de dents arrache l'arme. Corvetti recule. Son pied se tord et il s'affale de tout son long. Aussitôt, les crocs de la bête s'incrustent douloureusement dans sa gorge. L'hostie... Il la palpe dans sa poche. Elle doit le protéger. Il perd conscience avant de pouvoir la brandir.

Corvetti mort. Bérenger a la curieuse impression qu'on vient de lui enlever une partie de lui-même. Le chien hurle. Bérenger frissonne, saisit la mallette et se demande ce qu'il va bien pouvoir opposer à ce monstre. Mais le chien repart d'où il est venu.

Il n'en étudie pas moins le précieux contenu de son bagage, sans relâche.

Troisième heure : les serpents du caducée d'Hermès s'entrelacent trois fois, Cerbère ouvre sa triple gueule et le feu chante les louanges de Dieu par les trois langues de la foudre.

Quatrième heure : à la quatrième heure, l'âme retourne visiter les tombeaux, c'est le moment où s'allument les lampes magiques aux quatre coins des cercles, c'est l'heure des enchantements et des prestiges.

Cela ne se passe pas très bien pour Saunière. À la lisière de ce monde, où s'élève maintenant une chaleur lourde pleine de miasmes et de vapeurs, qui retombent comme un linceul sur les dieux, Bérenger, respirant par la bouche, se dépouille de sa soutane. Il y a des choses qui volent à l'entour, des bruits de métal, des chuintements, des rires, des voix qui le tourmentent de leurs sarcasmes.

Les heures passent. Parfois, la voûte rocheuse s'enflamme tout entière, brusquement, d'un éclair qui paraît faire vaciller les statues. Cependant il n'y a pas de tonnerre, seulement un grésillement.

Neuvième heure : le nombre qui ne doit pas être révélé.

« Dieu impose à l'homme sa loi. »

C'est bien la voix d'Élie qu'il vient d'entendre.

— Élie ! crie Bérenger.

Le silence.

— Élie, que dois-je faire ?

Un rire lui répond. Puis des pleurs. Puis des voix d'enfants. Puis le bruit d'une cataracte tombant d'une hauteur vertigineuse. Puis les hourras d'une armée d'ombres. Puis un galop monstrueux...

Que faire ? Il puise différents objets protecteurs dans la mallette. Seul le pentacle de Saturne lui paraît indispensable. Au cours des heures qui viennent de s'écouler, il a inventé un plan de bataille nourri de prières, où pas une des méthodes propres à forcer Asmodée à battre en retraite n'a été négligée ; ni celle de l'anathème, de la force, de la séduction, de la surprise et de la supplication, ni la possibilité d'une alliance avec d'autres démons et génies.

— Je n'ai pas peur. Viens à moi ! clame-t-il en s'avançant d'un pas résolu. Viens à moi ! Qui que tu sois !

C'est d'abord le dogue qui répond à son appel. Crevant un voile d'eau noire entre deux statues, il fait irruption devant Bérenger. Les babines retroussées, il montre ses crocs. Le sol tremble, et la tête d'un Mercure saute comme un bouchon de champagne, suivie par un geyser de feu.

« Ce ne sont que des hallucinations, pense Bérenger. Je ne dois pas avoir peur. Je n'ai pas peur... Je n'ai pas peur ! »

Il fait face au chien, le pentacle de Saturne entre le pouce et l'index de la main droite.

— Allez, viens ! Qu'attends-tu ?

Le dogue hésite, apparemment sensible à son absence de peur. La terre tremble toujours. Quelque part, des fouets claquent les uns après les autres. Bérenger garde un œil sur son adversaire et sur les statues qui bougent dangereusement.

— Alors ? Bondis, sale bête !

Encore des hallucinations : la voix d'Emma sur l'air de « La ronde du veau d'or » dans *Faust,* des visages sans yeux sculptés à coups de serpe, une intrusion tournoyante de sphères… On veut détourner son attention. Une vague de chaleur l'enveloppe, il voit le sol bouillir. Il suffoque et ferme les yeux un instant. Quand il les rouvre, la gueule du dogue est sur lui. D'un coup de reins, il évite la charge de l'animal et le frôle avec son pentacle.

Hurlement de la bête. Couinements. Elle se convulse, bave, le flanc ouvert sur un grouillement verdâtre, puis se traîne vers un gouffre noir et béant qui vient de se matérialiser à quelques mètres d'elles. Elle s'y désagrège peu à peu.

Le calme revient. Le couloir reprend son aspect initial. Le Mercure, sa tête. Bérenger poursuit son chemin, et bientôt l'Arche apparaît, dardant ses rayons d'or sur l'or des trésors entassés autour d'elle. Elle est au centre d'une grotte immense, probablement située non loin de celle où il avait découvert le chandelier sacré à sept branches, le Menorah du Temple de Salomon. Des piliers formant de grandes ombres dans le fond, à une distance qu'il ne peut évaluer. Devant lui, la voie file droit au milieu des prises de guerre, des couronnes indistinctes, des lingots grossièrement fondus, des armes d'argent flottant sur des monceaux de pierres précieuses. C'est le plus formidable trésor de tous les temps.

Bérenger esquisse un signe de croix, et l'ombre confinée au-delà des piliers lui répond : un grondement, un déchirement. Il sent l'odeur. Sans doute celle-ci s'est-elle lentement insinuée dans sa conscience, mais ce n'est qu'aussitôt après avoir entendu l'avertissement de l'ombre qu'il flaire cette faible quoique indéniable odeur de pourri.

— JE T'ATTENDAIS.

Qui a poussé ce cri terrible ? Bérenger sent ses cheveux se dresser sur sa tête.

— AVANCE !

Il cherche à déterminer d'où vient la voix ; il a l'impression qu'elle est partout à la fois dans l'espace et dans son crâne. Déterminé à aller jusqu'au bout, il avance lentement, l'œil fixé sur l'Arche. Elle est comme dans ses rêves, comme dans les écritures. Ses trois parties. Aziluth, Jezirah et Briah. Les trois mondes de la cabale. Plus près, encore plus près. Il voit la base du coffre à laquelle sont fixés les quatre anneaux des leviers semblables aux colonnes du temple : Jakin et Bohas. À l'intérieur sont les quatre lettres du tétragramme divin, le pouvoir absolu, l'immortalité. Enfermés depuis trois mille ans, le bâton fleuri d'Aaron, le gomor contenant la manne et les deux tables de la Loi attendent l'Élu.

Exception faite de l'ombre qui se manifeste bruyamment au fond de la caverne, Bérenger n'éprouve aucune crainte. L'Arche l'attire, le conforte dans sa quête. Parvenu à trois mètres d'elle, il demeure immobile dans son halo. Heureux et comblé, il pense qu'il peut enfin mourir. Selon la légende, il n'a qu'à essayer de l'ouvrir au moment où se manifesteront les Puissances.

« J'en suis indigne », se dit-il en se prosternant.

Et devant ce feu qui éclaire la grotte, il lui semble voir, en pleine clarté, son âme avilie par toutes ces années passées au milieu des hommes. Le temps s'étire. Ses sens s'abattent. À genoux, aveugle et sourd, il se repent et se dit qu'il est trop tard, que c'est trop facile, qu'on ne peut gagner le salut ainsi, au dernier moment, quand sa vie ne tient qu'à un fil. Son doute augmente ; peu à peu, le grondement de l'ombre l'emplit et les feux de l'enfer envahissent son champ de vision.

— Mon Dieu ! fait-il en secouant la tête pour chasser le cauchemar qui prend forme.

Cornes dressées en pleine lumière, Asmodée se cabre devant l'Arche. Sa chair de bronze se convulse sous les harnais de fer fixés sur son corps monstrueux. Il dépasse Bérenger d'un mètre. Ses yeux captent les rayons et s'en nourrissent. Il les tourne vers l'homme atterré.

Et Bérenger se perd dans ces pupilles moirées de violet, de jaune et de flammes.

— ES-TU CELUI QUE J'ATTENDAIS ?

La bouche du monstre s'est ouverte et la déflagration

des mots a fait reculer Bérenger. Le Gardien secoue la crinière rousse des poils qui couvrent son dos, tandis qu'un peuple de démons dévale de la voûte et s'entasse derrière lui.

Asmodée part d'un formidable ricanement et tend ses griffes en direction de l'abbé, avivant les rayons d'or de l'Arche qu'il capte de toutes ses pointes.

« Ce ne sont que des apparences, se dit Bérenger. Il n'existe pas. Il ne peut pas exister. C'est moi qui le crée dans mon esprit. »

En essayant de se rassurer, il se dirige vers le Gardien. La griffe vole et le touche. Il ressent une brûlure à l'épaule. Aussitôt, un poison se répand dans ses veines. Il souffre horriblement et crie de peur quand la patte du Démon cherche à le blesser à nouveau.

Asmodée est bien réel. Il se balance sur ses jambes tordues et puissantes, noueuses comme les troncs d'oliviers millénaires. Il fend l'air de ses serres, encore et encore, acculant Bérenger sous l'Arche.

— ES-TU CELUI QUE J'ATTENDAIS ?

La question retentit toujours plus fort, clouant Bérenger au sol, rejetant le peuple infernal vers l'ombre. Quand le monstre se déplace, le sol craque et se fend. Il charrie avec lui une odeur épouvantable.

Bérenger se maintient péniblement debout. Affolé, il s'agrippe à la mallette d'Élie et, dans un effort de concentration, cherche une parade. Ses mains plongent dans le sac et en retirent les deux pentacles déjà utilisés. Il n'a pas le temps de réfléchir à l'efficacité des autres objets. Avec une détermination désespérée, il marche en chancelant vers Asmodée et lui oppose les talismans.

Ricanements. Souffle fétide. Les doigts crochus du monstre l'empoignent par l'épaule et le soulèvent. Bérenger pâlit : les talismans se désagrègent dans ses mains, se transforment en deux poignées de sable.

— ES-TU CELUI QUE J'ATTENDAIS ?

Pour la troisième fois, la question explose dans la tête de Bérenger. L'autre main d'Asmodée le frappe en pleine poitrine. Et il perd conscience quand le Diable le projette sur l'Arche.

Une source dorée. Il s'y laisse glisser. Il franchit les portes qui le séparent des autres mondes et gagne un autre univers : Archanges, Principautés, Puissances, Vertus, Dominations, Trônes, Chérubins et Séraphins, il se sent substantiellement uni à eux, tout en bas des hiérarchies. Il n'a plus de corps et plane. L'Arche est le vaisseau des âmes ; elle le conduit. Est-ce la mort ? Au bout d'un tunnel de lumière, au bout d'un bras gigantesque où palpitent des milliards d'étoiles, au bout d'un palais où bruit une foule de juges qu'il ne voit pas, au bout d'un puits sombre et silencieux, au bout du temps, se présente à lui un être dont il ne discerne pas les limites, dont il ne distingue pas le visage — mais en a-t-il un ? —, qui l'appelle par son nom et lui dit :

« Bérenger, que veux-tu entendre et voir et, par la pensée et le cœur, apprendre et connaître ? »

Bérenger cherche ce qu'il doit répondre et ne trouve rien. Il ne parvient même pas à démêler ce qui se passe en lui et autour de lui. Tout ce qu'il éprouve, c'est une joie de se sentir là, un besoin d'y rester... Oui, tout entendre et tout voir, pourvu qu'il ne retourne pas sur terre.

« Non, Bérenger, tu n'appartiens pas encore à ce monde. Ton âme est lourde. Tu vas repartir là-bas où tu écouteras une fois de plus la voix du Serpent. Tout doit s'accomplir. L'Arche s'ouvre sur les portes des mondes d'en bas et d'en haut ; elle est œuvre et destruction ; elle participe du Bien comme du Mal. Garde-la pour le temps qu'il te reste à vivre, elle te donnera le pouvoir après la mort. »

Et cet être infini souffle sur lui...

L'Arche, la grotte, il est à nouveau sous la colline. Son corps ne charrie plus de poison et ses plaies se sont refermées. Asmodée le regarde intensément. Ses yeux exorbités n'ont plus le pouvoir de le terroriser.

— ES-TU L'ÉLU ?

— Je suis l'Élu, répond calmement Bérenger en traçant le signe de croix dans l'espace.

À peine a-t-il fini son geste, que le Gardien se dissout.

« J'ai réussi... J'ai réussi... J'ai vu les Mondes... J'ai entendu le Seigneur... J'ai vaincu Asmodée. »

Bérenger n'arrive pas à mesurer ce qui lui arrive.

Avec crainte, il touche l'Arche, qui vibre. Jamais il n'osera s'en servir. Le pouvoir illimité lui fait peur. Il n'est qu'un homme. Reste l'or. Le trésor... et il entend au fond de lui la voix du Serpent...

37

Rennes-le-Château, le 14 janvier 1917

BÉRENGER a revendu un peu d'or à Toulouse et à Bordeaux. Les acheteurs ont été longs à trouver. Par chance, il a pu se mettre en rapport avec d'anciens amis d'Élie Yesolot, mais il leur a caché l'existence de l'Arche. D'ailleurs, aucun n'en avait vraisemblablement entendu parler ; et ils lui firent bon accueil car, en ces temps de guerre, l'or se faisait rare.

Et, un jour d'octobre 1916, il est arrivé au village avec de gros billets. Marie a compris tout de suite qu'il s'agissait de l'argent du Diable. Quand il lui a remis une enveloppe contenant trente mille francs, elle s'est écriée : « Je n'en veux pas... Il va aller au feu. » Plus tard, elle l'a caché dans la maison Béthanie.

« Alors prépare-toi à allumer beaucoup de feux », lui a-t-il répondu avec un sourire énigmatique.

Il a son idée. Il veut frapper un grand coup. Jusqu'ici, il est resté prudent, retardant même le remboursement de son emprunt de 6000 francs au Crédit foncier.

Dans la tour Magdala, où il campe seize heures par jour quand il n'est pas sous la colline, il étudie des plans. Depuis un mois entier, aidé par son vieux complice, l'entrepreneur Élie Bot, il trace avec enthousiasme les lignes de sa future réalisation. Il gomme avec emportement, modifie avec application, transforme, agrandit, avec une lueur de folie dans le regard. Avec cette ardeur dont il fait preuve à chaque passion nouvelle, il crée ce qui sera l'un des plus extraordinaires monuments de ce siècle : la Tour de Babel (1).

Dans son premier projet, elle est haute de quatre-vingts mètres mais, déjà, il pense qu'elle devrait atteindre cent vingt mètres, voire cent cinquante. Il en a les moyens. Il a les moyens de reconstruire Babylone, Rome et Louxor...

— J'y mettrai tous les livres de la Terre, dit-il à haute voix.

La foudre a dispersé les bâtisseurs et confondu leurs langages ; il sera le surhomme bâtisseur, le réunificateur des langues.

Et il divague.

Et il perd la notion du Bien et du Mal.

Et il écoute la voix du Serpent qu'il prend pour celle de Dieu.

Il a oublié que celui qui bâtit une « tour » pour remplacer la révélation des Cieux par ce qu'il fabrique lui-même sera frappé par la foudre.

Autour de lui, le monde est à feu et à sang, des millions d'hommes meurent dans les tranchées, et il veut soumettre ce monde à ses désirs.

« Je me servirai de l'Arche, je commanderai les armées, les rois se prosterneront à mes pieds et, de ma tour élevée sur la colline, je rayonnerai sur les peuples. »

En pensant à son règne, il s'excite, éclate de rire et grimace. C'est comme si une main de fer serrait son cœur. Il s'effondre, foudroyé par l'attaque.

Le noir. La nuit. Une flamme qui vacille. Bérenger ouvre les yeux et écoute les murmures. Ce n'est qu'une veillée de prières récitées par Marie et quatre vieilles femmes agenouillées à son chevet.

Que fait-il dans le lit ?... Une petite douleur dans la poitrine lui rappelle son malaise cardiaque...

— Je vais mourir, dit-il à Marie.

(1) Un premier devis (le seul à notre connaissance) porte sur une somme de 85 millions de francs 1987.

— J'ai fait prévenir le docteur Roché. Il sera là d'un instant à l'autre.

Marie se met à sangloter. Son pâle visage s'incline de plus en plus sur le lit, comme une fleur de lys fanés qui s'affaisse lentement.

— Promets-moi… dit en sourdine Bérenger.

— Oui…

— Promets-moi de ne jamais dévoiler le secret de la colline.

— Je te le promets. Bérenger, ne me laisse pas !

Soudain, les mains de l'homme qu'elle aime recueillent son visage qui tombe. Elles lui font une coupe dans laquelle glissent ses larmes. Elles sont encore pleines d'une force, de sa chaleur, de ce cœur qui bat si mal.

— Il faut que je me confesse.

— Non, il est trop tôt… Je veux que tu t'accroches à la vie.

— Qu'on aille chercher le père Rivière d'Espéraza.

Tassé dans le fond de son lit, Bérenger voit la poitrine de son ami Rivière se soulever rapidement, ses joues se creuser et son front se plisser au fur et à mesure qu'il confesse ses fautes, puis la panique s'inscrire dans son regard quand il lui dévoile le secret. Bérenger ne sait plus en ces instants s'il appartient à Dieu ou au Diable. Il a écouté la voix du Serpent. Il a lié son âme aux forces des Ténèbres en voulant réaliser la Tour de Babel. Oui, il a voulu être l'égal de Dieu.

Au-dessus du lit, déjà confondu dans l'ombre, seul un christ d'ivoire reste éclairé par la faible flamme de deux bougies. Rivière ne sait pas s'il est tout proche, à seize heures de marche, ou bien un salut qui s'éloigne à mesure que Bérenger parle.

Il ne peut pas lui donner l'absolution.

L'abbé se sent brûlé intérieurement par les révélations de Saunière. Il prie de toutes ses forces, s'offrant tout entier pour racheter les fautes.

Et Saunière attend, supplie du regard.

Rivière prie toujours et tremble, révolté dans son âme et dans sa chair, torturé dans l'indécision. A-t-il le pouvoir de pardonner ?

— Rivière… vite. Ne me condamne pas à rester sous la colline jusqu'à la fin des temps.

Rivière s'aperçoit soudain que Bérenger lui presse la main à la briser. Il baisse la tête d'un mouvement très lent qui veut dire : « Oui. »

L'abbé Rivière d'Espéraza a fini par administrer les derniers sacrements à son frère déchu (1). Et, à cinq heures du matin, en ce 22 janvier 1917, il lui a fermé les yeux. Alors, les cris de Marie ont retenti dans toute la maison. Puis ses pleurs. Quand elle l'a habillé, ne laissant personne d'autre toucher ce corps qui lui appartenait encore. Ensuite, elle l'a installé sur une chaise puis l'a recouvert d'une épaisse couverture à pompons rouges.

C'est alors que tous les habitants de Rennes-le-Château sont venus lui rendre un dernier hommage, défilant en silence, chacun coupant un pompon pour l'emporter en souvenir.

17 janvier 1987… Et l'histoire continue.

(1) Nul n'en est sûr. Six mois plus tard, Rivière d'Espéraza était fou.

ANNEXES

LE PETIT PARCHEMIN TROUVÉ PAR SAUNIÈRE

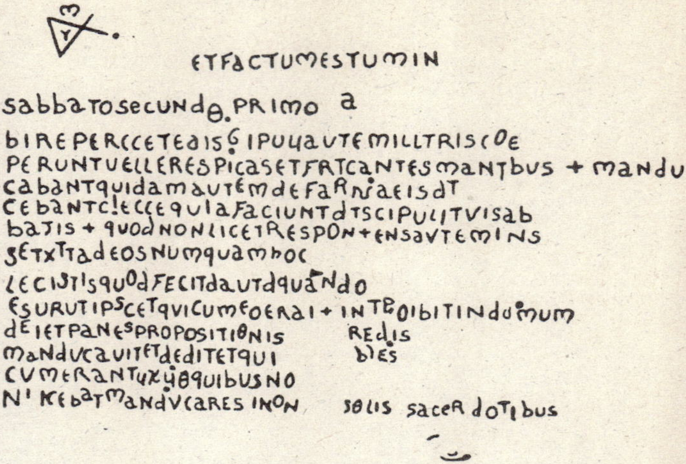

ETFACTUMESTUMIN

sabbatosecundo.PRIMO a

bIREPERCCETEDIS IPULIAUTEMILLTRISCOE
PERUNTUELLERESPICASETFRTCANTESMANIBUS + MANDU
CABANTQUIDAMAUTEMDEFARNIAEISDI
CEBANTC!ECCEQUIAFACIUNTDTSCIPULITVISAB
BATIS + QUODNONLICETRESPON+ENSAVTEMINS
SETXTIADEOSNUMQUAMHOC
LECISTISQUODFECITDAUTDQUANDO
ESURUTIPSCETQVICUMEOERAI + INTROIBITINDOMUM
DEIETPANESPROPOSITIONIS REDIS
MANDUCAVITETDEDITETQUI BLES
CUMERANTUXBOQUIBUSNO
N'KEBATMANDVCARESINON SOLIS SACERDOTIBUS

LA PARABOLE DES ÉPIS DE BLÉ ET DU SABBAT

Il arriva, un jour de sabbat appelé second-premier, que Jésus traversait des champs de blé. Ses disciples arrachaient des épis et en mangeaient, après les avoir froissés dans leurs mains. Quelques pharisiens leur dirent : « Pourquoi faites-vous ce qu'il n'est pas permis de faire pendant le sabbat ? » Jésus leur répondit : « N'avez-vous pas lu ce que fit DAVID, lorsqu'il eut faim, lui et ceux qui étaient avec lui ; comment il entra dans la Maison de Dieu, prit les “ pains de proposition ”, en mangea, et en donna à ceux qui étaient avec lui, bien qu'il ne soit permis qu'aux Sacrificateurs de les manger ? Et il leur dit : “ Le fils de l'homme est maître même du Sabbat. ” »

LUC VI (1 à 5)

Liste des grands Maîtres du Prieuré de Sion, de 1188 à nos jours :

Jean de Gisors
Marie de Saint-Clair
Guillaume de Gisors
Édouard de Bar
Jeanne de Bar
Jean de Saint-Clair
Blanche d'Évreux
Nicolas Flamel
René d'Anjou
Iolande de Bar
Botticelli
Léonard de Vinci
Charles de Montpensier, connétable de Bourbon
Ferdinand de Gonzague
Louis de Nevers
Robert Fludd
Johann Valentin André
Robert Boyle
Isaac Newton
Charles Radclyffe
Charles de Lorraine
Charles Nodier
Victor Hugo
Claude Debussy
Jean Cocteau
A. P...

BIBLIOGRAPHIE

ACKER (Paul) : « Emma Calvé ». *L'Écho de Paris*, 6 mai 1903.
ANCE : Note dans l'inventaire des manuscrits mégalithiques de France. *Bulletin de la société d'Études scientifiques de l'Aude*, 1900.
AMARDEL : *Les derniers chefs goths de la Septimanie*, 1901.
ANTOINE L'ERMITE : *Un trésor mérovingien à Rennes-le-Château*, 1961.
ARCASA : *Rennes-le-Château, de Rhedae à Berenger Saunière.*
BAIGENT (Michael), LEIGH (Richard) et LINCOLN (Henry) : *L'énigme sacrée*, Pygmalion, 1983.
BEAUCEAN (Nicolas) : *Au pays de la Reine Blanche*, 1967.
BLANCASSAL (Madeleine) : *Les descendants mérovingiens ou l'énigme du Razès wisigoth*, 1965.
BONNARD : *La Gaule thermale, sources et stations thermales et minérales de la Gaule à l'époque gallo-romaine*, 1908.
BORDES (Richard) : *Les Mérovingiens à Rennes-le-Château, Mythes ou réalités*, 1984.
BOUDET (Henri) : *La vraie langue celtique et le cromleck de Rennes-les-Bains*, 1886.
BOUMENDIL (Claude), TAPPA (Gilbert) : *Rennes-le-Château, l'Église, Tu le vaincras*, 1983.
BUREN (Elisabeth van) : *The Sign of the Dove. The Mystery of Rennes-le-Château and Montsegur*, 1983.
CALVE (Emma) : *My Life*, D. Appleton, New York.
CERTAIN : « Monnaies et bagues trouvées à Rennes-le-Château ». *Bulletin de la société d'Études scientifiques de l'Aude*, 1955.
CHARROUX (Robert) : *Trésors du monde*, 1962.
CHATELAIN : *Le surintendant Nicolas Fouquet*, 1905.
CHAUMEIL (Jean-Luc) : « Les archives du prieuré de Sion, *Le Charivari*, n° 18, 1973. « Les trésors des Templiers », *Le Charivari*, n° 19, 1974.

CHAUMEIL (Jean-Luc) et RIVIÈRE (Jacques) : *L'alphabet solaire. Introduction à la langue universelle,* avec des textes inédits de l'abbé Boudet, 1985.

CHERISEY (Philippe de), *Circuit,* 1968.

CHERISEY (Philippe de), PLANTARD (Pierre) :

— *Un trésor mérovingien à Rennes-le-Château,* 1965.

— *Les descendants mérovingiens ou l'énigme du Razès wisigoth,* 1965.

— *Dossiers secrets,* 1967.

— *Au pays de la Reine Blanche,* 1967.

— *L'énigme de Rennes,* 1978.

COCHET : *Le tombeau de Childéric Ier,* 1859.

DARAUL : *A history of Secret Societies,* New York, 1969.

DELOUX (Jean-Pierre), BRÉTIGNY (Jacques) : *Rennes-le-Château, capitale secrète de l'histoire de France,* 1982.

DESCADEILLAS (René) : *Notice sur Rennes-le-Château et l'abbé Saunière,* 1961.

Rennes et ses derniers seigneurs, 1964.

Mythologie du trésor de Rennes. Histoire véritable de l'abbé Saunière, curé de Rennes-le-Château, 1974.

DIGOT : *Histoire du royaume d'Austrasie,* 1863.

DODU : *Histoire des institutions dans le royaume latin de Jérusalem,* 1894.

FANTHORPE (Patricia et Lionel) : *The Holy Grail revealed. The Real Secret of Rennes-le-Château,* 1982.

FABRE (Daniel), LACROIX (Jacques) : *La vie quotidienne des paysans du Languedoc au XIXe siècle,* 1980.

FÉDIE (Louis) : *Étude historique sur le Haut-Razès,* 1878.

Le comté de Razès et le diocèse d'Alet, 1880.

FOLZ : *Tradition hagiobiographique et culte de saint Dagobert, roi des Francs. Le moyen Âge,* 1963.

GIBERT : *La partie des meuniers ou le carnaval de Limoux,* 1972.

« Légendaire audois des eaux », *Folklore,* n° 99, 1960.

GIRARD (Georges) : *Emma Calvé, la cantatrice sous tous les ciels,* 1983.

HUTIN (Serge) : *Gouvernants invisibles et sociétés secrètes,* 1971.

JARNAC (Pierre) : *Histoire du trésor de Rennes-le-Château,* 1985.

LAROUANNE (Urbain de) : *Géographie sacrée du Haut-Razès,* 1981.

La voie de Dieu et du cromleck de Rennes-les-Bains, 1982.

MARIE (Franck) : *Rennes-le-Château, étude critique,* 1978.

MONTEILS (Jean-Pierre) : *Nouveaux trésors à Rennes-le-Château ou le retour d'Ulysse,* 1974.

Les mystères de Rennes-le-Château, 1976.

Le dossier secret de Rennes-le-Château, 1981.
MONTS (Bruno de) : *Rennes-le-Château et Rennes-les-Bains*, 1984.
NILUS : *Les protocoles des Sages de Sion.*
NODIER : *Histoire des sociétés secrètes de l'armée.*
PAOLI (Mathieu) : *Les dessous d'une ambition politique : Nouvelles révélations sur le trésor du Razès et de Gisors*, 1973.
PERBOSC : *Mythologie populaire*, 1941.
POUEIGH : *Le folklore des pays d'Oc*, 1952.
PINIES (Jean-Pierre) : *Croyances populaires des pays d'Oc*, 1984.
POUSSEREAU : *Le château de Barbarie*, 1876.
RAHN : *La cour de Lucifer*, 1974.
RIMAILHO : *Lieux et histoires secrètes du Languedoc*, 1980.
RIVIÈRE (Jacques) : *Le fabuleux trésor de Rennes-le-Château ! Le secret de l'abbé Saunière*, 1983.
ROBIN (Jean) : *Rennes-les-Bains : la colline envoûtée*, 1982.
RUCIMAN : *The Medieval Manichee*, 1969.
SAINT-VENANT : *Les fouilles du vieux château de Barbarie*, 1906.
SÈDE (Gérard de) : *L'or de Rennes*, 1967.
Le trésor maudit, 1969.
La race fabuleuse, 1973.
Le vrai dossier de l'énigme de Rennes, réponse à M. Descadeillas, 1975.
Le mystère gothique, des runes aux cathédrales, 1976.
Signé : Rose-Croix, 1977.
SIRE et FERAUD : *La femme selon la sagesse populaire languedocienne*, 1941.
SOBOUL : *Survivances féodales dans la société française au XIXe siècle*, 1968.
STUBLEIN (Eugène) : *Description d'un voyage aux établissements thermaux de l'arrondissement de Limoux*, 1977.
SAUNIERE (Bérenger) : *Mon enseignement à Antugnac*, 1890, Coll. Bélisane, 1984.
TYSSEYRE (Élie) : *Excursion du 25 juin 1905 à Rennes-le-Château.*
VIALAR : *Les vents régionaux et locaux*, 1948.
VAN GENNEP : *Manuel de folklore français contemporain*, 7 volumes, 1943-1958.

LOUP DURAND

DADDY

Le 18 septembre 1942, Thomas fête ses onze ans. Caché dans le sud de la France, protégé par des gardes du corps, pourchassé par les nazis, il n'est pas un petit garçon comme les autres. Pour la Gestapo, il vaut 724 millions de marks. Une somme qui justifie qu'on lance à ses trousses une horde de chasseurs.

A leur tête, le plus surprenant des policiers, Gregor Laëmmie, un professeur de philosophie revenu de tout. La traque infernale commence. Contre l'étrange Gregor Laëmmie, Thomas, avec son cœur d'enfant et son cerveau de génie, va jouer sa vie comme une extraordinaire partie d'échecs.

Un seul témoin à l'affrontement de ces deux formidables intelligences : un Américain bien tranquille qui est peut-être le père de Thomas.

Peut-être...

BERNARD THOMAS

LA CROISADE DES ENFANTS

En ce printemps de 1212, combien furent-ils à se jeter sur les routes, dans l'espoir fou d'aller sauver le monde à Jérusalem, malgré le roi Philippe Auguste, la faim, les loups, la secte de ceux qui mutilent ? Trente mille, davantage peut-être : une véritable armée !

Toute la jeunesse de France, d'Allemagne, de Flandre, du Hainaut, de Picardie, disent les chroniqueurs. Tous convaincus qu'Etienne, le jeune berger de Cloyes, près de Châteaudun, suivi de la tendre Isegault, les guiderait et que la mer s'ouvrirait sous leurs pas. Combien en revinrent ?

Telle est l'épopée prodigieuse, sanglante, hallucinée parfois, que raconte avec lyrisme " La Croisade des enfants ". Son style fiévreux reflète cette époque païenne et mystique, et fait de nous les compagnons de route des enfants perdus.

JOHN JAKES

NORD ET SUD T. I

Louisiane, Georgie, Nouvelle-Orléans, Caroline du Sud, immense Mississippi et frontière du Mexique, paysages de rêve, arbres immenses enserrés dans les lianes, existences choyées dans de somptueuses propriétés...

Nord et Sud nous offre cette atmosphère romantique, délicieuse pour les uns, le plus souvent insupportable pour les esclaves noirs.

Il nous dépeint les vicissitudes, les amours et les joies de deux familles, unies durant deux générations par l'amitié née de la rencontre de deux jeunes hommes à West Point (le Saint-Cyr américain).

1861. La guerre de Sécession éclate aux États-Unis, creusant un fossé entre ces deux grandes familles : les Hazard, maîtres de forges de Pennsylvanie, au Nord, et les Main, planteurs de Caroline du Sud, qui se trouvent dans des camps opposés malgré les liens d'amitié qui les unissent.

A travers leurs destins parallèles se dessine la réalité d'un conflit où les hauts faits, les exploits héroïques, les attitudes chevaleresques entre adversaires cèdent bientôt la place à la boue des tranchées, aux tueries inutiles.

Prodigieuse épopée d'un pays et double saga familiale dont on retrouve fidèlement le souffle épique dans l'une des plus grandes séries télévisées de ces dernières années.

JOHN JAKES

NORD ET SUD T. II

Louisiane, Georgie, Nouvelle-Orléans, Caroline du Sud, immense Mississippi et frontière du Mexique, paysages de rêve, arbres immenses enserrés dans les lianes, existences choyées dans de somptueuses propriétés...

Nord et Sud nous offre cette atmosphère romantique, délicieuse pour les uns, le plus souvent insupportable pour les esclaves noirs.

Il nous dépeint les vicissitudes, les amours et les joies de deux familles, unies durant deux générations par l'amitié née de la rencontre de deux jeunes hommes à West Point (le Saint-Cyr américain).

1861. La guerre de Sécession éclate aux États-Unis, creusant un fossé entre ces deux grandes familles : les Hazard, maîtres de forges de Pennsylvanie, au Nord, et les Main, planteurs de Caroline du Sud, qui se trouvent dans des camps opposés malgré les liens d'amitié qui les unissent.

A travers leurs destins parallèles se dessine la réalité d'un conflit où les hauts faits, les exploits héroïques, les attitudes chevaleresques entre adversaires cèdent bientôt la place à la boue des tranchées, aux tueries inutiles.

Prodigieuse épopée d'un pays et double saga familiale dont on retrouve fidèlement le souffle épique dans l'une des plus grandes séries télévisées de ces dernières années.

Achevé d'imprimer en octobre 1992
sur les presses de l'Imprimerie Bussière
à Saint-Amand (Cher)